赵勇 著

接合

大众文化的冲击与
1990年代以来的文学生产

中国社会科学出版社

图书在版编目（CIP）数据

接合：大众文化的冲击与1990年代以来的文学生产 / 赵勇著. -- 北京：中国社会科学出版社，2025.1.
ISBN 978-7-5227-4259-5

Ⅰ.I206.7

中国国家版本馆CIP数据核字第20246K2M24号

出 版 人	赵剑英
责任编辑	王小溪
责任校对	朱妍洁
责任印制	戴　宽

出　　版	中国社会科学出版社
社　　址	北京鼓楼西大街甲158号
邮　　编	100720
网　　址	http://www.csspw.cn
发 行 部	010-84083685
门 市 部	010-84029450
经　　销	新华书店及其他书店

印刷装订	北京君升印刷有限公司
版　　次	2025年1月第1版
印　　次	2025年1月第1次印刷

开　　本	710×1000　1/16
印　　张	34.5
字　　数	485千字
定　　价	98.00元

凡购买中国社会科学出版社图书，如有质量问题请与本社营销中心联系调换
电话：010-84083683
版权所有　侵权必究

目　录

自序　逡巡于雅俗之间，或在接合部做文章 …………………（1）

导言 ………………………………………………………………（1）

第一章　大众文化与文学生产的接合 …………………………（30）
　第一节　大众文化的冲击与文学生产的嬗变 ………………（30）
　　一　20世纪90年代以来的大众文化及其特点 ……………（31）
　　二　文学生产的种种新变 ……………………………………（42）
　第二节　作家—编辑、导演—作家与文学生产 ………………（62）
　　一　作家与编辑：以路遥与王维玲为例 ……………………（63）
　　二　导演与作家：以冯小刚与刘震云为例 …………………（68）
　　三　从事业到产业：文学生产的演变轨迹 …………………（73）
　第三节　新世纪文学十年的两种趋势 ………………………（78）
　　一　网络文学：文学媒介化与生产方式的变更 ……………（79）
　　二　青春文学：作家偶像化与读者粉丝化 …………………（85）

第二章　视觉文化时代的文学生产 ……………………………（95）
　第一节　视觉文化与文学的总体考察 ………………………（96）
　　一　什么是视觉文化 …………………………………………（96）
　　二　作家"触电"面面观 ………………………………………（102）

1

三　小说在视觉文化时代的命运……………………（133）
第二节　莫言与影视：以《白棉花》为例……………………（145）
　　一　从《红高粱》到《白棉花》……………………（146）
　　二　《白棉花》的文本分析……………………（155）
　　三　"触电"教训启示录……………………（167）
第三节　从小说到电影：《芳华》是怎样炼成的……………（172）
　　一　女兵情结与私人订制：《芳华》诞生的动因……（173）
　　二　小女人小说或电影小说：严歌苓的配方…………（179）
　　三　立主脑、减头绪、补腻子与罩油漆：冯小刚的
　　　　加减法……………………（187）
　　四　大众文化与真善美……………………（204）

第三章　网络文学的生产机制……………………（207）
第一节　网络文学与文化产业……………………（207）
　　一　作为文化产业的网络文学……………………（209）
　　二　作为生产者的写手……………………（225）
　　三　作为粉丝的批评家：以邵燕君为例……………（247）
第二节　历史题材的生产与消费：以《明朝
　　　　那些事儿》为例……………………（268）
　　一　文本分析："好看"的秘密……………………（269）
　　二　生产元素：BBS、博客、粉丝与书商……………（290）
　　三　"悦"读"笑"果：消费快感与娱乐经济……………（309）

第四章　文学经典与大众文化……………………（318）
第一节　学院批评与经典生产……………………（319）
　　一　文学经典与当代文学的评价问题……………（320）
　　二　在"顾彬现象"的背后……………………（326）
　　三　如何看待"当代文学经典化"……………………（335）

第二节 "民选经典"中的大众文化:以路遥其人
　　　　其作为例 …………………………………………（347）
　　一　路遥"经典化"的外部考察 ………………………（348）
　　二　《平凡的世界》:在严肃文学与大众文化之间 ………（383）

第五章　文学之变与文学理论的应对方案 …………………（450）
　第一节　从"文学终结论"到"文学变化论" ………………（450）
　　一　文学终结论:发酵语境以及"终结"意涵 ……………（451）
　　二　技术决定论与情感决定论:理解文学是否终结的
　　　　不同走向 ……………………………………………（460）
　　三　文学变化论:生产、消费与研究 ……………………（467）
　第二节　在文学研究与文化研究之间 ………………………（477）
　　一　不及物的文学理论 …………………………………（477）
　　二　没有文学的文化研究 ………………………………（485）
　　三　走向一种"间性"研究 ………………………………（495）

主要参考文献 …………………………………………………（510）

后记 ……………………………………………………………（527）

自序　逡巡于雅俗之间，或在
　　　　接合部做文章

把王小溪博士精心编校过的书稿清样认真修订一遍之后，我决定再写一篇序文。何以如此？因为那个"后记"没写好，而且老是项目长、课题短的，根本就没说到位。我得叠床架屋，弥补一下。

"后记"据说蛮重要，为什么不把它往好里写？皮裤套棉裤，必定有缘故。话说2021年12月初，我琢磨着该戒烟了，并且立即付诸行动。作为一杆资深老烟枪，突然戒烟后，各种不适自然扑面而来，但我还是咬着牙，横下心，想试试还能否写东西。那时候，这部书稿已经竣工，唯"后记"还未分娩，于是我打开电脑，直奔主题。但刚敲出"后记"二字，吸烟的念头就开始疯长。瞅一瞅那盒抽得还剩半包的烟，它就搁在我伸手可及的电脑桌上，仿佛是在考验我的革命意志。抓耳挠腮……捶胸顿足……磨牙吮血……灵魂深处闹革命……终于不管不顾，我以"迅雷不及掩耳盗铃儿响叮当"之势从烟盒里抽出一支，点上，大口吸到嘴里。这时候，脑子忽然清醒片刻，便赶忙把烟吹出去，没往肚里吞。如是者三，一支烟就那样"烧"完了，"后记"却没写出一个字。

第二天，再一次拿架势，运气大半天，又烧一支烟，仿佛使出了洪荒之力，才总算憋出千把字。而且，明摆着的是，脑子不活泛，下笔就不舒展，笔下的文字像寒冬腊月在雪地里走，缩手缩脚的。

第三天，终于没烧烟，终于又勉强写了几百字，也终于草草收了尾。不到两千字的东西，居然写了三天两后晌，这简直就是自废武功，简直就是奇耻大辱，简直就是赵某写作史上的至暗时刻！

都这样了还要码字，能写好吗？

所以那篇"后记"，您只能凑合着看。

那么，这篇序文该从何谈起呢？说来话长。

知我者都晓得我在文艺学专业混饭，但我也常常目无组织，不守规矩，不时跑到当代文学去说三道四。时间久了，我的前一个身份甚至被人忽略，不务正业反而混出了一点虚名。记得中国人民大学的程光炜教授曾经讲过：赵勇嘛……他就是搞当代的。这个评定既让我惊喜，也让我惭愧和惶恐。回到家中闭门思过，心中一激灵：我是不是抢了人家的饭碗？

不过我要老实交代，即便有非偷即抢之嫌，那也不是故意为之。因为大言不惭地说，我对当代文学绝非"感情浅，舔一舔"，而是"情深深，雨蒙蒙"。而这深情若是追根溯源，不回到大学时代就说不清，道不明。

20世纪80年代中前期，我在山西大学念书，那也正是新时期文学的黄金时代。当其时也，文学就是统帅，是灵魂，是生活中的一切。你要是没有读过几十部中短篇小说——例如《人生》《远村》《老井》《黑骏马》《春之声》《绿化树》《哦，香雪》《北方的河》《人到中年》《陈奂生上城》《乔厂长上任记》《透明的红萝卜》《男人的一半是女人》《高女人和她的矮丈夫》，等等——你都不好意思跟人家打招呼。那个时候，邢小群老师给我们上当代文学课，她京腔京韵，神采飞扬，课讲得行云流水，文本也分析得头头是道。凡是她提及的新时期作家作品，我都会立即奔赴期刊阅览室，把他（它）们"捉拿归案"。从此我也养成了读期刊的习惯。后来我意识到，一位好老师对其学生的影响可能会终身受用。假如没遇上邢老师，我还能对当代文学热情似火吗？悬。

自序　逡巡于雅俗之间，或在接合部做文章

职是之故，我发表的处女作是新时期作家作品论，且与邢老师有关。① 我写学士学位论文，选题也聚焦新时期文学，名为《论中国当代悲剧观》，这都是我亲近当代文学的铁证。

然而，我并没有在通往当代文学的康庄大道上一路狂奔。报考硕士研究生时，我对理论的兴趣已占上风，于是选择了文艺学专业。读研期间，我的主要任务自然是读理论书，却也没让中外文学作品闲着。比如，我读过一阵子卡夫卡、茨威格、诺曼·梅勒、索尔仁尼琴、陀思妥耶夫斯基，后来又读开了昆德拉。而硕士毕业两年之后的1992年，当我读着昆德拉的论断——"小说自己也慢慢地被缩减所破坏……小说（和整个文化一样）日益落入传播媒介的手中……被隐蔽在政治多样性后面的大众传播媒介的共同精神，就是我们时代的精神，我认为这种精神是与小说精神背道而驰的。"②——立刻就意识到我们的时代也正在经历着他所说的那种变化，而此种变化，早在1988年就已经向我们款款走来。

1988年是什么年头？是"十亿人民九亿商，还有一亿等开张"初见端倪的年头，是许多人觉得读书无用而开始出现考研"倒挂"（即报名人数低于招生人数）的年头，是《顽主》等四部作品被同时搬上银幕而被称作"王朔年"的年头，是化名阳雨的王蒙发表《文学：失却轰动效应以后》的年头。阳雨同志说："如果一个社会许多成员只是为了'解闷儿'而读文学作品，冷落了一些救世型的思想家与惊世玩世型的艺术家的巨作，也并非完全可悲。"春江水暖鸭先知，您瞧王蒙老师的思维多么超前！他还进一步预测，尽管通俗小说与严肃小说"结合起来做到雅俗共赏、曲高和众是诱人的理想，但这二者的进一步分化、文学的双向发展与作者读者在这二者

---

① 参见拙文《邢小群老师与我的处女作》，《山西文学》2021年第10期。
② ［捷］米兰·昆德拉：《小说的艺术》，孟湄译，生活·读书·新知三联书店1992年版，第17页。

之间的摇摆恐怕是难以避免的事实"。①

诚哉斯言！这也就是说，文学即将发生重大裂变，但龟缩在山东师大一角念书的我似又浑然不觉，依然在享受着"纯文学"的盛宴。至今我还记得《红高粱家族》（解放军文艺出版社1987年版）给我带来的巨大震动，套用莫言小说中的夸饰之言，这几部中篇读下来，"简直就是石破天惊，简直就是平地一声雷，简直就是东方红，简直就是阿尔巴尼亚，简直就是一头扎进了蜜罐子，简直就是老光棍子娶媳妇……百感交集思绪万千"②。我在激动的狂喜中写了好几页读后感，并记下了读完这部作品的准确日期——1987年11月15日。从此之后，莫言成了我"跟踪追击"的作家，而这种跟读也初见成效。受杨守森老师之邀，我参与了《怪才莫言》（花山文艺出版社1992年版）一书的写作，算是又过了一把拿当代作家练手的瘾。

然而，也就在我读莫言期间，我的一位师兄却一部接一部地读起了金庸，直到把他的作品全部搞定。有一阵子，师兄武魂附体，五迷三道，不是宣讲令狐冲的吸星大法，就是念叨韦小宝的七个老婆，仿佛正与金庸笔下的人物同吃同住，相互切磋，我们的宿舍顿时变成了灵鹫宫、桃花岛。那时我才意识到，王蒙所谓的雅俗分化已近在眼前。

在师兄的诱导下，我也读了读《笑傲江湖》（也许是《天龙八部》？记不太清了），自然也觉得金庸写得不歪，但想让我成为他的"门下走狗"，顶礼膜拜，似乎又难乎其难。毛尖老师曾经说过："世界上就分两种人，一种喜欢金庸，一种不喜欢金庸。"③ 她大概忘了，世界并非黑白两色，非此即彼，爱憎分明之外的中间地带也不容小觑。像我，就属于谈不上喜欢也谈不上不喜欢的第三种人。而我的

---

① 阳雨：《文学：失却轰动效应以后》，《文艺报》1988年1月30日。
② 莫言：《天花乱坠》，《小说界》2000年第3期。
③ 毛尖：《洪子诚为什么不喜欢读金庸》，《文艺争鸣》2022年第11期。

这种暧昧也终于内化为一种视角或姿态，延续在 20 世纪 90 年代的岁月中，渗透在我对文学与大众文化的看法里。

我在"后记"中说："20 世纪 90 年代，我一直在山西的一个小城里待着。"那座小城名叫长治，坐落在上党盆地中央。值得一提的是，长治师范是赵树理青年时代的求学之地，长治周边的农村也是他后来经常"下乡"的风水宝地，这样，长治也就成了赵树理的第二故乡。养育过赵树理的文化不可能太精英，也不可能很高雅，它就是土得掉渣、具有浓郁山药蛋味道（民间色彩）的大众文化。

在这种文化中浸泡了十多年，连我都成了赵树理研究专家。

然而，最初琢磨赵树理，我却带着一种精英视角。这也难怪，整个 80 年代，我所接受的审美教育无不来自精英文化。鲁迅是精英的，沈从文是精英的，《围城》是精英的，新时期的各路文学诸侯也不可能不精英。在这种精英主义的氛围中，我的欣赏趣味也不可避免地雅化、纯化、先锋化了。《当代》大编周昌义说过："当时的中国人，饥饿了多少年，眼睛都是绿的。读小说，都是如饥似渴，不仅要读情感，还要读新思想、新观念、新形式、新手法。那些所谓意识流的中篇，连标点符号都懒得打，存心不给人喘气的时间。可我们那时候读着就很来劲，那就是那个时代的阅读节奏，排山倒海，铺天盖地。喘口气都觉得浪费时间。"[①] 这也是我当年的审美感觉和欣赏节奏。记得初到长治的 1985 年，我看过两场电影——《一个和八个》和《默默的小理河》，它们给我带来的审美冲击无与伦比；也记得 1986 年，我见《当代》杂志第 4 期有陆天明的长篇小说《桑那高地的太阳》，便挑灯夜读，不忍释手，不知东方之既白。我觉得此等电影和小说才是我盘里的菜。以此"感觉结构"去接受"清粼粼的水来蓝格莹莹的天"，我就觉得很错位，受不了。

---

① 周昌义：《记得当年毁路遥》，《文艺理论与批评》2007 年第 6 期。

接合：大众文化的冲击与1990年代以来的文学生产

说也奇怪，我这种审美旨趣与赵树理的"通俗故事"不大兼容，读起王朔的东西却毫无违和感。我现在还记得，1986年的一天，雷达好友、落魄长治写小说的王作人忽然对我说："小赵，有个叫王朔的家伙写了个《一半是火焰，一半是海水》，你找来瞧瞧。狗日的写得好！"那一阵子，王老师刚读过刘恒的小说《狗日的粮食》，对"狗日的"能够入题惊羡不已，"狗日的"也就成了他的口头禅。我找来读，味道果然不一般，从此就关注起王朔这厮。1990年，我开始居家过日子，遂买了一台长虹十八英寸彩电，认真看了几年电视剧。要是有王朔参与或改编自他作品的电视剧——《渴望》《编辑部的故事》《海马歌舞厅》《过把瘾》，等等——我看得就更是起劲。那时候，我不仅买回了四卷本的《王朔文集》和《我是王朔》等书，甚至还买了一本《编辑部的故事·精彩对白欣赏》，没事就翻一翻。当葛优饰演的李冬宝以"咱长这么大容易么"开导勇刚，接下来的一串台词是这样的：

> 可不，打在胎里，就随时有可能流产，当妈的一口烟就有可能长成个畸形。长慢了心脏缺损，长快了就六指，好容易扛过十个月生出来了，一不留神还得让产钳把脑袋给夹扁了。都躲过去了，小儿麻痹，百日咳，猩红热，大脑炎还在前面等着咱。哭起来呛奶，走起来摔跤，摸水水烫，碰火火燎。是个东西撞上，咱就是个半死。钙多了吧不长个儿，钙少了吧罗圈儿腿。总算混到会吃饭、能出门了，天上下雹子，地下跑汽车。大街小巷，是个暗处就躲着个坏人，你说赶上谁都是个九死一生，不送命也得落了个残疾。①

---

① 冯小刚、王朔等：《编辑部的故事·精彩对白欣赏》，中国广播电视出版社1992年版，第203页。根据电视剧中演播台词进一步校对。

自序　逡巡于雅俗之间，或在接合部做文章

这种台词本来就透着王朔式的贫与侃，再由京片子葛大爷口吐莲花，脆生生，响当当，宛如京剧里的"西皮流水"，能不让人爽歪歪乎？

现在想来，我对大众文化有了些感觉，与金庸大神和琼瑶阿姨没有半毛钱关系，而是来自"一点正经没有"的王朔。正是这位侃爷，给我打开了观察大众文化的天眼。

还有崔健。

崔健唱响《一无所有》是1986年，但我究竟是八几年开始关注他的，现在已记不清晰。唯一能够确认的是，我在1989年买了一本《当代歌王》，书里的开篇之作便是对崔健的介绍，文章由肖风所写。他引用西方一位音乐研究者的话说："摇滚音乐与其说是一种音乐力量，倒不如说是对社会问题表示看法的一种方式……摇滚歌星帮助我们社会表达了它的信仰和立场。"[①] 可以说，此文此论，开启了我对崔健与他的摇滚乐的最初认识。而随着他的专辑《新长征路上的摇滚》(1989)、《解决》(1991)、《红旗下的蛋》(1994)、《无能的力量》(1998)先后面世，我也成了他的忠实听众。那几盘磁带被我反复播放，把录音机都听废了，以至于他的每首歌都记得滚瓜烂熟，简直到了刻印在脑子里，溶化在血液中的地步。

我在1993年的一篇文章中写道：

> 崔健选择了摇滚，实际上就是选择了一件批判的武器。正因为如此，摇滚也就只能是重金属震耳欲聋的轰鸣，是演唱者声嘶力竭的长啸。摇滚歌星在舞台上的姿态也就只能是不妥协、不气馁和无边无际的怀疑、无穷无尽的发问。他们歌唱青春、

[①] 肖风：《崔健——中国的约翰·列农》，载王彦祺、韩小惠编《当代歌王》，华夏出版社1989年版，第3页。

胆气和自豪,他们批判伪饰、矫情和堕落,他们倾诉迷惘、痛苦和忧虑。这些经验,经过了他们的歌喉,全都变得那么粗厉、那么真切、那么刻骨铭心又那么饱满坚挺,仿佛扎心般的疼痛,却又能在痛楚中爆发出极大的快感。

那是男人的嚎啕大哭。①

可以说,这就是我对崔健及其摇滚乐的最初理解。而当我后来写出《崔健的摇滚乐和反抗的流变史》(《书屋》2003年第1期),以及更后来又发表《从摇滚到民谣:"批判现实"的音乐轨迹》(《中国图书评论》2012年第12期)时,我固然是在向崔健致敬,但其实也是对自己痴迷摇滚的一种缅怀。与此同时,我也意识到,许多年里我对崔健及其摇滚乐的定位都不太准确。起初,我把他(它)当作精英文化的代表,后来我又把他(它)看作大众文化的先锋,终于有一天,我总算想明白了,崔健的摇滚乐实际上是青年亚文化!而从崔健的视角看王朔,王朔显然也携带了青年亚文化的基因,否则,他的"痞子文学"就不会那么走红,他本人就不可能那么喜欢崔健,把这位摇滚歌星誉为"我们国家最伟大的行吟诗人"②了。但自从王朔与影视眉来眼去之后,他的亚文化差不多已被大众文化收编,这也是事实。

尽管"崔健老了"之后,其喊唱已显得空洞,没有了当年直指人心的疼痛;尽管王朔从《我看金庸》开始,就希望与大众文化拉开距离,以至于《看上去很美》已失去了当年青春泼辣的力量,但他们的作品都让我意识到精英文化的问题所在。汤因比说:"当艺术家仅仅为自己或为自己小圈子里的好友工作时,他们鄙视公众。反过来,公众则通过忽视这些艺术家的存在对之进行了报复。由此造

---

① 参见拙文《追随大腕儿——从崔健王朔张艺谋热看当代青年的偶像崇拜》,《山西青年》1993年第6期。

② 王朔等:《我是王朔》,国际文化出版公司1992年版,第75页。

成的真空被走江湖的庸医一样的冒牌艺术家作了填充。"① 本雅明的看法则更为坦率，他认为，高雅艺术是无法赢得大众的，艺术只有接近他们才能把他们争取过来。而能够争取大众、温暖其身心的作品，往往与大众文化有关。② 如果把王朔和崔健代入其中，上面的论述是不是就不再高高在上，而是有了让其落地的可能？

于是我终于意识到，在我深陷上党盆地的日子里，正是王朔和崔健给我带来了重要启迪。

但与此同时，我一刻也没离开过处于"现在进行时"的纯文学——就是王蒙所谓的"严肃小说"，尤其是在漫长的90年代。

前面说过，我读期刊的习惯形成于上大学期间。但起初，我只能把它落实在图书馆，只是进入90年代之后，方才有了"满载而归"的充分条件。我所供职的单位是晋东南师专，师专中文系有资料室，资料室由一位李姓老师掌管，每到年头岁尾订杂志，她就会征求我的意见，那个时候，我就有了一点话语权。让她订阅文学期刊中的"四大名旦"自不待言，但许多时候，我的"权力"也四处蔓延，甚至蔓延到很多人都有可能忽略的《海上文坛》那里。杂志到来，往往是我先下手，挑一大摞抱回家中，尽情享用。待这些杂志读了个七七八八之后，才如数奉还，而这时，又一批新杂志已经到位。

许多小说就是在那些文学期刊上先睹为快的。我至今记得，陈忠实的《白鹿原》是读于《当代》，张炜的《九月寓言》是读于《收获》，莫言的《丰乳肥臀》是读于《大家》，而《废都》《心灵史》《私人生活》《马桥词典》《黄金时代》等长篇之作，则是买上

---

① [英]A.J.汤因比：《艺术：大众的抑或小圈子的》，载[英]汤因比、[美]马尔库塞等《艺术的未来》，北京大学出版社1991年版，第21页。

② Walter Benjamin, *The Arcades Project*, trans. Howard Eiland and Devin McLaughlin, Cambridge: Belknap Press, 1999, p.395.

书读的。有两三年时间,我被安排讲授"中国当代文学史"课程,于是,重读、补读和新读当代文学作品便成为日常功课。那一阵子,我一边补读《活动变人形》(王蒙),一边新读《高老庄》(贾平凹)、《小姐你早》(池莉),还一边重读"三红一创,青山保林",顿时有了一种一夜暴富的惊喜。

就是在大量阅读期刊的过程中,我把许多有意思、受刺激的文章抄到了自己的笔记本上。韩少功的《灵魂的声音》(《小说界》1992年第1期),全部抄!王朔的《王朔自白》(1993年第1期),整篇抄!程乃珊的《小说——流行歌手》(《小说界》1992年第3期),抄了百分之九十九。90年代中前期,北京、上海的作家已在"换笔"(用起了电脑),而我依然在笔耕墨种,仿佛他们坐上了动车高铁,我却还是老牛破车。但这样做也有好处——因抄写一遍,就加深了印象,那些材料也就成了我的思考元素。这本书中,程乃珊的那篇文章我用过两三次。按说,这则材料比较偏,我能把它抄下来、用起来,不是我多有先见之明,而是我出身农民,懂得"搂草打兔子"的道理。

1999年,我北上京城,开始攻读博士学位。既然还要在文艺学专业拿文凭,那么老是捧着期刊读小说就很不像话。好吧,那咱就"改邪归正",把理论书读起来,比如法兰克福学派。

如"后记"中所言,我是在"透视"完中国的大众文化之后进入法兰克福学派的领地的,自然就不可能不吃着碗里的,看着锅里的,写着西方,想着中国。当阿多诺批判着被资本打理过的文化工业而为自主艺术鼓而呼时,我想到的是王朔他们鼓捣的那个"海马影视创作中心",还有莫言为张艺谋写的那个《白棉花》。当本雅明要用共产主义的"艺术政治化"回应法西斯主义的"政治审美化"时,我想到的是毛泽东的《在延安文艺座谈会上的讲话》。当马尔库塞呼唤着"新感性"时,我想到的是高尔泰的那个说法:"也许崔健和他的摇滚乐是中国唯一可以启蒙的文化形式。"① 当洛文塔尔摇摆于蒙田与帕斯卡尔之间，传递着他对大众文化的犹疑之态时，我想到的是"人文精神大讨论"中的京派、海派之争。海派说，大众文化糟得很！王朔"码字""玩文学"，意味着人文精神的失落。京派则反唇相讥："那是关注他们的视线的失落，崇拜他们的目光的失落，哪是什么人文精神的失落。"没必要把大众文化说得那么不堪嘛，"影视就是目前时代的最强者，对于这个'打击敌人，消灭敌人，团结人民，教育人民'的有力武器，我们为什么不去掌握？"② 因此，当我最终拎出"整合与颠覆"这个抓手来指认我所理解的"法兰克福学派大众文化理论"时，这固然是"贴着人物写"，但又何尝没有中国经验的参与？

而且，因为琢磨法兰克福学派的大众文化理论，一个"艺术与大众文化"的隐形结构也开始显山露水，那是阿多诺和洛文塔尔等人提出问题的基本框架，分析问题的固定视角。在这个问题框架中抚今追昔，我便常常暗自感慨：阿多诺当然才太高，气太豪，他钟情于自主艺术、批判大众文化的执着确实让我获益良多，但低调的、平和的、逡巡于雅俗之间的洛文塔尔也对我启发不小。那个时候，我就想到了杰姆逊的高论："到了后现代主义阶段，文化已经完全大众化了，高雅文化和通俗文化，纯文学与通俗文学的距离正在消失。"③ 如此看来，这是不是意味着"艺术与大众文化"的二元对立关系已经瓦解？

然而问题来了。20世纪90年代，尽管后现代主义很是被中国学界热火朝天地译介过、谈论过甚至争论过，以至于热衷于拿"后"

---

① 转引自江熙、张英《摇滚革命根本就没有开始过——崔健访谈录》，《北京文学》1999年第6期。

② 白烨、王朔、吴滨、杨争光：《选择的自由与文化态势》，载王晓明编《人文精神寻思录》，文汇出版社1996年版，第95、88页。

③ ［美］杰姆逊：《后现代主义与文化理论——弗·杰姆逊教授讲演录》，唐小兵译，陕西师范大学出版社1987年版，第129页。

接合：大众文化的冲击与1990年代以来的文学生产

说事者被人戏称为"陈后主"或"张后主"，以至于孙津不得不高声断喝："后什么现代，而且主义。"① 但后现代进入中国或是中国进入后现代了吗？如果当下中国是前现代、现代与后现代相互纠缠也相互对接、相互启发也相互制约，那么，我们又该如何判定"艺术与大众文化"的分化与融合？

从 2004 年起，我开始主讲一门名为"文学理论专题"的课程，听众则是北京师范大学文学院的本科生同学。那个时候，我正饶有兴致地关注着"文学终结论"的讨论或争论，便把希利斯·米勒的《全球化时代文学研究还会继续存在吗？》一文提供给学生，并由此设计出两讲内容，一是"文学理论的危机与对策"，二为"文学的分化与文学理论的应对方案"。几年之后，我又把"文学的分化"修改成"文学的分化与融合"，继续讲授。我对学生说，所谓文学的分化：一是讲"作为艺术的文学"源远流长，二是指"作为大众文化的文学"已经出现。不用说，如此区分文学，其依据既与"艺术与大众文化"的问题框架相关，也与我对 90 年代以来"文学与大众文化"的现场观察相连。与此同时，我也在一篇文章中写道，由于商业化等因素的干扰和渗透，所谓的"纯"文学已变得不再纯粹；由于大众文化的冲击与裹挟，文学生产与消费方式已发生改变。然而，现行的文学理论体系却主要在与文学经典打交道，面对今天的文学现实，它已失去了应有的阐释能力。于是我指出，文学理论要想拓展生长空间，其可能的出路是转换阐释模式——从面向文学经典转到面对文学现实，甚至介入大众文化的研究之中。舍此，似乎别无他法。②

现在看来，那只是我对文学分化与文学理论应对方案的初步思

---

① 参见孙津《后什么现代，而且主义》，《读书》1992 年第 4 期。
② 参见拙文《新世纪文学理论的生长点在哪里？》，《文艺争鸣》2004 年第 3 期。

考，几年之后，这种方案已具体化为"在文学研究中增加文化研究维度，在文化研究中增加文学研究维度"①。又两年之后，"关注文学与新媒体的'接合部'"② 则成为我对文学理论的主要期待。而至2017年，因为反思童庆炳老师的文化诗学，我又把如上问题进一步凝聚成如下表达：

> 今天看来，所谓的"在文学研究与文化研究之间"，其前提首先是"在审美与非审美之间""在诗意与反诗意之间""在纯文学与大众文化之间"，因为这是"矛盾论"的起点和立足点。它的方法论资源应该在鉴赏式分析与表征式分析（亦即美学分析与意识形态症候分析）之间，价值观资源则很可能在倡导"介入"的萨特与反对"介入"的阿多诺之间。只有这些"之间"形成一个有机整体，"在文学研究与文化研究之间"才不至于成为空中楼阁。而"之间"或"间性"之所以重要，是因为正如"城乡接合部"混乱、无序、芜杂同时却也生机勃勃一样，正如路遥聚焦于"城乡交叉地带"写出了《平凡的世界》一样，纯文学与大众文化的"接合部"同样充满着种种独异性（singularity）、疑难性与生发出问题意识的可能性。那是矛盾丛生之处，也该是文化诗学大有可为之所，而新的思想与学术的生长点或许就诞生在这里。③

要是有人问我，为何你动不动就"之间"？干嘛你老是惦记着"接合"？我想答案大概与路遥与霍尔有关。许多人读《平凡的世

---

① 参见拙文《在文学研究与文化研究之间——对一种新研究范式的期待》，《湛江师范学院学报》2008年第5期。
② 参见拙文《视觉文化时代文学理论何为》，《文艺研究》2010年第9期。
③ 参见拙文《从"审美中心论"到"审美/非审美"矛盾论——童庆炳文化诗学话语的反思与拓展》，《北京师范大学学报》（社会科学版）2017年第6期。

界》读得心潮澎湃,读《早晨从中午开始》读得激情满怀,我自然也不能免俗。但除此之外,我也从中读出了方法论和辩证法。路遥说过:"农村我是熟悉的;城市我正在努力熟悉着;而最熟悉的是农村和城市的'交叉地带'。我曾长时间生活在这一地带,现在也经常'往返'于其间。我自己感到,由于城乡交往逐渐频繁,相互渗透日趋广泛,加之农村有文化的人越来越多,这中间所发生的生活现象和矛盾冲突,越来越具有重要的社会意义。"① 很显然,这个"交叉地带"是路遥的创作源泉。而把"交叉地带"置换成"接合部",进而把文学与大众文化代入其中,则是我的研究进路。如此移花接木之后,路遥的"城乡交叉地带"也就变成了我的"雅俗接合部"。我逡巡于雅俗之间,其实就是"往返"于纯文学与大众文化之间。而以雅观俗或由俗观雅,既非以雅观雅单向度,也非由俗观俗独眼龙,而是可以东张西望,能够左顾右盼。看的深度往往取决于看的宽度,视野不开阔,眼光很可能也不透彻,看问题恐怕就无法入木三分,而只能入木三厘了。有段时间,我对布克-穆斯所论的那个"看的辩证法"② 浮想联翩,也许,其中的一些秘密就藏在这里。

与此同时,被霍尔镀亮的"接合理论"(The Theory of Articulation)也为我提供了某种方法论资源。霍尔强调:"'articulation'表示说出来、讲出来、发音清晰等。它有正在使用语言、正在表达等含义。但是,我们也用以指一个 articulated 的拖挂式货车(卡车):它的前半部分(驾驶室)和后半部分(拖车)能够连接在一起,但这种连接不是必须的。车头车尾要通过特殊的联动装置相互连接,这个装置是可以被拆卸的。接合因此是一种连接的形式,在特定条件下它可以将两个不同的因素连接在一起。但这种连接不是必然的、

---

① 路遥:《致〈中篇小说选刊〉》,载《早晨从中午开始》,北京十月文艺出版社 2010 年版,第13—14页。

② See Susan Buck-Morss, *The Dialectics of Seeing: Walter Benjamin and the Arcades Project*, Cambridge, MA.: The MIT Press, 1989.

自序　逡巡于雅俗之间，或在接合部做文章

具有决定性作用的、绝对的或者本质的。"至于"接合理论"，据霍尔解释，那是把意识形态因素聚合在某种话语里的方式，亦即"在某些特殊的情势下，各种意识形态因素是如何被接合或者如何没有被接合在一起的"。换言之，"接合理论是询问某种意识形态是如何发现其主体的"。① 也因此，意义便只能是接合/表达的产物。许多时候，意义被何人、以何种方式、在何种语境中赋予文本，才是问题的关键所在。而在接合/表达的背后，实际上是文化霸权的争夺和确立。② "雅俗接合部"本来是毛茸茸、乱哄哄的所在，经"接合理论"观而照之，仿佛才有了某种秩序，其意义的生发似乎也才更加复杂和生动起来，因为那正是"审美意识形态"和"消费意识形态"的交汇处，二者婚合（接合）之后免不了要情意绵绵，窃窃私语（表达）。而截获其话语，放大其声音，进而辨析其是非真伪，很可能正是当今研究者应该做的事情。

而我所心心念念者，不过是在这个"接合部"想些问题，做点文章，如此而已。

如果从2003年琢磨"新世纪文学理论的生长点在哪里"算起，我关注大众文化与文学生产这个问题已有二十年了。要是说我二十年如一日，都在与这个问题较劲，那既不真实，也显得矫情。因为诚如哈维所言，许多年前，一位严肃的学者写一本书是需要花二十年时间的，"但现在你再这么做的话，可能就会被辞退"③。为了避免卷铺盖走人，在此期间，我除了让自己的那本博士学位论文——

---

① 《"后现代主义"与"接合"——斯图亚特·霍尔访谈录》，张道建译，载黄卓越、[英]戴维·莫利主编《斯图亚特·霍尔文集》，中国社会科学出版社2022年版，第270页。
② 参见赵勇主编《大众文化理论新编》（第2版），北京师范大学出版社2016年版，第126页。
③ [美]大卫·哈维：《资本的时间和空间》，陈国战译，《中华读书报》2016年7月6日。

接合:大众文化的冲击与1990年代以来的文学生产

《整合与颠覆:大众文化的辩证法——法兰克福学派的大众文化理论》(2005)——面世之外,还出版过《透视大众文化》(2005)、《大众媒介与文化变迁:中国当代媒介文化的散点透视》(2010)、《法兰克福学派内外:知识分子与大众文化》(2016)、《文学与时代的精神状况》(2017)、《赵树理的幽灵:在公共性、文学性与在地性之间》(2018)、《走向批判诗学:理论与实践》(2022)等学术著作。表面上看,它们好像与我这本书关系不大,但实际上,它们都是姊妹亲,兄弟亲,打断骨头连着筋,都具有"家族相似性"。而我在德国与中国之间来来往往,在理论与实践之间进进出出,或许就是在为这本书"养气"。

不过,即便我像孟子所说的那样,我善养吾浩然之气,我对当代文学的研究也仍然具有"业余性"(amateurism)。在上述一本书的自序中,我用"越界者、旁观者和业余者"来定位我的文学批评活动,[1] 道理就在这里。让我有了某种信心的是萨义德对"业余性"的相关论述,他说:"这种业余性不为利益或报酬所动,而是出于更大范围的热爱和永不熄灭的兴趣,是为了跨越界限和障碍从而建立种种联系,是为了拒绝被专业所限、画地为牢,是为了打破职业限制,进而关心诸多观念和价值。"[2] 比对这番说法,我自认为还有对号入座的资格。而作为旁观者,我想到的则是阿多诺的感悟:"在美国,我摆脱了对文化的天真信念,获得了从外部看待文化的能力。"[3] 这里只要把"美国"换成"文艺学专业",再把"文化"换成"当代文学",就可以表达我自己的感受了。或许,这就是越界、旁观和

---

[1] 参见拙著《文学与时代的精神状况》,新北:花木兰文化事业有限公司2017年版,第1—4页。

[2] Edward W. Said, *Representations of the Intellectual: The 1993 Reith Lectures*, New York: Vintage Books, 1994, p.76.

[3] Theodor W. Adorno, "Scientific Experiences of a European Scholar in America", in Donald Fleming and Bernard Bailyn, eds., *The Intellectual Migration: Europe and America, 1930 - 1960*, Cambridge: The Belknap Press of Harvard University Press, 1969, p.367.

业余给我带来的福利?

这种福利可能给了我一些直言的力量或说真话的勇气,这是让我比较欣慰的,但也仅此而已。因为实际情况是,我的言说常常落入虚空,不知所终,走向"不说白不说,说了也白说"的荒诞之中。然而,尽管如此,我却既感恩于自己这个旁观者的位置,也常常在"白说也要说"的虚妄中守护着自己的言说冲动。因此,有时我会想到鲁迅的语录:"绝望之为虚妄,正与希望相同。"① 有时我又会想到本雅明的说法:"只是因为有人不抱希望,希望才赐予我们。"②

借助这两位先哲的箴言,我似乎才获得了一丝安慰,而且更重要的是,"文艺学"与"当代文学"的"接合"似乎也才"表达"出一些"意思"。

没错,是"意思"。说"意义"这种大词难免矫情,就"意思"吧。

2024 年 2 月 7 日

---

① 鲁迅《野草·希望》,载《鲁迅全集》第二卷,人民文学出版社 2005 年版,第 182 页。
② See Herbert Marcuse, *One-Dimensional Man: Studies in the Ideology of Advanced Industrial Society*, London: Routledge, Beacon Press, 1991, p. 257.

导　言

　　2006年5月，查建英主编的《八十年代：访谈录》上市。随着这本书的热销，一股浓浓的怀旧风潮开始在知识界蔓延。或许是为了让20世纪80年代进入人们视野时更加直观，也更为丰满，该书的编撰者特意把20世纪八九十年代的"常见词"印在封底，以便让这两个年代形成鲜明对照和强烈反差。"和80年代有关的常见词"是"激情、贫乏、热诚、反叛、浪漫、理想主义、知识、断层、土、傻、牛、肤浅、疯狂、历史、文化、天真、简单、沙漠、启蒙、真理、膨胀、思想、权力、常识、使命感、集体、社会主义、精英、人文、饥渴、火辣辣、友情、争论、知青、迟到的青春"。"和90年代直至现在有关的常见词"则是"现实、利益、金钱、市场、信息、新空间、明白、世故、时尚、个人、权力、体制、整容、调整、精明、焦虑、商业、喧嚣、大众、愤青、资本主义、身体、书斋、学术、经济、边缘、失落、接轨、多元、可能性"。①

　　在这份不一定罗列得很全面的常见词中，我们看到的90年代简直与80年代泾渭分明——如果说80年代是理想主义爆棚，那么90年代就是实用主义疯长；如果说80年代是"很傻很天真"，那么90年代就是"很精很世俗"；如果说80年代是"一切向前看"（让我们回想一下"再过二十年，我们来相会"的歌词——来自歌曲《年

---

① 参见查建英主编《八十年代：访谈录》，生活·读书·新知三联书店2006年版，封底。

轻的朋友来相会》），那么 90 年代就是"一切向钱看"（让我们再回想一下"金钱不是万能的，但没有钱是万万不能的"之台词——来自电视剧《编辑部的故事》）……这样的对举句型还可以罗列很多。李陀接受查建英访谈时说，80 年代作家、批评家见面之后便谈论文学，讨论政治，可以直来直去，敢于刺刀见红，争论、批评乃至相互挤对是家常便饭。但 90 年代以来，他"发现很多作家见面以后，大家都耻于谈文学，宁愿胡扯"。查建英马上补充道："这个我也发现了。作家耻于谈文学，学者耻于谈学术。比如我们北大老同学聚会谈什么最起劲呢？装修！房子！"[①] 您瞧，这是不是天壤之别？

那么，聚焦于知识界和文化界，90 年代又是一个怎样的年代呢？一言难尽，但我们可以列举一些典型事例和流行语句，进入那个年代的历史现场，想象一下大风起兮云飞扬——那是一个"悠悠岁月，欲说当年好困惑"（电视剧《渴望》主题歌歌词）的年代，是许多人都被"既然选择了远方/便只顾风雨兼程"（汪国真诗句）迷倒的年代，是"别理我，烦着呢"（1991 年文化衫上的文字）流行一时的年代，是路遥英年早逝的年代，是"陕军东征"、《废都》被炒作为"当代《金瓶梅》"的年代，是"文戏上床，武戏上房"（当代民谣）的年代，是"不谈爱情""冷也好热也好活着就好"（池莉小说题目）的年代，是"玩的就是心跳""千万别把我当人"（王朔小说题目）的年代，是"这个感觉真让我舒服/它让我忘掉我没地儿住"（崔健《一块红布》歌词）的年代，是"痞子写，痞子演，教育下一代新痞子"（北京电影制片厂厂长宋崇语）的年代，是王蒙夸王朔"躲避崇高"的年代，是王晓明等人齐声呐喊"人文精神失落"的年代，是"千万里我追寻着你，可是你却并不在意"（《北京人在纽约》主题歌歌词）的年代，是"中国可以说不"的年代，是"铁打

[①] 查建英主编：《八十年代：访谈录》，生活·读书·新知三联书店 2006 年版，第 256 页。

的贺岁片，流水的女演员，不变的葛优脸"（形容冯小刚贺岁片的顺口溜）的年代，是《泰坦尼克号》火遍大江南北、主题歌 *My Heart Will Go On* 传遍大街小巷的年代，是赵本山永驻春晚因"改革春风吹满地"而成为"念诗之王"的年代，是"作家耻于谈文学，学者耻于谈学术"的年代，是"允许并尊重那些钻进象牙塔里的纯粹书生的选择"（陈平原语）的年代，是小说被称为"流行歌手"（作家程乃珊语）的年代，是大众文化获得合法生长空间、"歌颂真善美，鞭挞假恶丑"、"好人一生平安，坏人现世现报"（王朔语）被认为是大众文化的硬道理的年代。

在这样的年代里，文学该怎样生存？又会如何演变？大众文化对文学究竟构成了怎样的影响？

本书将要面对的便是20世纪90年代以来的大众文化冲击与当代中国的文学生产，聚焦之处则是文学与大众文化的接合部。在进入正式的分析之前，笔者有必要对本书涉及的关键词加以解释，对本书的结构框架和章节内容加以介绍。

一 关键词的梳理与阐释

本书涉及的关键词有四："大众文化""文学生产""接合"和"20世纪90年代以来"。下面我将分别对它们进行简要的梳理和说明。

（一）大众文化

大众文化是一个众说纷纭、言人人殊的东西。由于价值立场、理论方法、研究视角等的不同，人们也就形成了对大众文化种种不同的看法。例如，斯道雷（John Storey）就曾概括出关于大众文化的六种定义。[①] 但是，假如在西方学界的研究语境中进一步聚焦，有关大众文化的思考又分别关联着两个传统：其一是法兰克福学派对大

---

① 参见［英］约翰·斯道雷《文化理论与大众文化导论》（第五版），常江译，北京大学出版社2010年版，第6—17页。

接合:大众文化的冲击与1990年代以来的文学生产

众文化的批判,其二是伯明翰学派对大众文化的理解。

笔者在研究过一番法兰克福学派的大众文化理论之后,曾经把该学派的主流观点提炼为"整合说",其思路大致如下:由于资本主义社会已变成一个"全面被管理的社会"或"单向度社会",由于技术合理性就是统治本身的合理性,所以,大众文化并不是在大众那里自发形成的文化,而是统治阶级通过文化工业强加在大众身上的一种伪文化。这种文化以商品拜物教为其意识形态,以标准化、模式化、伪个性化、守旧性与欺骗性为其基本特征,以制造人们的虚假需要为其主要的欺骗手段,最终达到的是自上而下整合大众的目的。[①] 为了使整合说的理论表述得更加严密,阿多诺（Theodor W. Adorno）与霍克海默（Max Horkheimer）特意用"文化工业"（culture industry）取代了"大众文化"（mass culture）的表述,以和那种大众文化"自发地产生于大众本身","是民众艺术的当代形式"等模糊认识严加区分。[②] 作为一种理论假设,整合说虽然更多地来自阿多诺等人在纳粹德国的经验,并遭到了英美一些学者的批判,但由于阿多诺是在艺术（自律）和大众文化（他律）的关系中确认大众文化的性质的,也由于法兰克福学派表面上指向了大众文化,实际上批判的却是大众文化背后的集权主义体制,所以现在看来,这种思考依然显得深刻精湛。作为一种最早对大众文化进行系统研究的理论,整合说为我们开启了认识大众文化的基本思路。

此外,随着伯明翰学派在20世纪60年代逐渐介入大众文化研究,西方学界对大众文化的性质、作用和功能等开始有了新的认识。威廉斯（Raymond Williams）认为,文化是一种生活方式,这是对文化的"降调"处理。霍加特（Richard Hoggart）则去挖掘和释放工

[①] 参见拙著《整合与颠覆:大众文化的辩证法——法兰克福学派的大众文化理论》,北京大学出版社2005年版,第28页。

[②] Theodor W. Adorno, *The Culture Industry: Selected Essays on Mass Culture*, London: Routledge, 1991, p. 85.

人阶级文化的价值和意义。在他看来，工人阶级文化"不但能够抵制商业性大众文化的媚俗风习，而且能够改变大众文化，使之为我所用"①。正是在这一背景下，"通俗文化"（popular culture，亦可译作"大众文化"）开始取代"大众文化"（mass culture），成为一种通常性的表述。显然，当众学者用通俗文化来指称其笔下的文化现象时，他们已淡化了大众文化的贬义色彩，把它还原成了一个中性词。而更值得注意的是"当代文化研究中心"第二届主任霍尔（Stuart Hall）的思路。当葛兰西（Antonio Gramsci）的理论进入英语世界之后，伯明翰学派有了所谓的"葛兰西转向"，而"有机知识分子"、"文化领导权"（一译"文化霸权"）等观念，为了夺取文化领导权，占领"常识"与"大众文化"领域至关重要等主张，也给霍尔带来了极大的启发。他曾经指出："葛兰西的论述最能表达我们想要做的事情。"② 又说："在这里，主要是葛兰西为我们提供了一套更明晰的术语，他用这些术语将大量'无意识'、特定'常识的'文化范畴同更为主动的和组织性的意识形态方式联系在一起，后者可以介入常识和大众传统的基础，并通过这种介入组织男女大众。"③ 基于这一认识，霍尔便把葛兰西关于大众文化的理论抢救出来，又借助于沃洛希诺夫（V. N. Volosinov）"符号成为阶级斗争的战场"之观点，把大众文化看作一个斗争的场所。在他看来，"这是一场支持和反对权势者文化的斗争，大众文化既是其斗争场域之一，也是这场斗争输赢的利害所在。它是赞成与抵抗的竞技场。它部分地是霸权出现的地方，也是霸权站稳脚跟的地方。它不是已经完全成形了的社会主义、社会主义文化可以被简单'表达'的领域，但

---

① 陆扬、王毅：《文化研究导论》，复旦大学出版社2006年版，第141页。
② Stuart Hall, "Cultural Studies and its Theoretical Legacies", in Lawrence Grossberg, Cary Nelson and Paula A. Treichler, eds., *Cultural Studies*, New York and London: Routledge, 1992, p. 280.
③ ［英］斯图亚特·霍尔：《文化研究：两种范式》，孟登迎译，见罗钢、刘象愚主编《文化研究读本》，中国社会科学出版社2000年版，第64页。

它是社会主义有可能得以建立的地点之一。这就是'大众文化'很重要的原因。否则，老实说，我才不会去在乎它"①。在这里，霍尔这种"对进步的通俗文化和反动的大众文化不加区分"②的做法，显然代表了知识分子在新的历史语境（撒切尔夫人和里根政府统治时期）中一种比较理性的思考和选择。大概也正是在这一意义上，本内特（T. Bonnett）才说：英国文化研究已经用"理解"（understand）大众文化取代了原来的那种"谴责"（condemn）。③

至于中国学界对大众文化的认识过程，情况也有些复杂。据德国学者李博（Wolfgang Lippert）考证，"大众"一词虽可上溯至周朝，但它能像"民众"一样从20世纪20年代流行开来，是与日本早期马克思主义文献作为翻译概念（对应德语词 die Massen）的使用分不开的。随着"十月革命"的爆发，"民众""大众""群众"的价值都在汉语里得以提升，因为"在马克思主义文章中，它被赋予解放革命主体，或者至少是具备了革命素质的人群的含义"。而在当年的《社会科学大词典》（1929）里，"大众"已被这样解释："（一）一个党的本队即叫做大众；一个劳动组合就可说是大众的组织。（二）是用于一般多数集群的，如无产阶级大众、未组织大众、劳农大众等。"④ 这种释义其实也非常吻合威廉斯对"大众"的解释，他指出，The masses 的正面意涵"属于积极活跃的革命传统"⑤。如此看来，在中国的马克思主义语境中，尤其是在1949年之后的三

---

① Stuart Hall, "Notes on Deconstructing 'the Popular'", in *People's History and Socialist Theory*, Raphael Samuel, ed., London: Routledge & Kegan Paul, 1981, p. 239.
② Michael Denning, "The End of Mass Culture", in James Naremore and Patrick Brantlinger, eds., *Modernity and Mass Culture*, Bloomington: Indiana University Press, 1991, p. 255.
③ See Graeme Turner, *British Cultural Studies: An Introduction*, London, Sydney and Wellington: Unwin Hyman, 1990, p. 44.
④ ［德］李博：《汉语中的马克思主义术语的起源与作用》，赵倩等译，中国社会科学出版社2003年版，第399—403页。
⑤ ［英］雷蒙·威廉斯：《关键词：文化与社会的词汇》，刘建基译，生活·读书·新知三联书店2005年版，第287页。

十年里,"民众""大众""群众"都是褒义词:"群众是真正的英雄,而我们自己则往往是幼稚可笑的,不了解这一点,就不可能得到起码的知识。"① 这句毛主席语录很大程度上代表着当时国人对大众的基本认知。

很可能毛泽东也是率先使用"大众文化"的人之一,但大众文化在他那里有其特定的所指。在《新民主主义论》中,毛泽东从斯大林的"所谓民族问题,实质上就是农民问题"谈起,进而指出:"中国的革命实质上是农民革命,现在的抗日,实质上是农民的抗日,新民主主义的政治,实质上就是授权给农民……大众文化,实质上就是提高农民文化。"而之所以如此,是因为农民是"中国革命的主要力量",工人阶级"最富有革命性"。② 如果再结合他后来的《在延安文艺座谈会上的讲话》中的相关论述,我们大体上可以把他所谓的大众文化与服务于工农兵的文化相等同。它是革命文化的组成部分,自然也是国家意识形态战略的重要内容。

但是,"大众文化"在毛泽东时代并没有流行开来,取而代之的是"群众文化""工农兵文艺"等概念。而随着改革开放时代的到来,大众文化这一概念逐渐时兴并被人们广泛接受,依然与从国外引进有关。例如,在1981年第8期的《国外社会科学》杂志上,出现了一个"大众文化"的名词解释,该名词译自苏联《科学共产主义词典》1980年第3版。解释中说:大众文化"是资产阶级用来麻痹群众意识的一种资产阶级文化类型","'大众文化'的目的是要建立一种模型来培养'大众人',即政治上消极、怠惰,依附上层人物并为他们所左右,丧失独立判断和独立思考的能力,对所发生的社会过程不会作任何批判性理解,盲目接受资产阶级社会的'精神

---

① 毛泽东:《〈农村调查〉的序言和跋》,载《毛泽东选集》第三卷,人民出版社1991年版,第790页。

② 毛泽东:《新民主主义论》,载《毛泽东选集》第二卷,人民出版社1991年版,第692页。

接合:大众文化的冲击与1990年代以来的文学生产

准则',以及失去个性、人道及和谐等特征的人"。"'大众文化'最初是一种'基契'(来自德文Kitsch,意为粗制滥造、低级趣味的作品),即刑事侦破和色情的报刊、书籍、电影及其他拙劣作品的大杂烩,后来又加进了标准的海淫海盗的连环画册、'色情艺术'作品,以及诸如此类的'消遣工业'。'基契'把超人和轰动一时的'明星'在人们意识中加以神化,从而使人脱离现实。"最后,该解释把大众文化的实质定位于"反人道主义",并认为与之相对峙的是"真正进步的群众文化",是"社会主义文化"。①

除去那种特有的意识形态化的修辞策略,这一解释基本上还是接近于西方学者对大众文化的理解的。但由于中国的大众文化在20世纪80年代并不具有合法性,所以理论界依然不需要"大众文化"的观念和概念。只是进入90年代之后,中国学界对大众文化的讨论才浮出水面。大体而言,这一时期对大众文化的认识经历了如下三个阶段。90年代初期至中期,主要是借助于法兰克福学派的理论资源对大众文化进行批判。此时,中国学界对大众文化的理解基本上圈定在阿多诺、马尔库塞的思路里,但是由于种种原因,反而丧失了他们理解的丰富性。90年代中期至后期,由于李泽厚提醒要"正视大众文化在当前的积极性、正面性的功能"②,也由于海外学者徐贲呼吁"走出阿多诺模式"③,于是有了对大众文化的反思和重新认识。反思的成果主要有,大众文化是中国世俗化进程中的产物,"具有消解一元的意识形态与一元的文化专制主义、推进政治与文化的多元化、民主化进程的积极历史意义"。因此,法兰克福学派的大众文化批判理论与中国的现实状况存在着某种错位。④ 20、21世纪之

---

① 《大众文化》,张新梅译,《国外社会科学》1981年第8期。
② 参见李泽厚、王德胜《关于文化现状、道德重建的对话》,《东方》1994年第5期。
③ 参见徐贲《美学·艺术·大众文化——评当前大众文化批评的审美主义倾向》,《文学评论》1995年第5期。
④ 参见陶东风《批判理论与中国大众文化》,载刘军宁等编《经济民主与经济自由》,生活·读书·新知三联书店1997年版,第286—305页。

导 言

交以来，由于对费斯克著作的译介，特别是由于对文化研究理论的引进，学界对大众文化的认识趋于复杂，但也进入了一个众声喧哗的时期。其中既有对法兰克福学派批判立场的坚守，[1] 也有对知识分子精英立场的清算，[2] 还有人认为，大众文化"实际地改变着中国当代的意识形态，在建立公共文化空间和文化场域上发挥了积极的作用"[3]。时至今日，中国学界对大众文化的认识依然没有达成共识。

从以上的简要梳理可以看出，西方学界对大众文化的看法不一，中国学界对大众文化的认识也各持己见，那么本书又该如何定位并对待大众文化呢？也许我们首先需要看看西方学界的看法。早在1980年，格罗斯（David Gross）在比较了阿多诺、洛文塔尔（Leo Löwenthal）和罗兰·巴特（Roland Barthes）的大众文化理论和研究方法之后就曾指出，三位学者的研究方法均有可取之处，又都有不足之点。研究大众文化最有希望的趋势也许存在于符号学与批判理论的融合之中，而这种融合的迹象已经在列斐伏尔（Henri Lefebvre）、艾柯（Umberto Eco）与波德里亚（Jean Baudrillard）等人的研究中体现了出来。[4] 而从20世纪90年代中后期开始，凯尔纳（Douglas Kellner）通过对法兰克福学派和伯明翰学派进行比较，也在反复申明如下观点：两派拥有共同的观点，又都有不足之处，所以它们亟须在新的文化语境中对话，因为只有通过对话，才可以相互为对方提供一种有效的视角。[5] 有鉴于

---

[1] 参见赵斌《社会分析和符号解读：如何看待晚期资本主义社会中的流行文化》，载李陀、陈燕谷主编《视界》，河北教育出版社2001年版，第73—79页。

[2] 参见郝建《大众文化面对法兰克福学派》，《北京电影学院学报》2000年第2期。

[3] 金元浦：《重新审视大众文化》，《中国社会科学》2000年第6期。

[4] David Gross, "Lowenthal, Adorno, Barthes: Three Perspectives on Popular Culture", *Telos*, No. 45 (1980), p. 140.

[5] Douglas Kellner, *Media Culture: Cultural Studies, Identity and Politics between the Modern and the Postmodern*, London and New York: Routledge, 1995, pp. 27 - 30. See also Douglas Kellner, "The Frankfurt School and British Cultural Studies: The Missed Articulation", in Jeffrey T. Nealon and Caren Irr, eds., *Rethinking the Frankfurt School: Alternative Legacies of Cultural Critique*, Albany: State University of New York Press, 2002, pp. 31 - 58.

此，笔者以为单纯动用任何一种西方大众文化的理论资源来打量中国的大众文化问题恐怕都可能失之简单，因此，本书将主要借助于法兰克福学派的大众文化批判理论与伯明翰学派的文化研究成果，并辅之以其他，以此作为我们打量中国当代大众文化的基本视角。而在具体的分析中，笔者将会更多地吸纳并改造阿多诺所谓的"内在批评"方法，即从各类文本和现象的内部入手，形成相应的内在分析，由此揭示意识形态与社会现实之间的矛盾性、复杂性和含混性，挑明各种意识形态掩盖下的事实真相，努力让文化批评和文学批评成为社会的观相术。[①]

至于中国当代的大众文化，笔者的基本判断是，它既非完整商业意义上的 Popular Culture，也非纯粹政治意义上的 Mass Culture，而是集商业、政治于一体的综合形式，并且它在不同的历史语境中承担着不同的功能。在 20 世纪 80 年代，大众文化确实具有"消解一元的意识形态与一元的文化专制主义"的作用，甚至呼应了"启蒙主义"的宏大叙事，成了"感性启蒙"的一种形式。然而 20 世纪 90 年代以来，随着市场经济的展开，大众文化的商业性、消费性日趋明显，它也逐渐走入法兰克福学派大众文化批判的理论埋伏之中，但它依然具有浓郁的中国特色。比如，"大力发展文化产业"就曾是一项基本国策，也是提高文化软实力的一项国家意识形态战略，这意味着大众文化的生产不仅具有了某种合法性，而且具有了政治正确性。然而，这并不意味着大众文化的生产就一帆风顺。20、21 世纪之交以来延续数年的"红色经典剧"改编热一波三折，其中政治性与商业性的矛盾也体现得比较明显，就是一个很好的例子。正是因为中国当代大众文化的这种复杂性，笔者以为让它充分语境化、历史化是必要的，而不宜把它定于一尊。

[①] 关于"内在批评"的详细阐释可参见拙文《作为方法的文学批评——阿多诺"内在批评"试解读》，《中国文学批评》2021 年第 1 期。

（二）文学生产

谈及文学生产，我们应该追溯到马克思那里。实际上，马克思在其相关论述中并未使用过"文学生产"这一概念，他使用的是"艺术生产""艺术劳动"和"精神生产"。但是，由于马克思认为文学是艺术的一个门类，属于与"物质"对立的"精神"领域，也由于他谈到艺术时主要是以文学为例，所以我们也可以把马克思看作"文学生产"的发明者。

不妨对马克思的文学生产理论稍作梳理。在马克思与恩格斯合著的《德意志意识形态》与《共产党宣言》中，马克思已使用到"精神生产"这一概念。在《〈政治经济学批判〉导言》中，马克思又在生产、消费、分配、交换（流通）的格局中进一步谈到了艺术生产，并提出了物质生产与艺术发展（生产）不平衡关系的著名论述。在《资本论》第四卷《剩余价值理论》中，马克思也比较集中地谈论过艺术生产问题。他把劳动区分为"生产劳动"和"非生产劳动"两种，认为在资本主义生产体系中，"作家所以是生产劳动者，并不是因为他生产出观念，而是因为他使出版他的著作的书商发财，也就是说，只有在他作为某一资本家的雇佣劳动者的时候，他才是生产的"[①]。与此同时，马克思也进一步指出："**同**一种劳动可以是**生产劳动**，也可以是**非生产劳动**。例如，密尔顿创作《失乐园》得到5镑，他是**非生产劳动者**。相反，为书商提供工厂式劳动的作家，则是**生产劳动者**。密尔顿出于同春蚕吐丝一样的必要而创作《失乐园》。那是**他的**天性的能动表现。后来，他把作品卖了5镑。但是，在书商指示下编写书籍（例如政治经济学大纲）的莱比锡的一位无产者作家却是**生产劳动者**，因为他的产品从一开始就从属于资本，只是为了增加资本的价值才完成的。一个自行卖唱的歌女是**非生产劳动者**。但是，同一个

[①] 《马克思恩格斯全集》第二十六卷，人民出版社1972年版，第149页。

接合：大众文化的冲击与 1990 年代以来的文学生产

歌女，被剧院老板雇佣，老板为了赚钱而让她去唱歌，她就是**生产劳动者**，因为她生产资本。"① 因此，与个人消费交换的是非生产劳动，而与资本交换的则是生产劳动。由此看来，当资本主义把艺术生产变成商品生产，进而也使其成为资本增值的组成部分时，作家、艺术家就变成雇佣劳动者，艺术作品也变成了商品。

尽管马克思主要谈论的是社会经济生产理论，艺术生产往往是他举例言之的产物，但是，他的这一理论还是给西方马克思主义者带来了重要启发，他们也由此生发出一套比较完整的文学生产理论。例如，本雅明（Walter Benjamin）写过《作为生产者的作家》和《技术可复制时代的艺术作品》两篇文章，前文把作家看作生产者，从而把作家拉到生产形式和生产技术的环节中来为其定位；后文则关注到了技术复制这项新型的生产技术在艺术生产中的作用。马歇雷（Pierre Macherey）的著作《文学生产原理》也认为作家就是生产者，而不是创造者。作家的工作就像汽车装配厂工人用半成品制造汽车一样，是把预先存在的文学体裁、惯例、语言和意识形态加工成成品——文学文本。伊格尔顿（Terry Eagleton）吃透了马克思的相关论述后更是指出："文学可以是一件人工产品，一种社会意识的产物，一种世界观；但同时也是一种**制造业**。书籍不止是有意义的结构，也是出版商为了利润销售市场的商品。戏剧不止是文学脚本的集成；它是一种资本主义的商业，雇佣一些人（作家、导演、演员、舞台设计人员）产生为观众所消费的、能赚钱的商品。批评家不止是分析作品，他们（一般地说）也是国家雇佣的学者，从意识形态方面培养能在资本主义社会尽职的学生。作家不止是超个人结构的调遣者，而是出版公司雇佣的工人，去生产能卖钱的商品。"然后，他又跟进解释："艺术可以如恩格斯所说，是与经济基础关系最为'间接'的社会生产。但是从另一意义上也是经济基础的一部

---

① 《马克思恩格斯全集》第二十六卷，人民出版社 1972 年版，第 432 页。

分：它像别的东西一样，是一种经济方面的实践，一类商品的生产。"① 值得一提的是，西方马克思主义者都非常关注生产技术，例如，本雅明就非常推崇布莱希特叙事剧中的情节中断等技术（技巧），他甚至认为"文学的倾向可以存在于文学技术的进步或者倒退之中"②。而当他们如此考虑问题时，实际上所涉及的就是艺术生产力，以及由此带来的生产方式、生产关系等方面的一系列变革。

关于文学生产，我们还需要提及国内学者的看法。洪子诚在谈及这一问题时曾提醒人们注意四个方面的情况。首先是"文学机构，也就是文学社团和作家组织。它们的性质、组织方式、活动方式，在文学生产和运动中起的作用"。其次是"文学杂志、文学报刊，还有出版社的情况"。再次是"作家的身份和存在方式"。最后是"文学评价机制，包括文学的阅读与消费方式"。③ 这里谈及的是1949年之后的文学体制和生产机制，其中的一些方面对于我们思考20世纪90年代以来的文学生产依然有借鉴意义。而在《面对新的文学生产机制》一文中，王晓明则一口气概括出20世纪90年代遇到的十个新问题，在此基础上他又进一步追问："在'当前中国的文化/文学生产机制'的研究方面：是哪些历史和现实的因素促成了新的文化/文学生产机制的产生？这个机制的运作规则和自我调整的能力又是如何？它如何在'全球化'的形势中逐渐形成多样的中国特色？倘说中国已经进入所谓的'图像时代'，各种图像文化对文学究竟有怎样的影响？所谓'通俗'或'消费'读物的兴起，又对文学形成了怎样的挑战？"④ 这些问题虽然不一定都是本书所关心的内容，但它

---

① ［英］特里·伊格尔顿：《马克思主义与文学批评》，文宝译，人民文学出版社1980年版，第65—66页。

② ［德］瓦尔特·本雅明：《作为生产者的作者》，王炳钧等译，河南大学出版社2014年版，第7页。

③ 洪子诚：《问题与方法：中国当代文学史研究讲稿》，生活·读书·新知三联书店2002年版，第193页。

④ 王晓明：《面对新的文学生产机制》，《文艺理论研究》2003年第2期。

们依然能带来启发，并成为我们思考文学生产问题的重要参照。

在文学理论界，马大康曾对文学创造论和文学生产论进行过对比分析。在他看来，"创造论张扬主体性，鼓吹创作自由，强调文学自律，以主体地位的绝对优先来抗拒现实束缚，它立足于人这一根基，是在人文主义视野中展开的理论话语。生产论则把文学活动置于生产、传播、消费、再生产的总体过程中，置于整个社会文化大背景中来考察，并努力揭示文学生产与意识形态、文学体制、生产机制，以及艺术生产力、生产关系的密切关联，强调文学生产的他律性。与创造论不同，它以社会为本位，是科学思维的产物"[1]。而据他观察，只是从20世纪90年代后期开始，"文学生产"才越来越频繁地被用来命名文学活动；而进入21世纪之后，"文学生产"则几乎全面取代"文学创造"，成为另一个文学理论关键词。于是他指出："'文学生产'这一关键词的走红，是与文学商品化、技术化潮流分不开的，是与大众文化的繁荣分不开的。"[2] 笔者以为，这一分析和判断是基本准确的。也就是说，当我们以"文学生产"来谈论20世纪90年代以来的中国当代文学时，我们其实已经转换了一种看待文学的眼光和不同于以往的思维方式。这种文学固然还可能是"创造"，但也常常是受到大众文化冲击、具有商业时代诸多消费特征的一种"生产"了。

本书所谓的文学生产当然是在马克思和西方马克思主义者的问题框架中使用的概念，这就意味着在某些时候，笔者依然首先把文学生产看作作家的一种创造活动（也就是马克思所谓的"非生产劳动"）。然而，由于市场经济的来临、商品意识的增强、大众文化的冲击，文学生产也越来越受到种种外部因素的影响，有时会远离作家表达自己真情实感的需要。更有甚者，一些作家已在为书商、影视制作商写作，这时候，他们也就成了马克思所谓的"生产劳动

---

[1] 马大康：《文学活动论》，浙江大学出版社2012年版，第112页。
[2] 马大康：《文学活动论》，浙江大学出版社2012年版，第119—120页。

者"。因此,20世纪90年代以来,中国当代的文学生产已呈现出一种复杂的局面。

(三) 接合

在汉语语境中,"接合"的词典解释有二。

其一是靠在生物学方面的专业化解释:"低等植物中两个同形配子融合成一个细胞的过程,或两个原生动物暂时交接、互换小核的现象。前者如衣藻、水绵,后者如草履虫。"① 所谓"同形配子"(isogamete),是指在形态和生理上极为相同的雌、雄配子。所谓"配子",是指生物进行有性生殖时由生殖系统所产生的成熟性细胞,简称生殖细胞。配子分为雄配子和雌配子,动物和植物的雌配子通常被称为卵细胞,雄配子则被称为精子。所谓"小核"(micronudeus),是指某些原生动物的细胞中可见到的小的辅核,在接合和有性繁殖的过程中起作用并且进行有丝分裂。而所谓"有丝分裂"(mitosis),亦称间接分裂,是指一种真核细胞分裂产生体细胞的过程。②

其二则是靠在日常生活方面的大众化解释:"连接使合在一起。"③

但正如我在自序中所言,霍尔的"接合理论"(The Theory of Articulation)也给我带来了重要启迪。如果对"接合理论"追根溯源,那么,马克思在《〈政治经济学批判〉导言》中所论的"关系观",阿尔都塞对经济基础和上层建筑关系的重新解读,都可看作其思想的重要资源;④ 同时,霍尔也明确指出,这一理论的最终形成,也直接受益于拉克劳(Ernisto Laclau)的《马克思主义理论中的政治和意识形态》一书。至于"接合"这一语词本身的含义,霍尔在

---

① 辞海编辑委员会编:《辞海》(1979年版缩印本),上海辞书出版社1980年版,第702页。
② 以上的种种解释主要来自"百度百科"公共科普信息,故不再一一作注。
③ 中国社会科学院语言研究所词典编辑室编:《现代汉语词典》(第6版),商务印书馆2012年版,第658页。
④ 参见刘力永、李舟《"接合理论"的逻辑脉络:从马克思到斯图亚特·霍尔》,《南京社会科学》2021年第12期。

接合:大众文化的冲击与1990年代以来的文学生产

接受格罗斯伯格(Lawrence Grossberg)访谈时曾经指出,在英国,"articulation"(接合)有两个微妙的意思,它既可以是"清晰表达",也可以是"相互连接"。① 而在另一处地方,他对"接合"则有更详尽的解释:

> 我所说的"接合",是指在一定条件下可以将两种不同元素合为一体的连接(connection)或链接(link)形式。这种链接并非在任何时候都是必要的、确定的、绝对的和不可或缺的;它也不一定在任何情况下都能作为生活准则和事实而存在。它需要特定的存在条件才会出现,因此我们要问,连接在何种情况下可以被打造或建立。例如,所谓话语的统一性,实际上是不同的、区别明显的元素的接合,这些元素可以用不同的方式再接合,因为它们没有必然的"归属性"(belongingness)。一种接合不得不通过特定的过程来进行积极有效的维持;它不是"永恒的",而是不断更新的。在某些情况下,它可能会消失或被推翻[解接合(disarticulated)],导致旧的链接被消解,而新的连接[再接合(rearticulations)]被建造。同样重要的是,不同实践之间的接合并不意味着它们变得完全相同,也不意味着一种实践溶解于另一种实践之中。每种实践都保留了其独特的决定因素和存在条件。然而,一旦接合得以实现,这两种实践就可以一并发挥作用——不是作为"直接的同一性"(借用马克思1857年《导言》中的说法),而是作为"统一体中的差别"。因此,接合理论是一种"无必然归属性"的理论,它要求我们思考不同社会实践和社会群体之间的偶然的、非必然的连接。②

---

① Stuart Hall, *Critical Dialogues in Cultural Studies*, eds. David Morley and Kuan-Hsing Chen, London and New York: Routldge, 1996, pp. 141–142.

② Stuart Hall, *Cultural Studies 1983: A Theoretical History*, eds. Jennifer Daryl Slack and Lawrence Grossberg, Durham and London: Duke University Press, 2016, pp. 121–122.

导　言

　　根据以上论述，再借助霍尔的其他相关说法，我们大体上可把他之"接合"的主要意思归纳如下。其一，接合肯定是两种不同元素（如雅和俗）的连接，因为这种连接，二者合二为一，形成了一个新的统一体（如电影和小说的接合生成了"电影小说"）。其二，两种不同元素之所以会形成连接，是因为条件合适，"气候"适宜。例如，当代中国大众文化与文学生产的连接，显然得益于"步子再快一点"的改革开放大气候和"市场经济了，文学怎么办"的文化焦虑小语境。其三，接合不是固定不变的，而是有可能"解接合"和"再接合"。霍尔曾经指出："今年的激进符号或口号会被中和为明年的时尚；而到后年，又会成为深沉的文化怀旧的对象。今天的叛逆民谣歌手，明天或许就会荣登有自由主义倾向的《观察家》杂志的彩色封面。"[1] 为什么文化符号会发生这种变化？其原因除了它被收编之外，剩下的就是它的"解接合"或"再接合"了。其四，在霍尔那里，"articulation"的双重含义——"接合"与"表达"——始终被他看重和强调。或者也可以说，有了某种"接合"，就必然会"表达"出某种意义；有了某种"表达"欲，"接合"才有了某种动力。而正是由于这种"接合式表达"或"表达式接合"，致使两种元素的关系也变得更加复杂。格罗斯伯格说过："接合可以被理解为确定（determination）这一概念的活跃升级版；与互动（interaction）或共生（symbiosis）观念不同，确定描述的是特定的因果关系。但是，与因果关系观念和简单的确定观念不同，接合总是复杂的：不仅因会形成果，而且果本身也会影响因，而两者本身又是由一系列其他关系决定的。接合从来都不是简单的和单一的，它们无法从其赖以存在的连锁语境中抽离出来。"[2] 格罗斯伯格是霍尔的学生，自

---

[1] ［英］斯图亚特·霍尔：《解构"大众"笔记》，马琼译，载赵勇主编《大众文化理论新编》（第2版），北京师范大学出版社2016年版，第107页。

[2] Lawrence Grossberg, *We Gotta Get Out of This Place: Popular Conservatism and Postmodern Culture*, New York & London: Routldge, 1992, p. 56.

17

接合:大众文化的冲击与1990年代以来的文学生产

然对"接合理论"知根知底,其理解也更为深透。他在这里特意强调接合的复杂性,显然是很有道理的。

弄清楚霍尔所谓"接合"的主要意思之后,我就可以对本书所使用的"接合"稍作界定了。在汉语语境中,尽管我也在"接合"的基本义项中使用该词,但正如我在自序中交代的,主要还是路遥的"城乡交叉地带"(也就是通常所说的"城乡接合部")既让我意识到"接合"的存在,也让我感受到了别处的"接合"。于是我便想到,既然他搞创作可以在"城乡接合部"精耕细作,为什么我做研究不可以在"雅俗接合部"前思后想?而且我相信,"接合部"一旦形成,矛盾统一体也就随之出现,而其中的两种(甚至多种)元素必定是相互交织、相互制约、相互促进或者相互促退的。这时候,我们再用霍尔的"接合理论"观照过来,就会发现"接合"之后的矛盾统一体已有某种意义呼之欲出,它已在试图"表达"着什么,却依然遮遮掩掩,吞吞吐吐。我们所需要经营者,是加大其"表达"力度,帮助其"接合"发声,从而使模糊处清晰,让幽暗处敞亮,同时也更要像阿多诺的"内在批评"那样,破译意识形态元素的种种编码,挑明意识形态幻象掩盖下的事实真相,使"表达"成为一种"意识形态批判"。因此,当我指出大众文化与文学生产是以"接合"的方式存在时,既是指二者的交往与互动(侧重过程),也是指它们婚合之后生成的蜕变之物(侧重结果)。它们既然是两种元素"接合"的产物,便常常你中有我,我中有你;同时,它们因被"不明真相的群众"追捧,往往又招摇过市,混淆视听。从这个意义上说,"接合"之后"表达"或是"接合"之后让其"表达",实际上就是祛魅,同时也是进行意识形态批判。

那么,具体而言,又该如何理解大众文化与文学生产的接合呢?我们知道,大众文化涉及的内容很多,按照《美国通俗文化简史》一书中的分类,大众文化包括畅销书、西部文学、科幻小说、浪漫小说、哥特式小说、侦探和神秘小说、电影、电视、无线电广播、

导　言

插图、爵士乐等 29 个品种。[①] 而随着互联网和数字化时代的来临，新型的大众文化现象也不断涌现。本书所谓的大众文化与文学生产的接合，主要不是指这些具体的大众文化种类如何与文学生产互动，而是指大众文化的制作理念、生产逻辑如何进入文学生产的机制当中，从而影响文学生产，尤其是影响严肃文学的生产。当然，如果从互动的角度看，我们还应该关注大众文化如何借用、挪用或盗用了严肃文学的资源，从而为自己张目。但由于这一情况较为复杂，本书只在第二章谈论视觉文化和作家"触电"现象时才有所触及。我也希望能以此窥一斑而知全豹，从中发现文学生产影响大众文化的秘密。

　　大众文化与文学生产的接合问题算是一个较新的研究领域，就笔者目力所及，国内外研究界对这一问题的关注还不够充分。从国外的情况看，法兰克福学派的第一代学者虽然对此问题有所触及，但他们往往又分而论之。比如，阿多诺一方面特别关注波德莱尔、福楼拜、马拉美、霍夫曼斯塔尔、瓦莱里、普鲁斯特、卡夫卡、乔伊斯、策兰和贝克特等作家在内的现代主义文学，另一方面则对现代大众文化（文化工业）展开无情的批判。他曾经说过："一方面，文化工业吞噬了所有的艺术产品，甚至包括那些优秀的产品……另一方面，文化工业的客观冷漠性及其巧取豪夺的能力最终也的确影响着艺术，使其变得同样冷漠了。"[②] 在阿多诺的思维框架中，大众文化与文学生产是水火不容的。大众文化的生产机制一旦进入文学艺术之中，就会破坏"真艺术"（genuine art），从而给文学艺术带来灭顶之灾。

　　在法兰克福学派中，对大众文化与文学生产的接合触及较深的

[①] 参见［美］托马斯·英奇编《美国通俗文化简史》，任越等译，漓江出版社 1988 年版，第 1—2 页。

[②] Theodor W. Adorno, *Aesthetic Theory*, trans. C. Lenhardt, London: Routledge & Kegan Paul, 1984, p. 345.

接合:大众文化的冲击与1990年代以来的文学生产

是洛文塔尔。他曾指出:"传统上负责文学史和文学分析的诸学科,已被大众文学、畅销书、通俗杂志、连环漫画及类似读物所产生的影响搞得手足无措,而对于那些已经出版却缺乏深度想象的作品,这些学科却依然保持着傲慢与冷漠的态度。一种领域和挑战业已形成,社会学家必须在这些方面有所作为。"[1] 在这里,洛文塔尔一方面告诫研究者不能因循守旧,对新型的大众文化视而不见;另一方面也意味着,当他以文学社会学家的视角去看问题时,他所面对的大众文化产品其实就是通俗文学。比如,在以18世纪的英国文学作为研究个案时,他更关心的是通俗小说如何兴起,通俗小说的传播状况和通俗小说的接受对象,而文学读物、作者队伍、阅读大众、书商与出版商、印刷媒介、传播渠道等便成为他分析的主要对象。把研究对象锁定在通俗文学范围之内,意味着洛文塔尔面对的是印刷媒介生产的文化产品,这种产品是大众文化的早期形态,其生产与消费特点显然与电子媒介的产品有所不同。而注重分析通俗文学从生产到消费的各个环节,又可以把大众文化研究落到实处。

在国内学界,与本书相关的学术著作择其要者,我提及两本。其一是邵燕君的《倾斜的文学场——当代文学生产机制的市场化转型》(江苏人民出版社2003年版),其二是苏晓芳的《新世纪小说的大众文化取向》(中国社会科学出版社2009年版)。前者分析了20世纪90年代以来文学转型的种种征候(如文学期刊改版潮、畅销书的生产模式、文学评奖机制在文学生产中的作用等)。此书的文学转型说是建立在对相关文学/文化现象的分析之上的,故显得言之成理,持之有据,亦体现了研究当下文学新的视角和眼光。美中不足的是,由于此书写于21世纪之初,故所分析的对象主要还是20世纪90年代和20、21世纪之交的文学,对21世纪以来的文学不可能

---

[1] Leo Lowenthal, *Literature, Popular Culture, and Society*, Englewood Cliffs, N. J.: Prentice-Hall, Inc., 1961, p.141.

加以关注。后者仿佛是在邵燕君所论基础上的"接着说",因为作者同样触及了文学生产机制,而她面对的却是新世纪小说。值得称道的是,作者分析了大众文化的复制工艺、大众文化的趣味对新世纪小说的影响,这是笔者看到的把大众文化与文学生产接合到一起并加以论述的最明显的专著。可以说,邵燕君和苏晓芳的论述在很大程度上丰富了笔者对大众文化与文学生产关系的理解。

(四) 1990年代以来

由于本书的题目中有"1990年代以来"这样一个限定性的说法,所以这里也有必要对此限定略作说明。

"1990年代以来"是一个时间分期,本书之所以选择90年代以来的大众文化与文学生产加以研究,是因为在此时期,一方面大众文化赢得了合法生长的空间;另一方面,文学生产也出现了种种变数。实际上,大众文化与文学生产的交往与互动(亦即接合)也正是从90年代才开始变得密集起来的。当然,这种局面之所以能够形成,更主要的原因在于1992年以来中国的市场经济机制开始启动,改革开放的步伐开始加快。而市场环境和政策环境的变化也带来了一系列的变化。铁凝在其长篇小说《大浴女》中借助主人公尹小跳之口说道:"90年代什么都是一副来不及的样子,来不及欢笑,来不及悲伤;来不及恋爱,来不及失恋;来不及倾听,来不及聊天;来不及吃醋,也来不及产生决斗的气概。"[①] 为什么有这么多的"来不及",关键在于现代性这驾战车在市场经济中已被轰然启动,而按照康纳德(Peter Conrad)的说法,"现代性就是时间的加速"[②]。与此同时,崔健则在名为《混子》的摇滚乐中唱道:"新的时代到了,再也没人闹了/你说所有人的理想已被时代冲掉了/看看电视听听广播念念报纸吧/你说理想间的斗争已经不复存在了。"(《无能的力

---

① 铁凝:《大浴女》,春风文艺出版社2000年版,第109页。
② 转引自[德]哈尔特穆特·罗萨《加速:现代社会中时间结构的改变》,董璐译,北京大学出版社2015年版,第19页。

量》，1998）很显然，其中不仅及时捕捉到了20世纪90年代的时代情绪，也隐含着对理想主义精神淡出之后的失望与无奈。对于这个时代的精神状况，韩少功则表达得更为明确："我们身处一个没有上帝的时代，一个不相信灵魂的时代。周围的情感正在沙化。博士生们在小奸商面前点头哈腰争相献媚。女中学生登上歌台便如已经谈过上百次恋爱一样要死要活。白天造反的斗士晚上偷偷给官僚送礼。满嘴庄禅的高人盯着豪华别墅眼红。先锋派先锋地盘剥童工。自由派自由地争官。耻言理想，理想只是上街民主表演或向海外华侨讨钱时的面具。蔑视道德，道德的最后利用价值只是用来指责抛弃自己的情妇或情夫。什么都敢干，但又全都向往着不做事而多捞钱。"①显然，价值失范、道德滑坡、理想贬值、一切向钱看等，正是韩少功所看到的90年代的文化生态和社会环境。这种局面之所以能够形成，显然与市场经济和大众文化的来临密切相关。而这样一种生态与环境，又对文学的生产与消费产生了极大的影响。值得一提的是，在1994年开始的"人文精神大讨论"中，王晓明等学者正是从文学所面临的危机入手的，而他们所批判的对象又恰恰是在市场经济中如鱼得水并代表着大众文化利益的作家王朔。②当许多学者感叹人文精神的失落时，他们仿佛已经提前宣告了90年代的文化颓败。

上述种种，正是本书所面对的历史语境。而为了把20世纪90年代以来的大众文化与文学生产的接合关系说清楚，我也会不断返回到80年代，并让典型作家和典型作品出场（如路遥与他的《平凡的世界》），以便让80年代的理想主义精神气质与90年代以来的功利主义、商业主义、拜金主义等形成一种鲜明的对照。

---

① 韩少功：《夜行者梦语——韩少功随笔》，知识出版社1994年版，第5—6页。
② 参见王晓明等《旷野上的废墟——文学和人文精神的危机》，载王晓明编《人文精神寻思录》，文汇出版社1996年版，第1—17页。

导　言

二　结构框架与章节内容

本书除导言外，共由五章内容构成，其结构框架大体上可分为三部分，第一部分是语境分析（第一章），第二部分是现象深描（第二、三、四章），第三部分是理论反思（第五章）。下面对每一章节的内容加以简要介绍。

第一章名为"大众文化与文学生产的接合"，其实是全书的总论。既然是总论，我一方面是想在总体层面对大众文化与文学生产的接合有所考察，另一方面也想对20世纪90年代以来的文化语境有所交代。此章共分三节。第一节在与20世纪80年代的比较中，梳理了20世纪90年代以来大众文化的特点：第一，知识精英加盟到大众文化生产之中，壮大了大众文化生产的队伍；第二，新媒介的到来，催生了新型的大众文化形式；第三，青年亚文化逐渐被纳入市场化的运作机制之中，变成了一种大众文化。而在市场经济与大众文化的冲击下，文学（尤其是严肃文学）也出现了种种变化，主要涉及写作观念之变，雅俗界限的取消，书商开始介入文学生产，商业炒作成为常态，等等。

第二节是对中国当代文学生产演变轨迹的个案式呈现，其演变轨迹可大体描述为从作家—编辑式的文学生产模式向导演—作家式的文化生产模式位移。前者的代表人物是路遥，虽然在其成长过程中，不乏编辑对他们的帮助与提高，但他们既是文学生产的主体，也一直掌握着创作的主动权。后者的代表人物是刘震云，他们在为导演写作的过程中已让文学丧失了自主性，从而也让其作品呈现出"电影小说"的特征。而在这种现象的背后，则隐含着印刷文化向视觉文化转型的时代信号，也潜藏着纯文学生产向大众文化生产演变的诸多信息。

第三节是对新世纪文学十年的一个考察，主要涉及网络文学和青春文学。网络文学改变了以往的文学生产方式，网民、跟帖、点击率与书商等成了网络文学生产中的重要元素，也因此带来了文学的媒介化。其结果是文学生产发生了从符号纵聚合轴上的批评性操作向横组合轴上的粘连操作的位移。青春文学是文学市场化的产物，其文学生产与消费特征可概括为作家偶像化与读者粉丝化。前者意味着文学的焦点由作品转移至作者，后者则意味着读者已成为"过度消费者"。结果，青春文学变成了文化娱乐工业中的一种产品，"娱乐场"的游戏规则已内化至"文学场"中。

第二章名为"视觉文化时代的文学生产"，共由三节内容组成。第一节是对视觉文化与文学的总体考察，主要涉及三个问题。首先是对视觉文化的定位。在笔者的界定中，视觉文化关联着后现代文化、消费文化和大众文化。其次是对作家"触电"现象的总体描述。从王朔的示范和张艺谋的召唤入手，先是谈论作家"触电"的开端和作家为"张艺谋打工"的盛况，继而总结出作家"触电"的三种类型：若即若离、鸟枪换炮和自由穿行。进而指出：因为"触电"，文学成了文化产业链上的一个环节，一种影视小说的文学新品种得以诞生。最后是谈论小说在视觉文化时代的命运。随着作家与影视的大面积接触，视觉思维与影视逻辑开始进驻小说，小说的生产方式、叙事方式和语言表达方式因此发生了很大变化，从而呈现出写作逆向化、技法剧本化、故事通俗化、思想肤浅化等特征。

第二节是在"作家'触电'面面观"基础上所做的一个个案分析：以《白棉花》的写作为例，分析莫言与影视的关系。在电影《红高粱》的诞生过程中，莫言与张艺谋有过一次成功的合作。然而，当他又一次与张艺谋合作并在其邀请下写出了中篇小说《白棉花》之后，此小说却因想导演之所想，急导演之所急，在人物塑造、台词设计、画面营造等方面输入了过多的影视化元素，遂使双方的合作无果而终。本节通过对《白棉花》的文本分析，呈现了这篇小说在画面感、结构、语言、主题开掘等方面的影视化特征。而莫言

"触电"给他带来的深刻教训是"写小说就要坚持原则,越是迎合电影、电视写的小说,越不会是好的小说"。这种沉痛之言应该可以给中国当代作家带来许多警示和启迪。

第三节是对《芳华》从小说到电影的文化研究。笔者指出,冯小刚有着藏得很深的女兵情结,许多年后他通过"私人订制",终于向严歌苓求得一部可供其拍摄为电影的小说《芳华》。因该作是导演召唤与作家影视化思维进驻其中的产物,故其格局与趣味、人物刻画、主题开掘等均呈现出"小女人小说"和"电影小说"的特点。而因冯小刚掌握了大众文化生产的秘密,他又把原本姿色平平的小说打造得国色天香:通过立主脑,确立了真善美的主题;通过减头绪,净化了原作的阴暗人性;通过补腻子,接通了国人的集体记忆;通过罩油漆,制造了一种怀旧的氛围。经过这番加工制作,《芳华》最终成为一部看点、爽点、卖点兼备且拍得比较讲究的商业电影。然而,《芳华》的好口碑与高票房也仅仅意味着大众文化生产的胜利,它不过是再一次验证了王朔早已谈论过的那个道理:大众文化是不需要什么高深思想的,守着真善美足矣。[①]

第三章名为"网络文学的生产机制",共由两节内容组成。第一节是对网络文学与文化产业的总体分析,呈现为三个问题。第一,一方面梳理网络文学从自由发展、野蛮生长到产业化的进程;另一方面则通过阿多诺的文化工业批判理论进一步审视网络文学,以便让人们看到网络文学的产业化带来了怎样的问题。第二,选取传统作家路遥与网络作家唐家三少进行比较分析,以此说明传统文学生产以慢与质取胜,网络文学生产则以快与量见长。而推动网络写手日更不辍、多拉快跑、越写越长的深层动因则是资本的运作,因为资本渴望加速,所以网络文学的生产、流通、传输、消费也就全部

[①] 参见王朔《我看大众文化港台文化及其他》,载《无知者无畏》,春风文艺出版社2000年版,第8—9页。

处于高速运转之中，成了阿多诺所说的杀婴行动（infanticidal maneuver）："用新产品扫荡市场，再把新产品逼进坟墓。"① 第三，以邵燕君为个案，重点思考作为粉丝的批评家在网络文学的生产中扮演着怎样的角色：她与她的团队不仅是在做一般意义上的学术研究，而且也推动了网络文学经典化的进程。

第二节名为"历史题材的生产与消费"，是以《明朝那些事儿》为例，对早期网络文学所做的一个个案分析。首先，在文本分析中，笔者认为《明朝那些事儿》之所以"好看"，是因为当年明月动用了戏仿、戏说、反讽、征引、调侃、挪用、庄词谐用、今词古用等叙述手法。这既是一种后现代主义的写作策略，也是"大话美学"结出来的一枚果实。由此形成的叙述效果是游戏化和取消深度模式。其次，笔者把BBS论坛、博客、粉丝与书商看作《明朝那些事儿》的生产元素。这种生产形成的结果是：写手的成名速度"快"，作品的文学含量"轻"，读者的阅读效果"浅"，产品的流行周期"短"，书商与作者捞钱的势头"猛"。最后，《明朝那些事儿》制造了一种非常特别的"悦"读"笑"果，盖因其中的个人荣辱、官位升降、战争胜负、朝代兴衰等全部隐含着一个玩游戏时"做决定、做选择、权衡轻重"的隐性结构，这样就容易制造出一种消费快感，也由此诞生了一种娱乐经济。

第四章名为"文学经典与大众文化"，共由两节内容组成。第一节涉及学院批评与文学经典问题。该节从2009年下半年爆发的一场争论谈起，先是呈现了学院批评家（如陈晓明、张清华、吴义勤等）对"当代文学经典化"的冲动、焦虑和呼吁，继而指出，这种冲动和焦虑很大程度上与顾彬所谓的中国当代文学"垃圾论"有关，因为这种说法既否定了当代文学的研究价值，也在一定程度上阻碍

---

① Theodor W. Adorno, "On Popular Music", in *Essays on Music*, trans. Susan H. Gillespie, Berkeley: University of California Press, 2002, p.459.

了当代文学经典化的步伐。在如何看待"当代文学经典化"的问题上，笔者首先认为批评家功不可没，因为他们往往充当着优秀作品的发现者和推广者。然而，由于批评家在很大程度上参与了文学商业化的进程，也由于批评家已与作家处成朋友，甚至形同"夫妻"，他们的品评、推荐便不可能实事求是。长此以往，就既会降低学院批评的公信力，同时也会让文学经典化的声音变得可疑起来。

第二节是对《平凡的世界》所进行的一个深度分析，首先是路遥其人其作的"经典化"问题。笔者通过对近15年的大量材料（如读者评论、图书馆外借、文学史教材和名刊"经典化"举措的统计数据等）进行梳理，并主要通过对"文学经典化"的两个要素（读者与文学史）进行考察，认为路遥其人其作一直以"民选经典"的方式走在"民间经典化"之途。其次，笔者认为《平凡的世界》是介于严肃文学和大众文化之间的一部作品。一方面，路遥那种极其严肃认真的写作态度、沉重的责任感和庄严的使命感等，都让这部作品具有了庄重的内容和严肃的主题。另一方面，现实主义创作手法的采用，对"革命通俗文学"一定程度的继承，为普通读者写作的读者意识，又让这部作品具有了一种通俗性和大众性。它的价值与意义、魅力与缺陷，或许都能在严肃文学与大众文化的紧张关系或张力结构中找到某种答案。

第五章名为"文学之变与文学理论的应对方案"，是在理论层面对大众文化与文学生产所进行的一种反思，也是对本书的一个理论总结，共由两节内容组成。

其一，"文学终结论"是美国理论家米勒于20、21世纪之交带入中国的一种论说，实际上也是他对文学与大众文化之接合的一种理论回应。这一论说在中国的文学理论界被讨论达数年之久，并形成了两种不同的意见：老一辈学者多与米勒商榷之、对话之，认为文学研究不会终结；中青年学者则支持其论说，并为他辩护，与其互动。该节内容尽可能还原了"文学终结论"的发酵语境,辨析了"终结"一词的含义,进而在"情感决定论"和"技术决定论"的层面梳理了童庆炳与米勒的"对话",指出了他们理解文学是否终结的不同理路和错位思考。最后,又把"文学终结论"延伸到"文学变化论"的层面,进一步释放米勒之论的隐含意义:在新媒体时代,文学的生产方式、接受方式和研究方式都已发生明显的变化,也正是这些变化,衬托出文化研究的某种必要性与合理性。而米勒既钟情于文学研究,也不"憎恨"文化研究的姿态,既令人深思,也能给中国学界带来诸多启发。

其二,在此分析背景上,笔者把文学理论的调整方案定位在文学研究与文化研究之间。之所以如此,是因为传统的文学理论已经成为一种不及物的理论,其典型表现是一方面游离于文学本身,抛开了文学自说自话;另一方面,面对当今文学分化的格局,它也逐渐失去了应对能力。与此同时,20、21世纪之交兴盛起来的文化研究既对文学不管不顾,同时也由于种种原因,其介入性和批判性无法落到实处。因此,在文学研究与文化研究之间,实际上倡导的是一种"间性"研究。具体而言,就是让文学理论的视角调整到文学与新媒体的"接合部",进而调整到印刷文化与视觉文化之间、精英文学与大众文学之间、美学分析和意识形态批判之间。如此这般之后,文学理论才有可能在不脱离传统文学的前提下同时向新型的文学文化充分敞开,进而具有介入现实的动力和阐释世界的能力。

介绍完本书的章节内容后,我还想对自序中所说的研究动因略作归纳。早在20年前,我就意识到大众文化给文学带来了巨大的冲击,而这种冲击也必然影响着传统的文学研究,挑战着既定的文学理论。于是我希望在文学研究中增加文化研究的维度,同时在文化研究中增加文学研究的维度,让它们在交往互动中各自克服自身缺陷,走向一种新的融合。但是由于种种原因,这一想法只是体现在一些零敲碎打的论文之中,并未形成完整的思路和完善的方案。如今，借做课题之机，总算有了一个落实的机会，但也只是一个初步尝试。既然是尝试，就不可能不遇到一些麻烦，也不可能不存在一些不足。凡此种种，都希望得到专家学者和读者朋友的批评指正。

第一章　大众文化与文学生产的接合

谈论大众文化与文学生产的接合，实际上涉及的是两者的交往和互动。即大众文化的制作理念如何进入了文学生产的机制之中，进而对文学构成了影响；同时，文学生产的元素又如何走向了大众文化的途中，进而成为大众文化的有机组成部分。当然，无论是文学还是大众文化，它们都不可能自动交往，让它们互动起来的是它们背后的组织、机构以及生产者和消费者。因此，说到底，大众文化与文学生产的接合应该是生产者之间的接合。

在当代中国，这种接合密切起来的时间并不是很长。因为众所周知，在改革开放之前，中国并不存在商业意义上的大众文化，而只有政治意义上的群众文化。这就意味着文学生产很大程度上也融入了群众文化的大合唱之中，成了其中的一个声部。只是随着改革开放的进行，特别是随着市场经济的到来，大众文化渐成气候之后，文学生产才逐渐脱离原先既定的轨道，成了大众文化的合作伙伴。

本章作为总论，主要呈现三节内容，以期在总体层面对大众文化与文学生产的接合有所考察。

第一节　大众文化的冲击与文学生产的嬗变

中国当代大众文化的进程是从20世纪80年代开始的，但是在80年代中前期，一方面由于大众文化还处在起步阶段，另一方面由

第一章 大众文化与文学生产的接合

于大众文化不断遭到精英文化的排挤和主流文化的打压，大众文化与文学生产的交往并不密切，二者的关系也相对显得比较单纯。然而，80—90年代之交，特别是1992年以来，大众文化获得了名正言顺的发展空间，它甚至从原来威廉斯所谓的"新兴文化"逐渐变成了"主导文化"。也正是从这时候开始，大众文化的价值观念、生产方式、推销方式、消费方式等开始对文学生产构成了或隐或显的影响。本节将聚焦于此，尽可能从总体上呈现大众文化冲击下的文学生产风貌。

一 20世纪90年代以来的大众文化及其特点

在考察文学生产的具体问题之前，首先有必要择其要者，对20世纪90年代以来的大众文化及其特点进行简单的梳理和分析。

按照法兰克福学派的主流观点，大众文化是可以与文化工业画等号的。这就意味着，虽然我们谈及大众文化时可能首先会联想到影视剧、流行音乐、通俗小说等具体的文化产品，但实际上，它更关联着文化工业的生产和消费状况。阿多诺的传记作者曾经对文化工业作过如下解释："这个概念意指借助文化在社会上传输的整个网络，换句话说，它指的是文化产品（被生产者造出来并被代理商推销）、文化市场和文化消费。文化工业包括大众媒介，例如，报纸和报纸业，公共与私人拥有的广播和电视机构，音乐和电影业，还有涉及促进文化发展的各类机构，以及娱乐业的不同部门。"[1] 而国内学者在谈及大众文化时，也大都能从文化工业的层面为其定性。有人指出："作为文化研究对象的大众文化，主要不以它的接受程度而取意，即它不只是表示文化消费或欣赏的人数的多寡，而是以文化本身生产的特点而定性。大众文化研究所分析的'大众文化'是一

---

[1] Stefan Müller-Doohm, *Adorno：A Biography*, trans. Rodney Livingstone, Cambridge：Polity Press, 2005, p.285.

接合:大众文化的冲击与1990年代以来的文学生产

个特定的范畴,它主要是指与当代大工业生产密切相关(因此往往必然地与当代资本主义密切相关),并且以工业方式大批量生产、复制各类消费性文化商品的文化形式。要特别强调一下,说它是'文化形式',并不能从我们过去习惯的'文化'的字面意义上去理解。因为我们这里所说的文化形式除了必然地与大工业结成一体之外,还包括着创造和开辟文化市场,以公司规模的行为去组织产品的销售,以及尽快获取最大利润等经济行为,这些都是以往的通俗文化或民间文化不具备也不可能具备的。"[1] 由此看来,考察中国当代的大众文化,我们更需要关注的是它的生产、消费、市场行为等情况。

从生产和消费的规模上看,我们可以把20世纪80年代看作大众文化的发轫期或准备期,而把90年代以来看作大众文化的泛滥期。说80年代是大众文化的准备期,原因有四点。第一,80年代初期,中国内地的大众文化产品很多来自港台。80年代中后期,这种状况虽得到了很大程度的改观,但大众文化产品的生产依然难以摆脱模仿的痕迹。第二,由于主流文化的挤压和精英文化的蔑视,大众文化在80年代中后期尽管已经形成了一定规模,但还没有拥有名正言顺的发展空间,文化市场基本上还是被主流文化和精英文化垄断着,因此,大众文化产品便难免粗糙简陋。第三,由于知识精英的价值观念还没有发生彻底的转变,所以80年代的知识精英还没有从原来的队伍中分化出来,自觉地投入到大众文化的生产中,而事实证明,这支力量在90年代以来的大众文化生产中扮演着极为重要的角色。缺少了这支力量,大众文化生产的规模性、批量性、时尚性、规范性都在很大程度上受到了限制。第四,80年代,大众这支队伍的成分是非常复杂的,其中既有传统意义上依靠民间文化催生的民众,又有政治意义上依附于一元体制的群众,同时还有那些带

---

[1] 李陀、杨建平:《失控与无名的文化现实——访"当代大众文化批评丛书"主编李陀》,《天涯》2000年第1期。

有青春萌动与感伤气息的追星族（青少年亚文化群体）。消费群体的不同消费指向使得大众文化生产在定位上常常出现偏差。

然而，进入20世纪90年代之后，所有这些问题都得到了不同程度的解决。之所以能够解决，其中的一个重要原因是市场经济机制的启动。实际上，大众文化就是市场经济的伴生文化，或者说大众文化实际上就是市场经济的文化形式。因此，只要搞市场经济，便不得不给大众文化提供一个独立生长的空间，并使之获得一个合理合法的存在。与此同时，一些大众文化的生产者也抓住了难得的历史机遇，开始理直气壮地投入到大众文化的生产之中。以电视剧为例，90年代以来电视剧的迅猛发展，自然得益于《关于加快发展第三产业的决定》（1992）的政策性松绑，但无疑也与大众文化生产者观念的迅速转换有关。80年代，虽然也有《今夜有暴风雪》《四世同堂》《西游记》《红楼梦》等电视剧的热播，但其生产过程往往走的还是精英文化的路子。用王朔的话说，是"先找一部有基础的小说，由作者本人或资深编剧反复修改，锤字炼句，再经过专家的多次严肃讨论，深入开掘原作中的思想深度，突出原作中的人文追求，然后细细拍来，简言之，不计成本，一切目的是为自己的……主要满足的是创作者的成就感"[①]。然而，进入90年代之后，这种精英文化的生产模式已被大众文化的生产模式所取代，其得风气之先者便是电视剧《渴望》（1990）的制作和生产。据王朔介绍，1989年年初，郑晓龙和李晓明找他，说要搞一部电视剧。"这部戏要长，起码四十集，要低成本，全部在室内拍，多机，而且不找小说改编"，郑晓龙拿出的故事核或设想"就是一张小报上几百字的报道，剩下的都要仰仗大家现攒"。不仅如此，他还意识到："作为一个电视剧生产组织要维持运转，指望作家深思熟虑之后拿出心血之作是

[①] 王朔：《我看大众文化港台文化及其他》，载《无知者无畏》，春风文艺出版社2000年版，第8页。

接合:大众文化的冲击与1990年代以来的文学生产

来不及的,那等于靠天吃饭,要形成规模,讲究效益,必须走到工业化组织和工业化生产这一条路上来。"于是,王朔很有感慨,他说:"这就是大众文化的运作模式了!对生产力提高的渴望改变了生产关系。一进入这个剧组我就感到了这一次与以往的不同,大家上来就达成了共识:这不是个人化创作,大家都把自己的追求和价值观放到一边,这部戏是给老百姓看的,所以这部戏的主题、趣味都要尊重老百姓的价值观和欣赏习惯,什么是老百姓的价值观和欣赏习惯?这点大家也无争议,就是中国传统价值观,扬善抑恶,站在道德立场评判每一个人,歌颂真善美,鞭挞假恶丑,正义终将战胜邪恶,好人一生平安,坏人现世现报,用电影《平原游击队》中何翻译官的话说就是'祝你——祝你同样下场!'"[1]

很显然,《渴望》之所以能在当年大获成功,出现万人空巷的收视效果,正是因为编导者摸透了大众文化的脾气,遵循了大众文化的生产规律。甚至我们可以说,所谓的"歌颂真善美,鞭挞假恶丑,正义终将战胜邪恶,好人一生平安,坏人现世现报",实际上正是大众文化的生产配方。由于采用了文化工业的生产模式,也由于王朔等人对这种配方的熟悉,90年代中前期诞生了一批具有王朔风格的电视剧,如情景喜剧《编辑部的故事》《海马歌舞厅》、言情剧《爱你没商量》《过把瘾》等。90年代后期,冯小刚又在其执导的几部贺岁片(《甲方乙方》《没完没了》《不见不散》等)中延续了王朔式的大众文化生产套路:城市游荡者的人物设计,京味对白、调侃幽默的话语风格,喜剧或在喜剧中加进些许苦涩的思维套路,讲述"小户人家的爱情故事"[2]的言情模式,让"二老"(老干部与老百姓)满意的制作方案。所有这些,应该是冯氏贺岁片风靡一时的原因。

举这个例子是要说明,90年代以来大众文化的发展既是天时地

---

[1] 王朔:《我看大众文化港台文化及其他》,载《无知者无畏》,春风文艺出版社2000年版,第8—9页。

[2] 王朔等:《我是王朔》,国际文化出版公司1992年版,第36页。

利的产物,也是大众文化生产者审时度势、随机应变的结果。假如90年代还是"反对资产阶级自由化"和纠缠于姓"社"还是姓"资"的政治环境,假如90年代的文化生产者还守着80年代精英文化的生产理念和生产模式,那么,大众文化就不可能形成气候,更不可能出现如火如荼的发展势头。

那么,20世纪90年代以来的大众文化生产又有怎样的特点呢?大体而言,我们可以在如下几个方面聚焦。

(一) 知识精英加盟到大众文化生产之中,壮大了大众文化生产的队伍

在20世纪90年代以来的大众文化生产中,知识分子所扮演的角色是很耐人寻味的。在20世纪80年代,知识分子是精英文化的生产主体,对于大众文化,他们基本上采取一种不屑一顾的姿态。但是进入90年代之后,面对市场的诱惑,一些知识分子开始了脱胎换骨般的观念转换,结果知识分子队伍开始分化,许多人加入到大众文化的生产阵营之中。以王朔为例,他在80年代中后期走上文坛时,采用的基本上还是精英文学的写作套路。1988年,王朔的四篇小说被改编成电影虽然红火了一阵,但红火的方式依然是借助电影这种比较精英化(相对于电视剧来说)的生产与传播方式。进入90年代之后,王朔主动"下海",开始介入大众文化生产,其生产秘诀是,一方面通过以调侃、戏仿、反讽等为表征的"王朔体"批量制作通俗小说;另一方面,又通过电视这种大众传播媒介形式批量生产通俗言情剧。此种做法表明,王朔既在揣摩市场行情、打造大众文化生产模式方面颇富成效,也在很大程度上形成了大众文化制作、发行、传播的生产批发一条龙公司,并且成了大众文化的代言人。

有人认为,这些从事大众文化生产并受大众青睐的知识分子可以被命名为"后知识分子",他们"是在昔日的文化边缘处崛起的,他们能够洞察并引导大众的无意识和欲望,能为大众文化所宠爱,是'媒介'的掌握者。他们正像王朔的一篇小说中的一个人物所言:

接合:大众文化的冲击与1990年代以来的文学生产

'我知道,能被最广大的群众所接受的就是高级的、艺术的。譬如相声、武侠小说、伤感电影、流行歌曲、时装表演诸如此类。这就是我,和知识分子迥然不同的,一个俗人的标准——我为此而骄傲'(《王朔文集》第4卷,华艺出版社1992年版,第182页)。这种'俗人'的标准使他们可以把握大众当下的'状态',提供可靠的文化产品,他们也就成了投资人及广告商理想的投资对象。他们可以和大众沟通,也可以与各种不同的话语对话,他们变成了文化话语的中心。正像一项预测所认定的,中国大陆今后最热门的文化职业是制片人、音乐制作人、文化经纪人、形象设计师、发行人、美术设计者等,也许还应该添上报刊的记者等。他们都不再是经典的知识分子,而是'媒介'的掌握者"①。这种分析是有道理的。在研究大众文化的过程中,许多人都注意到了大众文化与大众传播媒介的特殊关系,然而客观地说,大众传媒在催生和塑造大众文化的过程中的作用固然与传媒的特性(比如平等性、广泛性、民主性)有关,但是我们不应该忘记操纵传媒的主体是人。具体地说,在考察中国当代大众文化的生成时,我们应该明白,正是由于"后知识分子"与传媒的联姻,大众文化才在90年代出现了如火如荼的发展势头。对于"后知识分子"来说,由于他们是传媒的加盟者和掌握者,他们的文化产品可以以最快的速度推销到最广的人群当中,这是当今商业行为最便利、最有效的实现方式;对于传媒来说,由于有了"后知识分子"的创意和策划,传媒在大众文化生产方面已逐渐摆脱了80年代的呆板单一和小打小闹,开始以日趋精致、丰富多样和批量生产的文化产品走俏于市场。

(二) 新媒介的到来,催生了新型的大众文化形式

新型的大众媒介常常充当着大众文化"助产婆"的角色。例如,相对于印刷媒介而言,电子媒介是新媒介,而在20世纪初期,这种

---

① 张颐武:《从现代性到后现代性》,广西教育出版社1997年版,第91页。

第一章　大众文化与文学生产的接合

新媒介就催生了大众文化的新形式——电影。美国学者切特罗姆（Daniel J. Czitrom）曾经指出，美国的早期电影不但把平等意识带给了普罗大众，而且还创造了一种新型文化："到了二次大战末，电影媒介已建立起一种新的大众文化，即继印刷文化之后的艺术、娱乐、大商业和现代技术的汇合，它符合大众的口味，又从大众中获得力量。这种新的大众文化把作品和制作过程联系在一起，这二者都不符合旧的文化学说的模式。……对大众来说，看电影已成为社会生活的重要内容，成为一种体验和解释同代人或家庭的共同价值观的新方法。"[1]

如果说电子媒介让电影成了大众文化，那么数字媒介则把网络文学这种大众文化的新形式推到了台前。中国的网络文学是从20、21世纪之交迅猛发展起来的，而到2008年已渐成气候，以至于有学者指出："2008年的文学，在进入新世纪由整一的体制化文学分化为传统文学、市场化和新媒体文学之后，三分天下的格局基本成形并日益稳固。"[2] 新媒体文学即网络文学，而网络文学占据了三分之一文学江山的事实，也意味着文学的格局已发生了显著变化，网络文学再也不能等闲视之了。

但话说回来，为什么我们又要把网络文学看作一种大众文化呢？这是因为网络文学是一种类型文学。网络文学类型原是文学网站的一种分类，主要功能在于方便读者找到适合于自己阅读的文学类型。如"榕树下"网站开办之初，小说栏目曾分为武侠天地、聊斋夜话、爱情城市、鬼话连篇；而到"起点中文网"时代，则已开设武侠·仙侠、玄幻·奇幻、历史·军事、都市·青春、科幻·灵异、游戏·竞技、同人·漫画等小说频道。这种分类方式被各大文学网站

---

[1] ［美］丹尼尔·杰·切特罗姆：《传播媒介与美国人的思想——从莫尔斯到麦克卢汉》，曹静生、黄艾禾译，中国广播电视出版社1991年版，第64页。

[2] 白烨主编：《中国文情报告（2008—2009）》，社会科学文献出版社2009年版，第5—6页。

效仿，其名目也越来越多，从而对网络写手的类型化写作构成一种召唤和规训。2006年以来，类型化写作蔚然成风，新型的小说类型（如穿越、盗墓、后宫、耽美等）及其代表性作品（如《步步惊心》《盗墓笔记》《甄嬛传》等）也越来越多。类型化写作有自己的目标受众，其情节模式、结构程式等相对固定。它发展得越成熟，也就越是在按照某种"配方"生产，其大众文化的特征也就越明显。

另外，网络文学又是一种商业气息浓郁的文学。网络文学出现之初带有很大程度的自发性，这意味着一开始网络写手与商业利益并无瓜葛。后来，起点中文网在2003年10月首推VIP会员计划，开启付费阅读模式，标志着网络文学被纳入商业运作的轨道。起点中文网的核心逻辑之一是，"通过聚拢大量普通用户，积极挖掘用户的创作积极性，诱导用户成为网络作者"，最终形成一个"由用户自己创造内容到用户自己消费内容直至用户自己培育市场的模式"。[①]正是在这一模式的诱导下，大量的网络写手开始进入这一行业，海量的网络文学作品开始面世，超长的网络小说也开始诞生。因为日更行规、点击率和排行榜所形成的压力等，网络写手不得不越写越长，小说只有写到数百万字乃至上千万字，才能使作者与网站双双获益。在这种拼速度、拼体力的写作中，"超长篇"写手很难做到精雕细刻，从容布局。与此同时，单打独斗的写作又很难支撑长久，团队合作的批量生产渐成气候。这样，网络文学最终也成为商业流水生产线上的一件件产品。

（三）青年亚文化逐渐被纳入市场化的运作机制之中，变成了一种大众文化

从最本来的意义上看，青年亚文化既是一种自发的文化，也是一种具有抵抗性的文化。它虽然像其英文前缀"sub"一样意味着"附属、边缘、次要或地下"，却往往会以独特的反叛姿态对主流文

---

① 《起点中文网：网络文学商业化》，《商界（评论）》2007年第10期。

化构成一种挑战和冲击。以崔健的摇滚乐为例,当《一无所有》在1986年横空出世时,当《新长征路上的摇滚》《解决》等音乐专辑先后面世时,崔健也通过自己那种放荡不羁的演出形象,声嘶力竭的喊唱风格,震撼人心的旋律与节奏,确立了一种反叛的姿态。而他的词曲中所隐含的社会批判和文化批判,往往也有一种直指人心的效果。有人甚至把这种源头追溯到朦胧诗时期的北岛那里:"崔健基本上继承了朦胧诗的精英式文化心态,在思想的深度、感受性和批判的向度上,二者常有极其相似的地方,特别是北岛和崔健,甚至表达时所用的意象,都可能产生异曲同工的效果。"[①] 这就意味着在青年亚文化的谱系中,从北岛的《回答》到崔健的《一块红布》等作品,它们有着大体相似的思想力度和批判维度,从而也把青年亚文化的抵抗性演绎到了极致。而实际上,"介入现实,批判现实"也一直是崔健所倡导的摇滚精神。他曾指出:"当时摇滚乐的出现是新的审美观的出现,是新观念的确立,比如说黑豹,唐朝,魔岩三杰,他们的出现,本身就带着一种批判精神,对过去的一种否定。现在不是否定了,甚至可以说是顺从了。十几年过去了,中国摇滚乐一直停留在一个阶段,太缓慢了!就像一个老人挪一步要挪半天一样,新陈代谢太差了。我认为这里真正的问题是,没有人敢像何勇一样写《垃圾场》了。以后的人还用英文写,外国人都听不懂,更别说中国人了。你真正该做的是批判!你都没牙了叫什么摇滚乐?你都成猫了还叫什么老虎啊?真正的个性不是在商业上的体现,而是在于你的批判精神。而这样批判的权利,正在逐步被削弱。"[②] 由此我们不难看出,崔健所在意者是摇滚乐的批判精神,而由于商业化的操作,这种精神正在流失。实际上,这也正是大众文化对青年

[①] 张新颖:《中国当代文化反抗的流变:从北岛到崔健到王朔》,《文艺争鸣》1995年第3期。

[②] 吴虹飞:《一个摇滚音乐家是反叛的——专访崔健》,《南方人物周刊》2009年第24期。

接合：大众文化的冲击与1990年代以来的文学生产

亚文化的侵蚀。

如果说摇滚乐是20世纪八九十年代青年亚文化的先锋，那么青春文学或许可以看作20、21世纪之交以来青年亚文化的代表。众所周知，青春文学是与"80后"作家的写作联系在一起的，而"80后"作家之所以能够走上历史舞台，又与"新概念作文大奖赛"的成功举办难脱干系。因为后来成名的"80后"作家如韩寒、郭敬明、春树、张悦然等，差不多都是"新概念作文大奖赛"一、二等奖的获得者。这些作家中既有"偶像派"与"实力派"之分，同时也不乏青年亚文化式的反叛者（如韩寒等），但青春文学之所以能够走俏，更多的是被"组织"起来的结果，是书商、出版商精心打造的产物。白烨曾经指出："现在围绕在'80后'写手周围的，主要是一些出版社，而一般的出版社都是在寻找明星和制造商机，而不是在发现和扶持文学新人。"[1] 书商沈浩波出版《北京娃娃》就是一个典型案例。着手出版《北京娃娃》时，他先是以"残酷青春"为主题写出一个宣传稿，然后四处联系媒体造势。当"春树现象"引起全国热议时，《北京娃娃》的销售量也直线上升。2003年，沈浩波找到一家美国代理商，把《北京娃娃》的海外版权卖了出去。半年之内，此书卖到了美国、荷兰、日本等30多个国家，沈浩波因此大赚一笔。而春树之所以能在2004年登上美国《时代》杂志的封面，显然是这本书走向世界的一个成果。在总结这本书的出版经验时，沈浩波也直言不讳，他认为自己最大的收获，"是在偶然中摸索出了一个营销模式：通过制造新闻效应拉动图书销量"[2]。如此看来，在打造青春文学的过程中，书商的作用是绝对不可低估的。

当然，在青春文学的发展演化中，更值得关注的是"郭敬明现象"。郭敬明首先是一位青春文学的明星作家，同时也是把青春文学

---

[1] 白烨、冯昭：《"80后"：徘徊在市场与文学、追捧与冷落之间》，《中国图书评论》2005年第1期。

[2] 王雨佳：《沈浩波：一半是文人，一半是商人》，《新财经》2008年第10期。

做强做大的成功商人。2006年年底,由他担任执行主编的青春文学杂志《最小说》在全国各大城市同步上市,首印30万册被订购一空。2010年7月,他正式成立"上海最世文化发展有限公司",并亲自担任该公司的董事长兼总经理,这标志着青春文学的生产已步入正轨。而由于郭敬明的明星效应和《最小说》的品牌效应,青春文学最终也变成了一项能捕获千百万少男少女读者的文学产业。有学者在分析"郭敬明现象"时指出:"青春文学的产业化不仅强化了文学文本的物质性,也改变了文学文本的符号性内容。青春文学在新世纪的崛起很大程度上源自'文学消费者年龄和趣味的变化'。由于教育和资讯的普及,文学的创作和阅读都出现低龄化趋势。……出生于后革命时期的80后和90后们,从小就享受着中国经济高速发展的胜利果实,接受了消费文化的洗礼,他们与'宏大叙事的苦难、崇高和经典性'格格不入,只想'在日常经验和想象的叙事中寻求某种另类真实。'"[①] 由此看来,当青春文学产业化后,其性质已经发生了很大变化。如果说最初的青春文学还具有某种叛逆色彩的话,那么后来郭敬明打造的青春文学则既是为了迎合低龄读者的消费需要,也是为了再生产出青春文学的作者或写手。有人指出:对于那些文学爱好者而言,"选择'最世文化'不仅仅是消费一种文学商品,也是在消费一种'文学理想',所有的产品都是上好的教材,买回去好好学习,也许有一天也可以成为作者群中的一个"[②]。在这种源源不断的扩大再生产中,郭敬明的生意固然越做越大,但这种青少年亚文化也变了味道,而被大众文化成功收编了。

以上呈现的三个方面,当然不可能是90年代以来大众文化生产特点的全部,但管中窥豹,我们已能看到大众文化来势汹汹的诸多征候。而且,从以上特点中亦可看出一个重要趋向:许多大众文化

[①] 杨玲:《新世纪文学研究的重构》,厦门大学出版社2019年版,第113页。
[②] 陈琰娇:《当代青春文学困境与"一体化"生产模式突围》,《中国图书评论》2013年第8期。

接合:大众文化的冲击与1990年代以来的文学生产

生产实际上也是文学生产,或者它们是以文学生产之名,行大众文化生产之实。而如此一来,文学生产与大众文化生产就形成了一种盘根错节的关系。当然,无论是网络文学还是青春文学,我们都可以把它们看作广义上的通俗文学,而通俗文学本来就是大众文化的一个组成部分。从这个意义上说,通俗文学生产与大众文化生产实际上是二而一的东西,对于二者的婚合,我们已不必大惊小怪。

更值得重视的是严肃文学生产的状况。那么,在大众文化的冲击下,严肃文学又呈现出一种怎样的面貌呢?

二 文学生产的种种新变

严肃文学遇到问题是从20世纪80年代后期开始的,因为在商品经济大潮的冲击下,文学失去了轰动效应,80年代中前期全民阅读文学的盛况已不复存在。韩少功在1991年曾经说过:"小说似乎在逐渐死亡。除了一些小说作者和小说批评者肩负着阅读小说的职业性义务之外,小说杂志是越来越少有人光顾了——尽管小说家们的知名度还是不小,尽管他们的名字以及家中失窃或新作获奖之类的消息,更多地成为小报花边新闻。……小说的苦恼是越来越受到新闻、电视以及通俗读物的压迫、排挤。小说家们曾经虔诚捍卫和极力唤醒的人民,似乎一夜之间变成了庸众,忘恩负义,人阔脸变。他们无情地抛弃了小说家,居然转过背去朝搔首弄姿的三四流歌星热烈鼓掌。"[1] 从这种不无愤激的表达中我们可以看出,由于原来的文学读者已转向大众文化,文学受众已大量流失,文学消费市场也开始变得萧条了。

彼时准备写作《白鹿原》的陈忠实,其种种考虑就很能说明问题。在他原来的构想中,《白鹿原》是准备写成上下两部的,每部30—40万字,因为只有如此长的篇幅才能承载较多的人物和较为复

---

[1] 韩少功:《夜行者梦语——韩少功随笔》,知识出版社1994年版,第3页。

杂的人生故事。然而，实际情况是，文学作品的市场前景已变得很不景气，他自己那本"颇得好评的中篇小说集征订不足3000册，迟迟不得开印"，"另一部中篇小说集收入的作品被转载或得过发表刊物优秀作品奖，征订数仍然不景气。至于短篇小说，全部堆在书柜里，没有哪家出版社问津，据说短篇小说和散文随笔最难赢得市场效益了"。在此情况下，他开始面对现实的冷峻："你写的小说得有人读，你出的书得有人买。出版社刚刚实行的市场经济理论和运作方式，无论多么深奥多么陌生多么冷硬，具体化对象化到我头上的时候，就变得如此简单。唯一的出路，必须赢得文学圈子以外广阔无计的读者的阅读兴趣，是这个庞大的读者群决定着一本书的印数和发行量。"正是基于这种严峻的文学现实和无情的市场运作，"我很快就做出决断，只写一部，不超过40万字。之所以能发生这种断然逆转，主要是对这本书未来市场的考虑，如果有幸顺利出版，读者买一本比买两本会省一半钞票，销量当然会好些"。①

这也就是说，在路遥写作《平凡的世界》的那些年头（1986—1988），他还没有受到市场经济的影响，于是他按既定目标，把这部长篇写成了三部、六卷、100万字的作品。然而，当陈忠实写作《白鹿原》时（1988—1992），市场经济已扑面而来，他已不得不考虑印数、销量、受众、市场等因素了。而为了让这40万字承载更丰富的内容，他逼着自己改变了表达方式：变描写语言为叙述语言。因为这样一来，就可以成倍地节省字数和篇幅。② 这一事例表明，因为市场经济，文学生产在90年代初已发生了微妙的变化。这种变化似乎看不见摸不着，但是却对作家构成了隐隐的压力。

更大的变化来自市场对文学的引领作用以及人们对文学的重新认识。评论家朱向前在1993年的一篇文章中说：

---

① 陈忠实：《寻找属于自己的句子》，北京大学出版社2011年版，第91—92页。
② 陈忠实：《寻找属于自己的句子》，北京大学出版社2011年版，第92页。

接合：大众文化的冲击与1990年代以来的文学生产

毫无疑问，全面走向市场的中国当代社会必将急遽改变我国的传统文学生态环境和价值取向。质言之，文学作品的商品属性将得到前所未有的正视、重视乃至一段时间内过分的夸大与强调。大部分文学生产力将逐渐从政治辐射下走出而卷入经济轨道运作，其意识形态色彩会日渐淡化而商业气息将愈加浓厚。这不是谁喜欢不喜欢、情愿不情愿的事，这是时代的潮流。留给作家个人的权利仅仅是选择与被选择，而个人与社会双向选择的结果便导致文学的分化。①

验之于文学后来的发展变化，这一判断和预测应该是非常准确的。实际上，在计划经济时代，由于国家意识形态的掌控，文学会被更多强调其政治属性而不可能被强调其商品属性。在改革开放的80年代，由于要摆脱政治因素的干扰，文学又会被更多强调其审美属性而不屑于被强调其商品属性。这样，文学的商品属性便一直处在缺席状态。然而，市场经济的来临，却把文学带入了经济体制的运作之中，文学成为一种特殊商品的趋势已不可避免。与此同时，一些评论家也开始呼吁一种具有商品属性、让读者用来"消费"（不是80年代所谓的审美鉴赏）的文学，并且明确指出："发展一种'消费型'的小说，肯定不是文学的堕落。的确，会有一大批作家失去成为古典式大师的机会，但也将出现一大批有出息的优秀作家。他们将写出读者欢迎的作品，受读者爱戴和崇拜，就像金庸和琼瑶一样。"② 何谓"消费型"的小说？如何才能写得像金庸和琼瑶一样？答案自然是非常清楚的，即作家不必都去写那种纯而又纯的严肃文学作品，而是要有人专门去经营通俗文学。换句话

---

① 朱向前：《1993：卷入市场以后的文学流变——从"王朔现象"说开去》，载《当代文学研究资料与信息》1993年第2期，转引自张志忠《1993：世纪末的喧哗》，山东教育出版社1998年版，第1—2页。

② 木弓：《改革对中国作家是吉是凶？》，《当代作家评论》1992年第5期。

第一章 大众文化与文学生产的接合

说,这实际上就是号召作家去搞大众文化。由此我们想到,虽然早在80年代中期就有人呼吁纯文学与通俗文学"分家",因为后者"更能满足人们'消遣'、'娱乐'的需要"①,但实际上,那个时候还不具备"分家"的充分条件。而市场经济一来,文学的商品属性一定,"分家"便变得不可避免。这就意味着从此之后,严肃文学将进一步受到其近邻通俗文学的诱惑和挤压,变得更加步履维艰了。

这就是20世纪90年代初的文学语境。而在这种语境中,严肃文学的生产又发生了哪些变化呢?

首先是写作观念之变。20世纪80年代的作家大都把文学看成一种至为神圣的东西,于是为了写出自己满意的作品,他们往往费心劳神、殚精竭虑,甚至不惜付出生命的代价。例如,路遥之所以用三年时间准备,再用三年时间去写作《平凡的世界》,是因为他觉得"只有初恋般的热情和宗教般的意志,人才有可能成就某种事业"②。与此同时,他又把写作看作一种艰苦的劳动,只有像牛一样劳动,才能像土地一样奉献。他曾经说过:"文学创作是勤奋者的一种不潇洒的劳动,而且在心理和精神上要有一种思想准备,准备去流血,流汗,甚至写得东倒西歪不成人样,别人把你当白痴。如果你越写越年轻,越写越潇洒,头发越写越黑,成功的可能性就会越来越小。"③这其实是他的经验之谈。他实际上正是在流血流汗、染病在身的状态下完成《平凡的世界》的。而他对文学的痴情,他所付出的非同寻常的劳作,也让这部作品成了广受读者欢迎的读物。又如,陈忠实之所以会写《白鹿原》,是因为"我想给我死的时候

---

① 董大中:《试论纯文学与通俗文学的分野》,《批评家》1985年第4期。
② 路遥:《早晨从中午开始——〈平凡的世界〉创作随笔》,载《早晨从中午开始》,北京十月文艺出版社2010年版,第85页。
③ 路遥:《写作是心灵的需要——对文朋诗友的讲话》,载《早晨从中午开始》,北京十月文艺出版社2010年版,第60页。

有一本垫棺作枕的书"。而在他看来,"这个垫棺的枕头的创作心理,不是狂妄的高端指向,而是为着自少年时代就迷恋着文学的本心的"①。这也意味着在陈忠实这句大白话中,其实隐含着他的文学之梦和不忘初心。

如此看来,无论是路遥把文学当成一种"事业",还是陈忠实所谓的"垫棺作枕",其中都有一种理想主义的精气神,也在很大程度上体现着80年代文学的光荣和梦想。而在这样一种文学理想的指引下,他们的写作观就不可能不纯粹,他们写出来的作品也不可能不具有一种震撼人心的力量。然而,进入90年代之后,面对商业主义的诱惑,同时也因为严峻的生活现实,许多作家的写作观念发生了大幅度的转变。例如,曾在80年代文坛上小有名气的女作家程乃珊就把小说定位在了"流行歌手"的档次上,在她看来,小说唯一需要考虑的就是"好卖":

> 同样的,写小说本身,也越来越作为一种"卖文"的形式而取代"灵魂工程师"的使命感。细细想一想,我们也是吃五谷的内心有着许多不可告人的阴暗角落的世俗之人,凭什么就可以担当起这个令人生畏的神职呢?我们对自己的灵魂能知多少?能认识多少?哪担当得起"灵魂工程师"之职?最近我为香港《东方日报》写连载小说,就是实实在在的卖文,每个月的稿酬正好可以支付我的房租。我第一次庆幸,还好我会写小说,因而多了一条谋生的活路,正如我庆幸自己会讲广东话,会扯那么几句英语,这样就比较容易找到工作一样。什么"做学问"呀,"突破"呀,"探索"呀,对我已显得那样空洞和遥远。我要考虑的只是,"怎样"才能卖得好。是不是我已经开始

---

① 陈忠实:《寻找属于自己的句子》,北京大学出版社2011年版,第36、38页。

第一章 大众文化与文学生产的接合

堕落了？①

"卖"或"卖得好"自然不是程乃珊一个人的感受，因为王朔就说过："在北京写剧本的朋友圈子中，常常用一个粗鲁的比方形容自己：卖的。确实，除了出售的东西不同，就纯感受而言，甚至行为本身都和妓女无异。"②而为张艺谋写过小说《武则天》的北村也说过："现在看小说的人越来越少，很多作家为了功利的原因去改变自己的写作方式，自己的定力没那么高，也就赶紧找一个有良心的挣钱办法。很多小说是靠电影红火起来的，拍成电影了，小说就好卖。"③无论作家把自己定位成"卖的"，还是希望自己的小说"好卖"，都意味着文学写作已成了一种纯粹的商业行为，成了一手交钱一手交货的买卖。而在这种情境中，作家也不可能再为"事业"或"信仰"写作，而是"著书都为稻粱谋"，甚至在一定程度上变成了金钱的奴隶。

把"卖文"作为自己写作动力的行为也许不必过多地加以指责，而应该报以同情的理解，因为一些作家确实是把它当作养家糊口、贴补家用的一种途径。比如莫言就曾坦言，90年代初期写完《酒国》之后，他曾搞过一段时间的影视，而搞影视是"迫于经济的压力，要养家糊口"④。但话说回来，我们不得不正视的事实是，因为这样一种写作观念，90年代以来的严肃文学也走在形而下的曲线之中。许多时候，作家的写作不是出自心灵倾吐的需要，而是受到了外力的牵引。这样一来，自主性的写作就出现了问题，许多作家（尤其是投身于影视写作的作家）甚至成了文学产业或文化工业这架

---

① 程乃珊：《小说——流行歌手》，《小说界》1992年第3期。
② 王朔等：《我是王朔》，国际文化出版公司1992年版，第65页。
③ 董彦：《刘震云 莫言 王朔 苏童 北村：让电影给我打工》，《华商报》2004年4月19日。
④ 莫言：《在文学种种现象的背后——2002年12月与王尧长谈》，载《莫言对话新录》，文化艺术出版社2010年版，第92页。

接合：大众文化的冲击与1990年代以来的文学生产

大机器上的齿轮和螺丝钉。

其次是雅俗界限的取消。谈及雅俗界限问题，很容易让人联想到后现代主义，因此，我们不妨先从西方的后现代主义说起。

艾布拉姆斯（M. H. Abrams）指出，后现代主义既是对现代主义反传统尝试的延续，也是对现代主义形式的抛弃。与此同时，"后现代主义还通过依靠'大众文化'中的电影、电视、报纸卡通和流行音乐等模式，颠覆了现代主义'高雅艺术'中的精英主义"[1]。这就意味着后现代主义文学艺术与大众文化形成了密切的交往。而杰姆逊（Fredric Jameson）则在一个更宏阔的语境中论及后现代主义，他指出：

> 我曾提到过文化的扩张，也就是说后现代主义的文化已经是无所不包了，文化和工业生产和商品已经是紧紧地结合在一起，如电影工业，以及大批生产的录音带、录像带等等。在19世纪，文化还被理解为只是听高雅的音乐，欣赏绘画或是看歌剧，文化仍然是逃避现实的一种方法。而到了后现代主义阶段，文化已经完全大众化了，高雅文化和通俗文化，纯文学和通俗文学的距离正在消失。商品化进入文化意味着艺术作品正成为商品，甚至理论也成了商品；当然这并不是说那些理论家们用自己的理论来发财，而是说商品化的逻辑已经影响到人们的思维。总之，后现代主义的文化已经从过去那种特定的"文化圈层"中扩张出来，进入了人们的日常生活，成为了消费品。[2]

按照杰姆逊的看法，后现代主义阶段的文化征候是雅俗的距离

---

[1] ［美］M. H. 艾布拉姆斯：《文学术语词典》第7版（中英对照），吴松江等编译，北京大学出版社2009年版，第337页。

[2] ［美］杰姆逊：《后现代主义与文化理论——弗·杰姆逊教授讲演录》，唐小兵译，陕西师范大学出版社1987年版，第129页。

第一章　大众文化与文学生产的接合

正在消失，艺术与商品的界限也不复存在。这当然并非杰姆逊一个人的看法，比如，早在20世纪60年代，菲德勒（Leslie Fiedler）就发表过《越过边界——填平鸿沟：后现代主义》（"Cross the Border—Close the Gap：Postmodernism"）的宏文。文中指出，后现代主义的到来，意味着雅俗之界已形同虚设。因为当代一些知名作家如约翰·巴斯（John Barth）、诺曼·梅勒（Norman Mailer）、菲利普·罗思（Philip Roth）等人，无不采用西部小说、科学小说、色情小说等所谓亚文学的构成要素和写作手法。于是他得出结论：后现代主义小说实际上已是通俗小说，是"反艺术"和"反严肃"的。它致力于创造新的神话，"在其真实的语境中'创造一种'原始的魔力"①。正是因为这一变化，商品艺术化、艺术商品化、日常生活审美化、审美日常生活化、文学大众文化化、大众文化文学化，才成为频繁出现的描述语汇，它们对后现代主义构成了有力的注解。

　　20世纪90年代的中国文学是否出现了后现代主义是一个值得探讨的问题，但90年代的文学理论界热衷于介绍和谈论后现代主义却是一个不争的事实。而在我看来，尽管作家对后现代主义写作技法的借用还有些滞后，但商业化的逻辑、大众文化的写作策略却开始进驻到严肃文学之中，雅开始向俗低就，雅俗的界限也逐渐消失。

　　以《废都》为例，贾平凹把自己的这部小说看作"苦难之作"，认为这本书是"在生命的苦难中又唯一能安妥我破碎的灵魂的"②，这就意味着他既把这次写作看得特别重要，也在很大程度上以自己的生命体验经营着一种严肃文学。然而，书中那种一男三女（庄之蝶、唐宛儿、柳月、阿灿）的人物设计，自我删除的方框框标识，字里行间所流露出的旧文人趣味，等等，却暴露出了媚俗的秘密。因此，当1993年的批评界用媚俗、矫情、性压抑、裸露癖、自恋

---

① 转引自黄禄善《美国通俗小说史》，译林出版社2003年版，第2—3页。
② 贾平凹：《废都》，作家出版社2009年版，"后记"第467页。

接合:大众文化的冲击与1990年代以来的文学生产

狂、颓废感、变态心理、狎妓心态、商业包装、封建糟粕、低级趣味、当代西门庆、湿漉漉一片、填空式阅读引导等子弹向《废都》及其作者开火的时候,我们是不应该惊讶的,因为所有这些显然并非无中生有,而是从这本书中不同程度地读出来的东西。而当《废都》再版时,即便为之作序的李敬泽也坦率地指出:"我依然认为《废都》中的'□□□'是一种精心为之的败笔。当贾平凹在稿纸上画下一个个'□'时,他或许受到了弗洛伊德《文明与禁忌》的影响,那本书20世纪80年代的文学人几乎人手一册,通过画出来的空缺,他彰显了禁忌,同时冒犯了被彰显的禁忌,他也的确因此受到了并且活该受到责难。"[1] 尽管李敬泽在这里的批评显得非常委婉,但他依然表达了这部小说面世时批评界的共同看法。而在我看来,贾平凹在书中制作的"□□□",不仅是对当代出版界处理明清艳情小说通例的拙劣模仿,而且也以"缺席的在场"制造出了种种与性相关的想象和吸睛效果。在这件事情上,可以说他已把媚俗的套路用到了极致。

另一个值得思考的例子是余华的《兄弟》。余华是中国当代最具实力的严肃文学作家之一,他以先锋文学创作起家,又以《活着》《许三观卖血记》等作品在读者中赢得了声誉。但是《兄弟》上、下部在2005年和2006年分别出版后,却引来了读者与专业人士的诸多批评。邵燕君指出,余华的这部长篇小说其实是一部"顺势之作","这不仅在于《兄弟》写了很多性,很多暴力,写得很煽情很刺激,而更在于《兄弟》扣准了大众心中隐藏的密码,顺应了大众内心的情感趋向和阅读习惯"。与此同时,她还指出《兄弟》的语言基本上是"段子"式的,这样写作的目的是使这部作品变得"好读不累"。而当文学市场化之后,余华自然也改变了自己的写作策略。也就是说,《兄弟》既不是他当年所经营的先锋文学,也不是写给文

---

[1] 李敬泽:《庄之蝶论》,载贾平凹《废都》,作家出版社2009年版,第1页。

第一章　大众文化与文学生产的接合

学编辑和批评家看的,而是"写给掏钱买书的大众看的,或者可以说,是'先锋余华'凭借他多年来积累的象征资本向大众兑取经济资本的一次提款"①。关于《兄弟》的"好读不累",梁鸿亦有同感并做过相关分析。她说:"阅读《兄弟》是轻松的。伴随着情节的发展,你的精神会越来越放松,越来越没有担待,到最后,你完全松懈而且畅快了,因为余华与你灵魂的世俗要求完全吻合,与这个时代的大众文化内核几乎完全一致,换言之,时代大众精神在余华这里没有遭遇到丝毫的抵抗,反而被赋予逻辑严密的合情性与合理性。"②

除了两位评论家分析到的情况,我们还要注意以下细节。《兄弟》开头部分详细描写李光头在公共厕所偷看五个女人屁股的情节,很容易让人想到通俗小说的套路,甚至会让人想到当年电影制作人的做法:"必须把无法传送到家庭起居室的东西拿给公众,结果使露骨描写性与暴力的影片增加。"③ 而《兄弟》上部18万字、下部则写到将近34万字的做法,又会让人想起伊恩·瓦特(Ian Watt)的相关论述:18世纪的英国作家之所以把作品写得冗长累赘,是出于经济上的考虑。④ 一位知名网友在读过《兄弟》之后曾经说道:"它就是一本通俗小说,通俗且恶俗。如果不是想钱想疯了,就不会把这么一本通俗小说写到40万字,而且分上、下册分别出版。这给人的感觉是余华突然想去挑战海岩,成为一名畅销书作家。所以,《兄弟》里才出现了香艳的臀部、小朋友的性冲动和类似电影《美丽人生》一样的煽情故事。它的目的是满足从中学生到离休干部所有的

---

① 邵燕君:《"先锋余华"的顺势之作——由〈兄弟〉反思"纯文学"的"先天不足"》,《当代文坛》2007年第1期。

② 梁鸿:《恢复对"中国"的爱——论当代文学的批判主义历史观》,《当代文坛》2007年第6期。

③ [美]托马斯·英奇编:《美国通俗文化简史》,任越等译,漓江出版社1988年版,第110页。

④ 参见[美]伊恩·P.瓦特《小说的兴起——笛福、理查逊、菲尔丁研究》,高原、董红钧译,生活·读书·新知三联书店1992年版,第55—56页。

接合:大众文化的冲击与1990年代以来的文学生产

需求,因此怎么看怎么像是一锅杂烩。"① 如此说来,《兄弟》的写法,专业人士与读者的感受,都让我们不得不意识到一个重要事实:大众文化的制作策略已在掌控作家的写作,以至于严肃文学不再严肃,纯文学也不再纯粹了。

菲德勒曾经指出:"但凡高雅文学走进死胡同,比方说,当浪漫主义或达达主义兴起之时,它总是转向大众艺术,或者是乞灵于民谣、童话、莪相(Ossian)诗歌,或者是乞灵于《怪猫菲力兹》、卓别林和马克斯兄弟的影片,总而言之是本能地以为在那里可以发现获得新生和再生的线索。"② 这么说,当今天的高雅文学向大众文化投降时,是它走进了死胡同的一种表现吗?也许是的。因为当千变万化的现实越来越精彩时,虚构的文学在现实面前已越显得软弱无力。为了耸人听闻,为了避免使自己越来越小众化而无疾而终,高雅文学不得不使出浑身解数,不惜向大众文化取经,以便维持昔日的荣光。只是这样一来,文学也就不可避免地成为大众文化的一部分了。

再次是书商开始介入文学生产。伊恩·瓦特在谈到18世纪英国小说的兴起时曾特别论及书商的作用。在他看来,"由宫廷和贵族提供的文学庇护的衰微,造成了作者与读者之间的一段真空;这个真空迅速地被文学市场上的中间人所填充。这些中间人就是出版商,或者像人们通常所称呼的那样,书商。他们占据了作者与印刷商之间、这两者与大众之间的一个战略性位置"③。而这个位置之所以重要,是因为他们可以与印刷商一道,拥有或控制主要的舆论渠道——报纸、杂志、评论,这样就可以保证为他们的商品作广告宣传、给予有利的评论。这种对舆论渠道的垄断也带来了对作家的垄

---

① 和菜头:《余华 何必大肆描写臀部?》,http://star.news.sohu.com/20050912/n240372191.shtml,2005年9月12日。
② [美]莱斯利·菲德勒:《文学是什么?高雅文化与大众社会》,陆扬译,译林出版社2011年版,第140页。
③ [美]伊恩·P·瓦特:《小说的兴起——笛福、理查逊、菲尔丁研究》,高原、董红钧译,生活·读书·新知三联书店1992年版,第51页。

断。于是笛福感叹道:"写作——变成了英国商业的一个相当大的分支。书商是总制造商或雇主。若干**文学家**、**作家**、**撰稿人**、**业余作家**和其他所有**以笔墨为生的人**,都是所谓的**总制造商雇用的劳动者**。"[①] 如此看来,书商在文学生产与消费中扮演的角色是至关重要的,因为书商的趣味在很大程度上也主宰了作家的趣味,他们可以在摸清市场行情的前提下向作家订购他们需要的文学产品。

历史常常有惊人的相似之处。呈现18世纪英国书商风生水起的图景,可以为我们思考20世纪90年代以来中国书商的作用提供一条理解的通道。众所周知,在计划经济时代是不存在书商的,存在的只是诸如"人民文学出版社"或"中国青年出版社"之类的国营出版单位。然而20世纪90年代以来,"民营书商"在政策的缝隙之中迅速崛起。而一旦他们染指文学出版,便会成为推动、左右文学生产的一支重要力量。例如,沈浩波于2001年注册"北京磨铁文化发展有限公司",当起了书商。他先是成功打造了春树的小说《北京娃娃》,随后又推出了青春小说《草样年华》、玄幻武侠小说《诛仙》、悬疑小说《盗墓笔记》、白话历史读物《明朝那些事儿》等。这些书面世后往往异常火爆,有的甚至成了超级畅销书。"民营书商"的作用如此之大,以至于到2009年前后,中国图书行业有了"现在国内图书业就是这'四大波'的江湖"的说法。[②] 而所谓"四大波",即书商沈浩波、张小波、路金波和黎波。

当然,如果要说在文学界做书的业绩,应该首推"布老虎丛书"的总策划安波舜。安波舜自然不是"民营书商",而是体制中人。他曾经担任春风文艺出版社总编、布老虎出版实业总公司总经理,后任长江文艺出版社北京图书中心文学主编。然而,他的种种做派又

[①] [美]伊恩·P·瓦特:《小说的兴起——笛福、理查逊、菲尔丁研究》,高原、董红钧译,生活·读书·新知三联书店1992年版,第52页。

[②] 参见周治宏《当今书坛"四大波"几乎垄断国内书商江湖》,《北京晨报》2010年3月16日。

接合：大众文化的冲击与1990年代以来的文学生产

让他扮演着一个准书商的角色。安波舜之所以会在1993年开始陆续推出"布老虎丛书"系列长篇小说，是因为他像18世纪的英国书商那样摸清了市场的行情。据他说，他做"布老虎丛书"的信心来自他随中央电视台读书调查的两次偶然发现：一是中关村知识分子（包括教授、博士生、硕士生等）读得最多的小说是武侠，最敬佩的作家是金庸；二是中关村的教师、大学生、电子一条街的老板们最喜欢看的电视剧是《三国演义》。这种发现使他意识到，首先，如果把中关村的理工知识分子作为阅读小说的主要代表，那么"他们将以丰裕的收入和饱满的热情，扶持文学进入良性循环"。其次，这种类型的读者"需要热情、激情和希望"，"又渴望机遇和梦想"，因此在艺术表现上要依靠"经典艺术的形式和力量"。最后，这类读者"喜欢童话"，喜欢"故事中单纯美丽的爱情和奇遇"，因此，应该满足他们的这种文化需求。[①] 而这样的认识也最终让他形成了打造"布老虎丛书"的创作理念，同时，他也把这种理念体现在了签约作家的出版合同之中。合同的内容大致有三："第一，故事以90年代的城市生活为背景，故事情节要逼近现实。之所以做这样的硬性的题材规定，是因为中国大部分作家是'农民作家'，他们擅长写的农村故事对于城市读者是隔膜的。第二，要写一个好读的故事。提出这一条主要是针对中国许多作家并不擅长写故事，他们擅长写的是那种有关社会、历史的'大故事'，而'布老虎'要求的是那种有起承转合、刺激悬念、使人一读到底的畅销书意义上的故事。第三，要有理想主义、浪漫主义精神，有超越性。"[②] 而诸多作家也接受了这种写作约定，从1993年开始，一批具有"布老虎"风格的小说面世了，它们是洪峰的《苦界》《中年底线》、铁凝的《无雨之城》

---

① 参见安波舜《"布老虎"的创作理念与追求——关于后新时期的小说实践与思考》，《南方文坛》1997年第4期。
② 转引自邵燕君《倾斜的文学场——当代文学生产机制的市场化转型》，江苏人民出版社2003年版，第143—144页。

《大浴女》、赵玫的《朗园》、崔京生的《纸项链》、梁晓声的《泯灭》、陆涛的《造化》、王蒙的《暗杀—3322》、叶兆言的《走进夜晚》、张抗抗的《情爱画廊》、潘茂群的《猎鲨2号》、贾平凹的《土门》、皮皮的《渴望激情》、许佳的《我爱阳光》、杨飚的《爱个明白》、杨争光的《越活越明白》、皮皮的《比如女人》、赵凝的《冷唇》、王子君的《白太阳》、徐坤的《春天的二十二个夜晚》、陆涛的《伞下人》等。

现在看来，假如没有安波舜的策划，就不可能诞生上述小说。那么，这些小说又该如何归类呢？让我们来看看"布老虎丛书"一份宣传文案的定位。在对《苦界》《无雨之城》《朗园》《纸项链》《泯灭》《造化》的故事梗概做了一番介绍后，文案中说：

> 这些小说都在不同程度上迎合了公众的阅读和欣赏趣味，即具有某种"媚俗"的特质。作家并不回避那种赤裸裸的关于两性关系与暴力的炫弄，而是与故事发展的本身逻辑相联系。这就使得这套丛书中有关性与暴力的描写与地摊、码头、车船上畅销的所谓通俗文学划清了界限。正所谓媚俗而未落俗。
>
> 概言之，"布老虎丛书"向读者提供的是一种公众文学的模式。它既不同于过去意义上的纯文学式的精英文学，也不同于过去意义上的通俗文学。纯文学失于过于精致，曲高和寡，在由文学接受者决定文学消费的商潮中已难以为继……通俗文学则失之于过滥，毫无操持。这里所讲的公众文学是介乎于这两种文学之间的一种雅俗共赏的文学。其特征是带着精英意识，并运用媚俗的形式而创作出来的一种文学。[①]

如前所述，很大程度上，媚俗（Kitsch）这个舶来词就是大众文

---

① 《"布老虎"丛书》，《新闻出版交流》1995年第3期。

化的同义语，因为格林伯格曾经说过："媚俗艺术是机械的或通过配方制作的。媚俗艺术是一种替代性的经验和伪造的感觉。媚俗艺术随时尚而变，但万变不离其宗。媚俗艺术是我们这个时代生活中所有伪造物的缩影。除了消费者的钱，媚俗艺术假装对它的消费者一无所求——甚至不图求他们的时间。"[1] 而这份文案一方面寄希望于"布老虎丛书"的"雅俗共赏"，另一方面又明确打出"媚俗"的旗号，这正说明了策划者对大众文化生产套路的认可甚至某种程度上的欣赏。而接受约定的作家往往也能心领神会，把媚俗的成分掺杂进其写作的作品之中。例如，王蒙就说过："我在写《暗杀—3322》时努力掌握这个度。……我无意写一部畅销通俗书。我追求的是一部故事性强一点的仍然是严肃的书；是增加一些世俗性。"[2] 而按照邵燕君的看法，铁凝《无雨之城》的写法就很俗，"读起来像看一部港台肥皂剧"。"张抗抗的《情爱画廊》（1996年4月出版）写的是一个琼瑶式的浪漫爱情故事。"[3] 这就意味着在安波舜的诱导下，"布老虎丛书"表面上走的是"雅俗共赏"的路线，但实际上却落入了大众文化的窠臼之中，成了一种高级的通俗文学作品。因此，我们可以说，正是因为书商的介入，严肃文学的生产性质才在很大程度上改变了。

最后是商业炒作成为常态。"炒作"是《现代汉语词典》2002年增补本中新增的一个词，它被解释为："为扩大人或事物的影响而通过媒体做反复的宣传。"[4] 如此看来，炒作成为一种新生事物的时间并不是很长，而炒作能够与文学形成一种固定联系，则是20世纪90年代以来的事情。在商业大潮的冲击下，出版社已把出版当成了一种

---

[1] Clement Greenberg, "Avant-Garde and Kitsch", in Bernard Rosenberg and David Manning White eds., *Mass Culture: The Popular Arts in America*, New York: Free Press, 1957, p.102.

[2] 王蒙：《我是王蒙：王蒙自白》，团结出版社1996年版，第207页。

[3] 邵燕君：《倾斜的文学场——当代文学生产机制的市场化转型》，江苏人民出版社2003年版，第145、146页。

[4] 中国社会科学院语言研究所词典编辑室编：《现代汉语词典》（2002年增补本），商务印书馆2002年版，第1692页。

文化产业，于是选择名家名作出版，进而赚取高额利润就成为顺理成章之举。而许多作家也盯上了那些名声响、会运作的出版社，以便使自己的作品有更好的销路，进而获取更多的稿费或更高的版税。正是在这种互利互惠的氛围中，作家与出版社结成了神圣同盟，于是炒作也就应运而生了。

让我们以《废都》为例，略作分析。据《废都》的责任编辑田珍颖讲，她之所以能组到《废都》的书稿，一是因为贾平凹的不少作品都发表在《十月》杂志上，而这份杂志与北京出版社又存在一种天然关系；二是因为她与贾平凹早就认识，且谈得投机，也算是老朋友。当她得知贾平凹正在写作一部长篇小说后，便提出由北京出版社出版的建议，于是贾平凹写成之后，托白烨把《废都》的复印稿带到了北京。田珍颖看完后觉得此稿重要，又适逢贾平凹来京，"我就到贾平凹的房间谈稿子问题，当时组稿的人已经非常多了。在我的印象中，平凹拉开抽屉，里面就有另外一家大出版社的合同，还有两万元订金，而且是人家社长亲自来谈的。那时候两万元可不得了，但是我们出版社没有这个制度，不能说你可以拿着订金去组稿"。在稿子有可能被其他出版社抢走的情况下，田珍颖便动之以情，晓之以理，谈她对这部作品的理解，谈交给北京出版社会让此小说产生怎样的影响。经过一下午苦口婆心地游说，贾平凹"决定退掉那个订金，将《废都》交给《十月》刊载和北京出版社发行"[①]。

尘埃落定之后，社领导自然非常重视，于是炒作开始了。结果，"当代《金瓶梅》""现代《红楼梦》"的宣传语铺天盖地，"百万元稿酬""书稿争夺战"的报道不绝于耳。更重要的是，在出版社的促动下，贾平凹于1993年7月24日在北京王府井书店签名售书，盛况空前。当时的一篇报道说：

---

① 魏华莹：《田珍颖口述：我与〈废都〉》，《文艺争鸣》2016年第4期。

接合：大众文化的冲击与1990年代以来的文学生产

> 王府井新华书店的大门前，数百名读者里三层外三层便把书店围了个水泄不通，书店不得不动用了有关人员前来维持秩序，但仍然无济于事。香河县一名政府工作人员，半夜三点从家里起程，赶天明就来到了书店的大门前；京郊一位留着蓝心湄发式看似好纯情好纯情的小姑娘，为了拿到贾平凹签名的书寄给远在美国的姐姐，竟把拄着拐杖的奶奶也拉来了。面对这么多热心的读者，平凹还真发了一回呆，手腕子都累肿了，还应不了读者的急，最后不得不在书店工作人员的护卫下撤离了现场。据王府井新华书店经理讲："作家签名售书我每年都要搞多次，可贾平凹售书，却是我店建店以来，社会轰动效应最大的一次。你不服贾平凹不行呀。"①

这篇报道的遣词造句虽不无煽情之处，却应该是真实可信的。因为据田珍颖交代："贾平凹现场签名，出版社的主要领导全程陪同，可以说，北京出版社从来没有过这样隆重的签名售书场面。贾平凹在签字，领导站在后边，我在旁边，我还要帮他照看女儿，当时人非常多，怕他女儿丢了。还有很多记者来采访贾平凹，他顾不上说就让人家来问我。当时领导是非常风光的，我现在还保存着现场的照片。"② 在田珍颖的讲述中，我们能够感到，社领导把这部小说看得比泰山还重，于是他们亲自出马，为贾平凹站台就成了不二之选。而实际上，所谓的签名售书，也是炒作、造势的一个有机组成部分。因为这既是首发式，又是在北京的王府井书店现炒现卖，如此火爆的场面被媒体报道之后，便可以让这本书迅速升温，把铺垫已久的炒作推向高潮。可以印证的一个事实是，笔者正好在贾平凹签名售书的几天之后来到北京，入住中国人民大学的研究生宿舍。

---

① 王盛华：《废都大爆炸》，《文化艺术报》1993年8月15日。
② 魏华莹：《田珍颖口述：我与〈废都〉》，《文艺争鸣》2016年第4期。

第一章　大众文化与文学生产的接合

于是几位研究生同学眉飞色舞地向笔者讲起贾氏卖书的情景,让我觉得好生遗憾,便赶快去海淀图书城里买回一本,挑灯夜读庄之蝶。而当时读研的张柠也记录了他的如下感受:"那时候我正在上海读书,过着一种'精神小资'的空洞生活:读陀思妥耶夫斯基,谈论卡尔维诺和博尔赫斯,看伯格曼和弗里尼的电影,为中国先锋小说的前途担忧,在抽象的灵肉分离的困惑中昏昏欲睡。一觉醒来,突然发现同学们人手一册《废都》。走到学校的后街一看,除了兰州拉面、云南过桥米线和新疆羊肉串之外,全是陕西作家的小说。接着是报纸、电视铺天盖地的报道,杂志和报纸副刊上一片喧嚣。边缘省份的许多报刊、出版社的编辑都组稿来了。媒体记者激动得浑身哆嗦。我仿佛看到农民赤卫队冲进了上海,冲进了校园。'陕军东征'现象刺激了我,使我从文学象牙塔转过脸来,关注当代社会生活和精神生活的惊人变化。"① 这就是炒作的作用,它刺激了文学消费,不但让我和张柠这样的人成为《废都》的读者,而且还造就了一支阅读大军。结果出版社热卖《废都》上百万册,盗版书更是不计其数。陈晓明说:"《废都》的销量如此之大,影响如此之广,引发的争议如此之剧,这可能是 20 世纪末最大的文学事件。"② 他的判断应该是准确的。

在炒作的过程中,批评家和研讨会的作用是不可低估的。90 年代以来,京外作家但凡有比较像样的文学作品面世,出版社或地方作协差不多都会在北京举办相关的作品研讨会,然后邀请一些大牌批评家出场、捧场,这样,炒作便借助"人情批评"和"红包批评"粉墨登场了。在这种情况下,批评家就变成了为作品涂脂抹粉的美容师,文学批评也变成了为圈子服务的广告词。有人指出,如

---

① 张柠:《文化的病症——中国当代经验研究》,上海文艺出版社 2004 年版,第 15—16 页。
② 陈晓明:《本土、文化与阉割美学——评从〈废都〉到〈秦腔〉的贾平凹》,《当代作家评论》2006 年第 3 期。

接合:大众文化的冲击与 1990 年代以来的文学生产

今的研讨会已沦为歌颂会、表彰会和炒作会,"这样形形色色的研讨会,甚至已经形成了一个'研讨会经济',有捐客,有操盘手,有核心出席成员,有会虫儿,各司其职,相互配合,利润是'木偶线'。如此,'与会者一心'就很重要,于是圈子化就是必然的了。批评家失去了自尊和职业操守,批评界成了追名逐利、兴风作浪的战场,批评文章越来越成为不讲真话的应景'秀',致使整个批评界变得越来越庸俗化和市侩化"①。这种说法虽略显严厉,却也道出了一个不为普通人所知的事实真相。

实际上,批评家对文学作品的炒作又可分为"正炒"和"反炒",前者是歌颂,一味地夸;后者是批判,起劲地骂。依然以《废都》为例,当"好评如潮"的"正炒"告一段落后,在很短的时间内,市面上突然出现了几本批判《废都》的文集,如《废都废谁》(萧夏林主编,学苑出版社 1993 年版)、《废都之谜》(黄海舟编,贵州人民出版社 1993 年版)、《〈废都〉滋味》(多维编,河南人民出版社 1993 年版)等。这些书中的批判文字大都火药味十足,标题也起得夺人眼球。例如,《〈废都〉滋味》是每人撰写一章的多人合集,撰写者有余世存、陈晓明、孟繁华、李洁非、韩毓海、陈旭光、邵燕君、罗马、方位等,李书磊作序。书中除《序:压根就没有灵魂》外,每章的标题分别是:《湿漉漉的世纪末》《真"解放"一回给你们看看》《除了脱裤子无险可冒》《"看哪,其实,他什么也没穿"》《贾平凹借了谁的光》《一锅仿古杂烩汤》《不是说写苦难吗》《〈废都〉真的"都废"吗》《贾平凹的滑铁卢在哪儿》。更耐人寻味的是,书中的一位作者方位还透露了这本书出版的秘密:

> 还有一点想说一下,对于《废都》来说,这又是题外话,但又不是全无关系。那是我的一点惊讶。这点惊讶是在这次

---

① 韩小蕙:《文艺批评何以乱相纷呈?》,《光明日报》2011 年 10 月 27 日。

第一章　大众文化与文学生产的接合

《废都》座谈会刚刚开场的时候产生的。当时召集这次座谈会的两位出版社的编辑说出他们商业色彩极浓的目的后，是一片静场。应邀出席这次座谈会的除了我这个下了海的人以外，其余几乎是清一色的文学博士，还有一位是芝加哥大学的政治学博士。当时我有点担心，担心哪位博士会突然耍起清高的脾气，拒绝参加这种商业目的极为明确的讨论和写作，那样大家都会很难堪的。接着就发生了让我吃惊的事情：刚才还在对贾平凹先生为推销自己的作品使用"广告"手段持极为激烈的轻蔑态度的朋友并没有做出让我担心的清高举动，而是在一阵极短的静默之后就很自然地投入对写作这样一本《废都》批评集子的结构安排、名字选定和市场策划的讨论之中。①

如此看来，《〈废都〉滋味》的出版显然是一次成功的商业策划。这家地方出版社为了蹭热点，便派编辑到京召集一帮穷博士开会讨论，定下批判基调，给出适当稿酬，然后让他们交出批判文稿。众博士也大都心领神会，以高度配合的方式成全了出版社的这次举动。这种"反炒"当然与北京出版社无关，但是客观上也增加了《废都》的热度，刺激了《废都》的消费。更值得思考的是，当这种批判或文学批评被纳入商业运作的轨道之后，其批判已经变形走样：众博士或者是因为一切行动听指挥而批判，或者是因为商业目的而拔高了批判的调门。结果，批判的真实性也就变得形迹可疑。例如，在这本书中，陈晓明批判得是非常起劲的。他说："**事实上，《废都》不过是这次下降运动中最彻底的坠落而已。它那摆出一副企图书写当代文明破败废弃的现实的幌子，却又在疯狂拼贴古籍稗史，贩卖一些低劣的性爱故事。**"② 然而，在为《废都》再版写的序言

---

① 多维编：《〈废都〉滋味》，河南人民出版社1993年版，第165—166页。
② 多维编：《〈废都〉滋味》，河南人民出版社1993年版，第47页。

61

中，陈晓明却开始为这部作品辩护，他称贾平凹是"纯文学'最后的大师'"，并且还煞有介事地说："而在今天看来，《废都》的文学水准显然并不低，何以要遭致如此严厉的批判，会让人们大惑不解。平心而论，《废都》比当时乃至现在的大多数小说，在文学性上，或者在叙述形式上，或者在艺术语言上，都属于上乘之作，但毫无办法，谁也拯救不了《废都》。"① 陈晓明本来就是批《废都》的主将之一，事过多年之后，他却变得"大惑不解"了，这多少让人觉得不可思议。而更需要追问的是，在他批《废都》和夸《废都》的这两个版本中，哪一个更接近于他的真实想法呢？

因此，只要进入商业炒作的程序之中，无论是表扬，还是批评，批评家的话都变得水分很大，既不可不信，又不可全信。然而，这样一种很大程度上已被扭曲的文学批评话语最终却进入了文学的生产、传播和消费之中，成了其中的一个必要环节。明白了这一点，我们就会对90年代以来的文学生产既多一份清醒，也多一份警惕。

以上，我从四个方面简要梳理和分析了20世纪90年代以来严肃文学生产的主要变化，这当然不是文学生产的全部，却也足以表明文学已然今非昔比。如今，大众文化已成常态，商品意识已深入人心，因此，文学界在90年代发生的种种让人震惊的事情，现在已变得见惯不惊了。这也意味着在相当长的时间里，我们将会面对大众文化与文学生产共存共荣、相互渗透的局面。而在这种局面中，大众文化还会出现怎样的新动向，文学生产又会产生怎样的新变化，也依然是值得我们进一步关注的。

第二节　作家—编辑、导演—作家与文学生产

谈论中国当代文学生产的变化，有两组接合关系似乎绕不过去，

---

① 陈晓明：《穿过本土，越过"废都"——贾平凹创作的历史语义学》，载贾平凹《废都》，作家出版社2009年版，第26、22—23页。

第一章　大众文化与文学生产的接合

其一是作家与编辑，其二是作家与导演。以前作家是文学生产的绝对主体，编辑在其中顶多扮演着一个敲边鼓的角色，如今媒介或媒体人已开始左右文学生产。因此，本节将以路遥、刘震云等作家为例，着重谈论作家与编辑、导演的交往与互动，并由此对文学生产的演变轨迹进行梳理，以期能从中发现一些问题。

一　作家与编辑：以路遥与王维玲为例

现在看来，在20世纪80年代的严肃文学生产中，文学编辑和文学期刊是两个非常重要的生产元素。他（它）们既是文学作品的把关者，同时也扮演着发现作者和优秀作品、提出修改意见并让作者改稿、涉及重大（或敏感）问题时拍板发表并承担发表责任等多重角色。而作家作为生产主体，也往往把文学期刊作为其推出文学产品的首选阵地。尤其重要的是，如果他们的作品能被名刊相中，不仅有助于他们出道与成长，而且有利于他们迅速赢得知名度，获得影响力，并积累起相应的文化资本。余华曾详细介绍过他当年初学写作时小说屡投不中，终于在1983年被《北京文学》发现的情景。而当他开始"起飞"时，《收获》则成为发表先锋文学作品的助推器。这个刊物的重要性正如余华所言："由于《收获》在中国文学界举足轻重，只要在《收获》发表小说，就会引起广泛关注，有点像美国的作者在《纽约客》发表小说那样。"[①] 柯云路之所以在80年代如日中天，与他的三部长篇小说《新星》（1984）、《夜与昼》（1986）和《衰与荣》（1987—1988）均首发于重要文学期刊《当代》关系密切。他曾回忆，《衰与荣》因有些内容比较"尖锐"，主编秦兆阳有些举棋不定。最后，主编在与作者交换意见并经编辑部慎重讨论后，才决定分两期刊发这部60万字的作品，并表示"出了问题我负责"[②]。这

[①] 余华：《我们生活在巨大的差距里》，北京十月文艺出版社2015年版，第49页。
[②] 柯云路：《我所认识的秦兆阳》，《当代》2015年第2期。

接合:大众文化的冲击与1990年代以来的文学生产

样的例子不胜枚举,它们在很大程度上说明着80年代严肃文学生产的基本特征。

但是,为了把这个问题说清楚,我依然想以路遥为例,进一步呈现作家与编辑交往互动中的更多细节。

作为20世纪80年代出道的一位重要作家,路遥的成长也与文学期刊及其编辑对他的青睐有关。但与其他作家相比,他的经历或许更富有某种传奇色彩。1978年,他写出了中篇小说《惊心动魄的一幕》,此后的两年中,这篇小说几乎被他投遍了所有的大型文学期刊,却均被退稿。几近绝望之时,路遥通过朋友把这篇作品转交给《当代》杂志,不久出现了戏剧性的一幕。《当代》编辑刘茵给《延河》编辑部打去电话,让副主编转告路遥:这篇小说"秦兆阳同志看过了,他有些意见,想请路遥到北京来改稿"。路遥获此消息,欣喜若狂,激动中给刘茵写去八页长信,详述他这篇小说的创作动因、写作思路以及写作中的苦恼。信至最后,路遥坦诚表白:"我曾想过,这篇稿件到你们那里,将是进我国最高的'文学裁判所'(先前我不敢设想给你们投稿)。如这里也维持'死刑原判',我就准备把稿子一把火烧掉。"[1] 随后,路遥进京改稿二十多天,当面聆听秦兆阳指导,同时接受责编刘茵与二审副主编孟伟哉的具体修改意见,然后在原稿基础上增加一万多字。小说改好后,很快发表在《当代》1980年第3期的头条位置上,随后又获得"第一届全国优秀中篇小说奖"。因为小说获奖,秦兆阳还亲自在《中国青年报》上撰文评论,对这部作品予以高度评价。[2] 于是,路遥一下子成名了,《惊心动魄的一幕》也成了路遥的成名作。两年之后,路遥又在《当代》(1982年第5期)顺利发表了另一部中篇小说:《在困难的日子里》。

这是作家与文学期刊及其编辑交往的一个典型例子。由此可以

---

[1] 厚夫:《路遥传》,人民文学出版社2015年版,第121—126页。
[2] 参见厚夫《路遥传》,人民文学出版社2015年版,第128页。

看出，一个普通作者要想冲杀出来，他必须通过文学期刊发表作品。而作品能否被刊物相中，当然首先取决于作品质量，但与此同时，还存在着一些不确定的偶然因素。而文学期刊的级别、发行量和影响力也在很大程度上决定着作品发表之后的命运。可以想象，路遥的这部中篇小说假如不是秦兆阳慧眼识珠，那么它很可能被路遥一把火烧掉。即便它没有被付之一炬，而是在一个地方刊物发表出来，它的读者面与影响力既无法与中国文学杂志"四大名旦"之一的《当代》相比，也不可能获得重要奖项。可以说，《当代》当年能推出路遥的小说，等于是让他在写作的起步阶段获得了一个很高的展示平台。

因为《惊心动魄的一幕》的发表与获奖，路遥时来运转，于是很快有了《人生》的面世。而这部作品之所以能及时诞生，又与王维玲的约稿、推动等有关。王维玲是中国青年出版社的编辑，据他回忆，1981年他曾应邀担任首届全国优秀中篇小说奖的评委。由于阅读作品时《惊心动魄的一幕》给他留下了很深印象，所以在颁奖会上他便特别留意路遥，并约其长谈。正是在这次推心置腹的谈话中，路遥向他透露，他想对准农村与城市的"交叉地带"，"把农村生活和城市生活交织在一起，写一部既有城里人，又有农村人，还有混合着城乡色彩的人的中篇小说"。这部小说其实在1979年就已经动笔，但因构思不成熟，只是开了个头之后便不得不放弃。1980年又重写一次，还是因为开掘不深，又被他扔到一边。[①] 路遥的这番交代与构想让王维玲很是激动，于是他向路遥郑重约稿。在王维玲的促动下，路遥于1981年10月拿出了初稿，请王维玲过目。王维玲与几位编辑读后，一方面，觉得这是一部成熟之作，另一方面又认为还可以对个别地方进行修改、调整，也需要把结尾推上去。正是在这种情况下，王维玲给路遥写去长信，提出五点修改意见，而

---

① 参见王维玲《岁月传真》，中国青年出版社2003年版，第366页。

路遥则进京改稿。修改完成后,《人生》先在大型文学期刊《收获》(1982年第3期)发表,很快又被《中篇小说选刊》(1982年第5期)和《新华文摘》(1982年第9期)转载。中国青年出版社推出单行本(1982年12月)后,更是盛况空前,第一版印行13万册,很快脱销,最终加印到25.72万册。

那么,又该如何看待路遥与编辑的这次交往呢?如果与第一次稍作对比,这一交往的特点或许可以看得更加清楚。在与《当代》及其编辑的交往中,路遥是初出茅庐的写作者和投稿者,而秦兆阳既是资深编辑,又是著名的文学理论家;加上路遥的小说也确实有提升的空间,《当代》审稿很严,对稿件的要求又很高,在此情况下,路遥虽然是创作主体,但他的能动性或许还没有完全释放出来,而是很可能全盘接受了修改意见。这样,他才有了"改稿比写稿还难"的感慨。① 从《人生》的诞生过程来看,王维玲既是小说的助产婆和把关人,也是修改意见的主要提出者。但是,从实际情况来看,一方面,路遥与编辑的关系已发生了显著的变化——由投稿人成为被约稿的对象;另一方面,路遥当时的自信心也大大增强。王维玲曾经回忆,虽然他写去长信,对小说结尾、人物塑造(涉及刘巧珍、高加林、马栓和德顺爷爷)都提出了具体的修改意见,但当路遥来北京改稿时,"他谈的这些构想,几乎没有一条是原封不动地采纳我们的建议,但他谈的这些,又与我们的建议和想法那么吻合。听他讲时,我连连叫好;听完之后,我拍手叫绝。路遥悟性极高,不但善解人意,而且能从别人的意见、建议之中抓住要点和本质,融会贯通,化为自己的血肉,深化到小说中去"②。如此看来,路遥对于修改建议的采纳显然也是一种创造性的活动。那些建议只是促使他进一步创造的引线,但在具体修改时,他并没有亦步亦趋,而是借

---

① 参见厚夫《路遥传》,人民文学出版社2015年版,第127页。
② 王维玲:《岁月传真》,中国青年出版社2003年版,第378—379页。

此落实自己的想法，完善自己的构思。这样，他在修改过程中就不但掌握了主动权，而且也使自己的能动性和创造性获得了完全的释放。

可惜的是，这种局面并没有延续在《平凡的世界》里。

现在我们已知道，《人生》面世后好评如潮，特别是这部小说被导演吴天明搬上银幕并于1984年9月在全国公映之后，更是举国震动，路遥也因此走向了自己"人生"的巅峰。然而，冷静下来之后，他决定退出"这种红火热闹的广场式生活"，甚至计划"在所谓的'文坛'上完全消失"，[1] 以便能全身心投入到更大规模的创作之中。从那时开始，路遥经过长达六年的准备与写作，终于完成了百万字的长篇小说《平凡的世界》。

然而，与《人生》相比，《平凡的世界》的发表与出版却颇多坎坷。第一部写出后，适逢《当代》杂志年轻编辑周昌义去西安组稿，于是路遥把稿子交给他，希望还能在《当代》刊发。但让他没有想到的是，周昌义只是读了很少的文字就草率退稿了，原因是"还没来得及感动，就读不下去了"，"我感觉就是慢，就是罗嗦，那故事一点悬念也没有，一点意外也没有，全都在自己的意料之中，实在很难往下看"。[2] 于是，《平凡的世界》第一部只是在相对边缘的《花城》（1986年第6期）杂志发表出来。与此同时，中国文联出版公司的青年编辑李金玉虽然在西安苦等一个多月才拿到路遥的稿子，但带回出版社后并不被人看好。有人认为，她没有拿到受命组约的贾平凹的《浮躁》而拿到了《平凡的世界》，是"捡了芝麻，丢了西瓜"[3]。更要命的是，《平凡的世界》第一部发表后，《花城》《小说评论》编辑部曾联合在京举办作品研讨会，但这部作品几乎遭到评论家的一致否定。《平凡的世界》第二部完成后，路遥曾致信

---

[1] 路遥：《早晨从中午开始——〈平凡的世界〉创作随笔》，载《早晨从中午开始》，北京十月文艺出版社2010年版，第80、84页。

[2] 周昌义：《记得当年毁路遥》，《文艺理论与批评》2007年第6期。

[3] 厚夫：《路遥传》，人民文学出版社2015年版，第211页。

《花城》杂志副主编谢望新，希望此作继续在《花城》刊发，但由于编辑部人事变动，发排受阻，第二部最终没能在任何一家文学刊物发表。第三部在成书前也只是在更加边缘的《黄河》（1988年第3期）杂志上刊发了一下。

如此看来，虽然路遥在《平凡的世界》的发表和出版过程中也在与编辑打交道，但那个时候的路遥已失去了秦兆阳、王维玲们的大力支持。路遥在当时曾明确表示："假如王维玲来信、来电话要稿子，他便要无条件地把《平凡的世界》抽回来给中青社。"① 这就意味着，在期刊发表方面，路遥固然没有找到理想的刊物；在出版方面，中国文联出版公司显然也并非他的首选。而从他这次与编辑的交往情况看，虽然《平凡的世界》出版还算顺利，也在刊物上发表了其中的两部，但实际上都是不得已而求其次之举。因为从周昌义那里开始，编辑连同主流评论家在内，差不多都在冷落路遥。他们的拒绝、冷淡和批评也对其写作构成了一股否定性力量。我们甚至可以说，路遥最终能够完成这部百万字的巨著，很大程度上也是与这股否定性力量作斗争的结果。这种局面除了让我们看到路遥对自己写作理念和信仰的执着和坚守之外，还让我们见识了一种主体性力量的强大。很大程度上，这也是80年代时代精神的一种体现。

二 导演与作家：以冯小刚与刘震云为例

20世纪90年代以来，尤其是1992年之后，时代精神已发生了翻天覆地的变化。在"市场经济了，文学怎么办"的呼声中，作家交往的对象也开始位移：原来他们主要与文学期刊和编辑打交道，接下来他们将要与导演与影视媒介交朋友。这当然不是说所有的作家都改弦更张了，通过这种对比，我更想指出的是什么样的时代风尚成了文学界的主流。

---

① 王维玲：《岁月传真》，中国青年出版社2003年版，第393页。

第一章 大众文化与文学生产的接合

但是，在进入这一问题之前，我依然想增加一个案例，以此说明80年代的流风遗韵。

从某种程度上说，陈忠实是在路遥的"影响的焦虑"之下开始《白鹿原》的准备和写作的。而当他在1988年动笔，历经四年终于完成这部巨著之后，他首先为其作品想到的去处便是《当代》杂志和人民文学出版社。因为《当代》杂志在他的心目中威望既高，人民文学出版社又是国家级出版社，能在如此规格的文学期刊和出版社发表并出版其作品，也是他的梦想。正是在这种背景下，他给何启治（时任人民文学出版社编辑，兼任《当代》副主编）写信，告知他《白鹿原》即将脱稿，"由他派人来取稿，或由我送稿，请他决定"。于是何启治派来了《当代》杂志的两位编辑高贤均与洪清波。当把一摞手稿交给这两位编辑时，陈忠实"突然涌到口边一句话：我连生命都交给你俩了。我把这句话还是咽下去了。我没有因情绪失控而任性"。高、洪二人在火车上就轮流读开了这部小说，回到北京不久便代表编辑部给陈忠实写信。接到来信时，陈忠实"拆开信先看最后的署名，是高贤均，这一瞬间感到头皮都绷紧了。待我匆匆读完信，早已按捺不住，从沙发上跃起来，'噢唷'大叫一声，又跌趴在沙发上"。因为信中对《白鹿原》的评价之高连他都没有想到，那一刻让他激动万分。随后，《当代》副主编朱盛昌签署了在《当代》1992年第6期和1993年第1期连载《白鹿原》的意见，人民文学出版社也完成了对这部小说的审读程序，准备在1993年出版。[①]

这件事情发生在1992年春天，那也正是邓小平南方谈话刚刚公布的时间节点。而年届知天命之年的陈忠实从写作《白鹿原》到最终与《当代》编辑的交往，以及他被编辑肯定之后的激动与兴奋，其中的一招一式基本上都是80年代的标准动作。而他与编辑交往的

[①] 参见陈忠实《寻找属于自己的句子》，北京大学出版社2011年版，第228—230、240—241页；邢小利《陈忠实传》，陕西人民出版社2015年版，第177—180页。

往事，既有某种传奇色彩，也更像是一个时代的最后寓言。它暗示着传统意义上的作家与编辑的关系即将走向终结，取而代之的是另一种新型关系：作家与导演。

实际上，这种新型关系从90年代初期就已经开始了。例如，因为张艺谋的召唤，莫言曾于1991年专门为他写过一部名为《白棉花》的中篇小说。还是因为张艺谋的约请，苏童、北村、格非、赵玫、须兰、钮海燕六位作家都在1993年答应为他撰写《武则天》小说，这一现象成了当年的文坛奇观。① 与此同时，许多纯文学作家也蠢蠢欲动，思谋着与影视的合作；或者是影视剧在向作家们频频招手，比如，电视剧《海马歌舞厅》就邀请王朔、莫言、刘震云、海岩、马未都、梁左等做编剧，作家"触电"开始成为新生事物。其中，张贤亮的"华丽转身"更是彻底，他出资创办宁夏"西部影视城"，由80年代的知名作家变成了一个公司的董事长。

从此之后，作家与导演的合作进入"蜜月期"。为了把二者的接合关系说清楚，下面我将以刘震云与冯小刚为例具体展开。

冯小刚因拍摄贺岁片而成名于20世纪90年代后期。从2003年执导《手机》开始，刘震云又差不多成了他的"御用"编剧之一。因为担任《手机》的编剧，刘震云也同时写出了小说《手机》；又因为电影《手机》当年非常火爆，小说《手机》出版后也颇为畅销，第一次印刷就达20万册。2010年，随着《手机》电视剧的播出，小说第三版再度上市，印数不详。此后，刘、冯的合作可谓顺风顺水，冯小刚因此曾投拍过根据刘震云的小说改编的电影《一九四二》（2012）和《我不是潘金莲》（2016）。2018年，冯小刚又请刘震云继续做编剧，完成了《手机2》的拍摄，后因故未能公映。我曾经指出：小说《手机》实际上是一本与电影互动，看准了市场，抓住了商业卖点的通俗畅销书，也是先有剧本后

---

① 关于这一现象的分析，笔者将在第二章详细展开，兹不赘述。

第一章　大众文化与文学生产的接合

有小说、"从电影到小说"（正常的情况是"从小说到电影"）的典型案例。① 如今我更感兴趣的是，在剧本的写作阶段，冯、刘二人是如何合作的。来自冯小刚的说法是，拍摄《手机》的主意由他想出，刘震云则随即附和："我愿意写这个剧本，如果你们不做，我就把它写成小说。"冯小刚同意了，于是他们开始讨论故事的脉络，确定人物之间的关系和人物的身份，然后刘震云进入剧本写作阶段。第一稿完成后他们又用一个下午读剧本、进行讨论，刘震云消化完大家的意见后又写出了第二稿。这一稿已经成型，且冯小刚已对拍摄充满信心，"但刘震云对剧本仍不满意，提出再给他20天的时间从头捋一遍，然后再用10天的时间，3个人一起最后再打磨一遍，直至我们的能力所不及的程度，再送电影局审查"②。而来自刘震云的说法则要更生动形象一些，这里照录如下：

> 我与冯小刚的具体合作一般出现在剧本修改阶段。时间大约一个礼拜。一进入创作阶段，冯导演爱喝水。一个上午，四瓶开水，他把着喝三壶半。"咕咚""咕咚"一杯下去，仰头打量四周。修改的方式非常简单，冯导演像把着水瓶一样，亲自把着电脑，响应着上帝的召唤，我在房间随着冯导演的自言自语来回散步。修改顺利的时候我不说话，出现困难的时候我还不说话，我唯一的任务就是等待，或想些别的。因为冯导演对生活和艺术的敏感性，对生活枝叶和汁液的向往和情感，就像他对水的渴望和迫不及待一样，你只要等，就能等到他一个人找到出口。作品大树的新枝，就是这样一叶叶从房间伸向了窗外，是开放的放射的而不是收缩的。他用实践告诉我，客串编剧是个异常轻松的工作，就是在房间里背着手散步。朋友神经

---

① 参见拙作《从小说到电影：〈手机〉的硬伤与软肋》，《理论与创作》2006年第1期。
② 冯小刚：《我把青春献给你》，长江文艺出版社2003年版，第201—202页。

末梢的敏感,也带动了你神经的开放和再次生长。当朋友和上帝会合的时候,你也可以抓住上帝一只手。我想说的是,冯导演对生活和艺术理解的深入,对结构、对话、语感、情绪、高潮和声音的把握,已经超越了许多专门从事写作的作家。他有两只翅膀而不是一只。①

以上两人的说法显然不无相互吹捧的成分,但滤掉这些因素,我们还是能够大体清楚,《手机》剧本的写作、修改与完善,显然是集体智慧的结晶,其中更是凝聚着冯小刚的不少修改心血。这种修改方式已与路遥式的修改判然有别。当路遥以他自己的分析和判断说服了王维玲后,他就住进了出版社为他安排的客房里。"他大约在这间房住了十天左右,期间有一个星期的时间,他竟没有离开过书桌。累了,伏案而息;困了,伏案而眠,直到把稿子改完抄好。而那张舒适的大床,就那么白白的空着。"② 这自然是改小说与改剧本的区别,但显然也意味着前者是作家可以掌控的,而后者则必须符合导演的意图。同时我们也要注意,由于小说《手机》是由剧本改编过来的,它就带着诸多的剧本痕迹,显然也无法成为真正意义上的原创之作,尽管它署在刘震云的名下。

如果说刘震云的《手机》是"从电影到小说"的典型个案,那么严歌苓的《芳华》则是冯小刚"私人订制"的成功样本。③ 这种做法至少表明,电影导演在今天这个时代已扮演着越来越重要的角色,他们明里暗里的召唤,实际上已构成了文学生产的主要推手。如果说当年六位作家为张艺谋写作还引发了文坛震动、让人颇感吃惊的话,那么如今这种做法似已成为一种常态,人们已不觉得这是

---

① 刘震云:《我把解闷儿还给你》,载冯小刚《我把青春献给你》,长江文艺出版社2003年版,第17—18页。
② 王维玲:《岁月传真》,中国青年出版社2003年版,第379页。
③ 有关严歌苓与冯小刚合作的分析,笔者将在第二章第三节详细展开,兹不赘述。

什么问题了。然而，也恰恰是在这里，或许隐含着更值得人们深思的大问题。

三 从事业到产业：文学生产的演变轨迹

通过以上梳理，我们已从一个侧面大体上看到了文学生产的演变轨迹，那么又该如何认识这种轨迹呢？

首先应该意识到，改革开放虽然从1978年就拉开了帷幕，但实际上，整个20世纪80年代仍处于过渡时期，计划经济体制依然具有重要影响。从经济发展的角度看，这种体制自然问题多多，但是体现在文学生产上，它又保留着某种传统甚至古典特征。例如，许多作家对于文学还有一种敬畏感，还把文学当成一项神圣的事业，而路遥则是其中的典型代表。尽管他时常处在贫困和窘迫之中，后来又身患疾病，但他依然凭借"初恋般的热情和宗教般的意志"[1]，完成了《平凡的世界》。以今天的眼光看，路遥对文学的那种执着、痴情甚至不惜毁掉自己的做法是不可理喻的，但实际上那又是古典人文主义精神和情怀的一种体现。因为这种精神和情怀，他拥有了坚定的文学信仰和价值理念，由此也爆发出了强大的主体性能量。

然而，90年代以来，随着市场经济的启动，我们进入了一个文学商业化的时代，作家的价值观与文学观也发生了巨变。我在前面曾引程乃珊的说法："写小说本身，也越来越作为一种'卖文'的形式而取代'灵魂工程师'的使命感。……我要考虑的只是，'怎样'才能卖得好。"[2] 很显然，"卖文""卖得好"既是商品意识的觉醒，也是一种崭新的价值观念。而卖文所带来的经济收益也确实让作家们欣喜若狂。刘震云的妻子郭建梅曾向记者描述道："后来《一地鸡毛》拍成电视剧了，我们家一下得了8万块钱。那8万块钱拿着，

---

[1] 路遥：《早晨从中午开始——〈平凡的世界〉创作随笔》，载《早晨从中午开始》，北京十月文艺出版社2010年版，第85页。
[2] 程乃珊：《小说——流行歌手》，《小说界》1992年第3期。

接合：大众文化的冲击与1990年代以来的文学生产

你都不知道，就简直，你能理解那个，那个眼都得发绿。我就觉得当时拿到家，在那床上啊你知道，哎呦在那床上，一遍遍地看，一遍遍地数，一遍遍地看，根本就爱不释手。"① 这是穷怕了之后一夜暴富的真实写照，其中也应该能够折射出刘震云的某种心理。写剧本比写小说赚得多、来得快，这在今天已不是什么秘密，也可以理解，但问题是，如此一来，也就落入马克思的经典描述之中了：

> 密尔顿创作《失乐园》得到5镑，他是**非生产劳动者**。相反，为书商提供工厂式劳动的作家，则是**生产劳动者**。密尔顿出于同春蚕吐丝一样的必要而创作《失乐园》。那是**他的**天性的能动表现。后来，他把作品卖了5镑。但是，在书商指示下编写书籍（例如政治经济学大纲）的莱比锡的一位无产者作家却是**生产劳动者**，因为他的产品从一开始就从属于资本，只是为了增加资本的价值才完成的。②

因此我们可以说，无论从哪方面看，路遥写《人生》和《平凡的世界》还是密尔顿式的创作，而后来的作家如刘震云、严歌苓等，当他们为导演写作时，已经成了"生产劳动者"，是在为"增加资本的价值"而写作了。在这种写作中，文学已不再是事业，而是成了一项可供开发的文化产业。

其次我们需要意识到，在作家与编辑向作家与导演的接合关系演变中，其背后也隐含着时代变迁中的文化秘密。20世纪80年代还是一个印刷文化的时期，在这种文化氛围中，作家还把呈现在纸上的文字（亦即文学作品）看得至关重要。而由于作品能否发表、能在怎样的刊物上发表直接关系着作家写作是否成功和能被认可的程

---

① 刘磊：《刘震云的双重生活：客串在名利场的严肃文学作家》，《人物》2016年第10期。

② 《马克思恩格斯全集》第二十六卷，人民出版社1972年版，第432页。

第一章 大众文化与文学生产的接合

度，所以绝大部分作家都重视文学期刊的首发，都有一种"名刊情结"，甚至作家在著名刊物上发表作品还能形成一个不大不小的文学事件。1985年，《当代》杂志第2期一下子推出山西作家的四部中篇小说（分别是郑义的《老井》、成一的《云中河》、雪珂的《女人的力量》、李锐的《红房子》），一时文坛震动，随后便有了"晋军崛起"之说。而路遥出道时能一鸣惊人，显然有《当代》与《收获》的一份功劳。更值得思考的是，虽然电影《人生》给路遥带来了巨大声誉，让他拥有了继续与导演合作甚至为导演写作的资本，但他却选择了抽身而退，转而经营开了他的《平凡的世界》。当然，我们可以说，无论是当时的导演还是作家，他们都还不具备文化产业意识，这样也就不存在合作的基础。但更重要的恐怕还是，在印刷文化主领风骚的时代，文学居于天然的霸主地位，作家则处在文学生产的核心位置。那个时候虽然电影也是文化生产中的组成部分，但相对于文学而言，它只是一种次生现象。很大程度上，是文学让它有了再生的理由。而文学大于电影，作家高于导演，也基本上是全社会的共识和评价尺度。于是，写小说而不是写剧本，与文学耳鬓厮磨而不是向电影暗送秋波，便成了作家心目中的不二之选。

在这种文化语境中，编辑大概永远只能处于被动、从属的位置。有人指出："传统的精英文化的生产和消费，是由作者主导的。作者生产什么，编辑才能制作什么，读者因此也只能阅读编辑给予他们的东西。"[①] 这就是说，在作者主导型的文学生产中，尽管"名刊大编"也往往风光荣耀，甚至掌握着对作品的生杀予夺之权，但与作家这朵"红花"相比，他们只能是"绿叶"。王维玲曾经说过："编辑工作的特点，就是默默无闻的奉献自己的心血和精力，心甘情愿

[①] 单正平：《编辑的权力——文化生产中媒介的主导作用》，载孙绍先主编《文学艺术与媒介关系研究》，中国社会科学出版社2006年版，第43页。

为他人做好嫁衣裳。所以编辑工作,既是光荣的职业,又是高尚的职业,光荣在于奉献,高尚在于牺牲。"① 这可谓是吃透编辑工作的肺腑之言。因此,尽管一名作家成长的背后有着编辑的身影,但他们所做的一切都是为作家服务的,永远不可能僭越于作家之上。

然而,90年代以来,这一切都发生了变化,变化的前提是印刷文化已风光不再,文化的生产与消费已在经历着从印刷文化向视觉文化的位移。而在视觉文化时代,文字以及由此建构起来的文学退居次要位置,图像、影像则不但进入我们的生活之中,而且越来越具有了市场效应。正是在这一背景下,印刷文化时代作家—编辑式的文学生产模式开始淡出,导演—作家式的文化生产模式逐渐走向台前,由此带来的是文学与影视、作家与导演之间关系的突变:如果说在80年代作家与导演、文学与影视是母子关系,那么90年代以来,这种关系则开始发生逆转或颠倒。一个明显的现象是,路遥的《人生》虽然拍成了电影,导演吴天明自然也功不可没,但是谈及这部影片,人们习惯上还是把它与路遥联系在一起。这就意味着在80年代,作家与文学总体上依然对导演与电影构成一种强大的覆盖。然而90年代以来,当《菊豆》《大红灯笼高高挂》《活着》等影片面世之后,人们谈论的主要对象已是张艺谋了,它们背后的小说和作家(刘恒、苏童和余华)则退居次要位置。同理,后来人们谈论《手机》和《芳华》,也主要是把功劳记在冯小刚的头上,而刘震云、严歌苓及其小说的存在,则仿佛成了一种寄生现象。

于是,导演(尤其是著名导演)开始扮演昆德拉(Milan Kundera)所谓的"意象设计师"的角色。他们不但介入文学生产之中,直接催生了《武则天》《白棉花》《手机》《芳华》之类的小说,而且仿佛也成了"好作品"的发现者。当然,这样的"好作品"肯定是符合导演拍摄意图和具有某种"电影性"的作品,它们的"文学

---

① 王维玲:《岁月传真》,中国青年出版社2003年版,第452页。

第一章 大众文化与文学生产的接合

性"如何,并非导演考虑的重点所在。而凡是经电影电视剧之手抚摸过的小说,往往又会在一段时间内成为畅销书。它们以影视的名义,维持着文学的欣欣向荣。

由此我们也就需要面对第三个问题:在这种生产模式的转换中,作家的性质与文学的本质究竟发生了怎样的变化。

如果说80年代存在着一种"纯文学",那么这种"纯"很大程度上是作家立足于文学场域之内的产物,是作家坚守文学自主性的结果。路遥无论是写《人生》,还是写《平凡的世界》,都是他个人的事情,是他确实想写,确实对艺术创造有一种渴望。他说过:"作家的劳动绝不仅是为了取悦于当代,而更重要的是给历史一个深厚的交代。""最渺小的作家常关注着成绩和荣耀,最伟大的作家常沉浸于创造和劳动。劳动自身就是人生的目标。人类史和文学史表明,伟大劳动和创造精神即使产生一些生活和艺术的断章残句,也是至为富贵的。"[1] 这种抱负或野心固然有其自身的原因,但无疑也是那个年代理想主义气质和英雄主义精神的一种体现。除此之外,我们还要注意到,相对而言,那时的文学场还是比较纯净的,场与场之间界限分明,"跨界"或"越场"还不大可能,这就为作家坚守其价值理念和自主性提供了保障。因此我们可以说,那时的纯文学生产还没有沾染上多少世俗气、铜臭气和影视气。作家们很天真,文学则很纯洁。

然而,90年代以来,一些纯文学作家却已从文学场中走出,走进了演艺场或娱乐圈,由此带来的结果则应该是"自主性的丧失"。布迪厄认为,一个文化生产者越自主,亦即越受同行承认、专业资本越雄厚的作家,他就越具有抵抗的倾向;与此相反,在纯文学实践中越不能自主,也就越会受到商业因素的吸引,越倾向于与外部

---

[1] 路遥:《早晨从中午开始——〈平凡的世界〉创作随笔》,载《早晨从中午开始》,北京十月文艺出版社2010年版,第80、81页。

接合：大众文化的冲击与1990年代以来的文学生产

权力（如国家、党派、新闻业和电影电视）合作。这样就既把自己的产品投向了文学场之外更大的产品市场，也不得不屈从于那些外部权力的要求。① 莫言写出《白棉花》之后很快意识到自己的问题所在，于是他便改弦更张，不再为导演写作，这样他就拒绝了外部权力的收编，保持了很高的创作水准。而像刘震云、严歌苓等作家，他们脚踩两只船，既说明他们在文学商业化时代如鱼得水，也意味着他们或者在文学场之内被认可度低（如严歌苓），不得不借助影视改编为自己的写作撑腰打气，或者是他们挥霍或透支了自己在文学场中积累的文化资本之后，很可能会被同行与读者小瞧低看（如刘震云）。而一旦他们在两个场之间穿梭往来，他们的作品也就失去了严肃文学的纯粹性，而是被更多地打上了大众文化产品的烙印。这也是作家自主性丧失之后其写作所必然面临的命运。

文学生产的演变与位移当然不只是当下中国才有的文化现象，因为昆德拉早就说过，小说在今天已日益落入传播媒介之手，它既简化了小说的思想，也简化了小说的精神（复杂性）。② 然而，在较短的时间内，著名作家与导演所讲述的文学生产如何转型的"中国故事"，还是让我们略感吃惊。从这个意义上说，中国当代文学在走向世界的同时，也走向了文化工业的打造和大众文化的怀抱之中。而这种走势所形成的正负价值，依然值得我们深长思之。

第三节　新世纪文学十年的两种趋势

从2005年前后开始，有关"新世纪文学"的讨论在相关刊物的推动下（如《文艺争鸣》自2005年开始常设"新世纪文学研究"

---

① 参见［法］皮埃尔·布尔迪厄《关于电视》，许钧译，辽宁教育出版社2000年版，第72—73页。

② 参见［捷］米兰·昆德拉《小说的艺术》，孟湄译，生活·读书·新知三联书店1992年版，第15、17页。

栏目）逐渐进入人们的视野。诸多论者先是讨论新世纪文学的命名问题，随后逐步过渡到新世纪文学的美学特征、生产方式，新世纪文学与文学经典的关系，大众媒介对新世纪文学的影响等更专门也更细节的问题上，从而使讨论具有了一定的深度。尽管新世纪文学还处在发展变化中，种种所谓的"新质"短时间内还看不清楚，但我们依然可以从那些纷繁复杂的文学事实中发现一些反复出现的或持久稳定的文学现象，例如，新世纪文学十年、新媒体、网络文学、短信文学、底层写作（底层文学）、打工文学、"80后"写作（青春文学、青春作家、青春小说）等成为热门词语，它们也成了我们理解新世纪文学的关键词。

从大众文化与文学生产互动互渗的角度思考问题，网络文学与青春文学恐怕更值得关注。因此，这两种文学将成为我们考察新世纪文学生产十年演变的首选对象。

一 网络文学：文学媒介化与生产方式的变更

文学从来都是要与传播媒介打交道的，然而，在第四媒体（互联网）和第五媒体（手机）出现之前，文学的载体主要是报纸、杂志、书籍等印刷媒介。由于人们对印刷媒介司空见惯，文学的载体反而被人忽略了。因此，在印刷媒介独领风骚的时代，并无所谓的"文学媒介化"一说。我在这里特意强调文学媒介化，主要是指由于新媒介（主要是网络与手机）的使用，文学的写作方式、发表方式、阅读方式等均已发生了显著变化。从这个意义上说，新世纪文学很大程度上已经媒介化了。

有了新媒介，就有了与新媒介相匹配的文学样式——网络文学，同时也诞生了许多让文坛颇不宁静的"大事"。以下，择其要者，让我们先来看看新世纪最初十年间网络上都发生了些什么。

2000年：网络文学掀起了一个出版高潮，在《悟空传》（今何在）的带动下，《这个杀手不太冷》（王小山）、《我不是粒沙子》（沙

接合：大众文化的冲击与1990年代以来的文学生产

子）等网络作品相继出版。与此同时，《告别薇安》（安妮宝贝）与《旧同居年代》（多人合集）也火爆上市。而陈村主编的"网络之星丛书"（为首届网络原创文学奖获奖作品，分别是小说卷《性感时代的小饭馆》、小说卷《我爱上那个坐怀不乱中的女子》、散文卷《蚊子的遗书》）也适时推出。2001年：宁肯的长篇小说《蒙面之城》投稿多家期刊未果而不得不在网上推出。因其影响较大，后被《当代》相中而予以发表。2002年：慕容雪村即写即贴的长篇小说《成都，今夜请将我遗忘》火爆"天涯"网站。《蒙面之城》获"第二届老舍文学奖"。2003年：木子美因在博客上发表其性爱日记《遗情书》而迅速走红，并成为当年点击量最高的私人网页之一。也因"木子美现象"，人们开始关注博客，甚至有了所谓的"博客文学"之说。2004年："起点中文网"崛起。首届短信文学大赛在海南举办。中国首部手机连载小说《城外》（千夫长著，全文仅4200字）的版权〔包括SMS（短信）、WAP（手机上网）和IVR（语音业务）等〕，被一家通信公司以18万元人民币独家买断。2005年：《诛仙》等网络小说出版，该年被称为"奇幻小说年"。下半年，一批作家和文学批评家纷纷开通了自己的博客。2006年：以《鬼吹灯》为首，"恐怖灵异"类网络小说开始走俏。博客上爆发了"韩白之争"，争论引发了一个月左右的"混战"。2007年："穿越小说"在各大网站纷纷推出，形成继玄幻、历史、盗墓等三波网上阅读热潮后的新一轮阅读高潮。2008年：汶川大地震引发网络诗歌风潮。盛大文学公司成立。由"起点中文网"主办的"全国30省作协主席小说联展"正式启动。2009年：《明朝那些事儿》推出"大结局"。至此，当年明月于2006年在网上连载、即写即贴达三年左右的七部作品全部出版。而《明朝那些事儿》系列也成为那几年少有的行销500万册的畅销书。

我在这里之所以要做出如上罗列，是想提醒人们注意以下事实：以前我们谈到当下的文学状况时，可能想到的就是莫言、余华、贾

第一章　大众文化与文学生产的接合

平凹等严肃文学作家的纯文学作品，但是谈论新世纪文学时，我们却必须把网络文学纳入视野之中。因为随着越来越多的文学作品流布网络，随着网络进入千家万户和网民的数量越来越多，文学的存在方式、生产方式与消费方式已发生了明显变化。时至今日，我们甚至可以说，如果把网络文学排除在外，我们就等于丢掉了文学的半壁江山，所谈论的文学也势必显得残缺不全。

那么，文学媒介化之后，文学究竟发生了怎样的变化呢？有人指出，网络文学的兴起已消解了艾伯拉姆斯文学四要素"世界、作者、作品、读者"中的经典内涵。现实"世界"的真实被网络虚拟化，"作者"从专业人士的唯一性走向普通大众的群体性，"作品"从自足封闭走向多元开放，"读者"从被动接受走向主动参与。[1] 这些变化当然是存在的，但我以为更值得关注的变化应该是文学的生产。

在没有新媒介之前，当代文学的生产大体上遵循着如下方式：一个名不见经传的作者写出了一篇（部）文学作品，他把稿件投给了某家报纸、文学期刊或出版社，编辑在众多来稿中发现了这位作者的作品，觉得他是可造之才，于是便与他通信，让他改稿，经过一番修改加工之后，作品最终或见诸期刊，或出版成书籍。作品面世后，读者反响不错，评论家也开始注意，遂有相关评论出现。一旦此作者一发而不可收，作品渐多，名气渐大，他也就由"普通作者"变成了"著名作家"。于是，编辑开始向他约稿，编辑部甚至派人抢稿（20世纪80年代的文坛发生了许多这样的故事），而他的作品也开始被更多的读者关注，被更多的评论家讨论。最终，这位作家与他的作品或许会一道进入《中国当代文学史》之类的教材中，成为被大学中文系师生讲述、研读与讨论的对象。在这种生产方式

---

[1] 参见白烨主编《中国文情报告（2007—2008）》，社会科学文献出版社2008年版，第109页。

接合：大众文化的冲击与1990年代以来的文学生产

中，文学编辑（他们通常扮演伯乐的角色）、文学评论家、专业读者（比如大学中文系的学生）扮演着重要角色。可以说，正是他们形成的那股合力，推动着作家扩大再生产。普通读者虽然是作品的阅读主力，但他们通常是没有发言权的。或者也可以说，一方面此种文学生产机制不可能给普通读者提供发言的场所与机会；另一方面，即使普通读者发出声音，它也不会在意。

但是，网络文学完全改变了以往的文学生产模式。一般来说，网络写手往往会选择文学网站或某个门户网站人气较旺的栏目"发表"自己的文学作品，而这种发表通常并非一次成型，而是即写即贴，及时更新。一旦写手的帖子引起网民关注，点击量就会在短时间内飙升，跟帖也会急剧增多。有人在概括点击量的作用时指出：第一，点击量可以引导人们的阅读走向；第二，点击量可以提高网站的营运机制，如网络小说出版；第三，点击量对网络文本的传播作用很大；在一定程度上，点击量越高，说明该文本的可读性越强。第四，点击量高的作品无疑会给网络写手带来信心，同时在一定程度上也会提高网络写手的写作量。[①] 而跟帖则反映了网民的心声。他们或表扬，或批评，或建议，并且彼此之间相互启发，然后一起向作者施加"压力"，敦促作者持续不断地、越来越好地写下去。与此同时，点击量高的热帖也会吸引书商、出版商的目光。他们像娱乐界、体育界的"星探"一样，游走于各个网站之间，反复权衡某个写手是否具有市场价值、某部作品变成印刷读物后能否给他们带来巨大利润。而一旦写手被他们相中，即意味着一颗写作新星冉冉升起。在新世纪文学第一个十年中，像《诛仙》《鬼吹灯》《明朝那些事儿》等作品之所以能够成为畅销书，形成"网上开花网下香"的局面，可以说都是按照同一种生产模式打造的结果。而在这种文学

[①] 参见欧阳友权主编《网络文学发展史——汉语网络文学调查纪实》，中国广播电视出版社2008年版，第130页。

第一章　大众文化与文学生产的接合

生产中，编辑、文学评论家、专业读者已无任何作用可言，起作用的恰恰是原来被遮蔽的普通读者的声音。他们以网民身份，以跟帖形式开口说话，又以制造出来的点击量形成了某种轰动效果。因此我们可以说，正是网民、跟帖、点击量与书商，共同促进并加速了网络文学的生产。如此一来，他（它）们就成了网络文学生产中的重要元素。

那么，这种文学生产与以往的文学生产究竟有何区别呢？在这里，我将借用赵毅衡先生的相关论述进一步加以说明。赵毅衡认为，文学实际上存在着两种经典化的方式。第一种方式是通过批评家把相关文学作品置于文学史的维度上，让手中的作品与以往的经典之作进行比较，然后在分析、阐释乃至争论、质疑中确认其文学价值。"因此，批评性经典重估，实是比较、比较、再比较，是在符号纵聚合轴上的批评性操作。"第二种方式是大众的"群选经典化"，谓之群选，是因为其操作是通过投票、点击、购买、阅读观看、媒体介绍、聚积人气等进行的，由此也形成了与"比较"迥异的"连接"遴选模式。"因此，群选的经典更新，实是连接、连接、再连接。主要是在横组合轴上的粘连操作。"[1]

只要把以上说辞稍作置换，我们便可以发现两种"经典化"的描述与分析也大体上适用于我们所谓的"文学生产"。在传统的文学生产中，作家的诞生、作品的出现主要是通过专业人士推动的。而每一次作品的发表、出版、研讨与评论，其实就是他们动用专业眼光，在自己的评价体系中进行比较的结果。因此，这种文学生产其实也是在符号纵聚合轴上的批评性操作。相比较而言，这种生产方式更容易催生所谓的纯文学或严肃文学。而网络文学的生产却主要是通过群选的方式。网民的点击、看帖、转帖、跟帖等活动相当于投票，点击量越高、跟帖越多，即意味着某作品的票数越高，人气

---

[1] 赵毅衡：《两种经典更新与符号双轴位移》，《文艺研究》2007年第12期。

接合：大众文化的冲击与1990年代以来的文学生产

越旺，而这种票数与人气又在很大程度上左右着书商的出版决心。在这里，可以说作品的评价体系已发生了很大变化。如果说在传统文学生产中，确认其文学价值的有无多少是潜在与显在的审美判断标准，那么，网络文学生产的评判标准则是读者（网民）的喜欢程度。虽然不能说这种喜欢中完全没有价值判断，但这种判断却往往是很不稳定的、情绪化的、一哄而上又一哄而散的。这也就是玄幻、历史、盗墓、穿越等网络小说各领风骚三两年的主要原因。从这个意义上说，网络文学生产其实就是横组合轴上的粘连操作。这种生产方式决定了网络文学更少具有纯文学的气质而更多拥有大众文化的性质。

网络文学的生产方式、生产规模与生产效益对主流文坛造成了极大的冲击，而它的价值观念、操作方案、产业化模式等也开始向整个文学界蔓延。2002年，宁肯的《蒙面之城》获"第二届老舍文学奖"，参与评奖的一位评委特意提到此小说在网上的点击量是其获奖不可忽视的原因。[1] 这意味着"群选"方式的评价标准已开始向传统的评价体系渗透。2005年，《芳草》杂志全面改版，推出了《芳草网络文学选刊》，其主要栏目包括"小说在线""散文热帖""诗歌现场""杂色BBS""网事如风""博克刀""文学报告""点击""聊天室""闪客""发言"等。这意味着传统的文学期刊已放下身段，通过收编网络文学寻求自己的生存和发展。2007年，杭州市作协成立了全国首个"类型文学创作委员会"。而成立的动因之一便是玄幻、武侠、惊悚、推理、悬疑等网络小说风起云涌，"委员会"想为"类型文学"正名。这又意味着具有一定创作模式、可复制的文学样式得到了文学界的认可。凡此种种，都改变着文学的生态结构，两种生产方式也出现了一种交融互渗。于是文学媒介化之

---

[1] 参见欧阳友权主编《网络文学发展史——汉语网络文学调查纪实》，中国广播电视出版社2008年版，第364页。

后，文学已经向着一种媒介文化（media culture）的方向发展，它的最终归宿很可能是一种全面抹平的文化。①

二 青春文学：作家偶像化与读者粉丝化

谈论新世纪文学中的青春文学，需要从"80后"作家的写作说起。

许多人都发现，所谓的"80后"作家与写作，实际上与《萌芽》杂志举办的"新概念作文大奖赛"关系密切。1998年，《萌芽》杂志社联合北京大学、复旦大学、华东师范大学等七所重点大学共同发起"新概念作文大奖赛"，并以"叛逆者"的姿态提出了三条方针："新思维"，提倡无拘无束；"新表达"，使用个性语言；"真体验"，真实、真切、真诚地感受、体察生活。从第一届开始，与《萌芽》共同发起比赛的全国重点大学承诺为获奖的高三文科人才提供破格录取的"绿色通道"。第一届（1999年）、第二届（2000年）"大奖赛"后，有21名一等奖获得者被各大高校破格免试录取。大赛的成功有效地拉动了《萌芽》的销售量，到1999年8月第二届"大奖赛"启动时，杂志已是供不应求。到2003年举办第5届"大奖赛"时，《萌芽》的销售量已从原来的1万余份飙升至26万份。②而"大奖赛"的成功举办，也把"80后"作家推上了历史舞台。后来成名的"80后"作家，如韩寒、郭敬明、张悦然、春树、李傻傻、周嘉宁、小饭、蒋峰、夜×（陶磊）、桃之11（朱珍）等人，差不多都是"大奖赛"一、二等奖的获得者。

让我们简单回顾一下"80后"作家在21世纪第一个十年的"大事记"。

2000年，18岁的韩寒出版长篇小说《三重门》，树起了青春叛

---

① 参见拙文《媒介文化源流探析》，《河南社会科学》2009年第1期。
② 参见易舟《〈萌芽〉成功"突围"》，《文艺报》2003年1月30日。

接合：大众文化的冲击与1990年代以来的文学生产

逆的旗帜。2002年，17岁的春树出版《北京娃娃》，这部"半自传体"小说当时被誉为"中国第一部残酷青春小说"。2003年，郭敬明的《幻城》与《梦里花落知多少》面世后一路畅销，很快成为图书销售排行榜冠军。2004年2月2日，春树登上美国《时代》周刊亚洲版的封面，这期杂志把春树与韩寒称作中国"80后"的代表。同年，马原作序的《重金属：80后实力派五虎将精品集》和白烨作序的《我们，我们——80后的盛宴》分别由两家出版社推出。于是，关于"80后"作家的报道在这一年铺天盖地，"80后""青春文学"等说法也在这一年被正式叫响。与此同时，关于"80后"作家的研讨会、评论文章也逐渐增多。2004年7月8日，上海作协召开"80后青年文学创作研讨会"，中国作协副主席叶辛、《萌芽》主编赵长天、《上海文学》主编陈思和以及评论家郜元宝、杨扬等人与陶磊、蒋峰、小饭、周嘉宁等十多位"80后"作家进行了面对面的交流。同年11月22日，中国当代文学研究会与北京语言大学联合主办了"走进'80后'研讨会"。彭扬、杨哲等9位"80后"作者与代表评论界的曹文轩、梁晓声、白烨等人进行了对话。本年度的《南方文坛》发表了一组关于"80后"的评论文章，"80后"开始进入评论家的视野。2005年2月22日，《文艺报》刊登了众多评论家对"80后"的看法。2005年6月底，以"中国的新革命"为总题的《时代》周刊（全球版）上，出现了"80后"作家李傻傻的报道，《时代》周刊称李傻傻为"幽灵作家"。2005年8月7日，上海市作协、《萌芽》杂志社举办了"首届文学代际沟通论坛"研讨会。与会的老中青作家、评论家、学者、文学杂志社编辑及"80后"作者围绕"'80后'是否是出版商的广告词""'80后'进入市场，但没有进入文坛"等话题进行讨论。余华、格非、叶兆言、曹文轩等一批年龄基本属于"60前"的中年作家，与郭敬明、张悦然等十几位"80后"作家首次面对面，就两代作家的种种"代沟"问题进行了热烈讨论。2006年2月24日，白烨在其新浪博客上发了《"80

后"的现状与未来》一文,文章对"80后"做了"走上了市场,没有走上文坛""充其量只能算是文学的'票友'写作"的概评,激怒了韩寒。韩寒遂在其博客上发《文坛是个屁,谁也别装逼》一文予以驳斥,形成了所谓的"韩白之争"。2006年5月22日,北京市高级人民法院终审判决郭敬明作品《梦里花落知多少》抄袭庄羽作品《圈里圈外》成立,郭敬明以及出版《梦里花落知多少》的春风文艺出版社被判赔偿庄羽21万元,并且在《中国青年报》上公开道歉。2006年年底,由郭敬明担任执行主编、长江文艺出版社出版的青春杂志《最小说》在全国各大城市同步上市,首印30万册被订购一空。这意味着中国本土的青春文学有了自己的创作平台。2007年,《南方文坛》第4期再一次推出"80后"写作评论专辑。同年,因郭敬明、张悦然、蒋峰、李傻傻加入中国作家协会,"80后"作家再度引起媒体关注。11月,吴怀尧制作的"2007年中国作家富豪榜"揭晓,郭敬明以1100万元的年收入位居榜首。2008年5月,由长江出版集团、英国企鹅出版集团、新浪网、上海柯艾文化传播有限公司联合主办,以《最小说》为平台,聘请王蒙、张抗抗、刘震云、周国平、王海鸰、张颐武等担任大赛评委的"THE NEXT·文学之新——全国文学新人选拔赛"正式启动,赛程持续一年多,来自中国传媒大学的学生萧凯茵夺得总决赛冠军,并获得10万元大奖。2009年年初,郭敬明成为长江出版集团北京中心副总编辑,主抓青春文学和杂志。同年,关于韩寒将要创办一家杂志并担任主编的报道不绝于耳,此杂志原创稿件的最高稿酬达2000元/千字,韩寒也表示绝对不会办成郭敬明《最小说》和饶雪漫《最女生》似的青春文学杂志。经过千呼万唤之后,这本被命名为《独唱团》的杂志终于在一年之后(2010年6月)由山西书海出版社出版,但由于一些客观原因,该杂志的创刊号也成了终刊号。

从以上的简单勾勒中,我们已约略看到了"80后"作家与青春文学的火爆程度。而由于"80后"作家有"偶像派"与"实力派"

之分,[①] 即由于他们写作的理念、目标等并不相同,所以"80后"作家并非铁板一块。从走严肃文学路子的"80后"作家来看,他们的写作动因与写作理念与那些已进入常识领域的思考并无二致。比如,蒋峰的写作缘于"为童年疗伤"的需要。李傻傻希望他的小说"带有眉宇之间蕴含英气的女人那样的气质"。胡坚认为"我应该比记者还执着于细节"。[②] 从这些表述中我们可以发现,他们或许已具有了成为真正的严肃文学作家的那种潜质。

但是,少数"80后"作家对文学的严肃追求,并不能掩盖青春文学整体上存在着的价值缺憾,其中的道理其实并不难理解。对于自我的青春记忆,自然是可以描绘和书写的,但大凡能把青春记忆写好者,大都与那段记忆拉开了较长的时间距离。于是,关于青春的书写便成为一种回溯性写作。昆德拉写过自己的青春记忆《玩笑》,那时他已33岁;库切也写过自己的青春往事《青春》,那时候他更是62岁。王蒙固然在19岁时写出了《青春万岁》,但与他步入晚年的《恋爱的季节》(这部小说其实是对其青春记忆的重新叙述)相比,前者就显出了它的稚嫩。因此,我们不妨说,凡是没有经过沉淀、反刍、咀嚼的往事在进入文学时,它的价值往往是可疑的。它当然具有了"生活真实",甚至具有了新闻意义上的真实性,但是却很难达到"艺术真实"的高度。

然而,"80后"的青春文学写作却打破了这种艺术规律。他们把当下刚刚经历的青春事件转换成文学,于是写作便具有了一种当下性、速成性以及与自我经验现实纠缠在一起的同步性。但话说回来,既然青春文学没按创作规律行事,艺术价值不高,为什么它又如此火爆呢?显然,这是文学市场化之后的一个必然结果。我们知道,20世纪90年代以来许多与文学艺术相关的"大奖赛",与其说

[①] 参见张柠《"80后"写作:偶像与实力之争》,《南风窗》2004年第11期。
[②] 李傻傻等:《为童年疗伤——80后作家创作自述》,《上海文学》2004年第6期。

第一章　大众文化与文学生产的接合

是一种艺术行为，不如说是一种商业行为。而胜出的选手实际上是获得了一个进军"××界"的通行证。从这个意义上说，在"新概念作文大奖赛"获奖的选手也等于是收获了他们走进图书出版界的第一桶金。而由于"80后"的少男少女作为张颐武所谓的"尿不湿一代"对于全社会都具有一种神秘感，他们当中的写作代表又多以叛逆、另类、能写出残酷青春物语的姿态出现，青春文学就显示出一种市场潜力。书商与出版商敏锐地意识到青春文学的商业价值，于是大造其势，推波助澜，遂把"80后"作家打造成了青春偶像，把青春文学炒作成了商业品牌。

与此同时，我们也要充分意识到，在青春文学背后还存在一个巨大的消费群体，正是他们的购买、阅读和消费让青春文学变成了可以赢得巨额利润的商品。那么，什么人构成了这一消费群体的中坚力量呢？简单地说就是"80后"的同龄人，再加上"80后"的弟弟妹妹们——"90后"。张颐武在谈到"尿不湿一代"的消费特点时指出：

> 这是来自于"尿不湿一代"的独特选择。21世纪初的青少年文化已经进入了"尿不湿一代"主宰的时代。所谓"尿不湿一代"其实就是从80年代后期开始，中国的婴儿逐渐开始使用纸尿布之后生长的一代人。当时"尿不湿"这种新的产品的使用其实是一个消费社会开始降临的标志。它一面将"用过即扔"的文化建立在婴儿阶段，意味着一种便捷的方式为父母摆脱尿布的烦琐提供了服务；另一面，也减少了父母和孩子的交流的时间，放任了孩子的自由的宣泄的可能。"尿不湿"的逐渐被采用其实自有其象征意义，它说明了一个中国历史上最丰裕的一代人的出现和中国的全球化和市场化的进程其实是异常紧密地联系在一起的。"尿不湿一代"现在已经开始长大了，他们已经显示了一个物质开始丰裕起来的社会里的新的青少年的趣味。

接合:大众文化的冲击与1990年代以来的文学生产

他们现在已经成了文化消费的主力。由于成长在中国可以说最丰裕的时代,没有过去的悲情和重负,他们的感情和情绪就没有那么多沉重,又有中国近二十年高速经济成长带来的财富的物质基础。这些青少年成了中国现代以来最敢于消费的一代。他们的趣味和爱好现在主导了文化消费的走向。他们买书,韩寒和郭敬明就变成图书市场的主导力量;他们玩游戏,陈天桥就成了IT首富;他们崇拜偶像,周杰伦、F4就成了超级明星。这种力量的展现使得他们可以在文化的趣味上充分地炫耀自己的高度的丰富性和高度的游戏性。他们一面有其生涩的成长的烦恼,一面却也是一股无法阻挡的支配创意性的文化产业发展的力量。①

虽然"尿不湿一代"的提法是否合适还可以讨论,但张颐武所指出的这种"80后"的消费特征还是比较准确的。一份《当前青少年学生文学阅读调查》(2005年,调查对象为武汉市大、中学生)显示,20世纪80年代末至90年代初出生的一代人,他们阅读的课外书来自"自己购买"的(其余为"父母家人购买""借阅"等)排在第一位(初中组为68%,高中组为75%,大学组为68%),他们最喜欢阅读的文学类型是小说(初中组为64%,高中组为74%,大学组为89%),他们喜欢的小说选项中,郭敬明的《夏至未至》和《梦里花落知多少》均排初中组(16%)和高中组(20%)的第一位,他们喜欢的作家在初中组(30%)与高中组(20%)中郭敬明依然位居第一,他们认为现在最流行的作家同样还是郭敬明(初中组为44%,高中组为48%,大学组为53%)。② 由此看来,无论是消费能力还是阅读兴趣,"80后"与"90后"青少年

---

① 张颐武:《新世纪文学:跨出新文学之后的思考》,《文艺争鸣》2005年第4期。
② 参见王先霈主编《新世纪以来文学创作若干情况的调查报告》,春风文艺出版社2006年版,第225—236页。

第一章　大众文化与文学生产的接合

都与青春文学（尤其是郭敬明的小说）结成了一种"神圣同盟"。

　　而这样一种阅读消费已经与以往的阅读活动有了明显的区别。传统的文学阅读活动主要是建立在求真向善基础之上的美学行为，而读者选择怎样的文学作品阅读，也往往是借助于专业人士的介绍（如大学课堂上教师的讲解，评论家的评点，等等），这样，更多趋向文学经典名著而不是流行的文学样式，就成了传统文学阅读的主要内容。有人把 20 世纪 80 年代的阅读概括为"精神阅读"[1]，正好也符合传统阅读活动的特点。于是对于读者来说，这种阅读活动也成了一种怡心怡神的理性选择。然而，当"80 后"与"90 后"的青少年读者把阅读目光更多投向青春文学时，这种阅读活动的性质已发生了很大变化。虽然"80 后"作家有偶像派与实力派之分，但人气最旺的无疑还是郭敬明、韩寒、春树、张悦然等偶像化的人物。书商与出版商为了追求利润最大化，自然也会极力让他们明星化或偶像化，以便让他们在文学之外吸引众人眼球，于是在包装技巧上无所不用其极就成为书商与出版商的一种基本策略。有人注意到："一些青春作家，比如韩寒、郭敬明等人总是在书的封面上或者宣传活动上，打出一幅酷似明星的'作家肖像'——很酷很帅很摩登。不要小看作家的肖像，它已经成为作家占据市场的商标、符号，类似于普通衣服上的'NIKE'、'ADIDAS'等字眼，俨然成了商品价值的标识。"[2] 还有人发现，张悦然在 2004 年推出的四本书，虽然分别出自"春风文艺""上海译文"与"作家"三家出版社，但它们却不约而同地选择了黑底托红色调的封面，其中作者的大幅艺术靓照、文中插图、图书装帧和版式设计均有强烈的现代时尚色彩。上海译文出版社更是精心策划包装，并带有自我炫耀地宣布："本书是张悦然的最新图文集……优秀而奇特，是当下最时尚最高贵的文字

---

[1] 参见陈香《30 年中国流行阅读史：精神之痒》，《中华读书报》2008 年 4 月 23 日。
[2] 孟隋：《通向"时尚权力"的青春作家》，《文学报》2008 年 4 月 10 日。

类型,配有多幅华美的照片,诠释诗一般美轮美奂的意境,人如其文,文如其人,相得益彰。"① 这样一来,"80 后"作家就彻底偶像化了,他们固然还是青春写手,但他们也俨然具有一副演艺明星的派头。

在作家偶像化的同时,青少年读者也在很大程度上粉丝化了。而读者一旦变为粉丝,非理性的认同与过度的消费就成为粉丝文化的基本特征。2007 年 4 月底,郭敬明的新作《悲伤逆流成河》上市,据报道,在郭敬明巡游式的签售中出现了一幕幕激动人心的场面:"在成都,签售现场一度引起西南书城附近交通堵塞;在德阳,当地武警出动维持秩序;在青岛,场面几次差点失控,一个男生更是激动地大喊'郭敬明我爱你!'并企图翻越围栏;在南昌,'小四(郭敬明的昵称)才华横溢,四迷不离不弃'的呐喊声和'请大家维持好秩序,不要挤'的劝导声汇合在一起。"② 在这种描述中,我们看到郭敬明的粉丝与周杰伦或李宇春的粉丝已没什么两样。因为粉丝已在想象界与所"粉"的明星形成了一种亲密关系,所以,明星的任何举措、话语都会赢得粉丝的欢呼与喝彩。2006 年,郭敬明抄袭庄羽一案由法院做出裁决后,郭敬明随即在博客上发文,声称可以赔钱但绝不道歉。于是,在郭敬明的个人博客、官方论坛"刻下来的幸福时光"和百度贴吧的"郭敬明吧"里,不少"粉丝"仍热烈地支持败诉的郭敬明,谩骂庄羽。粉丝们说:"郭敬明不是那样的人,他不是。""既然'梦'是抄的,想必'圈'更好看。可是为什么这本书现在才'卖得不错'?还是才华的问题啊!剽窃,哼。你剽得出来吗你?""我们小四那么有才华怎么会抄袭?""就算他是抄袭的,我也一样喜欢他。如果说他是抄袭,为什么被抄袭者的小说没有成功而偏偏他的小说成功了呢?"

---

① 参见江冰《论 80 后文学的"偶像化"写作》,《文艺评论》2005 年第 2 期。
② 参见《2007 年中国作家富豪榜揭晓 郭敬明居榜首》,http://news.qq.com/a/20071106/000668.htm,2007 年 11 月 6 日。

第一章　大众文化与文学生产的接合

"誓死保卫郭敬明，有本事你也抄，嫉妒啊。"① 这种完全丧失了道德底线的非理性认同非常可怕，但它似乎已成了粉丝文化"合理的"组成部分。

此外，根据英美粉丝研究的观点，粉丝既是"过度的消费者"（excessive consumers）也是"完美的消费者"（consummate consumers）。作为前者，他们与普通观众和读者相比，会在文化产品中投入更多的时间、精力与情感，并在文化产品中制造出更高强度的意义。作为后者，他们经常实践着一种"馆藏式消费"（curatorial consumption），即购买、收藏他们所喜爱对象的所有相关物品。而他们的这种消费最终又形成了所谓的"偶像经济"。② 依然以郭敬明为例，2007年，《悲伤逆流成河》首印量高达866666套，经过一个"五一"黄金周后，该书即销售到100万册，而定价44元的精装版因采用了"流水套装编码"的出版形式与设计理念，更是引起了粉丝们的抢购风潮。③ 2009年7月14日，郭敬明率"THE NEXT·文学之新新人选拔赛"四强作者及旗下7位人气作者在北京图书大厦举行签售活动，在近7个小时的签售中，郭敬明团队售出15768册新书。而参加签售的多是中学生，排队时间最长的达11个小时，短的也有6个小时。④ 还有，郭敬明主编的《最小说》自面世后，销路一直看好。2009年年初，郭敬明又宣布将《最小说》一分为二：上半月《最小说》，下半月《最映刻》，根据长江文艺出版社提供的数据，《最小说》每期销量70万册，《最映刻》每期销量50万册。有人根据书商路金波提供的算法（郭敬明从每本杂志中收入1.5元）给郭

---

① 参见《郭敬明：钱可以赔绝不道歉》，http：//news.21cn.com/social/wenhua/2006/07/18/2653260_3.shtml，2006年7月18日。
② 参见杨玲《转型时代的娱乐狂欢——超女粉丝与当代大众文化消费》，中国社会科学出版社2012年版，第24、144—147页。
③ 参见《郭敬明新长篇〈悲伤逆流成河〉十天销售破百万》，http：//ent.sina.com.cn/s/m/2007-05-10/14191548303.html，2007年5月10日。
④ 参见颜彦《郭敬明破于丹签售纪录》，《出版商务周报》2009年7月19日。

93

敬明算了笔账,认为他从《最小说》获得的年收入将高达2100万元。[1] 如此看来,由于粉丝们的大力配合,青春文学已成为作家、书商与出版商的摇钱树。

作家偶像化与读者粉丝化之后,青春文学已完全变成了文化娱乐工业的一种产品。更值得注意的问题是,郭敬明以及少数几个"80后"作家具有了偶像化的光环之后,他们又对整个"80后"写作构成了一种遮蔽,以至于那些"80后"实力派作家很难真正进入人们的视野。于是,虽然早在2004年就有"80后"作家指出,郭敬明小说商业气息太浓,"用郭敬明概括'80后'的写作,毁了我们整体的形象"[2],实际上,郭敬明的"生意"却越做越大,他也继续摧毁着"80后"作家的整体形象。也许,这才是真正的问题所在。

---

[1] 参见《细数80后明星作家与作品》,http://publish.dbw.cn/system/2009/04/05/051844936_01.shtml,2009年4月5日。

[2] 丁丽洁、范爱能:《"80后"袒露心声:渴望关注理解》,《文学报》2004年7月15日。

第二章　视觉文化时代的文学生产

之所以要厘清视觉文化与文学生产的接合，或者把文学生产纳入视觉文化的逻辑框架中加以思考，是因为20世纪90年代以来的中国当代文学遭遇了视觉文化的冲击。尽管90年代的中国学界几乎还未谈及视觉文化，[①]取代这一概念的只是一个土生土长的"读图时代"，但是，作家作为先知先觉者已提前感受到了视觉文化的氛围并有了种种举动。当他们大面积"触电"时，当他们很乐意与影视导演合作时，他们其实已开始了与视觉文化的交往。而这种交往无疑也影响到了文学文本的内在构成，关联着文学的生产与消费。因此，从视觉文化的角度考察文学生产问题，无疑是我们观察、思考、分析文学嬗变的一个窗口。

然而，文学与视觉文化的接合可谓剪不断，理还乱；说简单似简单，说复杂也复杂。为了把这种复杂性说清楚，我准备先从何谓视觉文化谈起，以便为视觉文化的文学生产提供一个思考的平台和理解的参照。然后进入文学与影视的交往与互动之中，通过作家"触电"现象，并通过对莫言《白棉花》的文本分析，重点思考影视给文学带来了怎样的影响。最后，我将以《芳华》为例，分析它从小说到电影的演变过程，进而揭示隐含在其中的大众文化的生产秘密。

[①] 查中国知网，20世纪90年代国内学界以"视觉文化"为题的文章只有寥寥五篇，其中唯一有点模样也跟文学沾边的是南帆先生的《视觉文化三题》，此文刊发于《文学自由谈》1997年第3期。

接合:大众文化的冲击与1990年代以来的文学生产

第一节 视觉文化与文学的总体考察

"当代文化正在变成一种视觉文化，而不是一种印刷文化，这是千真万确的事实。"① 这是丹尼尔·贝尔（Daniel Bell）在1978年做出的判断。时隔40多年，我们这里也应验了他的这一判断。可以毫不夸张地说，我们已经大踏步地进入一个视觉文化时代：几乎所有的文化产品都围绕着视像化展开，视觉美学、眼球经济业已成为文化生产的内在逻辑。而在此过程中，文学的生产与消费也成为视觉文化的一部分。既如此，这个视觉文化究竟是什么文化？视觉文化与文学的关系几何？文学生产在视觉文化时代已然发生了怎样的变化？所有这些问题正是需要我们加以面对的。

一 什么是视觉文化

虽然关于视觉文化的论说已有许多，但为了更好地分析视觉文化与文学之间的接合，对视觉文化做出相关的梳理与界定依然是必要的。

从一般的意义上看，视觉文化对应于印刷文化，是当代文化发展到一个新阶段之后所形成的文化形式。在哲学界和美学界，与视觉文化来临相关的另一表述是"图像转向"（pictorial turn），以此对应于当年的"语言学转向"（linguistic turn）。② 而结合西方学者关于视觉文化问题的相关思考，视觉文化又可在如下层面上加以确认。

（一）视觉文化是一种后现代文化

米尔佐夫（Nicholas Mirzoeff）认为："印刷文化当然不会消亡，

---

① ［美］丹尼尔·贝尔：《资本主义文化矛盾》，赵一凡等译，生活·读书·新知三联书店1989年版，第156页。

② 参见［美］W. J. T. 米歇尔《图像理论》，陈永国、胡文征译，北京大学出版社2006年版，第2—3页。

第二章　视觉文化时代的文学生产

但是对于视觉及其效果的迷恋（它已成为现代主义的标记）却孕生了一种后现代文化，越是视觉性的文化就越是后现代的。"又说："后现代主义标志着一个时代，在这个时代里，视觉图像以及那些并不必然具有视觉性的事物的视觉化在戏剧性地加速发展，以至图像的全球流通已经达到了其自身的极致，通过互联网在高速运转。"①艾尔雅维茨（Aleš Erjavec）在论述视觉文化时也指出了它与后现代主义的关联："后现代主义最突出的特点是从视觉出发。它是一种图像和图画不仅相互纠缠、而且可以互换的视觉文化。""在后现代主义中，文学迅速游移至后台，而中心舞台则被视觉文化的靓丽辉光所普照。"②

如果从文学的角度出发，以上两位论者的思考似可延伸出如下理解。一方面，在视觉文化时代，文学从总体上看已经处于一个边缘的位置，这不仅是因为文学的可视性差或者简直就不存在什么可视性（所谓的"文学形象"其实不过是我们借助自己以往的视觉经验并通过想象在头脑中形成的一种幻象，所以才有"一千个读者有一千个哈姆雷特"之说），而且也因为视觉文化的传播载体（如电影、电视和互联网等）要比印刷媒介更直观、迅捷、方便，从而形成了一种媒体霸权，并对印刷媒介构成了一种压制和排挤。在这个意义上，视觉文化的后现代性其实意味着文学的没落，它逼出了文学的前现代性或古典性。一个显而易见的事实是，曾经扮演过第一小提琴手的作家与文学在视觉文化时代已经易位。

另一方面，我们也可以在现代主义/后现代主义的文化格局中思考文学所发生的种种变化。一般而言，模糊人物性格，淡化故事情节，注重描摹人物的精神世界，努力挖掘人物的潜意识心理，等等，

---

① ［美］尼古拉斯·米尔佐夫：《视觉文化导论》，倪伟译，江苏人民出版社2006年版，第3、9页。
② ［斯］阿莱斯·艾尔雅维茨：《图像时代》，胡菊兰、张云鹏译，吉林人民出版社2003年版，第35、34页。

是现代主义文学的基本特征。对此，法国新小说作家兼理论家萨洛特（Nathalie Sarraute）甚至指出："现在看来，重要的不是继续不断地增加文学作品的典型人物，而是表现矛盾的感情的同时存在，并且尽可能刻画出心理活动的丰富性和复杂性。"① 如果转换到视觉文化的语境中加以思考，我们可以说现代主义的文学策略努力淡化的是小说的可视性，增强的则是小说的可思性。从某种意义上说，这种文学策略是与视觉文化背道而驰的，而因此写就的小说也给视觉文本的转换带来了极大的难度。例证之一是，从《永别了，武器》到《老人与海》，海明威的全部小说几乎都改编成了电影，但据茂莱（Edward Murray）分析，这些改编基本上都是失败之作。② 而在我看来，失败的原因之一便在于海明威小说的可视性差而可思性强。

但是，后现代主义的文本策略除了大量使用戏仿、反讽、拼贴、征引等多种技巧外，还在某种程度上接通了传统小说的写法，把故事性强、情节紧张有趣等放在文学写作的重要位置，从而让小说具有了更多的可视性而非可思性。这种小说的后现代性或许可被看作是对视觉文化的一种有意无意的迎合。当我们说后现代主义小说变得更"好看"或"可读性"更强时，这自然是对现代主义的反动，因为它降低了理解的难度，去除了某种深度模式，进而完成了从"思"到"视"的转移。

（二）视觉文化也是一种消费文化

可以从多个角度进入有关消费文化的理解之中，若从视觉文化的角度考虑，视觉文化与消费文化的连接点有二：其一是视觉形象，其二是视觉消费。

为了让所有的一切具有可消费性，消费社会采取的基本手段是

---

① ［法］纳塔丽·萨洛特：《怀疑的时代》，林青译，载《法国作家论文学》，生活·读书·新知三联书店1984年版，第389页。

② 参见［美］爱德华·茂莱《电影化的想象——作家和电影》，邵牧君译，中国电影出版社1989年版，第227—252页。

第二章 视觉文化时代的文学生产

让其产品统统经历了一个物化、商品化、形象化的过程。在这里，商品物化仅仅使其产品具有了被消费的可能，而要刺激人的购买欲与占有欲，则必须让其产品形象化。这样，制造视觉形象便成为消费文化生产的内在逻辑。杰姆逊（Fredric Jameson）曾经论述过语言文字在广告产品中的 Logo 化倾向，① 这既是对文字的物化处理，也是把字词转化成一种视觉形象的过程。唯其如此，才会出现弗洛姆（Erich Fromm）所描绘的那种情景："一瓶可乐在手，我们喝的是漂亮的少男少女在广告上畅饮的那幅景象，我们喝的是瓶上那条'令你精神百倍'的标语。"② 在这里，商品的视觉形象虽然造成了能指与所指的彻底断裂，但这也恰恰是消费文化生产的秘密。

　　如果说视觉形象涉及的是生产环节，视觉消费则直接与消费者有关。韦里斯（Susan Willis）指出："在发达的消费社会中，消费行为并不需要涉及经济上的交换。我们是用自己的眼睛来消费，每当我们推着购物小车在超市过道里上上下下时，或每当我们看电视，或驾车开过广告林立的高速公路时，就是在接触商品了。"③ 这里把视觉消费界定为仅动用眼睛而不动用钱袋的消费行为，固然也可算作一种重要的消费文化现象。但在我看来，视觉消费的真正要义在于它不过是生产—消费活动中的一个中间环节，其最终目的还是要把那种通过眼睛的象征性消费转化为一种通过行动的实体性消费。卡尔维诺（Italo Calvino）的短篇小说《马科瓦尔多逛超级市场》就很能说明这一问题。受广告视觉形象的召唤，马科瓦尔多一家人进入了超市，而他们目迷五色的过程便可看作视觉消费的过程。但他们终于没能止于视觉消费，而是把货架上的许多商品装满了自己的

---

　　① 参见［美］杰姆逊讲演《后现代主义与文化理论》，唐小兵译，北京大学出版社 1997 年版，第 224 页。
　　② 陈学明等编：《痛苦中的安乐——马尔库塞、弗洛姆论消费主义》，云南人民出版社 1998 年版，第 128 页。
　　③ Jonathan E. Schroeder, *Visual Consumpiton*, London：Routledge, 2002. 转引自周宪《视觉文化的转向》，北京大学出版社 2008 年版，第 108 页。

99

接合:大众文化的冲击与1990年代以来的文学生产

手推车,从而把过眼瘾的视觉消费转化成了实实在在的购买行动。只是当他们意识到自己囊中羞涩无钱购物时,他们才从那种迷醉状态中惊醒,然后选择了仓皇出逃。① 这篇小说可以看作视觉消费转化为实际消费的经典案例,其中隐含的视觉消费的逻辑走向不能不让人深长思之。

(三) 视觉文化还是一种大众文化

根据笔者的梳理,在西方世界,大众文化经历了从近代通俗文化(popular culture)到现代大众文化(mass culture)的演变过程。② 这里我想进一步强调的是,在通俗文化时代,由于媒介载体主要是印刷媒介,所以通俗文化虽然已经出现了洛文塔尔所描绘的情景——犯罪、暴力与感伤成为结构小说情节的重要元素,作家甚至"像好莱坞影片中所表现的那样","纤毫毕现地细致描绘攻击、暴力、恐怖的场景",③ 但与现代大众文化相比,通俗文化毕竟还只能算是小巫见大巫。而近代通俗文化之所以能演变成现代大众文化,电子媒介的介入以及对相关产品的再生产与再加工起了决定性的作用。波兹曼(Neil Postman)之所以会把美国19世纪以前的年代称为"阐释年代",而把后来的年代称为"娱乐业时代",关键在于"从17世纪到19世纪末,印刷品几乎是人们生活中唯一的消遣。那时没有电影可看,没有广播可听,没有图片展可参观,也没有唱片可放。那时更没有电视。公众事务是通过印刷品来组织和表达的,并且这种形式日益成为所有话语的模式、象征和衡量标准"④。转换到传播媒介的层面思考这一问题,"阐释年代"向"娱乐业时代"的

---

① 参见[意]卡尔维诺《马科瓦尔多逛超级市场》,刘儒庭译,载《卡尔维诺文集:通向蜘蛛巢的小路等》,译林出版社2001年版,第247—252页。
② 参见拙书《透视大众文化》,中国文史出版社2004年版,第2—7页。
③ Leo Lowenthal, *Literature, Popular Culture, and Society*, Englewood Cliffs, NJ: Prentice-Hall, Inc., 1961, pp. 55, 81.
④ [美]尼尔·波兹曼:《娱乐至死》,章艳译,广西师范大学出版社2004年版,第54页。

第二章 视觉文化时代的文学生产

转变其实就是印刷媒介霸权向电子媒介霸权的转变。而在此转变中，娱乐成了电子媒介产品的重要内容。

如此看来，一方面，供人娱乐也正是现代大众文化的主要特征。而电子媒介与娱乐内容的结合，则让大众文化充分视像化了。换句话说，在今天，越来越多的大众文化内容恰恰是通过视觉文化的形式呈现出来的。视觉文化对大众文化的包装与制作除了让大众文化变得更加"好看"之外，还降低了进入大众文化的门槛，也进一步让大众文化变成了一种轻浅之物。在印刷文化时代，一个人即使要去接触赵树理的通俗小说，他也必须具备起码的识文断字的能力。但在视觉文化时代，诉诸视听感官的大众文化却已不需要阅读训练的武装。波兹曼说："看电视不仅不需要任何技能，而且也不开发任何技能。"[1] 梅罗维茨（Joshua Meyrowitz）指出："一个人没有必要在看'复杂节目'前，一定要先看'简单的'节目。一位只看了几个月电视的成年人与看了几年电视的成年人对电视的理解可能相差无几。"[2] 他们说的便是这个道理。

另一方面，大众文化本来就不是厚重之作，而经过视觉文化的生产之后则变得更加轻浅单薄了。事实上，无论是精英文化还是大众文化，它们一旦被视像化，都必然会经历一个从深刻到肤浅、从复杂到简单的叙事转换。之所以如此，是因为"电影不是让人思索的，它是让人看的"[3]；"电视之所以是电视，最关键的一点是要能**看**，这就是为什么它的名字叫'电视'的原因所在。人们看的以及想要看的是有动感的画面——成千上万的图片，稍纵即逝然而斑斓夺目。正是电视本身的这种性质决定了它必须舍弃思想，来迎合人们对视觉快

---

[1] ［美］尼尔·波兹曼：《童年的消逝》，吴燕莛译，广西师范大学出版社 2004 年版，第 113—114 页。

[2] ［美］约书亚·梅罗维茨：《消失的地域：电子媒介对社会行为的影响》，肖志军译，清华大学出版社 2002 年版，第 70 页。

[3] ［美］乔治·布鲁斯东：《从小说到电影》，高骏千译，中国电影出版社 1982 年版，第 51 页。

感的需求，来适应娱乐业的发展"①。例证之一是《百家讲坛》节目虽然在一段时间内做得非常成功，但几乎所有的主讲人都遵循着"把传统文化通俗化、历史人物故事化、故事情节传奇化"的叙述套路，最终所形成的结果也无非是"把深刻的思想肤浅化，把复杂的问题简单化"。② 出现这种局面，显然与迎合视觉文化的生产特点有关。

以上，笔者分别从后现代文化、消费文化、大众文化的层面分别释放了视觉文化的内涵。那么，做出如此分析又有什么意义呢？大体而言，我想由此说明如下问题。

第一，视觉文化并非仅仅就是与视觉相关的文化，在其背后还隐藏着许多常常被人忽略的意识形态内容。所以，视觉文化表面上是眼睛美学，实际上是生产方式的革命；表面上是生产方式的革命，实际上又是生产者与消费者价值观的潜移默化。第二，由于后现代文化、消费文化与大众文化的基本对应项分别是现代主义文化、审美文化和精英文化，那么视觉文化的来临一方面意味着现代主义文化、审美文化和精英文化的衰落，另一方面也意味着这些文化要想继续生存，就不得不或者借助视觉文化为其张目，或者寄生于视觉文化为其整容。文化生产因此呈现出更加迷乱的格局。第三，视觉文化最重要的对应项是印刷文化，而文学恰恰是印刷文化的产物。当视觉文化来势汹汹、甚嚣尘上时，文学也不可能不受到冲击与影响。那么，在视觉文化时代，中国当代文学（尤其是小说）究竟发生了怎样的变化呢？

二 作家"触电"面面观

从视觉文化与文学生产的角度进入20世纪90年代以来的中国

---

① ［美］尼尔·波兹曼：《娱乐至死》，章艳译，广西师范大学出版社2004年版，第120页。

② 参见拙书《大众媒介与文化变迁——中国当代媒介文化的散点透视》，北京大学出版社2010年版，第344、50页。

文学现场，我们就会发现一个重要现象：从80年代末90年代初开始，作家与影视的交往变得密切起来，以至20、21世纪之交以来有了作家"触电"之说和经久不息的相关讨论。这就带来了如下问题：作家是怎样"触电"的？作家与导演及其影视产品进行了怎样的互动和交往？影视又对文学构成了怎样的影响？对这些问题的回答，可以成为我们观察视觉文化与文学生产接合的一个窗口。

作家"触电"自然是一个形象的说法，指的是作家与影视的轻度接触和深度交往。此一说法虽然在2004年前后才流行起来，指认的却是20世纪90年代以来的一种文学现象——许多作家（尤其是一些成名的作家）开始了与影视的合作，以至我们已可以开出一个长长的名单：王朔、莫言、余华、苏童、刘恒、刘震云、铁凝、池莉、毕淑敏、史铁生、刘醒龙、张抗抗、李晓、周大新、杨争光、梁晓声、毕飞宇、述平、朱文、潘军、鬼子、东西、尤凤伟、陆天明、周梅森、陈源斌、张平、石钟山、赵玫、海岩、王海鸰、邱华栋、柳建伟、何申、二月河、严歌苓……这种浩大的合作阵容甚至让刘震云早就有了如下说法："当下文坛排名前10位的作家，哪一个是没有与影视发生关系的？哪一个不是靠着影视声名远播？"① 刘震云是与影视深度合作的作家之一，他的这一判断是大体准确的。

那么，为什么会出现这一现象呢？也许我们需要从王朔和张艺谋说起。

（一）王朔的示范

从某种意义上说，王朔是靠电影声名鹊起的。1988—1989年，王朔的四篇小说分别被改编成电影《顽主》（导演米家山）、《轮回》（导演黄建新）、《大喘气》（导演叶大鹰）、《一半是火焰，一半是海

---

① 《细数电影捧红的作家》，http://www.chinawriter.com.cn/2007/2007-03-19/23148.html，2007年3月19日。

接合：大众文化的冲击与1990年代以来的文学生产

水》（导演夏钢），电影界因此有了"王朔年"或"王朔电影年"之说。而由于这四部电影都由王朔亲任编剧（其中《大喘气》由王朔与叶大鹰、张前联合编剧），他也开始了与影视界的密切合作。1989年1月，"海马影视创作中心"在北京成立，王朔是发起人之一（其他发起人有魏人、苏雷、葛小刚、朱晓平、马未都、刘震云、莫言、刘恒、海岩等），并担任中心理事长，遂使该中心成为国内最早的编剧工会，其成员也囊括了当年活跃在文坛的许多重要作家。1990年12月，由鲁晓威、赵宝刚执导的50集电视剧《渴望》面世，盛况空前，而王朔则担任该剧策划。1992年年初，由王朔主侃的电视剧《编辑部的故事》让全国人民笑岔了气；年尾，由他主笔的电视剧《爱你没商量》又让人们过了把瘾。也正是这一年，四卷本的《王朔文集》（纯情卷、矫情卷、谐谑卷、挚情卷）出版，《我是王朔》一书面世。与此同时，一篇篇"顽主王朔""侃爷王朔"的新闻报道或速写亦见诸报端杂志。经过几轮的前期铺垫之后，王朔终于迎来了他自己的高光时刻。

现在看来，王朔确实是得风气之先并在影视界混得风生水起的一位作家。他本来的身份是写小说的（或按其本人调侃之言是"码字的"），但由于他频频"触电"，从而也拥有了另一个重要身份——编剧。对于这一点，王朔本人也直言不讳："大言不惭地说，我目前是国内最抢手的影视编剧。但我从来没喜欢过这个行当。这么说很有些没良心，有得了便宜卖乖之嫌。毕竟影视创作为我带来了远超出小说创作的名声和收益。如果我没有适时地转入影视创作，十有八九我至今仍在黑暗中摸索。写吐了血仍不为人所知。每天看报都是恶性刺激，被别人的成功气得眼睛发蓝，在嫉妒的深渊中变得愤世嫉俗、落落寡合、顾影自怜、孤芳自赏，成为潜在的社会不安定因素。"[①] 王朔的这种说法应该是真实可信的。可以辅证的一个事例

[①] 王朔等：《我是王朔》，国际文化出版公司1992年版，第65页。

是，80年代后期的林白还在广西电影制片厂供职，1988年她曾奉领导之命到北京向王朔约稿，以便为张艺谋的电影拍摄寻找合适的改编底本。而当她打通王朔的电话后，"王朔说他正躲在一个地方写剧本，就是给张艺谋的，写完后直接给杨凤良。杨凤良是张艺谋当时的摄影师，电影界无人不晓。这就是说，没我什么事，不战而胜，珍贵的剧本从一个大腕手里直接到达另一个大腕手里，这一瞬间如此眩目，我们只能站在地下室抬头仰望"[①]。在当时还未出道的林白看来，王朔简直就是神一般的存在，而她也用诗一般的语言描述了打通王朔的电话时的那种感受："王朔，这粒沉入海底的珍珠，立即从深海的底部升起，海水迅速从两边分开，珍珠以光的速度骤然升起，当它升到海面的时候它就不再是一颗珍珠了，而是一块巨礁，遥遥在目。"[②] 这里所谓的珍珠、巨礁、眩目以及仰视心理，无不指认着一个事实：王朔不仅已是一个成功的作家，而且也是影视界的红人和炙手可热的一线编剧。

尽管如此，王朔对自己扮演的编剧角色却并不满意。他曾以很极端的口吻表达过自己的不屑："你能说一个人之所以成为名妓是因为她热爱自己的职业么？传说中跳出火坑最坚决、最悲壮的不都是名妓么？在北京写剧本的朋友圈子中，常常用一个粗鲁的比方形容自己：卖的。确实，除了出售的东西不同，就纯感受而言，甚至行为本身都和妓女无异。"[③] 如此看来，王朔虽然是最早"触电"的作家之一，但他对自己的行为和做法有一种清醒的认识：尽管当编剧写剧本已让他名利双收，但他却感到身不由己，并且由此生发出一种屈辱感。而"名妓"的比喻和"卖的"之说法，

---

① 林白：《玻璃虫——我的电影生涯：一部虚构的回忆录》，作家出版社2000年版，第149页。

② 林白：《玻璃虫——我的电影生涯：一部虚构的回忆录》，作家出版社2000年版，第149页。

③ 王朔等：《我是王朔》，国际文化出版公司1992年版，第65页。

接合:大众文化的冲击与1990年代以来的文学生产

又很容易让我们想起马克思的著名论述:一个无产者作家在书商指示下编写书籍(例如政治经济学大纲)是生产劳动者。① 在这里,只要把"书商"换作"影视导演",我们就可以看到王朔作为"生产劳动者"的特性,他的所作所为也依然走进了马克思的经典论断之中。王朔虽然不一定能站在马克思的高度去认识这一问题,但他还是凭借其切身感受悟到了其中的秘密,因为他说过:"写小说,人是自由的,尽可自我陶醉在那个令你着迷的表达方式中。而写剧本你的全部努力自始至终都是为了买主的需要贡献自己。买主不满意,这事便不算完,他付了钱,有权得到你的服务。"② 这里说的虽然都是大白话,但与马克思论述的那个道理却是息息相通的。

但话说回来,能够认识到"触电"的问题所在是一回事,依然半推半就地投身其中是另一回事。实际上,尽管王朔写剧本常常有"把我自己都写恶心了"③之感,他却依然乐此不疲地写着。何以如此?王朔对此倒也说得坦率:"我在1988年以后的创作几乎无一不受到影视的影响。从某一天起,我的多数朋友都是导演或演员,他们一天到晚给我讲故事,用金钱诱惑把这些故事写下来以便他们拍摄。"④ 而在友情的召唤和金钱的诱惑下,王朔并没有收手,而是一发不可收,继续着与影视界的深度合作。如此一来,他的所作所为也就对后来者构成了某种示范。在我看来,这种示范性主要体现在如下几个方面。

其一,作家是可以做编剧的。20世纪80年代的严肃文学作家相对单纯,尽管他们并不拒绝把自己的作品改编成电影,对做编剧却兴趣不浓。例如,谢晋欲把《灵与肉》改编成电影《牧马人》,想

---

① 参见《马克思恩格斯全集》第二十六卷,人民出版社1972年版,第432页。
② 王朔等:《我是王朔》,国际文化出版公司1992年版,第66页。
③ 王朔等:《我是王朔》,国际文化出版公司1992年版,第31页。
④ 王朔:《无知者无畏》,春风文艺出版社2000年版,第103页。

第二章 视觉文化时代的文学生产

请原作者张贤亮亲自操刀担任编剧,不料却被婉言谢绝,于是他只好三顾茅庐求助李準。为什么张贤亮不愿意改编自己的作品?因为他原计划把《灵与肉》写成五万多字的中篇,只是为了月刊的容量才把它砍成了不足两万字的短篇。而砍掉的东西在他看来更为重要,恰恰是电影无法表现的,于是他选择了抽身而退。[①] 由此我们或许可以看到张贤亮对文学和电影的双重敬畏:当他觉得自己的小说转换成电影存在着某种难度时,他宁愿不做编剧。然而,这一切到王朔这里却已发生了翻天覆地的变化,尽管他说过"我根本不会写电影剧本"[②],但他不但为米家山等四位导演改编了自己的小说,而且还干起了职业编剧,成了其他影视剧的"供货商"。这种在小说与影视之间自由穿行的做法既能赢得名利,同时也往往被人看作有能耐的表现。榜样的力量是无穷的,当后来者开始"触电"之后,他们就可以向王朔学习而不需要有任何心理负担了。从这个意义上说,王朔开了作家跨界的先河。

其二,剧本是可以改成小说的。小说与剧本是两种不同的文学样式,二者也有着清晰的边界。在影视生产中,文学固然在其中扮演着重要角色,但这种重要性主要体现在编导把小说作为其拍摄资源上。于是,先有小说然后才有根据小说改编的影视剧本,就成为影视生产的基本程序。影视生产者自然也可以绕过小说,直接请人撰写剧本,但一般来说,剧本就是供电影电视剧拍摄的底本,它因文学性差而影视性强,一般是不大可能改写成小说的。然而,王朔却打破了这种禁忌。据他本人所言:"以下的一大批小说都是改自影视剧本或取自影视构思:《永失我爱》《给我顶住》《编辑部的故事》《无人喝彩》《刘慧芳》《你不是一个俗人》。"甚至"那两部长篇

[①] 参见张贤亮《牧马人的灵与肉》,载《张贤亮选集》(一),百花文艺出版社1985年版,第203—205页;亦参见杨庆华《张贤亮曾言:我对〈牧马人〉有着偏爱》,《北京晚报》2014年10月31日。

[②] 王朔等:《我是王朔》,国际文化出版公司1992年版,第66页。

接合：大众文化的冲击与1990年代以来的文学生产

《千万别把我当人》和《我是你爸爸》以及后面的《过把瘾就死》《许爷》同样都是萌生于某个导演的意图"。① 而在《我看王朔》一文中，他则把如此这般的细节交代得更加详细。《我是你爸爸》原本是冯小刚的一个电视剧构想，整个故事脉络都是冯氏想好的，后来冯氏因故未拍，便被他拿去写了小说。《许爷》原是姜文一部电影的构思，他让主人公在想象中说日本话，激动起来高唱爱国歌曲，唱了半天才反应过来唱的是西哈努克亲王写的《亲爱的祖国》，这些情节也全部进入了王朔的小说之中。《无人喝彩》原本是王朔、李少红和英达有关电影剧本的一次合作，后来李少红觉得不理想，放弃了，王朔就将这一剧本缀成了小说。《千万别把我当人》"同样是一次集体创作，参加者有张艺谋、杨凤良、谢园、顾长卫，大家谈了一个星期，把每一场的内容甚至人物的调度都谈到了，后来大家觉得不理想，放弃了，王朔腆着脸把剧本的场号改为小说的章节拿去发表了，这就是为什么这本小说全是对话而无叙事段落的缘故"。《永失我爱》"同样是一个从剧本到小说的创作过程，被王朔隐去的使用者这一次是叶大鹰"。② 在这种如实招来中，王朔的坦诚固然可圈可点，但是他也明白无误地传递着一个信息：剧本乃至那些影视构想是可以写成或改写成小说的。而实际上，这种做法后来已被人效仿，刘震云的《手机》就是由剧本改写成小说的一个典型例子。

其三，小说是可以全部由对话构成的。人物对话当然是小说的重要组成部分，但除此之外，如何叙述，怎样描写，怎样谋篇布局，怎样塑造人物等，对于小说来说则更为重要。一般而言，一个高明的作家是不可能让其小说通篇充斥着人物对话的，因为这种写法既对自己构成了极大的限制，也很容易让读者产生一种阅读疲倦。但是，当小说改编自剧本时，人物对话却往往占了小说的大头，因为

---

① 王朔：《无知者无畏》，春风文艺出版社2000年版，第103页。
② 王朔：《无知者无畏》，春风文艺出版社2000年版，第53—55页。

影视剧本（尤其是电视剧本）主要是靠对话支撑起来的。王朔等人准备策划室内剧《编辑部的故事》时，曾让撰写过《渴望》的编剧李晓明传授经验，他说："得把故事引到屋子里面去。主要是靠对话发展情节，所以除了故事丝丝入扣，语言是得有彩儿。一般一集剧本 15000 字的长度就够，室内剧得两万字才能撑满 40 分钟。"[①] 这确实是经验之谈。而验之于王朔的小说《修改后发表》和《谁比谁傻多少》（这两篇小说其实都是为《编辑部的故事》写的单集剧本，后被王朔改写成小说发表），我们便会发现，从第一句话开始，从头到尾都是密集的对话。实际上，不仅仅是这两篇小说以及王朔提到的《千万别把我当人》全是对话，王朔所有的小说都有人物对话偏多的毛病，以至于让人觉得他笔下的人物全部都患有"话痨"综合征。从正面的意义看，这种写法极大地解放了口语，也让新北京话成了一道语言风景，但也必须指出，它无疑也是影视化思维和把剧本改写成小说所留下的后遗症。也就是说，当王朔与影视亲密接触之后，影视化的思维方式和剧本化的写作方式已主宰了他的小说创作，他已不可能按照通常的小说写法从容出牌了。而这种大面积充斥着对话的小说写法后来已成为小说的一种常规写作思路，或者也可以说，凡是与影视深度合作甚至把剧本改写成小说的作家，都必然会像王朔那样挥斤运斧，因为那不仅是王朔的套路，也是影视逼使文学就范的套路。

（二）张艺谋的召唤

如果说王朔是最早"触电"的作家，那么张艺谋就是最早诱使作家"触电"的导演。职是之故，清理一下 20 世纪 80 年代末 90 年代初张艺谋与作家的交往史就显得很有必要。

张艺谋走向辉煌的电影之旅起步于广西电影制片厂，那是他

[①] 冯小刚：《这等好喜剧为什么诞生》，载冯小刚、王朔等《编辑部的故事·精彩对白欣赏》，中国广播电视出版社 1992 年版，第 3 页。

接合：大众文化的冲击与 1990 年代以来的文学生产

1982 年从北京电影学院摄影系毕业之后的工作单位。1984 年，张艺谋在张军钊执导的《一个和八个》中首次担任摄影师，随后凭借其极端夸张不对称的构图和富有力度的画面造型，获得了中国电影优秀摄影师奖。同年，他亦在陈凯歌执导的《黄土地》中任摄影师。此片被认为是"第五代导演"革新了中国电影叙事语言的代表作，而张艺谋的摄影技术无疑也在其中扮演着重要角色。1986 年，张艺谋在吴天明执导的《老井》中出演男主角孙旺泉，他对角色的理解和掌控也让吴天明赞不绝口："我相信张艺谋在电影史上，一定是个了不起的人物，他是个奇人。"[1] 也正是因为这部电影，张艺谋分别在第 11 届大众电影百花奖、第 8 届中国电影金鸡奖和第 2 届东京国际电影节（1988）上获得最佳男主角奖和最佳男演员奖。1987 年，张艺谋开始当导演，他执导的第一部电影《红高粱》（莫言是编剧之一）便出手不凡，于 1988 年在柏林国际电影节（三大国际电影节之一）上获得最高奖项——金熊奖。因为此片挂靠在西安电影制片厂，厂长吴天明因此要重奖张艺谋一万元。[2] 而当时的一篇报道则如此渲染了颁奖的盛况："隆重的发奖仪式开始了。上千人的大厅，座无虚席。在雷鸣般的掌声中张艺谋从观众席站立起来，穿过热浪般的人群，登上舞台。中国电影艺术家在一排捧着银熊的获奖者面前，骄傲地高举着光芒闪烁的金熊。散会了。热情的女记者奔过来拥抱着张艺谋，亲他的脸蛋！本届评委、英国著名女演员特尔达·温斯顿在记者的闪光灯中拥抱着张艺谋，留下最亲热的纪念。张艺谋被包围着，在一群白皮肤人面前，这位留着寸头的黄种人显示了一种东方人的魅力。"[3] 这篇报道的描述虽不无煽情之处，但这件事对于张艺谋和整个中国电影界来说却至关重要，因为这不仅是属于他的高

---

[1] 陈凡：《影坛奇才张艺谋》，《电影评介》1988 年第 1 期。
[2] 参见《张艺谋抱"金熊"》，《电影评介》1988 年第 4 期。
[3] 李健鸣、黄建中、孔民：《〈红高粱〉荣获金熊奖侧记》，《大众电影》1988 年第 4 期。

光时刻,也是属于中国电影人的辉煌瞬间,它标志着中国电影走向了国际舞台。从此往后,张艺谋执导电影可谓顺风顺水。从1989年起,他几乎以一年一部的速度拍摄着电影,成了中国最勤奋的导演;与此同时,他也开始了与作家的密切合作。

合作是需要基础的,而对于张艺谋来说,这个基础就是他身上的光环,是他靠摄影、主演和导演迅速积累起来的文化资本。时在广西电影制片厂任职的林白曾经记录过这样一件事情:有一天,文学部忽然接到一个奇怪的任务,让她和一位老编辑带领四个来厂的实习大学生到厂资料室翻文学杂志,说是要给张艺谋提供小说线索。张艺谋需要一部城市题材的小说的线索,最好是写青年人的。于是林白感叹道:"在80年代,有什么事情比得上为张艺谋打工更让一个电影人感到无上光荣呢?至于精英们是什么看法,我们毫不关心,我们关心的是人民。伟大领袖说得好:人民,只有人民,才是创造历史的动力。让学院派见鬼去吧!张艺谋就是我们的英雄,他是电影的大救星,呼儿咳哟。有了票房,我们全厂都有救了。"也正是在这种"为张艺谋打工"的兴奋中,林白"带领四个大学生杀到厂图书室,把《收获》《花城》《钟山》《当代》《十月》《中国作家》《人民文学》《作家》《青年文学》统统搬出来,桌子椅子顿时一片狼藉"。[①]

这个事例生动地说明了蒸蒸日上的张艺谋有着怎样的感召力。张艺谋对自己拍摄的影片要求很高,于是从文学作品中寻找合适的拍摄资源就成了理所当然之举,这是可以理解的,但值得深思的是林白那种激动的心态。尽管那时的林白还没有成为作家,尽管她所接受的任务关联着电影厂的经济收益,但是"为张艺谋打工"却仿佛成了一种隐喻,它透露出来的很可能是这样一个信息:如果说准作家林白为张艺谋找资料都感到无上光荣,那么,对于已经成名的

[①] 林白:《玻璃虫——我的电影生涯:一部虚构的回忆录》,作家出版社2000年版,第139、141页。

作家而言,与张艺谋合作并改编自己的小说,或者为张艺谋直接撰写剧本,又何尝不是光荣之举呢?

验之于20世纪80年代末90年代初与张艺谋有过合作的那些作家的感受,我们应该可以发现作家们那种引以为荣的心理,也可以看到这位大牌导演在他们心目中的位置。莫言曾经透露:"《红高粱》之所以吸引了张艺谋,并不是因为这个故事本身很精彩……关键还是小说中所表现的张扬个性、思想解放的思想,要轰轰烈烈、顶天立地地活着的精神打动了他。"而尽管张艺谋拍摄《红高粱》时还只是初出茅庐,但莫言对他却很是信任,因为"考虑到小说里面的高粱地要有非常棒的画面,只有非常棒的摄影师才能表现出来。因为在建构小说之初,最令我激动不安的就是《红高粱》里面的画面,在我脑海里不断展现着一望无际的高粱地。如果电影不能展现出来,我觉得不成功。我看好张艺谋"。① 正是因为对张艺谋信心满满,莫言才担任了该片的编剧之一,并与张艺谋有了一次愉快的合作。

第二位与张艺谋成功合作的作家是刘恒,他曾亲自把自己的中篇小说《伏羲伏羲》改编成《菊豆》(1990),后来又为《秋菊打官司》(1992)做编剧,把陈源斌的小说《万家诉讼》改编成了电影剧本。而他之所以愿意与张艺谋合作,是因为他觉得张艺谋"很有艺术才华,是'第五代'导演里的佼佼者",而能为一个好导演做编剧,何乐而不为?② 当时的陈源斌并非知名作家,但《万家诉讼》发表后,虽有三个电影厂家都相中了这篇小说,欲把它改编成电影,但"陈源斌认定只有张艺谋才能理解自己的这部小说,不是张艺谋当导演,他宁可不接受"③。

余华更是认为"张艺谋是中国最好的导演",但他的解释却比较另类,因为张艺谋"给钱特别痛快。而且,他也是我迄今遇到过的

---

① 莫言:《小说创作与影视表现》,《文史哲》2004年第2期。
② 参见刘恒、王斌《对话:电影、文学及其它》,《电影艺术》1993年第1期。
③ 黄晓阳:《中国印象:张艺谋传》,华夏出版社2008年版,第113页。

第二章 视觉文化时代的文学生产

惟一会主动提高改编授权费的导演"。①

有艺术才华,给钱特别痛快,看好张艺谋,只有张艺谋才能理解自己的作品,等等,很可能就是当时文学界对张艺谋的普遍看法,这也成为众作家与张艺谋合作的重要基础。换言之,由于张艺谋本人的艺术才华,也由于他所执导电影的品牌效应,作家就对他产生了一种信任感。如此一来,"为张艺谋打工"就成了一件不仅不掉价而且还可能非常荣耀的事情。而正是在这样一种氛围中,王朔才为张艺谋写出了《千万别把我当人》。他说:"张艺谋曾提出要拍《顽主》,被米家山拍了以后,张艺谋让我再写一个。我就弄了这个。"②为什么同样如日中天的王朔能够如此轻易地接受张艺谋的邀请?除了信任感、荣耀感再加上给钱痛快之外,我们似乎已找不出其他原因了。

作家的这种合作姿态最终也让张艺谋有了一次非凡之举。1993年,张艺谋同时约请苏童、格非、北村、赵玫、须兰、钮海燕六位作家撰写小说《武则天》,以便为他准备拍摄的电影《武则天》充当改编底本。据报道,张艺谋之所以要投拍《武则天》,其用意是为巩俐精心设计一个银幕"礼物",甚至是想让自己的心上人当一回女皇。而他之所以相中这六位作家,又是因为他们或风头正健,或各有所长。例如,在张艺谋眼中,苏童对中国女子有独特的洞察能力,格非对历史研究得很透,且在人物刻画方面更有功力,赵玫则文笔细腻,令人称道。值得一提的是,当接到张艺谋的邀请后,这几位作家不但没有拒绝,甚至有人(如赵玫)还因被相中而感到特别激动。当然,作家们的爽快应该也与张艺谋的"给钱痛快"有关,因为签约时已形成如下约定:"在规定日期完稿后,每人可得稿酬3万元。"而接受这一写作任务后,几位作家也大都没有爽约,而是在规

---

① 参见《张艺谋是中国最好的导演,给钱痛快还主动加价》,http://news.sina.com.cn/c/2005-09-13/00376932225s.shtml,2005年9月13日。

② 王朔等:《我是王朔》,国际文化出版公司1992年版,第31页。

接合：大众文化的冲击与1990年代以来的文学生产

定时间内完成了约稿。① 尽管电影《武则天》后来因为种种原因并未投拍，五六部《武则天》的小说却先后面世了。

这件事情在今天看来似已稀松平常，但把它还原到20世纪90年代之初的历史语境之中却依然值得深思。像20世纪80年代的先锋作家一样，80年代中后期横空出世的"第五代导演"无疑也是精英文化的代表，而他们执导的电影面世之后之所以会产生振聋发聩的效果，显然与他们带有某种精英意识的价值观、审美观和编导观有关。而通过对"艺术片"的精心打造，他们与其拍摄的影片也就走进了"新启蒙"的叙事框架之中，其人成为先锋导演的榜样，其作则走进了艺术电影的殿堂。可以说，张艺谋就是在这样一种总体的文化氛围中积累起自己的文化资本的，他的自信与底气很大程度上也来自他这种精英意识或先锋意识。然而，从1992年开始，随着市场经济的冲击，作家与导演的身份同时开始了一种文化转型：作家不再充当人类灵魂工程师角色的扮演者，而是变成了王朔所谓的"码字工"；导演也不再充当精英文化阵营中的文化英雄，而是变成了文化商人，同时也变成了米兰·昆德拉所谓的"意象设计师"。既然是文化商人，导演便可向作家"订购"作品；既然是"意象设计师"，他们又能对作家耳提面命，以便规定他们的题材和写法。本来，这一切都是在一种秘而不宣的状态下进行的，但因为张艺谋大张旗鼓的"订购"举措，这一问题却明朗化了。

此外，六作家接受了张艺谋的商业召唤也事关重大，因为从此往后，"为导演写作"便成为光明正大之举，而不再需要遮遮掩掩了。然而，它所带来的影响却也不容低估。其一，作家可以不再遵循"艺术自主"的美学原则，而是开始奉行与市场效果、影视要求等相关的商业原则，这将对文学生产的内在规律构成一种破坏和颠覆。其二，像王朔一样，这些作家与张艺谋的成功合作也是一次重

---

① 参见文安忠、蔡新洲《1994年影视大腕属哪家》，《电影评介》1994年第3期。

要示范,它给后来者提供的暗示是,一个作家要想快速成名并名利双收,其终南捷径之一就是"为导演写作"。在80年代的文学生产与消费中,许多作家还把读者置于一个重要位置。比如路遥就说过:"只要读者不遗弃你,就证明你能够存在。……读者永远是真正的上帝。"①然而,90年代的上帝已变成了导演。或者也可以说,只有通过导演这个上帝把其作品影视化后,作家才能更有效地面对读者上帝。

与此同时,因为这种合作,我们也需要关注小说本身所发生的变异。王彬彬曾经指出:"在近年的小说创作中,实际上若隐若现地存在着一种'张艺谋模式'。为了能被张艺谋的法眼青睐,便须按张艺谋的趣味来写作,便须使作品尽可能地合张艺谋的口味。当众多的作家都为了这样一个共同的目标而写作时,当然便呈现出一种大体相近的路数,这路数当然只能称作'张艺谋模式'了。'张艺谋模式'的最大特点,便是强烈的故事性情节性,这故事情节通常又是具有强烈的暴力、性爱、色情色彩的。"除此之外,由于巩俐在张艺谋的电影中扮演至关重要的角色,所以"按照'张艺谋模式'写小说,一个女性人物,而且是并非可有可无的女性人物,便是一项必不可少的条件,是对按这模式写作的人的一项起码的要求。至于在张艺谋约请下写作,小说往往便是主要写某适合于巩俐扮演的女性了"。② 应该说,王彬彬的看法是敏锐而犀利的。他所谓的小说中的"张艺谋模式"不过是指出了这样一个基本事实:一旦为张艺谋写作,那么就必然要投其所好,而一旦投其所好,影视逻辑和导演意图就必然会进入小说之中,进而对小说的人物设置、情节设计、叙事方式等构成很大影响。实际上,与张艺谋签约合作的作家也恰恰在其作品中体现出了这种"张艺谋模式"。例如,在北村的小说中,武则天已迷失在情欲的洪流之中,于是直白露骨的描写比比皆是。

---

① 路遥:《早晨从中午开始——〈平凡的世界〉创作随笔》,载《早晨从中午开始》,北京十月文艺出版社2010年版,第86页。

② 王彬彬:《一份备忘录——为未来的文学史家而作》,《文艺争鸣》1994年第2期。

有研究者认为,格非、苏童、北村、须兰、赵玫等人的《武则天》无一例外地涉及十个中心情节,而"出现率最高的中心情节分别是男宠声色、杀女嫁祸、杀姐灭甥,这表明:'性'与'暴力'成为90年代文化中的重点消费对象"①。实际上,这既是"张艺谋模式"在小说中的投影,也是90年代的中国即将迎来一个消费时代的重要标志。因为波德里亚说过:"性欲是消费社会的'头等大事',它从多个方面不可思议地决定着大众传播的整个意义领域。一切给人看和给人听的东西,都公然地被谱上了性的颤音。一切给人消费的东西都染上了性暴露癖。"②而"张艺谋模式"不过是巧妙地迎合了消费社会的这种需要。

(三) 作家"触电"的几种类型

简要梳理王朔和张艺谋的情况如上,是为了对接下来作家"触电"的众生相进行铺垫。实际上,由于作家的追求不一,思路各异,他们在与影视打交道时也并非千篇一律,而是呈现为如下几种类型。

第一种类型不妨概括为若即若离。所谓若即若离,就是既不拒绝自己的作品被改编成影视剧,同时又与它保持着适当的距离,尽量避免与它深度纠缠。例如,池莉的小说曾被改编成多部影视剧,但她却说:"我的小说与电影的关系到目前为止仅仅是金钱关系。他们买拍摄版权,我收钱而已。这种关系很是单纯可爱。"③又说:"我只负责写小说,绝对不会自己动手去写电视剧本,这是我坚持的原则。"④ 毕飞宇的《推拿》也曾被改编成电视剧,但他却完全没有参与这部电视剧的改编。在谈及原因时,他说他"现在不会,以后也几乎不可能会做编剧。因为我更迷恋语言,我对影像不太感

---

① 白惠元:《被凝视的阴性中国——20世纪90年代大众文化文本中的"武则天"形象透视》,《新文学评论》2012年第1期。
② [法] 让·波德里亚:《消费社会》,刘成富、全志钢译,南京大学出版社2000年版,第159页。
③ 池莉:《信笔游走》,《当代电影》1997年第4期。
④ 池莉:《关于"触电"我觉得很好》,《人民日报》2004年12月1日。

兴趣。……要让我动心做影视编剧，只能有两种情况：一种是家里穷得实在揭不开锅了；另一种是跟我私交特别好特别投缘，观点想法特别一致的导演，我们联合起来做一个真正想做的影视作品。但这两种情况，概率都非常小"①。

尽管我们无法确认池莉与毕飞宇的做法具有多大程度的代表性，但他们如此行事，显然还坚守着小说与影视的清晰边界。关于这一点，池莉看得就非常清楚："我一向认为小说是作家的，电影是导演的。电影完全又是一个门类的艺术，有它自己与小说绝然不同的创作规律。电影是看的，小说是读的。小说最多给电影的主创人员提供了一点启发或者一些依据。小说的好坏与电影的好坏没有太大关系。电影再好也是导演的，不是作家的。电影拍砸了，那也绝不等于小说不好。"② 这种与影视的切割可以说是洁身自好，却也挑明了一个基本事实：小说还是属于作家本人的个体劳动，但电影不仅属于导演，而且还属于一个团队，是毕飞宇所谓的"另外一群人的作品"。他们的这种做法虽然显得保守，谈不上与时俱进，但至少还让人看到了部分作家对文化工业的某种抵抗。这很可能意味着，即便我们已进入一个视觉文化统领一切的时代，但毕竟还有一些作家没有完全陷落，他们的坚守或许能对风光不再的文学构成某种安慰。

第二种类型或许可称为鸟枪换炮，即一些作家跨界做编剧后，不但开始了职业编剧的生涯，而且还当起了导演，开启了拍电影之旅。例如，2012年有报道称："曾以《黑道风云》小说系列成名的作家孔二狗，与著名作家刘恒正式签约小马奔腾影视公司，成为职业编剧。"而做过《重案六组》《刑警的故事》等20多部电视剧作品的编剧余飞则说："我发表过3000字的小说，稿费仅70块钱。转

---

① 《作家频"触电"当编剧 一集稿酬最高可拿30万》，http://www.chinawriter.com.cn/news/2012/2012-03-30/123183.html，2012年3月30日。

② 池莉：《信笔游走》，《当代电影》1997年第4期。

接合:大众文化的冲击与1990年代以来的文学生产

为编剧后,我没有考虑过再靠写小说生存。因为,两者的收入差别太大了!"① 早在1994年,以写作《摇滚青年》成名的作家刘毅然就开始了"用摄影机写作"的历程,他执导的第一部电视剧是《霜叶红于二月花》。至2005年,他已改编并拍摄了8部文学名著。虽然他也为自己没有像余华那样坚持写小说而感到惭愧,却依然乐此不疲:"虽然拍了十年电视剧,我还未觉得厌倦,正处于欲罢不能的状态。"② 2004年前后,先锋小说的代表性作家马原也尝试拍摄"作家电影",那个时候他正在执导一部名为《林杏花》的影片,此片根据他的两部小说《死亡的诗意》和《游魂》改编而成。而至2007年,因为《我叫刘跃进》这部影片,"作家电影"的说法开始叫响。虽然刘震云并未执导此片,但他既写出了《我叫刘跃进》的同名小说,也担任了这部电影的编剧,并与中影集团董事长韩三平进行了一次深度合作。③ 2012年,又传来麦家为小成本剧情片《月色狰狞》做监制的消息。谈及下一步的打算,麦家说:"可能会尝试做导演,翻拍电视剧《暗算》。投资方希望做一个'自编自导'的概念,还没最终签合同。我想找一个不知名的导演和我一起来执导,他负责技术层面,我负责对人物的把控。这个版本和以前相比有比较大的改变,比如说加入爱情等元素。"④

作家跨界成为职业编剧从此而一发不可收,其主要原因是做编剧比写小说赚钱多。余华早在1994年就说过:"北京的作家现在能够不是很窘迫地生存下来,主要的手段就是用影视来养自己的文学。因为写一集一万字左右的电视剧可拿到一万元左右,四五天就可写出一集,写它四五集,一年的生活费就过得去了。谁都想活得好一

---

① 《作家频"触电"当编剧 一集稿酬最高可拿30万》,http://www.chinawriter.com.cn/news/2012/2012-03-30/123183.html,2012年3月30日。
② 《作家"触电":跨界已成寻常事》,《中华读书报》2005年9月16日。
③ 参见《刘震云打响作家电影第一炮 新作5月将开拍》,http://ent.sina.com.cn/m/c/2007-04-22/11341528814.html,2007年4月22日。
④ 《作家纷纷"触电"为哪般?》,《南方日报》2012年4月13日。

点。"① 而一集一万左右的稿费只是 20 世纪 90 年代中期的行情，至 2012 年前后，编剧稿酬已大幅度增长。作家赵赵曾这样算过一笔账："编剧稿酬这两年涨得厉害，一线编剧一集剧本的稿酬能达到二三十万，一集 15000 字，合千字一万多块呢。而一般刊物千字千元已经算高，千字五百都是正常价。这就是为什么大家都去写剧本的原因吧。"② 很显然，进入 90 年代之后，"金钱不是万能的，但没有钱是万万不能的"这种价值观念已经深入人心，于是对于许多与影视亲密接触的作家来说，缺钱时写剧本就成为一种写作常态。而成为职业编剧的作家或许已经不再是因为缺钱，而是身不由己，因为他们已成为影视生产链中一个不可或缺的环节。

更值得深思的是作家当导演这件事情。虽然成为导演的作家为数甚少，他们拍电影的动机也各不相同，但其中的一个原因却不得不提：有人意识到小说已是明日黄花，其存在的理由已成为问题。例如，当记者向马原提出为什么他不写小说而是开始拍摄电影这个问题时，他的回答是这样的："现在写小说也没人看啊！我这两年在同济大学教书，闲暇时间比较多，经常想点跟小说创作关系不大的事，比如小说这东西是否还有存在的必要？七十年代末诗很盛行，后来诗歌渐渐没落，大家调侃'写诗的比读诗的人还多'。比诗还早的是话剧，也是这个命运。我就想，哪天小说会不会沦落到这个地步？其实不是哪天，眼下已经这样了，既然小说没人看，而写小说又是我的长项，真有点失业的感觉。"由于他相信"读字时代过去了，现在已经进入读图时代，大众越来越不读小说了，小说快成博物馆艺术了"，因此，转换一种叙述方式，当一个职业叙述人就成为他转型或跨界的重要理由："不谦虚地说，马原是个虚构叙述的高手，我想重新找回来，通过影像进行叙述，以获得再生。"③ 坦率地

---

① 陈朝华：《是否先锋并不重要——羊城访余华》，《南方周末》1994 年 10 月 28 日。
② 《作家纷纷"触电"为哪般？》，《南方日报》2012 年 4 月 13 日。
③ 李玮：《作家马原叙述"作家电影"》，《大众电影》2004 年第 23 期。

接合：大众文化的冲击与1990年代以来的文学生产

说，马原的感觉是准确而敏锐的。实际上，他也是当代作家中最早意识到小说正在走向末路的先知先觉者。同时，他的感觉也与米勒的"文学终结论"相映成趣，构成了20、21世纪之交以来的一道思想风景。如此一来，"触电"之于他就摆脱了赚钱之类的形而下动机，具有了某种与时俱进的崇高理由。

但话说回来，作家当导演也并非轻而易举。由于他拍摄的是艺术电影，也由于他在电影中依然贯穿着马原式的"叙述圈套"，再加上拍电影时钱很少，周期又短，"连一个像样的演员都请不起，基本都是朋友一分钱不拿在帮我做"①，影片拍成之后又遇到了出品人跳槽这种倒霉事，所以，他拍摄的《林杏花》并未上映，而是刀枪入库，自生自灭了。谈及自己拍电影的感受，马原说："拍电影不是人干的事，特别特别辛苦，除非你是张艺谋、冯小刚，有那么多支撑。……我那会儿体重降了30斤，还查出了糖尿病。每天工作21个小时，两三个月天天如此。"② 结束了拍电影的悲壮之旅后，马原再次进入人们的视野是2012年，因为这一年他发表了长篇小说《牛鬼蛇神》。然而，读过这部小说的人都感觉"一般般"。有人更是毫不客气地评论道："马原终究是老了。……《牛鬼蛇神》既没有我们期望的厚重，却也失去了'轻'，这真是令人丧气的阅读体验。"③ 对于他的作家同行来说，马原的从影经历和迷途知返或许是一次重要的提醒：一个"触电"严重的作家若想重操旧业，可能会面临很大的难度。

第三种类型应该叫作自由穿行。这样的作家既写小说，又做编剧，小说写到了相当高的水准，编剧也做得如鱼得水，可谓在文学与影视之间自由穿行，两边获名获利。此类作家成功者不多，这里不妨以刘恒与刘震云为例略作分析。

---

① 李玮：《作家马原叙述"作家电影"》，《大众电影》2004年第23期。
② 朱玲：《马原：小说不写了，电影也不玩了》，《北京青年报》2009年10月26日。
③ 曾于里：《马原"老"矣？——评〈牛鬼蛇神〉》，《文学报》2012年5月25日。

第二章 视觉文化时代的文学生产

刘恒"触电"的时间是1990年，这一年，他分别与第四代导演谢飞和第五代导演张艺谋合作，亲任编剧，把自己的两部小说《黑的雪》和《伏羲伏羲》分别改编成了电影《本命年》和《菊豆》，从此开始了自由穿行的日子。此后近30年，经他编剧的电影、电视剧有近30部之多，较重要的作品有《秋菊打官司》（1992）、《画魂》（1995）、《没事偷着乐》（1998）、《贫嘴张大民的幸福生活》（2000）、《张思德》（2004）、《集结号》（2007）、《金陵十三钗》（2011）、《我的战争》（2016）等，他被誉为中国的第一编剧。而在被问及"触电"的目的和感受时，刘恒的回答是这样的："'触电'的目的是寻找被艺术'麻'一下的感觉，麻了几次之后，解不了瘾，恨不得直接用手抓电门了，我承认，电影的神秘性对我有吸引力。"① 谈及自己的成功，他又总是说自己遇上了好导演："我认为一部电影或电视剧成功与否，与很多因素有关系，比如说，同样是一部好小说，好剧本，我有幸碰上一位好导演，可能这个戏就成功了，而别的作者遇上的却是一位平庸的导演，他面临的可能就是失败。我比较幸运，我的第一部小说《黑的雪》改编成电影，就遇上了中国第四代导演中的领军人物——谢飞，然后又有张艺谋——第五代导演中的佼佼者。我很幸运，总能与一些好导演合作。……总之，我所能做的，就是配合导演把剧本写好。"② 此说虽然比较谦虚，但大体不差。或者也可以说，正是因为名导和名编的联手，才成就了一部部影视剧的辉煌。

与刘恒和众导演的合作不同，刘震云的合作伙伴基本上只有一个冯小刚，这应该归因于刘、冯二人长期结下的牢不可破的友谊。据刘震云讲，他是通过王朔在90年代初认识冯小刚的，随后便有了合作。而关于合作，刘震云的说法是这样的："短暂的合作中，过程

---

① 刘恒：《刘恒答〈电影艺术〉问》，《电影艺术》2000年第4期。
② 胡璟、刘恒：《把文学当作毕生的事业——刘恒访谈录》，《小说评论》2003年第4期。

是愉快的，冯小刚对我充满了中年的善意。当我们因为时间和技术问题发生冲突时，冯导演对我谈话的角度是这样的：对你我心里有底，情况就是这么一个情况，你干也得干，不干也得干。我觉得这个角度价值千金。比这更重要的是，朋友在一起不仅是合作，而是相互提高。不是溜冰，是爬山。"① 正是因为这种合作的基础是感情和友谊，刘震云也几乎成了冯小刚的御用编剧，而冯小刚则成了把刘震云小说改编成电影的固定客户。自1995年始，刘震云编剧、冯小刚执导的影视剧有：《一地鸡毛》（1995）、《手机》（2003）、《一九四二》（2012）、《我不是潘金莲》（2016）、《手机2》（2018）。除此之外，刘震云还担任过《我叫刘跃进》（2008，导演马俪文）、《一句顶一万句》（2016，导演为刘震云的女儿刘雨霖）的编剧，也担任过电视剧《手机》（2009）的艺术指导等。刘、冯合作的巅峰之作是《手机》，但到《一九四二》却是票房惨淡。而到《手机2》时，因为崔永元的强力发声和坚决抵制，不仅这部电影胎死腹中，未能公映，而且其主演范冰冰还因偷税漏税遭到了严厉的处罚，刘、冯二人也遭遇了他们合作以来的滑铁卢。

很显然，刘恒和刘震云都是"触电"资历很深同时又保持着较高文学水准的作家，那么，他们究竟是如何做到在文学与影视之间自由穿行的呢？先看他们在编剧方面的成功经验。据刘恒言，他的剧本之所以能得到导演的认可，关键原因是他善于寻找自己想法与导演意图的契合点。例如，当他同意做《菊豆》的编剧后，"一直在跟张艺谋交流，基本上只要他有机会到北京来了，就到我那儿去。交流时，我主要是注意他的想法。他当然对小说说了许多赞扬的话，但显然他有自己独特的考虑。我在改编以前，就是想通过交流抓住他想法中的一些核心，跟我这个作品的核心是否完全契合"②。而在

---

① 刘震云：《我把解闷还给你》，载冯小刚《我把青春献给你》，长江文艺出版社2003年版，第16页。

② 刘恒、王斌：《对话：电影、文学及其它》，《电影艺术》1993年第1期。

冯小刚的眼中，刘震云也是一个善于吸收导演意见、认真负责的编剧。例如，当他与刘震云集中讨论了《手机》的故事脉络之后，刘震云便开始了剧本写作。两个月后，剧本的第一稿完成，他们又用一个下午读剧本，热烈讨论。"刘震云把大家的意见消化了一个星期后，把我和赵非约到一个封闭的环境中，3个人连续10天逐场戏地推进，写出了第二稿剧本。"但刘震云依然不满意，又花20天时间从头到尾捋一遍，然后再用10天时间三个人最后打磨。于是冯小刚便感叹："由此使我想到，刘震云何以能成为一个杰出的作家，他的思想、他的才气，不说了，单就他的勤奋和敬业的态度，就应该令所有从事编剧写作的同行们尊敬。"① 如此看来，以写小说的敬业态度写剧本，进而充分吸收导演的意图，学会妥协和磨合，等等，很可能就是他们当编剧当得很吃香的关键所在。

但成为成功的编剧之后，是否会对他们的小说写作构成某种影响呢？这个问题似乎要更复杂些。为了不把自己的手写坏，刘恒的做法是坚持把剧本写成"文学剧本"而非"电影剧本"，以此保持自己对语言的敏感。他曾经说过："如果长期从事电影剧本的写作，也就等于长期处于忽略语言的那么一种状态，长此下去，作者的语言运用的能力便会衰退。等你返回身再要写小说的时候，有可能语言这个肌肉已处于萎缩状态，功力不足了。所以有很多人写电影剧本时常常是点到为止，把对话给它撩上，谁谁怎么说就完了，大不了再给人物带上点表情，别的任何描述性的东西都不要，我反对这样做。原因是我自己读的时候觉得不能容忍。有的时候甚至觉得哪怕导演不需要，我想表达的那种心态也要写出来。"② 这就意味着，虽然刘恒已是一位功成名就的编剧，但他一直对编剧心存警惕。而他的这种做法很可能会让他长期保持在一种文学的感觉状态，不至

---

① 冯小刚：《我把青春献给你》，长江文艺出版社2003年版，第202页。
② 刘恒、王斌：《对话：电影、文学及其它》，《电影艺术》1993年第1期。

接合:大众文化的冲击与1990年代以来的文学生产

于使语言过分退化。但问题是,自从《贫嘴张大民的幸福生活》之后,刘恒就没有像样的文学作品了,对此他倒是也直言不讳:"确实是几年都没有写小说了,因为一直在写剧本。"① 于是,尽管刘恒把文学当成了毕生的事业,但他成为名编之后确实已分身无术。他不是不想写小说,而是心有余而力不足了。

与刘恒相比,刘震云似乎要更精明一些,也更能掌握脚踩两只船的平衡技术。因为迄今为止,他既没有放弃小说创作,也把自己的主要小说改编成了影视作品。而且,他的掌控能力还体现在,他只给自己的小说做编剧,也几乎只与冯小刚合作,这样就在很大程度上节约了时间,也保证了他在文学与影视之间穿行的自由度和灵活度。即便如此,影视依然对他的小说构成了某种影响。在他"触电"之后的小说中,《手机》因为改写于剧本,其影视化的痕迹最浓。有人曾对刘震云未受影视影响的《一腔废话》和剧本化小说《手机》做过统计:"《手机》实际字数117302字,加引号的人物对话(亦即叙事学所称的'直接引用')1458句,平均每80字中包含一句人物对话……《手机》的人物对话率是《一腔废话》的2.08倍。"这一统计结果表明:"在影视剧制作的影响下,作为以'陈述'为主的小说其艺术手段正在向'展示'倾斜,而'展示'正是影视戏剧的基本手段。"② 而即便是《我叫刘跃进》《我不是潘金莲》《吃瓜时代的儿女们》这种直接写成小说的作品,其格局与气象,其题材选择与主题开掘,也很难与《一句顶一万句》相提并论。究其原因,它们或许已经不是纯粹的小说创作,而是为了让它们成为影视作品的小说写作了。于是,尽管表面上看,刘震云的自由穿行身手敏捷,无迹可求,但还是露出了一些马脚。

---

① 胡璟、刘恒:《把文学当作毕生的事业——刘恒访谈录》,《小说评论》2003年第4期。
② 黄忠顺:《近年影视剧对文学创作影响调查》,载王先霈主编《新世纪以来文学创作若干情况的调查报告》,春风文艺出版社2006年版,第166—167页。

(四) 作家"触电"的反思

如果从世界范围内看,作家"触电"并非一个新现象,因为早在《电影化的想象——作家和电影》一书中,爱德华·茂莱就通过大量分析,披露了20世纪一些重要的剧作家和小说家与电影交往的事实。他说:"我们很难举出哪一个稍有才能的当代作家没有向电影界卖过作品或没有写过电影剧本的。"① 实际上,这就是西方作家的"触电"之举。但为什么90年代以来"作家触电"成了中国学界一个被津津乐道的话题呢? 也许我们需要从影视大环境的变迁说起。

1992年,随着市场经济机制的启动,中共中央、国务院颁发了《关于加快发展第三产业的决定》,电影、电视遂成功跻身第三产业。1993年年初,广电部下发《关于当前深化电影行业机制改革的若干意见》,标志着曾经高度垄断的电影发行体制逐渐松动。从此往后,社会资金开始投向电影摄制,各大民营电影制片公司与发行公司也纷纷宣布成立,自主经营、自负盈亏的运营模式开始形成,中国开始进入影视剧大生产的时代。以电视剧为例,有资料显示,进入20世纪90年代之后,电视剧的产能大幅度提升,每年已达6000部以上。到2000年,电视剧的生产急剧放量,达上万部集之多,平均每天有30集电视剧面世。2001年,实际制作完成电视剧14429部集,此后,每年保持万余部集以上就成为电视剧的基本生产规模。"电视剧产量的猛增(包括新世纪以来故事片产量的提升),空前地吸引了大批作家进入影视编剧的行列,也为文学作品的影视转化提供了前所未有的契机。广州天品影视策划有限公司甚至聘请大量阅读员,从全国所有文学刊物中挑选小说,只要适合改编的,公司会当即买下改编权。而由中国作家出版集团组建的'巨帆'影视公司,旨在把本集团报刊和出版社发表、出版的文学作品,'在第一时间转

---

① [美] 爱德华·茂莱:《电影化的想象——作家和电影》,邵牧君译,中国电影出版社1989年版,第306页。

接合:大众文化的冲击与1990年代以来的文学生产

换成影视作品'。海润公司则专门成立了作家影视工作室,诸如'海岩影视工作室'、'虹影影视工作室'等等,以取得这些当红作家作品影视改拍的首先权。"① 由于影视公司林立,竞争就不可避免,结果编剧成了"抢手货",抢剧本也成了20、21世纪之交以来影视界的一道风景。这种局面甚至连张艺谋都感叹道:"现在经常有影迷冲到我面前语重心长地问我为什么不找个好小说改,其实是这个时代使然。现在稍有点好的东西,都被电视剧抢走了。人家作家也要买房买车,作家已经被电视剧预约了,甚至他的很多构思,人家电视剧都把钱预付了,都看到了'钱'景。没有一个作家说他的作品写出来以后,还专门给张艺谋留着。而且让作家跟我们这些导演来滚剧本,滚半年滚一年可能还没滚成,连时间都不愿意搭。"② 这是张艺谋完成《山楂树之恋》(2010)时的感慨之言。它一方面说明了编剧之于影视的重要性,另一方面也意味着张艺谋已失去了90年代初那种一家独大的风光,曾经仿佛专属于他的影视市场已被各种各样的影视剧挤占了。

这就是20世纪90年代以来市场经济下的影视环境。在这种环境中,作家也有了"市场经济了,文学怎么办"的种种焦虑。而对一些作家来说,跨界到影视行业,做编剧,写剧本,把自己的小说转换成影视产品,就成为其自救的一条出路。因为在他们看来,这既能结束自己清贫的生活,也有助于文学的发展。例如,2005年前后,广西作家"触电"频繁,其中又尤以东西为最。在短短几年时间里,他的小说作品被改编成影视剧的就有《天上的恋人》《永远有多远》《耳光响亮》《姐姐词典》《我们的父亲》等。而在谈及他为什么如此操作时,其理由显得非常坦率:"'触电'还可以起到对文学的自救作用。作家的生活相对清贫,有钱

---

① 黄忠顺:《近年影视剧对文学创作影响调查》,载王先霈主编《新世纪以来文学创作若干情况的调查报告》,春风文艺出版社2006年版,第159—160页。

② 刘瑛:《张艺谋:今天中国的文学已经没有好剧本了》,《电影》2011年第9期。

后我能更专心地写小说了。"① 这一说法或许也在很大程度上道出了许多作家"触电"的真实心理。

不能说这种思路没有道理,因为20世纪八九十年代的作家确实清贫,而由于他们又是舞文弄墨之人,他们那种清贫的生活也就更容易进入公众的视野。以路遥为例,他虽然在80年代中前期就已成为知名作家,但其生活却一直处于穷困窘迫之中,以至于到北京领茅盾文学奖都不得不让他弟弟借5000块钱,以供赠书请客之用。为了赚点钱,他曾在1990年对海波说:"实在是穷得没办法了,能不能找个挣钱的事做,写报告文学也行。"② 1991年,他又对航宇说:"你这次回陕北能不能选择效益好一点的企业,咱也想办法编一本能够赚钱的报告文学集,不能光看人家热火朝天地赚钱,到时我给写序,你看怎样?"③ 那个年代的路遥提及解决穷困的办法,还只能想到或编或写报告文学,假如不是英年早逝,他是不是也会走上"触电"之途?

然而这只是问题的一个方面,问题的另一面是,有了钱,并不能构成专心写小说并写出好小说的必要条件。如前所述,"触电"之后的刘震云应该已经不缺钱了,但他后来写的《我不是潘金莲》等小说的成色却出现了问题。这很可能意味着,虽然他已有了专心写小说的时间,但其心已野,手也可能已被写坏,他已写不出真正意义上的小说佳作了。而相反的例证是,尽管路遥在贫病交加之中写出了《平凡的世界》,但今天看来,我们却不能否认它是一部成功之作。或者也可以说,尽管路遥也曾亲自把《人生》改编成了电影,但因为80年代的那种印刷文化语境,他并未受到影视的冲击和影响,这就在很大程度上保证了《平凡的世界》作为一部现实主义小说的纯正性。

如此看来,说作家"触电"是文学的一种自救行为便显得比较可疑,因为这种自救虽然改善了作家的生活,但也在很大程度上改

---

① 《东西:作家触电可以救文学》,《北京青年报》2005年10月7日。
② 海波:《人生路遥》,广东人民出版社2019年版,第89页。
③ 航宇:《路遥的时间:见证路遥最后的日子》,人民文学出版社2019年版,第29页。

接合：大众文化的冲击与1990年代以来的文学生产

变了文学的内在构成，使小说呈现出写作逆向化、技法剧本化、故事通俗化、思想肤浅化等影视化特征（后文详述）。如今，我更想指出的一个问题是，因为"触电"，文学本身如何改变了自己的生产机制，从而使文学成了文化产业链上的一个环节，进而又打造出了一种影视小说的文学新品种。

现在看来，80年代的作家是非常单纯的，文学生产也显得很是纯粹。这种单纯性和纯粹性主要体现在，作家往往把创作看作一种个体劳动，把文学看作一项神圣的事业。同时，文学生产也没有受到其他因素的诱惑和干扰，而是遵循着写作、发表（或出版）、走向阅读公众的简单生产模式。例如，路遥就反复强调过："从工作特点看，作家永远是个体劳动者。这种独立性的劳动非常艰苦，不能指靠别人来代替。任何外在的帮助，都不可能缓减这种劳动的内在紧张程度。"[1] 实际上，这也正是他创作《人生》《平凡的世界》等小说的切身感受。或者也可以说，正是因为他对文学抱着他所谓的"初恋般的热情和宗教般的意志"[2]，花了六年的时间准备和写作，才完成了百万字的《平凡的世界》，成就了他所追求的文学事业。陈忠实的创作情况也是如此，有人指出："事后回顾，从1982年到1992年，陈忠实认为这是他写作生涯中最好的十年。四季流转，心情恬静，偶尔忙一下，帮乡邻当一下账房先生，更多的时候是自己独处一室，面对自己笔下纷繁的人物世界和文学世界，上天入地，闪转腾挪，这里另有一个世界，别有一个宇宙。"[3] 如此看来，陈忠实之所以能写出《白鹿原》这部为自己垫棺材做枕头的长篇小说，显然得益于他那种心无旁骛的纯净的创作状态。于是我们不妨说，

---

[1] 路遥：《作家的劳动》，载《早晨从中午开始》，北京十月文艺出版社2010年版，第172页。

[2] 路遥：《早晨从中午开始——〈平凡的世界〉创作随笔》，载《早晨从中午开始》，北京十月文艺出版社2010年版，第85页。

[3] 邢小利：《陈忠实传》，陕西人民出版社2015年版，第136页。

第二章 视觉文化时代的文学生产

在文学生产的单纯性和纯粹性上，80年代的作家可谓得天独厚。那时候，他们既摆脱了政治律令式的行政干扰，也还没有完全受到市场经济的冲击。尽管他们也都有成名成家的念头，但写作、发表、获奖等，又全部遵循着文学生产的内部规律，其文化资本的积累也全部是在文学场域中完成的。

然而，进入20世纪90年代之后，一切都发生了变化。从文学与影视的关系上看，如果说20世纪80年代是张艺谋所谓的"文学驮着影视走"[①]的时期，那么，90年代以来则进入了一个"影视带着文学走"的时期。而所谓的作家"触电"，表面上看似乎就是作家与影视不同程度的亲密接触，但实际上却意味着文学生产规律的某种改变。这时候，文学已无法完全掌控自己，而是被纳入文化产业之中，成了影视剧产业链上的重要环节。以周梅森为例，他"触电"的时间是1997年。而随着他的小说《人间正道》被他本人改编为电视剧，他也开始了与影视亲密合作的岁月：先是《天下财富》《中国制造》《至高利益》《绝对权力》《国家诉讼》《我主沉浮》等小说被改编为电视剧，他做编剧；然后他又做电视剧的制片人，进而再参与投资，可谓越做越大，越陷越深。而谈及自己的作品由小说变为电视剧的生产过程时，他曾形象地比喻道："这个过程，好比我种了麦子，然后再把麦子磨成面粉，后来再做成面包，这是一个产业链。影视创作和文学写作对我来说是相辅相成的，是良性互动。影视剧的播出使很多观众看了剧还要找我的小说来读；小说热卖，读者也会因此去看据此改编的电视剧。从市场效果来看，现在我的小说常常可以发行十几、几十万册，这个数字在电视剧《人间正道》播出之前是无法想象的。"[②] 由此可见，周梅森的小说实际上已成了影视产业链上的初端产品，它以"麦子"面世只是其第一道工序，

[①] 参见刘瑛《张艺谋：今天中国的文学已经没有好剧本了》，《电影》2011年第9期。
[②] 《作家"触电"：跨界已成寻常事》，《中华读书报》2005年9月16日。

接合：大众文化的冲击与 1990 年代以来的文学生产

它的目标是成为那个终端产品"面包"。这很可能意味着，随着"触电"的深入，周梅森的创作观念已发生了显著变化：小说既是有待加工之物，也是让影视往其脸上贴金之物，这与"出口转内销"的道理很是相似。而他的这种做法普及开来，也就成了影视界的通例。有研究者举证道："在今天，一个作家若有一部小说因改编成影视作品而走红，他接下来的创作就有可能被整合进这个'产业链'中。由中篇小说《父亲进城》改编为电视剧《激情燃烧的岁月》而名声大振的军旅作家石钟山，接踵而来的便是《军歌嘹亮》《母亲》《幸福像花样灿烂》《遍地鬼子》《角儿》等一连串的小说成为影视剧改编的后备产品。……而张欣因《浮华背后》的成功改编，接下来的《浮华城市》便进入小说创作与电视剧改编的同步操作。"① 实际上，这也正是文学在影视文化产业链上的真实处境。

对于这种现象，我们自然可以借用阿多诺所强调的"艺术自主"和"文化工业"理论批而判之，但在今天看来，这种批判既显得无力，也失去了合法存在的理由。因为 20 世纪 90 年代以来，也正是国家意识形态层面倡导"大力发展文化产业"和"提高文化软实力"的时期。有国家政策的保护，有视觉文化的导引，作家"触电"、文学成为影视剧的供货商就不再是一件见不得人的事情，而是可以变得光明正大、理直气壮了。刘震云就说过："大家觉得一个人的作品由小说改成电影，就好像良家妇女变成了风尘女子一样。我觉得这个事情应该倒过来看，小说变成电影并不是坏事，并不是作家堕落了。很现实的，第一，增加了他的物质收入。第二，它能够增加小说的传播量。生活变了，电视、电影、网络传播可达的广度，特别是速度，比纸媒介要大得多。"② 这是顺应了时代潮流并且转换了写作观念的现身说

---

① 黄忠顺：《近年影视剧对文学创作影响调查》，载王先霈主编《新世纪以来文学创作若干情况的调查报告》，春风文艺出版社 2006 年版，第 163 页。
② 《刘震云谈〈手机〉：拧巴的世界变坦了的心》，http：//www.anhuinews.com/history/system/2004/01/16/000543935.shtml，2004 年 1 月 16 日。

法，其中自然也隐含着"影视带着文学走"的诸多秘密。因为小说《手机》确实是被电影《手机》带起了热销的节奏，其初版起印便是20万册。而随着电视剧《手机》的播出，小说《手机》也于2010年再版重印。大概也正是因为看到了这种文学与影视交往的盛况，才有学者如此指出：由于"影视提高了小说的知名度，也刺激了小说的流通和消费"，所以，"影视不是小说的'敌人'，而是小说的'盟友'；影视带给小说的不是生存的危机，而是新生的契机"。"一句话，影视化生存是小说的一种现代活法。除此之外，别无选择。"[①] 这很可能又意味着，已有相当一部分人文学者逐渐认可了小说与影视的良性互动，他们已把影视看作了小说的救世主。

尽管如此，我们依然可以用阿多诺的文化工业理论进行观照：凡是经过文化工业之手抚摸的文学作品，其文学品质已不可能纯粹，而是或多或少地变成了大众文化产品。处在影视生产链上游的小说虽情况复杂，但凡是抱着"触电"目的的作品都已不同程度地受到了影视的潜在召唤和影响。关于这一问题，我在此前已有过分析，兹不赘述。更值得关注的是影视生产链下游的作品——影视小说。

影视小说也被称为电影小说、电视小说或影视同期书，它们实际上是由影视剧脚本改写而成的小说。20世纪90年代，影视小说已初露端倪，但还不成气候，其中较著名的有李碧华的《霸王别姬》（人民文学出版社1993年版）、毕飞宇的《上海往事》（今日中国出版社1995年版）、述平的《有话好好说》（中国电影出版社1997年版）、施祥生的《一个都不能少》（中国电影出版社1999年版）、鲍十的《我的父亲母亲》（中国文联出版社1999年版），等等。而20、21世纪之交以来，影视小说则渐成井喷之势，几乎凡有影视剧热播，就必有影视小说同行。例如，冯小刚的贺岁片《非诚勿扰》2008年年底面世，长江文艺出版社也在同一时间推出了冯小刚的小说《非

---

① 申载春：《影视与小说》，大众文艺出版社2007年版，第34—35、31页。

诚勿扰》。此书8万字,硬壳精装本,腰封上除印有"和谐为本,无事则安,幽默至极,才华尽见"之类的广告语外,还特意写着这么两行字:"冯小刚首部长篇","导而优则写"。接受记者采访时,冯小刚也不含糊,他说:"这部小说写得很快,一个半月就写出来了。"① 而细读这部小说,它果然也有点小说的模样,但与电影对照,又确乎是从电影剧本改写过来的。因为我们发现,葛优背台词的功夫很是了得,他基本上是一字不差说着书里秦奋的话。而那些连接台词的叙述与描写,则可以看作是对台词的解读,或者是对分镜头的说明性文字。毫无疑问,这正是典型的影视小说。

那么,影视小说还是小说吗?可以说既是又不是。它们借用了小说的名,也动用了小说的一些技法,从这个意义上说,它们属于小说。然而,由于它们脱胎于影视构思和影视剧本,影视的视野与思维逻辑也就束缚了它们的手脚:结构上无法体现出小说的创造性,主题上又缺少本雅明所谓的对"生命深刻的困惑"②。这样一来,它们也就落入茂莱所总结的"电影小说"的特点之中了:"肤浅的性格刻划,截头去尾的场面结构,跳切式的场面变换,旨在补充银幕画面的对白,无需花上千百字便能在一个画面里阐明其主题。"③ 从这个意义上说,它们又很难被称为真正的小说,而只不过是文化工业顺便制造出来的一件大众文化产品。

在一个所有文化都可能变成大众文化的时代里,小说也成为大众文化是不足为奇的,而"影视带着文学走"只不过是为这种转换打开了方便之门,加快了它的进程。也许,这才是作家"触电"更值得我们深思的问题。

---

① 《冯小刚:别用作家标准来要求我》,http://ent.sina.com.cn/x/2008-12-23/04232308419.shtml,2008年12月23日。

② [德]汉娜·阿伦特编:《启迪:本雅明文选》,张旭东、王斑译,生活·读书·新知三联书店2008年版,第99页。

③ [美]爱德华·茂莱:《电影化的想象——作家和电影》,邵牧君译,中国电影出版社1989年版,第306页。

三 小说在视觉文化时代的命运

毫无疑问，作家"触电"引发了小说的变化。从一般的意义上看，小说一直就处在一种变化之中。以往的小说变化既是对时代精神的一种回应，同时也隐含着文学自身的内在演变逻辑。比如从现实主义文学到现代主义文学，我们看到的是小说的"向内转"，即小说从原来对外部世界的摹写转向了对心灵世界的营造。这种变化自然与现代主义小说家的揭竿而起有关，但同时也可看作文学内部的一种调整。然而，当影视逻辑渗透到小说中之后，小说构成的演变却开始呈现出迷乱之色。它与文学活动的内部调适无关，而更多与外力的作用有关。

尽管我在上述内容中已经触及小说的一些变化，但这里依然有必要进一步加以概括。在我看来，作家"触电"之后，小说的变化出现了如下几方面的趋势。

（一）写作逆向化

在作家没有与导演和影视交往之前，小说写作无所谓正向逆向之分，但交往的结果却出现了小说写作的逆向化问题。所谓逆向化，即作家先是写出了电影剧本，然后才在电影剧本的基础上改写成小说。当今一些作家的"影视小说"（尤其是所谓的"影视同期书"）往往都是这种逆向写作的产物。比如，刘震云的小说《手机》与《我叫刘跃进》就是先有剧本，后有小说。但是对于这种做法，刘震云为自己进行了如下辩护："现在有一个理论，先有电影剧本再有小说的话，小说会成为电影剧本的附庸，这证明以前这些作家对这件事情做得不是特好。"[1]"在剧本原创阶段，冯小刚的一些点子开阔了我的思路。在我写小说的时候，吸收了剧本阶段

---

[1] 《冯小刚刘震云新浪访谈》，http://ent.sina.com.cn/m/c/2003-12-09/1338249389.html，2003年12月9日。

冯小刚的智慧,从这个角度说,我占了冯老师的便宜。小说虽然由剧本改编而成,但并不是剧本的简单扩充,也绝不是电影的附庸。如果把电影当作素材,把剧本当作一次实验,小说就会在一个更高的台阶上。"①

不能说这种辩护没有道理,因为即便是"影视同期书",由于作家写作水平、用心程度等方面的不同,也存在着高下之分。比如,同样是先剧本后小说,刘震云的《手机》就比冯小刚的"首部长篇"(腰封广告语)《非诚勿扰》(长江文艺出版社 2008 年版)技高一筹。因为后者与电影几无区别,前者则在电影的基础上增加了第一章"吕桂花——另一个人说"和第三章"严朱氏",这让小说稍稍有了一些纵深感。但即便如此,《手机》也存在着诸多缺陷,无法成为一部优秀的小说。比如,小说第一章的文字占 24 个页码,第三章占 33 个页码,而第二章则占全书的 194 个页码(此处统计采用的是长江文艺出版社 2010 年的版本)。如果有人要为这种结构上的严重不对称进行辩护,或许可称之为"独具匠心"?而事实上,也确实有评论家把这种奇怪的安排称作是让人惊叹的"山形结构"②。但这种结构说白了其实很简单。因为第二章是电影着力表现的部分,所以在剧本写作阶段讨论得就充分,展开得也从容。第一、三章是为了写小说而加上去的内容,而又要赶在电影放映时同步推出,所以便写得匆忙,加得草率,甚至出现了一些低级错误(如第二章中严守一的奶奶是"小脚老太太",第三章却变成了"大脚女人",并因此围绕"大脚"设计出了一些细节③)。所以,这里表面上是一个结构问题,实际上却是电影化思维或视觉思维给小说带来的一个后

---

① 张英:《刘震云:"废话"说完,"手机"响起》,http://www.southcn.com/weekend/culture/200402050016.htm,2004 年 2 月 5 日。

② 参见《刘震云新作〈手机〉研讨会实录》,http://book.sina.com.cn/longbook/1074066519_shouji/1.shtml,2004 年 1 月 16 日。

③ 更多的低级错误可参见拙作《从小说到电影:〈手机〉的硬伤与软肋》,《理论与创作》2006 年第 1 期。

遗症。

　　这就不得不涉及文学艺术创作中的一个重要问题：不同的文学艺术形式是否需要与之成龙配套的艺术思维方式？按照传统的文艺创作观，回答应该是肯定的。种种艺术门类如文学、绘画、音乐、电影等均有其属于自己的思维方式。而具体到文学，作家甚至需要有更为精细的小说思维、戏剧思维、散文思维和诗歌思维。因此，当写作逆向化之后，就不单单是一个剧本改写成小说的技术问题，而是意味着影视剧的剧本思维（视觉思维）进入了小说的内部构成之中，进而改写或破坏了小说思维，小说也因此失去了小说的魅力，变得淡乎寡味。大概正是在这一意义上，布鲁斯东（George Bluestone）才说："人们还没有充分地认识到，小说的最终产品和电影的最终产品代表着两种不同的美学种类，就像芭蕾舞不能和建筑艺术相同一样。"① 茂莱也指出："一个小说家为使他的作品在技巧上手法多样化而借助于电影化方法是一回事，如果他把小说电影搅混到如此程度，以致名为写小说而实际成品是电影剧本，那就是另一回事了。"② 这里我把茂莱的说法调整为"名为写电影剧本而实际成品是小说"，同样也是成立的。实际上，在写作逆向化的过程中，我们看到的便是把小说与影视剧搅成一锅粥的情景，作家不再按照艺术思维规律办事，也对小说文体失去了起码的尊重。

　　（二）技法剧本化

　　作为一门叙事艺术和语言艺术，小说发展至今已形成了丰富的技法。戴维·洛奇（David Lodge）在《小说的艺术》一书中归结出50种之多，便可见出小说技法的盛况。而种种所谓的"小说修辞学""小说叙事学"，其实又是对小说技法的理论提升和深度归纳。

---

① ［美］乔治·布鲁斯东：《从小说到电影》，高骏千译，中国电影出版社1982年版，第6页。
② ［美］爱德华·茂莱：《电影化的想象——作家和电影》，邵牧君译，中国电影出版社1989年版，第283页。

由于小说叙事运用了多种技法,我们甚至可以说当今的小说写作已变成一种富于难度的叙事艺术。相比之下,剧本写作则相对简单一些,这是因为复杂的叙事电影或电视剧既无法胜任,也容易吓跑观众。而对于许多剧本来说,除了必要的场景提示,最重要的任务就是写好人物对话。而在我看来,由于剧本主要是写人物对话,那么小说技法的剧本化即意味着小说叙事的简化。

小说技法剧本化并非新生事物,因为在西方世界,"自从20世纪30年代以来,小说家们就已经懂得,对于他们来说,赚钱的最佳方式就是把书改编成电影;因此,他们之中很多人下笔之时心里就想着电影剧本,精心地按照写电影剧本的方式来构筑情节"[①]。而在当代中国,如前所述,小说技法剧本化的始作俑者或许可以追溯到王朔那里。如今已有越来越多的作家开始如此制作小说,小说也呈现出越来越浓的剧本化特征。从叙述学的层面考虑,小说去掉了描写的枝枝丫丫,主要以人物对话展开情节,或许有助于叙述的简洁。但问题是,当小说的环境描写、心理描写、肖像描写、行动描写等都被拿掉之后,小说的叙事也就变得扁平化了。而且如此操作,还会带来小说整体语言的退化。关于这一问题,笔者在前面已多有触及,兹不赘述。

(三) 故事通俗化

为了谈清楚这一问题,有必要从赵树理的小说创作说起。一方面,为了达到"老百姓喜欢看,政治上起作用"的写作效果,赵树理在内容上增强了小说的故事性,因为"农民喜欢看有故事、有情节、有人物的作品"[②]。而《小二黑结婚》的出版,不仅得益于彭德怀的推荐性题词——"像这种从群众调查研究中写出来的

---

① [美] 华莱士·马丁:《当代叙事学》,伍晓明译,北京大学出版社1990年版,第158页。

② 赵树理:《谈〈花好月圆〉》,载《赵树理文集》4,北岳文艺出版社1990年版,第345页。

第二章 视觉文化时代的文学生产

通俗故事还不多见",而且还特意在封面上标注了"通俗故事"的字样。[1] 可见"通俗故事"在当时已是赵树理小说的一个基本定位。另一方面,赵树理又在小说形式上把"可写性文本"变成了"可说性文本",即他把作者/叙述者当成一个说书人,把他写成的小说当成一个可供说书人说唱的底本,从而把阅读置于一个"你说我听"的规定情境之中。[2] 正是经过了这种从内容到形式的全方位改造,赵树理的小说才走向了通俗化之途。

我这里之所以重提赵树理,是因为影视化影响下的小说写作与当年赵树理的写作追求异曲同工。当赵树理把故事通俗化时,他面对的是"前现代"的听觉文化氛围,而他的写作很大程度上也是"听觉思维"驱遣的结果。当今天的小说家置身于"后现代"的视觉文化语境中时,他们动用了"视觉思维",而最终所形成的小说叙事也依然是故事化、悬念化、通俗化和大众化。这种殊途同归一方面表明,赵树理式的"老百姓喜欢看,政治上起作用"很可能已置换成了今天的"老百姓喜欢看,商业上起作用",另一方面也意味着无论是听觉思维还是视觉思维,很可能都不是真正的小说思维。而前两种思维进入小说的内部结构中之后,又会给小说带来某种损伤,并把小说置于一个尴尬的境地。

但现在的问题是,当下的许多作家很可能还没有意识到如何才能让其小说拥有真正的小说思维,而是像美国的斯坦贝克(John Steinbeck)那样,当他们认真关注着、深度介入着电影电视剧时,他们的"文学作品开始质量大降",但他们不但浑然不觉,反而会像托马斯·沃尔夫那样充满如下期待:"如果好莱坞要买我的书拍电影,以此来奸淫我,我就不仅心甘情愿,而且热切希望诱奸者快快

---

[1] 参见戴光中《赵树理传》,北京十月文艺出版社1993年版,第166页。

[2] 相关分析可参见拙作《可说性文本的成败得失——对赵树理小说叙事模式、传播方式和接受图式的再思考》,载《赵树理的幽灵:在公共性、文学性与在地性之间》,中国人民大学出版社2018年版,第34—47页。

提出他们那头一个怯生生的要求。实际上，我在这件事上的态度颇像比利时的处女在德国人攻下城池的当晚的心情：'何时开始施暴？'"① 很可能，这就是视觉文化时代的文学现状。

（四）思想肤浅化

小说需要思想，思想性在很大程度上决定着小说的境界，这其实已是文学常识。昆德拉的小说之所以思想深刻，就是因为他响应着"思想的召唤"。而这种召唤不是为了把小说改造成哲学，而是为了在叙事的基础上动用所有理性的和非理性的、叙述的和沉思的、可以揭示人的存在的手段，使小说成为精神的最高综合。但昆德拉也同时意识到，小说在今天已日益落入传播媒介之手，它既简化了小说的思想，也简化了小说的精神。这种小说精神被他命名为"复杂性"。②

实际上，电影电视便是简化小说思想和精神的一种大众媒介，原因无他，关键在于其媒介特性。布鲁斯东指出："由于电影只能以空间安排为工作对象，所以无法表现思想；因为思想一有了外形，就不再是思想了。电影可以安排外部符号让我们来看，或者让我们听到对话，以引导我们去**领会**思想。但是电影不能直接把思想显示给我们。它可以显示角色在思想，在感觉，在说话，却不能让我们看到他们的思想和感情。电影不是让人思索的，它是让人看的。"③ 这种媒介特性延伸到所谓的"影视小说"之中，也必然会让小说变得画面感增强、思想性减弱，从而远离小说的精神。让我们依然以《手机》为例略加分析。小说《手机》面世不久，李建军曾有过如下感受和评论：

---

① ［美］爱德华·茂莱：《电影化的想象——作家和电影》，邵牧君译，中国电影出版社1989年版，第278、226页。

② 参见［捷］米兰·昆德拉《小说的艺术》，孟湄译，生活·读书·新知三联书店1992年版，第15、17页。

③ ［美］乔治·布鲁斯东：《从小说到电影》，高骏千译，中国电影出版社1982年版，第51页。

第二章 视觉文化时代的文学生产

"没有收获"也是我读完《手机》以后的感受。这部小说是一个被同名电影挤压得扭曲变形的文本。它虽然具有小说的形式，但是本质上依然是烙有"冯氏"徽章的电影剧本。它不仅缺乏小说的文学品质，而且还缺少一个深刻的主题。如果我们一定要给这部缺乏深度的小说概括出一个可能的主题的话，那么，这个主题似乎只能是：手机给人们提供了交流和沟通的方便，但也因其便于随时询唤，严重地挤压了私人空间，从而导致人们以伪陈述（即说谎）来逃避突如其来的询唤，并最终造成被询唤者的情感紧张和道德扭曲。如果这个主题能得到有力量的表达，那么，这部小说将有助于人们反思一种高度现代化的通讯工具的弊端。然而，刘震云对这个主题不感兴趣。他的眼光很快就滑向另外的地方。他把人们的注意力吸引到了男女之间的那点小事情上去了。他把自己的趣味、想象力和兴奋点，统一、化约到了冯小刚的道德视境和价值水准上。[1]

李建军勉为其难地概括出来的这个主题显然是《手机》所无法胜任的，因为作家那种可能的命意与导演的意图相互纠缠，从而导致了两种立意的潜在冲突和小说主题的暧昧不明。按照电影逻辑，作品所要呈现的是"手机变手雷"的故事，这既是商业卖点，也是电影所能直白表达出来的一个主题。而按照作者意图，刘震云的兴奋点依然是"说话"，这其实是《一腔废话》之主题的延续。然而，当他换一种角度来面对这一问题时，一方面他还没想清楚，另一方面影视逻辑与视觉思维也不允许他想清楚。直到六年之后他不再与冯小刚合作而独立写出《一句顶一万句》时，"说话"的问题才得到了较为妥善的解决。因此，我们可以说正是"电影小说"打乱了

---

[1] 李建军：《尴尬的跟班与小说的末路——刘震云及其〈手机〉批判》，《小说评论》2004年第2期。

接合:大众文化的冲击与1990年代以来的文学生产

《手机》的思维方向,模糊了它的主题呈现,也限制了它的思想开掘。

以上我分别从四个方面概括分析了小说影像化之后小说所发生的变化,这虽然不是小说变化的全部,却也足以让我们看到作家的写作观念、小说的美学精神在视觉文化时代已经位移,视觉思维与影视逻辑也已进驻小说,改变着小说的生产方式、叙事方式和语言表达方式。而小说内部构成的变化也必然会延伸到其外部交往中,从而带来接受方式、消费模式等方面的一系列变化。这一系列变化很可能业已表明,小说在视觉文化时代已面临着严重危机。

当我指出小说已面临着严重危机时,也许有人会觉得与事实不符。的确,如果从表面上看,当下的小说不仅不能说危机四伏,而且恐怕还得说相当繁荣。因为众多的传统文学杂志虽然风光不再,但小说依然是刊物的主打文类;21世纪之初,每年小说的出版量据说有2000部左右,而这个数字还在逐年上升。与此同时,郭敬明主编的《最小说》发行量不俗,青春文学一度如火如荼;各大文学网站也不断推出各种类型小说,以至"盗墓""穿越""玄幻""灵异""言情""武侠"等小说往往会在网上网下走俏一时。在这种背景下,小说与影视的亲密接触也就获得了重新的解释。于是,一些作家与批评家纷纷认为,小说与影视的联姻乃顺应历史发展潮流之举,这不但不是小说的末路,反而是为小说寻找到的一条活路。如此一来,小说在视觉文化时代就不可能面临危机,而是过得体面,活得滋润,如鱼得水,风光无限。但此种思路不可能回答小说在视觉文化时代发生了怎样的变化,而这种变化又给小说的精神带来了怎样的损伤。为了让这个问题呈现得更加清晰,我们有必要从本雅明的相关思考谈起。

早在1930年,本雅明就写出了《小说的危机》这篇文章,[1] 以

---

[1] 中译文见[德]瓦尔特·本雅明《写作与救赎——本雅明文选》,李茂增、苏仲乐译,东方出版中心2009年版,第70—76页。

第二章 视觉文化时代的文学生产

此说明如下事实：恰恰是小说的兴起杀死了史诗传统（讲故事的传统）。而在谈到写小说与讲故事之间的区别时，本雅明又曾反复表达过如下意思：

> 讲故事的人取材于自己亲历或道听途说的经验，然后把这种经验转化为听故事人的经验。小说家则闭门独处，小说诞生于离群索居的个人。此人已不能通过列举自身最深切的关怀来表达自己，他缺乏指教，对人亦无以教诲。写小说意味着在人生的呈现中把不可言诠和交流之事推向极致。囿于生活之繁复丰盈而又要呈现这丰盈，小说显示了生命深刻的困惑。①

很显然，本雅明是在史诗衰落与小说兴起的对比中展开他的相关思考的，而对于小说这种叙事艺术的兴起，他似乎又充满了许多无奈。一方面，由于讲故事的艺术与讲者和听者自身的"经验"（Erfahrung）有关，所以史诗兴盛的秘密也就深藏在经验的丰盈之中。而当现代人经历着一个经验贫乏的时代时，史诗传统便走向衰落，取而代之的则是小说。因此，小说应该是经验贫乏时代的产物。由于经验的贫乏，小说家只好孤独地去探索人生的意义、生命的困惑。同时，他也通过小说向孤独的读者发出了邀请。另一方面，如果说与史诗相比，小说缺少的是人类经验而并不缺少个体经验的话，那么随着技术复制时代的到来，这种个体经验也进一步遭到简化，从而走向了新一轮的经验贫乏。在《技术可复制时代的艺术作品》一文中，本雅明将震惊/经历（Erlebnis）与光晕/经验、展示价值与膜拜价值、形神涣散（消遣）与聚精会神等概念对举，以此思考现

---

① ［德］汉娜·阿伦特编：《启迪：本雅明文选》，张旭东、王斑译，生活·读书·新知三联书店2008年版，第99页。类似的文字也出现在《小说的危机》一文中，载［德］瓦尔特·本雅明《写作与救赎——本雅明文选》，李茂增、苏仲乐译，东方出版中心2009年版，第70页。

代艺术（如电影）与传统艺术的区别。在本雅明看来，电影形成的是震惊效果，它让人们获得了一次次的"经历"，却不大可能对人们的"经验"世界有所贡献。在此基础上再来思考小说，我们完全可以说，由于电影的出现，小说已被逼成了一种传统艺术。

这里我之所以频繁使用"经验"一词，是因为此概念既是理解史诗与小说此消彼长的关键词，也是我们进入本雅明思想的一个入口。诚如克劳斯哈尔（Wolfgang Kraushaar）所言："经验概念是本雅明的理论建设的母体。"①"经验在它的核心处是极为深刻地光晕化的。"② 在此意义上，讲故事的艺术无疑是一种富有"光晕"的艺术，而小说也在某种程度上残留着"光晕"的痕迹。

正如小说的兴起杀死了史诗传统，电影电视的兴起也在很大程度上杀死了小说传统。那么，究竟什么是小说的传统呢？我们可以说是本雅明所谓的"生命深刻的困惑"，是昆德拉所谓的"复杂性"。在这个意义上，托尔斯泰、普鲁斯特、卡夫卡、鲁迅等人的小说，显然都代表着不同时期的小说传统，因为它们既显示着生命的困惑，也体现着小说的复杂性。与此相对应，小说也催生了与之成龙配套的"阅读传统"。昆德拉说："小说是速度的敌人，阅读应该是缓慢进行的，读者应该在每一页，每一段落，甚至每个句子的魅力前停留。"③ 而马原则把这个阅读传统描绘得更加形象生动：

> 看小说一定要沏一杯茶，安安静静的，没有人打扰，心里

---

① ［德］克劳斯哈尔：《经验的破碎——瓦尔特·本雅明：作品、生活、时代和历史的交叠》（1），李双志等译，《现代哲学》2004年第4期。
② ［德］克劳斯哈尔：《经验的破碎——瓦尔特·本雅明：作品、生活、时代和历史的交叠》（2），李双志等译，《现代哲学》2005年第1期。
③ ［法］安托万·德·戈德马尔：《米兰·昆德拉访谈录》，谭立德译，载李凤亮、李艳编著《对话的灵光——米兰·昆德拉研究资料辑要（1986—1996）》，中国友谊出版公司1999年版，第514页。

第二章 视觉文化时代的文学生产

很闲。不会想：今天股票涨了还是跌了？不会想：哎呀，呼机又响了，谁又呼我了？我要赶哪个场。绝对没有这些。看小说最好是冬天，还得有太阳，太阳照到身上一点都不讨人嫌。……太阳那么温和，你坐到窗前，靠近太阳能照见的地方，让那阳光暖暖的照到你身上。然后偶尔喝一大口好茶。半个小时、一个小时看个短篇。大概三个小时看一个中篇。看完以后把眼睛闭上，那真是享受。今天有这个时间吗？今天谁读书啊！我觉得小说特别像茶，小说需要品。现在人们已经不喝茶了，喝饮水机的水，喝可乐，因为那东西方便，伸手就来。①

在以上的两种说法中，昆德拉强调的是"慢"，马原强调的是"闲"，它们既是阅读小说本来应该有的心态和状态，同时也构成了小说的阅读传统。而这种传统又很容易让人想起讲故事与听故事之间的关系。本雅明认为，讲故事的艺术既得益于听故事氛围的营造，也得益于听的艺术，二者共同哺育了讲故事的人与讲故事的艺术。而讲故事的艺术"之所以消失，是因为一边听故事，一边纺线织布的情形已经不复存在了"②。在我看来，这个道理也适用于小说的写作与阅读。我们不妨做出如下设想：小说的复杂性要求着阅读的慢与闲，而阅读的慢与闲又呼请着小说的精微与深刻。然而，当"快"与"忙"成为人们生活的主色调，当"速读""悦读""浅阅读"成为人们的阅读常态，曾经建立的小说阅读传统也就分崩离析。而失去了阅读心态、阅读状态和阅读艺术的呵护与滋润，小说的艺术开始变得七零八落，小说的传统也走向了终结。

在此背景下再来思考小说与影视的婚合，问题也就变得更为清楚了。影视化生存是小说自救的一条生路吗？表面上似乎可以做出

---

① 马原：《小说和我们的时代》，《长城》2002年第4期。
② ［德］瓦尔特·本雅明：《写作与救赎——本雅明文选》，李茂增、苏仲乐译，东方出版中心2009年版，第87页。

肯定的回答,但在我看来,恰恰是小说的影视化生存加速了小说的死亡。因为当影视逻辑与视觉思维进入小说之后,不仅意味着故事性、画面感对小说的主宰,而且也意味着一种快节奏的速度统领了小说。这种"快"并非卡尔维诺所谓的思想速度和精神速度,[①]而是被影视逻辑(比如必须不断出现悬念)裹挟之后被动产生的、浮光掠影式的叙述速度。由于小说无法"慢"下来,它便只能在生活与生命的表层轻快地滑行,结果导致了深度的思想模式无法启动。如果在本雅明的思考平台上进一步延伸,我们可以说影视逻辑与视觉思维进入小说,即意味着震惊效果、展示价值、经历式感受、心神涣散式接受,消遣式阅读进入小说的结构中,它们进一步摧毁了小说世界残存的"经验"系统,也进一步改写了小说的阅读系统,小说因此不再是一门"艺术",而是变成了可以加工制作的大众文化产品;接受者也不再是文学意义上的"读者",而是变成了面对文化快餐匆匆浏览的"消费者"。

当小说在文学自主性的层面失去了它内在的写作逻辑,当阅读小说在接受美学的层面失去了它细嚼慢咽的工夫与能力,小说也就走向了死亡。当然,小说之死肯定会经历马原所谓的一个漫长过程。在这个过程中,我们今天看到的小说繁荣很可能只是某种假象,是小说濒临死亡的垂死挣扎或回光返照。这些小说丢失或抛弃了小说的精神或灵魂,却正以小说的名义大行其道,也许这正是视觉文化时代文学生产的特殊征候。同时我也承认,虽然也有小说家逆历史潮流而动,奋力反抗着视觉文化霸权,但他们的举动更像堂吉诃德,他们的小说则成了视觉文化战车碾出的文学碎片。此种小说是供人瞻仰与缅怀的,它们已无法构成当今时代的小说主潮,自然也就不可能在视觉文化时代有更大作为了。

---

① 参见[意]伊塔洛·卡尔维诺《新千年文学备忘录》,黄灿然译,译林出版社2009年版,第43、46页。

第二节　莫言与影视：以《白棉花》为例

影视对文学究竟会产生怎样的影响，其实我们在上述内容中已有总体分析。但为了让它落到实处，进入具体的作家作品中进行分析依然是必要的。鉴于此，我将在本节与下节中做两个个案分析。其一是面对20世纪90年代初期莫言的《白棉花》，看看这部影视化的小说究竟存在着怎样的问题，而如此写作又给莫言带来了怎样的教训。其二是面对严歌苓写作、冯小刚执导的《芳华》，分析这部作品从小说到电影的演变过程，进而指出其中隐含着怎样的大众文化生产秘密。

先说莫言。

现在看来，莫言与影视的接合关系应该是中国文坛的一个独特存在。一方面，凭借他与张艺谋的合作，《红高粱》走向了世界，他也成为国内最早"触电"的作家之一；另一方面，他与影视的接合并不深厚，可谓不远不近，不深不浅，同时他也是明确意识到介入影视写作乃至为导演写作会出问题的作家。于是他后来远离了影视，并最终凭借其在文学方面的造诣获得了诺贝尔文学奖。

到目前为止，莫言小说被改编成电影的作品屈指可数，计有《红高粱》（张艺谋执导，1987）、《太阳有耳》（改编自《姑奶奶披红绸》，严浩执导，1995）、《幸福时光》（改编自小说《师傅越来越幽默》，张艺谋执导，2000）、《白棉花》（改编自同名小说，李幼乔执导，2000）、《暖》（改编自小说《白狗秋千架》，霍建起执导，2003）。除此之外，还有60集的电视剧《红高粱》（郑晓龙执导，2014）。这部电视剧之所以会有拍摄机会，无疑是借助了莫言获得"诺奖"的光环效应。从以上的改编数量看，莫言显然不是一个很有影视缘的作家。而他本人亲自编剧或与他人合作编剧的作品也并不是太多，经常被人提及的有《梦断情楼》（24集，与人合作编剧，1994）、《红

接合:大众文化的冲击与1990年代以来的文学生产

树林》(18集,独立编剧,1999)等。

《白棉花》是莫言的一部中篇小说,最初发表于《花城》1991年第5期,随即便被《中篇小说选刊》(1992年第1期)转载。但是,要说清楚这篇小说的来龙去脉以及与电影的关系,又需要从莫言与张艺谋的交往谈起。

一 从《红高粱》到《白棉花》

莫言是从发表《春夜雨霏霏》(《莲池》1981年第5期)走上文学创作之路的。而到1985年,他的创作已呈井喷之势,该年发表的中短篇小说有:《枯河》《透明的红萝卜》《白狗秋千架》《秋水》《球状闪电》《老枪》《石磨》《金发婴儿》等;1986年,莫言除发表《爆炸》《断手》《筑路》等小说之外,更重要的是他一口气推出了"红高粱家族"系列:《红高粱》(《人民文学》1986年第3期,《小说选刊》《中篇小说选刊》《新华文摘》同年转载)、《高粱酒》(《解放军文艺》1986年第7期)、《狗道》(《十月》1986年第4期)、《高粱殡》(《北京文学》1986年第2期)、《奇死》(《昆仑》1986年第6期)。于是莫言成了一种重要的文学现象,也成为评论界争相评论的对象。许多专业人士难耐读过《红高粱》之后的激动,对莫言其人其作大加褒扬。当时的一位评论家写道:"我觉得《红高粱》是强悍的民风和凛然的民族正气的混声合唱。驰名的《黄河大合唱》的某些部分,可以和《红高粱》的某些部分,在听觉和视觉上相互参照和相互辉映。我获得某种艺术满足,就像喝了小说中写到的高粱酒,而且喝得很酣畅。哪怕是恶作剧地撒过一泡尿。"[1] 可以说,读得酣畅,如饮美酒,正是当时许多读者的普遍感受。

张艺谋也正是在这种氛围中读到《红高粱》这篇小说的。他后

---

[1] 李清泉:《赞赏与不赞赏都说——关于〈红高粱〉的话》,《文艺报》1986年8月30日。

来说:"当时我还是摄影师,我想改做导演,一直在找戏,一个偶然的机会一个朋友推荐我看了小说,看完之后我就深深地吸引了。我印象最深的是小说里对画面、对色彩的描述。电影里面能体现的色彩小说里都写出来了,那是一种非常写意的感觉。同时因为我也是北方人,与莫言一样有着特别典型的北方人性格。所以喜欢编得很豪迈、很壮阔的故事。人和人之间的行为都非常有力量,故事也非常有力量,这特别吸引我。于是我就联系莫言。那时候还有一件很好玩的事情,我们之间都还不认识,我拍《老井》在农村刚体验生活回来。后来听莫言说他当时也根本都不了解我,好多人都找他要脚本,他自己后来跟记者说他当时看到我像个生产队长,就把版权给了我。"① 而在另一处地方,他对见莫言这件事情则补充了更多的细节:"进了莫言的军艺学生宿舍,不知道他在哪个房间,他们中间有人告诉我,你一叫他就出来了,我就莫言莫言喊,他就露了一个头,胖胖的,据莫言后来反复说,说他第一眼看见我,一个最好的印象就是我像他们村的生产队员。那个时候跟他谈了有五分钟时间,他就打算给我了。他不仅给我了,而且他说我五个中篇你随便挑,那个时候你看基础多好。"② 莫言之所以愿意把《红高粱》给张艺谋,其中原因之一恰恰是他像农民:"我为什么说他像个农民呢,人家都说我是农民作家,而农民作家肯定只相信农民导演。因为都市里的人和知识分子拍不出农民的影片。"③

这个故事在今天看来如同神话,却也生动地说明了20世纪80年代作家与导演交往的真实情况。一方面,那个时候的张艺谋作为摄影师才刚出道不久,正琢磨着跻身导演行列。而执导的第一部影

---

① 莫言:《作为老百姓写作——2002年与大江健三郎、张艺谋对话》,载《莫言对话新录》,文化艺术出版社2010年版,第507页。
② 刘瑛:《张艺谋:今天中国的文学已经没有好剧本了》,《电影》2011年第9期。
③ 莫言:《作为老百姓写作——2002年与大江健三郎、张艺谋对话》,载《莫言对话新录》,文化艺术出版社2010年版,第507页。

接合：大众文化的冲击与1990年代以来的文学生产

片能否一炮打响，或许是他要考虑的首要问题，于是选择《红高粱》作为其拍摄对象就应该是慎重之举。另一方面，莫言正处在热火朝天的小说写作中，他对文学与电影的关系应该没什么概念，对自己的小说会被改编成怎样的影片也不以为意："当时改编的时候我对张艺谋说，我不是鲁迅，也不是茅盾，改编他们的作品要忠实原著，但是改莫言的作品随你，爱怎么改就怎么改。我的小说无非是给你提供了材料，激发了你创作的欲望。添加情节，添加人物，导演完全可以放心大胆地按照他的激情去发挥。"① 同时我们也要注意到，尽管那时的莫言像80年代的大多数作家一样并不富裕，但改编费用显然并非他考虑的首要问题，因为他说过："小说《红高粱》改编成电影的版权费是800元，800元在今天确实不算钱了，有一些作家电影版权卖几百万元，不过，当时这800元，让我兴奋得一夜未眠。"除此之外，他作为编剧之一，还拿到了1200元的稿酬，这就是莫言从电影《红高粱》那里所获取的全部酬金。② 如此看来，莫言与张艺谋的最初交往是比较纯洁的，他们只凭看顺了眼的一面之交就取得了彼此的信任，而这种信任中没有更多的商业利益，也没有彼此的斤斤计较。他们似乎只是为了电影这门艺术，便完成了一次成功的合作。

当然，更重要的合作基础还在于《红高粱》是一篇好小说，或者也可以说，它是没被影视影响到的一篇纯粹的小说。众所周知，莫言是伴随着先锋文学的兴起而走上文坛的，而他当年的小说也以"毛茸茸的感性"、诡异的感觉、丰富的意象营造成了先锋文学阵营中的领跑者。于是从他的作品中，我们看到了传统现实主义文学中从来没有的东西，这在《透明的红萝卜》中已体现到极致。而当莫言开始写作"红高粱家族"系列时，除了保持着原来那种鲜明的创

---

① 莫言：《作为老百姓写作——2002年与大江健三郎、张艺谋对话》，载《莫言对话新录》，文化艺术出版社2010年版，第507页。
② 参见王臻青《莫言直言作家创作不必迎合影视剧 否则适得其反》，《辽宁日报》2012年8月21日。

作特色外,他又开始向现实主义倾斜。他曾经这样说过:"这五部中篇小说,是我向读者的一个短暂的投降——也可能是投降了真理,也可能是投降了谬误。我尽力地向'现实主义'靠了一下拢,没有像人家说我的那样故弄神秘。……我为了讨好读者,在这些小说里编织着故事的连环套。为了把故事编圆,不得不牺牲了许多宝贵的'优点';为了故事的连贯性不得不插入一节节干巴巴的柳木棍子般的叙述。"① 尽管莫言对自己的这种变化似乎颇为不满,但如此写作,却让他的小说增强了故事性和可读性。或者也可以说,为了保持先锋文学的纯粹性,莫言原来对读者是不管不顾的,于是他淡化了小说的故事性,加大了小说的实验性。而写到《红高粱家族》时,则让二者取得了某种平衡,即他既让自己的毛茸茸的感性有了一个合适的出口,又为故事情节提供了一个合理生发的空间。这样一来,小说就更是小说,或者是像后来诺贝尔文学奖命名的那样,小说朝着"迷幻现实主义"的方向一路狂奔了。莫言后来说过:"真正的好导演,他不需要你向他靠拢,他会向你靠拢。这个我有亲身经历。写《红高粱家族》时,谁想到要改编电影啊?而且那时候我觉得我离电影非常遥远,但张艺谋看了后很激动。"② 如此看来,《红高粱》之所以能击中张艺谋,很大程度上就是因为它是一篇真正意义上的纯小说。假如它是后来所谓的影视小说,是否还能入张艺谋的法眼,或许就需要打上一个大大的问号了。

  那么,在这篇纯小说中,张艺谋发现了什么呢?首先应该是那种带有某种传奇色彩的抗日故事,其次是他所需要的色彩和写意的感觉,最后是那种轰轰烈烈、敢爱敢恨的生命力的张扬。莫言后来分析道:"《红高粱》之所以吸引了张艺谋,并不是因为这个故事本身很精彩,类似这样买子弹、埋地雷、炸汽车的故事有很多,但为

---

① 莫言:《〈奇死〉后的信笔涂鸦》,《昆仑》1986年第6期。
② 莫言:《写什么是一种命定——2003年9月与〈文艺报〉记者刘颋对话》,载《莫言对话新录》,文化艺术出版社2010年版,第484页。

什么没有打动张导演的心呢？关键还是小说中所表现的张扬个性、思想解放的思想，要轰轰烈烈、要顶天立地地活着的精神打动了他。"而谈及自己为什么愿意让张艺谋拍摄此片时，莫言也曾有过如此考虑："我所以把《红高粱》交给他拍，是考虑到小说里面的高粱地要有非常棒的画面，只有非常棒的摄影师才能表现出来。因为在建构小说之初，最令我激动不安的就是《红高粱》里面的画面，在我脑海里不断展现着一望无际的高粱地。如果电影不能展现出来，我觉得不成功。我看好张艺谋。后来，影片拍出来的影响超乎预料。"① 由此可见，如果说彼此的"农民"本色是他们合作的表层基础，那么，色彩、画面、故事等则是他们合作的深层动因。而所有这一切，都已藏在这篇优秀的小说中了。

于是，电影《红高粱》果然获得了巨大的成功。今天看来，成功的原因固然有很多，但其中之一应该是张艺谋把电影中的一切都做到了极致。许多年之后，张艺谋曾有过如此解释："处女作嘛，我觉得就是要极端，不留后路，色彩、画面，包括音乐。赵季平最早吹的是一把唢呐，我觉得不过瘾，我说，季平，你是不是把那几十把唢呐搞到一块儿去，他说那就吵得不行了，我说咱就要吵。最后四十几把唢呐齐吹。《红高粱》很刺耳的呐喊，就是要吓你一跳。"② 而对于莫言来说，张艺谋的这种做法也让他感到很是吃惊。当时张艺谋形成了改编剧本的定稿后曾让他过目，他说："我当时看了觉得很惊讶。这点儿东西，几十个场景、几十个细节就能拍成电影？后来，我明白了，电影不需要太多的东西。比如'颠轿'一场戏，剧本里几句话，在电影里，就'颠'了5分钟。"③ 实际上，这也是走

---

① 莫言：《小说创作与影视表现》，《文史哲》2004年第2期。
② 《贾樟柯提问张艺谋：这五件"出格"的事儿怎么做出来的?》，《电影》2019年第11期。
③ 王臻青：《莫言直言作家创作不必迎合影视剧　否则适得其反》，《辽宁日报》2012年8月21日。

极端的一种表现。然而，也正是这种种极端的做法让这部电影产生了一种极大的震撼力。

现在看来，《红高粱》经张艺谋之手变成电影，对于莫言来说应该是一种教育和启蒙，因为经过这一转换之后，他看到了电影具有远远超出小说的巨大能量。他曾经说过："电影的影响比小说大得多，小说写完以后，除了文学圈内的人以外没有什么人知道。但当1988年春天我从高密回北京，走在马路上即便是深夜里还能听到有人在高声大唱'妹妹你大胆地往前走'。我就感到电影确实是影响巨大，非小说能比。能遇到张艺谋这样的导演是我的幸运。"① 这种心理应该是真实可信的，因为在80年代后期，除王朔之外，莫言应该是第二个借助电影在文学场域之外赢得巨大声名的作家。而由于莫言写的是纯文学作品，《红高粱》被搬上银幕后又成了纯艺术电影，所以，这一事件对于莫言一定产生了不小的震动和影响。所有这一切都意味着这样一个事实：因为《红高粱》，张艺谋已经证明了自己作为导演的巨大实力和潜力，假如他再找上门来，莫言不但没有理由拒绝，而且应该是热烈欢迎的，因为这次合作的成功让他有了继续合作的动力。

果然，张艺谋又一次找到了莫言，于是有了小说《白棉花》的面世。关于这篇小说诞生的经过，我们不妨摘抄莫言的完整说法如下：

> 去年年底，久违的张艺谋很费劲地找到我，想让我把他看中的一部小说改成电影。我看了那部小说，感到很难改出什么新意来。他让我想想看有没有比较适合在电影里表现的、既好看又轰轰烈烈的大场面。我想了半天，那种大场面第一是战争，像淮海大战、平津大战之类，但已经有了八一厂耗资亿万的《大决战》，别人再怎么有招，也比不过八一厂了。第二就是历

---

① 莫言：《作为老百姓写作——2002年与大江健三郎、张艺谋对话》，载《莫言对话新录》，文化艺术出版社2010年版，第507—508页。

史上的战争了,如楚汉争霸、赤壁鏖兵之类,这种片子肯定也是花钱的,但由于历史与艺术之间的复杂关系,一般人很难讨出好来。和平时期的大场面我首先想到1958年的大炼钢铁,又想到大修水利,但也很难弄成电影。后来便想到了我的故乡那些一望无际的棉田;想到每年的秋季,农民排着长队交售棉花,棉花加工厂里白棉如山,一片洁白里,活动着一些穿红穿绿的、为了挣点钱托亲告友进了棉花加工厂当临时工的姑娘。在洁白的棉花垛里有爱情悲剧、有死亡事故、有打架斗殴、有勾心斗角。在短短几个月的时间里,前来加工棉花的农村姑娘其实被棉花加工了。经我添油加醋地一搧乎,张艺谋当即表示"有意思",让我赶快写。我说我要先写成中篇小说给他看。如果好,再改成本子,他很赞成。于是便有了《白棉花》。我写完后,复印给他一份。他很快回话说:由于故事以"文革"为背景,不好拍,希望以后再合作。我跟张艺谋有过一次相当成功的合作。这一次却流产了。但我还是要感谢他,如果没有他的约稿,我是不会放下手头的长篇来写《白棉花》的。①

从这篇《白棉花》的创作谈中,我们至少可以获得如下信息:这件事情发生在1990年年底,当其时也,张艺谋借《红高粱》一炮走红之余威,又已执导了两部作品:《代号美洲豹》(1989)和《菊豆》(1990),正准备拍摄他的第四部电影。张艺谋曾经说过:"我看小说是最勤奋的一个了,走到哪儿我都背一堆小说,得空就看。"②或许就是在这种"勤奋"中,他发现了可资拍摄的小说,于是他找到了莫言。这个时候的莫言,写小说当然还是他的主业,但他似乎也心猿意马,主动介入到影视生产之中了,因为就在前一年,他也

---

① 莫言:《还是闲言碎语》,《中篇小说选刊》1992年第1期。
② 郭景波:《张艺谋:创作与人生》,《电影艺术》1999年第3期。

成为"海马影视创作中心"的发起人之一,开始了正式的"触电"之旅。再加上他与张艺谋本来就有成功合作的基础,于是为张艺谋积极出主意、想办法,就成了理所当然之举。而在张艺谋要拍"大场面"的启发下,他也终于想到了棉花加工厂里的故事。他的主动请缨虽然可以在二人友谊的层面进行解读,却也带来了一个值得深思的问题:如果说在《红高粱》时代莫言作为作家还体现着自己的主体性的话,那么,他来写《白棉花》就有了很大程度的受动性。因为这篇小说实际上是张艺谋的"订购"之作,也是一次为了导演和影视的写作。这就意味着在写作之初,莫言的写作动机已无法纯粹了。当然,这篇小说最终没有在张艺谋的手中变成电影,他给出的理由是题材敏感(结合莫言后来的说法,这或许是理由之一,或许也是推托之词),然而莫言却完成了任务并有了一次特殊的写作经历。联想到后来张艺谋还有邀请六作家共同撰写小说《武则天》的壮举,他这次相邀虽只是牛刀小试,却也开了导演"订购"作家小说的先河。

更有意思的是,虽然莫言在这篇短短的创作谈中没有谈及这篇小说的成败得失,甚至还因此感谢了一番张艺谋的约请,但是后来,《白棉花》却被他屡屡挂在嘴边,成了他写作失败的重要举证,也成了他迎合影视剧写作的反思性文本。例如,在2006年,莫言对这次写作曾有如下思考:"命题作文很难写,我也写过,但事实证明很难成功,而且永远也不会满意。《白棉花》是一个半命题作文,当时我和张艺谋一块讨论,他希望写农村大场面那样的故事。我说你在纱厂干过,我在棉花加工厂干过,在我们农村,和平年代里的大场面就是修水利,开山挖河,但这样的大场面在电影里很难实现,你现在没法组织几万人去挖一条大河;另外一个,农村的大场面就是收购棉花,当时我们老家一个县就有一个棉花加工厂,到了棉花收购的旺季,成千上万的棉农赶着车挑着担子,无数的棉花集中到一个地方,而且那个地方不像现在的仓库房子,是露天的,棉花堆得像山一样高,这个场面特别壮观。那时候张艺谋刚开始拍了《红高粱》,那个电影一出来,反响非常好。我对他说,你刚拍完《红高粱》,再拍一个白棉花,首先视觉上就有很强烈的反差。因为有事先商定的东西,写的时候就不知不觉地向故事性、影视性、画面跑,结果出来的小说不伦不类,剧本的要求也不够。"① 而到2012年,他对《白棉花》又有了如下说法:

> 我跟张艺谋谈起这个构思,他说太好了,让我赶快写。因为先入为主,我一定要把巩俐变成第一女主角,所以小说里的人物都按照巩俐来写,包括体态、样貌,甚至连小虎牙都写进去了。写对话时,我想到了台词;写场景时,我想到了画面;塑造人物时,我想到了演员。所以在写这个小说的过程中,我脑海里不断闪现电影镜头。后来张艺谋说,你写得太差了,干嘛老为我想?后来这部电影没拍成。这件事给了我很大的教训,写小说就是写小说,不要把电影装进脑袋里,不要讨好导演,不要一味迎合影视剧。而是让编导从小说的字里行间吸收一些有用的东西。②

综合这两处说法,我们可以发现,张艺谋之所以放弃了对《白棉花》的拍摄,除了政治层面的原因外,另一个重要原因是对这篇小说很不满意。而之所以不满意,又是因为莫言想导演之所想,急导演之所急,在人物塑造、台词设计、画面营造等方面跟着影视的感觉走,结果就既使这篇小说失去了小说的魅力,也无法给张艺谋

---

① 张英:《莫言:我是被饿怕了的人》,http://www.gmmy.cn/html/moyanfangtan/2007/1214/184.html,2007年12月14日。需要说明的是,此文有两个版本,正式版(8000多字)发表于《南方周末》2006年4月20日,另一版本(20000余字)曾在山东高密的一家网站发表,如今该网页已被删除。笔者当时下载了网站发表的版本,才得以见到莫言的这个说法(正式版中未收入)。
② 王臻青:《莫言直言作家创作不必迎合影视剧 否则适得其反》,《辽宁日报》2012年8月21日。

提供更多的拍摄灵感和发挥想象的空间。从这个意义上说，《白棉花》确实是一篇名副其实的影视小说，而它的所有问题都与这个文学新品种与生俱来的问题有关。

那么，作为影视小说，《白棉花》究竟体现了怎样的影视化特征，又是怎样弱化了小说的意味呢？接下来我们需要面对这一文本了。

二 《白棉花》的文本分析

《白棉花》七万余字（版面统计字数），前有楔子，后有尾声，正文内容由34章组成，讲述的是1973年发生在高密县棉花加工厂里的故事。小说中主人公有三：叙述者"我"（马成功）、方碧玉和李志高。方碧玉是村里摘棉花的快手，马成功是村里的半大小伙，一个偶然的机会，时年17岁的马成功与22岁的方碧玉有了一起去县棉花加工厂当合同工的机会。方碧玉不仅容貌出众，而且会武功，身手不凡，但她已与村里支部书记的疤眼儿子国忠良订了婚。马成功虽年纪不大，却把方碧玉当作自己的暗恋对象，又把国忠良看作自己的情敌。当然，马、国之间并无故事，故事主要发生在棉花加工厂里。比如，住进加工厂的宿舍后，方、马二人因同睡上铺，且因男女宿舍仅一墙之隔，于是就有了敲墙传话的故事。也正是因为这种隔音效果极差的宿舍，方碧玉得知马成功遭人欺负，受了委屈，于是她便有了施展武功的机会。"反正锅贴"和"鸳鸯脚"之后，肇事者黑大汉立刻被打得满地找牙，呜呜哭叫，结果方碧玉差点被开除出厂。当然，这样的故事只能算是插曲，真正的故事发生在李志高出现之后。在小说中，李志高应该是一个文艺青年，他"会写文章，会唱吕剧，尤其会唱《李二嫂改嫁》中'李二嫂含泪关上房门，对孤灯想往事暗暗伤心'那一段"[①]。因他对方碧玉颇有好感，

[①] 莫言：《白棉花》，载《怀抱鲜花的女人》，上海文艺出版社2012年版，第177页。下面出现的引用皆出自该作品集，故随文只标页码。

便与马成功套近乎,刺探了关于她的许多秘密。又因他跟着方、马二人回了一趟村,夜宿草垛里,结果很快赢得了方碧玉的芳心。于是,重回加工厂后,李志高与马成功调换铺位,始而隔墙传话,终而走进棉花垛,上演了一出"野合"的好戏。所有这一切都没能逃脱马成功的秘密跟踪。然而,李、方二人幽会的次数一多,终于还是被孙禾斗和铁锤子发现了,结果他们被"抓奸拿双"。得知消息后,国支书带人把方碧玉暴打一顿,却也因此暴露了李志高与孙红花另有恋情。故事的结局是,方碧玉把马成功约到棉花垛里,让他初尝了禁果,而她本人则在几天之后的夜晚自送清花机,让机器把自己搅得血肉模糊。当然,为了淡化这个故事的恐怖气氛,莫言又在尾声部分放了一颗"彩蛋":许多年之后,冯结巴对马成功说:方碧玉是个奇女子,她有勇有谋,把所有人都糊弄了。因为被清花机搅烂的并非她本人,而是她起出来的许莲花的尸体。完成这一调包计后,她施展轻功,翻越围墙,从此远走高飞了。然而,所有这一切又并非冯结巴亲眼所见,而是出自他的猜测和想象。

不得不说,莫言确实是讲故事的高手,即便是在这篇"半命题"的作文中,他也依然能把这个故事讲得比较圆满。但是,由于是急就章,又因为小说中所有的方面都往电影上靠,这个故事又出现了一些问题,实际上是经不住仔细推敲的。为了把其中的问题说清楚,我们需要先来看看小说中的影视化要素。

首先是画面感。马尔丹说过:"画面是电影语言的基本元素。"[1]因此,电影是否好看,是否具有视觉冲击力,首先取决于导演对画面的营造。莫言的小说本来就注重视觉造型,而小说《红高粱》经过张艺谋的调理和重新打造后,更是具有了浓郁的画面感和视觉效果,这大概也成了莫言在《白棉花》中加大画面力度的主要动力。

---

[1] [法]马赛尔·马尔丹:《电影语言》,何振淦译,中国电影出版社1980年版,第1页。

第二章　视觉文化时代的文学生产

例如，在《白棉花》中，人物出场时往往会伴有肖像描写。小说写国忠良时说："我用仇恨的目光斜视着这个身躯高大、俨然一座黑铁塔似的我们村的太子。他马牙、驴嘴、狮鼻，两只呆愣愣的大眼，分得很开，脸上布满了青紫的疙瘩，眼皮上有一堆紫红的疤痕，据说是生眼疖子落下的。"（第170页）写铁锤子时说："'铁锤子'罗圈腿，驼背，眼睛不停地眨动，走起路来像只母鸭，说起话来像只公鸭。不是我有意要丑化他，因为他的水平太凹。"（第178页）写炊事班班长江大田时说："这是位青岛知青，细高挑身材，洁白牙齿，浓眉大眼号称棉花加工厂第一美男子。"（第181页）而写到女一号方碧玉时，莫言更是浓墨重彩，不惜用三处文字对她展开全方位的描写："这家伙留给我的印象最深了。坦率地说，这十几年俺运气不错，见了几个质量蛮高的女人，但没有一个能与我记忆中的方碧玉相比。用流行的套话说：这家伙具有一种天生的、非同俗人的气质。这家伙有一根长得出众的脖子，有一段时间我们给她起了个诨名：白鹅。这几年我学了不少文化，知道天鹅和白鹅相比，天鹅更文绉绉、更优雅些，所以很后悔当初没有叫她天鹅。但'癞蛤蟆想吃天鹅肉'这句话我当时也知道呀！我真是个'傻帽'。光滑的脖子下边，这家伙那一对趾高气扬的乳房，也超过了一般姑娘。农村姑娘以高乳为丑、为羞，往往胸脯一见长时，便用布条儿紧紧束住，束得平平的，像块高地。一般农村姑娘的胸脯是高地，方碧玉那家伙的就如同喜马拉雅山啦。这家伙胳膊长腿也长，肤色黝黑。别的部位我无福见到，只能靠想象来补充了。"（第165—166页）这段描写之后莫言似乎还觉得不过瘾，于是他紧接着又写道："哎哟我的姐方碧玉！你额头光光，好像青天没云彩；双眉弯弯，好像新月挂西天；腰儿纤纤，如同柳枝风中颤；奶子软软，好像饽饽刚出锅；肚脐圆圆，宛若一枚金制钱——这都是淫秽小调《十八摸》中的词儿，依次往下，渐入流氓境界。"（第166页）而在这番具有情色意味描写的基础上，莫言又增加了对方碧玉的形体描写：

接合:大众文化的冲击与1990年代以来的文学生产

> 更好的风景自然不是在棉花地里,更好的风景在姑娘们身上,尤其是在方碧玉身上。前边我说过,她只穿一件粉红色的短袖衬衫,下身穿一条用染黑了的日本尿素化肥袋子缝成的裤子。上述服装被露水打湿后,紧紧地贴在皮肉上。她已跟赤身裸体差不多。通过看这种情景下的方碧玉,我才基本了解到,女人是什么样子。还有一景应该写:"日本尿素"几个黑体大字,是尼龙袋上原本有的,小日本科技发达,印染水平高,我们乡下土染坊的颜色压不住那些字,现在,那几个黑体大字,清晰地贴在方碧玉屁股上;左瓣是"日本",右瓣是"尿素"。于是方碧玉便有了第三个诨名:"日本尿素"。(第167页)

肖像描写是小说的常规写法,尤其是在现实主义小说中,这种写法更是家常便饭。但问题是,莫言这样做又比较反常。例如,在《红高粱》中,莫言并没有每逢人物登场就立刻跟上一个肖像描写。即便是主人公九儿(我奶奶)的容貌,也是伴随着故事情节的发展节奏,在小说写到中途(第五部分)时才让它彻底亮相的。但《白棉花》为什么更多采用了传统现实主义的人物出场笔法呢?唯一的解释只能是为了电影拍摄的需要:那些肖像描写除了提醒张艺谋需要起用怎样的演员,同时也给电影提供了一个又一个的特写镜头。而方碧玉两瓣屁股上的"日本"和"尿素",其画面感则更为突出。从小说的情节逻辑看,这样的描写自然有恶作剧的味道,但它显然也是为了增加电影的视觉效果而精心设计出来的一处细节。

更值得分析的是棉花垛里的那场"野合"。为了更好地说明问题,我们不妨把《红高粱》中的相应描述一并拿来,以便比照。

> 余占鳌把大蓑衣脱下来,用脚踩断了数十棵高粱,在高粱的尸体上铺上了蓑衣。他把我奶奶抱到蓑衣上。奶奶神魂出舍,望着他脱裸的胸膛,仿佛看到强劲慓悍的血液在他黝黑的皮肤

第二章 视觉文化时代的文学生产

下川流不息。高粱梢头,薄气袅袅,四面八方响着高粱生长的声音。风平,浪静,一道道炽目的潮湿阳光,在高粱缝隙里交叉扫射。奶奶心头撞鹿,潜藏了十六年的情欲,迸然炸裂。奶奶在蓑衣上扭动着。余占鳌一截截地矮,双膝啪嗒落下,他跪在奶奶身边,奶奶浑身发抖,一团黄色的、浓香的火苗,在她面上哔哔剥剥地燃烧。余占鳌粗鲁地撕开我奶奶的胸衣。让直泻下来的光束照耀着奶奶寒冷紧张、密密麻麻起了一层小白疙瘩的双乳。在他的刚劲动作下,尖刻锐利的痛楚和幸福磨砺着奶奶的神经,奶奶低沉喑哑地叫了一声:"天哪……"就晕了过去。①

  这时我听到棉花垛上那颗女人头颅哭叫了一声:
  "李大哥……我豁出去了……"
  这颗头颅扑到那颗头颅上,在叭叭唧唧的啮咬声中,棉花在头颅下翻腾起来,蓝幽幽的白棉花像冲到礁石上的海水,翻卷着白色与蓝色混杂的浪花,两颗头在浪花里时隐时现,后来两个身体也浮起来在浪花中时隐时现,好像海水中的两条大鱼。他们的动作由慢到快,我的耳畔回响着哗啦啦的声响,当方碧玉发出一声哀鸣之后,浪潮声消失了,浪花平息了。他们的身体淹没在棉花里,只余两只头颅,后来竟连这两只头颅也沉没在棉花的海洋里……(第223页)

  表面上看,这两处描述都有极强的动作感和画面感,似乎并无太多区别,但实际上却暗藏玄机,值得分析。在《红高粱》中,这处高粱地里的"野合"并非叙述者的直接描述,而是九儿中弹之后弥留之际的冥想和回忆。"奶奶之死"本来就在莫言调动各种感觉的

---

① 莫言:《红高粱家族》,上海文艺出版社2012年版,第65—66页。

接合:大众文化的冲击与1990年代以来的文学生产

描述中富有了诗情画意,而把这种幸福的回忆镶嵌在其中,更是让性与死形成了一种奇妙的交融。因此,在回忆和冥想的语境中,这种性描写既显得神采奕奕,又仿佛似真似幻。它表面上似乎很写实,但实际上又有一种大写意的效果。然而,棉花垛里的"野合"却并非如此。如前所述,当李志高与方碧玉准备做这件事时,马成功既是跟踪者也是窥视者,于是他尾随着李志高一路追踪,继而看到"他们携着手,穿过9号垛和8号垛之间的峡谷;跳过道路,进入19号垛和18号垛之间的幽暗通道;再一跳,进入29号垛与30号垛之间的幸福夹道"(第221页)。随后又看到二人死去活来的拥抱,痛苦的呻吟,以及他们如何把棉花挖起,为自己营造了一个爱巢。然后,他又目睹了他们用棉花掩埋自己的过程,最后才看到了他们惊心动魄的一幕。在这个过程中,马成功作为跟踪者和窥视者,其眼睛就像一架清晰的摄像机,跟拍了李、方二人幽会的全部过程和所有细节。在小说写作层面,这一技法涉及的当然是叙述视角,但由于莫言事先已存有为张艺谋服务之心,把它解释成是为了拍摄电影的方便而如此操作,显然也应该可以成立。实际上,在电影化的想象中,此处近三千字的描述确实也能轻而易举地转换成几组动感和画面感十足的镜头。而更值得深思的是,如果说高粱地里的"野合"因服从于张扬生命力的主题而显得生气勃勃的话,那么,棉花垛里的"野合"却显得病态、扭曲,毫无美感可言,甚至让人像马成功那样,周身充满了"一阵彻骨的寒意"。它究竟能与怎样的主题呈现关联在一起,想必莫言本人也不甚清晰。因此,我们不妨说,《白棉花》中的"野合"实际上是对《红高粱》中"野合"的拙劣模仿。它虽然动感十足,也能在白棉花的映衬下形成强烈的视觉效果,但对于总想着创新的张艺谋来说,如此"二次革命"已很难引起他的浓厚兴趣。如此看来,在这个问题上,莫言应该是大大地失算了。

其次是结构。《白棉花》共分34章,每章又长短不一。如第十三、十九、二十、二十六、二十七、三十一、三十三、三十四章都

第二章 视觉文化时代的文学生产

比较短，基本上都在百字左右到三四百字之间。而与《白棉花》篇幅大体相当的《红高粱》却只有七部分（相当于七章）内容。为什么《白棉花》要分这么多章呢？答案其实很简单，因为这是剧本的结构而非小说的结构，前者不需要让结构独具匠心，而只需要服从于场景的转换就可以万事大吉了。例如，第十九章写的是马成功开工资后又回了赵家，结果国支书派人把他叫到家中，向他打探李志高的情况。此章结尾处是国支书冷冰冰的一句话："你捎个信给碧玉，让她回来趟，说我有事找她。"而第二十章的开头句便是："'碧玉姐，'我同情地说，'你公公国支书让你回去一趟，说有事找你。"（第218页）这就是因场景转换之需而形成的章与章的划分。又如，第十三章内容只有百字左右，写的是马成功的一番感慨："后来我一直在想，如果李志高不英勇地夜宿草垛，就不会有紧随其后的浪漫故事。……"（第210页）这章的划分并不涉及场景转换，而它之所以被独立出来，在我看来是为了画外音之需。因为这篇小说是第一人称叙事，把它改编成电影，画外音的辅助叙述是必不可少的。

除短篇小说之外，中长篇小说往往都会有"章节"设计，在此基础上则形成了小说的篇章结构。戴维·洛奇指出：把一个很长的文本分成一些小的单元，以章节断开，其优点之一是"它可以让叙述停顿下来，给读者喘口气的机会。由于这个原因，章节的划分可以使整个事件在时间和地点上连贯起来"①。这当然还是最浅层次的考虑，从小说写作的更高要求上看，结构常常承担着非常特殊的功能。对于这一点，莫言其实是非常清楚的，因为他后来说过："结构从来就不是单纯的形式，它有时候就是内容。长篇小说的结构是长篇小说艺术的重要组成部分，是作家丰沛想象力的表现。好的结构，能够凸现故事的意义，也能够改变故事的单一意义。好的结构，可

---

① ［英］戴维·洛奇：《小说的艺术》，王峻岩等译，作家出版社1998年版，第181页。

以超越故事，也可以解构故事。前几年我还说过，'结构就是政治'。如果要理解'结构就是政治'，请看我的《酒国》和《天堂蒜薹之歌》。我们之所以在那些长篇经典作家之后，还可以写作长篇，从某种意义上说，就在于我们还可以在长篇的结构方面展示才华。"① 实际上，莫言的许多中长篇小说都有一个精致的结构，比如，《红高粱》有意识流结构的味道，而通过第一人称的童年视角（豆官）讲述"我爷爷""我奶奶"的故事，又让小说具有了一种陌生化效果。《生死疲劳》借用佛家的"六道轮回"，展开了西门闹变驴、变牛、变猪、变狗的叙述。其中既有动物的叙述视角，也有大头儿的叙述视角，同时还穿插着"莫言那小子"的叙述，让整个小说具有了多音齐鸣的叙事效果。而这种叙述也构成了这部小说的特殊结构。很显然，这种叙述并非是再现 50 年历史时的那种滞重的线性时间结构，而是通过每一道轮回，把时间切换成了几个重要的空间场景，这样就给那些动物们提供了展示自己、表演自己的场所和舞台。这种结构形式甚至可以让我们想到后现代主义式的"时空压缩"，它所形成的叙事策略应该是以轻写重。然而，《白棉花》却谈不上什么结构艺术，甚至我们可以说，莫言把章节分得过于琐碎，其实是刻意不给读者留出喘息时间。因为如果它变成电影，快速的场景变换和镜头剪辑哪里容得下观众喘气？另外，当小说的结构变成影视结构之后，"结构就是政治"的策略自然也不可能落到实处了。因此，尽管这篇小说中不乏政治因素，甚至也不乏批判的意向，但整体来看，它们却依然处在晦暗不明的状态，没有形成聚焦的火力点。造成这种局面的原因当然比较复杂，但影视化的结构显然也在其中扮演着重要角色。

最后是语言。莫言的语言是很有特点的，但在《白棉花》中，这些特点却消失殆尽。为方便分析，我先把《红高粱》和《白棉

---

① 莫言:《捍卫长篇小说的尊严》,《当代作家评论》2006 年第 1 期。

花》的开头段摘录如下：

> 一九三九年古历八月初九，我父亲这个土匪种十四岁多一点。他跟着后来名满天下的传奇英雄余占鳌司令的队伍去胶平公路伏击日本人的汽车队。奶奶披着夹袄，送他们到村头。余司令说："立住吧。"奶奶就立住了。奶奶对我父亲说："豆官，听你干爹的话。"父亲没吱声，他看着奶奶高大的身躯，嗅着奶奶的夹袄里散出的热烘烘的香味，突然感到凉气逼人，他打了一个战。肚子咕噜噜响一阵。余司令拍了一下父亲的头。说："走，干儿。"①

> 人类栽培棉花的历史悠久，据说可上溯一万年。我想可能不止一万年也可能不足一万年，这问题并不要紧。棉花用途广泛，一身都是宝，关系到国计民生，联系着千家万户，是一类物资，由国家控制，严禁黑市交易，这东西很要紧。知道炸药吗？就是董存瑞举着炸碉堡那种东西，那东西里有一种重要的配料，就是从棉花里边提炼出来的。（第161页）

从这两处开头可以看出，《红高粱》的语言利索、柔韧，又非常富有神采。在短短的两百字中，莫言既交代了时间和事情的起因，也在叙述的快速流动和简洁的对白中让主人公豁然亮相。而更重要的是，当豆官"嗅着奶奶的夹袄里散出的热烘烘的香味，突然感到凉气逼人，他打了一个战。肚子咕噜噜响一阵"时，主观感觉化的语言出现了。实际上，在《红高粱》中，这种被主观意绪浸泡过的感觉化的语言比比皆是，于是读者看到了感觉的色彩，听到了感觉的音响，嗅到了感觉的气味。莫言创作"红高粱家族"系列时曾经

---

① 莫言：《红高粱家族》，上海文艺出版社2012年版，第1页。

说过:"轻松、自由、信口开河的写作状态我认为是一种值得作家怀念和向往的状态,一旦进入这种状态,脉络分明的理性无法不让位给毛茸茸的感性;上意识中的意识无法不败在下意识的力量下。下意识的机器不轰隆作响,写作可就真正变成了一种挤牙膏皮的痛苦过程了。"① 由此可以推断,在自由的写作状态中,莫言一定是"下意识"发作,笔下生风,奇崛、诡异同时又具有陌生化效果的句子频频现身。而这种写法也印证了文学理论的一个基本原理:莫言非常善于截获"内部言语"。鲁利亚指出:"内部言语"是一种"句法关系较为松散、结构残缺但都粘附着丰富心理表现、充满生命活力的"的语言。② 这就意味着"内部言语"与人的欲望、情绪更为贴近,与人的难以言说的审美体验也更相对应。作家若能把这种语言直截了当地倾泻于笔端,他就可以以本然形态表现自己的欲望、情绪和种种审美体验了。而实际上,莫言正是凭借其毛茸茸的感性和下意识的力量,冲口而出,纵手而成,才让"内部言语"有了一个展示的舞台。因此,让"内部言语"外部化,也正是莫言小说语言的一个最大特点。

由此再来看《白棉花》的开头,我们便会发现它意味寡淡,神采全无,因为那是一种简易明了且被理性之手抚摸过的说明性语言。当然,因为楔子讲的是"围绕着棉花的闲言碎语",我们也可以说莫言不得不如此交代。但实际上,即便往后看,这篇小说也并未完全体现出莫言的语言风格。例如,当莫言描写了一番棉花加工厂的情况同时也对出场的人物介绍了一遍之后,从第四章开始到第七章为止,人物的对话突然变得密集起来。这些对话并无多少文学性,显然是为了推进故事情节的发展而专门设计的。这并不奇怪,因为在

---

① 莫言:《〈奇死〉后的信笔涂鸦》,《昆仑》1986 年第 6 期。
② [苏] A. P. 鲁利亚:《神经语言学的主要问题》,赵吉生摘译,《国外语言学》1983 年第 2 期,转引自童庆炳《维纳斯的腰带——创作美学》,上海文艺出版社 2001 年版,第 115 页。

第二章 视觉文化时代的文学生产

影视剧本的写作中,情节主要便是靠对话推动的,写好对话也就意味着成功了一半。沃尔特就说过:"正如我们强调的那样,影视剧本主要是由对白组成的。""既然影视作家与对白关系密切,琢磨和运用语言的妙计和圈套就成了自然、正当的事情。"① 由于莫言明确意识到这是一篇影视化的小说,他在写作时便不可能不考虑到对话在其中的比例和作用。而在对话增多的同时,描述性语言的质量却又大打折扣。它们虽通俗流畅,却大都丧失了《红高粱》中那种语言的灵气和韵味,仿佛只是对规定场景的展示,对画面营造的铺陈。当然,为了增加叙述的趣味性,莫言也会信手拈来一些村言土语、民间说法,但怎么看都觉得它们又像是强行塞进来的噱头。而且,也只有在与性相关的描述中,它们似乎才会蜂拥而出。例如:"孙红花磨磨蹭蹭地就和李志高靠在了一起,咯咯地笑着。她的笑声令我厌恶,使我生出许多流氓的思想,使我想起村子里那个老光棍的经验之谈:人浪笑,猫浪叫,驴浪巴咂嘴,狗浪跑断腿。我通过观察,确认这是真理。"(第202页)加入这样的民间话语只是让表达变得有趣了而已,却无法提升整个小说语言的文学含量。当然,我们也不必冤枉莫言,在《白棉花》中,他偶尔也会口吐莲花,冒出一番精妙的表达。比如,马成功第一次领到工资后开始了一番"做梦娶媳妇"的想象,在约两千字的篇幅中,莫言那种身轻如燕般的叙述开始出场,而这时的语言也忽然变得灵动、飞扬、左右逢源了。然而,在整个小说中,这样的语言却只是惊鸿一瞥,或者也可以说是间歇性的发作。它能够出现,或许只是莫言暂时忘记为张艺谋写作之后的不经意流露。

汪曾祺说:"写小说就是写语言。"② 然而,莫言在《白棉花》中却主要是在写故事、写色彩、写画面、写对话,唯独没有在语言

---

① [美]理查德·沃尔特:《电影电视写作——艺术、技巧和商业》,汤恒译,河海大学出版社1991年版,第80页。
② 汪曾祺:《中国文学的语言问题》,载《汪曾祺全集》四,北京师范大学出版社1998年版,第217页。

上讲究起来。现在看来，或许不是他不想讲究，而是影视化的思维和写法制约着他，让他变得更加"理性"了。结果，"毛茸茸的感性"便始终处于下风，被摁得抬不起头来。这样一来，他的语言就既不可能汪洋恣肆，也不可能泥沙俱下了。如此看来，影视小说对于语言的破坏性是显而易见的。

破坏的当然不仅仅是语言，还有故事的完整性、人物心理与行为的可信度、主题开掘的深度，等等。例如，方碧玉成为国忠良的未婚妻是故事的开端，也是她后面之所以与李志高幽会的引线。但方碧玉如何成了国忠良的未婚妻，她又受到了怎样的委屈，小说并没有做任何交代。方碧玉出场时，莫言倒是对她的身世稍有交代："她从小没娘，由她爹拉扯成人。这家伙的爹会武术，曾经一个'鸳鸯脚'踢死一条恶狗。"（第165页）但这样一个武艺高强的爹为什么会惧怕村支书进而同意这桩婚事呢？莫言没写，我们猜测的答案便只有一个：村支书有权有势，横行霸道。而如此为村支书定位虽然在批判"文化大革命"的语境中显得政治正确，但他依然是一个概念化的人物，缺少个性化细节的支撑。而从概念延伸出来的村支书之恶固然可以成为后续故事发展的动力，但因为这种恶空洞、抽象，便也让整个故事的根基显得很不牢靠了。

由此也带来了方碧玉心理演变轨迹的模糊不清。她自然是不可能喜欢"驴嘴狮鼻"的国忠良的，但从她不喜欢国忠良到喜欢李志高，似乎又缺少令人信服的逻辑线索。在小说中，我们只是知道方碧玉容貌出众，会武功，敢于打抱不平，而她的心理活动却一直处在幽暗不明的状态。这当然与第一人称的限制叙事有关，但这样一来，她的所谓"背叛"，她对李志高的喜欢也就变得让人无从把握了。因为在小说的描述中，李志高虽文质彬彬，但他同时也酸文假醋，喜欢夸夸其谈，他让方碧玉看上的动力在哪里呢？或者，仅是他夜宿草垛的英勇，就能成为捕获方碧玉芳心的重要理由吗？当小说仅仅靠这一细节做文章时，方碧玉的为爱献身就显示出情感逻辑的脆弱，经不住仔细推敲。当然，话说回来，方碧玉究竟是为了爱情还是因为情欲，小说也写得暧昧不明。这样，她与李志高的幽会与交欢，她的敢作敢当就失去了合情合理的支撑。而当这一切或者模糊不清，或者暧昧不明时，小说的高潮部分（棉花垛中"野合"）也就成了一种失去"所指"的"能指"演出。它是为了让人"看到"而设计出来的，而一旦被人仔细推想，便有坍塌的危险。这也应了布鲁斯东的说法："电影不是让人思索的，它是让人看的。"①

故事和人物问题最终也带来了主题呈现的问题。《白棉花》究竟想表达怎样的主题呢？如果是控诉"文化大革命"的罪恶，一方面"文化大革命"处在一片虚化的背景中，另一方面莫言写村支书也写得缩手缩脚。村支书这条故事线如此纤细，显然无法承担起控诉的重任。如果是讴歌方碧玉的敢爱敢恨，方、李之间有无爱情还要打一个问号，如此讴歌岂不又显得不伦不类？当然，"种的退化"也是彼时莫言的一种思考，如果在这一层面来考虑这篇小说的主题也不是不可以，但仅凭李志高的多吃多占和敢做不敢当，似乎又很难撑得起这一主题。如此说来，莫言搞的是"无主题变奏"？非也，是因为他迁就了种种影视需要而无法在主题上聚焦，深度开掘便也无从谈起。这样一来，《白棉花》讲述的无非就是一个特殊年代的通俗故事，那里有欲望化的元素，更有奇观化的色彩，但要想让它生发出多么隆重的主题，却又是一件非常困难的事情。

以上所列，就是《白棉花》这篇影视小说所存在的主要问题。

三 "触电"教训启示录

如今我们已知道，尽管张艺谋意识到了《白棉花》的问题所在并果断地对它弃而不顾，但此作还是引起了台湾导演李幼乔的兴趣。

---

① ［美］乔治·布鲁斯东：《从小说到电影》，高骏千译，中国电影出版社1982年版，第51页。

于是在该小说面世八年之后,由他执导出一部李版《白棉花》(编剧李幼乔、王淑英,主演宁静、苏有朋、庹宗华)。但比较悲催的是,此片上映不久,便进入台湾"最受批评电影排行榜"中,被观众认为是"最不值得观看的电影",有高达83%的观众觉得这部电影不应被推荐。① 笔者看过此片后再来琢磨"最不值得观看"的道理,固然觉得靠拍广告片起家的李幼乔也有问题,因为他第一次拍剧情长片,有拿《白棉花》练手之嫌;而仅靠唯美的画面和MTV效果,并不能拯救单薄的意蕴。但更重要的原因还在于,此小说实为莫言的"埋雷"之作——尽管他在小说中输入了丰富的影视化元素,但也恰恰是这些元素限制了导演的发挥,弱化了电影的想象。而当编导改动故事情节,把小说中惨烈的结局转换成国忠良被方碧玉一招毙命、方碧玉则不知所终后,电影也就把小说的含混拧成了清晰,把本来应该感受的"严冬寒"转换成了"三春暖",从而进一步拉低了它的境界与格调。既然《白棉花》张艺谋不愿拍,李幼乔没拍好,那么除非对剧情大换血,否则很难把它拍得"值得观看"。换言之,只要跟着原作亦步亦趋,就只能是谁拍谁倒霉了。

让我们对莫言的"触电"之旅略加梳理。

如果说"触电"《红高粱》只是莫言的被动之举,那么"触电"《白棉花》则是他的主动选择。而主动选择之后,让莫言刻骨铭心的唯有后悔和教训,因为他把一个本来不错的小说素材给写砸了。既然意识到了问题所在,这是不是意味着莫言从此就收手了呢?实际情况并非如此。莫言就亲自讲过:"《酒国》写完以后,我搞了一段影视,当时也是迫于经济的压力,要养家糊口,搞了一段影视。很快就感到后悔,固然可以赚钱,但丢掉了很多人的尊严。"为什么搞影视会丢掉人的尊严?莫言的解释是这样的:"搞电视剧,为人家写剧本,必须牺牲个性,他给你钱,你就必须按他的要求写。电视剧

---

① 《宁静〈白棉花〉被评为最不值得观看的电影》,《羊城晚报》2001年6月8日。

第二章 视觉文化时代的文学生产

本和电影剧本,其实都可以写,但要为自己写,我想写,我才写。你要拍,必须按照我写的拍,要把关系颠倒过来。1993年底,我终于从一个电视剧组里解脱出来,真是焦头烂额,身心疲惫。"① 如此看来,写电视剧本应该比为张艺谋写小说更费心劳神,因为后者尽管也是戴着镣铐跳舞,但主要体现的还是自己的想法,而前者则主动权尽失,业已沦落为影视的雇佣劳动者。此后,莫言还写过一部影视化的长篇小说《红树林》。据他说,这部小说的写作很特殊,是"先写了电视连续剧,再应投资商要求改编为小说,招来很多批评,确实也有很多问题"②。而这次写作让莫言获得的反思是:"长篇小说好像一棵大树,而电视剧本则像一套家具。用大树造成家具比较容易,但要把一套家具复原成一棵大树几乎是不可能的。"③ 这次写作之后,莫言似乎就主动"断电"了。虽然后来张艺谋又一次找上门来,投拍了他的《师傅越来越幽默》,但莫言对《幸福时光》的改编并不满意。他说:"就一个破旧公共汽车的外壳是小说里有的,但5分钟不到就被吊走了。"④ "《幸福时光》把我的小说中一些很有价值的东西改掉了,很遗憾。"⑤ 这就意味着《幸福时光》已经大换血,它已完全成了张艺谋的作品,与莫言的小说已几无关系。与此相比,莫言与霍建起的合作应该比较成功。虽然原小说《白狗秋千架》只是一篇一万多字的短篇小说,但莫言为导演出主意,想办法,增加故事情节,减少哑巴数量。结果,这部文艺片面世后,不仅在

---

① 莫言:《在文学种种现象的背后——2002年12月与王尧长谈》,载《莫言对话新录》,文化艺术出版社2010年版,第92、93页。
② 莫言:《发明着故乡的莫言——2002年3月与〈羊城晚报〉记者陈桥生对话》,载《莫言对话新录》,文化艺术出版社2010年版,第264页。
③ 莫言:《我想做一个谦虚的人——1999年3月与〈中国图书商报〉记者陈年对话》,载《莫言对话新录》,文化艺术出版社2010年版,第233页。
④ 许青红:《莫言摘得亚洲文化大奖称〈红高粱〉已成自身符号》,《京华时报》2006年7月22日。
⑤ 王臻青:《莫言直言作家创作不必迎合影视剧 否则适得其反》,《辽宁日报》2012年8月21日。

接合:大众文化的冲击与1990年代以来的文学生产

日本引起轰动,甚至也让看样片的莫言流下了感动的眼泪。①

大体而言,这就是《白棉花》之后莫言"触电"的种种举动。

如此看来,莫言的"触电"之举就很耐人寻味。他显然不是"触电"频率很高的作家,却也没有完全放弃"触电"的机会。与此同时,他又是对"触电"有着清醒认识的作家,以致边"触电"边反思,边反思边"触电",直到20、21世纪之交才基本上远离了与影视界的合作。莫言的犹疑至少让人明白了一个道理:与小说相比,影视剧确实已是我们这个时代的主打文艺产品,它甚至对莫言这样的纯文学作家也构成了不小的诱惑。尤其是电影《红高粱》的成功,更是让他看到了小说变成电影后的巨大力量,从而也让他有了继续与影视合作的动力。莫言说过:"我不知道别的作家,反正我的小说被改编成影视剧,我很高兴。"② 他甚至想象过,《丰乳肥臀》这部小说"完全可以拍成一部场面恢宏的巨片,也完全可以拍出一部关于东西文化交流与冲突的巨片"③。可以想见,莫言的这种想法在纯文学作家中应该是具有很大的代表性的。因为与影视合作,不仅意味着收入的增加、生活的改善,而且还意味着这是让自己的作品走向更多受众乃至走向世界的绝好机会。因此,在扩大影响的层面,估计没有作家会拒绝自己的小说变成影视之作。

但与此相比,莫言与影视合作的教训似乎更值得人们深思。当《白棉花》在莫言手中变成一个失败之作后,他反复念叨出来的是这样一个教训:"我认为写小说就要坚持原则,决不向电影和电视剧靠拢,哪怕一百个人里面只有一两个人读得懂,也不要想着怎么可以更容易拍成电影。越是迎合电影、电视写的小说,越不会是好的小

---

① 参见莫言《小说创作与影视表现》,《文史哲》2004年第2期。
② 王臻青:《莫言直言作家创作不必迎合影视剧　否则适得其反》,《辽宁日报》2012年8月21日。
③ 莫言:《我的离经叛道——1999年7月与〈丰乳肥臀〉日文译者吉田富夫的对话》,载《莫言对话新录》,文化艺术出版社2010年版,第240页。

说，也未必能迎来导演的目光。""写小说的人如果千方百计地想去迎合电视剧或者电影导演的趣味的话，未必能吸引观众的目光，而恰好会与小说的原则相悖。""我的态度是，绝不向电影、电视靠拢，写小说不特意追求通俗性、故事性。"① 这是沉痛之言，其中隐含的应该是这样的道理：假如一味迎合影视或导演，那么影视的思维方式就会进驻小说，从而改变小说质的构成。因为布鲁斯东说过："小说的最终产品和电影的最终产品代表着两种不同的美学种类，就像芭蕾舞不能和建筑艺术相同一样。"② 陀思妥耶夫斯基更是明确指出："艺术自有其奥秘，其叙事的形式完全不同于戏剧的形式，我甚至相信，对艺术的各种形式来说，存在着与之相适应的种种艺术思维，因此，一种思维决不可能在另一种与它不相适应的形式中得到体现。"③ 以此类推，小说有小说的思维方式，影视也有影视的思维逻辑，假如后者干预了前者，那么必然意味着小说思维受到了视觉思维或剧本化思维的捣乱和破坏。结果，小说将不再成为真正意义上的小说，而是元气大伤，精神涣散，变成了不伦不类之物。从这个意义上说，莫言所得到的教训表面上表明的是自己的一种写作态度，实际上却是在捍卫着文学的一种尊严，其警示性是不言而喻的。

但话说回来，能像莫言这样迷途知返并最终从影视这个是非窝中超脱出来的作家毕竟少之又少。我们看到的情况是，越来越多的作家投入了影视的怀抱，越来越多的影视小说堂而皇之地走向了市场和读者。这一方面意味着作家与文学已很难挣脱视觉文化霸权的束缚，另一方面也表明，在以后相当长的时间里，过着一种没有尊严的生活很可能就是文学的常态。

---

① 莫言：《小说创作与影视表现》，《文史哲》2004年第2期。
② ［美］乔治·布鲁斯东：《从小说到电影》，高骏千译，中国电影出版社1982年版，第6页。
③ ［俄］陀思妥耶夫斯基：《陀思妥耶夫斯基论艺术》，冯增义、徐振亚译，漓江出版社1988年版，第343页。

第三节　从小说到电影：《芳华》是怎样炼成的

2017年12月15日，随着《芳华》在中国、北美地区同步上映，全国观众似乎进入集体出动、扶老携幼看电影的狂欢时期。在长达半个多月的时间里，先是网络大V叫好力挺，① 接着吃瓜群众紧随其后，他们利用微博微信自媒体，对比电影小说，畅谈观影感受，追忆逝水年华，齐夸严编冯导。"忘记过去就意味着背叛"——当《私人订制》被各路吐槽搞得风雨飘摇之时，冯小刚曾于2013年12月29日闻鸡起舞，怒发冲冠，连发七条微博，痛说革命家史，把影评人骂得狗血喷头。整整四年之后的"尼采式时间"（2017年12月30日12时20分），冯小刚则在微博上借用影评人聆雨子言，先自夸《芳华》"走心"，接着发表感言："《芳华》在上映前是被经验和数据一致唱衰的，是观众与剧中人物的共情使这部影片成为了黑马。它的意义绝不仅仅是票房的数字，更大的意义在于，观众的撑场让我们陷于彷徨的导演重拾了以人为本创作现实主义作品的信心。这一次是观众挽救了电影的创作，我在此要向支持《芳华》的观众表达感激，更要向那些十几年不去电影院，这次因为《芳华》重回影院，并且把字幕看完才起身离场的中老年观众，那些我的同代人，向你们鞠躬致谢。"②

很显然，面对口碑人气上座率的一路看涨，面对广大观众"心往一处想，劲往一处使"的观影盛况，冯小刚已被感动得够呛。电影界经常说"票房才是硬道理"，与《一九四二》的3.7亿元、《私

---

① 例如，韩寒16日发长微博，以"下巴黑"与"下巴亮"区分电影好坏，说"《芳华》哀而不伤，藏着锋芒，是一部值得你全程黑着下巴，亮着心扉去看的好电影"。https: //weibo.com/1191258123/FzVitx1HP?from=page_1035051191258123_profile&wvr=6&mod=weibotime&type=comment，2017年12月16日。

② https: //weibo.com/1774978073/FC1IezAgZ?from=page_1035051774978073_profile&wvr=6&mod=weibotime&type=comment，2017年12月30日。

人订制》的 7.13 亿元、《我不是潘金莲》的 4.83 亿元相比,《芳华》确实创造了票房奇迹。至 2018 年 3 月下旬,其累计票房已达 142241.3 万元。

那么,为什么作为小说的《芳华》姿色平平,改编成电影却取得了如此辉煌的战绩?其中隐含着怎样的成功秘籍,又传递着怎样的大众文化生产信息?我们究竟该如何面对这一文化奇观或电影奇迹?所有这些问题,恰恰是值得深入探究的。

一 女兵情结与私人订制:《芳华》诞生的动因

有必要从冯小刚提及的那篇影评说起。

《芳华》上映的第六天,聆雨子写出《〈芳华〉:当中年还没开始油腻,当少年还没开始佛系》的影评,广为流传。其中他特别指出,喜欢讲故事的冯小刚,此前他与他的作品之间往往保持着某种"抽离感":"即使是他最扎心的那几次尝试,《唐山大地震》让你觉得很凄惨,《1942》让你觉得很沉重,《我不是潘金莲》让你觉得很愤懑,但凄惨、沉重、愤懑,照样都是'让你'层面上的情绪,这份'让你'执行得很到位,然而执行者本人在哪里,渺无踪迹。这次不同,这次的冯小刚无处不在,这次的冯小刚无从自拔。"[①] 不得不说,聆雨子的眼光的确很毒,他看出也说出了许多人没有意识到的问题。换句话说,如果说冯小刚此前的电影主要是拍给别人看的(《一声叹息》除外),"我"不入戏,那么《芳华》却首先是拍给他自己瞧的,那是他多年心结的一次释放。

许多观众不一定知道的是,冯小刚早年曾当过七年文艺兵,心中潜藏着根深蒂固的"女兵情结"。许多年后他曾回忆,刚转业时的 1984 年,他曾在战友家中与一位漂亮女兵跳过一回贴面舞。这位女

---

① 聆雨子:《〈芳华〉:当中年还没开始油腻,当少年还没开始佛系》,https://movie.douban.com/review/9000239/,2017 年 12 月 20 日。

接合：大众文化的冲击与1990年代以来的文学生产

兵脖子十分光洁，"因为是在8月里，天很热，她没有穿白衬衫，空堂穿着的确良夏装，光洁的颈部优美地立在军装的小翻领中，使脖子看上去更白，领章看上去更红"。冯小刚接着评论道："女兵这种穿军装的方式在夏天里很普遍。洗完澡，披着湿漉漉的头发，光着脖子空堂穿上军装，把军帽塞进军挎包里走出军营。严格地说，这种着装方式是不符合条例的，但看上去却楚楚动人。现在只要是提到性感这个词，我首先想到的画面就是以上的描述。直到今天我都想为这样一个细节拍一部电影，抒发多年来埋藏在内心深处的女兵情结。"①

这番话写在2002年冬。也就是说，至少在十五年前，冯小刚就萌生了为心中留存的女兵意象拍一部电影的念头。而在《芳华》首支预告片面世的第二天（2017年5月6日），冯小刚也恰好被安排在中央电视台《朗读者·青春》栏目做客，经董卿逗引，他又一次向观众交代了自己的女兵情结：

> 董：所有的人都跟我说，如果你是在部队文工团当过兵的，特别是男同志，就会有一个青涩而美好的情结，就是女兵。
>
> 冯：每个战士的心里都住着一个文工团的女兵（众笑）。我那个时候在美术组，我们美术组的楼上呢，是舞蹈队的演员队，学员每天中午先在那练完功了，就去洗澡，洗完澡她们就露着那个修长的脖子，完了那种洗发水的香味扑面而来，湿着头发，每人拿一个脸盆。所以我会成心在她们，算计在她们经过的那个时间，拿着饭盒去食堂，希望能和她们打个照面。但是有的时候走过去了，她们也没过来。我走到食堂我不甘心，我再走回到我的宿舍楼，我可能走三趟才能赶上（众笑）。
>
> 董：有特别喜欢的吗？
>
> 冯：有，而且不是一个（众笑）。

---

① 冯小刚：《我把青春献给你》，长江文艺出版社2003年版，第30—31页。

第二章 视觉文化时代的文学生产

董：一般暗恋对象都是一个。

冯：因为你自卑感太强了，你觉得她不可能喜欢你，所以你是对整个一个群体产生了一种向往（众笑）。我把这些情节都写到了《芳华》这部电影里，我觉得那个时候，确实它是有革命的浪漫主义和革命的英雄主义。①

毫无疑问，当"女兵情结"在冯小刚心里发酵了太长时间之后，他是一定要在电影中为它找到一个出口的，这就意味着《芳华》无论怎么拍，冯小刚都不可能不把自己摆进去。然而，这种摆法，显然又与《阳光灿烂的日子》或《西西里的美丽传说》不可同日而语，因为姜文和托纳多雷可以顺理成章地把自己摆到马小军或雷纳多那里，从而完成他们的冒名顶替与深度移情，但冯小刚却只是女兵风景的偷窥者和欣赏者，仅凭"走三趟打个照面"显然不可能真正进入女兵们的生活世界。因此，这一次他既无法自编剧本，也无法让缺少这种生活经历的王朔或刘震云（尽管他们都当过兵）玉成其事，但他又必须借他人酒杯，浇自己块垒，这样，严歌苓就隆重出场了。

现在看来，严歌苓显然是能帮助冯导实现"好梦一日游"的最佳人选。在严歌苓的多次讲述中我们已被告知，她12岁从军，成为成都军区歌舞团的一名芭蕾舞演员。此后她去过西藏演出，因早恋受过处分，对越自卫反击战爆发后又曾主动请缨，成为战地记者。从前线回来后她一度抑郁，从此开始写作生涯。她说过，部队的十三年生活给她留下了"创伤性记忆"，假如一个人恰好有作家基因，这种记忆"就会使他成为一个作家"②。而后来，严歌苓果然也一发不可收：先在国内写小说、写剧本，后赴哥伦比亚大学艺术学院文

---

① 《朗读者·春青》，http://tv.cctv.com/2017/05/06/VIDEPcpIU7oRFHP6li8nGMNT170506.shtml，2017年5月6日。

② 黄晓洁整理：《严歌苓谈文学创作》，《世界文学评论》2012年第2期。

接合:大众文化的冲击与1990年代以来的文学生产

学写作系攻读硕士学位。经过严格的专业训练之后她开始杀回马枪：中文小说接二连三在国内出版，多部小说被改编成电影、电视剧。到出版小说《芳华》为止，严歌苓无疑已极具市场号召力，同时无疑也是华语世界中最有影视缘的作家之一。

正是在严歌苓创作如日中天的时候，冯小刚向她发出了求救信号。有报道指出，2013年，冯小刚因手中没有好电影题材而一筹莫展，遂向王朔诉苦："我不知道拍什么。"王朔便给他支招："你不是对你自己的文工团经历特别有激情拍么？那你就让严歌苓写，严歌苓创作这类小说是具有唯一性的。"① 于是冯便找严，直陈其事："我年轻的时候在部队，身边都是十六七岁身怀绝技的文艺兵，小提琴、长笛、大提琴都水平超高，我想搬上银幕给现在的年轻人看。那是我们的青春。咱们都是部队文工团出来的，能不能也做个很有激情的电影。我现在好像很多片子都懒得弄了，有激情的就是这个。"他甚至给严歌苓提供了"五个女兵和一个男兵"的故事框架，并让五个女兵在一次雪崩中全部牺牲。但严歌苓直言相告："我只能写我自己的故事，写那些让我感动的、让我有兴趣去研究和探索的人物，要不然我写不出来的，一个字儿都写不出来。"② 而在另一处地方，严歌苓的说法是这样的："写《芳华》的起因，其实太自然了。我从12岁到25岁都在军队里度过，从小跳舞，后来成了部队的创作员。《芳华》里的故事，是我的一段青春经历，里面的人物有我从小到大接触的战友们的影子。大概在四年前，冯小刚导演跟我说：我们俩拍一个文工团的电影吧，你我都是文工团的，我现在特别怀念那段生活。我说好啊。他讲了对这部电影的大致想法，我答

---

① 荠麦青青：《严歌苓：爱是我们最大的软肋，也是最好的救赎》，https：//www.sohu.com/a/212213479_207249，2017年12月22日。
② 王净：《是什么让严歌苓猛然转身？——逝去的青春与永驻的"芳华"》，原载《北京青年周刊》，http：//www.chinawriter.cn/n1/2017/1219/c405057-29714923.html，2017年12月19日。

应先写写看。关于我自己的故事、人物，这部小说一定要发自内心，才能写好。"①

在许多人看来，一个是知名作家，一个是大牌导演，严、冯二人的《芳华》之旅应该是珠联璧合，成就的是一段文学与影视联姻的佳话，但我却依然看出了其中的问题。严歌苓早在2010年就曾说过："我特别痛恨商业行为的写作，第一我绝对不可能做到哪个导演跟我约一个什么故事，我就能生发出一个故事专门侍候着。"②《芳华》当然可以理解为不是"专门侍候"冯小刚的作品，但既然是"约写"，这种写作有没有一种"商业"属性？更耐人寻味的是，也是从2010年开始，严歌苓就反复强调要写"抗拍性"强的小说，并把这种思考凝固成如下说法：

> 我非常爱文学，也爱电影。我希望这两件事情别混在一起，否则常常要造成巨大的妥协，电影和电视带给你如此大的收益，你就会不自觉地去写作它们所需要的作品，这有时候对文学性是一种伤害。我将会写作一些"抗拍性"很强的作品，所谓"抗拍性"，就是文学元素大于一切的作品，它保持着文学的纯洁性。像纳博科夫的《洛丽塔》，那就是一部"抗拍性"很强的作品，尽管它被拍成了电影，有的电影还获得了奥斯卡奖，但是没有哪一部能还原这部小说的荣誉。③

如此看来，"抗拍性"就是要精心打造文学作品，强化其"文学性"，弱化其"电影性"，让改编者无处下手，不给导演提供拍成电

---

① 《如何评价严歌苓的〈芳华〉？》，https://www.zhihu.com/question/59494097/answer/222704302，2017年8月31日。
② 李宗槿整理：《严歌苓谈人生与写作》，《华文文学》2010年第4期。
③ 严歌苓：《我要写"抗拍性"强的作品》，http://www.360doc.cn/mip/241701380.html? ivk_ sa=1024320u，2012年10月15日。

接合:大众文化的冲击与1990年代以来的文学生产

影的可乘之机。这种高调宣言昭示着她对文学的赤胆忠心,也在很大程度上隐含着她的某种焦虑:其小说改编成电影的机会越多,也就意味着"电影性"大于"文学性"的概率越高,结果,在小说家与编剧的身份之间,后者的光环就会遮蔽前者。而在文学界业已形成的专业评价尺度中,小说依然首先是供读者读而不是供改编成影视剧让观众看的(尽管许多优秀之作也改编成了影视剧),如果哪部小说是冲着被改编而写作,它的文学性必然会大打折扣。

明白了这一历史语境,我们就会对写出了《芳华》的严歌苓略感吃惊。因为一旦接受了冯小刚的约请,也就意味着她必须放下身段,尽释前嫌,来个一百八十度的大转弯,变"抗拍性"为"可拍性"。当然,她如此选择,也并非无先例可循,于她更应该是坏事变好事。遥想1993年,张艺谋曾约请格非、苏童、北村、须兰、赵玫、钮海燕六位作家同写长篇小说《武则天》,为其准备投拍的电影《武则天》提供改编素材,由此开启了"命题作文"、"订购"作品的先河。由于张艺谋起点高,动作大,六作家也很听话,都在规定时间内交上了自己的答卷,一时众皆侧目,舆论哗然,遂使这一事件"成了90年代的文坛奇观之一"[①]。许多年之后,冯小刚步其后尘,"私人订制",且认准严歌苓而并未遍撒英雄帖,这种做法应该已被业内认可,甚至已是时代潮流。倘非如此,为什么同样是订购作家作品,当年被张艺谋闹得沸沸扬扬的动静如今却变得悄无声息了呢?与此同时,严歌苓说不定还要因此感谢冯小刚,因为假如不是响应冯导号召,她的那段青春往事或许还要在其素材库中暂时沉睡。是冯小刚把她从梦中唤醒,并让它们有了提前显影的机会。在这个意义上,冯小刚无疑已是昆德拉所谓的"意象设计师",因为无论严歌苓如何以自己的经历为基础写成小说,《芳华》都是导演"召唤"并"设计"的产物。而这部影片在2017年年底所形成的这一影

[①] 戴锦华:《雾中风景:中国电影文化1978—1998》,北京大学出版社2000年版,第352页。

视奇迹，也在很大程度上走进了那句名言的埋伏之中——"重要的不是故事讲述的年代，而是讲述故事的年代。"① 因为道理很简单，如果不是冯小刚催生了严歌苓的《芳华》，并在正确的时间讲述了这个正确的故事，那么，即便严歌苓选择"单飞"，并在猴年马月"芳华"了一把，或许它已很难产生如此巨大的"轰动效应"了。

然而要我说，也正是这种流畅的传接配合，为《芳华》的大众文化生产埋下了种种伏笔。为了说清楚这一问题，我们不妨先从这部小说谈起。

二 小女人小说或电影小说：严歌苓的配方

小说《芳华》面世之初便同时有两个版本，其一名为《你触碰了我》，发表于2017年第3期《十月》杂志的"中篇小说"栏目中。其二名为《芳华》，2017年4月由人民文学出版社出版。两个版本不仅题目不同，内容也有所增删。例如，《你触碰了我》一开篇便有对刘峰的肖像描写："他叫刘峰。假如把对刘峰形象的描写做一个填空表格，其实也办得到——脸型：圆脸；眉眼：浓眉，单眼皮；鼻子：圆鼻头，鼻梁端正；肤色：细腻白净。个头儿高一米六九。"而在《芳华》中，这处描写则增改成了这样：

> 他叫刘峰。三十多年前我们叫他：雷又锋。意译是又一个雷锋，音译呢，假如你把汉语拼音的元音放慢：L—i—u—Liu，从L出发，中转站lei，十分之一秒的停留，最终到达Liu，刘峰跟雷锋两个名字的拼音只是一个字母的差别。所以我们诨叫他

---

① 此句名言流传甚广，且都认为是福柯所说，但我并未查到确切出处。为了这句话，笔者曾特意请教福柯研究专家汪民安教授，他给我的答复是：意思确实是福柯的意思，但他也没见过福柯在哪本著作哪篇文章中说过这样的原话。类似的一个表达是：重要的是"讲述神话的时代，而不是神话所讲述的时代"。参见［美］布里恩·汉德森《〈探索者〉——一个美国的困境》，戴锦华译，《当代电影》1987年第4期。

雷又锋。不挖苦的，我们女兵那时正经崇拜浑身美德的人，只是带点善意打趣，而已。假如把对刘峰形象的描写做一个填空表格，其实也办得到——脸型：圆脸；眉眼：浓眉，单眼皮；鼻子：圆鼻头，鼻梁端正；肤色：细腻白净。你试着形容一下雷锋的长相，就发现能照搬过来形容刘峰，当然刘峰比雷锋个头高十厘米，一米六九。①

这处增改（以及小说中的其他修改）究竟出现在冯小刚过目之前还是之后，不得而知。但可以肯定的是，如此一来，刘峰便被贴上了"雷又锋"的标签，成了福斯特所谓的"围绕着一个单独的概念或者素质创造出来的""扁平人物"或"类型性人物"②。而把刘峰"类型化"，既便于小说情节的生发和故事的展开，也有利于电影改编。

不过，两个版本的比较并非笔者分析的重点，笔者想指出的仅在于，由于《你触碰了我》是应冯小刚之约而写，《芳华》之名又是冯小刚建议之下的产物，这部改名之后的小长篇（版权页标为119千字）甫一上市（2017年4月）便成为畅销书，至9月，该书已是第6次印刷，印数达24万册；电影上映后又加印到14次，共计85万册。③ 这既是对严歌苓市场号召力的再次证明，同时也意味着"电影和电视给你做了一个很好的广告"④ 所言不虚，因为该书封面上毫无悬念地印着"冯小刚同名电影、原著小说"等字样，以此告知读者小说与电影的关联。

但在我看来，这本畅销书却并非严歌苓小说序列中的上乘之作。

---

① 严歌苓：《芳华》，人民文学出版社2017年版，第1—2页。
② [英] E. M. 福斯特：《小说面面观》，朱乃长译，中国对外翻译出版公司2002年版，第175页。
③ 参见刘艳《揭秘严歌苓"芳华"写作之十问十答》，《写作》2018年第4期。
④ 黄晓洁整理：《严歌苓谈文学创作》，《世界文学评论》2012年第2期。

第二章　视觉文化时代的文学生产

如果要对它归档分类，有两种名称大概适合于它，其一是"小女人小说"，其二是爱德华·茂莱所谓的"电影小说"。

"小女人小说"是对"小女人散文"的套用。据王干分析，20世纪90年代中后期，"以黄爱东西为首的一批广派女性作家在沪上'登陆'以后"，先是在《新民晚报》上狂轰滥炸，让上海市民爱不释手；接着上海的出版社又紧随其后，连续推出她们的散文集。于是有媒体便戏称其散文为"小女人散文"。而之所以有如此调侃之词，盖因其字数少、格局小，往往写身边琐事、家长里短，乃至小感伤、小悲哀、小欣喜、小向往充斥其中，致使喜欢者言其"率真"，厌恶者斥其"浅薄"。王干对这种散文新品种分析一番后罗列出四种理解公式，并认为"小女人散文＝女人＋小散文"比较靠谱。[1]

由《芳华》联想到"小女人散文"，然后把它定位成"小女人小说"，其实是比较的结果。而比较的对象一是严歌苓的其他小说，二是王刚的《喀什噶尔》（《当代》2016年第1期）。总体而言，严歌苓的小说都写得流畅好读（这应该与她受过严格的写作训练有关），其中几部的意蕴也还厚实（如《陆犯焉识》等），但写到《芳华》时却出现了一个征候。以往严歌苓写小说，其故事大都来自道听途说，"像《第九个寡妇》、《小姨多鹤》都是我听到的故事，都是朋友给我讲的。我的确在搜集这些故事，然后去采访、去实地体验获得二手素材"。尤其是为了写《陆犯焉识》，作者去上海采访亲戚，去青海调研半塌的监狱，甚至"特地拜访过《夹边沟纪事》的作者杨显惠先生，听他讲关于'右派'劳改营的故事。虽然创作过程中整个素材的收集非常吃力，但也正是在这一过程中，我渐渐发现这个故事开始活起来了"。[2] 这就意味着，凡是在调查研究方面做足了功课的作品，严歌苓往往写得既有看头也有一定深度，甚至有

---

[1] 王干：《话说"小女人散文"》，《中国现代、当代文学研究》1997年第1期。
[2] 果尔：《从故事、小说到电影——严歌苓访谈》，《电影艺术》2014年第4期。

时还能写出一些荡气回肠的意味。这样的作品显然是无法称作"小女人小说"的。

但在严歌苓的写作史上,《芳华》却显得比较另类,因为这是从她心里面长出来的作品,用她的话说,"这部小说可以说是最贴近我亲身经历的一部,我可以在人物、作家和我自己之间游离变换,占据着一个似乎是真的似乎是假的、处于虚构和真实之间的地位"[①]。既如此,也就意味着写作《芳华》时的严歌苓已不必饱受调研之苦,而只需在当兵跳舞十三年的记忆中搜罗出一些,然后移花接木,加工再造,便可完成这篇命题作文。按常理推断,自己的亲身经历应该更有写头,但不知是作者打了埋伏有所保留,还是这段经历本身就比较贫瘠,它终于还是被写成了"小女人小说"。

这大概与它讲述的故事与开掘的主题有关。有评论家指出:"将一个抽象化的人物置于极致的环境中,讲述一个传奇故事,这就是严歌苓小说的叙述模式。"[②] 这一判断也大体适用于《芳华》,但又有所不同。由于题材所限,作者已不可能营造出把公公藏入地窖二十多年(《第九个寡妇》),或让妓女在大屠杀中拯救女学生(《金陵十三钗》)之类的极端处境了,但对于普通人来说,在军队文工团的封闭空间中上演的女兵男兵的故事依然显得神秘。为了在这个已经弱化的极端处境中打造出一种传奇效果,作者把刘峰"抽象"成"雷又峰",又让他"触摸"了何小曼,并让他因此走上战场,付出沉重代价。严歌苓曾经说过:"我追求一种莎士比亚似的情节结构,没有惊心动魄的故事,小说就不好看。"[③] 而刘峰的情爱之旅,何小曼的个人遭际,显然是《芳华》的故事之核,也应该是这部小说的

[①] 吴雨浓:《陈思和、严歌苓对谈〈芳华〉| 这部小说"最贴近自己的生活",电影"拍得非常美"》,http://www.sohu.com/a/165735079_184726,2017年8月18日。

[②] 李云雷:《历史的通俗化、美学与意识形态——严歌苓小说批评》,《长江文艺评论》2016年第5期。

[③] 江少川:《走近大洋彼岸的缪斯——严歌苓访谈录》,《世界华文文学论坛》2006年第3期。

看点。实在说来，这样的故事虽有某种奇观效应，但又没多大讲头。为了让它显得有点意思，她把好人刘峰推到道德标兵的极致，又把何小曼打造得人馁心善，成为刘峰的同类项。与此同时，萧穗子、林丁丁、郝淑雯和朱克们则被归到"小资调"和"二流子"的阵营里，从而与前者形成二元对立，制造紧张关系。为了让矛盾冲突起来、关系紧张起来，她让"好人"好到那个时代的最高境界，又让"坏人"（有坏心思的使坏之人）的价值观念提前进入改革开放的思想解放年代，这当然有违历史真实，但是却很能在错位中形成作者所需要的传奇效果。刘峰出事后，小说借助叙述者萧穗子有一段心理分析，值得照录如下：

> 如果雷锋具有一种弗洛伊德推论的"超我人格（Super-ego）"，那么刘峰人格向此进化的每一步，就是脱离了一点正常人格——即弗洛伊德推论的掺兑着"本能（Id）"的"自我（Ego）"。反过来说，一个距离完美人格——"超我"越近，就距离"自我"和"本能"越远，同时可以认为，这个完美人格越是完美，所具有的藏污纳垢的人性就越少。人之所以为人，就是他有着令人憎恨也令人热爱、令人发笑也令人悲悯的人性。并且人性的不可预期、不可靠，以及它的变幻无穷，不乏罪恶，荤腥肉欲，正是魅力所在。相对人性的大荤，那么"超我"却是素净的，可碰上的对方如林丁丁，如我萧穗子，又是食大荤者，无荤不餐，怎么办？郝淑雯之所以跟军二流子"表弟"厮混，而不去眷顾刘峰，正是我的推理的最好证明。刘峰来到人间，就该本本分分做他的模范英雄标兵，一旦他身上出现我们这种人格所具有的发臭的人性，我们反而恐惧了，找不到给他的位置了。因此，刘峰已经成了一种别类。试想我们这群充满淡淡的无耻和肮脏小欲念的女人怎么会去爱一个别类生命？而一个被我们假定成完美人格的别类突然像一个军二流子一样抱

住你，你怪丁丁喊"救命"吗？我们由于人性的局限，在心的黑暗潜流里，从来没有相信刘峰是真实的。假如是真实的，像表面表现的那样，那他就不是人。哪个女人会爱"不是人"的人呢？①

这处分析或许是作家萧穗子（其实也是作者本人）的得意之笔，却是建立在对弗洛伊德的误读之上的。"伊特中产生出自我，自我中又产生出超我。它们在整个生命过程中始终处于相互作用和相互溶合的状态。"② 此为弗氏精神分析学的基本常识，但严歌苓却让它们处在割裂之中。这样做的好处之一是便于把复杂的问题简单化。于是，"超我"被分配给刘峰，并让它成为那个"去欲望化"年代的能指符号；"本我"和"自我"则归萧穗子们所有，并让它们扮演冲破牢笼的思想先锋。在这里，叙述者的分析策略（也可以说是整个小说的叙事策略）是先把"超我"刘峰抬到时代精神的高度，然后再以"超我不是人"的方式把他摔到现实的地面。相反，被"本我"和"自我"武装起来的萧穗子们仿佛已是"快乐原则"或"现实原则"的俘虏，实际上却代表着"人性"的觉醒。这种明踩暗抬、欲扬先抑的手法既显示了她们观念的先进与正确，也为增加戏份、制造矛盾冲突奠定了基础。

实际上，这也正是作者意欲开掘的一个主题。但是，即便这一主题如何被弗洛伊德的理论重新包装，如何揭示了"人性的阴暗面"，它也依然是比较小儿科的。不客气地说，在新时期以来的文学叙事中，它只是接近于20世纪80年代中前期"人道主义与异化问题"讨论阶段所催生之作品的初级水平，其主题之浅薄、意蕴之寡淡一读便知。也正是因为这一主题开掘价值不高，故事没什么讲头，

---

① 严歌苓：《芳华》，人民文学出版社2017年版，第54—55页。
② ［美］C. S. 霍尔：《弗洛伊德心理学入门》，陈维正译，商务印书馆1985年版，第26页。

作者便只好借助熟练的写作技术和"自由切换"的叙述手法来掩盖小说整体透出的"小"来。但不幸的是，小格局、小心思、小聪明、小趣味等，仍如山涧泉水，汩汩而出。在"小女人散文"的爱好者看来，这部小说或许已很能称得上大气磅礴了，但我却以为它依然属于"小女人小说"。

如果对比一下同一时期同类题材的作品，这种"小"或许会被看得更加真切。像严歌苓一样，王刚也有入伍从军当文艺兵的经历，其长篇小说《喀什噶尔》（比《芳华》早一年面世）同样写的是70年代中后期（1977—1980）文工团男兵女兵的故事。然而，在王刚笔下，乍暖还寒的时代氛围，革命音乐与靡靡之音的此伏彼起，真性情与伪崇高的交战，荷尔蒙的涌动与冲撞，整个文工团的悲剧性结局（路遇洪水，集体遇难，尸体和乐器全部被冲进一个湖里），男女主人公令人揪心的命运，等等，无不在描摹着特殊年代的残酷青春，又无不在作者充满激情的缅怀中演变成一种深沉的怀旧之美。于是我们可以说，《喀什噶尔》既大气又走心，它是从作者心中流出来的东西，可谓"为情而造文"；相比之下，《芳华》虽然也摹写了自己的经历，却依然有"为文而造情"之嫌。

为什么会形成这种局面？原因当然复杂，但我以为重要的原因之一必与冯小刚的召唤和作者的影视化思维进驻其小说有关。如前所述，在邀约这部小说之初，冯小刚就有他自己的想法，而这种想法或许就是希望小说写得"像《这里的黎明静悄悄》那样唯美和诗意"[1]。虽然严歌苓并未"奉旨"写作，但这并不意味着她就完全不照顾冯小刚的订购之需。否则，"小刚看完之后非常喜欢"[2] 就无从谈起。而更重要的是，我们不应该忘记严歌苓做过好莱坞编剧。作

---

[1] 吴雨浓：《陈思和、严歌苓对谈〈芳华〉｜这部小说"最贴近自己的生活"，电影"拍得非常美"》，http：//www.sohu.com/a/165735079_184726，2017年8月18日。

[2] 吴雨浓：《陈思和、严歌苓对谈〈芳华〉｜这部小说"最贴近自己的生活"，电影"拍得非常美"》，http：//www.sohu.com/a/165735079_184726，2017年8月18日。

为编剧,她非常懂得如何让自己的小说具有可读性,如何让影视化思维主宰其小说的走向。她曾说过:"可读性跟我做电影编剧有关系,因为你得懂戏。就是说你得让它往前走,你得有动作,不能就停在那里……作为小说家我做不到我行我素——反正你是我的读者,我才不管你爱不爱看,就是拼命地在那里挥霍文字。"① 而具体到《芳华》,这种影视化思维又让其小说变成了好莱坞叙事"三幕结构"的典型之作。

按照权威解释,三幕结构是这样呈现的:"第一幕介绍英雄所面临的问题,以危机和主要冲突的预示来结束。第二幕包括主人公与他或她面对的问题进行的持续斗争,结束于英雄接受更为严峻的考验这一节点。第三幕所呈现的应是主人公对问题的解决。以一部两个小时长的电影为标准,假设剧本中每一页所包含的内容等于银幕上每一分钟所表现的内容,那么,这些编剧权威所推荐的篇幅是:第一幕占用30个页码,第二幕为60页左右,第三幕为30个页码。这个1:2:1的比率已经成了标准规格。"② 除此之外,剧本还必须有"刺激事件"(inciting event)引发的"情节点Ⅰ",它通常出现在第一幕的结局。"第二幕由情节点Ⅰ的结尾开始而继续发展到情节点Ⅱ为止。在电影剧本的这一部分内,主要人物要克服一个又一个的障碍去实现自己的戏剧性需求。"③

《芳华》这部小说共计215页,它的"刺激事件"也就是小说一开篇就提及的"触摸事件",该事件出现在第50页前后,那也正是第一幕行将结束之时。因为这一事件,男一号刘峰开始下连队,上战场,经历各种磨难,女一号何小曼也随之遭遇厄运,直至成为

---

① 严歌苓、木叶:《故事多发的年代》,《上海文化》2015年第1期。
② [美]大卫·波德威尔:《好莱坞的叙事方法》,白可译,南京大学出版社2009年版,第13—14页。
③ [美]悉德·菲尔德:《电影剧作问题攻略》,钟大丰、鲍玉珩译,世界图书出版公司北京公司2012年版,第27页。

精神病患者，此为情节点Ⅱ，它出现在小说的第 140 页前后（当然，因为作者不断使用预叙之法，它在 61 页就已提前"剧透"），这是第二幕。随后，作者又用 70 页左右的篇幅交代人物后来的命运，可看作第三幕。考虑到这是小说，把它变成剧本需要砍去将近一半篇幅，那么，以上三幕结构与 30∶60∶30 的剧本页码（亦即 1∶2∶1 的比率）也就大体对应。也就是说，严歌苓写的虽然是小说，却是按照剧本化的影视思维模式和结构方式操作的。这究竟是有意为之，还是熟能生巧后的下意识使用，不得而知。

于是我们不得不说，尽管《芳华》用小说技法掩饰得非常成功，给人一种严肃文学的错觉，但实际上却是按照某种配方生产出来的"电影小说"。而根据茂莱的界定，这种小说的特征可概括为"肤浅的性格刻划，截头去尾的场面结构，跳切式的场面变换，旨在补充银幕画面的对白，无需花上千百字便能在一个画面里阐明其主题"①。既然《芳华》已在"电影小说"的套路之中，那么把茂莱的概括用到它这里，显然也不算十分离谱。或许正是因为这一原因，《芳华》缺席"2017 年长篇小说排行榜"②也就在情理之中了。当然，如此操作虽然伤害了小说，却成全了电影。道理很简单，假如《芳华》写得像《喀什噶尔》那样故事复杂一些，意蕴深厚一些，它反而不好改编了。

三 立主脑、减头绪、补腻子与罩油漆：冯小刚的加减法

如果由我来给《芳华》打分（10 分制），小说我大概只能给 6 分，而电影我却会给到 8.5 分或 9 分。我承认，如此给分，我动用

---

① ［美］爱德华·茂莱：《电影化的想象——作家和电影》，邵牧君译，中国电影出版社 1989 年版，第 306 页。

② 例如，在《扬子江评论》2017 年度文学榜单中（由全国 14 位知名批评家参加终评），长篇小说评出 5 部，中篇小说评出 10 篇，《芳华》均不在其中。参见许旸《2017 年，那些曾经打动你的文学书写》，《文汇报》2018 年 2 月 26 日。

的尺度并不统一。评价小说时，我以严肃文学为标尺，甚至参照了昆德拉所谓的"小说的精神"（复杂性和延续性）①。当然，如果严格执行昆德拉的标准，小说《芳华》得分会更低。即便以纳博科夫（严歌苓最为推崇的作家之一）的标准（优秀的作家是"讲故事的人，教育家和魔法师"②）去衡量，《芳华》也好不到哪里去。但是，评价电影时，我已经把它当成一件制作成功的大众文化产品。也就是说，冯小刚执导的《芳华》既非托纳多雷或姜文意义上的艺术电影，也不可能是贾樟柯式的文艺片，而是拍得流畅好看、艺术上也比较讲究的商业电影。或者也可以说，这部影片有看点亦有卖点，是介于文艺片与商业片之间的电影作品。这样，动用大众文化的衡量标尺便显得相得益彰。

这就需要回答笔者提出的那个问题：为何小说姿色平平，改编成电影却仿佛有了闭月羞花之貌？在我看来，其中的两个关节点值得认真考虑：其一，冯小刚如何把严歌苓的故事变成了他自己的故事，同时又如何把它转换成了大众可以接受并能认可的集体记忆；其二，作为大众文化产品，其中隐含着怎样的生产秘密。

先回答第一个问题。冯小刚曾经说过："记忆就好像是一块被虫子啄了许多洞的木头，上面补了许多的腻子，还罩了很多遍油漆。日久天长，究竟哪些是木头哪些是腻子哪些是油漆，我已经很难把它们认清了。"③ 这是他在回忆自己青春往事时的说法，以此说明他对《芳华》的加工再造应该也大体不差。也就是说，《芳华》这部小说（以及剧本）当然是严歌苓本人的记忆"木头"，但冯小刚拿来为我所用，却往上面补了腻子、罩了油漆。从这个意义上说，他

---

① ［法］米兰·昆德拉：《小说的艺术》，董强译，上海译文出版社2004年版，第24页。
② ［美］纳博科夫：《文学讲稿》，申慧辉等译，生活·读书·新知三联书店1991年版，第25页。
③ 冯小刚：《我把青春献给你》，长江文艺出版社2003年版，第22页。

不仅仅是导演，而且还是粉刷匠和油漆工。

这就涉及冯小刚对小说的增减和改动。电影自然不能原封不动地照搬小说内容，所以必然要立主脑、密针线、减头绪，这已是常识。需要面对的是冯小刚拿掉的东西以及他何以如此的动因。小说确如严歌苓所言，是有一些"人性的阴暗面"的（如何小曼的爱撒谎且死不承认其来有自；郝淑雯曾钻进男兵少俊被窝，直接拿下了萧穗子的纯洁男友），也把主人公的命运交代得比较清楚（如何小曼后来结过婚，但丈夫在对越自卫反击战中死得冤枉；刘峰后来曾与暗娼小惠厮混，最终与何小曼生活在一起，得病而死），但这些情节都被电影拿掉了。而之所以被拿掉，可能的原因或者是它们有碍观瞻，或者是它们会影响电影所要呈现的主题——真善美。

必须承认，小说中自然也是有一些真善美的元素的，但由于它们总是被小打小闹的假恶丑（绝非真正意义的假恶丑）所裹挟干扰，所以其呈现就不太充分，其走向也不甚分明。电影若要收到预想的效果，就必须适当清除那些干扰因素，并对留下来的部分做降格或升格的特殊处理。例如，《你触碰了我》升格为《芳华》，这是让核心命意的转辙改道。如此一来，原来的"痛点"基调顿时一扫而空，取而代之的是追忆逝水年华般的温情脉脉。"触摸事件"降格为"搂抱事件"，这是对刘峰的保护措施。有了这种"减免"程序，其"好人"形象便不至于急速下滑。甚至"何小嫚"（杂志版）或"何小曼"（书籍版）改名为"何小萍"（电影版），也并非没有讲究。何小嫚在杂志版中出场时，严歌苓以"作者闯入"的方式写道："我照例给起个新名字，叫她何小嫚。小嫚，小嫚，我在电脑键盘上敲了这个名字，才敲到第二遍，电脑就记住了。反正叫她什么不重要。"[①] 但"嫚"一字双关，既指"女孩子"（阴平），又有"轻视、侮辱"之义（去声），似乎隐含着女主人公的身世与处境。书籍版

---

① 严歌苓：《你触碰了我》，《十月》2017年第3期。

中,"嫚"变"曼"已转义为"柔美",让人联想到曼妙的舞姿,这是"去污"之举,也是为主人公影视化所进行的一次彩排。而到电影版中,"曼"又改成"萍",据严歌苓说是为了抹除主人公的知识分子家庭出身,因为"小萍更像当年普通女孩子的名字,更朴实,不会暗示他爸爸一定是一个文人"①。这其实也是一种净化处理。经过这样一番擦抹之后,《芳华》首先就变得"窗明几净"了。

当然,更值得注意的还是冯小刚补上的"腻子"和罩上的"油漆",先看腻子。如前所述,冯小刚有"女兵情结"。具体而言,他是对女兵洗完澡后"洗发水的香味""湿漉漉的头发"和"修长的脖子"等兴趣颇浓。而通过电影的巧妙设计,他的这一私人爱好业已获得极大满足。因为影片中有两组洗澡镜头,第一组出现在萧穗子把初来乍到的何小萍带进澡堂,是双人洗澡,长约50秒(从13分36秒开始);第二组展示的是女兵在小号吹奏的音乐声中集体洗完澡的情景,由此引出何小萍未洗澡而去寄送照片的情节,长约22秒(从25分58秒开始)。在这两组镜头中,"湿漉漉的头发"和"修长的脖子"自然必不可少,此外更有半裸的身体,洁白的乳罩,手拿洗脸盆和空堂穿军装的动作。这当然可以说是剧情之需,但又何尝不是冯小刚私人记忆的强行植入?当然,这种植入又是公私兼顾的,因为这也正是这部影片所需要的"佐料"与"看点"之一。这也意味着,在冯小刚的私人爱好转换成公共观赏的过程中,大众文化产品所需要的"性感"话语有了着落。

"女兵情结"之外,冯小刚还有"部队情结""军装情结""礼堂情结"和"西红柿情结"。这几种情结均在其自传《我把青春献给你》中有过交代,自然它们也在电影中得到完美释放。以"西红柿情结"为例,冯小刚曾经说过:"我最喜欢吃的是西红柿,洋名叫

---

① 王净:《是什么让严歌苓猛然转身?——逝去的青春与永驻的"芳华"》,原载《北京青年周刊》,http://www.chinawriter.com.cn/n1/2017/1219/c405057-29714923.html,2017年12月19日。

番茄。记得小的时候，一到夏天，母亲每天都会挑几个没有疤癞的西红柿放在脸盆里用自来水拔凉，通红的柿子圆的，屁股朝上漂在水里，放学回家，挑一个大个的，带着丝丝的凉意，咬一口，然后将酸甜的果汁嘬进嘴里，那种感觉别提有多爽了。在我的少年时代，西红柿对我的诱惑力，绝不亚于现在的任何一位超级名模（含苏菲·玛索、舒淇和张曼玉）。"① 这是冯小刚的童年或少年记忆。而在电影中，则有萧穗子在手风琴《沂蒙颂》的伴奏下吃、嘬西红柿的镜头，长约23秒（从19分07秒开始）。这组镜头拍得很美，甚至引得马云在微博上感慨："'芳华'真有小时候吃过的西红柿那样的余味无穷。"而冯小刚则及时转发并评论道："我理解马云说的西红柿的味道里有纯真，有天然，有母亲年轻时的样子，有少年时的夏天，有情窦初开的悸动，有朴素的年代，它的果汁留在嘴唇上的味道是和芳华有关的回忆。感谢马云品出了这部影片的味道。"② 这应该是"友情发帖"，是配合着冯小刚做宣传，但我们也不得不说，这处"腻子"确实补出了一些人的集体记忆。

更耐人寻味的是电影中补上的那处邓丽君"腻子"。在小说中，"触摸事件"发生前有这样一处细节描述："刘峰推开门，发现林丁丁趴在桌上，听肥皂盒大的半导体里播放她自己唱的歌，专注得痴呆了。"（第42页）请注意，这里是林丁丁（听歌主体）通过收音机（传播媒介）在自我陶醉（听自己演唱）。而在电影中，这处细节则完全改换了门庭：当萧穗子正在试港货服装时，陈灿敲门进来，手里拿一个包在报纸里的砖头般大小的东西。在郝淑雯等人的反复追问下，他颇有些神秘地打开录音机，放进一盘邓丽君的磁带，房间里顿时响起《侬情万缕》的甜美歌声。接着陈灿找到一块橘红色纱巾，关房间大灯，开荧光灯管，以纱巾蒙之，口中念念有词："听

---

① 冯小刚：《我把青春献给你》，长江文艺出版社2003年版，第173页。
② 《冯小刚发博感谢马云为新片做宣传，并回应冷落文章事件真相》，https://www.sohu.com/a/193991613_577940，2017年9月23日。

她的歌就得有气氛。"而在曼妙的歌声与朦胧的色彩中，听歌者则发出了"天啊，还能这么唱歌呢"（林丁丁）和"不瞒你们说，她一张嘴我腿都软了"（陈灿）的感慨。经过长约1分40秒的渲染，镜头切换至刘峰听邓丽君时如醉如痴的神情，并与林丁丁有了如下对话："我都洗澡回来了你还在听？""太好听了，每句词都往心里钻。""是不是觉得对你一个唱的？"

必须指出，这处"腻子"依然游荡着冯小刚的记忆幽灵，我们可以把它叫作"邓丽君情结"或"凤飞飞情结"，因为在回忆当年与军艺女兵跳贴面舞时，冯小刚曾有如下描述：

>　　因为只开着台灯，灯罩上还蒙着纱巾，所以房间里显得有些影影绰绰，似是而非。
>
>　　录音机里播放的是邓丽君、凤飞飞和奚秀兰的歌曲。邓丽君的歌在当时虽然传播广泛，但还是被禁止的。然而对一个找不着工作的复转军人来说，她的歌声却给了我们莫大的抚慰，令我们在空虚中仍有憧憬。
>
>　　很多年后，我乘坐一架海南航空公司的客机从银川返京，飞机着陆的时候，我听到扩音器里响起了邓丽君的歌曲，同时空中小姐向乘客通报当地的时间和地面的温度。空姐的语调非常的职业，但在邓丽君的伴随下竟化成了一曲温馨的惦念。令我不胜感慨，心说这么人性的歌声为什么会遭到禁止呢？[①]

而在得知凤飞飞死讯的当天（2012年2月13日）晚上，冯小刚则在微博中既转凤飞飞演唱视频又发评论："凤飞飞，还记得第一次听你的歌，是老式的601的录音机，每一首歌的间隙插着一个纸条。那时我还很年轻，只记得听你的歌是要受处分的。一晃三十多

[①] 冯小刚：《我把青春献给你》，长江文艺出版社2003年版，第28—29页。

第二章　视觉文化时代的文学生产

年过去，这中间和你的歌声失散了很多年，今天看这段视频，你和我记忆中长的不一样，却比记忆更好看。你大我六岁，我得尊你一声姐。难过。"①

　　既然这种情结如此绵长，冯小刚把它带入到这部电影之中也就顺理成章了。这样，邓丽君（或许还有背后的凤飞飞等）的"靡靡之音"也就承担着一种特殊功能：首先，对于故事情节来说，它无疑是一种推动（刘峰正是在"每句词都往心里钻"的状态下向林丁丁示爱的，如果没有邓丽君歌声的滋润与催化，他后来的举动就显得生硬）；其次，对于电影中所有与"革命"沾亲带故的主题音乐（如《草原女民兵》《沂蒙颂》等）来说，它无疑又是一种不谐和音，并且因为这种不谐和，它在与革命舞蹈、音乐的对比中产生了一种奇异的美。同时我们应该意识到，这种美没走极端，而是能够被电影呈现并且也能被观众接受的中和之美。

　　如果与《喀什噶尔》中的类似细节稍作对比，这种美的性质或许会被看得更加分明。在王刚笔下，17岁的欧阳小宝随文工队到海拔5300米的兵站慰问演出，他的高原反应与众不同——整整一天都尿不出来，憋得自己痛苦不堪。演出结束后他去找朱医生，却发现医生那里有一个精致的黑盒子。当他得知那就是录音机时，依然将信将疑，并让朱医生放音乐以证视听。于是朱医生把一盒花花绿绿的塑料模型放进去，那里立刻飘出一个女人天籁般的歌声。这时候，欧阳小宝完全惊呆了：

　　　　他听着这个女人的温柔、婉转的嗓音，像痴呆沉浸在美好的幻觉里。渐渐地，他扭曲一天的脸舒展了。就在那时，我好像听到了远方的流水声，真的是水在流动。突然华沙叫起来——
　　　　尿裤了，欧阳小宝尿裤子啦！

---

① 冯小刚：《不省心》，长江文艺出版社2013年版，第117页。

接合:大众文化的冲击与1990年代以来的文学生产

> 我和朱医生都朝欧阳小宝的两腿间看过去,他一直在尿,随着水流声,从他的裤管里流出了液体,它们伴随着那个女人的歌声一直流淌,滋润着麻扎兵站的土地,春天来了,春雨来了,欧阳小宝能尿尿了。他完全不顾自己在尿裤子,用双手抓着朱医生,像疯了一样叫着:朱大夫,这个唱歌的女人是谁?
>
> 朱大夫冷静地看着欧阳小宝,轻声说:邓丽君。①

这里的歌曲并非《侬情万缕》,而是《千言万语》,却出现了治愈"高原反应不尿症"的神奇功效。不得不说,这处小说细节既匪夷所思又精彩绝伦,能让人在"靡靡之音"与"情感结构"的对应部位之间产生丰富联想。但话说回来,虽然它更具有直指人心的震撼效果,却是不宜或不易转换成电影画面的。不妨假设一下,即便冯小刚此前读过这部小说,他也不大可能把这种细节直接移植到他的电影之中,因为这种美剑走偏锋,是具有某种恶作剧色彩的极端之美,它与《芳华》中的中和之美并不搭调。

最后,更重要的是,邓丽君的靡靡之音还具有一种特殊功能:通过电影中那个1分40秒的视听语言,冯小刚已把自己的个人情结成功转换为一种更为广泛的集体记忆。众所周知,邓丽君的歌曲在20世纪70年代末"随风潜入夜",而偷听其音乐也成为一代人的珍贵记忆。阿城当年与插队知青一起听敌台时说:"尤其是邓丽君的歌声一起,杀人的心都有。"② 王朔曾回忆:"我最早听到她的歌是《绿岛小夜曲》和《香港之夜》……听到邓丽君的歌,毫不夸张地说,感到人性的一面在苏醒,一种结了壳的东西被软化和溶解。"③

---

① 王刚:《喀什噶尔》,《当代》2016年第1期。
② 阿城:《听敌台》,载北岛、李陀主编《七十年代》,生活·读书·新知三联书店2009年版,第150页。
③ 王朔:《我看大众文化港台文化及其他》,载《无知者无畏》,春风文艺出版社2000年版,第5页。

第二章 视觉文化时代的文学生产

王彬彬听邓丽君是在1979年,"那时,每个教室配备一台老式的录音机,供学员(军校称学生为学员,老师为教员)听外语磁带用,班上有不少北京同学,他们带来了邓丽君的磁带,在录音机上放。……听了十年'样板戏',听了十年'语录歌',初听邓丽君,自有一种异样的感觉"[①]。甚至严歌苓也说过:"我不是很喜欢流行歌曲的人,我比较喜欢古典音乐,连音乐剧也很少看的,比较无知吧。但邓丽君对我们那一代人的震荡,有着划时代的意义。她和我们对于青春的怀旧、恋爱季节里的自我是紧密联系的,想到这一点,就感觉天下的恋爱是永恒的,是永存的。"[②] 这样的例子可以说不胜枚举。这就意味着,当偷听"敌台"或走私磁带成为接触邓丽君的特殊渠道,当"白天听老邓,晚上听小邓"成为当年的一种集体行为,当靡靡之音融入无数人的青春岁月,伴随着他们的人性启蒙进程,冯小刚便用那组视听镜头接通了人们充满着叛逆与温情的情绪记忆。如果说他的"女兵情结""军队情结""军装情结""礼堂情结"甚至"西红柿情结"还比较小众化,是属于特殊群体的记忆,那么,"邓丽君情结"无疑是大众化的国人记忆。而当冯小刚把这种情结转换成一种怀旧元素时,它既接通了国人的情绪记忆,仿佛也打造了一件与众不同的大众文化产品(有人可能会说,敢让邓丽君的音乐在革命歌舞中亮相,这本身就说明了冯小刚的智慧,值得点赞),甚至还可能赢得知识界的好感(因为邓丽君音乐的启蒙价值已被知识界的许多人广泛谈论并予以肯定),这正是冯小刚的聪明之处和取巧所在。

接下来我们该面对冯小刚罩在《芳华》上的那些油漆了。

正如一部小说一开篇就要定出一个基调,电影无疑也是如此。有人指出,《百年孤独》的开头句之所以好,是因为"作家不是以现在时态来写奥雷良诺·布恩地亚的父亲,如何带幼小的他去看冰块,

---

[①] 王彬彬:《诗忆》,《黄河文学》2010年第12期。
[②] 严歌苓、郭红:《我经历过无数个人生》,《黄河文学》2016年第6期。

而是由已经当了上校的布恩地亚'面对行刑队'时'回想起'那个'遥远的下午',这是人物在回忆在追思,再重新体验他小时候经历的事。作家叙述事件采用了过去时,这就给人一种审美的距离,而用不着为人物的命运过分担心,可以从容地品味将要在你面前展开的故事。"于是,"许多名著都以一种怀旧的情调来开始讲述故事"。①

《芳华》当然不是《百年孤独》,但它也使用了怀旧的基调:伴随着《绒花》器乐版的旋律,片头开始展开,随后萧穗子的画外音加入其中:

> 我叫萧穗子,20世纪70年代,我在祖国大西南的一个省军区的文工团里服役,我是一名舞蹈演员,团里的人都叫我小穗子。我要给你们讲的是我们文工团的故事,但在这个故事里,我不是主角,主角应该是他们俩。他叫刘峰,那时我们歌颂默默无闻的英雄,歌颂平凡中的伟大,就是歌颂刘峰这种人。穿雨衣的那个女孩,她叫何小萍,是我们舞蹈队托刘峰接来的新兵。她和刘峰几十年后的结局,还要追溯到刘峰带她走进文工团的这一天。

这是萧穗子的视角与讲述,它的功能有三:第一,交代时间、地点、人物(重点是男女主角);第二,导入将要讲述的故事之中;第三,确定这一影片的基调——当画外音指出这是"追溯"往事时,也就明确了影片是在"回忆"和"缅怀",怀旧的基调由此而生。

确立了这个基调之后,所有的电影手段都要向它靠拢。例如,有人指出《芳华》中"柔光滤镜用得太多太滥"②,我却认为这是为了强化怀旧效果而做出的必然选择。因为一旦使用柔光功能,一方

---

① 童庆炳:《怀旧情调与作品的开头》,载《风雨相随:在文学山川间跋涉》,北京师范大学出版社2013年版,第208—209页。
② 聆雨子:《〈芳华〉:当中年还没开始油腻,当少年还没开始佛系》,https://movie.douban.com/review/9000239/,2017年12月20日。

面可增加画面的复古感，另一方面也可造成视觉上的恍惚和心理感受上的温馨，它们共同为所怀之旧涂上了一层暖色调。

这是冯小刚罩上的一道油漆，但此油漆并非我要分析的重点，我更想谈论的是另一道油漆——电影中的音乐。

电影中的音乐一般分为两种：原创音乐和素材音乐。由于《芳华》讲述的是文工团的故事，素材音乐便走向"前景"，成为融入在故事中的组成部分。相比之下，原创音乐则成为串场音乐或背景音乐，它们只是其中的一些点缀。因此，《芳华》并非像日本电影《追捕》或美国电影《音乐之声》那样，观众看后印象最深的是那些极具原创性的《杜丘之歌》或《雪绒花》等；恰恰相反，它是要唤醒观众的音乐记忆，让那些原本就耳熟能详的音乐作品成为这部影片中的音乐素材。

那么，《芳华》中使用了哪些素材音乐呢？据网友和笔者统计，主要有《草原女民兵》（北京军区政治部宣传队1972年创作演出的舞蹈作品，1975年进入舞台艺术片《百花争艳》之中，其歌曲由朱逢博首唱）、《行军路上》（1974年前后由战友歌舞团演出的舞蹈作品）、《沂蒙颂》（四场芭蕾舞剧，1973年5月16日由中央芭蕾舞团首演。1975年八一电影制片厂摄制的同名舞台艺术片在国内公映，其中插曲《愿亲人早日养好伤》又名《我为亲人熬鸡汤》，由单秀荣配唱）、《英雄赞歌》（1964年由武兆堤执导的战争片《英雄儿女》中的插曲，原唱张映哲）、《送别》（曲调取自约翰·P. 奥德威作曲的美国歌曲《梦见家和母亲》，李叔同1915年作词）、《洗衣歌》（舞蹈《洗衣歌》的主题歌，由李俊琛作词，由罗念一作曲，创作于1964年）、《绣金匾》（抗日战争时期以甘肃庆阳民歌为基础而改编的歌曲，1976年毛泽东、周恩来、朱德逝世后，郭兰英再次演唱此歌曲，以表深切悼念之情）、《驼铃》（1980年由于洋执导的《戴手铐的旅客》的主题曲，原唱吴增华）、《绒花》（1979年由张铮执导，刘晓庆、唐国强、陈冲等主演的爱情片《小花》的主题曲，由刘国富、田农作词,王酩作曲,李谷一首唱)。除此之外,《芳华》中的素材音乐还有《拿波里舞曲》(柴科夫斯基的舞剧《天鹅湖》第三幕中的一首舞曲)和《巴赫G大调第一号大提琴组曲》等,当然,还有前面提及的邓丽君演唱的《侬情万缕》(晓燕作词,古月作曲,收录在1978年9月21日发行的专辑《岛国之情歌第五集——爱情更美丽》中,香港宝丽金唱片公司制作)。

  从以上罗列可以看出,《芳华》中的素材音乐绝大部分是创作并演出于20世纪六七十年代、展示军人风采或歌颂军民关系的红色歌曲。这当然可以理解为是故事情节之需,但显然也是冯小刚刻意追求的一种效果。《芳华》的作曲者赵麟指出,影片中所有的素材音乐都是"导演指定的。他在前期做剧本的时候,就已经知道想要什么样的音乐了,包括后来的《绒花》"[1]。这也意味着那些素材音乐一方面依然关联着导演本人的"部队情结",另一方面,它们因在特定的年代里以非同寻常的方式植入人们的记忆之中,所以观众(尤其是中老年观众)对它们耳熟能详。而一旦它们在这部影片中现身,就如同吴伯箫在回忆延安歌声时所言:"感人的歌声留给人的记忆是长远的。无论哪一首激动人心的歌,最初在哪里听过,哪里的情景就会深深地留在记忆里。环境、天气、人物、色彩,甚至连听歌时的感触,都会烙印在记忆的深处,像在记忆里摄下了声音的影片一样。那影片纯粹是用声音绘制的,声音绘制色彩,声音绘制形象,声音绘制感情。只要在什么时候再听到那种歌声,那声音的影片便一幕幕放映起来。"[2] 可以说,在恢复人们的记忆方面,音乐是最重要的触媒。而一旦与熟悉的音乐接通,所怀之旧就可以"实焦",而不会变得下落不明。

  然而也正是在这里,或许已隐含着大众文化生产的高级机密。

---

[1] 哈利·波菜:《〈芳华〉的音乐是如何创作的 | 专访作曲赵麟》,https://www.sohu.com/a/211984504_650236,2017年12月21日。

[2] 吴伯箫:《歌声》,载曹明海编《吴伯箫散文选集》,百花文艺出版社2004年版,第226页。

第二章 视觉文化时代的文学生产

如前所述,《芳华》所"立"的"主脑"是真善美,而对那些素材音乐的借用与挪用,便是涂在那上面的油漆,其目的是让真者更真,善者更善,美者更美。例如,萧穗子吃西红柿的镜头本来就拍得很美很纯真,再加上郝淑雯的手风琴伴奏,中老年观众马上就能填进熟悉的歌词:"蒙山高,沂水长,俺为亲人熬鸡汤……"莫言在一篇小说中说:这"几句歌儿从幕后升起来,简直就是石破天惊,简直就是平地一声雷,简直就是东方红,简直就是阿尔巴尼亚,简直就是一头扎进了蜜罐子,简直就是老光棍子娶媳妇……百感交集思绪万千,我们的心情难以形容"①。时过境迁,人们今天再听这种乐曲,很可能已不会像莫言所说的那样心潮澎湃了,但它依然会在"革命群众"心中唤起温暖和感动。加上手风琴这种乐器形成的旋律本身就有沧桑之感(它已是今天民谣音乐制造忆旧场景的装饰性元素,比如张玮玮与郭龙的《米店》通篇吉他伴奏,但中间的过门却加入了手风琴演奏),再加上赵麟做电影原创音乐时特意从马斯卡尼(Mascagni)的《乡村骑士》(*Cavalleria Rusticana*)间奏曲(Intermezzo)等作品中汲取灵感,以便形成"很暖"、很有"怀旧感"的效果,② 这样,素材音乐也就融入"很暖很怀旧"的音乐框架之中,完善了那个真善美的主题。同理,何小萍在草坪上翩翩起舞的桥段亦可作如是观,只不过那里的《沂蒙颂》要呈现得更为复杂:它既是文工团的告别演出,又是"刺激"何小萍"苏醒"的引线,同时也在一片悲情中承担着把人物的真善美升华到极致的功能,可谓一箭三雕。

另一处素材音乐也值得分析。刘峰在前线身负重伤后,画外音说:"也许就像那位副指导员说的,他不想活了,他渴望牺牲。只有牺牲了,他平凡的生命才可能被写成一个英雄故事,他的英雄故事可能会流传得很广、很远,也可能被谱成曲,填上词,写成歌,流

---

① 莫言:《天花乱坠》,《小说界》2000年第3期。
② 参见哈利·波菜《〈芳华〉的音乐是如何创作的|专访作曲赵麟》,https://www.sohu.com/a/211984504_650236,2017年12月21日。

行到一个女歌手的歌本上,那个叫林丁丁的女歌手,最终不得不歌唱他,不得不在每次歌唱的时候想到他。"画外音结束,音乐声响起,镜头切换至林丁丁与文工团的慰问演出,《英雄赞歌》的演唱达1分13秒之长(从01:26:17开始)。小说中亦有类似叙述(第127页),但并未出现林丁丁唱歌的情节,而电影中之所以如此设计,一方面因为"导演对《英雄赞歌》这首歌是情有独钟的,这样处理是他的爱好,想在这个地方宣泄一下,所以声音位置是满篇的呈现"[1];另一方面,冯小刚也是要借助这首国人过于熟悉的歌曲把刘峰的真善美烘托到一个至高点。如果说小说中的叙述声音中还有对林丁丁的怨气(让林丁丁想到刘峰之死与她有关:"夏夜,那一记触摸,就是他二十六岁一生的全部情史,你还叫'救命'?最终送命的是我"[2]),那么,电影中已把这种干扰音处理得一干二净,直接让这种"平凡的伟大"融入"英雄赞歌"的抒情话语中,并让看片的观众在重温音乐的怀旧中完成了对刘峰的致敬。

　　行文至此,我需要对一种观点稍作回应。有人指出,如此唱响《英雄赞歌》,"这是电影作者意图设置的一个反讽场景,林丁丁对刘峰的背叛反照出她歌唱英雄的虚妄性"[3]。这种思路看似独到,实际上却有过度阐释之嫌。为什么我敢下此断语?一是因为巨大的生存成本使冯小刚不敢轻举妄动,二是在整体的怀旧氛围中,反讽的机制也无法启动,启动的全是别的东西。关于第一种情况,请注意冯小刚的如下说法:

　　　　电影对于姜文来说,是非常神圣的一件事,也是非常令他

---

[1] 哈利·波菜:《〈芳华〉的音乐是如何创作的|专访作曲赵麟》,https://www.sohu.com/a/211984504_650236,2017年12月21日。

[2] 严歌苓:《芳华》,人民文学出版社2017年版,第127页。

[3] 林彦:《从〈芳华〉进入历史|"主角"们的历史退场》,https://www.thepaper.cn/newsDetail_forward_1915801,2017年12月25日。

第二章 视觉文化时代的文学生产

伤神的一件事。他认为电影应该由爱电影的人来从事这一职业。这种爱应该是非常单纯的，不顾一切的，不能掺杂别的东西的。对照这一标准，我总有一种不好意思的感觉，像做了对不起电影的事，把电影给庸俗化了。因为我基本上还处于把电影当饭吃，为了保住饭碗必须急中生智克敌制胜的档次上。这可能和我的处境有关，也和我的性格有关。我不能全压上去，奋不顾身只为登顶。我首先考虑的是，如果输了，必须在最大的限度上减少损失。这么说吧，就像一场战争，不同的人都投身其中，大家也都很玩命，但巴顿那号的是从心里热爱战争，想法非常单纯，目的只有一个，在战争中成为最牛逼的胜利者；而加里森敢死队的哥儿几个，虽然打起仗来也很敬业，却个个心怀鬼胎留着后手。巴顿如果战败了，叫战犯，属于统战对象，能进政协；加里森敢死队那哥儿几个战败了，就拉出去枪毙了。所以巴顿是不怕付出惨重代价的，重在过瘾。加里森敢死队却绝不能有任何闪失，为了保住小命必须确保胜利还不能牺牲。①

出于审查方面的考虑，也基于自身的经验，所以冯小刚往往将"好过"（好通过审查）② 作为其指导思想之一。以此心态拍摄《芳华》，注定了它依然是让"二老"（老干部与老百姓）满意的产物。在这个前提下，冯小刚可能会在主流意识形态许可的尺度内打打擦边球，却绝不可能把"情境反讽"镶嵌其中，因为道理很简单，一方面，"情境反讽"不同于言在此而意在彼的"言语反讽"，其语境涉及"社会、道德和形而上学"③，把它玩转的难度很大；另一方

---

① 冯小刚：《我把青春献给你》，长江文艺出版社2003年版，第159页。
② 冯小刚说过："拍古装历史片审查特别容易通过。"因此，无论拍哪种题材的影片，"好过"都是其拍摄的重要动因之一。参见《好过、好拍、好卖：冯小刚谈"中式大片"》，《南方周末》2006年10月12日。
③ 参见〔英〕罗杰·福勒编《现代西方文学批评术语辞典》，周永明等译，春风文艺出版社1988年版，第62页。

面,也正如冯小刚所言,充其量他也就是"加里森敢死队"的那种玩法,姜文那种境界他不敢学也学不来。

当然,更值得注意的是怀旧情调对反讽的制约。博伊姆曾把怀旧区分为两种:修复型怀旧和反思型怀旧。前者强调"怀旧"之"旧",旨在唤起民族的过去和未来;后者注重"怀旧"之"怀",旨在关注个人与文化记忆。①把《芳华》代入这两种怀旧模式中,我们会发现它两边都沾又两边不靠。比如,我们可以说冯小刚的怀旧是比较唯我甚至是相当自恋的,在此意义上它接近于第二种怀旧,但它的"反思"机制并未启动;我们也可以说影片所怀的个体之旧成功接通了集体记忆,在此意义上它进入了第一种怀旧模式,但它显然又并非为了"修复"之需。因为文工团、革命歌曲乃至雷锋式的人物,都是特定时代的历史遗产,修复它们难度较大。正是因为《芳华》既无反思之念又无修复之理,这种怀旧的怀法也就接近了韩少功的描述:"怀旧从来就是一种情感夸张,滤去了往事的痛感,让开荒的视象浮现但不再有开荒的痛感,让砍柴的视象浮现但不再有砍柴的痛感,哪怕一次饥饿也不过是眼下谈论的事件,成了一些语言,不再能使当事人冷汗大冒和腹空难忍,于是变得无关紧要。饥饿甚至也能焕发出传奇和凄婉动人的光彩,让不再饥饿的人心醉神迷——这正是怀旧的奥秘。"②

在我看来,这种怀旧的奥秘也正是大众文化生产的秘密武器。当大众文化的生产者启动了怀旧机制时,它的功能大体有三。其一,它固然再现了某段历史的影像,但历史既不是生产者追问、反思甚至批判的对象,也不是它要重点讲述的对象。它的兴趣点正如杰姆逊所言,主要在于消费:"怀旧影片却并非历史影片……这种影片需要的是消费关于过去某一阶段的形象,而并不能告诉我们历史是怎

---

① 参见〔美〕斯维特兰娜·博伊姆《怀旧的未来》,杨德友译,译林出版社2010年版,第46、62页。

② 韩少功:《暗示》,人民文学出版社2002年版,第171页。

样发展的,不能交待出个来龙去脉。"① 其二,它固然呈现了某种"旧",但这种"旧"必定又要接通某种"新"(时尚),以便让人在似旧实新中产生一种幻觉。例如,《草原女民兵》无疑是旧文艺,但"飒爽英姿五尺枪"既是毛泽东时代的时尚女性形象,同时,也确实让萧穗子们身着短裤和齐腰小短袖在舞台上伸胳膊撅腿显得"好看"。这样,在复古与趋旧中,她们的舞台动作与造型也就与当今的"性感"形象成功对接。这既是冯小刚私人怀旧的重点所在,也是罗兰·巴特论述到影像时所谓的"刺点"(Punctum)所指,② 还是观众看电影的爽点和这部影片的一个卖点(几乎所有的宣传海报和剧照都在突出这个点)。其三,在大众文化生产中,怀旧既是对反思的瓦解,也是对历史记忆的过度粉饰,同时它还取消了价值判断,让所有的东西置于充满温情的抚摸和打量之中。例如,像样板戏一样,20世纪六七十年代的革命歌舞往往也是三突出、高大全和红光亮的产物,它们本已魂不附体,而一旦与剧中人物、故事接通,每一曲不仅有了亮相的充足理由,而且还勾引出了人们的某种情绪记忆。这种记忆已无是非对错可言,因为以怀旧的名义,是非问题或者被存而不论,或者已被全面抹平。如此看来,要想让此种怀旧具有怎样的革命功能几乎是不可能的,它正如博伊姆所言:"'怀旧'被灌注到商品中,以此展开市场营销,施巧计诱引顾客怀想他们失去的东西。"③ 如此而已。

这就是《芳华》这部电影被冯小刚刷上怀旧的油漆之后所具有的特殊意义。

---

① [美]杰姆逊讲演:《后现代主义与文化理论》,唐小兵译,北京大学出版社1997年版,第226—227页。
② 参见[法]罗兰·巴尔特《明室:摄影札记》,赵克非译,中国人民大学出版社2011年版,第34页。
③ [美]斯维特兰娜·博伊姆:《怀旧的未来》,杨德友译,译林出版社2010年版,第43页。

接合:大众文化的冲击与1990年代以来的文学生产

四 大众文化与真善美

从《甲方乙方》(1997)到《芳华》(2017),冯小刚在这二十年间已执导过16部电影。其中的经验教训已隐含着某种规律性的东西:凡是以商业片模式拍摄的作品,往往既叫座又叫好,票房收入不俗;凡是偏向艺术片的作品,或者票房口碑尚可(如《集结号》),或者一败涂地。最典型的例子应该是《一九四二》。当这部影片"像谈了十几年的恋爱终于领证结了婚"[①]之后,并没有出现轰动效应,而是被人笑骂,票房惨淡。而这一天也不幸被王朔言中:"中国导演最大的敌人是他们自己,中国人的艺术追求呀什么的,害了很多人。他们心里不如意,就总要扭捏做态。冯小刚将来毁就毁在这里。你看他,自己想从贺岁片向艺术片转,一定要在电影节成功,这很可能是他的'坏'的开始,好好的一碗饭你不吃,也想学着去那里玩追求。"[②]而《芳华》的成功则表明,冯小刚几经折腾,终于还是回到了王朔为他指引的正确路线上。

这条正确路线是什么?就是要遵循大众文化的生产规律,严守大众文化的价值底线,不要玩深沉。关于这一问题,深度介入影视文化的王朔已琢磨得很透彻,表达得很明白了:"真正大众文化的主流,举凡真善美,非礼勿视,非礼勿听,教化文明,都是中产阶级价值观的反映。""最不要思想的就是大众文化了!他们只会高唱一个腔调:真善美。这不是思想,这只是社会大众一致要求的道德标准。""什么是老百姓的价值观和欣赏习惯?这点大家也无争议,就是中国传统价值观,扬善抑恶,站在道德立场评判每一个人,歌颂真善美,鞭挞假恶丑,正义终将战胜邪恶,好人一生平安,坏人现世现报,用电影《平原游击队》中何翻译官的话说就是'祝你——

[①] 冯小刚:《不省心》,长江文艺出版社2013年版,第177页。
[②] 王朔、老侠:《美人赠我蒙汗药》,长江文艺出版社2000年版,第142页。

祝你同样下场！'"① 当王朔如此思考大众文化时，他已凭借其经验，触摸到了大众文化生产的最高机密。阿多诺曾经指出，大众文化就是文化工业这架机器生产出来的产品，而标准化、模式化、平面化和伪个性化则是这种产品的基本特征。因此，大众文化产品绝非严格意义上的艺术作品，若想在它那里获得"灵魂深处闹革命"式的启迪难乎其难，它只能给人提供虚假的安慰。阿多诺的观点过时了吗？当中国知识界的一些人士急于想把阿多诺扔到历史的垃圾堆里时，近距离观察过大众文化生产的王小峰却形成了如下断言："如果把阿多诺的一些观点放到当下中国大众文化的氛围中，会发现他的观点掷地有声。这是为什么？说明我们虽然可以拍一部好莱坞式的商业大片，但是我们对大众文化的理解和商业操作的水准真的还停留在20世纪30年代。"②

王朔虽然不如阿多诺深刻，但他用一套中式话语差不多表达了阿多诺曾经表达过的同样意思。

《芳华》就是这样一件大众文化产品。为了让它走到大众文化的康庄大道上，冯小刚首先"抛弃"了"御用"编剧之一刘震云（以免他的精英意识干扰其安全生产），起用了"虽为'电影圈'红人，却不受文学界待见"③的严歌苓，既订制其小说，又让她做编剧，这就堵住了电影有可能变得"深刻"的源头。为了把真善美的主题做强做大，冯小刚又减头绪、补腻子和罩油漆，并用抽空"所指"的历史场景、取消价值判断的革命歌舞既制造了"怀旧"的氛围，也迎合了广大受众的怀旧心理。经过这样一番加工制作之后，《芳华》果然打了一个漂亮的翻身仗，冯小刚也因此夺回了他在大众文化的

---

① 王朔：《我看大众文化港台文学及其他》，载《无知者无畏》，春风文艺出版社2000年版，第12、13、8—9页。

② 王小峰：《只有大众，没有文化：反抗一个平庸时代》，广西师范大学出版社2015年版，第5页。

③ 程光炜：《谈〈芳华〉——我和电影院里的青年人》，《文艺争鸣》2018年第3期。

生产与消费中一度丢失的那块阵地。

然而,《芳华》的好口碑与高票房也仅仅意味着大众文化生产的胜利,它不过是再一次证明了一个事实:在今天,大众文化依然是主流文化,要想在这一领域赢得市场份额,赚取剩余价值,就不能随心所欲、信马由缰,而是要拜倒在大众文化生产的石榴裙下,全心全意,虚怀若谷,识大体,讲规矩。因为所有的大众文化固然是被生产者培育而成的,但它现在似乎也早已反客为主,并不断重申着一条铁的纪律:顺我者昌,逆我者亡。

第三章 网络文学的生产机制

如果从20、21世纪之交算起，中国的网络文学已走过了二十个左右的年头。对于一种新型的文学样式来说，二十年的时间并不算很长。然而，就在如此短的时间内，网络文学已从最初的风生水起、混乱无序走到了今天这样一个粗具规模、产业化特征非常明显的时期，其生产机制也已初步成型。那么，作为一种典型的商业文学和大众文化现象，我们又该如何看待网络文学的生产呢？与传统文学相比，网络文学的生产有着怎样的特点？所有这些，正是需要我们加以回应的。

本章主要面对两个问题，首先，作为文化产业的网络文学是怎样发展过来的，从阿多诺的视角能看出网络文学存在着怎样的问题；作为生产者的网络文学作家，其惊人的生产性是如何体现出来的；作为粉丝的批评家在网络文学的生产中扮演着怎样的角色。其次，通过对《明朝那些事儿》做个案分析，呈现早期网络文学在生产与消费方面的特点。

第一节 网络文学与文化产业

在进入问题之前，让我们首先对"文化产业"与"文化工业"概念略加辨析。

文化工业（Kulturindustrie）是阿多诺与霍克海默当年写作《启

蒙辩证法》时发明的一个概念，其英译是 Cultural Industry。但他们的书（尤其是阿多诺的著作）被译至中国时，Cultural Industry 就有了两种译法，一是文化工业，如洪佩郁、蔺月峰翻译的《启蒙辩证法》（重庆出版社 1990 年版）；二是文化产业，如王柯平翻译的《美学理论》（四川人民出版社 1998 年版）。这就意味着作为一个概念，文化产业的来源之一是法兰克福学派，尽管笔者以为用"文化产业"这个中性化的语词对译 Cultural Industry 并不妥当，因为它无法传达出法兰克福学派语境中的贬义色彩。而在西方学界（主要是法国），也早已有人用 Cultural Industries 取代了法兰克福学派意味甚浓的 Cultural Industry。20、21 世纪之交以来，国内学界亦有译者主张把 Cultural Industry 译为"文化工业"，把 Cultural Industries 译为"文化产业"。[①]

文化产业概念的另一源头很可能是日本学者日下公人的《新文化产业论》。此书 1979 年在日本出版，十年之后被译至中国。该书认为，文化具有符号价值之后完全可以高价出售；文化可产生高额利润；文化输出应先于商品输出；21 世纪的经济学势必由文化与产业两部分组成。在此基础上，作者给文化产业下的定义是："①创造某种文化；②销售这种文化和③文化符号。"[②] 如果用法兰克福学派的理论加以考量，此书的许多观点正是其批判对象。然而有趣的是，在阿多诺与霍克海默的文化工业批判理论到来之际，日下公人的文化产业观念也同时在中国粉墨登场。表面看来，"文化工业"与"文化产业"或许只是一字之差，但它们实际上却分别代表着两种完全不同的价值观：如果谈论的是文化工业，它所接通的必然是法兰克福学派的批判理论传统，其贬义色彩与负面意义不言而喻；如果谈论的是文化产业，它所关联的往往是日下公人所论述的那套经济学

---

① 参见［英］大卫·赫斯蒙德夫《文化产业》，张菲娜译，中国人民大学出版社 2007 年版，第 17—18 页。

② ［日］日下公人：《新文化产业论》，范作申译，东方出版社 1989 年版，第 12 页。

理论。而由于曰下公人的极力推崇，文化产业不但不可能具有贬义性和负面性，反而获得了许多正面价值。可以说，从此之后，文化工业与文化产业虽所指相同，却分别在否定性与肯定性层面形成了两套不同的言说话语。

一 作为文化产业的网络文学

发展文化产业可谓中国的一项基本国策，因为自从1992年中共中央、国务院颁布了《关于加快发展第三产业的决定》之后，文化产业就被提上了议事日程，"要充分发挥国营、集体在文化产业中的作用，又要积极支持个人兴办文化产业"也成了一种官方表述。[①] 而至1997年，"大力发展文化产业"、把北京建成"全国重要的文化产业基地"等说法已出现在中国共产党北京市第八次代表大会的报告之中。[②] 那个时候，也正是国内的互联网刚刚兴起、网络文学准备问世的年头。不过，彼时若是谁把网络文学与文化产业关联起来，很可能会被人讥之为天方夜谭。然而，短短几年之后，网络文学不仅发展迅猛，网络文学产业化也渐呈燎原之势。有学者指出："当以起点中文网为代表的文学网站进行收费阅读制度后，文学网站就此走上了盈利通途，各种文学网站井喷式地建立起来，文学网站义无反顾地走向了产业化经营的道路，掀起了网络文学产业化的浪潮。"[③] 从此之后，网络文学已不仅仅是网络文学，而是变成了一种文学产业或文化产业。

那么，该怎样面对作为文化产业的网络文学呢？假如借助阿多诺的文化工业批判理论的视角加以打量，我们又会发现怎样的问

[①] 参见罗干主编《重大战略决策——加快发展第三产业》上卷，中国政法大学出版社1992年版，第80页。

[②] 参见毛三元《贯彻五中全会精神，推进文化产业发展》，《民族艺术研究》2000年第6期。

[③] 禹建湘：《产业化背景下的文学网站景观》，《中南大学学报》（社会科学版）2012年第2期。

题呢？

（一）从网络文学到网络文学产业化

网络文学在中国发展的时间虽然不算很长，但我们已能从一些关键的节点上看出一些端倪，对这些关节点进行梳理，或许能发现其中的一些秘密。

网络文学的草创时期应该是1998—2002年。1998年，台湾作家蔡智恒的网络爱情小说《第一次的亲密接触》在网上连载，引发了大陆网络文学创作的热潮，涌现出邢育森、俞白眉、李寻欢、安妮宝贝等著名的网络写手。2000—2002年，网络文学获得丰收，一批网络小说（如今何在的《悟空传》、林长治的《沙僧日记》、慕容雪村的《成都，今夜请将我遗忘》、江南的《此间的少年》、何员外的《毕业那天我们一起失恋》等）大受欢迎，并最终变成了传统的印刷文本。2001年，宁肯的网络小说《蒙面之城》刊发于《当代》杂志，次年获第二届"老舍文学奖"，标志着网络文学进入了传统文学的评价系统。

这是网络文学自由发展、野蛮生长的时期，其突出的特点有二。其一，网络写手大都是抱着一种"玩"的心态进行网络写作的，这样，他们的写作也就不可能有多少功利心。与此相对应，网站也不以营利为目的，而主要是为写手提供一个自由发表的平台。"橄榄树"网络杂志揭春雨就这样说过："'橄榄树'是一个非盈利机构，更不是商业机构。但是，一些出版机构却把它看做免费文本仓库，拿来就印。这是不合理、也是不合法的。"[1] 其二，这一时期网络文学的特征虽然已非常明显，以至于学界用"大话""大话文艺""大话美学"对其进行概括，但它并没有完全与传统文学脱钩断奶，有的作品其实就是传统文学。例如，宁肯就说过："《蒙面之城》当初并非为网络创作，发表在网上纯属无奈，当初曾以自然来稿的方式

---

[1] 张志雄：《网络文学出版：喜悦中裹着忧愁》，《中华读书报》2001年8月8日。

寄过《收获》《花城》《钟山》《大家》，包括我现在做副主编的《十月》，均无任何反应。网上连载后《收获》作出了反应，但《当代》反应更快，就发表在《当代》了。……我是在投给传统媒体同时开始在新浪网上连载的，既然多了一种传播媒体，我为什么不呢？"① 如此看来，《蒙面之城》原本就是传统意义上的长篇小说，只不过它一开始发表于网络，人们就把它当成网络文学了。这也意味着人们当时对网络文学的界定并不清晰。

可以把 2003—2007 年看作网络文学的发展期。这一时期较著名的网络文学作品有：六道的《坏蛋是怎样炼成的》、萧鼎的《诛仙》、玄雨的《小兵传奇》、猫腻的《朱雀记》、桐华的《步步惊心》、当年明月的《明朝那些事儿》、天下霸唱的《鬼吹灯》、南派三叔的《盗墓笔记》、月关的《回到明朝当王爷》等。这是一批新的网络写手写出的网文，其中虽然有些写手基本上是一锤子买卖，写成叫响之作就金盆洗手了（如当年明月），但更多的写手则开始了炼成"大神"的漫漫长旅。例如，2003 年 11 月，猫腻以笔名"北洋鼠"在起点中文网首发其处女作《映秀十年事》（未完停更），随后以笔名"猫腻"在起点中文网先后创作《朱雀记》《庆余年》《间客》《将夜》等作品，其间成为起点中文网白金作家。唐家三少于 2004 年 2 月在读写网发布处女作《光之子》，同年 8 月转至幻剑书盟创作《狂神》，从此开始了"日更"不辍十多年的岁月。作为网络写作新军，这批写手更年轻（大都是"70 后"或"80 后"），也更与传统文学无甚瓜葛。他们一开始就是为网络写作的，于是依附于某一个网站，即写即贴、日日更新便成为他们的存在方式和写作方式。

这里我们必须提到文学网站在其中扮演的角色。从 2003 年 9 月起，文学网站迎来了又一个发展高峰：新的文学网站层出不穷，大

---

① 舒晋瑜：《宁肯：网络文学已倒退为地摊文学》，《中华读书报》2010 年 11 月 24 日。

量的文学新人进入网络写作这一行当，几乎所有文学网站的流量都在飞速上涨。[①] 与此同时，网站也开始了规范化运营。例如，网络文学类型原是文学网站的一种分类，主要功能在于方便读者找到适合自己阅读的文学类型。如"榕树下"网站开办之初，小说栏目曾分为武侠天地、聊斋夜话、爱情城市、鬼话连篇；而到"起点中文网"时代，则已开设武侠·仙侠、玄幻·奇幻、历史·军事、都市·青春、科幻·灵异、游戏·竞技、同人·漫画等小说频道。这种分类方式被各大文学网站效仿，其名目也越来越多，从而对网络写手的类型化写作构成一种召唤和规训。而类型化写作以及进而形成的类型文学，已是网络文学的一个重要特征。

更值得一提的是起点中文网首推的 VIP 会员计划。2003 年 10 月，起点中文网推出第一批 8 部 VIP 电子出版产品，决定在第一个月对会员免费（后来的一般规定是前 20 万字免费），以后按每千字 2—3 分钱收费，网站、作家分成。这一"试读+付费"的阅读模式后来成为网络文学行业收费的基本标准。对于这一重要举措，邵燕君有过如下评论："起点中文网施行的'微支付'VIP 模式是网络文学发展过程中的里程碑。免费试读、分章节订阅的低廉价格使得读者的付费意愿达到最大可能。重要的是，它解决了网络文学作者的稿费问题，从此网络写作职业化成为可能；在稿酬直接依赖读者订阅的制度激励下，作者将会最大限度去发现并满足读者需求。网站从中提成，也可以得到稳定的利润，其角色实际上是作者的经纪人兼推广者。总之，这一模式使网络文学的读者、作者、网站三个主要参与方的利益达到平衡，使得网络文学告别业余时代，实现了可持续发展的产业化。"[②]

如此看来，网络文学在这一阶段至少出现了两个值得重视的现

---

① 参见邵燕君《网络时代的文学引渡》，广西师范大学出版社 2015 年版，第 386 页。
② 邵燕君：《网络时代的文学引渡》，广西师范大学出版社 2015 年版，第 385—386 页。

象。其一,由于越来越多的新人进入网络文学的写作队伍之中,网络文学既已更新换代,也彻底告别了传统文学,网络类型文学已粗具规模。其二,起点中文网"试读+付费"制的成功实施,使得众多网站纷纷借用这一经营模式。于是,网络文学生产与消费的行业规范开始成型,网络文学的产业化开始提上议事日程。

网络文学产业化步伐的加快应该是从2008年开始的,而2008年至今,也是网络文学的繁盛期或爆发期。据《2017年网络文学发展报告》的数据显示,截至2017年年底,各类网络文学作品数量累计高达1647万部(种),签约作品132.7万部,当年新增签约作品22万部。2017年网络文学驻站创造者数量已达1400万人,签约量达68万人,其中47%为全职写作。[1] 而至2020年,"中国网络文学市场规模达到249.8亿元,网络文学用户规模达到4.60亿人,日均活跃用户约为757.75万人。2020年累计创作2905.9万部网络文学作品,网络文学作者累计超2130万人"[2]。在这样一个庞大的创作队伍、海量的网络作品面前,罗列这一时期的代表作已显得多余,我们更需要关注的是网络文学产业化的重要节点。

早在2004年,盛大集团便以2000万元的价格收购了起点中文网,使后者迅速成为网络文学的第一大网站。2008年,盛大文学有限公司正式成立,随后三年,盛大文学开始了大规模投资收购的进程,晋江中文网、红袖添香、潇湘书院等成为它的旗下网站。而从2014年开始,新一轮的收购并购浪潮又变得波谲云诡:以"泛娱乐"战略为指导,以腾讯、阿里巴巴和百度为代表的互联网公司开始并购大批中小型阅读平台,其中,腾讯于2014年收购盛大文学,并于2015年将盛大文学与腾讯文学整合成阅文集团,应该是最重要

---

[1] 参见《2017年网络文学发展报告》,https://baijiahao.baidu.com/s?id=1615293026784177112&wfr=spider&for=pc,2018年10月25日。

[2] 《〈2020中国网络文学发展报告〉:网络文学用户规模达4.6亿人》,http://m.people.cn/n4/2021/1009/c32-15235349.html,2021年10月9日。

接合:大众文化的冲击与 1990 年代以来的文学生产

的网络文学事件之一。① 鉴于网络文学强劲的发展势头,阅文集团 CEO 吴文辉在 2016 年就开始宣称:"中国网文已经可以和美国好莱坞大片、日本动漫、韩国偶像剧并称为'世界四大文化奇观'。"② 2017 年,随着首届中国"网络文学 +"大会的举办,也随着阅文集团在香港联合交易所正式挂牌上市,成为首登资本市场的"网络文学第一股",网络文学与资本也成为人们热议的话题。

虽然早在 2014 年就有人撰文指出,"网络文学要谨防资本力量的过度扩张"③,但是,大量的资本还是大规模地进驻了网络文学。之所以如此,主要是投资者意识到网络文学那里存在着巨大商机。随着《步步惊心》《琅琊榜》《花千骨》《欢乐颂》《芈月传》《三生三世十里桃花》等网络文学作品被改编成影视剧并且热播,从 2015 年开始,IP 成为网络文学界热衷于谈论的一个话题。在 IP 热的风潮中,"互联网巨头、影视公司纷纷扎进网络文学的海洋中哄抢、囤积优质 IP,影剧联动、剧游联动等模式已显得过时,新的 IP 开发模式是要将单个 IP 打造成可以跨媒介、跨平台、跨领域运营的超级 IP。全球电子商务模式下,作为上游产品的网络文学 IP 不仅从源头提供内容核心,还自带巨大的'粉丝'群,在商业资本的运作之下贯通一整条产业链,最大限度地挖掘每一个 IP 背后潜藏的商业价值"④。这里的判断是准确的,火星小说创始人、前盛大文学 CEO 侯小强就说过:"一部小说变成一个影视剧,就是在跨界,就是在主流化,因为影视是今天最有力量的媒介。当一个作者成功迈出主流化的第一步后,他的所有作品也就同时获得了加速度。我认为主流化不是靠

---

① 参见宫丽颖、纪红艳《网络文学平台多元化资本运营探究》,《中国出版》2018 年第 12 期。

② 《中国网文与韩国偶像剧等并称为"世界四大文化奇观"》,《北京晨报》2016 年 12 月 19 日。

③ 白烨:《网络文学要谨防资本力量的过度扩张》,《中国社会科学报》2014 年 4 月 21 日。

④ 汤俏:《网络文学"IP 热"研究》,《当代文坛》2018 年第 5 期。

某一媒介达到的,单一媒介有作用,但主要还是通过跨界。所以什么是超级 IP 呢,我理解的超级 IP 不只是现在书有多火,而是谁来帮助它跳出来。"[①] 所谓"跨界",所谓"帮助它跳出来",其实就是让网络小说转换成影视剧、动漫、游戏等,打造出一条网络文学的产业链,从而让它面对更多的受众人群。而通过这种不断地"跨界",网络文学也就实现了商业价值的最大化。

以上的梳理虽难免失之简单,但我依然想以此呈现一个明白无误的事实:当初兴起的网络文学具有很大程度上的自发性、自主性、草根性和民间性,它甚至可以称为一种新型的民间文学。然而,随着网络文学的发展壮大,网站运营者、影视公司、亚文化生产者、各路商家等越来越意识到它的商业价值。于是,越来越多的人染指于此,越来越多的资本注入其中,网络文学最终被绑架到商业化的战车上,成了一种不折不扣的商业文学。与此同时,把网络文学做成文学产业或文化产业的呼声也越来越高,越来越理直气壮。而事实上,网络文学产业化也从第一个十年的小打小闹过渡到第二个十年"全版权"运营的耀武扬威与财大气粗。我们甚至可以说,网络文学已由自由竞争的原生阶段步入垄断资本时代。

那么,又该如何认识作为文化产业的网络文学呢?也许我们需要从阿多诺说起。

(二) 从阿多诺的视角看网络文学

众所周知,阿多诺是文化工业批判理论的创造者。他的这一理论虽纷繁复杂,但其核心意思或可概括如下。其一,文化工业所生产的大众文化产品并非来自民众,而是统治阶级通过文化工业强加在大众身上的一种假冒伪劣产品。因此,大众文化是以商品拜物教为其意识形态,以标准化、模式化、伪个性化为其基本特征,以制

[①] 邵燕君、侯小强:《"主流化"就是"跨界",IP 就是网络文学+》,《文学报》2017 年 12 月 1 日。

造人们的虚假需要为其主要欺骗手段的文化，它最终达到的是自上而下整合大众的目的。其二，阿多诺说：文化工业产品（包括其中使用的技巧）都是"借助于经济的集中来完成的"[①]。这就意味着市场力量和资本逻辑是其重要推力。或者也可以说，文化工业的生产与消费依据的是他律原则（经济、市场和资本等），我们不可能在其中找到艺术自主性之类的东西。其三，在消费层面，阿多诺认为消费者喜欢文化工业产品，实际上是甘愿上当受骗。"而且如果被骗的确能够带给他们哪怕一瞬间的满足，他们也心知肚明地对这欺骗趋之若鹜。他们对文化工业递到他们手里的东西睁一只眼闭一只眼，发出赞美之声，心里则完全知道这些文化产品的目的为何，对自己这样则怀着某种厌恶。虽然不愿意承认，但是他们感觉到如果自己一旦摈弃那原本就不存在的满足，生活将会变得完全不可忍受。"[②] 为什么文化工业如此"厉害"？究其因，一方面是因为文化工业总在向受众许愿并做出种种承诺，受众不知不觉放松了警惕；另一方面因为文化工业生产出了与其产品成龙配套的消费者。

毫无疑问，中国的网络文学以及由此形成的文化产业，显然就是阿多诺当年所批判的文化工业。而从阿多诺的视角看，网络文学的生产与消费虽与他的论述依然大体吻合，但今天看来，情况实际上已变得更为复杂。从网络文学生产者的角度看，无论是网络写手还是网站编辑，都非常明确地把读者或粉丝放在一个极其重要的位置。例如，"唐家三少就十分自觉地将核心读者群锁定在8—22岁的'小白'读者，因为这个'三低'（低年龄、低收入或低文化程度、低社会融入度）人群数量最庞大，心态最忠诚。为此，他果断放弃那些口味提升了的读者，十年如一日，像控制自己体重一样控制着

[①] Theodor W. Adorno, *Prisms*, trans. Samuel and Shierry Weber, Cambridge, MA.: The MIT Press, 1981, p. 124.

[②] Theodor W. Adorno, *The Culture Industry: Selected Essays on Mass Culture*, J. M. Bernstein, ed., London: Routledge, 1991, p. 89.

自己'不进步'"①。猫腻对这个问题思考得也非常通透："商业小说面对的是普罗大众，普罗大众需要对休闲时间进行'杀戮'。我们写商业小说，就是要替人们有效率地、喜悦地、情绪起伏尽量大地把业余时间杀掉，把他们的人生空白填上，这是一件贡献很大的事。但是怎样才能让读者跟着你的故事情节走？怎样才能写成一篇真正的'爽文'？还是马斯洛的那个理论，先满足他最基本、最直接的需求，再满足高的要求。"② 在这里，无论是唐家三少式的"不进步"，还是猫腻所谈的为读者有效地杀掉时间，所体现出来的都是"读者是上帝"的商业写作理念，也体现着文化工业生产中所隐含的最基本的商业法则。因为好莱坞的著名编剧就说过：一部电影"必须以一种既能表达自己的视觉印象，又能满足观众欲望的方式来构建自己的故事形态。观众和其他诸多要素一样，是故事设计的决定力量，没有观众，这种创作行为便失去了意义"③。好莱坞电影必须满足观众的欲望，网络小说必须满足读者的需求，否则，它们就是不合格产品。很显然，无论是电影，还是小说，只要是在文化工业的生产框架中，它们所遵循的就不可能不是相同的制作理念。

如果转换到消费层面，网络文学生产的特性或许会被看得更加清楚。在当今走红的网络文学中，男频文大都遵循着"打怪升级"的写作套路。为什么作者要如此经营小说？其秘密在于网络游戏的影响和读者的阅读期待。在今天更年轻的网民中，许多人是在网络游戏的海洋中泡大的，这就意味着他们的"先结构"或"前理解"中已经播下了"打怪升级"的种子。而随着他们成为网络小说的读者，"打怪升级"也内化为他们阅读网文的内在需求。网络作家视读

---

① 邵燕君：《从乌托邦到异托邦——网络文学"爽文学观"对精英文学观的"他者化"》，《中国现代文学研究丛刊》2016年第8期。

② 邵燕君：《以"爽文"写"情怀"——著作网络作家猫腻专访》，载《网络时代的文学引渡》，广西师范大学出版社2015年版，第305页。

③ ［美］罗伯特·麦基：《故事：材质·结构·风格和银幕剧作的原理》，周铁东译，天津人民出版社2016年版，"序言"第5—6页。

者为自己的衣食父母,自然不能对他们的需求等闲视之,于是网络游戏的情节逻辑和套路便进入网络小说,成为其中的最大看点和卖点。邵燕君指出:"网络游戏对于小说最内在的影响是情节的提速和直线化。……情节一个比个凶险,就像游戏一关比一关难过,但情节和情节之间缺少紧密的联系,缺少伏笔和大悬念。读网络小说就像打网游,主人公一路过关斩将,头也不回地一条直线走向终点。那种目不暇接、一往直前、单关结算的快感,和打游戏的'爽'最为契合,也应和了互联网时代的快节奏和'即见即得'的阅读法则。"① 实际上,读者正是在这种符合自己阅读期待的套路中获得了所谓的爽感。如果写手反套路写作(如只打怪不升级),读者就不买账,甚至会抛弃作者。

正是在这一意义上,网络文学的生产与消费恰好走进了阿多诺的思考之中。因为阿多诺说过:文化工业是将受众的意识朝着倒退的方向发展。"据说那些玩世不恭的美国电影制片人说,他们的影片必须考虑11岁儿童的理解水平,这绝非巧合。以他们的所作所为看,他们倒是十分乐意把成年人变成11岁的少年儿童。"② 这里的论述与他对流行音乐及其听赏效果的思考可谓相映成趣。在阿多诺看来,流行音乐既是标准化的文化工业产品,同时又打造了听众的听赏习惯。结果,人们的听觉器官便被抑制在婴幼儿时期,最终造成了听觉的退化。听觉退化又影响到人们整体的接受水平,于是人们再也听不懂古典音乐,而只能变本加厉地向流行音乐靠拢,因为"退化的听众之行为就像孩子,他们满怀积怨,一次又一次地要求着他们曾经享用过的那道菜"③。在网络文学的生产与消费中,阿多诺

---

① 邵燕君:《网络时代的文学引渡》,广西师范大学出版社2015年版,第23—24页。
② Theodor W. Adorno, *The Culture Industry: Selected Essays on Mass Culture*, J. M. Bernstein, ed., London: Routledge, 1991, p. 91.
③ Theodor W. Adorno, "On the Fetish-Character in Music and the Regression of Listening", in Andrew Arato and Eike Gebhardt, eds., *The Essential Frankfurt School Reader*, New York: Urizen Books, 1978, p. 290.

的这些论述差不多都有了着落。百度文学副总裁千幻冰云说："读者是手吊着公交车的拉环在看书（即读网络小说），你就不要去渴望读者会多用心地看这本书，他们就是为了消磨时间。"[1] 磨铁图书、磨铁中文网创始人沈浩波说得更加绝对，因为他每年虽然会看十几部网络小说，却是专挑一些"特别YY的、特别无聊的"，为什么会看这些？主要是为了休息脑子：

> 我白天工作已经很累了，让我回去再看本诗集，就看不动了。但是我又想让自己的脑子停下来，不要再想工作的事了，就要弄个东西让自己歇下来。这个时候，对于很多女生来说，可能是看看电视剧。我懒得看电视剧，要更容易的，就是看小说嘛，有点像美国人看爆米花电影。不用动脑子，就在休息状态，而且看得也挺高兴的。看完没有任何负担，你也不需要寄托感情或者什么。记住这本书的名字叫啥，都是负担。[2]

这种读网文的状态颇类似于阿多诺对听赏流行音乐的论述：漫不经心与心神涣散。而无论是漫不经心地听还是心神涣散地读，其用意都是为了消遣。消遣式阅读不可能细嚼慢咽，而是匆匆忙忙，一目十行，这时候，他们就更在意故事情节中的某些节点（如男女主人公偶遇、误会，仇家捣乱，等等）。也就是说，他们的阅读是奔着这些节点去的，而这些节点往往又是套路文的爽点。读到了这些点，他们大概就能顿生爽感，而节点—爽感的反复出现，便成为"他们曾经享用过的那道菜"。网络文学生产者自然也意识到了消费者的喜好所在，于是他们就拼命在那道菜上加佐料，调味道，进而

---

[1] 邵燕君：《初写者该如何写网文？——千幻冰云做客北大网文课堂》，载《网络时代的文学引渡》，广西师范大学出版社2015年版，第240页。

[2] 邵燕君、肖映萱主编：《创始者说：网络文学网站创始人访谈录》，北京大学出版社2020年版，第349页。

接合：大众文化的冲击与1990年代以来的文学生产

打造出一批又一批的文学快餐。这种做法甚至还被总结出一套理论。例如，在起点中文网总编辑廖俊华看来，社会大众阶层"在内容诉求上表现出很强的对非愉悦剧情的排斥，具有明显的追求大脑中奖赏机制的行为"。他特别指出："在进行通俗娱乐文化产品的体验当中，受众实际上是在追求刺激多巴胺的分泌，进而产生愉悦的感觉，以'奖赏效应'弥补现实中的挫折导致的各种焦虑。"① 不能说这种总结没有道理，但奖赏机制的形成，刺激多巴胺分泌的效果，显然更多关联着较低级的生理快感。实际上，这就是阿多诺所谓的受众意识的被抑制状态或退化。然而，这种做法不但没有遭到排斥，反而得到了更多的呵护和赞许。于是，在消费者与生产者的互动与合谋中，套路文开始源源不断地被生产出来。

在阿多诺的阐释框架下，所有这一切正是需要反思和批判的。然而，实际情况是，阿多诺的文化工业批判理论在今天似已显得冬烘或多余，基本上已被人抛弃。或者是，即便是人们还可以拿起这一批判武器，却已无法对目标构成有效打击，扑空或者"扑街"很可能就是它必须面对的命运。那么，又该如何解释这种现象呢？

首先我们应该明确的一点是，阿多诺的文化工业批判理论实际上是与我们的"大力发展文化产业"的文化政策相抵牾的。随着经济全球化时代的到来，越来越多的人意识到，国家文化软实力的竞争其实就是文化产业的竞争。于是从20世纪90年代开始，有关文化产业的政策开始出台，直至写进党的十五届五中全会（2000年10月）的文件中，变成如下说法："完善文化产业政策，加强文化市场建设和管理，推动有关文化产业发展。"② 而在后来的党的十六大报告（2002年11月）、党的十七大报告（2007年10月）和党的十八

---

① 廖俊华：《通俗娱乐文学与多巴胺》，载中国作家协会创作研究部选编《网络文学评价体系虚实谈——全国网络文学理论研讨会论文集》，作家出版社2014年版，第114页。

② 《中共中央关于制定国民经济和社会发展第十个五年计划的建议》，《中华人民共和国国务院公报》2000年第35期。

大报告（2012年11月）中，有关文化产业的表述也不断得到调整、丰富和完善，至党的十九大报告（2017年10月），文化产业已被表述为："健全现代文化产业体系和市场体系，创新生产经营机制，完善文化经济政策，培育新型文化业态。""推进国际传播能力建设，讲好中国故事，展现真实、立体、全面的中国，提高国家文化软实力。"[1]而在党的二十大报告（2022年10月）里，文化产业的表述又被精简为："健全现代文化产业体系和市场体系，实施重大文化产业项目带动战略。"[2]这就意味着，20、21世纪之交以来，一方面发展文化产业已成为一种国家行为，另一方面，所有的文化产业样式都会得到政府相关部门的政策性支持。

中国二十年来的网络文学发展正好处在"大力发展文化产业"的历史语境之中，可谓适逢其时。而随着网络文学生产从无序到有序，随着网络文学消费从免费浏览到付费阅读，随着网站并购并逐渐形成垄断资本的格局，随着网络文学周边产品的不断开发，把网络文学打造成一种文化产业的时机已经成熟。如前所引，吴文辉曾经指出："中国网文已经可以和美国好莱坞大片、日本动漫、韩国偶像剧并称为'世界四大文化奇观'。"这一说法虽不免夸张，但从文化产业的开发、利用和转换的角度看，又不能说全无道理。因为在当下这个时代，大众文化往往就是一个国家的主流文化；国家文化软实力的竞争，往往又是通俗、流行的文化工业产品的竞争，而非高端文化的竞争。美国的好莱坞电影虽然早就是阿多诺的批判对象，但不可否认的是，好莱坞的各种类型大片也成功地占领了国际市场，创造了一个又一个的文化奇观和商业奇迹。从这个意义上说，希望

---

[1] 习近平：《决胜全面建成小康社会 夺取新时代中国特色社会主义伟大胜利——在中国共产党第十九次全国代表大会上的报告》，人民出版社2017年版，第44页。

[2] 习近平：《高举中国特色社会主义伟大旗帜 为全面建设社会主义现代化国家而团结奋斗——在中国共产党第二十次全国代表大会上的报告》，人民出版社2022年版，第45页。

接合:大众文化的冲击与1990年代以来的文学生产

中国网文与好莱坞大片等比肩而立自然是有其道理的,因为很显然,我们不可能让获得诺贝尔文学奖的莫言小说与韩剧或日本动漫竞争,不仅仅是因为它们不是一个层面的东西,而且也在于莫言的小说作为精英文化,很难做成成龙配套的文化工业产品。

这就是让阿多诺的文化工业批判理论已然失效的历史语境。在精英文化生产、艺术自主性、无目的的合目的性等理论框架中打量阿多诺的思考,它们确实显得精湛深刻。但问题是,文化工业就是要打造商业产品,人们对网络文学的定位就是商业小说。因此,无论是美国的好莱坞电影还是中国的网络小说,它们所遵循的并非传统的艺术生产规律,而是完全奉行经济规律、资本逻辑和商业法则。这就意味着无论阿多诺怎样批判,都是鸡同鸭讲。或者也可以说,阿多诺的批判尽管余音袅袅,但文化产业的生产者和消费者却完全可以我行我素、置之不理。当年的好莱坞和锡盘巷已经对阿多诺的批判置若罔闻,今天的网络文学产业化进程同样也可以对阿多诺的思考不管不顾。

删除了阿多诺的批判维度后,人们在谈论网络文学产业化的相关问题时已毫无障碍,兹举一例。邵燕君曾经对侯小强进行过访谈,在谈到IP现象时后者强调:"为什么大家对IP那么有需求,第一是它有固定的受众,第二是它有经过检验的故事,最重要的是它符合了当下的主流情绪,这个情绪是最重要的。《战狼2》之所以火,是IP的胜利,首先《战狼1》给它聚集了大量的受众,第二是它的故事模型经典,但最重要的是情绪太对了。我对IP是有定义的,IP是人设+经典叙事,人设非常重要,但无论什么样的人设,一定要新;第二是经典叙事,无论什么样的叙事,一定要旧。好莱坞排名前一百名的电影都同样的一个模型,百分之九十五是一个模型。"而邵燕君除了把侯小强对IP的定义修订为"人设加套路"外,又进一步补充道:"这些套路并不是白来的,它需要一个庞大的活跃的商业机制去孕育培养更新。所谓'自古深情留不住,唯有套路得人心',为什么?其实那些套路是成功经验的结晶,一将功成万骨枯,现在流行的'烂套'背后是无数未流行起来的'烂文'。"① 在这里,对标准化、模式化(阿多诺意义上)的质疑已烟消云散,我们看到的唯有对套路的肯定与礼赞,对"唯有套路得人心"的诠释与辩护。侯小强虽然有多重身份,但他无疑也是一个成功的商人。关于他,在商言商并不让我们感到有多奇怪,问题是身为学院派的邵燕君也顺着他的思路,修订增改、润色完善。在他们的相互补充中,不仅诞生了关于 IP 的新定义,也诞生了一种绕过价值判断谈论模式化(套路)的新思路。

但话说回来,阿多诺的批判维度可以删除,却并不意味着就同时删除了他所指出的问题。阿多诺说过,音乐技巧的使用其根源在于经济,在于文化市场上的竞争。"所有留存下来的技巧都是竞争的结果,竞争本身并不是很'自由',而且整个行业都被打磨,特别是被广播打磨润色。"② 这就意味着当流行音乐中的演奏技巧被市场接受之后,技巧本身也就成了一种商品,资本则开始向这里倾斜,以便培养"知名乐队"从而使这种技巧留存、固定并发扬光大。于是,音乐技巧一方面被经济之手培育起来,一方面又为资本的再生产服务。如果把这里的"技巧"换成网络文学中的"套路"或"类型",我们便会看到阿多诺所指出的问题今天依然存在。在网络文学的生产中,套路的成功自然取决于市场的竞争,而一旦这种套路是出于明星 IP 之手,它就会被资本盯上,"从创作大纲成型的那一刻起,无论是文本的写作,还是后续的影视、游戏改编等相关衍生产品,整个创作过程都已经被资本进行了准确的估价"③。与此同时,所谓的网络类型文学也被资本左右着,正在发生着深刻的变化。阅文集

---

① 邵燕君、侯小强:《"主流化"就是"跨界",IP 就是网络文学+》,《文学报》2017 年 12 月 1 日。

② Theodor W. Adorno, *Prisms*, trans. Samuel and Shierry Weber, Cambridge, MA.: The MIT Press, 1981, p. 124.

③ 肖映萱等:《中国网络作家生存状态报告》,《名作欣赏》2015 年第 11 期。

接合:大众文化的冲击与1990年代以来的文学生产

团原创内容部高级总监李晓亮指出:

> 十年前,网络文学各种题材都有,那时候起点中文网有12个品类,然而现在它还是12个品类,尽管没有降低,但应该不算是什么荣耀。我经常看同类型的网络文学网站,基本上除了都市和玄幻,其他题材如武侠、历史、军事等题材已经没了,尤其是经济题材没了,西方奇幻类型也没有了。我想可能是资本进入这个行业,或者这个行业迅速扩大之后带来的弊端。大家都在写,都想做大IP。大IP则一定要用一部作品覆盖尽量大的读者面,而什么样的作品才能覆盖到所有读者? 当下只有玄幻。而说到经济题材的网文,三亿读者里可能才200来个人看这一题材。同样一本书,别人一年挣一个亿,经济题材类的第一名只能挣几十万元。①

如此看来,都市与玄幻越做越大,显然是市场竞争和粉丝经济的产物。而资本进入其中,既是为它们保驾护航,也是为它们的扩大再生产加柴添火。于是,在这场竞争中,都市与玄幻胜出了,而其他类型的网文因为得不到资本的眷顾则日渐枯萎。但问题是,都市与玄幻就是网络文学最理想的类型吗? 全民读都市与玄幻的背后隐含着怎样的价值缺失? 2006年6月,陶东风曾在博客上发表《中国文学已经进入装神弄鬼时代?》,直指当时走红的玄幻文学,形成了一场网络论争。② 如今玄幻文学一路凯歌高奏,我们却再也听不到质疑的声音了,但这并不意味着陶东风当年指出的问题已全部解决。

近距离观察过当代大众文化生产的王小峰曾经说过:"中国大众文化已经越来越直接、简单、粗暴地成为一个变现的工具,不仅制

---

① 李晓亮:《文学类型单一 千军万马挤玄幻》,《解放日报》2018年4月19日。
② 参见欧阳文风《网络文学大事件100》,中央编译出版社2014年版,第264—265页。

造者丧失理性，连同这种文化下培养出的受众也丧失理性，集体沦落成毫无审美情趣和判断标准的纯消费动物。……如果阿多诺还健在，他那套过时的、后来常被文化研究者诟病的理论，几乎是他在20世纪40年代对当下中国大众文化现象的伟大预言。"① 这番宏观表述应该也适用于网络文学的生产与消费。而他在这里提及阿多诺，显然也是对中国学界的一个重要提醒：网络文学产业化虽然在经济、市场、商业、资本层面取得了辉煌的成绩，但是它的种种做法与"套路"也越来越走进阿多诺的埋伏之中。于是，在今天这个齐声赞美网络文学的时代，适当增加一点阿多诺的批判维度，也许会让我们获得一些理智和清醒。

二 作为生产者的写手

《作为生产者的作者》是本雅明的一篇著名文章。他在此文中把创作技术放在一个重要位置，并以特列契雅科夫（Sergei Tretiakov）和布莱希特为例，极力论证了这样一个命题："文学的倾向可以存在于文学技术的进步或者倒退之中。"② 我之所以套用本雅明的说法作为本小节标题，一方面是想以此对网络写手与传统作家进行区分；另一方面也是想指出，网络文学在网络写手那里体现了怎样惊人的生产性。当然，由于此标题关联着本雅明，所以创作技术或文学技术在网络文学写作中所扮演的角色自然也会进入我们的视野，只不过我删除了文学倾向、政治倾向与文学技术的关系，因为这是本雅明走向左翼迷狂时的产物，把它说清楚是很不容易的。

（一）快与量：网络文学生产的基本法则

传统文学作家中，无论是纯文学作家还是通俗文学作家，不管

---

① 王小峰：《只有大众，没有文化：反抗一个平庸时代》，广西师范大学出版社2015年版，第5—6页。
② ［德］瓦尔特·本雅明：《作为生产者的作者》，王炳钧等译，河南大学出版社2014年版，第7页。

接合:大众文化的冲击与1990年代以来的文学生产

他一生如何勤奋,其作品的总量和字数也不会很多。《鲁迅全集》(2005年版)共18卷,总字数约700万字。但众所周知,全集中可称为文学作品的只有《呐喊》《彷徨》《故事新编》《朝花夕拾》等,其字数或许还不到全集的十分之一。在通俗文学阵营中,金庸应该算得上一个高产作家了,但他一生也就是写了15部武侠小说,总字数约870万字。因此,从文学生产的角度看,传统文学对作家提出的要求或许能用两个字概括:质与慢。所谓质就是以质取胜,求质量而不求数量。丁玲曾嘱咐文学青年:"写文章不是要多,而是要好。过去有一个外国作家对我说过,鞋子要一百双差不多的,不要只有一双好的;而作品相反,不要一百篇差不多的,只有一篇好的也行。我认为这是对的。"① 中国作协党组原书记李冰在援引了这段文字后指出:"丁玲同志的这个思想在政治运动中被斥为'一本书主义',遭到了批判。现在我们重温丁玲同志当年的嘱咐,从中感受到的是老作家对青年的真诚关爱。文学创作是一种特殊的精神生产,不能靠生产的速度取胜,也不能靠产品的数量取胜。"② 所谓"一本书主义"其实就是质量为王、以质取胜的形象化表达。而事实上,能够写出一部传世之作并不是一件容易的事情,因为这样的作品已是文学经典。按照布鲁姆的说法,它们之所以能成为经典,"答案常常在于陌生性(strangeness),这是一种无法同化的原创性,或是一种我们完全认同而不再视为异端的原创性"③。但众所周知,写出陌生性或原创性又谈何容易?

作品质量与许多因素有关,而慢应该是文学生产过程中的必要保障。所谓"慢工出细活""萝卜快了不洗泥"的大俗话,同样也

---

① 丁玲:《致一位青年业余作者》,载《丁玲全集》第12卷,河北人民出版社2001年版,第109页。
② 李冰:《在全国青年作家创作会议上的讲话》,http://www.chinawriter.com.cn/news/2013/2013-09-24/175459_2.html,2013年9月24日。
③ [美]哈罗德·布鲁姆:《西方正典:伟大作家和不朽作品》,江宁康译,译林出版社2005年版,第2页。

适用于传统文学生产。所谓"吟安一个字,捻断数茎须""求得一字稳,耐得半宵寒"的古人说法,所谓"写完后至少看两遍,竭力将可有可无的字,句,段删去,毫不可惜"①的鲁迅告诫,更是强调了传统文学生产中慢的重要性。因此,谁若是在传统文学写作中出手太快,快马加鞭未下鞍,那么即便他写出了得意之作或上乘之作,也有可能招来人们的诟病。当莫言用43天时间写出43万字(稿纸字数)的《生死疲劳》②时,德国汉学家顾彬就很不满意,他说:"莫言呢?他在43天之内,写出了长篇小说《生死疲劳》,这怎么可能呢?小说翻译成德文有800页呢。如果是托马斯·曼要写800页的小说,他最少要写3年。他的《魔山》,从德文来看大约500页,他写了将近4年。所以这说明什么呢?中国当代作家根本不重视语言,他们觉得故事是最重要的。"③顾彬的观点未必妥当,但当他批评莫言舍弃"推敲"精神,不尊重语言时,显然也是在用传统文学生产的标尺衡量莫言。因为一旦写快了,人们下意识就认为质量无法保证。这很可能意味着,在传统文学那里,快是其天敌,而慢才有可能成为其制胜法宝。

然而,在网络文学这里,质与慢已逆转到其对立面,变成了量和快。或者也可以说,量和快已成为网络文学生产的基本法则。

从量上看,文学常识告诉我们,传统文学中的长篇小说若写到50万字,已足够其长。陈忠实当年写作《白鹿原》是认真考虑过字数问题的,原来他觉得只有写成上下两部,每部30万至40万字,才能装得下众多人物和较为复杂的人生故事。但出于对文学市场行情和读者购买力的考虑,他最终决定"只写一部,不超过

---

① 鲁迅:《答北斗杂志社问》,载《鲁迅全集》第四卷,人民文学出版社2005年版,第373页。

② 参见《莫言43天完成49万字〈生死疲劳〉》,https://news.qq.com/a/20121018/001317.htm,2012年10月18日。

③ 《顾彬再次炮轰中国文坛:过精英生活怎写百姓文章》,http://book.ifeng.com/psl/hwst/200810/1014_3551_830311.shtml,2008年10月10日。

40万字"①。作为学者的张柠教授近年开始创作小说后，字数问题也曾进入其视野。在他看来，"'短篇小说'最合适的长度，是半小时到两小时之内一口气读完的篇幅，3000到1万字。'中篇小说'最合适的长度，是一天能轻松读完的篇幅，3万到6万字。'长篇小说'最适合的长度，是一个黄金周就能轻松读完的篇幅，20万到25万字之间"②。而验之于他本人创作的长篇小说——《三城记》30.2万字，《春山谣》23.3万字，《玄鸟传》18.5万字（均为排版字数）③——显然他已忠实地执行了自己所建议的字数规划。

然而，对于网络小说而言，这样的游戏规则已不复存在。因为在网络小说那里，50万字只是"起步价"，只有写到数百万字乃至上千万字的小说才能使作者与网站双双受益。这种巨量写作的推动力首先来自网络写作的纯商业运营模式。2003年10月，起点中文网首推VIP会员计划，开启付费阅读模式，标志着网络文学被纳入商业运作的轨道。此后，大量的网络写手进入这一行业，而"按字计酬"的稿费标准，"试读＋付费"的阅读模式，④日日更新的行规以及点击率和排行榜所形成的压力，等等，都促使网络文学越写越长。潇湘书院创始人潇湘子指出："随着VIP制度的实施，最大的改变就是作品变得越来越长了，注水也越来越多了。其实作者写多少字和我们网站没有什么关系，我们干涉不了，这是作者自己一个人创作的，我们没有办法让作者必须写60万字或者100万字。但是从VIP制度来说，我们是千字三分钱，这个制度就决定了如果想要赚钱，

---

① 陈忠实：《寻找属于自己的句子》，北京大学出版社2011年版，第91页。《白鹿原》的排版字数是53万字，陈忠实这里所说的"40万字"应该是指实际写作字数。参见陈忠实《白鹿原》，人民文学出版社1993年版。
② 张柠：《今天的长篇小说应该写多长？》，《文艺争鸣》2020年第11期。
③ 张柠的三部长篇小说参见《三城记》，人民文学出版社2019年版；《春山谣》，人民文学出版社2021年版；《玄鸟传》，广西师范大学出版社2022年版。
④ 起点中文网等实行的VIP收费阅读制度一般规定前20万字免费，以后按每千字2—3分钱收费，网站、作家分成。单本连载总字数基本上要达到300万字左右才比较划算。参见邵燕君《媒介新变与"网络性"》，《人民日报》2014年4月8日。

最好的途径就是写长,而不是写好。"① 而一位写手则明确表示:网络写作的纯商业化模式,就是逼着向你要速度,"我们每个月要写30万字,至少20万,没有20万上不了排行榜,而上不了榜就意味着没有点击量,没有点击量就会收入堪忧"②。正是迫于这种生存压力,网络写手每天更新大都是万字左右,而且不敢随意"断更"。例如,作为"女生网络作家第一人"的叶非夜就说过:"我发现'扑街'的人,要么是今天只写1000字,要么是今天不写了。"而她的经验是,若想在排行榜靠前一点,或者得到更多推荐,唯有努力"加更"。在2011—2012年间,她每日更新不低于1.4万字。如果她与朋友约好某一天去摘樱桃,她当天早上5点钟就会爬起来,一直写到7点钟朋友们睡醒之前,把当天的更新完成。③ 2013年7月下旬,笔者曾赴拉萨参加"中国文艺理论学会网络文学研究会成立大会暨'网络与文学变局'学术研讨会"。据说此次会议曾邀请数位网络作家现身说法,他们也都答应下来,但实际到会的却只有知名写手王晓英一人。为什么中途变卦集体缺席?原因就在于他们担心"断更"。因为上了青藏高原就有了许多不确定因素(如高原反应等),他们还能否像往常一样日更不辍,就成了一个未知数。

于是有人指出:"网文中50万字只是起步、80万字才是入门、两三百万字才'开局起步'的'长篇'类型小说,已经形成网络文学新生产机制的一整套创作'明规则'与写作'潜技能'。"④ 这就意味着,随着网络文学的商业化,一方面我们再也不大可能见到《成都,今夜请将我遗忘》那种长度的网络文学了;另一方面,在比

---

① 邵燕君、肖映萱主编:《创始者说:网络文学网站创始人访谈录》,北京大学出版社2020年版,第297页。

② 徐颖:《网络写手收入全靠字数多少 月写十万字会饿死》,《新闻晨报》2010年4月12日。

③ 参见沈杰群《唐家三少等谈写作:日写1000字或停更恐"扑街"》,《中国青年报》2017年6月14日。

④ 宋庄:《中短篇:抢夺网络文学眼球》,《人民日报》(海外版)2014年6月17日。

拼速度的网络文学大生产中,快必须出场。因为慢了就会出局,唯有快起来,才有可能立于不败之地。

(二)路遥与唐家三少:传统作家与网络写手的对比分析

为了更充分地说明这一问题,我们不妨以路遥与唐家三少为例,略作比较。

路遥是用传统的现实主义手法进行文学创作的作家,在写作《平凡的世界》之初,他已确定了这部"巨著"的大致框架:三部,六卷,一百万字。为了完成这部在他看来工程浩大的作品,他在前期做了精心的准备工作,包括大量读书(近百部长篇小说,理论、政治、哲学、经济、历史和宗教著作,养鱼、养蜂、施肥、税务、财务、气象、历法、造林、土壤、改造、风俗、民俗、UFO 等知识性小册子),翻阅 1975—1985 年十年间的五种报纸(《人民日报》《光明日报》《参考消息》和一种省报、一种地区报),再一次深入生活,让生活"重新到位"。经过三年左右的准备之后,他才进入写作环节。第一部选择的写作地点是一个偏僻且生活艰苦的煤矿。当小说终于开头之后,他为自己制定了每天的工作量和进度:把一张从 1 到 53 的表格贴在墙上,每写完一章,就划掉一个数字。当突破 13 万字(那是《人生》的字数)时,他在兴奋中产生了一种庄严感,随即又为自己制定了新的数量上的目标。正是在这种狂热的写作状态中,他"对数字逐渐产生了一种不能克制的病态的迷恋。不时在旁边的纸上计算页码,计算字数,计算工作日,计算这些数字之间的数字"。为了保证每天十几个小时的工作时间不受干扰,他甚至粗暴地拒绝了打算采访他的记者。因为"如果我让他满意,我这一天就要倒霉了,我将无法完成今天的'生产任务'。今天完不成任务,将会影响以后的工作,我那演算的数字方程式将全部打乱变为另一张图表,这要给我带来巨大的精神痛苦"①。就是在这种写作驱

---

① 路遥:《早晨从中午开始》,北京十月文艺出版社 2010 年版,第 114—115 页。

力的推动下，路遥完成了《平凡的世界》第一部，然后是第二部、第三部。现在我们已经知道，写作第三部时，他的身体已出现问题，所以这一部的写作也尤其艰难。路遥曾经说过："长卷作品的写作是对人的精神意志和综合素养的最严酷的考验。它迫使人必须把能力发挥到极点。你要么超越这个极点，要么你将猝然倒下。"[1] 可以说，路遥超越了这个极点，但不幸的是，小说完成四年之后，他也猝然倒下了。

我们再来看看唐家三少。1981年出生的唐家三少（本名张威）被称作网络文学界的"大神""玄幻文学的鼻祖"。他从2004年2月开始写网络小说，至今已写作十多个年头。在2016年的一次受访中他自己交代："到现在大概写了四千万字，160多本书，连续130个月每天连载。"[2] ——"日更"6000字而长年保持每天连载，确实是唐家三少创造的一个写作奇迹。而发生在2018年9月的一个小小的网络事件便是他的"断更"。由于年轻的妻子病故，他旋即写出《永失我爱，为你断更》的悼念文章，宣布"十四年零七个月，网络连载不断更。今日，为你而断"[3]。因为嵌入了浓郁的情感因素，这一"断更"事件也具有了某种特别的意义。

为什么唐家三少能成为网络文学的写作狂人？为什么他能坚持如此长的时间日日更新？从相关报道与他自己的交代中已可见出一些端倪。他曾经认为自己写作成功的秘诀是"坚持"，但后来又有了一个顿悟："我们平时写作都是有存稿的，你想保持每天不断稿，一定得有些存稿。去年，我爱人得了很严重的病，那段时间我觉得自己可能坚持不下去了。我差不多平均每天瘦一斤，连续两周，瘦了

---

[1] 路遥：《早晨从中午开始》，北京十月文艺出版社2010年版，第116页。
[2] 《对话唐家三少：我成功是因为我每天只做一件事》，https：//www.sohu.com/a/118480769_114731，2016年11月9日。
[3] 《唐家三少14年不断更，为亡妻而断，可歌可泣唐三少》，https：//baijiahao.baidu.com/s? id=1611672602452176491&wfr=spider&for=pc，2018年9月15日。

大概十五六斤。直到她病情相对稳定了，有一天，我想知道自己还能不能坚持，就坐在电脑前，手放在键盘，那一刻，我又重新回到写作状态，投入到自己的故事里，好像进入了另一个世界。直到那个时候，我才发现原来自己是这么热爱写作，能连着写十几年，是因为当我写东西的时候，本身会有发自内心的愉悦感，会喜欢去写，会把自己的故事表达出来。"① 把"坚持"提升到"热爱"的高度来自他的切身感受，应该是有道理的，因为没有爱的力量作支撑，坚持既索然无味，很可能也不会长久。当然，无论是坚持还是热爱，也在很大程度取决于一个技术前提：写作速度。而恰恰在这个问题上，他曾现身说法，对准备写网文的写手提出过如下忠告：

> 写作速度并不是天生就有的。首先，基本条件是打字要快，这一点大家应该都清楚。之后就是大脑与手的配合了。想提高写作速度其实并不难。在写书的时候，一定要聚精会神，不要去想其他的，最好断网，关 QQ，不要再去看你们的游戏，当然，最好是不要玩游戏，将你们全部的精力都放在写书上，任何一点外来的影响都会影响到你写作的速度。当你能坐在那里专注的，毫不停留的写上一个小时的时候，你就会发现，自己的速度竟然提升了许多，我管这种专注的写作方法叫做拼字。小三平时写书的速度大概一小时是三千多字吧，但如果是专注的拼字时，最高可以达到八千以上。这就是专注与慢慢写的区别。
>
> 当然，拼字也是有技巧的。在拼字的时候，一旦遇到不好写的地方，不要去深究，不要去仔细思考，先隔过去，快速的向下写，写你能理顺的情节。哪怕遇到难打的字也可以先跳过

---

① 《对话唐家三少：我成功是因为我每天只做一件事》，https：//www.sohu.com/a/118480769_114731，2016 年 11 月 9 日。

去。这样的话，你的速度就能有所保证。当一小时的拼字结束后，你可以从头到尾来看你拼字时所写的东西，进行仔细的修改和填补。有的时候，修改和填补所要占用的时间甚至比写的时间更长。[1]

这是刚刚写了三年多时的唐家三少的一个写作经验谈。在这里，传统写作意义上的题材、主题、结构、视点等统统隐而不见了，仿佛一切的写作秘密都藏在速度之中，速度就是一切。而每小时八千多字的写作速度也确实令人称奇，它大概只能出现在网络文学写作这里，传统文学作家，即便像莫言这样的写作快手，也断然不可能有这样的速度。正是基于这一背景，才有学者指出："唐家三少已经是'起点'的招牌式人物，但无论是他的粉丝还是'起点'，对他的赞誉和宣传都集中在速度和耐力层面。'光速是每秒三十万公里，唐家三少的创作速度是每月三十万字！'在这种情况下，作者为了维持住单本小说所创造的累积优势，必然会不断拉长小说的长度。"[2]

现在，我们可以简单比较一下路遥与唐家三少写作的异同了。据邵燕君判断，《平凡的世界》"基本上也可以说是唯一对网络文学产生深入影响的'新时期文学'经典"[3]。而路遥与他的这部作品是否影响过唐家三少，我们不得而知。但从他们的写作状况看，二人又确有相同之处。比如，他们都热爱写作，都贵在坚持。路遥曾把这种热爱与坚持表述为"初恋般的热情和宗教般的意志"[4]。唐家三少的热爱或许不如路遥那么厚重，但他十几年如一日的写作更新，实际上已形象地诠释了什么是"宗教般的意志"。

---

[1] 《起点白金作家唐家三少写作经验谈》，https://www.sohu.com/a/168136503_99973985，2017年8月29日。

[2] 储卉娟：《说书人与梦工厂——技术、法律与网络文学生产》，社会科学文献出版社2019年版，第167页。

[3] 邵燕君：《网络时代的文学引渡》，广西师范大学出版社2015年版，第74页。

[4] 路遥：《早晨从中午开始》，北京十月文艺出版社2010年版，第85页。

接合:大众文化的冲击与1990年代以来的文学生产

  当然,他们的不同之处也非常明显。路遥用六年时间写出了一部百万字的长篇小说,这在他看来已经是惊天动地的事情了,然而以网络文学生产的眼光看,这种写作慢条斯理,老牛破车,是根本不值得炫耀的。而在具体写作进度上,虽然路遥进入写作环节之后也逼着自己天天写字(相当于日日更新),但他即便能日写万字,也是建立在每天紧张思考和工作十几个小时的基础之上的。在他的夫子自道中,我们看到写作是一件沉重、痛苦的事情,并无太多的愉悦之感。而在唐家三少这里,他每天上午只要工作两个半小时,就可码字一万以上,①而且这种码法往往是轻松、愉悦和快乐的。从对他的访谈中,我们感受不到他的写作苦恼或痛苦,而是一种日复一日的气定神闲和写作之乐。为什么同样是写小说,会形成如此大的区别?原因大致如下。

  其一,路遥写作的是传统的现实主义小说。现实主义要求作家客观冷静地观察生活、深入生活、体验生活、占有生活,然后按照生活的本来样子精准细腻地加以描写,除了细节的真实之外,还要再现典型环境中的典型人物。这种写作法则不允许作家天马行空,信口开河,所有的一切必须能在生活中落到实处。路遥就是按照这种写作法则进行他的小说创作的。加上他对自己要求极严,他的准备工作也就做得扎实细致,他的写作也显得严谨认真。他像一个学者做学术论文那样全面搜集资料,下笔谨慎,其写作速度岂有不慢之理?而唐家三少写的则是玄幻小说。按辞典解释:"广义的玄幻,相当于高度幻想型小说,是指小说中的虚构世界不以现实世界为依据,不遵循现实经验规律,完全是由幻想构成的。在网络小说中狭义的玄幻,是指其幻想世界设定的文化背景和根源既不是来自系统化的中国风格的修仙小说,也不是来自西方传统的奇幻小说,而主

---

  ① 参见沈杰群《唐家三少等谈写作:日写1000字或停更恐"扑街"》,《中国青年报》2017年6月14日。

第三章 网络文学的生产机制

要由作者根据需要而拼凑和搭造的。"① 如此看来，玄幻小说是不以现实生活的支撑为必要前提的，作者进入创作过程时可以胡思乱想，信马由缰。或者也可以说，胡思乱想正是其特点之一。只要作者能让笔下的人物能力超凡，形成热血升级的效果，也就达到了写作的目的。而当唐家三少专注于"拼字"时，我甚至觉得他的写作有了一种超现实主义的意味，因为布列东（André Breton）说过："在思想最易集中的地方坐定后，叫人把文具拿来，尽量使自己的心情处于被动、接纳的状态，不要去想自己的天资和才华，也不要去想别人的天资和才华。一遍又一遍地对自己说，文学确是一条通向四面八方的最不足取的道路。事先不去选择任何主题，要提起笔来疾书，速度之快应使自己无暇细想也无暇重看写下来的文字。"② 胡思乱想式的奇幻小说写作当然不一定让心情处于"被动接纳"状态，但它的专注与奋笔疾书确实又与超现实主义写作有异曲同工之妙。在这种思绪和写作状态的驱使下，其写作速度又岂有不快之理？而由于这种写作速度，追求所谓的独创性既显得奢侈，实际上也不可能做到。因为对于网络写手来说，进入既定的类型之中，进行相应的套路化、模式化写作才是重中之重。这种情况正如储卉娟所分析的那样："读者对于更新速度的要求，迫使写作者必须保证小说快速向前推进，且保持逻辑、条理和情节的合理发展，没有任何一个写作者可以在这种速度下仍然坚持要独创情节。'起点'最受欢迎的作家唐家三少长期保持着每天三次更新、每次 3000 字左右的速度，即使他创作激情极度高涨，打字速度远超常人，如果不是情节高度模式化，省却构思情节的时间，也是绝无可能的。"③ 如此看来，与其说是唐

---

① 邵燕君主编：《破壁书：网络文化关键词》，生活·读书·新知三联书店 2018 年版，第 250 页。
② ［法］布列东：《什么是超现实主义？》，载伍蠡甫主编《现代西方文论选》，上海译文出版社 1983 年版，第 170 页。
③ 储卉娟：《说书人与梦工厂——技术、法律与网络文学生产》，社会科学文献出版社 2019 年版，第 166 页。

家三少之类的网络写手不想独创,不如说是网络文学写作机制之下的速度比拼已事先阉割了他们的独创性冲动,从而把他们置于了必须"大路货"的水平线上。

其二,必须涉及生产工具,我们才能进一步说清楚这一问题。20世纪80年代,作家的生产工具只有纸和笔,写作俗称"爬格子"。路遥便是借助这种传统的写作工具完成他的长篇小说的。从他的描述中可以发现,当小说的开头不顺时,他的习惯是"立刻撕掉重来",于是整整三天时间,纸篓里撕下了一堆废纸。[1] 这是传统写作陷入僵局时的典型意象。因为要打草稿,必须有第二稿的修改与抄写。而路遥对第二稿也特别看重:"第二稿在书写形式上要给予严格的注意。这是最后一道工序,需要重新遣词酌句,每一段落,每一句话,每一个词,每一个字,都要反复推敲,以便能找到最恰当最出色最具创造性的表现。每一个字落在新的稿纸上,就应该像钉子钉在铁板上。一笔一划地写好每一个字,慢慢写,不慌不忙地写,一边写一边闪电似地再一次论证这个词句是否就是唯一应该用的词句,个别字句如果要勾掉,那么涂抹的地方就涂抹成统一的几何图形,让自己看起来顺眼。"[2] 由于抄改得非常认真,以至于他有了"不是在稿纸上写字,而是用刀子在木块上搞雕刻"的感觉。[3] 当第三部作品写到结尾部分时,因长期劳累和过分激动,"圆珠笔捏在手中像一根铁棍一般沉重",以至于下笔滞涩,越写越慢,"这十多页稿纸简直成了不可逾越的雄关险隘"。随后,"五个手指头像鸡爪子一样张开而握不拢",笔掉在稿纸上,无法进行。为了能正常写下去,他不得不把热水倒进洗脸盆,"然后用'鸡爪子'手抓住热毛巾在烫水里整整泡了一刻钟,这该死的手才渐渐恢复了常态"。[4] 撕纸、

---

[1] 参见路遥《早晨从中午开始》,北京十月文艺出版社2010年版,第107页。
[2] 路遥:《早晨从中午开始》,北京十月文艺出版社2010年版,第127页。
[3] 路遥:《早晨从中午开始》,北京十月文艺出版社2010年版,第157页。
[4] 路遥:《早晨从中午开始》,北京十月文艺出版社2010年版,第161—162页。

抄写、泡手、板上钉钉、雕刻感,等等,这些环节和由此生发出的特殊感受,所映现的是传统写作的艰辛,所营造的是一种具有古典美学色彩的写作意象,同时,它们也说明着一个道理:就像用传统农具春种秋收一样,一方面传统的笔耕墨种不可能快起来,另一方面,这种生产工具也决定了它不可能有更高的产量。

然而,20世纪90年代以来,自从作家"换笔"进入电子书写的时代后,传统的纸与笔基本上已被弃之不用,电脑和联想功能越来越强大的输入法逐渐成为作家的不二之选。电脑写作给作家带来了革命性的变化,即便在传统作家那里,这种变化也体现得异常分明。比如,用上电脑后,许多作家感到写作具有了一种游戏感。张洁说过,她用电脑写小说有一种快感,就像玩电子游戏机一样会上瘾。而她用电脑写出来的第一部中篇小说《日子》恰恰也有几分王朔式的"玩文学"的味道。[①] 韩石山也说:"电脑写作的最大的好处,我个人的感觉是,它使既庄重也繁重的写作,变得轻松起来,甚至带上了游戏的色彩。"[②] 而邓十哲的说法更直截了当:"写了十二万字的小说,让我享受了半年多的'电子游戏'——坐在电脑前边写作,真的不比玩电子游戏的兴致差。"[③] 电脑写作给作家带来了写作风格的变化当然值得深思,但更重要的变化是让他们全面提速了:传统写作如同老牛破车,即便是快手,也就相当于绿皮火车,而电脑写作则一下子把他们拉到了高铁时代。

网络写手通常都是年青一代的作家,他们大都没有经历过"换笔"的麻烦,而是一开始写作时就是与电脑、鼠标、键盘、网络、电子游戏打交道的。因为年纪轻轻就已充分享受到了新技术革命的

[①] 参见徐泓《"对着文字,我找到了真正的自己"——记女作家张洁》,《文学报》1992年5月28日。电脑写作像游戏机之类的话,张洁也向王蒙说过:"弄个电脑的最大好处是它像个游艺机似的,吸引你老是惦记着要坐到它那里去。"参见王蒙《多了一位朋友和助手》,《文艺报》1996年1月26日。

[②] 韩石山:《分明是台印钞机》,《文艺报》1996年7月5日。

[③] 邓十哲:《它让我活得更年轻》,《文艺报》1998年10月20日。

成果，所以他们对新型的写作工具也更为熟悉，用起来也更为得心应手。许多网络写手同时也是码字高手，而唐家三少只不过是他们中的杰出代表之一。当他们签约于网站，同时有了"日更"多少字的写作压力后，"比学赶帮超"大概就是他们不得不面对的生存环境。于是除了拼才气、拼智慧、拼体力、拼粉丝之外，他们还得拼速度。因为没有写作速度就没有更新速度；更新速度上不去，就会掉粉，人气指数就会下滑。因此，网络写作的背后所暗含的很可能并非传统意义上的小说精神，而是"更高、更快、更强"的竞技体育精神。

于是，再一次借助本雅明的说法，路遥就像"讲故事的人"，他与写作有关的一切无不揭示着小农经济时代、手工艺人的生产秘密。而像唐家三少这样的网络写手，他们写出的网络小说就像"技术再生产时代的艺术产品"。因为技术化程度高，可复制性强，他们也就具有了批量生产的能力。

（三）资本与加速：网络文学生产的深层动因

如果要对网络写手的生产性追根问底，什么才是促使他们"多拉快跑"的深层动因呢？根据马克思的"生产直接是消费，消费直接是生产"[①]的论说，也许我们可以从消费层面的受众说起。而关于这一问题，传统文学作家汪曾祺早在1982年就有过如下判断：

> 现代小说是忙书，不是闲书。现代小说不是在花园里读的，不是在书斋里读的。现代小说的读者不是有钱的老妇人，躺在樱桃花的阴影里，由陪伴女郎读给她听。不是文人雅士，明窗净几，竹韵茶烟。现代小说的读者是工人、学生、干部。他们读小说都是抓空儿。他们在码头上、候车室里、集体宿舍、小

---

① 马克思：《〈政治经济学批判〉导言》，载《马克思恩格斯选集》第二卷，人民出版社1995年版，第9页。

饭馆里读小说，一面读小说，一面抓起一个芝麻烧饼或者汉堡包（看也不看）送进嘴里，同时思索着生活。现代小说要符合现代生活方式，现代生活的节奏。现代小说是快餐，是芝麻烧饼或汉堡包。当然，要做得好吃一些。[1]

这一判断应该是非常精准的，尤其是"他们读小说都是抓空儿"之类的描述，更是把读者忙中偷闲的情状非常形象地呈现了出来。但汪曾祺之所以如此立论，其前提是他认为，现代小说的特征之一便是"短"；作家把小说写"短"而不是拉"长"，"是出于对读者的尊重"[2]。这也就是说，在汪曾祺思考小说应当写短的年代，网络文学还是天方夜谭，他也根本不可能会想到许多年之后网络写手会把小说写得巨长。既如此，汪曾祺的这一描述是否适用于当今网络文学的受众呢？

我以为依然适用。阿多诺在分析听众为什么喜欢听流行音乐时指出，听流行音乐可以让人们从努力奋斗的工作压力中暂时解脱出来，放松一下身心，而"放松是完全不需要集中注意力的"，这样也就带来了听流行音乐时的分心走神（distraction）和漫不经心（inattention）。与此同时，听众的空闲时间只是生产过程力量的延伸，"是为了再生产出他们的工作能力"。"他们想要标准化的商品和伪个性化，是因为他们的闲暇既是对工作的一种逃避，同时又是根据他们在日常世界中专门习惯了的那种心理态度所铸造而成的。对于大众来说，流行音乐就是一种永恒的照常工作的假日（busman's holiday），因此，可以有理由说，在流行音乐的生产和消费之间如今已经预先构建起了一种和谐。人们对他们无论如何都会得到的东西趋

---

[1] 汪曾祺：《说短——与友人书》，载《汪曾祺全集·谈艺卷》9，人民文学出版社2021年版，第194页。
[2] 汪曾祺：《说短——与友人书》，载《汪曾祺全集·谈艺卷》9，人民文学出版社2021年版，第194页。

接合:大众文化的冲击与1990年代以来的文学生产

之若鹜。"① 事实上,只要把这里的"流行音乐"换成"网文",阿多诺的解释就能为如今的读者为什么会对网络小说趋之若鹜提供某种答案。许许多多的网民同时也是"上班族",他们朝九晚五,日复一日,重复着工作中机械的劳动。为了减轻压力,愉悦身心,他们成了网文的订阅者。于是在上下班的路上,一手拽着公交车或地铁上的拉环,一手捧着手机读网文者便成了一道风景。如此一来,他们的阅读状态也就走进了汪曾祺的描述之中。所不同者在于,他们读的并非短篇小说,而是网络小说的"日更"之作。由于网络写手的"日更"字数通常也就是万字左右,它实际上也恰好相当于一个短篇的体量。这就意味着,尽管时代不同了,但他们的阅读行为依然符合现代生活的节奏,网络小说也依然"是快餐,是芝麻烧饼或汉堡包"。而只要是快餐食品,他们就不需要细嚼慢咽,苦思冥想,而是可以有一句没一句地读,可以读了后面的忘了前面的,唯其如此,才能达到"放松"和"娱乐"的目的。

当然,更大的不同还在于,他们使用的是智能手机,而并非像20世纪80年代的读者那样拿的是一本纸版书。而根据中国移动手机阅读基地创始人戴和忠的看法,正是移动阅读把网络小说的篇幅大大地拉长了。他认为以2010年为界(因为正是这一年移动手机阅读基地把网文从小众产业变成了大众产业),网络小说的字数有了很大的变化:"从原本的一两百万拉到五六百万甚至更多。一种商业模式改变了内容形态。"之所以如此,原因如下:"一是手机阅读很大程度是碎片化阅读,追网文更新是一种很重要的用户习惯。只要内容足够有吸引力,理论上篇幅越长,吸引的用户越多。二是数据驱动的推荐算法,在同等质量情况下,字数越多,一个推荐位一次推荐,能得到的整体持续收益就越多。所以,作为纠正,我们后来建立起

---

① Theodor W. Adorno, "On Popular Music", in *Essays on Music*, trans. Susan H. Gillespie, Berkeley: University of California Press, 2002, pp. 458 – 459.

第三章 网络文学的生产机制

一个非常大的内容编辑团队,按照作品质量和数据,将内容进行分级,区分推荐程度。……比如天蚕土豆,他一开始在起点上可能并不是最顶级的作家。后来我们在起点推荐基础上,结合数据推荐了他的《斗破苍穹》,一直霸榜,形成马太效应,粉丝群不断壮大,最后成了最顶尖'大神'。"[1]

以上说法,我们固然可以在"媒介即讯息"的经典命题中去思考其要义,但其中所透露出来的政治经济学原理却也同样值得认真对待:"消费创造出新的生产的需要,也就是创造出生产的观念上的内在动机,后者是生产的前提。消费创造出生产的动力;它也创造出在生产中作为决定目的的东西而发生作用的对象。"[2] 马克思的这一论述非常明确地指出了生产的动力来自哪里。尤其是在粉丝经济的时代,粉丝的阅读规模、阅读喜好可以快捷地反馈到生产者那里,于是一方面,"无线流小说"开始兴起,而"手机阅读的碎片化阅读特征,要求节奏更快,每 3000 字一定要有个故事高潮"[3] 的小说做法也应运而生(这非常类似于《百家讲坛》制片人万卫的制作理念:"我们必须像好莱坞大片那样,要求 3—5 分钟必须有一个悬念"[4]);另一方面,如何把小说写得越来越长也成了网络写手考虑的头等大事。龙的天空创始人 Weid 说过:"许多网站的总编,甚至顶尖的作者,都坐在那儿想,我是怎么写到 400 万字的? 我应该怎么写到 400 万字?"为什么是 400 万字呢? 因为"一个月 20 万字,一年十二个月,我要争取这本书写一年半到两年的时间,我才能稳住读者盘。

---

[1] 邵燕君、肖映萱主编:《创始者说:网络文学网站创始人访谈录》,北京大学出版社 2020 年版,第 384 页。

[2] 马克思:《〈政治经济学批判〉导言》,载《马克思恩格斯选集》第二卷,人民出版社 1995 年版,第 9 页。

[3] 邵燕君、肖映萱主编:《创始者说:网络文学网站创始人访谈录》,北京大学出版社 2020 年版,第 387 页。

[4] 《打造学术演讲明星》,原载《生活周刊》,http://www.cctv.com/program/bjjt/20051230/101132.shtml,2005 年 12 月 30 日。

当它是一部一线作品的时候，时间越长，给作者带来的集聚效应越明显。而作者每开一次新书，对他来讲都是一个非常巨大的考验。"①而他更坦诚的披露则是这样的：

> 决定这个作品能撑多长完全取决于他的经济利益。有一个很典型的例子：烟雨江南的《罪恶之城》为什么最后40万字跟大纲似的？这40万字按照他之前的笔法来写，写200万字轻轻松松，但他没有。他的合同上要求他尽快收尾。
>
> 决定一个作者的经济利益的因素可能是多样的。我的书订阅很稳，就算开一新地图人气下跌，我还能这么多订阅。尤其是他在充分经历过订阅上涨、下跌的波动之后，他已经知道该怎么逗你，让订阅再涨上来。我每天这么稳的收入，我写这个不累，我干嘛开新书呀？拖着吧。等到有人谈版权我再开新书。尤其是当时移动阅读基地的规则决定了，你写得越长，推荐你的概率就越大，那你为什么要开新书呢？要是有人跟他说，你现在稿费多少，乘二倍开新书吧，马上就有新书。②

于是问题也就进一步变得明朗起来，对于一些写手来说，把小说写长尽管不排除一些其他因素的考虑（比如出于故事情节本身的需要，把小说写得恢宏阔大），但经济因素肯定是考虑的重中之重。猫腻曾经说过："现在大家有这么个共识，趁着还能写的时候，我们自己把它压短，趁着IP能卖，把字数压一下。但后来烽火戏诸侯自己就反悔了，他说，不行这个世界太大了，我要写五百万字（笑）。"③

---

① 邵燕君、肖映萱主编：《创始者说：网络文学网站创始人访谈录》，北京大学出版社2020年版，第103—104页。

② 邵燕君、肖映萱主编：《创始者说：网络文学网站创始人访谈录》，北京大学出版社2020年版，第104页。

③ 猫腻、邵燕君：《"虽千万人，我不愿意"——猫腻访谈录（中）》，《名作欣赏》2022年第4期。

很显然,"世界太大"只是一句半真半假的玩笑话,并不能成为小说必须写到五百万字的过硬理由。真正的理由其实还是经济利益,因为道理很简单,只有写得长,粉丝的黏附度才会高,订阅量才会大。而高黏附度与大订阅量又直接提升了网站的流量,流量一上去,资本就会青眼相加,才会对某个写手某部作品出手阔绰。17K小说网"二次创业"负责人血酬说过:"早期互联网的玩法是要靠流量去融资的,做大流量,然后去找投资,认清这一点之后大家都开始刷流量。……起点的主要流量还是来自作品,在它做商业化之前,刚好在2003年年底的时候就遇到了血红这样一个很大的流量来源。血红更新又特别快,他最多的时候一天能发6万字。而每次的点击都可以算是网站的流量,如果特别喜欢这本更新频率很快的书,你一天可能要上6次这个网站,那网站的流量就会上升得非常快。"[1] 如果说早期的网站是靠流量吸引资本,那么后来随着新媒体(主要是智能手机)的面世,流量多少似乎更成了检验一个明星、一位写手、一部作品(无论是网络小说还是网剧)高低贵贱的唯一标准。因为资本不可能对默默无闻、没流量的作品投以青眼,只会对"顶流"的写手顶礼膜拜。

走笔至此,我们便可以引入"加速"这一概念了。如前所述,当我提及网络写手的写作速度、日更速度以及读者的"追更"速度都在加快时,这实际上是社会加速的必然结果。而在罗萨(Hartmut Rosa)看来,社会加速的三个维度涉及技术加速、社会变化加速和生活节奏加速,[2] 这固然是让我们今天变得越来越快的原因,却不是加速的终极原因。终极的原因指向哪里?答案就在资本的运作之中。正是在这一意义上,哈维(David Harvey)的论述才显得触目惊心,

---

[1] 邵燕君、肖映萱主编:《创始者说:网络文学网站创始人访谈录》,北京大学出版社2020年版,第326—327页。

[2] 参见[德]哈尔特穆特·罗萨《加速:现代社会中时间结构的改变》,董璐译,北京大学出版社2015年版,第86—96页。

接合：大众文化的冲击与 1990 年代以来的文学生产

振聋发聩，值得我们认真重视。他指出：

> 时至今日，与生产的不断加速相一致，资本主义对人类消费需求和欲望的生产也不断加速，使消费的周期越来越短。我现在还在使用我祖母用过的刀具，它们已经有 120 多年的历史了，如果资本生产这些能够用 120 多年的东西的话，那它就崩溃了。资本必须生产一些立即报废的商品，我们现在所使用的各种电子产品就是这样。这对我们的生活影响巨大，比如，在多年前我刚进入学术界的时候，如果一个人出版两本以上的书，就被认为是一种浪费，因为当时严肃的学者写一本书要花 20 年的时间。但现在你再这么做的话，可能就会被辞退。就我个人来说，如果两年不出新书，别人可能就会以为我已经死了。时尚也是资本主义促进消费的一种方式，在 19 世纪中期的时候，时尚在资产阶级中非常重要，如今它已经大众化了。如果消费的时间可以缩短为零的话，那是资本最乐意看到的，这当然是不可能的。不过的确有一些消费是可以立即进行的，比如景观消费，世界杯、奥运会、大型展览等都是这方面的例子。此外，媒体消费也是这种可以立即进行的消费。消费的加速是生产加速的外在表现，它们是由资本的本性决定的。[1]

在我看来，哈维的如上分析也完全适用于网络小说的生产与消费。网络小说即写即贴的生产方式决定了订阅者即时阅读的消费方式。而这种即时阅读、用过就扔的消费意味着网络写手生产出来的是立即报废的商品（碎片化的网文阅读特点只能是一目十行、粗枝大叶，它与沉潜把玩、十步九回头的深度阅读是格格不入的）。然而

---

[1] ［美］大卫·哈维：《资本的时间和空间》，陈国战译，《中华读书报》2016 年 7 月 6 日。

这种快捷的消费一方面刺激了生产，另一方面也扩大了生产，这就为招商引资提供了机会，因为"对互联网融资来说，它的逻辑就是你做得越大，能够进来的钱就会越多"[1]。而所有这一切，又都被纳入到整个的"社会加速"系统中，一快俱快，致使生产、流通、传输、消费高速运转。因此，尽管17K文学网站创始人黄花猪猪很想改变网络文学的泡沫化（即字数特别长的问题）——他想做6万字的短言情，"争取哪一天6万字的收入比100万字多，作者就不会被迫去写100万字的书"[2]；但是，只要无法改变资本眷顾流量这一事实，那么，挤压网络文学泡沫或许就只是一个遥远的乌托邦之梦。"因为你活不下去嘛，一个作品你不写个1000万字，你挣不到钱。你非得写1000万字呢，就没有个性了呀，篇篇注水。50万字以下在网络文学里是存活不了的，比如韩寒、郭敬明的小说，在网上就活不下来。"[3]——沈浩波的这一说法直截了当，它再明确不过地揭示了资本运作的秘密。

沈浩波还说，他之所以会成立磨铁图书公司，是因为有5000万资本找上门来。"资本要在这个行业赌未来。资本其实要比我们更敏锐，我们在里面做，身在此山中，但对于资本来说，它看到的是这个行业的变化。"[4] 如果说资本在2006年还会对出版业感兴趣的话，那么十年之后，资本已开始豪赌IP了。"比如，《盗墓笔记》就是一个IP，它架构了一个故事情节、一个世界观，同时架构了一群消费者。这群消费者就是粉丝。当IP的形式进行转换，粉丝必定跟着

---

[1] 邵燕君、肖映萱主编：《创始者说：网络文学网站创始人访谈录》，北京大学出版社2020年版，第333页。
[2] 邵燕君、肖映萱主编：《创始者说：网络文学网站创始人访谈录》，北京大学出版社2020年版，第311页。
[3] 邵燕君、肖映萱主编：《创始者说：网络文学网站创始人访谈录》，北京大学出版社2020年版，第353页。
[4] 邵燕君、肖映萱主编：《创始者说：网络文学网站创始人访谈录》，北京大学出版社2020年版，第356页。

走。"于是，上、中、下三个层级的"泛娱乐"产业链开始成型："上游以网络文学、动画、漫画为源头，体现版权的价值；中游至少是千亿级的大市场，包括电影、电视剧、网络剧、音乐等，在扩大影响力的同时，这种类型还能变现；下游则具有庞大的规模，具体包括游戏、衍生品、演出和主题公园等。"① 而据中国影协编剧教育工作委员会等发布的《2019—2020年度网络文学IP影视剧改编潜力评估报告》显示，这两个年度的网文IP拉动下游文化产业总产值累计超过1万亿元。同时，第49次《中国互联网络发展状况统计报告》显示，截至2021年12月底，我国网络文学用户总规模达到5.02亿，占网民总数的48.6%，读者数量达到史上最高水平。②

所有这一切意味着什么呢？意味着中国的IP产业正进入爆发式增长阶段，而它的发动机则是网络文学。同时，种种迹象表明，只要有资本巧取豪夺，网络文学的生产与消费就必然处于进一步的加速之中，而这种加速反过来又增加了资本豪赌的机会，从而走进了马克思所引用的那段名言之中："资本逃避动乱和纷争，它的本性是胆怯的。这是真的，但还不是全部真理。资本害怕没有利润或利润太少，就像自然界害怕真空一样。一旦有适当的利润，资本就胆大起来。如果有10%的利润，它就保证到处被使用；有20%的利润，它就活跃起来；有50%的利润，它就铤而走险；为了100%的利润，它就敢践踏一切人间法律；有300%的利润，它就敢犯任何罪行，甚至冒绞首的危险。如果动乱和纷争能带来利润，它就会鼓励动乱和纷争。走私和贩卖奴隶就是证明。"③ 在今天，尽管网络文学的生产与消费是以日更、点击、付费、打赏、追更、出版，以及大力开发

---

① 李思：《资本争食IP》，《上海金融报》2016年8月2日。
② 参见刘江伟《网络文学勾勒火热现实》，《光明日报》2022年4月12日。
③ 这是马克思在说出那句名言——"资本来到世间，从头到脚，每个毛孔都滴着血和肮脏的东西。"——之后加的一个脚注，他引用的是《评论家季刊》（托·约·登宁《工联和罢工》1860年伦敦版，第35、36页）中的说法。马克思：《资本论》第一卷，人民出版社1975年版，第829页。

中下游的"泛娱乐"产业链这样的崭新方式进行的,但是,它招商引资、追求利润最大化的本质不但没有发生任何变化,而且与马克思的那个年代相比,其资本的运作更是武装到了牙齿,发展到了巅峰。而它在凯歌高奏中究竟还能走到哪里,还会暴露出什么问题,我们则需要拭目以待。

三 作为粉丝的批评家:以邵燕君为例

在网络文学的生产中,粉丝无疑扮演着非常重要的角色,因为粉丝的消费(如订阅、追更、打赏、评论等)直接刺激着网络作家的生产,他们的所作所为有时甚至会酿成不大不小的事件。例如,2013年,一位狂热的铁杆粉丝竟然豪放地为自己的偶像作者送上1亿纵横币(折合人民币100万元)的"打赏",创下了网络文学界有史以来粉丝"打赏"作者的最高纪录。[①] 于是人们惊呼网络文学狂热粉丝背后的巨大商机,粉丝经济也成为网络文学生产与消费中的热门话题。

粉丝现象与粉丝经济无疑是值得分析的,但我更想谈论的是一种特殊的粉丝——学者粉丝(aca‐fan)。正是基于这一写作动因,北京大学中文系邵燕君教授才进入了我的视野。但是,要弄清楚邵燕君这个学者粉与网络文学的关系,我们还需要从头说起。

(一) 从学者到学者粉

邵燕君的出道之作是《倾斜的文学场——当代文学生产机制的市场化转型》(江苏人民出版社2003年版),此书是她以博士学位论文为基础完成的,同时,作为李陀主编的"大众文化批评丛书"之一,此书也在当年产生了较大影响。十多年来,笔者一直在本科生的"文学理论专题"课上推荐此书,或许也是当年影响的一种结果。

[①] 参见陈杰《揭秘网络文学粉丝经济:"打赏"收入破千万》,《北京商报》2013年8月16日。

接合:大众文化的冲击与1990年代以来的文学生产

无论从哪方面看,《倾斜的文学场——当代文学生产机制的市场化转型》都是介入20世纪90年代文学现场的一种尝试,其中体现了一个年轻学者独特的眼光和问题意识。邵燕君指出:"中国当代的'文学场'是在一个'前市场'的时代形成的。它需要对抗的只是'政治场'——从'写什么'到'怎么写'、从'专业作家'到'职业作家'等口号的提出都显示了这样的努力。"[①] 这种判断是准确的,因为如果说中国当代文学存在着一个"文学场"的话,那么此前这个场无疑是计划经济的产物,文学生产的各个环节(作家的写作、作品的发表或出版)和管理体制,无不打上了计划经济的烙印。20世纪80年代,伴随着改革开放的进程,"纯文学"的观念开始深入人心,文学自主性也成为作家们努力的目标和理论家阐释的话题,但是"文学场"主要还是在与"政治场"较量,"经济场"虽已处于萌芽状态,但还无法对"文学场"构成真正的影响。

变化出现在1992年,随着市场经济机制的启动,文学场的格局也开始发生裂变:纯文学跌入低谷,通俗文学作家王朔迅速走红,市场开始显示出威力并对作家构成种种诱惑。这一时期虽有"抵抗投降书系"[②] 面世,而所谓的"抵抗投降"显然包含着对市场的抵抗,但与此同时,"经济场"也越做越大,并开始对"文学场"形成强有力的挤压。邵燕君特别指出:"从1993年、1994年开始,'雅俗文学'开始合流。合流是从两个方向进行的。一方面,80年代构成'纯文学'内在动力的先锋性日益减弱,'纯文学'逐渐转化为带有经典意味的'高雅纯正'象征,并越来越趋近于以'白领阶层'为代表的'中产阶级'的时尚趣味,从而在经过整合后的市

[①] 邵燕君:《倾斜的文学场——当代文学生产机制的市场化转型》,江苏人民出版社2003年版,第10页。

[②] "抵抗投降书系"系萧夏林主编,由华艺出版社1995年出版,其中包括张炜卷《忧愤的归途》等。

场中重新获得定位。另一方面,通俗文学作家(如金庸)、拥有广大读者市场的作家(如池莉、张平)在文坛的等级地位获得明显提升。图书市场上的'好卖原则'在相当程度上取代了'好书原则',并直接、间接地影响了纯文学杂志的发表原则。这都说明,80年代中期以来形成的以形式创新为特点的'文学自主原则'正受到'市场原则'的严重挤压。"①

实际上,这也正是邵燕君进入当年文学现场的历史语境。由于当代文学的生产机制处在一个市场化的转型时期,她也就不得不面对一些"新生事物":期刊"改版潮"的发生与发表原则的转变,出版体制的转轨及畅销书生产模式的建立,文学评奖与批评方面"象征资本"的颁发与转化。这是作者所面对的问题,也是文学生产机制转型期所发出的重要信号。全面分析这本著作的相关思考并非笔者的任务,我仅想指出的是,作为一个年轻的学者,彼时邵燕君在其成名作中意识到了怎样的问题,而这样的问题与她后来的学者粉身份又形成了怎样的对接。

首先是雅俗问题。在精英文化的传统中,一般的当代文学研究者关注的往往是纯文学,通俗文学或文学中俗的因素则很难进入他们的视野。但由于邵燕君面对的是期刊改版、畅销书生产等,纯文学与通俗文学的二元关系或雅俗之别的问题框架便常常成为她思考问题的逻辑起点。而在雅俗转化和雅俗合流的问题上,她偏向的往往是俗而不是雅。例如,当残雪等人把纯文学看成"文学金字塔上的顶尖部分",认为纯文学的读者需要培养时,她便以改版潮中的事实予以反驳:"他们今天仍理直气壮地宣称如'纯文学就是写给少数人读的,不被大众接受正是其宿命和骄傲'一类的观点,正是当年'维新'的《北京文学》极力鼓吹的,也是今天以大众为'衣食父

---

① 邵燕君:《倾斜的文学场——当代文学生产机制的市场化转型》,江苏人民出版社2003年版,第13—14页。

母'的《北京文学》意欲'颠覆'的,同时也是李陀等'重说纯文学'的学者认为需要反思、修正的。"① 这就意味着,当改版潮来临时,许多刊物已不再坚守纯文学的价值标准,而是向着大众化的方向延伸,向着俗的一面拓展。邵燕君则在一定程度上肯定了这种雅刊俗化的倾向。

又比如,在反思"布老虎"丛书的生产理念和"翻船"之作(《上海宝贝》)时,邵燕君又有了一番意味深长的议论:

> 要树立积极健康的畅销书创作心态,还必须从根本上提升对畅销书文学价值的认识。畅销书的"俗"虽然需要包含庸俗,但不意味着停留在庸俗的层次。更不意味着必然会滑向低俗。"俗"可以是通俗、世俗,是人情世故,是生活最基本的层面,每个人都怀有的最基本的欲望。如果不在这个层面上理解"俗",畅销书的题材必然是狭窄偏异的,创作者的心态也必然是扭曲的。……相对于纯文学的读者,畅销书的读者是更纯朴的读者,他们倾向于认同,认同也是畅销书的命脉。认同的前提是信赖。所以作家不但要"大大方方地俗",还要"认认真真地俗"。虽然创作畅销书的目的是为了赢利,但赢利的前提是,畅销书作家必须理解读者的俗,尊重读者的俗,竭尽全力满足读者的俗,同时,有能力提升读者的俗。"雅俗共赏"的"雅"是从"俗"里升上来的,没有"贴心入骨"的沉入,就没有"由俗入雅"的超越。②

此番论述虽然是在给作家与出版社"支招",但实际上也表达了

---

① 邵燕君:《倾斜的文学场——当代文学生产机制的市场化转型》,江苏人民出版社2003年版,第97页。
② 邵燕君:《倾斜的文学场——当代文学生产机制的市场化转型》,江苏人民出版社2003年版,第141—142页。

作者对"俗"的看法和某种认同。一般而言，一旦在雅俗的二元关系中面对俗，人们往往会联想到庸俗、低俗和媚俗，从而对俗退避三舍或批而判之，但邵燕君却看到了俗中符合人性的一面，并从受众接受的角度肯定了俗的正当性与合法性。在这个意义上，通俗并且符合普通读者的阅读期待，便成为畅销书生产者必须解决的问题。

在我看来，这也是邵燕君通俗文学观的首次亮相。当她后来关注网络文学并成为网络文学的学者粉时，我们应该从这里寻找她之所以如此的学术"基因"。

其次是读者问题。虽然接受美学与读者反应理论早已深入人心，但一般来说，当代文学研究者主要关注的还是作家作品层面，读者问题或接受维度往往不在他们的考察范围之内。但邵燕君却打破了这种局面，其中最能说明问题的是她对路遥及其《平凡的世界》的关注与相关思考。

《平凡的世界》于1986—1988年面世，当邵燕君思考这一问题时，这部百万字的长篇小说已在世间流传了十五个年头。然而，她却发现了一个奇怪的现象：十五年来，这部小说虽然没有进入主流文学史的书写之中（例如，洪子诚所著的《中国当代文学史》和陈思和主编的《中国当代文学史教程》对这部小说或者只字不提，或者一笔带过），但是在普通读者中却竞相传阅，口碑甚高，而这种口碑又体现在一系列调查数据和相关评选中。通过对调查与评选的呈现，她则形成了如此看法："《平凡的世界》对读者的影响不但是广泛深远的，而且它的读者群是不断更新的，这正是长销书最重要的魅力特征。长销书与畅销书的主要区别在于，它并不一定曾轰动一时，但是在读者中有着长久的影响力。这种影响不止表现在稳定的、'细水长流'的销量上，更表现在对读者认同机制长期、深度的契合上。……通过一部书潜移默化的影响和长期的凝聚，处于零散状态的个体或小群体的认同感悟逐渐融合，可能汇成一股'内力深厚'

的社会性的文化力量。十几年来,《平凡的世界》在读者中产生的就是这样一种'不平凡的力量'。"①

通过以上思考,邵燕君更想说明的是"现实主义的审美规范已经内化为读者深层的阅读期待",甚至成为一种"潜在的市场资源"②。而我更感兴趣的问题是,因为注重普通读者的阅读感受,邵燕君也就把《平凡的世界》从学院派的忽略和遗忘中拯救出来,并让学院派人士意识到了它的价值。而这种靠作品人气、口碑和影响力自下而上识别文学名著的方式,一方面在很大程度上颠覆了学院派的遴选传统,另一方面也暗合了后来网络文学的生产与消费思路。甚至我们可以说,邵燕君对《平凡的世界》的关注实际上是她后来进入网络文学现场的一次彩排,不仅仅是因为这部名著影响了包括猫腻在内的一些网络文学作家,从而让她在面对网络文学时有可能产生一种亲近感,更重要的原因还在于,网络文学虽种类繁多,但它们像《平凡的世界》一样也是面向普通读者的。而普通读者阅读《平凡的世界》时所形成的认同机制或小群体的认同感,实际上又是网络文学接受过程中粉丝现象的一种预演。邵燕君从关注普通读者出发,到"坚定不移地站在网文原生力量一边,站在粉丝部落文化一边"③,再到最终成为网络文学研究中的学者粉,其中或许存在着隐秘的逻辑关系。

邵燕君对当代文学生产机制的研究是卓有成效的,这也预示了她今后的研究方向。于是获得博士学位并在北大中文系任教后,她主要做的一件事情是成立了"北大评刊论坛"。她与她的同道选择国内最有代表性的十种文学期刊,逐期阅读,逐篇点评,坚持了六年

---

① 邵燕君:《倾斜的文学场——当代文学生产机制的市场化转型》,江苏人民出版社2003年版,第165—166页。
② 邵燕君:《倾斜的文学场——当代文学生产机制的市场化转型》,江苏人民出版社2003年版,第172页。
③ 邵燕君:《网络时代的文学引渡》,广西师范大学出版社2015年版,第332页。

第三章　网络文学的生产机制

之久。然而就在"北大评刊"产生了越来越大的影响时,邵燕君却激流勇退了。为什么她要做此选择?缘于她对期刊文学的失望:

> 这个工作越做下去我的内心越是惶恐。因为,对期刊文学了解越深,我的失望也越深,这些号称支撑中国主流文坛的作品,离现实生活太远,离我心目中的当代文学距离太远。更让人悲观的是,造成这种局面的根本原因不在作家而在体制,那个曾经让文学产生轰动效应的文学期刊和专业——业余作家体制,由于市场化转型的失败、片面追求"纯文学"理念等多重原因,已经出现了严重的功能障碍乃至坏死,所谓的"文学圈"甚至不是一个遗世独立的象牙塔,而只是一个自说自话的小圈子。大量的读者和业余作者流失,特别是年轻人大量流失,伴随圈子化的是老龄化和边缘化。这样的土壤怎么能产生真正的当代文学?而能产生当代文学的土壤又在哪里?我在失望中一步步陷入绝望。这是我的"绝望时刻"。[1]

这样的绝望应该是刻骨铭心的。因为做任何一种研究,研究者都必须对其研究对象充分信任,假如无法与其研究对象建立起一种信任关系,其研究也就失去了动力,或者即便还要勉为其难地进行相关研究,其价值依托已不复存在。当邵燕君对主流而正统的当代文学产生了深深的怀疑时,她所遇到的也正是学术研究中的这一根本问题。正是在这种绝望中,她把目光投向了网络文学。

经过十多年的发展之后,2010年前后的网络文学已蔚为壮观。与此同时,网络文学研究也风生水起,逐渐成了气候。比如,中南大学欧阳友权教授就早已率领其团队进入网络文学现场,并且不断推出了一批又一批的研究成果。作为网络文学研究的迟到者,邵燕

---

[1] 邵燕君:《网络时代的文学引渡》,广西师范大学出版社2015年版,第2—3页。

接合：大众文化的冲击与1990年代以来的文学生产

君该如何转换自己的角色，又该如何面对声势浩大的网络文学呢？借用毛泽东的一个说法，她采用的是"从战争中学习战争"的路数。比如，接触网络文学不久，她就开设了网络文学的研究课程，而选课的学生大都浸淫在网络文学的世界里，远比她懂得多。这样，教学过程中便出现了一种特殊的景观："老实说，这5年来不是我在给他们开课，是他们在给我开课，至少是我们在共同学习。"① 正是在这种相互学习、取长补短的过程中，邵燕君潜入了网络文学的海洋中，并且有了属于自己的最爱——成了猫腻的粉丝。"这样的经历使我敢说，对于网络文学研究，我也是一定程度上的（虽然还很浅）'学者粉丝'了。"② 她在2015年说出这番话时，似乎还显得底气不足。而两年之后，她对"学者粉丝"则有了如下表白：

> 最早提出这一概念的美国著名粉丝文化研究者亨利·詹金斯说，当他的导师约翰·费斯克自称是"粉丝"的时候，他的意思仅仅是很喜欢某部作品，"但是当我自称粉丝的时候，我是在宣布自己是特定亚文化的一员"。我最早说自己是猫腻的粉丝时，也是指很喜欢他的作品。但随着阅读的加深，随着看他在小说内外的各种"撕"，我确认我和老猫"在一起"，和"大撕"后仍愿意和他"在一起"的粉丝们，属于一个价值共同体和情感共同体。③

如前所述，邵燕君当年面对《平凡的世界》时就关注过读者问题，而在她看来，读者之间的交往互动，又可以形成一种群体之间的认同感悟。但对于普通读者，那时的邵燕君或许更多还是基于一种"同情的理解"，显然还没有成为他们的"战友"。而当她后来涉

---

① 邵燕君：《网络时代的文学引渡》，广西师范大学出版社2015年版，第4页。
② 邵燕君：《网络时代的文学引渡》，广西师范大学出版社2015年版，第4页。
③ 邵燕君：《猫腻：中国网络文学大师级作家》，《网络文学评论》2017年第2期。

足网络文学时,她却不但敢于宣称自己是猫腻的粉丝,而且敢于承认自己隶属猫腻粉丝群的价值共同体和情感共同体了。在我看来,这种质的飞跃至少体现了两个征候。其一,借助于粉丝文化理论的武装,她的网络文学研究已拥有了某种价值依托,这样在宣称自己是学者粉时便可以理直气壮了。其二,在传统文学研究中,研究者可能更适合以"学者"的身份出场,而网络文学研究却在呼唤着一种新的研究身份。或者至少对于邵燕君来说,她觉得只有完成身份的转换,才能有效进入网络文学现场,从而对网络文学进行贴心贴肺的研究。因为她说过:"就像'博士'(或称'窄士')是今天进入专业学术研究的敲门砖一样,在未来的流行文化研究中,'粉丝'也是基本的入场资格。"[①]

就这样,邵燕君从传统文学研究进入网络文学研究之中,完成了自己的学术转型;也从一名学者变成了一名学者粉,完成了自己的身份转换。

(二)学者粉的价值立场

从学者到学者粉,不仅意味着研究身份的转换,而且意味着价值立场的选择。为了说清楚这一问题,我们不妨从传统的学术研究谈起。

客观、公正地面对自己的研究对象,并与研究对象保持适当的距离,往往成为学术研究中不成文的规矩。这种研究也对研究主体提出了要求:避免过多的情感投入,谨慎行使价值判断。而在这一问题上,马克斯·韦伯说得更加绝对:"一旦学者引进个人的价值判断,对于事实的完整了解,即**不复存在**。"[②] 如此看来,以求真为其首要任务的学者是不能与其研究对象卿卿我我的。假如他沉溺其中,他的研究结果便会大打折扣,成为某种可爱而不可

[①] 邵燕君:《网络时代的文学引渡》,广西师范大学出版社2015年版,第4页。
[②] [德]韦伯:《学术作为一种志业》,载《学术与政治》,钱永祥等译,广西师范大学出版社2004年版,第177页。

信的东西。

然而,学者粉却颠覆了约定俗成的学术研究传统。例如,"学者粉丝"这一概念的发明者亨利·詹金斯(Henry Jenkins)同时也是一名学者粉。谈及粉丝的所作所为时,他不吝夸赞之词:"粉丝完全拒绝布迪厄认为是资产阶级审美基石的审美距离,他们热情地拥抱所爱的文本,力图将媒体的呈现与自己的社会经验结合起来。粉丝不为体制上的权威与专家所动摇,而是强调自我解读、评价和创造经典的权力。"[1] 这当然是对普通粉丝不按常理出牌的首肯,其中自然也倾注了作者本人的情感态度。而在谈及传统的学术研究时,詹金斯也形成了如下质疑:虽然我承认在粉丝群体内部写作民族志时存在着混淆自身与被研究者的立场的风险,"但我必须同时指出:在采用更传统的'客观'视角时,这一风险并不会显著降低。过去的学者对粉丝群体既无直接知识也无社群内的感情投入,却将他们心目中对大众文化危险的恐惧、不安和幻想投射在粉丝圈上。这种远距离视角并不能保证学者能理解这一复杂现象,只能让他们讨论一个按理无法反馈他们的再现(representation)的群体"[2]。很显然,詹金斯对于保持距离的学术研究是持怀疑态度的。在他看来,虽然这种研究貌似客观,但实际上却因没有进入粉丝群体内部而无法获得真知灼见。

国内的学者粉也大都是詹金斯粉丝文化理论的追随者,所以一旦涉及粉丝现象,他们就成了传统学术研究的质疑者和新型学术研究的辩护者。例如,曾致力于超女粉丝研究的杨玲博士就一方面宣称自己是学者粉,一方面提出了如下问题:"文化研究的学者是否必须、能够与大众文化划清界限,并永远保持高高在上的姿态?大众

---

[1] [美]亨利·詹金斯:《文本盗猎者:电视粉丝与参与式文化》,郑熙青译,北京大学出版社2016年版,第17页。
[2] [美]亨利·詹金斯:《文本盗猎者:电视粉丝与参与式文化》,郑熙青译,北京大学出版社2016年版,第5页。

第三章 网络文学的生产机制

文化的研究者是否就只能是大众文化的反粉丝或非粉丝,而不可能是粉丝?大众文化研究者是否只能有一种动机——'沮丧和厌恶',是否只能对大众文化进行不理解的批判,而不是基于同情甚至喜爱的理解和思考?遏制批判冲动的大众文化研究者是否就必然会'不自觉地为大众文化撰写申辩书并拥抱其意识形态',或'不得不与传媒暧昧地磨合,也不得不丧失自己曾经拥有的那种自主权'?"[1] 杨玲在这里提出的问题是尖锐的,而如此发问,既是对大众文化批判者的质疑,也是要为大众文化欣赏者的所作所为铺平道路——事实上,作为一名学者粉,她更多就是在欣赏的层面面对超女粉丝的。

简单介绍詹金斯、杨玲的观点如上,我是想说明如下事实:邵燕君作为学者粉,其相关思考既在这一学术谱系之中,同时也在很大程度上成了詹金斯、杨玲观点的守护者和发扬光大者。比如,关于前者,还在《文本盗猎者》的中译本尚未出版之际,她就已在其著述中大量引用詹金斯的相关论述,作为自己行文的论据。关于后者,当年她不但审读过杨玲的博士学位论文,而且对后来成书的这篇论文(即《转型时代的娱乐狂欢——超女粉丝与大众文化消费》)评价甚高:"作者不但对'学者粉丝'的概念及相关的粉丝文化理论进行了梳理,更以'学者粉'的身份进行了身体力行的研究。在国内的粉丝文化研究领域内,该著无论在理论上还是实践上都具有宝贵的开拓性和示范性。"[2] 如此看来,詹金斯、杨玲的研究不但可以给邵燕君撑腰打气,而且甚至成了她的研究榜样。或者也可以说,他们的研究让她意识到,作为学者粉,她不是一个人在战斗。在其身后,一支由学者粉组成的研究队伍已浮出水面,渐成气候。

当然,更值得注意的是邵燕君在粉丝文化理论武装下所形成的研究路径。受詹金斯的启发,她对以"学者粉"的身份进行"介入

---

[1] 杨玲:《转型时代的娱乐狂欢——超女粉丝与大众文化消费》,中国社会科学出版社2012年版,第69页。

[2] 邵燕君:《网络时代的文学引渡》,广西师范大学出版社2015年版,第150页。

分析"（Intervention Analysis）深信不疑。并认为今天再来延续法兰克福学派的批判立场已意义不大，"外在于大众文化的消极批判态度远不如积极地介入更有建设性"①。而所谓介入，实际上就是要"从自小接受的'客观''中正''超然'的学者训练中解放出来，让自己'深深卷入'，面对自己的迷恋和喜好，放弃'研究者'的矜持与体制特权，和粉丝群体们'在一起'"②。与此同时，她也像杨玲那样发出了如下质疑："到底什么是学术距离？是否存在着一种客观、中立的学术距离？当我们像法兰克福学派那样厌恶一个流行文本时，我们与它的距离是否比迷恋要远？如果客观只是超然，那研究又有什么意思？所以，学术距离不应该是一种情感态度，而应该是一种自省意识。'学者粉'的出现让我们猛然意识到以往隐藏在各种'客观研究'之中的学术距离——不管你是不是研究对象的粉丝，你的研究都存在着不同程度的'距离控制'的问题，你都需要反省自己的生活经历、情感结构、知识背景与所研究对象之间的关系——所以，'学者粉'也是一种方法论，让我们学习如何在学术研究中'承认并肯定自己的欲望和幻想，而同时仍保持学术热情和理论的复杂度。"③

必须承认，"介入分析"以及邵燕君所倡导的"入场研究"是一种崭新的价值立场，它消弭了研究者与研究对象之间的距离，强化了研究者的情感趋向，保证了研究者能把"自传式民族志"（Autoethnography）的个人感受和体验带入研究之中。这样一来，人文研究便有了一定的温度甚至澎湃的激情，而不再像以前那样显得冰冷和僵硬了。从这个意义上说，"介入分析"值得肯定，"学者粉"的角色扮演也值得敬佩。

但这只是问题的一面。问题的另一面是，"学者粉"毕竟也是粉

---

① 邵燕君：《网络时代的文学引渡》，广西师范大学出版社2015年版，第59页。
② 邵燕君：《网络时代的文学引渡》，广西师范大学出版社2015年版，第147页。
③ 邵燕君：《网络时代的文学引渡》，广西师范大学出版社2015年版，第151—152页。

丝,而粉丝所具有的非理性迷狂、过度消费等现象并不能在学者粉那里必然避免。这就意味着学者粉在行使价值判断时很可能会受其情感力量的左右,以至爱其所爱、憎其所憎,最终使其判断显得情大于理,从而失去了某种学术公信力。例如,邵燕君之所以喜欢猫腻,并成为他的粉丝,是"因为猫腻戳中了她启蒙的萌点"[1]。这自然是可以理解的,因为作为在20世纪80年代接受过启蒙教育的青年学子,邵燕君也像许多人一样有着一种精英意识和启蒙情怀,她也必然会在网络文学中寻找她的最爱。这样,与猫腻作品形成深刻遇合便也显得顺理成章了。但是,当她认为"《间客》是一部具有里程碑意义的作品,它的出现意味着中国网络文学经过十几年的发展,终于从'大神阶段'进入了'大师阶段'"[2]时,当她指出"猫腻不仅是一位大师级的网络文学作家,也是一位当下难得的知识分子——或许该再加上'草根'二字"[3]时,这种话或许已说得太满,而致使其判断显得不太稳固了。因为说到底,当邵燕君如此行使判断时,毕竟她已投入了自己更多的情感色彩。

(三) 学者粉的通俗文学观

我在前面已提及邵燕君对通俗文学的看法。实际上,在未介入网络文学之前,虽然邵燕君也会面向通俗文学发言,但由于那时的她更多的还是逡巡于雅俗之间,所以她对通俗文学的思考还不甚清晰。而随着她以学者粉的身份进入网络文学现场,何谓通俗文学、通俗文学的价值几何等问题也就摆在了她的面前,迫使她不得不对通俗文学明确表态。也正是在这种表态式的思考中,她的通俗文学观才有了清晰的亮相。

让我们先来看看她的自况之词:"我一直深爱着通俗文学,并常怀感激之心。我们这一代是读中外名著长大的,那些经典,尤其是

---

[1] 邵燕君:《网络时代的文学引渡》,广西师范大学出版社2015年版,第318页。
[2] 邵燕君:《新世纪第一个十年小说研究》,北京大学出版社2016年版,第245页。
[3] 邵燕君:《猫腻:中国网络文学大师级作家》,《网络文学评论》2017年第2期。

接合：大众文化的冲击与1990年代以来的文学生产

启蒙经典，塑造了我们的三观，外加审美观和文学观。在我的文学殿堂里，最伟大的小说是列夫·托尔斯泰的《安娜·卡列尼娜》和曹雪芹的《红楼梦》，但在生活中真正影响我做人的却是金庸……金庸教我们以大写的方式走过人生，在现实生活中重情重义。"① 金庸当然是通俗文学写作方面的翘楚，喜爱其武侠小说者可谓排山倒海，但如此对金庸进行评价的并不多见。不过，想到当年邵燕君读硕士时就对金庸情有独钟，甚至劝生病的洪子诚先生也把金庸读起来，并说："不读金庸，您这一生会失去许多乐趣的。"② 那么，她的这番评价应该是肺腑之言。如此看来，金庸作品中的爱恨情仇显然进入了她的生命结构中，成了她的人生指南。

由于喜欢金庸，而金庸写的又是通俗文学和类型小说，邵燕君也就有了一个与纯文学（雅文学）进行比对的参照。在对比中，她认为"大师级的通俗文学作家常能以精纯之力将天地大道植入世道人心，所以，真正塑造一个民族心灵的是优秀的通俗文学"③。而更值得注意的是她的如下论述：

> 通俗文学是为大多数人服务的，是抚慰人心的。流行度越高的作品，越接近"普世价值"，越具有"正能量"。……现代主义文学更逼着人们审丑、审恶，直面世界的真相。而"求真"从来都不是通俗文学的任务，通俗文学的第一要务是"求美"——不是文字美而是心里美，就是做梦。……但梦境的逼真，只为了"重新立法"的畅快淋漓。成熟的通俗文学读者并不寄望"梦想成真"，"启蒙大梦"已醒的当代读者甚至不寄望一个有现实批判指向的乌托邦，只是想躲进一个与现实并存的

---

① 邵燕君：《网络时代的文学引渡》，广西师范大学出版社2015年版，第157页。
② 洪子诚：《问题与方法：中国当代文学史研究讲稿》，生活·读书·新知三联书店2002年版，第241页。
③ 邵燕君：《网络时代的文学引渡》，广西师范大学出版社2015年版，第158页。

"异托邦",做梦是为了更好地忍受。所以,通俗文学是最安分守己的,它的任何突破冒犯都必须在一个安全值内,超过这个安全值,就会让同样安分守己的"老百姓"感到不舒服,不舒服就不可能大流行。这个安全值就是"主流价值观"。①

必须稍作解释并结合邵燕君在其他地方的思考,我们才能理解她如此论述的深意。当我们在纯文学与通俗文学的二元结构中思考这二者的异同时,我们便会发现,前者往往是让人直面惨淡的人生,正视淋漓的鲜血。只要想一想鲁迅的作品,再想一想契诃夫、卡夫卡、萨特、加缪等人的作品,我们便会明白其中的道理。而通俗文学却是让人做梦的,类似于好莱坞的"梦工厂"。也就是说,通俗文学不以解决现实中的问题为目的,而是把问题悬置或置换,转而去再造一个不同于现实的"异托邦"空间。在这个空间里,真善美被歌颂,假恶丑被鞭挞,正义战胜了邪恶,好人打败了坏人。余华曾向读者大力推荐大仲马的《三剑客》和《基督山伯爵》,并认为"大仲马的这两部巨著不仅仅是阅读经典文学的入门之书,也是一个读者垂暮之年对经典文学阅读时的闭门之书"②。但实际上,大仲马的这两部作品却是通俗文学的杰作,它们也在很大程度上行使着通俗文学的功能。正是在这个意义上,邵燕君才指出:"从本质上说,通俗文学是追求'快感'的,严肃文学是追求'痛感'的。虽然双方都明白'不痛不快'的道理(网络小说的'爽'里也包含'虐'),但目的和手段的定位是不同的。严肃文学以挖掘痛感为目的,因为痛会引起疗救的注意,从而达到改造世界的根本目的。而这个'改造世界'的前提恰恰是网络小说的作者和读者不认同的。所以,他们也不会在一个'严肃—通俗'的序列里接受自己的次等地位和精英的

---

① 邵燕君:《网络时代的文学引渡》,广西师范大学出版社2015年版,第159—160页。

② 余华:《我们生活在巨大的差距里》,北京十月文艺出版社2015年版,第139页。

接合：大众文化的冲击与 1990 年代以来的文学生产

指导批评。在他们看来，既然'铁屋子'无法打破，打破后也无路可走，为什么不能在白日梦里'YY'一下，让自己'爽'一点？"①可以说，做梦、YY、②爽，等等，便是通俗文学作者和读者达成的某种共识，尤其是高度类型化的网络文学作者，似乎更明白读者有着怎样的阅读期待。猫腻就说过："商业小说从大仲马时代到现在也没多少年，但还是形成了一些基本的套路模式。没人能够超出这个模式，因为这和人类的欲望模式、思维模式有不可分割的关系。写故事、看故事就是按照这样的模式获得的快感最多。商业小说不可能用意识流的手法去写，或者讲什么主义。不是不让读者思考，而是你在进入读者视野的那一瞬间，不能让他有太多的隔阂感。"③ 所谓没有太多的隔阂感，其实就是像阿多诺所说的那样，大众文化生产者必须提供给消费者"常新又常常相同"的东西。④ "常新"意味着某种吸引力，"常常相同"又保证了读者的阅读期待不会落空，快感可以产生。

如果在阿多诺的理论框架中反思邵燕君的通俗文学观，那么她的观点显然是需要被质疑的。但问题是，当她面对网络文学发言时，她已经放弃了法兰克福学派的精英立场，从而以一种更平和的心态对待通俗文学了。而她之所以如此定位通俗文学，一方面是要改变人们对通俗文学的看法，另一方面显然也是为自己介入网络文学寻找某种合法性的理由。因为在业已形成的文学观念中，通俗文学自然是低于纯文学的，研究通俗文学似乎也显得价值不高。然而邵燕

---

① 邵燕君：《网络时代的文学引渡》，广西师范大学出版社 2015 年版，第 42—43 页。
② YY（歪歪）是"意淫"的拼音首字母组合，出自《红楼梦》中警幻仙子对宝玉的评语，本意是精神层面上的"淫"。在网络语境中，YY 并非特指与性有关的幻想，而是泛指一切超越现实的想望，即"白日梦"。YY 是网络小说的一个基本特征，因此也有人将网络小说统称为"YY 小说"。参见邵燕君主编《破壁书：网络文化关键词》，生活·读书·新知三联书店 2018 年版，第 224 页。
③ 邵燕君：《网络时代的文学引渡》，广西师范大学出版社 2015 年版，第 305 页。
④ Theodor W. Adorno, *Prisms*, trans. Samuel and Shierry Weber, Cambridge, MA.: The MIT Press, 1981, p.126.

君却身体力行，打破了这种流行的看法。从这个意义上说，她的选择值得尊重，她的研究也值得肯定。

从历史的维度看，邵燕君的通俗文学观也并非形单影只，因为蒙田早就认为，为了适应日益增加的社会压力，人们有了逃避到各种消遣之中的需要。"蒙田就此问自己，艺术（特别是文学艺术）能否作为这种逃避的工具。他的回答是肯定的。蒙田发现，即使他的同胞不相信虚构的故事，也会逃避到'虚构的哀歌如狄多（Dido）和阿里阿德涅（Ariadne）的眼泪……'中，并且为之着迷。"[1] 而当邵燕君认为网络文学形成了一种"全民疗伤机制"，并认为做梦、YY有助于缓解普通读者的焦虑时（她说："想想那些每天上下班在地铁上'金鸡独立'的人们吧，如果YY能让他们好过一点，本身也算一项功德了。"[2]），她的观点似乎已成了蒙田观点的遥远回响。这至少说明，凡是为通俗文学辩护者，他们的思路往往大致相当。与此同时，我们也需要意识到，无论是蒙田所谓的"逃避"，还是邵燕君所谓的"YY"，其实都带有一种犬儒主义色彩。这也难怪，因为在许多时候，犬儒主义都是一个时代的意识形态之一。

网络文学是通俗文学。明确了自己的通俗文学观之后，邵燕君在介入网络文学时便可以轻装上阵，毫无顾虑了。同时，当她对网络文学极力辩护、努力阐释时，我们应该明白这并非心血来潮之举，因为在其背后已有稳固的价值支撑。

（四）学者粉与网络文学生产

从2010年至今，邵燕君无疑已高度介入网络文学之中，那么，对于网络文学生产来说，这样的介入又意味着什么呢？在回答这个问题之前，让我们先看看她这些年所做的主要工作和取得的成绩。

首先是网络文学研究课程的开设。作为一名大学教师，开设课

---

[1] ［美］利奥·洛文塔尔：《文学、通俗文化和社会》，甘锋译，中国人民大学出版社2012年版，第35页。

[2] 邵燕君：《网络时代的文学引渡》，广西师范大学出版社2015年版，第161页。

接合:大众文化的冲击与1990年代以来的文学生产

程自然是天经地义的事情。而自从邵燕君介入网络文学之后,她面向本科生和研究生所开设的所有课程几乎都是围绕着网络文学设计和展开的。这些课程包括新世纪网络文学研讨、新世纪网络文学研究、网络文学类型研究、网络文学生产机制研究、网络文学重要作家作品研究、网络文学重要网站研究、网络文学研究与创作、网络文学类型文研究与写作、网络文学前沿研究与创作实践、网络文学理论研究及写作等。它们的功能有三。其一,对于课程开设者本人来说,这是促使自己不断进入网络文学现场的重要保证。而如此一来,现场观察、课程讲授与学术研究也就形成了一个有机整体。其二,通过每学期让著名网络作家、重要网站负责人(如崔曼莉、千幻冰云、冰心、血酬、风弄等)走进课堂与学生进行交流,既开放了课堂,也为学生带来了学院之外的最新信息。其三,培养了一批热爱网络文学研究的核心成员。邵燕君说:"核心成员连续选课,有的毕业后继续留在论坛,每学期又有新同学选课,一方面不断吸收新鲜血液,一方面可使研究获得持续性发展,论坛内部形成师兄师姐带师弟师妹的传统,组成一个'有爱'的学术共同体。"[1]

其次是网络文学研究学术活动的展开。邵燕君是一位高产学者,近年来她每年都有十多篇论文、访谈聚焦于网络文学,呈现出旺盛的研究势头。更重要的是,她还带领学生写书、编书、发论文,形成了集体冲击网络文学的局面。例如,她与学生一道,曾在《名作欣赏》("网文观察和新媒体"专栏,2015年第1—12期)、《天涯》("网络部落词典"专栏,2016年第1—6期)、《南方文坛》(2015年第2期"批评论坛·网络文学类型小说解读")、《中国现代文学研究丛刊》(2016年第8期"网络文学研究")、《花城》(2016年第4期、第5期"新媒介文艺前沿探讨"),以及《文艺报》《文学报》

---

[1] 这里的说法来自邵燕君申请北大长聘副教授的《个人述职》(2016年11月)材料。因笔者是其评审专家之一,得以见到了这份材料。

等学术期刊、专业报纸上发表百篇以上或大或小的论文。2016年，由她担纲的《网络文学经典解读》（北京大学出版社）出版，有12位学生参与写作。2018年，由她主编的《破壁书：网络文化关键词》（生活·读书·新知三联书店）面世，有13位同学参与撰写。2019年，她又率领其团队编选了《中国网络文学二十年·典文集》《中国网络文学二十年·好文集》（漓江出版社）。2020年，她与肖映萱主编的《创始者说》由北京大学出版社出版，该书是对榕树下、起点中文网、盛大文学、磨铁中文网、阅文集团等多家网站三十余位创始人、管理者的访谈，具有非常高的网络文学生产机制方面的史料价值。

最后是网络文学研究新媒体的创办。在邵燕君的倡导下，"北京大学网络文学研究论坛"（简称"北大网文论坛"）于2015年3月31日正式成立。论坛推出的《论坛周报》分为《男频周报》《女频周报》《原创周报》三个版块，其发表渠道是邵燕君及其团队自建的微信公众号平台"媒后台"（meihoutaipku）。

简单梳理一番邵燕君的工作之后，我们便可以面对前面所提出的问题了。但要想说清楚这个问题，这里需要提及金庸和金庸研究。

金庸的作品虽然在中国大陆有大量的读者，但是在20世纪80年代，喜欢金庸"还是一种不登大雅之堂的个人爱好，甚至是某种具有可疑意味的校园文化"[①]。然而，90年代以来，随着北京大学陈平原教授在《千古文人侠客梦——武侠小说类型研究》（人民文学出版社1992年版）中论及金庸，随着北京师范大学王一川教授主编的《20世纪中国文学大师文库·小说卷》（1994）把金庸列为小说大师之一，特别是随着北京大学严家炎教授从1995年起为本科生开设"金庸小说研究"课程，并把讲课内容结集成《金庸小说论稿》

---

① 吴晓黎：《90年代文化中的金庸——对金庸小说经典化与流行的考察》，载戴锦华主编《书写文化英雄——世纪之交的文化研究》，江苏人民出版社2000年版，第130页。

（北京大学出版社1999年版）一书出版，金庸其人其作的地位发生了翻天覆地的变化。从此往后，金庸开始被学院接纳，金庸研究也成为一门显学。而这种变化，应该与严家炎等人的推动与示范密不可分。

从某种意义上说，如今邵燕君所做的工作便是当年严家炎教授做过的事情，而与后者相比，前者做得也更是风生水起，声势浩大。因为当年的严家炎开设课程，主要还是单枪匹马，独自作战。从表面上看，邵燕君开课做研究，仿佛还重复着其老师的工作，但是实际上，她却既身先士卒，也带出了一支网络文学研究队伍。这应该与她的自信、执着和循循善诱有关，也是北大传统的一种体现。网络文学原本也是不登大雅之堂的通俗文学，许多学生尽管追着网络文学日夜阅读，但是却不敢以此示人，生怕被人耻笑。而邵燕君却告诉学生："让我们先把所有的金科玉律都放在一边，回到一个朴素读者的本心（那时，还不流行说'初心'）。我们说，'北大是常维新的、改进的运动的先锋'。我们不必刻意维新，但要敢于相信自己的判断。当年胡适等'白话文'运动的倡导者就把引车卖浆者流读的白话小说列为正典；20世纪80年代北大中文系的学生们也是一边读卡夫卡一边读金庸，老师们是在学生们的引领下才开始研究金庸小说的，之后才有金庸小说的经典化。我们要用我们的胆识和学识来守护本心，对于那些曾经陪伴过你、温暖过你、激励过你的作品，要心存感激。如果你觉得它们有价值，就要去捍卫这价值。"[①] 有老师为学生撑腰壮胆，学生也就拿出了他们的最爱。于是，邵燕君的网络文学研究课堂成为师生互动、教学相长的地方。可以说，邵燕君与她的团队就是在这样一种氛围中成长起来的。

如此形成的教学实践和学术研究显然具有某种示范性。因为北

---

① 邵燕君：《网络时代的文学引渡》，广西师范大学出版社2015年版，第3—4页。

京大学毕竟不同于欧阳友权所在的中南大学,那里的一举一动都会得到全国高校、学界同行的密切关注。例如,当邵燕君不但宣告她是猫腻的粉丝,而且对猫腻做了专访(《以"爽文"写"情怀"》),写出了关于猫腻的相关论文(《猫腻:中国网络文学大师级作家》等)时,无论学界是否买账,人们已无法忽略猫腻的存在。从这个意义上说,邵燕君之于猫腻,如同严家炎之于金庸,而北大则是让批评家关爱的作家名声响亮起来的重要舞台。

更值得注意的是邵燕君及其团队在网络文学经典化中的作用。一般而言,成为经典的文学作品往往需要较长时段的经典化过程。由于网络文学形成的时间还不算很长,所以,任何宣称"网络文学经典"的说法还为时过早。然而,邵燕君却在《网络文学经典解读》(北京大学出版社2016年版)一书中与其学生一道,选择今何在的《悟空传》(后西游故事)、烟雨江南的《亵渎》(奇幻)、梦入神机的《佛本是道》(仙侠·修真)、南派三叔的《盗墓笔记》(盗墓)、天蚕土豆的《斗破苍穹》(玄幻·练级)、月关的《回到明朝当王爷》(历史穿越)、小桥老树的《官路风流》(官场)、风弄的《凤于九天》(耽美)、辛夷坞的《致我们终将腐朽的青春》(都市言情)、桐华的《步步惊心》(清穿)、流潋紫的《后宫·甄嬛传》(宫斗)、关心则乱的《知否知否,应该绿肥红瘦》(种田)12种重要的网文类型,一一解读。这种做法,实际上提高了这些网络小说成为经典的速度。除此之外,从2015年起,邵燕君与其团队也做起了网络文学年度排行榜的工作,并以此为基础,编选《中国年度网络文学》(漓江出版社)。网络文学每年都有海量的作品问世,它们本来是杂乱的、无序的存在,而通过邵燕君及其团队的披沙拣金和梳理分析,它们既具有了某种秩序,甚至也成了网络文学经典的后备军。而所有这些,都意味着网络文学生产离不开学院派的介入。

邵燕君说:"没错,我们是学院派,在这个政治、资本、网文三方博弈的'文学场'里，我们要坚守学院派立场，坚定不移地站在网文原生力量一边，站在粉丝部落文化一边，在媒介的千年之变中引渡文学传统。校园是个好地方，或许书生意气，却可认真犯错。让我们尽情挥霍学院的纯粹和青春的率真，原则问题有立场，笔端深处有情怀。"①引渡文学传统是邵燕君的雄心壮志，也是一件很有学术意义的事情。而种种迹象表明，通过这些年的探索与实践，邵燕君不仅让北大中文系成为网络文学研究的重要基地，而且让她自己走在了"引渡"的康庄大道上。在最新的研究成果中，她不仅把网络文学重新定义为"以网络为媒介的新消遣文学"，认为它有"自由享受"和"自由创作"的积极面向，而且借助马尔库塞的"爱欲解放"理论，辨析了"爽文学观"与"精英文学观"的不同之处，并极力为消遣、白日梦、爽、YY等娱乐价值正名。同时，她还认为："与爱欲劳动相关的商业性必须依托粉丝经济。只有粉丝经济，才能免除文学商业性的'原罪感'，也能将'精英文学'依靠的'以输为赢'的'颠倒的经济原则'再颠倒过来。"②所有这些，都让我意识到作为学者粉的邵燕君对网络文学研究的坚定和执着，也让我看到了她试图把网络文学理论化，甚至要为其立法的种种努力。有这样的新锐批评家把脉、导航，网络文学是幸运的，网络文学研究也是值得期待的。

第二节　历史题材的生产与消费：
　　　　以《明朝那些事儿》为例

严格说来，历史题材的生产与消费并非老问题，而是一个新问题。因为在计划经济时代，虽然也有历史题材的热销与广播电台的

---

① 邵燕君：《网络时代的文学引渡》，广西师范大学出版社2015年版，第332页。
② 邵燕君：《以媒介变革为契机的"爱欲生产力"的解放——对中国网络文学发展动因的再认识》，《文艺研究》2020年第10期。

热播（比如姚雪垠的《李自成》），但其生产与消费方式往往比较单一。随着改革开放的进程与市场经济的再度启动（1992年以来），历史题材的生产与消费才进入一个鼎盛时代。历史题材电视剧的制作与热播（如《戏说乾隆》《康熙王朝》等），历史小说的畅销（如二月河的"帝王系列"作品、熊召政的《张居正》等），历史类电视节目收视率的居高不下（如《百家讲坛》推出的阎崇年、易中天等人的系列讲座），历史类畅销书的制作与流传（如吴思的《血酬定律——中国历史中的生存游戏》、阎崇年的《正说清朝十二帝》等），都在表明着如下事实：历史题材的生产与消费已进入一个全面、迅速、互动、见效快、收益高的时期。

为了把历史题材生产与消费中的复杂性呈现得更加清楚，笔者将选择2006—2009年十分走红的《明朝那些事儿》进行一番个案分析。

一 文本分析："好看"的秘密

《明朝那些事儿》的走红是从"明月门"事件拉开序幕的，而这起事件与后来《明朝那些事儿》这套书的命运并非没有关系。因此，从这起事件说起就显得很有必要。

2006年3月10日，一个注册为"就是这样吗"的ID在"天涯社区"网站著名的BBS论坛"煮酒论史"发出了一个帖子，帖子名为《明朝的那些事儿——历史应该可以写得好看》，起初观者寥寥。但随着作者每天三篇的定时更新，越来越多的人开始关注此帖，而作者的ID名称也由原来的"就是这样吗"改为"当年明月"。至5月中旬，《明朝那些事儿》的点击量已接近百万，网友跟帖过万。与此同时，喜欢《明朝那些事儿》的网友也自发组成"粉丝"团体（简称"明矾"），为当年明月呐喊助威。5月19日，该论坛著名写手"赫连勃勃大王"和小有名气的"歌痕"（他们均有自己的粉丝）分别撰文，公开怀疑当年明月的帖子点击率造假（是熟人所为或点

269

击软件作弊),遂引发了一场口水大战。此论战的一个直接后果是明矾们自发在"搜狐"开通一个博客,全部用来转载当年明月的文章。5月22日,作者也在"新浪"开通了自己的博客,并在自己的第一篇博文中特意为《明朝那些事儿》写下了"版权说明"①。不过当时作者并未撤离"天涯"。另外,由于在这场论战中,版主存在着"拉偏架"之嫌,导致事态进一步扩大。5月下旬,有人开始在当年明月的帖子下大量输入重复信息刷屏,双方展开对骂。6月1日下午到半夜,有多个ID通过代理服务器在当年明月帖子里用交通事故现场的尸体照片刷屏,此谓"刷尸屏",被人喻为"网络恐怖主义"。而当年明月也从此离开"天涯",在"新浪"安营扎寨。愤怒的网友为迎回当年明月,开始发起"倒版"运动。7月12日,天涯社区发布《关于"明月事件"以及相关版务处理的调查结论》,"明月门"事件有了如下定性:煮酒版主在版务处理中有失当之处,但和刷屏马甲之间没有任何联系,总体功大于过,应加以感谢。此言一出,引发倒版团成员批评狂潮,直到几位版主相继离职,事态才逐渐平息。②

自从当年明月即写即贴的《明朝那些事儿》移至"新浪"之后,他也开始了自己的辉煌之旅。2006年8月,他的博客点击量过百万次,11月,达830万次。③ 有人记录道:2007年11月13日晚8

---

① "版权说明"文字如下:"本BLOG为当年明月本人的个人BLOG,由当年明月本人创立!长篇名称:《(长篇)明朝的那些事儿——历史应该可以写得好看》,又名:《明札记》。作者:当年明月。作者曾用名:就是这样吗。版权所有:当年明月。状态:未完成,正在进行中。"http://blog.sina.com.cn/s/indexlist_1233526741_179.html,2006年5月22日。

② 这里的事件回放参考了网文《明月门事件的来龙去脉》(https://zhidao.baidu.com/question/394488220898617565.html,2016年5月26日)和观海卢云远的文章《"明月门"事件引发天涯暴力倒版运动》(http://bbs.tianya.cn/post-187-547869-1.shtml,2006年7月27日)。

③ 参见《当年明月〈明朝那些事儿〉大事记》,http://blog.sina.com.cn/s/blog_49861fd5010008hd.html,2007年4月13日。

时，当年明月的博客名列新浪 blog 总流量排行第五名，访问量是 66460000 次。2009 年 4 月《明朝那些事儿》推出"大结局"后，当年明月的博客基本上已停止了更新，但依然保持着超高的人气。笔者曾在 2009 年 12 月 19 日查阅，结果显示，当年明月的博客访问量已达 213892806 次，位居新浪博客总排名第四名。

与此同时，媒体也对"当年明月现象"进行了诸多报道。除平面媒体之外，电视对当年明月及其《明朝那些事儿》的宣传不容忽视。2006 年 9 月，当年明月参加凤凰卫视《戈辉梦工场》采访。2007 年 2 月，中央电视台《子午书简》"2006 年热点图书选播"系列节目、《新闻联播》和《新闻六十分》对当年明月及其作品均有介绍。2007 年 3 月 10 日，当年明月参加阳光卫视《读书有用》栏目访谈。同年 3 月，"明朝那些人儿"在上海电视台纪实频道《文化中国》栏目开讲。[①] 2009 年 4 月 11 日晚，中央电视台新闻频道《面对面》播出采访当年明月的节目：《石悦：讲明朝那些事儿的那个人》。2009 年 12 月 26 日，央视《艺术人生·我的 2009》播出了对石悦的访谈。

当然，更重要的是被书商和出版社推出的七本书：《明朝那些事儿》系列。此系列的第一部于 2006 年 9 月上市，最后一部于 2009 年 4 月出版。每一部书正文前均有《百家讲坛》主讲人毛佩琦写的两篇序鸣锣开道（第一篇名为《轻松读历史》，较长。此序只在第一部中用过。从第二部开始，《明朝那些事儿》用的是他的另一篇序：《历史原来很精彩》。此序很短）。此书出版、加印至 2008 年，前五部书均有腰封，腰封的文字如下："全新写史方式，流行文化经典，全程演绎明朝三百年兴衰风云，再掀 2008 年大明王朝热。荣获'新浪图书风云榜'最佳图书，当当网'终身五星级最佳图书'，'卓越

---

① 参见《当年明月〈明朝那些事儿〉大事记》，http://blog.sina.com.cn/s/blog_49861fd5010008hd.html, 2007 年 4 月 13 日。

亚马逊畅销书大奖',畅销200万册的最有阅读价值读物。"而到第七部出版时,腰封上的"畅销200万册"已变成了"畅销500万册"。与《明朝那些事儿》的热销相匹配,当年明月也开始出现在吴怀尧调查并制作的"中国作家富豪榜"的榜单中,且排名呈直线上升趋势。2007年,他的版税收入为225万元,位居富豪榜第22名。2008年,230万元,位居第15名。2009年,1100万元,位居第4名。以上的这些数字一方面说明了作者、书商的成功,另一方面也意味着历史题材在受众那里的受欢迎程度。

于是,我们有必要进入相关的环节中,首先看看《明朝那些事儿》是如何被生产出来的。

思考《明朝那些事儿》的生产元素,我们可以从两方面入手:内部元素和外部元素。前者主要涉及作者的写法问题,而后者则涉及网络和书商。

当熟读明史的当年明月准备撰写《明朝那些事儿》的时候,写法问题显然是他考虑的首要问题。在《明朝那些事儿》的一开篇,作者在写法问题上便开宗明义:

> 这篇文章我构思了六个月左右,主要讲述的是从1344年到1644年这三百年间关于明的一些事情,以史料为基础,以年代和具体人物为主线,并加入了小说的写法和对人物的心理分析,以及对当时政治经济制度的一些评价。……虽然用了很多流行文学的描写手法和表现方式,但文中绝大部分的历史事件和人物,甚至人物的对话都是有史料来源的……我写文章有个习惯,由于早年读了太多学究书,所以很痛恨那些故作高深的文章,其实历史本身很精彩,所有的历史都可以写得很好看,我希望自己也能做到。
>
> 其实我也不知道自己写的算什么体裁,不是小说,不是史书,但在我看来,体裁似乎并不重要。

第三章 网络文学的生产机制

> 我想写的,是一部可以在轻松中了解历史的书,一部好看的历史。①

可以看出,这篇"引子"除了交代作者写作动机、资料来源等问题,更重要的是交代写法。而小说笔法、流行文学的描写手法和表现方式,如何使历史写得"好看",则是我们理解当年明月写法问题的关键词。不过,为了说清楚《明朝那些事儿》的写法,我们需要把它与一些相关历史题材的著作稍作比较。

当年明月说《明朝那些事儿》"不是小说,不是史书",这意味着我们既不能把它看作《史记》《明实录》《明通鉴》之类的历史书,也不能把它看作《李自成》《张居正》之类的文学作品。当然,它既不是吴晗的《明史简述》《朱元璋传》或黄仁宇的《万历十五年》等之类的研究性著作,也不是《大话西游》(周星驰)、《悟空传》(今何在)、《沙僧日记》(林长治)等专以解构原著为目的的影视作品和网络小说。《明朝那些事儿》是一个"四不像",我们几乎无法确定它的写作谱系。但事实上,它与以上所述的各种文本并非毫无关系。

可以从"文学性"的概念入手来思考《明朝那些事儿》与上述相关文本的关系。按照雅各布森(Roman Jakobosn)的说法,所谓文学性"即那种使特定作品成为文学作品的东西"②。显然,在俄国形式主义批评家看来,文学性便是文学的本质特征,是文学文本区别于其他文本的独特性。不过,如果我们不再拘泥于俄国形式主义的文学理念(仅从文学形式尤其是文学语言入手),文学性便可被宽泛

---

① 当年明月:《明朝那些事儿》第一部,中国友谊出版公司2006年版,第1页。以下凡引《明朝那些事儿》中各部文字将采用文中夹注的形式,只标明第×部,第×页。各部出版信息如下:第二部,中国友谊出版公司2007年版;第三部,中国友谊出版公司2007年版;第四部,中国友谊出版公司2007年版;第五部,中国友谊出版公司2008年版;第六部,中国海关出版社2008年版;第七部,中国海关出版社2009年版。
② 转引自周小仪《文学性》,载赵一凡等主编《西方文论关键词》,外语教学与研究出版社2006年版,第592页。

地理解为包括文学语言、叙事方式、描写手法等在内的一种文学笔法。而时至今日，我们也不得不承认，文学性不光是确认文学本质特征的基本元素，它也构成了我们理解许多非文学、泛文学、亚文学文本的重要入口。

以此思路再来打量《明朝那些事儿》，我们便可发现充溢其中的种种文学性元素。然而，这种元素与以往进入历史文本的文学性元素并不完全相同。比如，司马迁的《史记》曾被鲁迅评论道："虽背《春秋》之义，固不失为史家之绝唱，无韵之《离骚》矣。惟不拘于史法，不囿于字句，发于情，肆于心而为文，故能如茅坤所言：'读游侠传即欲轻生，读屈原，贾谊即欲流涕，读庄周，鲁仲连传即欲遗世，读李广传即欲立斗，读石建传即欲俯躬，读信陵，平原君传即欲养士'也。"[1] 这里所谓的"无韵之《离骚》"，便可看作文学性的体现；而鲁迅所引茅坤所言，则是文学性作用于读者之后所产生的种种效果。而李长之在分析《史记》的"艺术形式律则"时则归纳出统一律、内外和谐律、对照律、对称律、上升律、奇兵律、减轻律等形式规律，论述《史记》的"语调之美"时又梳理出圆浑、韵致、唱叹、疏荡淡远、沉酣、畅足等语调类型。[2] 因此，我们可以说《史记》中的端庄、大气、和谐、雄健、情动于衷等构成了它的叙事风格和抒情风格，而所谓的文学性也正是潜藏在这种风格之中。这是一种中国古典文学中所特有的文学性，而这种文学性又构成了中国古典文学的基础。

再比如，《万历十五年》也是一本渗透着文学性的学术研究著作。此书自1982年出版以来长销不衰，很大程度上便得益于它的写法。有论者指出：《万历十五年》"潜在的叙事结构就是具有小说性

---

[1] 鲁迅：《汉文学史纲要》，载《鲁迅全集》第九卷，人民文学出版社2005年版，第435页。

[2] 参见李长之《司马迁之人格与风格》，生活·读书·新知三联书店1984年版，第231—255、284—286页。

的叙事模式,即以一个个人物为中心,明代万历年间的历史在作者的文本结构中被组接为一个个故事性叙事,作者以清丽的文笔把一桩桩历史事件围绕着一个历史人物作为故事,叙述得娓娓动听"[1]。不过,虽然《万历十五年》中有文学性或小说性,但它毕竟是一部明朝的断代史研究。因此,它的叙事与描写均服从于论述的需要,也服从于作者"大历史"观之方法论的需要。因为有"论"的统领,"叙"与"描"便不可能花哨,而是显得中规中矩。此书的第一章开篇不久写道:"这一年阳历的三月二日,北京城内街道两边的冰雪尚未解冻。天气虽然不算酷寒,但树枝还没有发芽,不是户外活动的良好季节。然而在当日的午餐时分,大街上却熙熙攘攘。原来是消息传来,皇帝陛下要举行午朝大典,文武百官不敢怠慢,立即奔赴皇城。乘轿的高级官员,还有机会在轿中整理冠带;徒步的低级官员,从六部衙门到皇城,路程逾一里有半,抵达时喘息未定,也就顾不得再在外表上细加整饰了。"[2] 如果我们把这种叙事看作文学性叙事,显然它借用的是严肃文学的笔法,或者更准确地说,它使用的是传统现实主义的文学笔法:精细、准确、客观、冷静,同时又内敛、节制。

然而,无论是《史记》中那种古典文学的笔法,还是《万历十五年》中那种严肃文学的笔法,基本上都已被《明朝那些事儿》中那种"好看"的笔法取代了。在第一部第一章的一开篇,当年明月是以如下方式进入叙述过程的:

我们从一份档案开始。
姓名:朱元璋
别名(外号):朱重八、朱国瑞
性别:男

---

[1] 杨乃乔:《文学性的叙事与通俗化的经典——论黄仁宇〈万历十五年〉的书写策略》,《学术月刊》2007年第12期。
[2] [美]黄仁宇:《万历十五年》,中华书局1982年版,第1页。

接合:大众文化的冲击与1990年代以来的文学生产

  民族：汉

  血型:？

  学历：无文凭，秀才举人进士统统的不是，后曾自学过

  职业：皇帝

  家庭出身：（至少三代）贫农

  生卒：1328—1398

  最喜欢的颜色：黄色（这个好像没得选）

  社会关系：父亲：朱五四 农民

  母亲：陈氏 农民（不好意思，史书中好像没有她的名字）

  座右铭：你的就是我的，我的还是我的

  主要经历：

  1328年—1344年 放牛

  1344年—1347年 做和尚，主要工作是出去讨饭（这个……）

  1347年—1352年 做和尚，主要工作是撞钟

  1352年—1368年 造反（这个猛）

  1368年—1398年 主要工作是做皇帝

  这样一种写法其实为整个的《明朝那些事儿》奠定了一个叙述基调。从此往后，戏仿、戏说、反讽、征引、调侃、挪用、庄词谐用、今词古用等就成了《明朝那些事儿》的主要叙述手法。为更好地说明问题，兹引相关例证如下，并做简要分析。

  （一）戏仿（parody）。例如："战争的胜负往往就决定于那'再坚持一下'的努力之中。"（第一部，第286页）这里戏仿的是革命现代京剧《沙家浜》中的台词："同志们，只要我们大家动脑筋想办法，天大的困难也能克服！毛主席教导我们：**往往有这种情形，有利的情况和主动的恢复，产生于'再坚持一下'的努力之中。**"[1] 再

---

[1] 北京京剧团集体改编：《革命现代京剧〈沙家浜〉》，人民出版社1970年版，第42页。

276

如："为了打消朱祁镇心中的疑虑，以免有朝一日被不明不白地干掉，他特意来到京城说明情况。宾主双方举行了会谈，会谈在热情洋溢的气氛中举行，双方回顾了多年来的传统友谊，并就共同感兴趣的问题交换了意见。朱瞻墡重申了皇位是朱祁镇不可分割的财产，表示将来会坚定不移地主张这一原则。朱祁镇则高度评价了朱瞻墡所做的贡献，希望双方在各个方面有更进一步的合作。"（第三部，第21—22页）这里戏仿的是电视新闻报道中我们耳熟能详的官方话语。又如："陆炳，出生在一个不平凡的家庭，家里世代为官，请注意'世代'两个字，厉害就厉害在这里，这个'世代'到底有多久？一般来说，怎么也得有个一百年吧？一百年？那是起步价，六百年起！还不打折！"（第四部，第111页）这里戏仿的对象是冯小刚贺岁片《大腕》（2001）中那段精彩台词："你说这样的公寓，一平米你得卖多少钱？""我觉得怎么着也得两千美金吧。""两千美金？那是成本，四千美金起，你别嫌贵，还不打折！"

　　戏仿常常是后现代主义小说家所使用的文本策略，哈琴·林达（Linda Hutcheon）曾把戏仿定义为"带着一种批判的反讽距离的模仿"，并认为它是"一种完美的后现代形式"，因为它体现了哈琴所谓的"历史叙述式元小说"（historiographic metafiction）的特征。[①]《明朝那些事儿》中的戏仿虽然主要集中在语言层面，却也约略体现着哈琴所谓的戏仿的神韵。当作者使用到戏仿的手法时，历史叙述一方面具有了一定程度的批判性，另一方面也在进行着双向的解构：既解构了历史故事的严肃与沉重，也解构了戏仿对象的神圣与庄重（尤其是戏仿官方话语时效果就更为明显）。当然，无论怎样解构，戏仿带来的阅读效果都是读者的会心一笑。对于《明朝那些事儿》的叙述来说，这一点至关重要。

[①] 参见罗钢选编《后现代主义文学作品选》，高等教育出版社2002年版，"前言"第10—11页。

（二）征引（quotation）。比如，当叙述到"熊廷弼此时的职务是辽东经略，而王化贞是辽东巡抚。从级别上看，熊廷弼是王化贞的上级"时，作者马上征引一句话："角色并不重要，关键在于会不会抢戏。——小品演员陈佩斯"（第六部，第187页）写到努尔哈赤以及他手下的四大贝勒将要攻打袁崇焕守卫的城池时，作者征引的是一段毛主席语录："我们的同志在困难的时候，要看到成绩，要看到光明，要提高我们的勇气。——毛泽东"（第六部，第315页）左安门之战，以明军获胜和皇太极败退告终后，作者征引道："一个将军最好的归宿，就是在最后一场战役中，被最后一颗子弹打死。——巴顿"（第七部，第99页）陈奇瑜的部队围追堵截几万民军，民军几乎全军覆没。此时他们准备投降或诈降。这时作者插入了征引文字："没条件，谁投降啊？——春节晚会某小品"（第七部，第198页）

作为后现代主义小说的另一个文本策略，征引往往会形成一种"互文性"（intertextuality）效果。而本雅明更是从"中断"（interruption）的角度对征引进行了相关思考："中断是所有造型的基本手法之一。它远远超出了艺术的领域。仅举一例即可说明，中断是引文的基础。引用一个文本涉及对其语境的中断。"[1]《明朝那些事儿》中，作者征引的无论是春晚小品台词，还是巴顿名言或毛主席语录，自然已让那些只言片语脱离了原来的语境，在这个意义上征引即意味着中断。而当所征引的文字进入新的叙述语境之后，它们固然有对所叙之事、所描之人释义的功能，但更重要的是，由于征引文字生成的语境与被移置过来的新的语境距离很远，所以会产生一种意想不到的喜剧效果。

（三）反讽（irony）。比如："虽然后来朱元璋的环境日渐改善，

---

[1] Walter Benjamin, *Illuminations*, trans. Harry Zohn, Fontana Press, 1992, pp. 147–148.

身份地位都有了进一步的提高,但朱棣并没有得到更多的优待,这是因为随着朱元璋档次的提升,他的老婆也越来越多。而其生殖能力也值得一夸,在没有他人帮忙的前提下,他一共生了二十六个儿子,十多个女儿。此外,他还收了二十多个养子,粗略加一下,这些人足够一个加强排的兵力了。"(第一部,第202页)"魏忠贤所在的直隶省河间府,一向盛产太监,由于此地距离京城很近,且比较穷,从来都是宫中太监的主要产地,并形成了固定产业,也算是当地创收的一种主要方式。"(第六部,第239页)

按照罗杰·福勒(Roger Fowler)的观点,反讽主要可分为两种类型:情境反讽(situational irony)和言语反讽(verbal irony)。前者取决于它们对词语之间、事件之间的距离及其上下文(contexts)的利用,后者通常靠利用句法或语义规范的偏离来起作用。① 由此观之,《明朝那些事儿》中所使用的反讽手法绝大部分可归到言语反讽的类型之中,即通过反话正说或正话反说以造成字面意义和所欲表达的深层意义的大相径庭。在以上的两个例子中,无论是"生殖能力值得一夸",还是"固定产业""创收"之类的说法,显然并非对朱元璋与河间府的褒奖,而是正话反说。这种言语反讽不排除有对历史人物、事件的批判功能,但更重要的效果是可以因此形成某种噱头,逗人发笑。

(四)戏说。例如:"虽说在那万恶的旧社会,国家允许一夫多妻,娶个小妾也不会涉及包二奶问题,但这也要看具体情况,戚继光深知,如果让老婆知道了,那是要出大事的,所以他严密封锁了消息,这些事情都是他瞒着老婆干的。但纸毕竟包不住火,三个女人还有那几个活蹦乱跳的孩子,你当老婆是白内障不成?"(第四部,第259页)"在取名字(包括姓氏)的问题上,日本人充分发扬了

---

① 参见[英]罗杰·福勒编《现代西方文学批评术语辞典》,周永明等译,春风文艺出版社1988年版,第62—64页。

接合:大众文化的冲击与1990年代以来的文学生产

能凑合就凑合的精神,不查字典,也不等不靠,就地取材,比如你家住山上,就姓山上,你家住山下,就姓山下,家附近有口井,就叫井上,有亩田,就叫田中。"(此文字原出现于当年明月博文中,后在成书时被删除,参见第五部,第199页)

作为一种颇具中国特色的叙事手法,戏说最初主要体现在以《戏说乾隆》(1991)为开端的影视剧中,然后又向文字书写的领域扩散。有人指出:"'戏说历史'持有的就是这样一种打破一切疆界的叙事方式。它凸显的是历史阐述时的'奇',拒绝将真实的历史当作严肃的、不可亵渎的对象来看待,而是抱着一种游戏的态度对其进行解构,取而代之以随意的安插、拼贴以及戏仿,从而达到一种严肃文本'传奇化'的效果。"① 这里所谓的"严肃文本传奇化"很大程度上揭示了戏说的真相。《明朝那些事儿》中的戏说自然不同于影视作品中的戏说,因为后者可以罔顾历史事实,胡编乱造,而前者则并不游离于历史事实本身。但我们也必须承认,一旦作者施展开文字戏说的功夫,同样会出现一种"严肃文本传奇化"的效果。而文字一旦具有了传奇性,它也会变得"好看"起来。

(五)挪用(今词古用)。例如:"皮勒马尼哈马受命来到了京城,可他到这里才发现,根本就没有人把他当回事,草草找了个招待所安排他住下后,就没人管他了,别说皇帝、尚书召见,给事中也没看到一个。……他虽然读书不多,倒也有几分见识,明白这样下去回去交不了差,冥思苦想之下,竟然想出了一个不是办法的办法——上访。"(第二部,第254页)"出身显贵的陆炳是一个十分低调的人,对周围的人也十分客气,没有一点高干子弟的架子。"(第四部,第112页)"这个房地产工程自然交给了工部办理,按说皇帝的工程应该加紧办,可是赵部长的脑袋不知是不是撞了柱子,竟然对此不

---

① 蔡骐:《论大众传播中历史建构的困境:以历史题材电视剧为例》,《新闻与传播研究》2009年第1期。

理不问，放任自流，结果一栋房子修了好几个月还没成型，整成了烂尾楼。"（第四部，249页）"但海瑞母亲认准了一条死理：再穷不能穷教育，再苦不能苦孩子。"（第五部，第27页）"官吏用迅雷不及掩耳盗铃之势对准斛猛踹一脚！此时超出斛壁的部分谷粒会倒在地上。"（第一部，第144页）"躲在岛上，长期没人管，交通基本靠走，通讯基本靠吼，想听话也听不了，所以不太听话。"（第七部，第75页）

《明朝那些事儿》中的"挪用"主要是"今词古用"。所谓今词古用，是在历史故事的叙述中大量使用现代语词、当代流行语和俏皮话，以增加叙事效果。这种叙述方式并非新现象，但近年呈泛滥之势应该始于易中天。自从易中天在《百家讲坛》开讲《汉代风云人物》与《品三国》后，他的"妙说"历史既得到了粉丝的追捧，也得到了媒体的认可。于是，易中天语录在网上风靡一时。比如："朝廷派人去查吴王，也没有发现什么大规模杀伤性武器嘛。""曹操是喜欢美女的，他不管走到哪里都喜欢'搂草打兔子'，收编一些美女什么的！""刘邦在多年征战中风餐露宿得个风湿性关节炎啦，那倒也是可能的！""诸葛亮一看，管他呢，把城门一开，抱着自己的琴上城楼卡拉OK去了……""刘备对诸葛亮的好，好到让关羽和张飞觉得，就像老鼠爱大米。"[①] 或许正是易中天式的这种讲述给当年明月带来了写作的灵感和叙述的基调，以至于《明朝那些事儿》中今词古用的表达俯拾即是。

显然，把现代语词、流行语和俏皮话植入历史的讲述或叙述中会增加其趣味性，但更重要的效果是形成了叙述上的"时空压缩"现象：消除了古今距离，让历史获得了一种现场感。此外，此种叙述因联想而产生的戏谑效果也是不言而喻的。当作者说"官吏用迅雷不及掩耳盗铃之势"时，读者想到的是体育解说员韩乔生的口误；

---

① 参见傅小平《易中天：教授也"疯狂"？》，《文学报》2006年4月27日。

当作者说"交通基本靠走,通讯基本靠吼"时,读者想到的应该是那个搞笑段子:"嫁到俺村吧,俺村条件不赖:穿衣基本靠纺,吃饭基本靠党,致富基本靠抢,娶妻基本靠想;交通基本靠走,通讯基本靠吼,治安基本靠狗,取暖基本靠抖。"有了如此这般的联想之后,阅读也就变成了"悦读"。

(六)调侃式议论。比如:"而京城的朱允炆应该也从此战中获得了不少教训和经验,在我看来,至少有三条:一、李景隆确实是军事蠢材,应该像扔垃圾一样扔掉。二、环境保护是个大问题,应该多搞点绿化,防止大风扬沙天气的蔓延。三、旗杆应该换成铁制,不可偷工减料。"(第一部,第262页)"虽然神仙和咱们不住在一个小区,也不通电话,不能上网,但经过我国人民的长期科研,终于找到了和神仙们联系的方法,比如跳大神、上身之类的高科技手段,并作为著名的糟粕垃圾,一直流传至今。"(第四部,第301页)

中断正在叙述的故事,以"作者闯入"(author's intrusion)的方式展开议论,这一技法备受后现代作家的青睐。[1] 比如昆德拉,他几乎在其所有的小说中使用到了作者闯入的技法,甚至不惜整章整节展开大段的议论。他的议论往往是反讽式的哲学思考,常常会给人带来意想不到的收获和启迪。当年明月当然不是昆德拉,他的议论并无昆德拉式的冷峻,而更多的是嬉笑怒骂式的调侃。这种调侃常常化作读者的轻松一笑,但也偶尔会体现出作者的深度思考。比如关于"统治王朝就是经营企业"的一大段议论(第四部,第65页),便在调侃中说出了许多事情真相。而到第七部作者写到明朝将亡气数已尽时,又承前有了如下议论:"这个世界上的一切,大致都是有期限的,一个人能红两年,很可能是偶然的,能红十年,就是有道行的,能红二十年,那是刘德华。公司也一样,能开两年,很

---

[1] 参见[英]戴维·洛奇《小说的艺术》,王峻岩等译,作家出版社1998年版,第11页;[美]杰拉德·普林斯《叙述学词典》(修订版),乔国强、李孝弟译,上海译文出版社2011年版,第19—20页。

正常,能开二十年,不太正常,能开两百年的,自己去数。封建王朝跟公司差不多,只开个几年卷铺盖的,也不少。最多也不过三百年,明朝开了二百多年,够意思了。"(第七部,第166页)像这种议论,就既有趣,也有了某种思想的深度。

(七)戏谑式翻译。例如:"'杨洪出差了'(镇臣杨洪已他往)。"(第二部,第210页)"他惊奇地发现,在他逃跑的路上,许多沿途民居的居民纷纷爬上屋顶,毫不吝啬地向他扔砖头(争投砖石击之),也先第一次体会到了被人拍砖的痛苦。"(第二部,第231页)"朱厚熜实在是太高兴了,他拿着张璁的奏折,激动地对天高呼:'终于可以认我爹了(吾父子获全矣)!'"(第四部,第7页)"事到如今,他唯有仰天大呼一声:'严嵩奸贼,你忽悠我啊(嵩贼误我)!'"(第四部,第137页)

由于《明朝那些事儿》是借鉴《明实录》《明通鉴》《明史》《明史纪事本末》等二十多种明代史料和笔记杂谈之后的重新叙述,所以大量使用典籍中的史料便成为必需之举。从这个意义上看,我们甚至可以把整个《明朝那些事儿》看作一种宽泛意义上的翻译写作。而为了增加叙述的可信性,作者有时会直接征引典籍中的原始说法;为了便于读者理解,作者又会做出相关翻译[偶然不翻译是作者觉得读者已能理解其意。比如,在引出"上皇君临天下十四年,是天下之父也;陛下亲受册封,是上皇之臣也"之后,作者说:"这句话的意思就不用解释了,地球人都知道。"(第二部,第271页)]。但这种翻译往往是大体达其意的、充满现代说辞的戏谑式翻译。它们融入《明朝那些事儿》的整体叙述中,增加了许多谐趣效果。

(八)使用现代称呼。例如:"要知道,努尔哈赤先生的日常工作是游击队长,抢了就分,打了就跑,也从来不修碉堡炮楼,严防死守。"(第六部,142页)"但嘉靖同志偏偏坚信'二龙不相见'理论。"(第五部,第45页)"现在大家知道为什么范进同志考中举人后会发疯吧,换了你也可能会疯的。"(第一部,第114页)"朱元璋老师过来了,他看见如此情景,勃然大怒。"(第一部,第217页)而在不同的语境中,作者还把朱元璋称为"同志""老板"等。

同志、老板、老师、先生等主要是一种现代称呼,当作者把这些称呼用到古人那里时,一方面是戏仿和反讽(如称朱元璋同志,却也呈现出一种反讽意味);另一方面也是对古代帝王将相的"降格处理":在这种现代称呼面前,朱元璋、嘉靖、崇祯等人不再是皇帝,戚继光不再是抗倭名将,李自成也不再是农民起义军的领袖。他们统统被拉下了神坛,成为被现代称呼"全面抹平"之后的普通人。因此,这种称呼既可看作语言游戏,同时也可看作"杀伤力"巨大的写作武器。

以上,笔者择其要者,简单梳理和分析了《明朝那些事儿》中所使用的文学笔法。那么,如何为这种笔法定性呢?又如何为整个《明朝那些事儿》的写作定位呢?作者通过相关的笔法与写作策略,究竟让《明朝那些事儿》形成了怎样的叙事效果?

首先,作者本人承认,《明朝那些事儿》中使用了"很多流行文学的描写手法和表现方式",我们不妨把《明朝那些事儿》中的文学笔法大体上看作一种流行文学笔法。流行文学类型繁多,其相应的写作亦有固定的套路与程式。但我们不得不承认的一个事实是,自从戏说类的影视剧、爆笑网文、搞笑手机短信等兴起之后,种种引人发笑的叙事文本开始大量繁殖,而搞笑叙事、喜剧模式也成为当今时代的重要叙事类型。朱大可曾把这种叙事命名为"大话美学",并以《大话西游》为例指出,大话美学的要素包括"幻想、反讽、荒谬、夸张、顽童化、时空错位和经典戏拟,其中包含了文化颠覆、低俗的市井趣味和感伤主义等各种混乱矛盾的要素"[1]。现在看来,这种定位并非没有道理。而这种大话美学显然也影响到了流行文学的写作,还在很大程度上改写了流行文学笔法的

---

[1] 朱大可:《流氓的盛宴:当代中国的流氓叙事》,新星出版社2006年版,第344页。

借鉴方式。以往的流行文学常常是从严肃文学那里借用笔法,并对其进行软化处理;而新近的流行文学除了严肃文学的笔法来源外,更多的是从影视剧、电视节目、网络文学等方面借用其叙事技法、描写手法和写作笔法。这样,流行文学也就确实具有了许多当下的"流行"元素。

由此观之,我们便可把《明朝那些事儿》中的流行文学笔法看作杂糅和镶嵌了当今多种流行元素的笔法。而这种笔法又造成了一种"轻"的叙事效果。卡尔维诺在谈到轻时指出:"我的工作方法往往涉及减去重量。我努力消除重量,有时是消除人的重量,有时是消除天体的重量,有时是消除城市的重量;我尤其努力消除故事结构的重量和语言的重量。"[1] 当年明月当然无法与卡尔维诺相提并论,但他借助流行文学笔法同样消除了重量,从而让叙述和语言进入了一种轻的状态。我们可以把这种轻理解为轻松、轻快、轻盈,而这种轻又带来了阅读的身心松弛。当读者在好看、好玩、微笑、大笑中完成自己的阅读时,作者也就达到了自己的写作目的(历史可以写得好看)。

其次,我们也可以把《明朝那些事儿》看作后现代主义写作策略的一次具体实践。当年明月不知道自己写出的《明朝那些事儿》算什么体裁,如果换到后现代主义的层面进行思考,这种既非小说也非史书的写作正是一种"反体裁"或"无体裁"的后现代式写作。[2] 反体裁可以带来一种写作上的解放感,它造就了作者的自由出没与灵活机动。于是,当当年明月能够在《明朝那些事儿》中轻松自如地穿行于各种文本之间,随心所欲地挪用各种有助于自己叙述的语词时,他其实在不经意间已用到了后现代主义的写作模式。

---

[1] [意]伊塔洛·卡尔维诺:《新千年文学备忘录》,黄灿然译,译林出版社2009年版,第1页。
[2] 参见[美]查尔斯·纽曼《后现代主义写作模式》,米佳燕译,载王岳川、尚水编《后现代主义文化与美学》,北京大学出版社1992年版,第337—339页。

接合:大众文化的冲击与1990年代以来的文学生产

当然,更需要进行分析的是《明朝那些事儿》中的后现代主义写作技法。如前所述,当作者用到戏仿、征引、反讽等写作手法时,这已是一种很明显的后现代主义技法,而戏说、今词古用等手法又显示出一种大话美学的特征,它们可被看作一种具有中国特色的后现代主义技法。后现代主义技法可以制造出多种叙述效果,但具体到《明朝那些事儿》,笔者以为有两种效果更值得注意:其一是游戏化,其二是取消深度模式。

如前所述,以往的历史文本,无论是正史还是具有某种文学性的历史研究著作,其叙述的主基调都显得庄重沉稳。而古典文学与严肃文学笔法的运用主要增添的是张弛有度的叙述节奏而并非主要让叙述变得轻快流动。于是,这样的历史文本具有可读性却并不一定具有趣味性。为了进一步说明这一问题,笔者引用《朱元璋传》与《明朝那些事儿》对同一历史事实进行叙述的两组文字加以比较:

> 朱元璋用全部精力、时间,管理他所首创的朱家皇朝。
> 全国大大小小的政务,都要亲自处理。交给别人办,当然可以节省精力、时间,但是第一他不放心,不只怕别人不如他的尽心,也怕别人徇私舞弊;第二更重要的,这样做就慢慢会大权旁落,而他这个人不只是要大权独揽,连小权也要独揽的。以此,每天天不亮就起床办公,批阅公文,一直到深夜,没有休息,没有假期,也从不讲究调剂精神的文化娱乐。照习惯,一切政务处理,臣僚建议、报告,都用书面的文件——奏、疏等等,他成天成月成年看文件,有时也难免感觉厌倦。尤其是有些卖弄学问经济,冗长而又不中肯,说了一大堆而又不知所云的报告,看了半天还是莫名其妙,怎能使人不发火、恼怒?洪武九年刑部主事茹太素上万言书,他叫人读了六千三百七十字以后,还没有听到具体意见,说的全是空话,大发脾气,把

太素叫来,打了一顿。①

朱元璋从小吃苦耐劳,小伙子身体棒,精神头儿足,饭量大,一顿能扒好几碗,他不但是铁人赛的冠军级选手,估计练过长跑,耐力还很强,在他看来,把丞相赶回家,也不过是多干点活,自己累点,也没什么。于是历史上就留下了劳模朱元璋的光辉事迹。

吴晗先生统计过,从洪武十七年(1384)九月十四日到二十一日,仅仅八天内,朱元璋收到了一千六百六十六件公文,合计三千三百九十一件事,平均每天要看两百份文件,处理四百件事情。

这真是一个让人胆寒的数字,朱元璋时代没有劳动法,他干八天也不会有人给他加班费。但他就这么不停地干着,这也使得他很讨厌那些半天说不到点子上的人,有一个著名的故事就表现了这一点,当时的户部尚书茹太素曾经上了一篇奏折给朱元璋,朱元璋让人读给他听,结果读到一半就用了将近三个钟头时间,都是什么三皇五帝,仁义道德之类,朱元璋当机立断,命令不要再读下去,数了下字数,已经有一万多字了。

朱元璋气极,命令马上传茹太素进见,让侍卫把他狠狠地打了一顿。(第一部,第136页)

第一组文字并不缺少文学性,但此种文学性对历史事实的交代只具有辅助功能。也就是说,吴晗首先要做的工作是把历史事实准确无误地叙述出来,在此基础上,他动用严肃文学笔法,一方面有效地控制了叙述的节奏(此段文字之下,作者接着叙述了第二天朱元璋让人又读太素的奏折。当读到一万六千五百字以后,他发现太素所建议的四件事情是可取的,于是一方面表扬太素是忠臣,另一方面把此事经过写成文章公布,规定建言格式。此种叙述一波三折,

---

① 吴晗:《朱元璋传》,百花文艺出版社2000年版,第263—264页。

接合:大众文化的冲击与1990年代以来的文学生产

颇有尺水兴波之妙),另一方面也使阅读变得不再枯燥。然而,相同的历史事实经过当年明月的重新叙述后,却一下子变得令人捧腹。究其原因,主要是因为他动用了反讽、古词今用等叙事技法;而整体的叙述效果又呈现出一种游戏色彩。由此可见,后现代主义技法是很容易把叙述的故事变成一种语言游戏的。同时,被语言游戏重新包装过的历史显然已不再具有其严肃性,而是呈现出一种滑稽和荒诞。虽然历史本身有其滑稽和荒诞之处,但这种游戏化的叙述却也在很大程度上把这种滑稽与荒诞给放大了。

与此同时,我们也在《明朝那些事儿》中看到了一种深度模式的消解或取消。有多种多样的深度模式,具体到历史文本的叙述,我们可以说正是当下和过去、今人与古人所形成的时间距离造就出一种历史感或历史意识,这种历史感或历史意识又形成一种历史观,它们一起作用于所叙之事,从而让历史文本具有了一种深度模式。当年明月虽然在《明朝那些事儿》中动用了多种后现代主义的写作技法,但他显然也是想让其叙述具有一种深度模式的。他在全书的"后记"中写道:"因为看的历史比较多,所以我这个人比较有历史感,当然,这是文明的说法,粗点讲,就是悲观。……每一个人,他的飞黄腾达和他的没落,对他本人而言,是几十年,而对我而言,只有几页,前一页他很牛,后一页就屁了。王朝也是如此。"(第七部,第312—313页)这种"历史感"其实就是一种深度模式,而作者在其写作中也想把他业已形成的历史观渗透其中。但问题是,当他过分追求"好看"的叙事效果而频频使用后现代主义的技法时,这种技法又对《明朝那些事儿》的历史感和历史观构成了一种消解。为什么会出现这种情况呢?

这就不得不谈到后现代主义技法所形成的那种"杀伤"效果。可以说,《明朝那些事儿》多种技法的使用除了让历史变得好看外,还有一个重要的功能也值得一提:对历史的再语境化。作者在叙述中大量借用当代话语,这其实是在话语层面为古人古事建构了一个当代场景。于是朱元璋们便开始了他们的位移：从几百年前的历史语境中移置到当下的现实生活中。这种语境的再造显然有助于当代人对历史的理解，因为它迅速接通了人们的当下经验。但是这样一来，它也弱化甚至消除了时间距离，造成了一种后现代主义式的时空压缩。而时空压缩的后果是取消了历史的"景深"：历史如同傻瓜相机拍出的照片，它被挤压在当代的平面上，失去了本该有的厚度与深度。因此，尽管《明朝那些事儿》是被许多人看好的一部作品，它也在一定程度上落实了作者的历史观，但我们依然不得不承认，它最终形成的是一种平面化的叙事效果，而这种效果显然与后现代主义技法的使用不无关系。

从以上的分析可以看出，流行文学笔法与流行元素的使用造成了"轻"的叙事效果，后现代主义写作策略又在很大程度上取消了深度模式，也把所叙之事变成了语言游戏。对于《明朝那些事儿》来说，所有这一切又意味着什么呢？我能够意识到的答案只有一个：去沉重化。历史本来是非常沉重的，征战、讨伐、杀戮、阴谋、明争暗斗、尔虞我诈、白骨露于野、千里无鸡鸣、一将功成万骨枯，等等，这是历史内容的沉重；历史文本化之后又存在于那些厚厚的典籍之中，常人轻易不敢接触，这是历史形式的沉重。当年明月或许正是意识到了这一点，才刻意动用多种叙事手法，想方设法去减轻历史的重量。毛佩琦在《明朝那些事儿》的序中说：当年明月"还不想把它叫做'明史'，或许因为那样会显得过于沉重，或许因为那样会被读者误认为又是一本'学究书'。因此，他把它命名为《明朝那些事儿》，而且在事的后面又特意加了'儿'化。这题目，读者一看就有一种解放感，亲近感。其实作者首先解放了自己"[1]。这还只是对《明朝那些事儿》书名的分析，便已经揭

---

[1] 毛佩琦：《轻松读历史——〈明朝那些事儿〉序》，载当年明月《明朝那些事儿》第一部，中国友谊出版公司2006年版。

示出当年明月的写作意图。而这样一个"儿"化的书名（在这里，"儿"化的功能之一是把原来的"宏大叙事"变成了"微小叙事"，其意也是在减轻叙述的重量）又与书中的叙事笔法及写作策略相配合，一起完成了去沉重化的叙述任务，历史因此变得"轻松"起来了。

于是，《明朝那些事儿》所谓"好看"，其秘密正在于它以化重为轻、化难为易、化陈腐典籍为话语奇观等方式制造出一种名副其实的"悦"读"笑"果。从一般的意义上说，它的好看当然有助于人们对《明朝那些事儿》三百年历史的了解；但它无疑也迎合了我们这个时代的阅读风尚与欣赏旨趣，并让人们在轻松愉悦的状态中完成了对那段历史的消费。它以其机智、幽默、妙趣横生的表述给读者带来了笑声，但它在许多时候也陷入"将屠户的凶残，使大家化为一笑，收场大吉"[①]的叙述效果里。因此，我们固然要肯定《明朝那些事儿》的正面价值，但其负面意义也不容低估。

二 生产元素：BBS、博客、粉丝与书商

进一步思考《明朝那些事儿》的生产元素，我们必须提到BBS论坛、博客、粉丝与书商。

《明朝那些事儿》虽然是一次"无体裁"的写作，但我们依然可以在宽泛意义上把它看作网络文学。这不仅是因为《明朝那些事儿》中有那么多的文学元素和文学笔法，更因为其写作、阅读与传播从始至终主要是借助网络这个巨大的平台进行的。极端一点说，没有网络就没有《明朝那些事儿》。因此，把网络看作《明朝那些事儿》的生产元素应该是题中应有之义。

现在看来，无论当年的"明月门"给当年明月带来了怎样的影

[①] 鲁迅：《南腔北调集·"论语一年"》，载《鲁迅全集》第四卷，人民文学出版社2005年版，第582页。

响,他最初把"煮酒论史"BBS论坛作为《明朝那些事儿》的连载之地都是一个正确的选择。在"明月门"事件之前,"煮酒论史"是国内门户网站中一个著名的论坛,喜欢历史、热衷于讨论历史问题的网友大都会在此论坛驻足观光,此论坛也因此聚集起较高的人气。当年明月说:"我从小喜欢历史,之前也做过斑竹,写过二十多万字的东西。"① 这说明他作为喜欢历史的资深网友,对"煮酒论史"是非常熟悉的。而之所以选择这个论坛让自己以当年明月的身份登场亮相,很可能他相中的正是此论坛的人气。他在论坛上能够找到同道与知音,也能够通过这一交往平台更好地展示自己的才华。当然,做过版主的他也更应该明白,BBS并非一个风平浪静、一团和气的世界,而是一个险恶的江湖。质疑、争论,乃至板砖、掐架等,就是BBS的常态。②

不过话说回来,BBS尽管凶险,但一个写手,尤其是一个男性写手要想在网上快速地出名成腕,在BBS作文发帖往往会成为他们的最佳选择。"中青论坛"的版主李方谈到男性与女性在网上的成名方式时曾如此对BBS与博客做出过区分:

> 男的出名跟女的是很不一样的。男的,必须站在一块很大的空场上,在无法预知下一个对手和下一块板砖拍来的方向的情况下,他久经考验了,他成名了。你能想象吗,他每天守着个博客,跟往田字格里描大字似的,号称是在写博客,而且他居然成名了!要是真的这样也可以成名,而弃去BBS里的百炼成钢,我只能认为没天理了。或者你再想想,当BBS成为一个

---

① 当年明月:《[历史随笔]说明并感谢,就此结束》,http://www.tianya.cn/publicforum/content/no05/1/38670.shtml,2006年5月19日。

② 作者说过,当他在网上写出那20多万字的东西后,"当时也有出版商找我出版,但就是由于有人掐架,我一怒之下,把我的所有文稿全部打印出来,然后烧掉了"。可见,作者对BBS的性质是有所体会和认识的。参见当年明月《[历史随笔]说明并感谢,就此结束》,http://www.tianya.cn/publicforum/content/no05/1/38670.shtml,2006年5月19日。

> 江湖，多少豪客乘势而起，多少血泪铸就传奇，那么，博客又是什么呢？我觉得，它那种相对封闭的话语模式，恰好像一个厌倦了江湖的人的归田园居，种半亩小麦，种两畦菜蔬，呵呵，聊以卒岁。这样的生活，精致、自我，惟独欠缺BBS江湖的残酷与恣肆。BBS可以培养出它的顶尖杀手，但是博客不能。说句不中听的话，博客只能培养出东方不败。①

这种"男人玩BBS，女人玩博客"的区分虽有些偏激，却也在很大程度上道出了事实的真相。当年明月决定写《明朝那些事儿》的时间正是国内的博客风生水起、如火如荼的时候，但他并没有选择博客，而是选择了BBS作为《明朝那些事儿》的发表阵地，此举就颇耐人寻味。于是，BBS之于他，既可以让其文字迅速走向喜欢历史的更多知音，也可让其写作快速地声名远播。果然，他那种"好看"的写法既赢得了超常的点击量，也给他带来了众多的粉丝。而在《明朝那些事儿》的帖子初遇麻烦时（2006年4月28日），作者也信誓旦旦地表示："请大家放心，我哪里也不去，不管如何，我答应大家的事情一定做到，我会在天涯把文章写完，现在只等待问题解决。在下如不写完，对不起诸位的厚意。必与此帖同进退，万死不辞。"② 这既是对网友、粉丝的郑重承诺，同时也可看作作者在BBS上"百炼成钢"的潜意识期待。然而不幸的是，他遭遇了"明月门"事件。

"明月门"事件让当年明月离开了"天涯"的BBS而选择了"新浪"博客，但促使其"搬家"的主要动力并非作者本人，而是书商沈浩波。有资料表明，当《明朝那些事儿》帖子大火之后，沈

---

① 李方：《女孩的天堂》，《视野》2007年第3期。
② 当年明月：《[历史随笔] 罕见情况郑重声明：关于（明朝的那些事儿）出现罕见情况的个人说明》，http：//www.tianya.cn/publicforum/content/no05/1/37404.shtml，2006年4月28日。

浩波便凭借其职业敏感意识到《明朝那些事儿》成书之后的商业价值。于是他于2006年5月南下广州与当年明月签下出版协议。但紧随其后的"明月门"事件让沈浩波意识到了问题的严重性。报道指出：

> 听到这事，沈浩波的脑子一下就乱了。再这样闹下去，作者没办法继续写作，作品随时可能夭折。沈浩波考虑了很久，结论是"搬家"，并选定了新浪博客，因为在博客，博主自己能够控制访客的评论，可以删除恶意辱骂。5月23日，《明朝那些事儿》"搬家"到新浪博客。
>
> 《明朝那些事儿》迫于压力"搬家"到新浪博客，在无形中走了一步妙棋。2006年，博客在中国刚刚兴起，是最受关注的新媒体，借着这股东风，《明朝那些事儿》的点击率扶摇直上。沈浩波还在新浪博客首页上策划了一系列专题，力推《明朝那些事儿》。①

从上面的报道可以看出，在《明朝那些事儿》的生产中，书商沈浩波的作用不可低估。这一问题后面详述，这里单说《明朝那些事儿》从BBS到博客的转换之旅。"明月门"事件虽然在一定程度上影响了作者的写作，但这一事件不但唤起了网民的同情，唤醒了粉丝保卫"明月"的决心，也大大提升了作者与其《明朝那些事儿》的知名度。从某种意义上说，它比刻意为之的任何炒作都更具有效果。而经过BBS的历练之后，作者已经获得了他在网上必需的文化资本：人气与名气；书商也已经预收了《明朝那些事儿》的第一桶金。

有了这一前期铺垫，《明朝那些事儿》在"新浪"博客的点击

---

① 王雨佳：《沈浩波：一半是文人，一半是商人》，《新财经》2008年第10期。

接合:大众文化的冲击与1990年代以来的文学生产

量直线上升已毫无悬念。而更重要的是,不断攀高的点击量与不断挺进的排名把当年明月送进了名人的行列。众所周知,自从2005年后半年各大网站打起博客的主意后,就开始了博客资源争夺战。争夺的结果是,"新浪"因拉更多的名人入伙而成为"名人博客"的聚集地,"搜狐"则成为"草根博客"的大本营。"明月门"事件之初,"明矾"们主动在"搜狐"为当年明月开建博客,这或许更符合作者"草根写史第一人"(沈浩波后来为当年明月量身定做的广告语)的身份。但当年明月或他背后的书商并没有选择"搜狐",而是选择了"新浪"。而由于"新浪"博客名人众多,掐架不断(如发生在2006年3月的"韩白之争"),那里的博客也就更具有新闻效应与轰动效应,也更容易吸引众多看客的目光。因此,无论从哪方面看,把博客开在"新浪"都更有利于《明朝那些事儿》的阅读与传播。与此同时,当年明月也通过自己的写作改变了自己的身份,他由"草根"变成了"名人",成了与"新浪"博客排行榜中数一数二的徐静蕾、韩寒平起平坐的人物。对于当年明月来说,这种身份的改变意义重大,因为他的博客也获得了众多名人博客才有的那种"展示价值"。[1]

在《明朝那些事儿》的生产中,BBS与博客的推动自然举足轻重,而网民尤其是粉丝的参与也同样不可忽视。现在看来,这种参与首先是让作者有了不断写下去的勇气和决心。"明月门"事件初露端倪时,作者曾这样动情地写道:"我还记得三月十日的那个夜晚,在孤灯下,我写下了自己的第一篇文章,由于第二天就要出差五天,我写完后就离开了,我当时认为此文可能会掉到十几页后,而五天后我回来时,居然在第三页找到了我的文章,而且萧斑竹已经加了精华,我认真地看了每一个回复,五天共有十七个,那时我刚下飞

---

[1] 参见拙文《博客写作与展示价值——以名人博客为例》,《天津社会科学》2009年第4期。

机，正是这些鼓励使我感动，我便提笔继续写了下去，因为我相信，只要认真地去写，认真地努力，是会有人喜欢历史，爱看历史的。于是我以每天三篇的速度不断更新，而大家的鼓励和关注也越来越多，从每天几百到几千，再到几万，是大家与我一同成长。我毫不讳言地说，确实有很多出版社和出版公司找过我，其中不乏全国第一流的出版社和出版公司，但正如我在文章中所说的一样，除不可抗力如战争、地震、自然灾害等，我一定在这里写下去，因为正是这里给我提供了交流平台。"[1] 或许正是网友与粉丝的鼓励、关注与捍卫（"明月门"事件）让作者感到意义重大，以至于当他写到"新浪"并已开始成书时，他也依然"坚持把未出版的部分免费发表"，即使每年带来的版税损失可达七位数也在所不惜（第七部"后记"，第311页）。显然，作者是在以这种方式回报网友与粉丝对他的厚爱。

当然，更值得注意的是粉丝所参与的对文本的生产。有人在分析当年明月的粉丝团体"明矾"时指出："据我所知，明矾至少有两个含义：1. 明月的fans，也有网友认为是明朝的fans。2. 明矾晶莹剔透，放入水中有净化作用，喻fans洁身自好，跟明月间的关系是君子之交淡如水。能够起明矾这样一个名字我还是很佩服的，比较明矾跟玉米、凉粉等名字的区别，细心的人也会发现有所不同。这个对很多人鼓吹的，明矾是一群没有头脑、盲目崇拜的小朋友的言论是一个有力的反驳。"[2] 这里的解读是要表明，当年明月之粉丝的文化素质不可小觑，单是一个命名（"明矾"）便已经显示出足够的文化含量。而验之于《明朝那些事儿》的早期跟帖，此种说法并非

---

[1] 当年明月：《［历史随笔］感激并愤怒！就明朝的那些事儿感谢大家的支持及解答某些人的疑问》，http://www.tianya.cn/publicforum/content/no05/1/38563.shtml，2006年5月17日。

[2] 观海卢云远：《"明月门"事件引发天涯暴力倒版运动》，http://bbs.tianya.cn/post-187-547869-1.shtml，2006年7月27日。

接合:大众文化的冲击与1990年代以来的文学生产

无稽之谈。比如,当作者写出"我根据其战船的规模估计出了一个大概数字,他的战船有大小两种,大的可以装三千人,小的装两千人,而他此次出征的战船有两百多艘,那么人数大约在四十万到六十万之间"后,马上有网友问道:"一艘船装3千人???? 来源可靠吗,都赶上航空母舰拉!!!"(恶魔般英俊的面容,2006-03-23 14:59:55)还有网友说道:"楼主好文章。下官有一事不明,还请赐教:韩成鄱阳湖代主而死,感人度直追朱文正,不下张子明,楼主为啥不写呢?没有特写给个远景也行啊。"(奉旨军机处打帘,2006-03-26 23:29:58)也有网友建议:"楼主要写到洪都保卫战了～～期待～～虽然对你写的那些故事早已经烂熟于胸～～但是还是很希望看到楼主写出洪都保卫战的气势～～这是我认为的元末战争的最亮点～虽然后来鄱阳湖水战规模巨大～在中国水战史上具有很高的地位～但是最让我觉得惊心动魄荡气回肠的,还是死守洪都的故事～"(慈泪,2006-03-22 15:57:41)[①]类似这样的帖子不可胜数。这说明起码在"煮酒论史"论坛上,来读《明朝那些事儿》的大都是略知明史甚至熟读明史的高级读者,由他们来组成"明矾",固然也会有粉丝们的一般举动和言语(比如跟帖中出现喜欢此帖的"顶""狂顶"等字样),但更重要的是,除了鼓励,他们还有用自己的历史知识武装起来的质疑、商榷、建议,等等。也就是说,这样的粉丝不光是被动的读者,他们已具有了与作者讨论问题、分析问题甚至解决问题的能力。面对这样的读者,作者自然不敢怠慢,他需要澄清质疑,回答问题,吸收合理化建议(而看到当年明月的回帖,我们发现他也正是这样做的)。

在这个意义上,我们可以把"明矾"看作《明朝那些事儿》文本生产的一部分。费斯克(John Fiske)指出,粉丝尤其具有生产

[①] 参见《其他回复集[2]》,http://blog.sina.com.cn/s/blog_49861fd5010003ma.html,2006年5月23日。

力，这种生产力从三方面体现出来：符号生产力、声明生产力和文本生产力。粉丝生产力并不局限于新的文本生产，"它还参与到原始文本的建构当中，从而将商业化的叙事或表演转化为大众文化。粉丝都具有积极的参与性。身着球队衣服的球迷们和穿戴举止都像乐队的摇滚乐听众们，都已成为表演的一部分了"①。当年明月的粉丝亦可作如是观。"明矾"虽然不能像"玉米"或"凉粉"那样走进李宇春或张靓颖的演出现场，去为他们的偶像捧场，从而使自己成为演出的一部分，但实际上，BBS或博客也是一个硕大的舞台，而他们的跟帖便是他们与其偶像的互动形式。他们的鼓励生产出了作者的自信，他们的质疑、商榷、驳难、建议又让文本变得更可信、更结实也更丰满了。于是我们甚至可以说，是当年明月与其粉丝共同完成了《明朝那些事儿》的生产。

除了参与《明朝那些事儿》的生产之外，传播这部作品也成为"明矾"的一件重要工作。百度贴吧的"当年明月吧"中有一篇调查类的帖子：《大家都是怎么喜欢上〈明朝那些事儿〉的？》，从大量跟帖中可以看出，虽然由于如今传播渠道的广泛，一些人是通过电视节目（如《文化中国》）、报纸杂志（如《青年文摘》）等介绍而接近《明朝那些事儿》的，但更多的人则是通过口口相传的方式（父向子、夫向妻、朋友向朋友、同学向同学的推荐）获得了有关《明朝那些事儿》的信息，从而成了它的忠实读者。②在《戈辉梦工场》对当年明月的访谈中，当许戈辉问一位现场的观众是怎样变成"明矾"时，观众说："那是要归功我男朋友，因为他介绍了我读明月的文章，他在天涯的时候就看到了。……然后后面看了之后就发现他的开始介绍以及他后面的叙事风格，就非常合适我们现代这些

---

① ［美］约翰·费斯克：《粉都的文化经济》，陆道夫译，载陶东风主编《粉丝文化读本》，北京大学出版社2009年版，第12页。
② 参见《大家都是怎么喜欢上〈明朝那些事儿〉的？》，http：//tieba.baidu.com/f?kz=311556983，2012年8月20日。

年轻人哪。嗯,非常有现代语的感觉。就是经常会爆发出一些奇怪的狂笑,在看他的文章的时候。"① 山西作家张暄曾告诉笔者,他不但对《明朝那些事儿》推崇备至,而且亲自买了五六套《明朝那些事儿》送人。如此看来,在《明朝那些事儿》的传播链上,粉丝或准粉丝应该是重要的一环,正是他们造成了那种一传十、十传百的局面。

这种传播局面不但壮大了"明矾"的队伍,而且更重要的是造就了一种所谓的"群选经典"。有学者指出:相对于传统的经典生产方式(通过"比较"与"连接"),群选经典是通过投票、点击、购买、阅读观看、媒体介绍、聚积人气等进行的,"因此,群选的经典更新,实是连接、连接、再连接。主要是在横组合轴上的粘连操作"②。而在《明朝那些事儿》的生产中,粉丝的所作所为(如点击、发帖、倒版、建贴吧、广为传播等)实为"群选经典化"过程中的一个主要环节。从某种意义上说,正是"明矾"铸就了《明朝那些事儿》的通俗经典神话。

接下来,我们需要分析书商在《明朝那些事儿》生产中的作用了。由于《明朝那些事儿》走下网络之后的一系列策划、宣传、出版、发行等均与书商沈浩波关系密切,这里有必要对沈浩波略作介绍。

在2001年以前,沈浩波是以坚持"民间立场"、倡导"下半身"写作的"先锋"诗人身份在诗歌界乃至整个文坛赢得名气的。作为一个"心藏大恶"的诗人,沈浩波当时有"我觉得我自己/正在通往牛逼的路上一路狂奔"的诗句流传。2001年,大学毕业(1999年毕业于北京师范大学中文系)不久的他辞去《中国图书商报》记者一职,注册"北京磨铁文化发展有限公司"(以下简称"磨铁"),开始了自己的书商生涯。作为书商,沈浩波捞到的第一桶金是出版

---

① 莹川冰月整理:《当代明月专访〔文字版〕》,http://blog.sina.com.cn/s/blog_49861fd5010005yf.html,2006年12月27日。
② 赵毅衡:《两种经典更新与符号双轴位移》,《文艺研究》2007年第12期。

第三章　网络文学的生产机制

春树的小说《北京娃娃》，其后他又推出了青春小说《草样年华》、玄幻武侠小说《诛仙》、悬疑小说《盗墓笔记》、白话历史读物《明朝那些事儿》和《百家讲坛》主讲人袁腾飞的讲课内容《历史是个什么玩意儿》等。这些图书面世之后都很火爆，甚至成了超级畅销书。与此同时，沈浩波的公司也越开越大，生意越做越火。据相关报道，磨铁的出版码洋呈高速增长之势：2005年，3600万元；2006年，7800万元；2007年，2.2亿元；2008年，3.7亿元；2009年则有望突破5亿元。这种巨大的商业成就如今已得到业内的认可。2009年11月27日，被称为"中国设计业奥斯卡"的"光华龙腾奖"年度创意产业峰会把四座奖杯颁给了沈浩波与他的磨铁，它们分别是：创意产业领军人物奖（沈浩波）、创意产业领军企业奖（磨铁图书）、最具创意产品奖（《明朝那些事儿》）、创意产业高成长企业100强（磨铁图书）。2010年1月2日，由同济大学文化批评研究所联合《怀尧访谈录》发起的"2008—2009年度中国出版机构暨文学刊物10强"评选结果出炉，在出版机构10强的评选中，磨铁得票最多，位居第一。①

取得如此骄人的成绩，自然与沈浩波的图书制作理念与营销策略有关。做书商之前，沈浩波是《中国图书商报》记者，媒体从业的经历既让他积累了较广的人脉资源，也让他初通了"宣传"的重要性。2002年，在带着春树签名售书的活动中，一个偶然事件让他琢磨出一个重要的营销模式：制造新闻效应可以拉动图书销量。② 从此

---

① 参见王雨佳《沈浩波：一半是文人，一半是商人》，《新财经》2008年第10期；杨雅莲《沈浩波：像卖电器一样卖图书》，《中国新闻出版报》2009年12月4日；张晶《沈浩波：诗人出版商》，《经济观察报》，2009年12月25日；胡晓《中国文学期刊十强评比揭晓　郭敬明打败巴金评委发飙》，《华西都市报》2010年1月2日。

② 这个偶然事件是沈浩波陪春树逛街，春树看中并买下一个红色肚兜。沈浩波开玩笑说："你明天就穿这肚兜去签名吧。"作风大胆的春树果然穿着肚兜去了售书现场，顿时让现场沸腾起来。当地几乎所有的媒体都报道了这件事情，《北京娃娃》也因此火了起来。参见王雨佳《沈浩波：一半是文人，一半是商人》，《新财经》2008年第10期。

接合：大众文化的冲击与1990年代以来的文学生产

往后，出版之前的大规模造势便成为其主要的宣传策略。从2003年开始，沈浩波意识到网络文学所蕴藏的巨大商机，于是在互联网上"捡漏"便成为其获取出版资源的主要手段。[①] 事实上，他后来推出并使其大红大紫的图书也大都来自网络。对于自己的做书心态、理念与营销策略，沈浩波曾有过如此总结：2005年以前，他主要是以文人心态做书卖书；而从2005年开始，他意识到出版是一个产业，书是产品，他是一个文人，但更是一个商人。[②] 或许正是有了这种出版心态与出版理念的转变，他才有了"学会把书当成鞋来卖""像卖电器一样卖图书"等惊人语录。[③] 沈浩波精于"捡漏"，善于造势，擅长营销，业绩巨大，以至于有网络作家借用"魔兽争霸"的游戏把他命名为"死亡骑士沈浩波"，其中描绘道：

> 面貌凶恶的沈浩波本来应该被规划成兽族，但是因为其旺盛的精力和平衡的战斗力，速度以及酷劲，我将他归类成亡灵的死亡骑士。亡灵的强悍之处在于他的平衡和效率，就算是新手，使用亡灵也能到达很大的战斗力，其原因和种族的特性是分不开的，而沈浩波之强大恰恰就是如此，磨铁图书强悍的发行能力就算是一本不起眼的书也能保持一个相当的销量，手下除了有地穴领主"当年明月"，恐惧魔王"南派三叔"，巫妖"萧鼎"这些死忠的英雄之外，销量上5万以上的小畅销书更是多如恒河沙数，整体实力强劲。
>
> 而沈浩波本人更是智慧到邪恶之人，在市场上的速度，出手的力度，人脉的广度都可以在死亡骑士的身上找到范本，其

---

① 参见张晶《沈浩波：诗人出版商》，《经济观察报》2009年12月25日。
② 参见王雨佳《沈浩波：一半是文人，一半是商人》，《新财经》2008年第10期。
③ 参见杨雅莲《沈浩波：像卖电器一样卖图书》，《中国新闻出版报》2009年12月4日；周南焱《磨铁创始人沈浩波：学会把书当成鞋来卖》，原载《北京日报》，http://book.sina.com.cn/news/c/2009-11-30/1135263302.shtml，2009年11月30日。

第三章 网络文学的生产机制

新闻功力恰如"死亡光环",给予大范围的作者点数的累加。①

这虽然是借助游戏的游戏之言,却也在很大程度上形象地描绘出沈浩波及其磨铁的实力、威力、战斗力与市场竞争力。明乎此,我们便可明白沈浩波及其磨铁为了推出当年明月和《明朝那些事儿》花费了多少心思。"明月门"事件时,有人认为百万点击量确实有造假之嫌,而幕后推手很可能就是沈浩波,因为这是"书商为了大卖新书的一种低成本炒作手段"②。后来,这件事情不了了之,而点击量是否造假、沈浩波是否是幕后推手也成了未解之谜。但在"明月门"事件之前,沈浩波已与当年明月签订出版协议却是事实。这就意味着无论发生什么事情,书商已与作者捆在一起,他们必须风雨同舟,共渡难关。《明朝那些事儿》"搬家"至"新浪",对于作者来说不过是有了一个相对安静的网络写作环境,对于书商来说则意味着增大了实现商业价值的机会。2006年9月,随着《明朝那些事儿》第一部的面世,沈浩波也对当年明月进行了全方位的包装。正如他在推出《北京娃娃》时要同时推出"残酷青春"、推出《诛仙》时要同时推出"奇幻武侠"的新概念一样(这些新概念正如商业品牌的标签,也是沈浩波宣传策划的一个重要内容),《明朝那些事儿》出版之时,也同样有一连串的新概念为其鸣锣开道并保驾护航。比如,当年明月被称为"草根写史第一人""通俗写史第一人"和"心灵历史开创者",《明朝那些事儿》则被命名为"迄今为止唯一全本白话正说明朝大历史"和"流行文化经典"。与此同时,《广州日报》《三联生活周刊》等平面媒体开始了大规模的报道,不少电视台也把当年明月当作访谈对象。虽然关于《明朝那些事儿》如何宣

---

① 南派三叔:《书商间的魔兽争霸》,http://blog.sina.com.cn/s/blog_49c8645e0100do92.html#comment1,2009年6月6日。

② 参见马军、田雨峰《〈明朝那些事儿〉"百万点击率"造假内情》,原载《青年周末》,http://bbs.tianya.cn/post-16-598571-1.shtml,2007年3月17日。

传策划方面的报道少之又少,但考虑到沈浩波当年小本经营时,曾为捧红春树亲自撰写书评和宣传稿,不停地打电话联系媒体,[①] 我们便可以想象,当沈浩波变得强大起来之后,磨铁为把《明朝那些事儿》打响进行了怎样的宣传攻势。而这样的攻势实际上持续了整整三年。

由此我们便可以思考书商在《明朝那些事儿》生产乃至整个畅销书生产中的作用。"民营书商"虽然在当代中国被正名的时间并不是很长(直到2003年,新闻出版总署才取消所谓的"二渠道"称谓),但他们介入出版业后,已经在很大程度上引领和改变着流行文学、大众文化的生产方式和时代风尚,也在很大程度上迎合与催生着当下普通读者的阅读趣味。考察许多民营书商的前世今生,他们往往与文学有着千丝万缕的联系:在做书商之前他们的身份是诗人或作家。以民营书商的"波系列"为例,最早当书商的张小波(1964—)曾是诗人,20世纪80年代他与宋琳、孙晓刚、李彬勇出版过诗集《城市人》。作为书商,他成功策划的图书有《中国可以说不》(1996)与《中国不高兴》(2009),文学类的畅销书则有《山楂树之恋》与《风雅颂》等。路金波(1975—)曾是第一代网络小说写手,那时候他使用的网名是李寻欢。成为书商后,与他签约的有韩寒、安妮宝贝、饶雪漫、王朔、石康、张悦然、安意如、蔡智恒、郭妮、冯唐等18位知名作家(号称"十八罗汉")。吴晓波(1968—)既是财经作家,也是财经书系的出版人。作为作家,他以《大败局》《激荡三十年》等作品行世;作为书商,他所经营的蓝狮子出版公司推出了关于娃哈哈的《非常营销》(2003)、关于海尔的《张瑞敏如是说》(2004)、关于万科的《道路与梦想》(2006)等一系列财经类畅销书。除此之外,民营书商还有出版"黑镜头系列"的万夏,出版《藏地密码》的吴又,操盘《在北

---

① 参见王雨佳《沈浩波:一半是文人,一半是商人》,《新财经》2008年第10期。

大听讲座》系列的苏非舒,以及李亚伟、郭力家、赵野、叶匡政,等等。这些书商曾经都是诗人,于是人们惊呼:诗人都跑去当书商了。①

诗人或作家往往具有超常的感受力与判断力,尤其是在一个飞速变换的时代,他们常常能及时地捕捉到时代的流行情绪,随物以婉转,与心而徘徊。此种才能用于写作之中,他们便是先锋诗人(是真先锋还是伪先锋姑且不论);用于图书出版之中,他们又很容易成为成功的书商。《中国可以说不》与《中国不高兴》之所以能够成为畅销书,主要是因为张小波在两个不同的时间节点上捕捉到国人的一种民族主义情绪。从学理的层面看,放大这种情绪很可能并非好事;但我们必须承认,作为一种图书策划,这两本书无疑都是成功的案例。而这种成功显然得益于张小波那种前诗人的敏感。

同样是诗人出身的沈浩波也有这样的敏感。历史题材类的图书本来就处在不断升温的过程之中,而2006年前后《百家讲坛》的火爆与推波助澜,更使普通读者有了一种心系历史的阅读欲望。沈浩波力推《明朝那些事儿》固然因为当年明月写得"好看",但更重要的是,经过媒体的先期渲染,已经形成了一种民众读史的时代氛围。沈浩波巧借东风,很大程度上是迎合了读者业已形成的集体无意识心理。于是有了《明朝那些事儿》的惊人销量。

当然,我们也应该意识到,成为书商的诗人或作家主要已是商人而远离了文人身份,他们的思维模式、出版理念、营销策略也基本上是按商人的路数来加以运作的。这样,他们也就不得不带上中外大多数书商的固有习性。早在1725年,作家笛福便曾指出:"写作——变成了英国商业的一个相当大的分支。书商是总制造商或雇主。若干**文学家、作家、撰稿人、业余作家**和其他所有**以笔墨为生**

---

① 参见周为筠、张华《民营书商的新财富游戏》,《南方周末》2009年5月13日;吉颖新《路金波:作家是我的摇钱树》,《中国企业家》2008年第21期;《蓝狮子财经出版中心招聘编辑》,http://www.douban.com/group/topic/9133944/,2009年12月21日。

接合:大众文化的冲击与1990年代以来的文学生产

的人,都是所谓的**总制造商**雇用的劳动者。"而瓦特(Ian P. Watt)则以此形成如下判断:"这种关系的结果是把文学变成了一种单纯的市场商品。"[1] 中国目前书商的所作所为与18世纪的英国书商无并太大区别,所不同者只在于,由于前者实力更雄厚,雇主与雇员的关系也就更牢靠,他们联手打造市场商品的规模与力度也因此更强劲。以路金波为例,"业内人士都知道他出手阔绰,动辄稿费几百万(王朔《我的千岁寒》一个字3美元),首印几十万(安妮宝贝《莲花》卖了58万册),天价版税(韩寒《光荣日》280万元),制作豪华(痞子蔡、韩寒、石康等七人分走西藏合作《大话柒游》),是圈内最敢在作者身上押宝、往书上砸钱的人"[2]。这样一种高投入换来的往往是作家与市场的高回报,而金钱也让书商与作家结成了一种牢不可破的神圣同盟。

与此同时,类型化制作与流水线作业也成为此类文学的一个生产秘方。路金波认为:"商业的价值在于单一,要纯粹才会强悍。所以我喜欢的作者是单一的作者,读者想到他就知道他写什么类型的作品,这样才会有很强的市场号召力。"[3] "我们现在产品更多是类型化小说。它只满足人的基本需求,比如武侠小说给人力量,恐怖小说让人害怕,言情让人感动,幽默小说让人笑,一本书达到某一个点就可以了。如果说纯文学是艺术,类型小说就是快餐。"[4] 这种类型小说显然是可以进行流水线作业式的批量生产的,事实上,路金波也毫不避讳这种生产流程。他花亿元打造郭妮,便是为了能以她为核心,形成针对12—16岁、"恋爱前期女生"的生产流水线。这条流水线的制作程序如下。将一本书设定为可拆卸的三大情节、

---

[1] [美]伊恩·P·瓦特:《小说的兴起——笛福、理查逊、菲尔丁研究》,高原、董红钧译,生活·读书·新知三联书店1992年版,第52页。
[2] 吉颖新:《路金波:作家是我的摇钱树》,《中国企业家》2008年第21期。
[3] 《2007年中国作家富豪榜单揭晓 郭敬明登榜首》,http://news.sohu.com/20071106/n253075169.shtml,2007年11月6日。
[4] 吉颖新:《路金波:作家是我的摇钱树》,《中国企业家》2008年第21期。

第三章　网络文学的生产机制

十二个小故事。任何一个故事都可以替换，每个章节都是流水线上的零件。郭妮的团队分三道工序来完成此项操作：一是一组人编故事，采访、筛选、小组讨论，编出一个1000字的故事梗概，人物及情节基本定型，这是核心环节；二是将故事梗概交给郭妮（或者王妮），她演绎成一本十万字的小说；三是图画包装组，看适合附送便签、拼图等衍生礼品，还是打造一首主题歌做成光盘。除郭妮这条女生生产流水线外，路金波的图书公司还有另外三条：16—22岁，女生浪漫文学；12—18岁，少男幻想文学；16—22岁，男生幽默文学。路金波说："饶雪漫就是针对青春期女生，专门写作青春疼痛小说，比如《十七岁的雨季》。韩寒是针对男孩18岁左右叛逆期的，他们看什么都不顺眼，看见经典就想解构，看到好人就想怀疑那种。"① 通俗文学如此生产，书商"将图书做成普通商品"（路金波）②，"像卖牙膏一样卖图书"（吴又、华楠/北京读客图书有限公司）③，"学会把书当成鞋来卖""像卖电器一样卖图书"（沈浩波）也就不足为奇了。在他们看来，图书与普通的商品并无两样，只要把某类图书做成一个品牌，它们便可以进行批量生产。而所谓类型化与流水线，其实就是阿多诺当年批判的"文化工业"。从这个意义上说，书商与作家联手打造的文学商品并没有远离阿多诺的论述，而是越来越走进了文化工业批判理论的埋伏之中。

在此背景下，我们再来思考沈浩波对《明朝那些事儿》的生产，一切都将变得不难理解。在沈浩波的眼里，《明朝那些事儿》当然是一件商品。同时，虽然他没有像路金波那样大张旗鼓地宣传类型化制作的理念，但《明朝那些事儿》显然也暗合了类型文学生产的诸多特征。比如，它虽然借助历史说事，但其相关写作策略又非常符

---

① 吉颖新：《路金波：作家是我的摇钱树》，《中国企业家》2008年第21期。
② 石剑峰：《路金波：将图书做成普通商品》，《东方早报》2008年10月26日。
③ 宋雪莲：《揭密〈藏地密码〉：一本书的营销神话是如何制造的》，《中国经济周刊》2009年第26期。

接合：大众文化的冲击与1990年代以来的文学生产

合"男生幽默文学"的流水线生产模式。而一旦那种历史史实＋好看的写法获得网民、粉丝的认可，作者也就进入类型化流水线生产的制作当中。《明朝那些事儿》第一部的出版大获成功，对于作者来说或许是一种叙事模式的确立，但对于作为大众文化的流行文学生产来说，却是获得了一种宝贵的配方。按此配方生产，其产品就有了明确辨认的标签。果然，《明朝那些事儿》的后六部都是此配方的生产成果，它们也因此获得了巨大的商业成功。而作者与书商也在有意无意间成了类型化制作的践行者。

如此看来，在改变通俗文学的生产方式上，在引领乃至制造通俗文学的时代风尚上，书商的作用显然不可低估。在传统的通俗文学生产中，作者还是主体。他们生产什么，编辑就只能编辑什么，书商或出版商也只能销售什么。张恨水、金庸、琼瑶等人的通俗文学生产均可作如是观。然而，当下的通俗文学生产却在很大程度上改变了原来的格局。在这种格局中，作者固然还可能是作品的写作者，然而，他们的成名或成功需要书商的策划与包装；书商财大气粗之后既可以控制作者，又可以买通媒体，于是作者与媒体统统成为书商的合作伙伴。在此状况下，书商便扮演着米兰·昆德拉所谓的"意象设计师"的角色。他们呼风唤雨，兴风作浪，让高山低头，叫河水让路，共同谱写着文学市场上的"流行经典"神话。因此，表面上看，文学市场上昨天《山楂树之恋》畅销，今天《明朝那些事儿》走俏，后天《藏地密码》火爆，它们风生水起，来去匆匆，似乎无规律可循，但实际上都是书商在背后暗中操作的结果。书商成了普通读者的文学阅读导师，正是他们通过那些精心设计的广告语，完成了对读者的潜意识引导。这样，书商便越来越成为生产的主体，而作者则逐渐沦落为受动的、被生产的客体。

当然，这样一种生产往往又是以市场或读者的名义进行的。路金波在与十多个畅销书作家签约后说："签这些作者，市场是最重要的标准，当然文字也不能太差，否则炒出来也没用。"而沈浩波则深

第三章 网络文学的生产机制

谙网络与网民的重要性:"现在的年轻作家,必须从网络中杀出来才能出书。"网络的认可才是硬道理,"相当于读者选择了你,而读者就是市场"。[1] 在市场经济的时代,把市场或读者的潜在需求纳入文学的生产机制中是不足为奇的,但我们也必须意识到,普通读者的阅读趣味往往模糊隐约,并不成型。正是书商通过他们的一系列操作,固定并放大了这种阅读趣味。比如,类似于《明朝那些事儿》的那种"好看"的写法本来散布于网络世界中,它们已在潜意识中培养了新一代读者的阅读旨趣。而沈浩波一旦把《明朝那些事儿》做成书并广为宣传,就把这种写法提升到了一个时代风尚的位置,读者因此形成的阅读旨趣也随之获得了提升。于是"好看"与随之而来的快感阅读便成为一种时尚。这种阅读时尚又成了《明朝那些事儿》扩大再生产的重要元素,因为正如阿多诺所言:"退化的听众之行为就像孩子,他们满怀积怨,一次又一次地要求着他们曾经享用过的那道菜。"[2] 在《明朝那些事儿》中,"那道菜"究竟是什么?答案便是"好看"。

通过以上分析,我们已看到 BBS 论坛、博客、粉丝与书商在《明朝那些事儿》生产中的巨大作用。概言之,新媒体时代的到来已经在很大程度上改变了传统文学的生产方式。传统作家的成名当然也要靠作品说话,但更需要获得文学编辑、文学名刊、文学评论家、文学大奖等"权威人士"或"权威机构"的认可,他们的成名通常会经历一个漫长的文化资本的积累过程。而网络写手的成名则主要通过 BBS 论坛与博客的"展示"。在此生产中,点击量既会帮助读者赢得知名度,也会吸引书商的目光。因掐架而起的网络事件又会

---

[1] 《2007 年中国作家富豪榜单揭晓 郭敬明登榜首》, http://news.sohu.com/20071106/n253075169.shtml, 2007 年 11 月 6 日。

[2] Theodor W. Adorno, "On the Fetish-Character in Music and the Regression of Listening", in Andrew Arato and Eike Gebhardt, eds., *The Essential Frankfurt School Reader*, New York: Urizen Books, 1978, p. 290.

接合:大众文化的冲击与1990年代以来的文学生产

形成新闻轰动效应并使"眼球经济"落到实处。而粉丝作为费斯克所谓的"过度的读者",他们不但传播与再生产着偶像的文学产品,同时也是其产品最具消费力的购买者。所有这些,都为书商的后期宣传与营销铺平了道路。而书商的介入,既是对网络写手存在合理性的追认,也是对其商业价值的进一步固定。这又为书商可持续性的商业开发奠定了基础。这样,网络写手从"触网"到成名就绕过了原来的那些"权威",从而也减少了传统文学生产的诸多环节。这种生产形成的结果是:写手的成名速度"快"(他们通常不需要积累文化资本,往往一夜扬名),作品的文学含量"轻"(让人"沉重"是此类文学的敌人,所以"好看"才大行其道),读者的阅读效果"浅"(这里并不否认《明朝那些事儿》局部的引人深思之处,但它对"浅阅读"时代特征的迎合又在很大程度上削弱了它的深刻性),产品的流行周期"短"(鲍曼指出:"在今天,是商品令人难以想象的流通、成熟、倾销和更替的速度——而不是商品的经久耐用和持久的可靠性——给业主带来利润。"[1] 文学商品亦可作如是观),书商与作者捞钱的势头"猛"(当年明月与沈浩波的例子此处不赘,另一例子亦可说明问题:《藏地密码》的作者何马以440万元的版税在"2008年中国作家富豪榜"上排名第八,成为当年"作家富豪榜"上最大的一匹"黑马"。知情人士透露:连《藏地密码》的编辑也因此小说大赚一笔,买上了宝马。书商吴又也透露:这部系列小说给公司带来了超过千万元的收益。至于440万元的版税,这对何马来说并不是太大的一笔钱,"他的资产有上亿元吧"[2])。而这种生产特征最终也延伸到消费层面,并让文学消费具有了与之成龙配套的诸多特点。

---

[1] [英]齐格蒙特·鲍曼:《流动的现代性》,欧阳景根译,上海三联书店2002年版,第20页。
[2] 参见《作家富豪榜最大的黑马是何马,连编辑都靠他买了宝马》,https://bbs.tianya.cn/m/post_ author-16-623027-1.shtml,2008年12月4日。

三 "悦"读"笑"果：消费快感与娱乐经济

厘清了《明朝那些事儿》的生产元素，我们便可转换到它的消费层面。

从一般的意义上看，《明朝那些事儿》的生产与消费是符合马克思的经典论述的。马克思指出："生产直接是消费，消费直接是生产。每一方直接是它的对方。可是同时在两者之间存在着一种中介运动。生产中介着消费，它创造出消费的材料，没有生产，消费就没有对象。但是消费也中介着生产，因为正是消费替产品创造了主体，产品对这个主体才是产品。产品在消费中才得到最后完成。"[①] 以此论述来打量《明朝那些事儿》，我们便会发现其生产与消费也正好形成了一种互动关系。但问题是，马克思的论述还不足以解释为什么《明朝那些事儿》能够形成如此巨大的阅读奇观与销售奇迹。若要回答这个问题，我们有必要深入到历史题材生产与消费的历史语境之中。

考察当代中国近五十年来的文化演变过程，我们会发现总体上存在着一个从精英/高雅文化向大众/消费文化变迁的轨迹。大体而言，20世纪80年代是精英文化独领风骚，而20世纪90年代以来，大众消费文化则逐渐走向历史的前台。[②] 关于消费文化，费瑟斯通（Mike Featherstone）曾经指出："消费文化的一个重要特征就是，商品、产品和体验可供人们消费、维持、规划和梦想，但是，对一般大众而言，能够消费的范围是不同的。消费绝不仅仅是为满足特定需要的商品使用价值的消费。相反，通过广告、大众传媒和商品展陈技巧，消费文化动摇了原来商品的使用或产品意义的观念，并赋

[①] 马克思：《〈政治经济学批判〉导言》，载《马克思恩格斯选集》第二卷，人民出版社1995年版，第9页。

[②] 参见拙书《大众媒介与文化变迁：中国当代媒介文化的散点透视》，北京大学出版社2010年版，第20—40页。

予其新的影像与记号，全面激发人们广泛的感觉联想和欲望。"同时，"遵循享乐主义，追逐眼前的快感，培养自我表现的生活方式，发展自恋和自私的人格类型，这一切，都是消费文化所强调的内容"①。这一论述也大体适用于我们所谈的消费文化。

把历史题材的生产与消费代入精英文化与大众消费文化的变迁轨道上，我们便会发现其中的一些秘密。在精英文化时代，历史题材的生产主体无疑都是精英人物，他们或者是长期研究某一历史领域的专家学者（如吴晗、黄仁宇等），或者是对某段历史经过长时间材料准备才敢动手写作的作家（如《李自成》的作者姚雪垠、《少年天子》的作者凌力等）。这种生产的突出特点是"慢"（如吴晗"写《朱元璋传》，前后经过二十年，写了四次"②。黄仁宇的《万历十五年》"从计划撰写到杀青定稿，历时七年"③）。这种慢既意味着写作的严谨，也意味着精英文化往往遵循"慢工出细活"的生产逻辑。而在其生产中，真实性则是精英文化首先遵循的原则。这种原则既造就了历史研究结果的真实可信（所有的推断、结论都建立在历史材料的甄别分析之上），也形成了历史文学作品的真实感人（通过历史真实上升到艺术真实）。与此生产特点相对应，历史题材的消费也形成了它最重要的特点：耐看。就像一件手艺精良的消费品经久耐用一样，这样的精雕细刻之作也经久耐读。它既可以让一个读者反复读，也可让不同年代的读者不断读。而由于这样的历史文本中往往蕴含着作者严肃的思考，所以读史并非轻松愉快之事，它需要读者全身心地投入。而一旦读懂读透，读者总会有大收获。在此意义上，培根所谓的"读史使人明智"的功能也就真正落到了实处。

然而，在大众文化甚嚣尘上的时代，历史题材的生产与消费也

---

① ［英］迈克·费瑟斯通：《消费文化与后现代主义》，刘精明译，译林出版社2000年版，第166、165页。
② 吴晗：《朱元璋传》，百花文艺出版社2000年版，"自序"第1页。
③ ［美］黄仁宇：《万历十五年》，中华书局1982年版，"自序"第1页。

发生了前所未有的变化。首先，生产主体变了。历史题材的生产者不一定再是学有专长的学者和作家，而是具有编剧能力的导演和小说家（如《英雄》的导演张艺谋和编剧李冯），擅长演讲的教师（如《百家讲坛》的纪连海与易中天等），在网上BBS论坛活跃的草根写手（如当年明月与赫连勃勃大王等）。其次，生产方式变了。如果说原来的生产主要是文字产品或由文字到影像，如今的生产则是影像化的文字或从影像到文字。比如，因《百家讲坛》而迅速蹿红的主讲人，其文字产品也会很快走向图书市场。影视同期书则从另一个方面演示着从影像到文字的生产过程。再次，生产周期变了。在历史题材的生产中，像黄仁宇、吴晗那种十年、二十年磨一剑的作品已几近消失，充斥于市场中的大都是匆忙之作。它们能否成为长时段的长销书已不重要，重要的是能够成为短时间内流行的畅销书。最后，生产原则变了。如今的历史题材生产遵循快乐原则而不遵循或少遵循真实性原则，于是戏说、搞笑成为历史题材生产的流行色。这意味着不能逗人发笑的历史题材将无法拥有市场。历史题材经过如此生产之后，也形成了与之成龙配套的消费特征：好看。而这种好看经过千百万受众的认可之后，如今差不多已成为我们这个时代的美学原则。在这种美学霸权面前，一切不好看的文本将失去存在的合理性。

《明朝那些事儿》便是诞生在这样一个历史文化的语境之中。与这个时期出现的同类文化产品相比，虽然它更尊重史实，并非戏说胡说之作，许多读者也能从中受益，并能给人带来一些启迪，但我们也不得不指出如下事实：《明朝那些事儿》依然是一件标准的大众消费文化产品。只不过由于它的巨大成功，其消费文化特征很大程度上已被遮蔽。因此，祛魅便成为我们必须做的一件事情。

在一次访谈中，朱军曾问当年明月："你有没有想过你的文字为什么会那么迅速地被读者所接受和喜欢。"当年明月答："我觉得很有戏剧性啊，因为现在所谓国学热、历史热嘛。大家希望以一种

接合:大众文化的冲击与1990年代以来的文学生产

愉悦的方式去了解过去的事情,但问题是,当代人又比较懒,你别说文言文,你不学那个,你就是翻成白话二十四史、二十五史他也不看。但是呢,他偏偏又喜欢看这个东西,所以说用合适的方式把它表达出来,然后呢可能还要加入一些自己对历史的看法和情感,这样的话我觉得可能会比较受欢迎。"① 这里所谓"愉悦的方式""合适的方式"我在前面已做过分析,兹不赘述。但当年明月所说的"当代人比较懒",无意中也指出了当代读者的一个接受状态:由于种种原因,当代人没能力或没时间接受那些具有深度模式的历史,历史只有经过改写从而变得有趣之后才能进入他们的视野。

于是,我们可以把"比较懒"的当代读者看作《明朝那些事儿》的目标受众。进一步追问,这种受众又具有怎样的年龄构成,在他们身上又体现着怎样的消费文化的接受特征呢?在"当明明月吧"中有一个《喜欢〈明朝那些事儿〉的都多大了》的帖子,此帖自2008年3月27日发至网上之后,在近两年的时间里吸引了近600人自报家门。根据笔者对此帖的统计,喜欢《明朝那些事儿》的分别是:"90后"(18岁以下)共计366人;"80后"(19—28岁)共计157人;"70后"(29—38岁)共计47人;"60后"(39—48岁)共计15人。"50后"(49—58岁)共计3人。② 而在此帖的跟帖中,有人在报出自己的出生时间(1983年)后还进一步说明:"我同事80后看的最多,70后的一般,60后的基本不知道,知道了也是偶尔翻一下。"这个说法与我的统计结果基本吻合。同时,考虑到这个帖子是喜欢《明朝那些事儿》的网友和粉丝自发形成的调查,所以自

---

① 《艺术人生当年明月专访全文字记录》,http://tieba.baidu.com/f?kz=694497632,2010年1月11日。

② 笔者统计的最晚跟帖的时间是2009年12月20日。此帖有两年跨度,但我的统计忽略了这个跨度,而以发帖的2008年作为时间节点,并根据网友上报的年龄或出生日期,分别把他们放到"90后"—"50后"的阵营之中。参见《喜欢〈明朝那些事儿〉的都多大了》,http://tieba.baidu.com/f?kz=345612622,2008年3月27日。

报的年龄应该不存在弄虚作假的必要。

虽然这个调查不一定能反映出《明朝那些事儿》阅读的全部状况（比如年龄较大的读者很可能读过后也喜欢，但他们不一定会通过"当年明月吧"中的帖子来表达），但显然也能看出某种阅读走势："80后"与"90后"既是《明朝那些事儿》阅读的主力军，也是最喜欢最推崇《明朝那些事儿》与当年明月的读者。这样，我们便可把《明朝那些事儿》的目标受众进一步定位于青少年读者。换句话说，出生于1979年的当年明月实际上是在为他的同龄人和低于他年龄的人写作。

这就需要分析"80后"乃至"90后"一代人的接受特点。在当代中国，新媒体是从20世纪90年代开始大规模进入国人的生活的，这也正是"80后""90后"幼年、童年、少年与青年时期的生长环境。而大面积与电视、电影、电脑、电子游戏、网络等新媒体为伍，他们的阅读方式、感觉方式、思维方式、情感表达方式等已经发生了一些变化。作为"屏幕人"（screenager）[1]或"网络人"（virtual man），[2]他们对图像化与游戏化的世界极为敏感，热衷于种种轻巧、有趣的表达（《Q版语文》曾在中小学读者中风靡一时便可说明一些问题），对大话式的网络语言非常熟悉。与此同时，他们又大都憎恶沉重、笨重的文本，一切传统的、没有充分被游戏化的语言和故事常常会被他们拒之门外。有研究表明：经过网络阅读的熏陶之后，人们既失去了阅读大部头文学作品（如《战争与和平》）的兴趣，也失去了专注与沉思的能力，因为思维总是呈现一种"碎读"（staccato）状态。[3]对于这一代人的精神特征，陶东风曾概括为

---

[1] 参见［美］史蒂文·约翰逊《坏事变好事——大众文化让我们变得更聪明》，苑爱玲译，中信出版社2006年版，第79页。

[2] 参见［美］希利斯·米勒《潇洒活一回：从"纸张人"到"网络人"》，宁一中、易艳萍译，《中华读书报》2004年5月19日。

[3] 参见［美］尼古拉斯·卡尔《Google是否让我们越变越傻》，康慨译，《中华读书报》2008年6月25日。

接合:大众文化的冲击与1990年代以来的文学生产

"道德真空中长大的游戏机一代"①。这一价值判断虽然有些严厉,但用以指认"80后""90后"的思维、感觉与阅读状况,却是大体可以成立的。

《明朝那些事儿》的表达方式正好迎合了"80后""90后"的思维、感觉与阅读特点。由于《明朝那些事儿》是充分故事化、悬疑化、语言游戏化之后的历史,这就最大限度地诱发了青少年读者的好奇心与阅读欲。进入阅读过程之后,他们发现《明朝那些事儿》有一种意想不到的"悦"读"笑"果(正如前引的那位读者所言:《明朝那些事儿》非常合适我们现代这些年轻人,非常有现代语的感觉。看他的作品时经常会爆发出一些奇怪的狂笑),于是《明朝那些事儿》便与青少年读者已被网络与影像塑造的速读、碎读、悦读和浅阅读迅速接通,阅读快感也油然而生。在当年明月博客推出的《评论精选集》中,其中一集便以《阅读的快感》为题。有网友说:"这次好不容易才听到来自非学院派的智者对过去的那些事情娓娓道来,语言幽默、诙谐、话里有话,让你闭卷后思索良久,每次阅读都变成一次愉快的脑力游戏和精神的饕餮大餐的享受。……感谢当年明月——感谢他3年来为大家付出的辛勤劳动和带给我的难以忘怀的阅读快感!!!"② 这种快感显然既非亚理斯多德论述的"借引起怜悯与恐惧来使这种情感得到陶冶"③ 的悲剧快感,也非罗兰·巴特(Roland Barthes)所信奉的那种具有片刻纵欲色彩的快感。④ 此外,如果把《明朝那些事儿》放至智性叙事的谱系中加以思考(比如我们可以想一想米兰·昆德拉、戴维·洛奇或中国作家王小波的作

---

① 陶东风:《游戏机一代的架空世界——"玄幻文学"引发的思考》,《文艺争鸣》2007年第4期。

② 《评论精选集[130]——阅读的快感》,http://blog.sina.com.cn/s/blog_49861fd50100cpdq.html,2009年3月28日。

③ [古希腊]亚理斯多德:《诗学》,罗念生译,人民文学出版社1962年版,第19页。

④ 参见[美]弗雷德里克·詹姆逊《快感:文化与政治》,王逢振等译,中国社会科学出版社1998年版,第140页。

品），这种快感又显得不够分量。如此说来，这种阅读快感究竟是一种怎样的快感呢？

我倾向于把这种快感看作审美快感与消费快感的综合物。按照美学研究者的说法："审美快乐不仅多来自视、听等高级感官的感受，而且还要从这种感受一直贯穿到心理结构的各个不同层次（如情感、想象、理解），这种贯通性，会使整个意识活跃起来，多种心理因素发生自由的相互作用，产生出一种既轻松自由、又深沉博大的快乐体验。"① 经历过这种快感体验之后，受众往往会获得情感、道德、认识等方面的增值。而消费快感提供给受众的常常只是情绪反应而非情感反应，是生理欲望的满足，而非心理水平的提升。或者正如弗洛姆所言，"消费在本质上仅仅是对人为的刺激所激起的怪诞的满足"，消费的结果是"我曾消费过这个或那个，但在我内心中什么也没起变化，留下的一切只是对曾干过的事情的记忆"。② 以此理论思考《明朝那些事儿》之于受众的接受效果，我们便发现相当一部分读者确实从阅读中获得了某种快感，借助这种快感去阅读，受众固然也获得了一些历史知识，甚至在哈哈大笑中释放了某种负面情绪，但是它终究不能形成博大深沉的快感体验。而时代的阅读状况、游戏化的阅读状态等，又把这种阅读变成了一种消遣式阅读或消费式阅读。这种阅读与无聊时翻阅通俗武侠小说、侦探小说等没有本质区别。而消费式阅读自然也只能收获消费式快感：在阅读的当下我开怀大笑，但这种情绪体验来去匆匆，转瞬即逝，它在我心里没有留下更多的东西。

另一方面，从受众的角度看，我们也需要注意"80后""90后"一代人业已形成的消费趣味与消费能力。张颐武在把"80后"界定为"尿不湿一代"后指出："'尿不湿一代'现在已经开始长大

---

① 滕守尧：《审美心理描述》，中国社会科学出版社1985年版，第305—306页。
② ［美］弗洛姆：《资本主义的异化问题》，载陆梅林、程代熙选编《异化问题》（下），文化艺术出版社1986年版，第52—53、55页。

接合:大众文化的冲击与1990年代以来的文学生产

了,他们已经显示了一个物质开始丰裕起来的社会里的新的青少年的趣味。他们现在已经成了文化消费的主力……他们买书,韩寒和郭敬明就变成图书市场的主导力量;他们玩游戏,陈天桥就成了IT首富;他们崇拜偶像,周杰伦、F4就成了超级明星。这种力量的展现使得他们可以在文化的趣味上充分地炫耀自己的高度的丰富性和高度的游戏性。他们一面有其生涩的成长的烦恼,一面却也是一股无法阻挡的支配创意性的文化产业发展的力量。"① 如果我们承认此说具有相当程度的合理性,这就意味着《明朝那些事儿》也正是借助作为消费主力的青少年而成就其辉煌的。那么,具体到《明朝那些事儿》,究竟是什么样的消费趣味决定了它的生产并让它获得了巨大成功?

答案很可能是青少年读者通过电子游戏熏陶而成的娱乐心理。玩游戏既让人上瘾也让人快乐,这已不需要论证。而对游戏多有褒奖之词的约翰逊(Steven Johnson)甚至还归纳出一个游戏与小说、音乐非常不同的特征:"小说可以激活人的想象力,音乐富有强大的感染力,但游戏却逼迫你做决定、做选择、权衡轻重。"② 这是玩游戏带来快乐的重要原因之一。喜欢玩游戏的当年明月不一定知道这个道理,但他确实把玩游戏的思维方式带入了《明朝那些事儿》的写作之中。于是在《明朝那些事儿》中,个人的荣辱、官位的升降、战争的胜负、朝代的兴衰,等等,全部隐含着一个"做决定、做选择、权衡轻重"的隐性结构。这就非常符合青少年读者的接受心理。或者毋宁说,正是因为揣摩过青少年读者的接受心理,作者让《明朝那些事儿》具有了一种游戏式的隐性结构。而由于作为文本的《明朝那些事儿》与青少年的接受心理具有了某种同构性,他们也就获得了类似于玩游戏的巨大快感。

---

① 张颐武:《新世纪文学:跨出新文学之后的思考》,《文艺争鸣》2005年第4期。
② [美]史蒂文·约翰逊:《坏事变好事——大众文化让我们变得更聪明》,苑爱玲译,中信出版社2006年版,第21页。

但是也必须指出,在一个消费主义意识形态、享乐主义精神气质主宰一切的时代,《明朝那些事儿》的生产与消费也变成了一种奇观文化,进而变成了"娱乐经济"的一部分。凯尔纳指出:"在奇观文化中,商业与娱乐结合,产生了所谓'娱乐经济'的繁荣。……'娱乐性'已经成为当代工商业最重要的因素之一。通过经济的娱乐化,影视作品、主题公园、电子游戏、赌场等娱乐形式已经成为美国经济的重要产业。"[1] 而一旦把《明朝那些事儿》定位成"娱乐经济",那种好看的写法、游戏化的隐性结构、"轻松读历史"的诱惑、书商的高调宣传与炒作、青少年读者的"悦"读"笑"果等便全部有了着落。概言之,在大众文化与消费文化的不断熏染下,当下业已形成了"娱乐至死"的时代氛围,而受众不断增长的娱乐需求又不断刺激着娱乐产业的扩大再生产。《明朝那些事儿》既是这一时代氛围的产物,同时又最大限度地满足了受众(尤其是青少年读者)的娱乐需要,因此它获得了巨大的成功。这一事实表明,在一切都有可能被娱乐化的时代,历史题材最终变成一种娱乐化叙事进而变成人们的消费对象也就变得在所难免。而它所形成的生产与消费奇观,不过是折射出我们这个时代的一种特殊的精神征候,如此而已。

---

[1] [美]道格拉斯·凯尔纳:《媒体奇观——当代美国社会文化透视》,史安斌译,清华大学出版社2003年版,第4页。

第四章　文学经典与大众文化

在文学生产的过程中，经典之作的遴选和产生是一个重要的内容，但在今天看来，这种生产却变得越来越复杂了。因为在传统文学经典的生产中，主要涉及发现人、选本、评点等环节，相对而言比较单纯。然而，当代文学经典的形成却在此基础上增加了许多新的元素，例如，作家作品入选教科书（包括当代文学史教材）的比例与位置，各类文学奖的评选，学院批评的推波助澜，读者的阅读、评价与推荐，等等，如今已在其中扮演着重要角色。举例言之，莫言在2012年以前还是一位与余华、贾平凹等人齐名的作家，但自从他获得诺贝尔文学奖之后，其人身价倍增，其作也风靡一时。这很可能意味着，诺贝尔文学奖已加速了莫言作品的经典化进程。

把大众文化纳入文学经典的生产中，也是为了说明这一生产在当下的复杂性。文学经典的形成、重估与评判本来是专家学者的事情，是赵毅衡所谓的"比较、比较、再比较，是在符号纵聚合轴上的批评性操作"。然而，随着读者大众的参与，经典的遴选和产生开始向横组合轴上位移，因为"大众的'群选经典化'，是用投票、点击、购买、阅读观看等等形式，累积数量作挑选，这种遴选主要靠的是连接：靠媒体介绍，靠口口相传，靠轶事秘闻，'积聚人气'成为今日文化活动的常用话"[①]。这又意味着在经典生产中，文化大众

[①] 赵毅衡：《两种经典更新与符号双轴位移》，《文艺研究》2007年第12期。

或阅读公众已成为一股重要力量。在他们的浩大声势中，金庸的武侠小说被经典化了，路遥的《平凡的世界》也走上了经典化之途。

本章以两节内容展开，其意在于窥一斑而知全豹，把文学经典生产中的复杂性呈现一二。第一节从学院批评的角度进入问题，以期回答在"当代文学经典化"的进程中，学院批评家在其中扮演了怎样的角色，他们的遴选和判断有无问题，他们把怎样的文学作品推举到了文学经典的位置。第二节以路遥其人其作的"经典化"为研究个案，旨在揭示精英集团与大众阵营在其经典化之途中存在着怎样的分歧。在此基础上则进一步聚焦于路遥的《平凡的世界》，试图揭示这部作品在严肃文学与大众文化之间所存在的紧张关系或张力结构。

第一节　学院批评与经典生产

学院批评也称"学院派批评"。按照法国著名文学批评家蒂博代（Albert Thibaudet）的划分，学院批评可看作以大学教授为批评主体的"职业的批评"。在当代中国，学院批评是在20世纪90年代被叫响的，而在20世纪90年代的历史语境中，批评家退守学院，实际上又隐含着某种无法言说的失意和无可奈何。有学者指出："学院一直被看作逃避动荡社会的一方乐土，'两耳不闻窗外事，一心只读圣贤书'成为学院环境的写照，而通行于学院内部的学术话语仿佛为逃避政治话语的控制提供了必要的专业掩护。"[1] 在这种隐晦婉转的表达中，我们分明看到了批评家选择学院批评时的那种复杂心态和精神状况。

然而，这只是问题的一个方面。问题的另一面是，当学院派站稳脚跟之后，学院批评也风生水起，最终成为中国当代文学批评中的一支重要力量，以至于我们今天谈及文学批评，很大程度上就是

---

[1] 南帆：《90年代的"学院派"批评》，《天津社会科学》1994年第2期。

在谈论学院批评。而许多优秀的批评家往往也是大学教授,他们是以学者身份从事着文学批评的工作。

那么,如果把当代文学经典的生产问题代入到学院批评中,我们又会看到怎样的景观呢?以下,我们将重回2009年前后的历史现场,重点以几位学院派批评家为例,看看能够发现怎样的问题。

一 文学经典与当代文学的评价问题

让我们从2009年下半年爆发的一场争论说起。

2009年11月7日,陈晓明教授在《羊城晚报》发表了《中国文学达到了前所未有的高度》一文,此文的核心观点有二。首先是对德国汉学家顾彬的说法进行批评。他特别指出:顾彬"对中国当代文学的评价我是不太同意的,甚至很不同意"。其次,提出了"高度说",并对骂派批评进行回应。他说:"我以为今天的中国文学是达到了前所未有的高度,我说这句话在整个中国当代文学研究界是不会有人同意的。我是孤掌难鸣。在今天我会更加地孤立。其实唱衰中国当代文学是从20世纪90年代以来在中国主流的媒体和中国的批评界就存在的。因为90年代退出批评现场的一批人也认为中国再也没有好的文学。媒体的兴起也是围攻文学的一个场所,因为媒体是要'骂'才有人看。他们觉得骂文学最安全,骂别的很困难也不专业,所以到处是骂文学的。"[1]

陈晓明的这篇短文立刻引发巨大争议,于是反批评的声音开始出现。例如,林贤治先生针锋相对,认为"中国文学达到了前所未有的低度"[2];王彬彬教授辨析了陈晓明所谓的"前所未有"自相矛盾,并对当今中国文学的总体评价不高。[3] 肖鹰教授认为陈晓明的

---

[1] 陈晓明:《中国文学达到了前所未有的高度》,《羊城晚报》2009年11月7日。
[2] 林贤治:《中国文学处在前所未有的"低度"》,《羊城晚报》2009年11月28日。
[3] 参见吴小攀《当下的评论家与作家关系"很恶俗"——南京大学中文系教授王彬彬专访》,《羊城晚报》2009年12月19日。

第四章　文学经典与大众文化

"高度说"在"看上去很美很理论的表面下，却留下了给人彻底扑空的大缺陷"。对于当下文学，他的判断是"处于中国文学低谷"。①面对这些批评，陈晓明又写出《再论"当代文学评价"问题——回应肖鹰王彬彬的批评》（《文艺争鸣》2010年第4期）的长文予以回应，此文自然应归于摆事实讲道理的学术批评之列，但在我看来，其中也不乏火冒三丈、气急败坏之词。可以想见，陈晓明是在怎样的情绪状态下写出这篇文章的，而肖鹰、王彬彬等人的攻击又给他带来了怎样的伤害。

全面评论这场争论并非笔者的主要意图，笔者想指出的仅在于，这场争论的背后隐含着怎样的问题。在林贤治等人看来，既然当今文学无甚可取之处，那么，中国当代文学便没有经典化的必要，或者是任何对其经典化的尝试都显得滑稽可笑。王彬彬便指出："进入90年代后，情形发生了耐人寻味的变化。先是有人抛出了'红色经典'这一说法。他们要把'十七年文学'中的那些主流作品推到经典的地位，却又同时表明，这只不过是一种自成谱系中的经典，并不是《哈姆雷特》《红楼梦》意义上的经典，也就拒绝了那种普世性的文学尺度。这虽然荒谬，但还让人感到一丝羞涩；还显示了某种退守的姿态；还有意无意地告诉世人：他们不过是在自娱自乐。进入新世纪后，'十七年文学'的赞美者则更为勇敢了。他们抛弃了'红色经典'这一挡箭牌和遮羞布，毫无愧色地对'十七年文学'中的那些主流作品表达着热情的颂扬，理直气壮地宣称这些东西也是一种'伟大成就'。"② 在这里，王彬彬仅仅指出了使"十七年文学"经典化的荒谬之处，并未触及新时期以来的文学作品，但以他对当今中国文学的总体评价，估计他不可能把许多作品列为经典之作。

然而，陈晓明的看法却截然相反。在这一时段的文章中，我们

---

① 参见肖鹰《当下中国文学之我见——从王蒙、陈晓明"唱盛当下文学"说开去》，《北京文学》2010年第1期。

② 王彬彬：《关于"当代文学"的评价问题》，《北京文学》2010年第2期。

接合:大众文化的冲击与1990年代以来的文学生产

除了看到他对"十七年文学"有一些赞美之词外,更应该注意他对20世纪90年代以来的文学作品的看法。由于"前所未有的高度"一说遭到批评,后来他在行文中便降低了调门,把"前所未有的高度"调整成了"过去没有的高度""过去未曾有的高度",但是,他对90年代以来的当代文学评价很高的态度并未改变,因为在他看来,"其一、汉语小说有能力处理历史遗产并对当下现实进行批判:例如,阎连科的《受活》。其二、汉语小说有能力以汉语的形式展开叙事;能够穿透现实、穿透文化、穿透坚硬的现代美学,如贾平凹的《废都》与《秦腔》。其三、汉语小说有能力以永远的异质性,如此独异的方式进入乡土中国本真的文化与人性深处,如此独异的方式进入汉语自身的写作,按汉语来写作:例如,刘震云的《一句顶一万句》。其四、汉语小说有能力概括深广的小说艺术:例如,莫言的小说,从《酒国》《丰乳肥臀》到《檀香刑》《生死疲劳》"[①]。而当记者让他"举出60年来能够代表中国文学高度的几位作家、作品并简要说明原因"时,陈晓明的答复如下:

> 我想就90年代以来的这十多年,提出十几部作品。余华《在细雨中呼喊》、林白《一个人的战争》、贾平凹的《秦腔》,陈忠实《白鹿原》,莫言《檀香刑》、《丰乳肥臀》、《生死疲劳》,阎连科《受活》,刘震云《一句顶一万句》,铁凝《笨花》,阿来《尘埃落定》,王安忆《长恨歌》,苏童《河岸》,姜戎《狼图腾》,严歌苓《小姨多鹤》,毕飞宇《推拿》等等。……我时刻都在把中国当代这些作品,与当代诺贝尔奖、布克奖、龚古尔奖等影响卓著的作品进行比较——这些作品是我始终阅读和思考的背景,才会提出汉语言文学的高度问题。[②]

[①] 陈晓明:《中国文学达到了前所未有的高度》,《羊城晚报》2009年11月7日。
[②] 陈晓明:《回应批评:重新阐释中国当代文学的价值——答〈羊城晚报〉记者吴小攀问》,《文艺争鸣》2010年第2期。

第四章　文学经典与大众文化

　　一方面，从以上的罗列我们可以发现，陈晓明所提出的这些作品差不多都是90年代以来面世的长篇小说，这也意味着他所谓的文学的高度基本上可以与这些长篇小说画上等号。另一方面，我们也需要意识到，既然这些长篇小说代表着"前所未有"的高度，那么，把它们看成是已然成型的文学经典或正在被建构的文学经典也是顺理成章的。换句话说，尽管他没有使用"当代文学经典"或"当代文学经典化"等说法，但是，他的罗列、对比和宣告，让20世纪90年代以来的当代文学经典化的冲动已呼之欲出。

　　陈晓明并不是一个人在战斗，实际上，在他的前后左右，有一批学院派批评家与他的看法非常相似，其表述也大同小异。兹举两例如下：

　　　　迄今为止，这些有可能标志着汉语新文学问世百年以来的成熟与成就的作品，尚未得到真正的、艺术和思想的阐释，这是非常令人困惑和遗憾的。稍加比较我们不难发现这样一个对照关系："现代文学"三十年里，研究者几乎诠释出了"伟大的作家"，但是我们会问，"伟大的作品"呢？有多少文本是可以称得上"伟大的文本"的？"当代文学"的六十年中，尽管人们不承认已经出现了"伟大的作家"，但是毫无疑问，其间几乎已经出现了"伟大的作品"，这些作品就在90年代以来陆续问世的长篇小说里，在《活着》《九月寓言》《废都》《长恨歌》《许三观卖血记》《丰乳肥臀》《檀香刑》《人面桃花》里，它们无论在作品的思想含量、艺术的复杂与成熟的程度上，都远远超过了现代文学中的经典文本，但对这一点却几乎无人愿意承认。[①]

　　这是张清华教授在一篇长文中的论述片段。此文并非专论中国

[①] 张清华：《在历史化与当代性之间——关于当代文学研究与批评状况的思考》，《文艺研究》2009年第12期。

接合:大众文化的冲击与1990年代以来的文学生产

当代文学的评价问题,但文中显然已隐含着对中国当代文学的基本判断。一方面,仅就上述文字而言,我们看到他不仅再一次指认了20世纪90年代以来长篇小说的巨大成就,而且还形成了当代文学高于现代文学经典文本的断语。另一方面,张清华又是在当代文学经典化的阐释框架中打量这些作品的。他在此文中指出:"关于先锋小说等当代文学变革历史中最重要的部分,在60年代出生的一代批评家手中得到了精细而系统的阐释,使之成为了当代文学经验的经典谱系中的组成部分,并且作为二十多年来文学变革的美学成果固定下来。""某种程度上,50和60年代出生的作家,包括先锋小说家和'新生代'作家,他们之所以非常早地被确立了经典化的地位,与他们的同代批评家及时而准确的阐释是分不开的。"这里自然是在论述包括他自己的批评家的作用,但当他启用了"经典谱系"和"经典化"等说法后,这些作品在他的眼中显然已是文学经典或准文学经典。他所焦虑者,是并非所有人都认同这些作品,于是,让这些"伟大的作品"进一步经典化就成了他这篇文章的用意所在。

如果说"当代文学经典化"问题在张清华那里还是一种迂回曲折的论述方式,那么,到吴义勤教授这里,则变成一种理直气壮的呼吁了。在一篇文章中,他先是以"中国当代文学究竟有没有'经典',应不应该'经典化'"为小标题发问,然后形成了如下思考:

> 从"五四"中国现代文学开端到现在,中国文学已走过了近百年的历程,但是对这百年中国文学的认识,学术界似乎一直都停留在中国现代文学阶段,经典作家和经典作品的认同似乎也仅限于现代文学三十年。从1949年到现在中国当代文学已有了近六十年,两倍于中国现代文学的历史,但却笼罩在现代文学的"阴影"中,一直陷于没有经典、没有大师的窘境之中,学术界很长时间宁可前赴后继地去"研究""挖掘""重新发现"现代文学史上的那些二流、三流的作家作品,也不愿正视

第四章 文学经典与大众文化

当代文学的成就。是中国当代文学真的没有经典、没有大师？还是种种偏见蒙蔽了我们的双眼，使我们不能发现和认识经典与大师？在我看来，中国当代文学尤其是新时期文学的成就无疑是20世纪中国文学史最为辉煌的篇章。无论是从汉语本身的成熟程度和文学性的实现程度来看，还是从当代作家的创造力来看，"当代文学"的成就多要远远超过了"现代文学"。因此，对于中国当代文学来说，理直气壮地去筛选、研究和认定那些涌现在我们身边的"经典"是一个紧迫的任务。①

一年之后，吴义勤在一篇更直率的文章中进一步重复和强化了他先前的观点：

> 现在的问题，不是中国当代文学没经典、没有大师，而是我们对于经典、大师不敢承认。正如王尧、林建法在其主编的"新经典文库"序言中所说的："对中国当代文学的偏见和无知，不仅来自'外部'的影响，也同时在受到'内部'的干扰。这些影响和干扰，使许多人不能正视这样的事实：在这二十年当中，我们已经有一批杰出的或伟大的作家。"因此，对于中国当代文学来说，理直气壮地去筛选、研究和认定那些涌现在我们身边的"经典"正是一个紧迫的任务。一个没有"经典"的时代是可悲的，也是不能容忍的，我们应该理直气壮地呼唤和确立当代"经典"。②

在中国当代文学高于或远远超过现代文学的问题上，吴义勤与张清华的看法显然基本上一致。而既然近三十年或近二十年的当代文学取得了巨大成就，那么把这一时期的优秀之作确认为文学经典

---

① 吴义勤：《新世纪中国当代文学研究的现状与问题》，《文艺研究》2008年第8期。
② 吴义勤：《我们为什么对同代人如此苛刻——关于中国当代文学评价问题的一点思考》，《文艺争鸣》2009年第9期。

便成为迫在眉睫之举。当然，在吴义勤的表述中，我们也看到了比张清华更深的焦虑和更迫切的心情。

从陈晓明到张清华再到吴义勤，我们看到他们让当代文学经典化的冲动、焦虑和呼吁已跃然纸上。而由于他们又是学院派批评家中的领军人物，他们的种种言说就既具有了某种示范性，也具有了很大程度的代表性。但如此一来，也引发了一系列值得思考的问题：为什么他们几乎在同一时间点有了这种冲动、焦虑和呼吁？如果他们的思考值得认真考虑，那么我们又该如何对待林贤治、王彬彬和肖鹰的观点？而更深层的问题是，我们该如何对待"当代文学经典化"这一命题，又该如何确认文学经典？

要想回答这些问题，我们有必要从"顾彬现象"说起。

二 在"顾彬现象"的背后

在2006年11月之前，德国汉学家顾彬教授在中国还默默无闻，但是随着国内媒体的一篇报道，他突然成了一个"网红"式的人物。2006年12月11日，《重庆晨报》以《德国汉学家称中国当代文学是垃圾》为题，称顾彬接受德国权威媒体"德国之声"采访时，突然以"中国当代文学是垃圾""中国作家相互看不起""中国作家胆子特别小"等惊人之语，炮轰中国文学。随后，多家媒体转发这一报道，遂使中国当代文学"垃圾论"迅速升温，一些作家与批评家（如刘醒龙、艾伟、陈希我、李敬泽、洪治纲等）也开始反击。[①] 十天之后，虽然顾彬通过媒体澄清：他的确曾提到作家棉棉等人的作品是垃圾，但"我没说过'中国当代文学是垃圾'这句话"[②]。可问题是，第一波的传播已深入人心，人们已不再关心他后来的纠正之词了。

大概是媒体断章取义的报道让顾彬意识到有进一步解释的必要，

[①] 参见《中国作家、批评家集体反击顾彬》，《羊城晚报》2006年12月16日。

[②] 陈香：《德国汉学家澄清"垃圾门"事件 顾彬称从未说过"中国当代文学是垃圾"》，《中华读书报》2006年12月20日。

于是又有了第二波的热闹和喧嚣。2007年3月26日,世界汉学大会在北京举行,顾彬应邀出席。在"汉学视野下的20世纪中国文学"圆桌会议上,顾彬展开了他对中国当代文学的看法。他认为如果说中国现代文学是"五粮液"的话,那么中国当代文学就是"二锅头"。而之所以如此,其中的一个重要原因是,中国当代作家普遍不懂外语且轻视外语,一些作家认为:"如果我们学外语,会破坏自己的母语。"在这样的观念驱使下,中国当代作家便只能依赖翻译接触外国文学作品。1949年以前的中国作家同时也是翻译家,后来的作家却并非如此。"如果一个作家不掌握(外国)语言的话,他根本不是一个作家,所以基本上中国作家是业余的,而不是专家。"[1] 针对顾彬的言论,陈平原教授当场予以反驳:"顾彬先生不谈体制,不谈文学场,而是用懂不懂外语来评判中国当代作家,这样做太不严肃了。沈从文是1949年以前中国最好的作家之一,他外语有多精通呢?如果外语对写作这么重要,那是不是作家评级也要考试外语呢?""顾彬先生对中国作家高标准严要求是可以的,但不客气地说,他的言论是哗众取宠。依我看,未必是'外来和尚会念经'。"[2]

从此开始,顾彬频繁接受中国媒体的采访,其主要观点经过媒体的放大之后也不断见诸报端、杂志和网络,达数年之久。与此同时,反击顾彬与支持顾彬的声音也不绝于耳。直到2013年,刘再复还发表了《驳顾彬》的檄文,[3] 而针对刘文观点,李建军则写出《为顾彬先生辩诬》的长文予以批驳。[4] 凡此种种都让人意识到,顾彬的言论确实刺痛了中国当代文学界的敏感神经。

关于"顾彬现象",已有很多文章予以分析,笔者在这里并不想

---

[1] 萧平:《中国作家与顾彬再次交锋》,《文学报》2007年4月5日。
[2] 王洪波:《顾彬"再轰"中国当代文学 世界汉学大会为此"炸开了锅"》,《中华读书报》2007年3月28日。
[3] 刘再复《驳顾彬》一文首先发表于香港《明报月刊》2013年8月号,随后又在《当代作家评论》2013年第6期刊发。
[4] 参见李建军《为顾彬先生辩诬》,《文学报》2014年2月13日。

接合:大众文化的冲击与1990年代以来的文学生产

多此一举,但为了说清楚顾彬给当代文学经典化带来的影响,列举一些有代表性的观点还是必要的。我们先来看看作家的说法。2009年年底,莫言在其个人博客上发表了《顾彬堪比呼雷豹》的博文。此文从《隋唐演义》中的程咬金和尚师徒胯下的神驹呼雷豹说起,先是描述了一番呼雷豹的神奇之处,接着写程咬金的恶作剧:"老程想,这是什么鸡巴马,头上生了个鸡巴瘤,瘤上生了几根鸡巴毛,可偏偏这么大的威风!老程想,俺今天要看看你到底有多大能耐。于是就上前去,扯着那几根毛一拽,那呼雷豹鼻孔里喷出一股黑烟,发出一声吼叫,马厩里那些马纷纷跌倒,自然还是屁滚尿流。老程是个有童心的,好奇,喜欢恶作剧,将呼雷豹骑了出去,揪着那撮痒痒毛,死命地拽。那马连声吼叫,连连喷烟,连稻田里的牛,山梁上的兔子,都翻倒在地,窜稀遗尿。树上的乌鸦,都石头般落到地上。老程恼起来,索性将那撮痒痒毛给薅光了。"待这些描述告一段落后,莫言才进入正题:顾彬教授堪称一匹"黑马",他一旦发声:当代作家们"虽不至于屁滚尿流跌翻在地,但也是闻声觳觫,胆战心惊"。但问题是,"中国那么多的媒体,那么多的大学,那么多的会议,不论什么人,逮着老爷子就采访,就对谈,引逗着让他批评当代中国作家,老爷子哪有那么多的新思想新观点?就像那呼雷豹,也不是每揪一次痒痒毛就能喷出黑烟来。更何况,有那些小坏记者,就想着看老爷子发威,就想着看当代中国作家窜稀,于是就像程咬金乱揪呼雷豹一样,揪着老爷子不放。于是,老爷子的言论,渐渐地没了新意,没了新意,也就渐渐地失去了威力"。文至末尾,莫言又说:"顾彬教授当然不是呼雷豹",因为"所有的比喻都是蹩脚的"。"因此,顾彬教授看到此文,不必动怒,应该会意一笑。老兄,我为您准备的五粮液还没得着机会送您呢。"[1]

---

[1] 莫言:《顾彬堪比呼雷豹》,http://blog.sina.com.cn/s/blog_63acd9f50100gn32.html?tj=1,2009年12月30日。

第四章 文学经典与大众文化

莫言指出的问题的确是存在的。由于采访顾彬者众,他就不但不可能每次都新意迭出,语出惊人,而且甚至会说出一些错话、昏话和车轱辘话。但也不得不说,莫言确实是写文章的高手,他以这种方式把顾彬"收拾"了一顿,但又"收拾"得羚羊挂角,无迹可求。被收拾者估计只能满地找牙,却又不知如何还手。那么,为什么莫言会出此狠招呢?因为顾彬在谈及中国当代文学的种种缺陷时,常常会拿他举例、说事。可以想见,一个代表着中国当代文学高度的作家却老是被一个德国汉学家贬低、挤对,他心中会是什么滋味,于是把自己的无名火转换成一种嬉笑怒骂,便成为莫言捍卫自己的有效武器。

如果说莫言是以嬉笑怒骂的方式对付顾彬,那么李洱则是以知情者的身份出场,揭了顾彬的老底。在北京师范大学召开的"中国文学海外传播学术研讨会暨工程启动仪式"(2010年1月14日)上,李洱在发言时有了如下说法:

> 在经典化的过程当中,中国作家、批评家非常注意倾听汉学家的意见,也非常注意倾听他们的骂声,比如说顾彬先生,他给我们带来了很多言论,但是顾彬不给中国炒作,他不读中国当代小说。我曾经和他在一个地方待了七天时间,我问他中国最好的作家是谁?他说是张爱玲和钱钟书,说他们的作品敢于创新。我说他们恰恰是不敢创新。谈到莫言的时候,他说莫言的小说写得很差。于是我问他,你说莫言小说很差,那么哪部小说比较差?我想,这样我就可以大致知道他的评判标准。结果他说,都很差。于是我又问他是否读过,他说没有,他说自己根本就不看中国小说。既然如此,我们又何苦因为这样的言论而大伤脑筋呢?①

---

① 《"中国文学海外传播"学术座谈会纪要》,《红岩》2010年第5期。

接合:大众文化的冲击与1990年代以来的文学生产

李洱在这里言之凿凿,但"顾彬根本不读中国当代小说"或许还需要商榷和存疑,因为在回答邱华栋关于1978—2008年之间哪些小说家值得重视的问题时,顾彬先是说"我阅读了当代很多中国小说家的作品,我熟悉他们的短篇小说、中篇和长篇小说,但是,我的问题在于我对一个作家的评价在不断地变化"。然后他谈到格非的《迷舟》不错,但对《人面桃花》就不很喜欢;余华的《许三观卖血记》故事不好,但里面体现出来的人道主义他很欣赏。贾平凹的《废都》很糟糕,莫言早期的小说与拉美魔幻现实主义的距离太近,王安忆、苏童、阿来的小说依然停留在讲故事的阶段。[1] 如此看来,顾彬还是读过一些中国当代小说的,只不过与中国的批评家相比,他的阅读量不可能很大。但李洱的这一发言,一方面造成了一种釜底抽薪的效果,另一方面也给批评家们提供了打击顾彬的论据。例如,孟繁华在为文时便指出:"作家李洱说,在顾彬和他的交谈中顾彬说,他'从来不看中国当代小说'。一个不读中国当代小说的汉学家说'中国当代文学是垃圾',可见其不负责任到了什么程度。"[2] 陈晓明也说过:"据作家李洱当面问顾彬,顾彬自己所言他没有认真读过几本中国当代小说,因为他没有时间也不屑于读中国那些'很糟糕'的小说。"[3] 这些说法全部来自李洱的如上发言。

我之所以罗列两位作家在"顾彬现象"上的看法,一方面是想指出作家在这件事情上的反应,另一方面也是想说明批评家并非孤军作战,而是得到了作家阵营的支持和响应。实际上,早在2007年第二波"顾彬热"出现时,学院批评家就已经出动了。比如,陈晓明组织了《西风吹皱一池春水——"顾彬言论"笔谈》(《长城》

---

[1] 参见邱华栋、顾彬《"我内心里有一个呼救声":顾彬访谈录》,《西部·华语文学》2008年第17期。
[2] 孟繁华:《新世纪文学的当代性》,《文艺争鸣》2010年第3期。
[3] 陈晓明:《再论"当代文学评价"问题——回应肖鹰王彬彬的批评》,《文艺争鸣》2010年第4期。

2007年第6期),一些北大博士生纷纷就"顾彬事件"发表看法。张清华则写出了《关于文学性与中国经验的问题——从德国汉学教授顾彬的讲话说开去》(《文艺争鸣》2007年第10期)的文章。而陈晓明、吴义勤虽然没有写过关于顾彬的专题文章,但顾彬的幽灵又在他们的多篇文章中徘徊。在这些反驳性的文章中,他们一方面批判顾彬,另一方面又与中国当代文学评价问题形成了某种关联。例如,陈晓明在回应肖鹰、王彬彬的文章中,仅顾彬的名字就提及三十次之多,其中也充斥着对顾彬的批评:"何以中国当代文学就被顾彬一句话搞得天翻地覆,中国媒体闹腾了几年,如此重视顾彬的言论,我觉得太不正常了。""2009年2月17日《扬子晚报》报道'顾彬被南京大学特聘为海外兼职教授',记者采访顾彬关于当代文学的看法,顾彬依然出语惊人。'我说的并不算什么严厉的批评,许多德国作家其实并不欢迎中国作家,他们根本不看中国小说。'顾彬自己也说,一些中国当代作品令他感觉相当无聊。在许多德国读者眼中,中国小说属于庸俗文学,一般只有没有什么文学水准的人才会看。'1949年至1979年时期的中国文学无法远离政治,1992年以后的文学则与市场太过亲密接触。'顾彬在多个场合还说,中国当代诗歌是第一流的,放在世界诗歌中都是第一流。这就奇怪,中国当代小说是垃圾,怎么诗歌就是一流的?同样用汉语写作,同样受当代中国的文化与教育的熏陶,同吃中国的五谷杂粮,也同处于政治和市场化的历史中,也同样是中国人的头脑和肉身,怎么搞出二种水平如此截然不同的文体?顾彬如此'不靠谱'的说法,也得到王彬彬的大力赞赏。"[①]

如果说陈晓明对顾彬的批评还只是搂草打兔子,那么张清华则是对顾彬展开了正面进攻。他先是反驳顾彬"'懂得外语'对一个

[①] 陈晓明:《再论"当代文学评价"问题——回应肖鹰王彬彬的批评》,《文艺争鸣》2010年第4期。

接合:大众文化的冲击与1990年代以来的文学生产

作家来说当然是一个重要的素质和能力,但并不是一个充分和完全的条件",然后又引歌德的话说:"'如果我们德国人不把眼光转出环视我们的狭小圈子之外,我们就太容易沦为冒充博学而又自高自大的人了……'这段话如果当场念给顾彬先生听一听,不知他该会作何感想。反过来如果歌德地下有知,听到顾彬的这番高论还不气得吐血。"当然,这还不是张清华谈论的主要问题,他更想指出的是:"和顾彬的判断恰恰相反,中国当代小说在国际领域中所获得的承认不是比诗歌少,而是要多得多。""因此我不认同对90年代以来文学的悲观评价,某种程度上我甚至觉得,这是一个世纪以来文学最好的时期,一个丰收的、艺术水准最高的时期。事实将证明,90年代以来诞生的一批小说作品是会经得起时间检验的。"[①]

仅就声讨顾彬而言,吴义勤的声音原本是可以忽略不计的,但是,由于他对顾彬的批评直接关联着当代文学经典化问题,所以似乎更值得认真对待。他认为,顾彬的"垃圾论"并非空穴来风,而是暴露了中国当代文学及其研究过程中更深层的问题。在他看来:

> 对于中国当代文学的轻视和贬低,其实早在顾彬之前就已不是什么新鲜的事情。对于20世纪50—70年代的中国文学,学界因为其受到了政治和意识形态的"过度"影响而否定其文学性;对80年代以后以先锋小说为代表的"纯文学",学界又因其对西方文学的"过度模仿"、缺乏"原创性"而质疑其价值;对新时期的"伤痕文学""寻根文学"等等,早有学者以所谓"新时期文学危机论"予以全面否定;而对于90年代以来的中国文学,"缺乏精神高度""价值混乱""没有大师""没有经典"的指责也不绝于耳。事实上,顾彬的"垃圾说"不过是

[①] 张清华:《关于文学性与中国经验的问题——从德国汉学教授顾彬的讲话说开去》,《文艺争鸣》2007年第10期。

以一种特殊的方式把种种对中国当代文学的否定和不满进行了集中和放大。而他的"说法"之所以会演变成一个"事件",似乎也正是新时期以来中国学术界不良学术风气的一种放大,因现代化的自卑而导致的对西方的崇拜,不仅表现在经济和社会领域,而且也表现在学术领域,西方汉学家的赞赏会令中国作家身份倍增,甚至文学史也因此被改写,沈从文、张爱玲、钱钟书等"文学神话"的诞生固然是西方汉学家一手制造的,而他们信口开河的"胡说八道"似乎更能引人注目。①

通过征引以上三位批评家的看法,问题已经逐渐明朗了。严格说来,陈晓明指责顾彬的说法"不靠谱",张清华拐弯抹角讥讽顾彬"自高自大",吴义勤虽未点名但其实却是痛斥顾彬"胡说八道",实际上是经不住仔细推敲的。例如,顾彬确实说过中国当代诗歌达到了"世界文学"的高度,"成为了当代世界文学的重要部分",而当代小说在他眼里却很不堪。② 但是他说出的这番话隐含着一个文体与市场的关系问题。王彬彬对此曾分析道:"20世纪90年代以来,市场对中国当代小说家的宰制,是不争的事实。小说,尤其是长篇小说的创作,相当程度上被市场这'看得见'的手所操控。而相比之下,诗歌创作则真正是远离市场的。市场让诗人走开。诗人在文化的边缘地带寂寞地劳作着。正因为不可能被市场青睐,诗人们也就干脆背对着市场。这样,反而能专注于语言,专注于艺术价值。……明白了这一点,就明白了顾彬为何褒中国当代诗人而贬中国当代小说了。"③ 如果我们承认这种分析有道理,那么陈晓明所谓

---

① 吴义勤:《新世纪中国当代文学研究的现状与问题》,《文艺研究》2008年第8期。
② 参见邱华栋、顾彬《"我内心里有一个呼救声":顾彬访谈录》,《西部·华语文学》2008年第17期。
③ 王彬彬:《我所理解的顾彬》,《南京大学学报》(哲学·人文科学·社会科学)2009年第2期。

接合：大众文化的冲击与1990年代以来的文学生产

的"不靠谱"便需要重新思考。

但这并非我想谈论的主要问题。我更想指出的是，为什么我们的作家与批评家一听顾彬发言就撮火、逆反、一蹦三尺高，乃至民族主义情绪汹汹呢？关键是顾彬动了他们的奶酪。众所周知，学院派批评家往往也是当代文学的研究者，而新时期以来的文学又是他们研究的重要内容。学界对研究当代文学本来就有学术含量不高的成见，如今顾彬又抛出了所谓的"垃圾论"，这等于是彻底否定了当代文学的研究价值。说得直白点，守着一堆"垃圾"做研究有什么意思呢？再说得直白点，顾彬口出狂言，岂不是砸了当代文学研究者的饭碗？

退一步说，即便顾彬的言论没有冲击到学院派批评家的心理防线，它们也在一定程度上阻碍了当代文学经典化的步伐。种种迹象表明，进入21世纪以来，当代文学界已把当代文学经典化提上了议事日程。比如，2001年以来，中国小说学会开始了一年一度的中国小说排行榜的评选，吴义勤就说过："我们希望通过我们的努力真实同步地再现21世纪中国文学'经典化'的进程，充分展现21世纪中国文学的业绩，并真正把'经典'由'过去时'还原为'现在进行时'，切实地为21世纪中国文学的'经典化'作出自己的贡献。"[1] 在这个意义上，"'排行榜'是中国小说'经典化'的重要路径"[2]。再比如，从2006年开始，《当代作家评论》对贾平凹、莫言、王蒙、王安忆、阎连科、范小青、苏童、阿来、格非等作家做过"研究专辑"，开启了当代作家经典化的进程。从2016年起，该刊又开辟了"寻找当代文学经典"的专栏。与此同时，21世纪以来《南方文坛》也常设"重读经典"的栏目。除此之外，还有文学评奖机制的运作（如茅盾文学奖、鲁迅文学奖等），当代文学史教科书

---

[1] 吴义勤：《我们该为经典做点什么？——"2004年度小说经典"序》，《小说评论》2005年第2期。

[2] 吴义勤：《"排行榜"是中国小说"经典化"的重要路径——序〈2007中国小说排行榜〉》，《天津师范大学学报》（社会科学版）2008年第5期。

对作家作品的书写与定位，等等，所有这些，都组成了当代文学经典化的强大阵容。而无论是文学评奖、小说排行榜评选，还是刊物相关栏目的设置，其实都离不开学院批评家的推动与实际运作。但是，顾彬的到来却打乱了当代文学经典化的节奏，让原来的一派祥和变得阴影重重了。既然顾彬坏了当代文学界的好事，那么批评家们生气、撮火便有了重要理由。

于是，批评家们一方面要对顾彬迎头痛击，另一方面也要与他针锋相对：既然顾彬说中国当代文学是垃圾，我们就说中国文学达到了前所未有的高度；既然顾彬说中国现代文学是"五粮液"、当代文学是"二锅头"，我们就说当代文学已远远超过了现代文学。我总觉得，当中国当代文学的评价问题在2009—2010年成为一个文学事件时，除了其中的学术因素外，还有与顾彬斗气、叫板的非学术因素。而一旦让非学术因素介入其中，也就有了意气用事的成分，其价值判断或许就显得不那么令人信服了。

那么，又该如何看待当代文学经典化这一问题呢？

三 如何看待"当代文学经典化"

谈论当代文学经典化，不妨先从经典化说起。虽然许多文学作品在其诞生时就气象不凡，有了成为经典的潜质，但它们既无法被作家自封为经典，也不一定马上就能被人认知，而是需要经历一个被建构的过程。这个过程一般被称为"经典化"（canonization）。经典化需要一定的时间长度，同时又有许多因素参与其中。托托西便说过："实际上经典化产生在一个累积形成的模式里，包括了文本、它的阅读、读者、文学史、批评、出版手段（例如，书籍销量，图书馆使用等等）、政治等等。"[1] 而所谓累积，既意味着并非一蹴而

---

[1] ［加］斯蒂文·托托西讲演：《文学研究的合法化》，马瑞琦译，北京大学出版社1997年版，第44页。

就,也意味着各种因素参与进来的复杂性。

弄清楚文学经典化的含义之后,我们就可以面对当代文学经典化这一命题了。首先的问题是,这一命题是否可以成立?回答应该是肯定的。许多人把"当代文学经典"与"当代文学经典化"混为一谈,于是当一部文学作品刚刚诞生时,他们就急不可耐地宣称其为"经典之作",这当然是荒谬的,因为它违背了经典建构的基本常识。但是,当我们说一部作品进入经典化的过程之中时,却是合情合理的。因为当代社会毕竟不是古代社会,一个作家不会像陶渊明那样被埋没多年才被发现其价值;当代的某个作家只要足够优秀,当代的某部作品只要足够出色,他(它)就会进入各种各样的遴选机制之中,脱颖而出。从这个意义上说,当代的作家作品应该是幸运的,因为他(它)们的经典化之旅往往具有"同时代性"。吴义勤说:"实际上,文学经典化的过程,既是一个历史化的过程,又更是一个当代化的过程,它不应是'过去时态',而应该是'现在进行时态'的。文学的经典化时时刻刻都在进行着,它需要当代人的参与和实践。"[①] 这种说法是有一定道理的。

既然当代文学经典化这一命题不成问题,那么,批评家又在其中扮演着怎样的角色呢?简单地说,他们往往充当着优秀作品的发现者和推广者。童庆炳先生在谈及文学经典建构的六要素时,特意把"发现人"作为其中的要素之一。而所谓发现人,"就是最早发现某个文学经典的人。发现人可以是一个人,也可以是不同时代的好几个人。发现人要具备的品质是,第一要有发现能力,提出对于作品的新体会和新理解,第二要有较大的权威性,他的这种权威性使他的发现能被推广开来"[②]。与普通读者相比,当今的学院批评家应

[①] 吴义勤:《我们为什么对同代人如此苛刻——关于中国当代文学评价问题的一点思考》,《文艺争鸣》2009年第9期。
[②] 童庆炳:《文学经典建构诸因素及其关系》,载童庆炳、陶东风主编《文学经典的建构、解构和重构》,北京大学出版社2007年版,第88页。

该更具有专业素养,也更具备鉴赏能力,同时,他们往往又是小说"排行榜"或某些文学奖项的评委,是"寻找当代文学经典"等栏目的作者,如此一来,他们也就理所当然且得天独厚地成为潜在经典的遴选者、发现者和推广者。从这个意义上说,学院批评家是值得敬重的,因为他们披沙拣金,确实为当代文学的经典化做了大量工作。

然而,这只是问题的一个方面,问题的另一方面是,当代文学经典化往往又是非常复杂的。为了把这种复杂性说清楚,我们不妨以批评家提到的两部好作品为例,略加分析。

在列举那些代表着中国文学高度的作品时,陈晓明提到了《狼图腾》,那么它究竟是一本怎样的书呢?我们先来看看出版策划人安波舜的说法:"在我们伟大民族复兴、市场经济竞争日益激化的今天,发扬狼的精神,以狼的独立和尊严,以狼的进取和不屈,去丰富和完善人的精神品格和魅力,是该书的重要主题之一。由于人对草原资源的无限索取和不断开垦,对狼的偏见和草原生物链的破坏,使得后代人不得不付出沉重的环境代价,是该书的主题之二。"从他归纳出的主题来看,此书无疑是有正面意义的,充满了积极的正能量。于是书稿到了长江文艺出版社后,他与编辑认真审读并进行了选题论证,认为"狼的精神对塑造企业和民族文化有所帮助,所以就请提倡'与狼共舞必先为狼'的海尔张瑞敏、以末位管理著称的潘石屹和苍狼乐队的蒙古族歌手腾格尔提意见。让动物世界的解说者赵忠祥等阐发人与自然的关系……结果反响很好"。而该书出版后,"主管发行的副社长黎波同志及时组织市场,进行动态的销售管理,对《狼图腾》的发行,起了关键性的作用。金丽红同志随时跟踪媒体反应,有效地监控舆论导向,使图书的宣传始终稳而不乱,健康攀升。正是这些努力,才使该书成为畅销书,已销售近百万册"。[1] 如此看来,《狼图腾》在选题、策划、出版、发行、宣传、

---

[1] 安波舜:《〈狼图腾〉编辑策划的经验和体会》,《出版科学》2006年第1期。

接合:大众文化的冲击与1990年代以来的文学生产

销售乃至海外版权输出（截至2006年6月，该书的海外版权就已成功签约24种语言，版权贸易成交总金额达110亿美元①）、电影改编（2015年2月，法国导演让－雅克·阿诺执导的《狼图腾》在中国大陆与法国同步上映）等方面都取得了巨大成功。可以说，它既是一部超级畅销书，也是一个策划出版的经典案例。

　　超级畅销书当然也是可以进入当代文学经典化的过程之中的，同时也正因为其畅销，它在经典化的过程中往往也就占尽先机。但问题是，衡量一部作品有无经典品相，不仅仅是看其畅销与否、业绩怎样，更要看其思想性与文学性有着怎样的水准和高度。而正是在这一层面，我们看到了《狼图腾》存在的问题。李建军认为:"从基本的精神姿态上看，《狼图腾》局量褊浅，规模卑狭：它固守狭隘的民族主义和国家主义立场，缺乏广阔的人类意识和历史眼光；从伦理境界看，它崇尚凶暴无情的生存意志，缺乏温柔的人道情怀和诗意的伦理态度；从主题上讲，这部小说作品的思想是简单的、混乱的，甚至是荒谬的、有害的；从艺术上看，它虽有蔑视小说规范的勇气，但缺乏最基本的叙事耐心和叙事技巧；它的勇气更多的是蛮勇和鲁莽，是草率和任性。它把小说变成了装填破烂思想的垃圾袋。"② 而即便是准备为《狼图腾》的经典化树碑立传的李小江也指出："就个人见识和审美趣味而言，我并不欣赏书中的血腥描述，不认同狼性崇拜，不赞同作者对农耕或游牧民族的简单评判，更不欣赏他以狼为楷模对'国民性'进行批判的立场，对战争气氛或竞争的叫嚣我有一种本能的厌倦。"③ 这些说法与笔者对此书的阅读感受也基本吻合："作为小说，《狼图腾》结构上显得散漫；叙述上拖泥

---

①　参见裴永刚《〈狼图腾〉是如何"图腾"的——〈狼图腾〉编辑出版案例解析》，《编辑学刊》2007年第6期；曹文刚《〈狼图腾〉版权输出看中国当代文学对外翻译传播》，《中国出版》2016年第19期。

②　李建军：《是珍珠，还是豌豆？评〈狼图腾〉》，《文艺争鸣》2005年第2期。

③　李小江：《后寓言：〈狼图腾〉深度诠释》，长江文艺出版社2010年版，第6页。

带水，比较臃肿。因作者把重心放在狼那里，人物形象便显得模糊。同时，由于价值判断的混乱，人与狼的关系又显得暧昧：一方面是人打狼，一方面是人爱狼，这种矛盾性充斥于全书之中，但情感依据和逻辑依然揭示得不够，无法让人完全信服。本书更大的缺陷在于，作者是把它当成小说写的，却处处透露出学术论文的思考和写法。这并不是一种后现代主义的笔法，而应该是初学写作者的一种不成熟：作者想以小说文体传达一种学术思考，两种思维相互碰撞，却没有达到很好的融合。"凡此种种都让人意识到，《狼图腾》虽然被炒作成"旷世奇书"，但它不过是一部文学性欠缺、思想性也成问题的流行读物，让它进入经典化的序列之中理由不足，说它代表着中国文学的高度更是天方夜谭。

然而，或许正是为了论证《狼图腾》所代表的高度，我们在陈晓明这里看到的却完全是另外一番评价："这部作品大气磅礴，有豪迈之情，故事充满自然品性，背景空旷辽阔。它的叙事方法并不复杂，但在叙事上有一种强劲的推动力，这得力于它所依靠的表现对象——广袤的草原与凶猛的狼性，但这些要转化为小说叙事的内在推动力，依然需要一种驾驭的能力。作者能驾驭如此宏大有气势的叙事，能把握大起大落的情节，结构变化也运用自如，这都显示了作者相当的艺术技巧，特别是语言精练而纯净，舒畅而有质感，可以感觉到有一种精气神贯穿始终。在风格上，它具有阳刚之气。……《狼图腾》可以说是继张承志之后的草原书写的又一次爆发。"① 需要说明的是。这并非一般评论中的论述文字，而是准文学史著作《中国当代文学主潮》中的相关内容。文学史是经典化过程中的重要因素，而在文学史中重点评论的作家作品，或者有让其经典化的意图，或者客观上起到了使其经典化的作用。陈晓明以三页半的篇幅从五个方面总结《狼图腾》的写作特点和创作成就，其让此作经典化的意图已不言而喻。

---

① 陈晓明：《中国当代文学主潮》，北京大学出版社2009年版，第542页。

接合：大众文化的冲击与1990年代以来的文学生产

四年之后，《中国当代文学主潮》修订再版，其中对姜戎与《狼图腾》的论述篇幅虽稍有缩减（由三页半缩减为将近三页），① 但核心意思并无太大变化。

在代表着中国文学高度的作品中，莫言的《檀香刑》也榜上有名，然而这部小说面世后也引发了很大的争议。张清华认为："《檀香刑》可能是莫言小说迄今'艺术含量'最大的一部小说，也是他的风格大变的一部小说。""莫言的叙事才华不但表现在他最擅长戏剧性结构的设置，更在于他能够将结构这样的形式要素，变成内容和思想本身。"而关于这部小说的主题，张清华特意把莫言与鲁迅进行对比，认为"比之鲁迅的'吃人'主题，莫言的小说中又增加了'当代性'的思考——他要试图揭示东方的民族主义是以怎样的坚忍和蒙昧，来上演这幕民族的现代悲剧的；它要见证，乡土与民间的'猫腔'同强大的钢铁的'火车'鸣笛混响在20世纪中国的土地上，上演了怎样的滑稽的喜剧；它要揭示在民族文化和民族根性的内部，是什么力量把酷刑演变成了节日和艺术……即使在《檀香刑》强烈的喜剧叙事的氛围中，也掩饰不住这样一些庄严的命题"。② 很显然，在张清华看来，这部小说不仅在形式上代表着"叙述的极限"，而且在内容上穿透了历史，从而"获得了最大的历史深度"。

对于莫言的这部小说，陈晓明同样赞不绝口。他认为小说的暴力叙事有三层要义。其一是赵甲这个刽子手"在实施檀香刑的过程中，他也着迷于这项刑罚，作为一个无与伦比的刽子手，他已经把刑罚当作一项艺术"。其二是"赵甲醉心于刑罚技艺，这是封建统治者的心理投影结果"。其三是"如此醉心于刑罚的统治者，面对帝国主义列强的暴力却只有卑躬屈膝。……小说进入这一层

---

① 参见陈晓明《中国当代文学主潮》（第二版），北京大学出版社2013年版，第533—536页。

② 张清华：《叙述的极限——论莫言》，《当代作家评论》2003年第2期。

面,就可以看出,其对暴力的书写,是一项历史抗议,是以历史正义的名义对封建统治者的愚蠢、帝国主义的残暴、民众的绝望的全面揭示"。①

然而,同样是这部《檀香刑》,我们在李建军那里却看到了截然相反的看法,他认为,"从文体效果和修辞效果上来看,这部作品的语言并不成功。它缺少变化的灵动姿致,显得呆板、单一和做作;徒具形式上的'夸张'而'华丽'的雕饰,而缺乏意味的丰饶与耐人咀含的劲道。语言的粗糙和生涩,说明莫言在文体的经营上,过于随意,用心不够"。如果用分寸感和真实性的尺度衡量,《檀香刑》也不能令人满意。"这是一部缺乏分寸感与真实性的小说。它的叙述是夸张的,描写是失度的,人物是虚假的。""他对暴力和酷刑等施虐过程的叙写,同样是缺乏克制、撙节和分寸感的,缺乏一种稳定而健康的心理支持。坦率地讲,在我看来,莫言对酷虐心理和施暴行为的夸张的叙写,在不自觉中表现出欣赏的态度。"正是因为《檀香刑》从思想境界到语言表达都存在重大缺陷,《檀香刑》也就成了"一次失败的'撤退'"。②

必须指出,莫言毕竟不是姜戎,《檀香刑》也不是《狼图腾》。当莫言写到《檀香刑》时,他已积累了丰富的写作经验,同时,他又想通过这次写作实践实现自己的文学抱负:淡化魔幻现实主义的色彩,突出民间文化中猫腔的声音。莫言在《檀香刑》的"后记"中特别指出:"也许,这部小说更合适在广场上由一个嗓音嘶哑的人来高声朗诵,在他的周围围绕着听众,这是一种用耳朵的阅读,是一种全身心的参与。为了适合广场化的、用耳朵的阅读,我有意地

---

① 陈晓明:《中国当代文学主潮》(第二版),北京大学出版社2013年版,第588—589页。
② 李建军:《是大象,还是甲虫?——评〈檀香刑〉》,载《文学的态度》,作家出版社2011年版,第273、280、281、285页。

接合:大众文化的冲击与1990年代以来的文学生产

大量使用了韵文,有意地使用了戏剧化的叙事手段,制造出了流畅、浅显、夸张、华丽的叙事效果。"① 不太苛求地说,莫言基本上达到了自己的目的。从这个意义上说,张清华所谓的这部小说"艺术含量"最大是有一定道理的。

但同时我们也要意识到,这部小说确实存在李建军所谓的分寸感缺乏等问题。例如,莫言在写刽子手赵甲行刑时虽然有详有略,却一口气写了五百刀,这种暴力和血腥叙事就是缺乏分寸感的体现。关于这种写法,莫言后来既有悔意,也有辩解,他说:"我写的时候也觉得过分,甚至有一种要受惩罚的感觉。今后还是应该节制一点。小说中关于凌迟的场面,出版社跟我商量这个地方能否删去一点,我删掉了一些,即使这样,很多读者还是难以接受。现在批评最多的就是关于凌迟的描写,有的文章甚至说我是虐待狂,我辩解的理由就是读者在批评小说时,应该把作家和小说中的人物区别开来。那是刽子手的感觉,不是作家的感觉,当然刽子手的感觉也是我写的,是我想象的。"② 而在我看来,莫言在写那五百刀时很可能是写嗨了,他也经历着巴塔耶所谓的"狂喜式痛苦"(ecstatic suffering)③。于是他便开始炫技:他要让赵甲的行刑变成一门艺术,就必须炫他的刀法;而要把这种刀法的妙处写出来,他则必须炫自己的笔法。在这种炫技式的写作中,李建军所谓的"批判态度"消失了,取而代之的则是"把玩"甚至"赏玩"。这样一来,就不仅仅是分寸感缺乏的问题,甚至其价值观也出现了重大缺陷。

那么,把这种现象代入到当代文学经典化之中,我们又会发现

---

① 莫言:《檀香刑》,作家出版社2001年版,第517—518页。
② 莫言:《在文学种种现象的背后——2002年12月与王尧长谈》,载《莫言对话新录》,文化艺术出版社2010年版,第110页。
③ 参见〔加〕卜正民、〔法〕巩涛、〔加〕格力高利·布鲁《杀千刀——中西视野下的凌迟处死》,张光润等译,商务印书馆2013年版,第265页。

第四章　文学经典与大众文化

怎样的问题呢？首先，虽然萨特说过："好像香蕉刚刚摘下来的时候味道更好——精神产品也是这样，也应当在现场就近消费。"① 但是实际上，对于文学作品来说，就近的现场消费虽然保持着阅读的新鲜感，但囿于种种因素，批评家的判断往往不大稳定。莫言的《四十一炮》刚刚面世时，吴义勤认为这部作品是"'极品'中的'极品'"②。这种判断就显得比较夸张，或许与实际情况不符。作家聂尔1996年初读莫言的《丰乳肥臀》时，"记得当时读得很激动，立刻推荐给朋友们读"。但是当莫言获得诺贝尔文学奖之后他重新打开这本书时，"当年的感觉完全消失不见了，满眼看见的只是那些粗糙和玩闹一般的句子"。③ 这就意味着尽管《丰乳肥臀》是莫言的一部重要作品，而莫言获得诺贝尔文学奖后更是加重了这部作品经典化的分量，但是，它能否经得住历史长河的冲洗，却依然是一个未知数。从这个意义上说，在当代文学经典化的过程中，批评家的现场评论与判断只能作为一种参考，却远不能作为定论。

其次，20世纪90年代以来，随着市场经济的启动，文学商业化也成为一个不争的事实。为了提高作品的知名度，吸引读者的注意力，书商和出版单位往往会召开作品研讨会，请批评家出场，让他们"上天言好事"。在这种情况下，学院批评家就变成了为作品涂脂抹粉的美容师，学院批评也变成了为文学商业服务的广告词。有人指出，如今的作品研讨会已沦为歌颂会、表彰会和炒作会④。而在这样的研讨会上，批评家一旦发言，其表扬稿再经过媒体的报道或刊发，它们就开始左右舆论导向，并且可能为公众提供了一种虚假

---

① 转引自［法］贝尔纳·亨利·列维《萨特的世纪——哲学研究》，闫素伟译，商务印书馆2005年版，第107—108页。
② 吴义勤：《有一种叙述叫"莫言叙述"》，《文艺报》2003年7月22日。
③ 参见拙文《莫言这个"结构"主义者——关于〈生死疲劳〉致友人书》，http://book.ifeng.com/shupingzhoukan/detail_2012_11/08/18966542_0.shtml，2012年11月8日。
④ 参见韩小蕙《文艺批评何以乱相纷呈？》，《光明日报》2011年10月27日。

接合:大众文化的冲击与1990年代以来的文学生产

(至少是不诚实)的判断。例如,在《狼图腾》一书的封底推荐语中,孟繁华曾写出了这样的内容:"《狼图腾》在当代中国文学的整体格局中,是一个灿烂而奇异的存在:如果将它作为小说来读,它充满了历史和传说;如果将它当作一部文化人类学著作来读,它又充满了虚构和想象。作者将他的学识和文学能力奇妙地结合在一起,具体描述和人类学知识相互渗透得如此出人意料、不可思议。显然,这是一部情理交织、力透纸背的大书。"[1] 如果仔细揣摩,这段推荐语其实是很"讲究"的,它真真假假,虚虚实实,最终与海尔集团董事局主席张瑞敏、蒙古族歌唱家腾格尔和作家周涛的推荐语一道,成为安波舜策划出的成功文案之一。王彬彬指出:"一些批评家,看上去不像是学文学的,倒像是学'市场营销'的,而'市场营销'在中国的别名,叫'忽悠'。"[2] 这种批评可谓一语中的。当批评家如此参与文学商业化的进程时,就既会降低学院批评的公信力,同时也会让文学经典化的声音变得可疑起来。

最后,也必须把批评家与作家的关系考虑进来,我们才能说清楚当代文学经典化的复杂性和微妙性。20世纪90年代以来,曾经出现过批评家激烈抨击作家的局面,于是有了所谓的"二王(王彬彬与王蒙)之争",也有了韩少功把张颐武和王干告上法庭的案例。但是,进入21世纪以来,这种争端越来越少,批评家与作家的关系仿佛也得到了很大的改善:他们不但已非"仇敌",而且处成了朋友,甚至有的成了阎连科所谓的"被文学捆绑在一起的一对夫妻"[3]。于是,一旦某个大牌作家的新作面世,批评家往往呼朋唤友,或开会研讨,或写文章吹捧。中国本来就是一个人情社会,而批评家出于朋友之情、"夫妻"之恩,更是很难写出客观公允的文章,形成实事

---

[1] 参见《狼图腾》一书的封底文字。长江文艺出版社2004年版。
[2] 吴小攀:《当下的评论家与作家关系"很恶俗"——南京大学中文系教授王彬彬专访》,《羊城晚报》2009年12月19日。
[3] 参见阎连科《作家与批评家》,《当代作家评论》2009年第1期。

第四章 文学经典与大众文化

求是的判断。例如，余华的《第七天》面世后引发了很大争议，许多读者从这部作品中读出了"新闻串串烧"的味道。然而，在《第七天》的作品讨论会上，陈晓明却说："这个小说开头非常不一般，就像马尔克斯的《百年孤独》一样……所以整个作品读下去，它是环环相扣，整个故事非常紧凑，它的叙述是非常讲究的。"[1] 不能说他没有说出自己的真实感受，但他如此夸赞，其中很可能有朋友情谊的参与，因为他说"我跟余华是几十年的老朋友"[2]。于是，当我们读到他与记者的对答时，我们或许也就理解了他的难言之隐。有记者问："你觉得当下作家与批评家关系怎样？有些批评家与作家关系紧密在多大程度上会影响其批评的公正？"陈晓明回答说："总体上来说，中国作家与批评家关系可能密切些。这是中国文化使然，要脱离这种文化也并非易事。中国批评家对作家的关系密切，在多大程度上会影响批评的公正性，我觉得可能会有些影响，但事物也是一分为二的，批评家可能也有机会与作家更直接进行交流，这些交流有些建设性的意义更多些。"[3] 如此"一分为二"地回答问题，自然是很讲究技巧的，但是却也把"批评的公正性"给巧妙地回避了。而实际情况是，只要"人情"与"批评"交织在一起，就必然会对判断的准确性、批评的公正性构成一种干扰。

以上虽然并非当代文学经典化问题的全部，但也足以让我们看到这里面所存在的难题、面临的困境。既然如此，对于当代文学，我们还有没有进行经典化的必要呢？回答应该是肯定的。因为从大

---

[1] 《他为后世写作——余华〈第七天〉研讨会实录》，http://book.ifeng.com/shupingzhoukan/special/duyao103/wenzhang/detail_2013_07/05/27193721_0.shtml，2013年7月5日。

[2] 《他为后世写作——余华〈第七天〉研讨会实录》，http://book.ifeng.com/shupingzhoukan/special/duyao103/wenzhang/detail_2013_07/05/27193721_0.shtml，2013年7月5日。

[3] 陈晓明：《回应批评：重新阐释中国当代文学的价值——答〈羊城晚报〉记者吴小攀问》，《文艺争鸣》2010年第2期。

量的文学作品中挑选出优秀之作,正是当代批评家必须从事的工作。但是另一方面,批评家也不必盲目乐观,过于自信,以为自己的判断就一言九鼎,就垄断了文学作品的阐释权。因为一部文学作品最终能否成为真正意义上的文学经典,不仅要看"此时此地"的反应,还要看"彼时彼地"的回响。也就是说,一部文学作品只有存活在后世读者的阅读与阐释当中,它的经典性才有了保障。从这个意义上说,布鲁姆(Harold Bloom)的说法是有道理的:"对经典性的预言需要作家死后两代人左右才能够被证实。"[1] 而哈慈里特(William Hazlitt)的说法更耐人寻味:"一本书还是在作者死了一两个世纪之后再来评价要好一些。我对死人比对活人有信心。当代作家大致可以分为两类——你的朋友或你的敌人。对前者我们总是太有好感,对后者我们总是成见太深,于是我们便无法从中获得阅读之乐,也无法给予两者公正的评价。"[2] 因此,当代批评家做自己该做的事情,但也把文学经典的最终产生寄托于时间和未来,应该成为他们的一个基本态度。

与此同时,那些"唱盛"的批评家面对一些"唱衰"之词,也不必闻之大怒,咬牙切齿。因为这其实是经典化过程中的正常现象。赵毅衡先生指出,经典的遴选与更新往往是学院内部的事情。文学经典要想立于不败之地,它必须有接受批评的能力。而经典文本的守护者面对挑战,也必须有为之辩护的能力,如此才形成了经典化的正常运作。[3] 如此看来,一些批评家对中国当代文学直言不讳的批评乃至否定之词,恰恰构成了文学经典化过程中的重要声部。理解了这一点,也许我们对当代文学经典化就可以心平气和一些了。

---

[1] [美]哈罗德·布鲁姆:《西方正典:伟大作家和不朽作品》,江宁康译,译林出版社2005年版,第412页。

[2] [美]哈洛·卜伦:《西方正典》(下册),高志仁译,台北:立绪文化事业有限公司1998年版,第738页。

[3] 参见赵毅衡《两种经典更新与符号双轴位移》,《文艺研究》2007年第12期。

第二节 "民选经典"中的大众文化：
以路遥其人其作为例

"当代文学经典化"虽然如火如荼，但路遥及其《平凡的世界》①却基本上在这种学院派所进行的经典化之外。究其因，其实是路遥其人其作不入学院派人士的法眼所致。例如，在"批评与文艺：2007·北京文艺论坛"上，李敬泽先生发言时曾讲到这样一件往事："这两年我和年轻学子们接触较多，从他们那里我学到很多东西。但是有一次，终于忍不住好奇，我问一位年轻才俊：关于文学，我们谈了那么多，现在能不能告诉我，古今中外的小说里，你认为最好的是哪一本，或者哪几本？他说：路遥的《平凡的世界》。我知道，对很多人来说，路遥确实就是不可冒犯的偶像，我也知道，该才俊正处在我们文学思想的前沿，但说老实话，当时我的感觉正如《夜航船》中的老和尚，觉得可以伸伸腿了。"② 在李敬泽讲述的语境中，他确实是"可以伸伸腿"的，因为无论怎么说，《平凡的世界》都不可能成为古今中外所有小说中"没有之一"的好之最。但为什么他要特意拎出路遥说事呢？他是对"该才俊"充满同情，损他"刘项原来不读书"，还是对"王路遥"暗含讥讽，贬他写出的小说根本就不算正经东西？当然，我这样猜测或有不妥，"妄议"更不应该，但我还是在一篇文章中追模"含蓄"，记录了一番我的困惑。我说，当李敬泽先生听到那位年轻人的回答后，他徐徐吐出一个象声词——噢（那是被录音整理稿删除掉的"信息噪声"，但我在现场听

---

① 路遥虽然一般被看作20世纪80年代的作家，《平凡的世界》也是发表和出版于80年代后期的作品，但由于路遥其人其作在1991年获得了茅盾文学奖，其反响也主要绵延在90年代以来的人文环境中，所以单独把他（它）拿出加以探讨，我依然觉得有其必要。

② 李敬泽：《伊甸园与垃圾》，《文艺争鸣》2008年第1期。

得真切)。我接着说:"这一声噢,余音绕梁,三日不绝。多年之后,一提到《平凡的世界》,依然会有噢的一声在我耳边滑过。我终于意识到,这个象声词已成幽灵,徘徊在我与《平凡的世界》之间,化作了一个不和谐音符。对我来说,也许这正是起点,是我重新打量和思考路遥与他的《平凡的世界》的逻辑起点。"①

如今,我觉得有必要面对这个起点了——一方面回答路遥其人其作经历了怎样的经典化过程,另一方面指出《平凡的世界》究竟是一部怎样的作品。

一 路遥"经典化"的外部考察

自从《平凡的世界》面世之后,路遥其人其作就面临两极分化的评价,受到了极为不同的待遇:一方面,他(它)被文学圈外的广大读者喜爱追捧,绵延至今;另一方面,他(它)又被学术圈内的不少专家学者小瞧低看,置之不理。这种"冰火两重天"的景观已被文学研究界的有识之士命名为"路遥现象"②。

实际上,最早注意到这种现象的是北京大学的邵燕君博士。2003年,她先是发表论文《〈平凡的世界〉不平凡——"现实主义常销书"生产模式分析》(《小说评论》2003年第1期),后又经修改,并以"'现实主义长销书'模式特点及其演变——《平凡的世界》为个案"为题,收入她出版的博士学位论文里。在这篇颇有影响的分析中,她首先呈现几个调查数据,以此说明《平凡的世界》是读者购买最多也最喜欢的小说,路遥则是读者"最心仪的作家"之一。并由此认为:"长销书读者的认同不是停留在浅层的愉悦、猎奇等层面,而是在人生观、社会观等深层价值观上。"与此同时,她也特别指出了"文学精英集团"对路遥其人其作的冷淡态度。例如,在公认的几部"学术成

---

① 参见拙文《遥想当年读路遥》,《博览群书》2015年第5期。
② 参见赵学勇《"路遥现象"与中国当代文坛》,《小说评论》2008年第6期。

就高、影响大"的文学史论著中,洪子诚所著的《中国当代文学史》(北京大学出版社1999年版)虽对"社会主义现实主义"之规范的确立和解体论述深刻,"但路遥的《平凡的世界》没有成为作者论述这一问题的关注对象"。杨匡汉、孟繁华主编的《共和国文学50年》(中国社会科学出版社1999年版)论述了陈忠实的《白鹿原》和贾平凹的一些作品,却"未曾提及路遥"。陈思和主编的《中国当代文学史教程》(复旦大学出版社1999年版)启用全新的文学史视角,并设专节"讨论了路遥的《人生》,但提到《平凡的世界》的只有一句话"。之所以如此,作者分析出来的重要原因是"重写文学史"过程中"审美领导权"的争夺较量:"或许是出于对'现实主义'规范的有意疏离,或许由于传统现实主义风格的作品难以被容纳进新的文学史框架,《平凡的世界》成为这些文学史的'盲点',这样的'集体忽视',其实正显示了在'现实主义审美领导权'弱化以后继续创作的传统现实主义风格作品的位置。"[1]

邵燕君指出的这种现象是值得认真对待的。实际上,在改革开放以来四十多年的中国当代文学史上,这种专家与读者评价悬殊、互不买账的现象并不多见。就笔者目力所及,如果说王小波算是一位的话,路遥则要算是另一位了。而且,与前者相比,后者评价的悬殊显然更大,争议也更多。为什么会出现这种"文学奇观"?为什么又会形成这种"路遥现象"?邵燕君固然已指出了这种两极分野,但其著作文章面世之后这种局面是否还在延续?有无改观?究竟该如何为路遥其人其作定位?这种两极分化在路遥经典化过程中意味着什么?所有这些,恰恰是我很感兴趣的。于是,在邵燕君谈论的基础上"接着说"便有了充分理由。

(一)大众阵营或读者要素:网民发声与数据说话

不妨从路遥逝世十五周年说起。

---

[1] 邵燕君:《倾斜的文学场——当代文学生产机制的市场化转型》,江苏人民出版社2003年版,第160—166、170—171页。

接合:大众文化的冲击与 1990 年代以来的文学生产

2007 年 11 月 17 日前后,随着"路遥文学馆"落成开馆,随着"纪念路遥逝世十五周年暨全国路遥学术研讨会"在延安大学举行,纪念活动弥漫开来,荡漾开去,形成了一种独特的文化景观。在此期间,《路遥十五年祭》(李建军编,新世界出版社 2007 年版)出版,《路遥评论集》(李建军、邢小利编选,人民文学出版社 2007 年版)、《路遥纪念集》(马一夫、厚夫、宋学成主编,人民文学出版社 2007 年版)面世,新浪网、中国网、人民网等门户网站专设纪念路遥版块,推出纪念专辑。贾平凹沉默十五年后写出《怀念路遥》一文,"他是夸父,倒在干渴的路上"的评语不胫而走。周昌义刚在博客上贴出《记得我当年差点毁了路遥》,便迎来网友的无数"板砖"。① 与此同时,无数的路遥迷通过博客文章、百度贴吧等网络渠道,谈阅读心得,发怀念感言,其浩大声势令人动容,普通读者的声音开始大面积地浮出水面。

必须讲述我自己的一个亲身经历才能说清楚网友发声给我带来的巨大震惊。也是在纪念路遥的这个日子里,我作短文一篇:《今天我们怎样怀念路遥》。此文先在《南方都市报》"个论版"发表,随即又被我贴至天涯博客。没想到几天之内,此文被点击 14000 多次,跟帖 160 个(此前此后的同类短文最多也就被点击 4000 次左右,跟帖 20 多个)。第一个发言的网友正版乡下人说:"代表部分 60 后、全体 70 后、部分 80 后抢沙发,因为我发现《平凡的世界》几乎是这三部分人的接头暗号。"五彩斑斓的竹说:"怀念路遥,《平凡的世界》我看了三遍,据一哥们说他一哥们看了七遍,是我知道的最牛的。"kerbin 说:"进来,只因为路遥两字,《平凡的世界》这本书。早在初中的时候,以前买了《平凡的世界》,自己看了一遍……但没

---

① 周昌义"毁路遥"的相关内容曾出现在《〈当代〉大编畅谈"文坛往事"》的对话体文章中,一度在网上广为流传。博文参见 http://blog.sina.com.cn/s/blog_4b470bdf01000bhv.html?tj=1,2007 年 11 月 16 日。正式发表时改名为《记得当年毁路遥》,刊发于《文艺理论与批评》2007 年第 6 期。

想到老三看了这本书,竟然爱不释手,他好像看了三遍。后来自豪地跟我说,随便我说一段,他都知道是哪个情节。而且联系我家的实际,说我大哥的人生像孙少安,我的境遇像孙少平,而他的像孙兰香。这么多年过去,还是一往情深,对这本书。呵呵。"川眉说:"大一初读《平凡的世界》,颠覆了我对以往所读全部小说的理解!当时年少的我,掩卷道:'我一定要去拜访路遥。'同舍的兄弟说:'路遥已经病故,穷困而死!'这些年来,几乎每过一两年都会利用休假的时间读一遍《平凡的世界》。人生的阅历越深,越觉此著作不朽!"听雪夜读说:"《平凡的世界》是我除了《红楼梦》外看的次数最多的一部小说。这两部小说的主题、内容、写作方法,包括作者的背景原本风马牛不相及,可为什么却同样让我欣赏呢?因为我可以体会到两位作者那共通的、最深沉的感情!"thrall1976说:"路遥在中国的地位接近于Charles Dickens在英国文学史上的地位。这个评价不包括诗人。"①

有那么多陌生的网友进来评论留言,这是大大出乎我意料的。他们的感言三言五语,既无论证过程,表达也谈不上严密,当然更不可能有什么学术含量;但他们却我手写我口,绝假纯真,说出了自己心中的真实感受。我在这些跟帖面前震惊,又在一些说法面前沉思良久。例如,当那位网友把路遥比作狄更斯时,他是不是已在某种程度上说出了许多专家也没想过、没说出的道理?

也正是那个时期,我去新浪网翻阅"路遥逝世十五周年祭"版块,发现其中有"热点调查"。编辑设计了三个问题。在"路遥最让你感动的是哪点"之下,"朴实感人的文笔"得1681票,占44.6%;"对社会现实的关注"得1356票,占35.9%;"呕心沥血地写作"得646票,占17.1%。在"《平凡的世界》中你最喜欢的人是谁"之下,

---

① 拙文及跟帖参见《赵勇专栏》,http://blog.tianya.cn/post-362739-11806739-1.shtml,2007年11月21日。

接合：大众文化的冲击与1990年代以来的文学生产

孙少平得2533票，占67.2%；田晓霞得1027票，占27.2%；"其他"得212票，占5.6%。"当代中国那些英年早逝的作家您最怀念谁"的问题之下列有路遥、王小波、海子、顾城、张纯如和都怀念六个选项，路遥得2936票，占77.8%。①

这个版块还有"新浪博友缅怀路遥"栏目，其中《我为什么觉得路遥才是最伟大的作家》的博文被置顶，打开瞧，作者开篇便如此写道：

> 文学大师的著作，拜读过许多。如陈忠实的《白鹿原》，阿来的《尘埃落定》，余华的《活着》，《许三观卖血记》，《兄弟》，还有霍达的《穆斯林的葬礼》，甚至《妻妾成群》，《小鲍庄》等。在我充满虔诚的阅读中，这些书都给了我心灵以震撼与冲击，去感叹这时世沉浮，人世哲学的魅力，但那些生活却又是离我如此的遥远，我永远也不会遇到白嘉轩，遇到富贵，遇到李光头，遇到新月，更不可能遇到颂莲，在我行走的真实世界里难以扑捉到他们的影子，那些人也就容易模糊在时间的流逝中。所以，一定程度上，他们仅仅是给我以精神娱乐罢了，我依旧行走在自己的人生轨迹上。因此，在我心中，他们都不是最伟大的作家。
>
> 我觉得路遥才是最伟大的作家，在我的阅读中，路遥用他的作品改变了我的精神世界甚至生活轨迹。②

在随后的展开中，这位网友告诉我们，《在困难的日子里》和《平凡的世界》他不知读过多少遍，在他生命最灰暗最消沉的时候，

---

① 此调查创建于2007年11月16日，参与人数3772人，目前的状态仍在"进行中"，但参与者应该主要集中在纪念活动期间。这里的统计时间是2018年2月24日。参见 http：//survey.news.sina.com.cn/voteresult.php? pid=19994，2007年11月16日。

② 漠北向南：《我为什么觉得路遥才是最伟大的作家》，http：//blog.sina.com.cn/s/blog_4b8e1ca401000c5s.html? tj=1，2007年10月21日。

第四章　文学经典与大众文化

是路遥"给了我以心灵抚慰和激励，使我感受到了战胜饥饿、屈辱和苦难的勇气，让我认识到了爱情、亲情和友情的价值和意义"。因此，"路遥的影响已经超越了文学的本身，改变着我们的人生观、价值观还有爱情观。那些所谓大师的作品，无论他们的文学意义或者成就有多么的高，有多么的眩目，对于我又有什么意义呢？"在专家学者的眼中，这样的"文学评判标准"或许不登大雅之堂，但它并非没有存在的价值。往深处想，或许它还蕴含着更深刻的道理呢。

正当我在普通读者那里寻寻觅觅时，王兆胜的文字进入了我的视野。他说："在新时期中国作家中，我最喜欢、并且对我影响最大者是路遥。"随后，他如此交代了自己喜欢路遥的心路历程：

> 我还是一个大学生时，路遥的《平凡的世界》就给我心灵以强烈的震动，那是一个农民之子所能领略的人生之艰辛与永不言败的精神。作为生长于社会底层、一贫如洗的农民之子，我曾三次高考都名落孙山，第四次高考才实现了自己的梦想。从这个意义上说，在孙少平身上我看到了自己的影子，一个不安于农村封闭落后的状况、试图以自己的努力改变命运的形象。直到今天，这部作品一直成为我人生和精神的内在动力。前几年，如母亲一样的姐姐突然病逝，在极度伤心和痛苦之中，我有幸又读到了路遥的小说《姐姐》，也可能是心有灵犀，也可能是情之所至，也可能是作品高尚的境界使然，整个阅读过程竟成了一次灵魂的抚慰和洗礼。记得当时我的泪水如江河般涌流，泣不成声，一颗心都快碎了，但过后却有一种"楚天千里清秋"的辽阔、舒畅和自由。这是一个伟大作家和一篇伟大作品所产生的精神和艺术感染力！[1]

---

[1] 王兆胜：《天唱的绝响》，载马一夫等主编《路遥纪念集》，人民文学出版社2007年版，第398页。

接合:大众文化的冲击与1990年代以来的文学生产

　　王兆胜是文学博士,也是林语堂研究专家和散文作家,长期在国内权威刊物担任文学编审。学界对他的评价是有"文化整体观和学术矩阵感"[1],有"优秀批评家的风度与尺度"[2]。这就意味着,如果说当年他读《平凡的世界》时还是一位"普通读者",那么后来他读《姐姐》时,无疑已是一位"专业读者"了。一般而言,专业读者往往阅人(作家)无数,熟读经典,甚至已是桑原武夫所谓的"文学方面的老油子"[3]。而《姐姐》还能让王兆胜涕泗滂沱,楚天清秋,只能说明路遥的作品历久弥新,具有非凡的艺术力量,与他形成了深刻的遇合。与此同时,作为学术中人,王兆胜也不可能不清楚路遥其人其作在学术界遭到了怎样的冷遇慢待。为了向高雅的文学品位看齐,或者为了不被同道中的鉴赏大师们笑话,他原本是可以把这段比较"浅薄"也有些"跌份"的阅读经历藏着掖着的,他却像一个高三或大一的普通读者那样直眉愣眼地把它讲出来了。为什么他如此性情?为什么他比我还没有城府?他在专业读者与普通读者之间的自由切换究竟意味着什么?

　　暂不回答这些问题,我需要继续公布我发现的一些数据材料。2009年4月,随着新版《平凡的世界》由北京十月文艺出版社推出,该社总编韩敬群接受了《信息时报》记者访谈。记者问:"此次重新出版还组织了'我与《平凡的世界》'征文比赛,目前进展如何?读者有何反馈?"韩敬群答:"这是一个容易找到共鸣的题目,陆续有读者的来稿。实际你可以去当当和卓越的页面上看看读者留言,在很短时间内,读者的留言已有很多,而且都写得有血有肉,有特别好的细节,说得都比我好多了,有些读者写得很自然、感人,称《平凡的世

---

[1] 朱寿桐:《在心灵场域建构学术矩阵——论王兆胜的中国现当代文学研究》,《文艺争鸣》2017年第1期。
[2] 陈剑晖:《风度与尺度——论王兆胜的散文研究》,《文艺争鸣》2017年第1期。
[3] [日]桑原武夫:《文学序说》,孙歌译,生活·读书·新知三联书店1991年版,第80页。

界》是他'人生的圣经'。"① 我在2010年6月查阅当当网,见有七八种版本或版次的《平凡的世界》陈列其中,每个版本都有数以千计的读者评论,其中北京十月文艺出版社(2009年1月版)的读者评论最多,达1559条,韩敬群所言果然不虚。② 2010年元月,我应邀参加北京十月文艺出版社举办的"新版《路遥全集》出版座谈会暨'我与《平凡的世界》'征文颁奖会",有幸拜读了获奖的全部征文(共16篇)。其中三等奖获得者袁伟望(浙江省宁海县教育局教研室)读过《悲惨世界》《战争与和平》《约翰·克利斯朵夫》等一批世界名著,但面对路遥他依然说:"我这哪里是在读小说《平凡的世界》啊,我这分明是在读自己的人生!"(《以平凡之名——〈平凡的世界〉的深情祝福》)另一位名叫刘广梅的北京读者(三等奖获得者)则如此写道:"路遥先生笔下的孙少平、高加林、田晓霞等人物在我懵懂的青春岁月,对我树立人生观产生启迪,让我明白什么是善良、什么是勤劳、什么是奋斗,它激励我不断努力、教会我永不放弃。曾经有朋友问我,如果想培养孩子正确的人生观和道德感,应该让他读什么书?我毫不犹豫地回答:一本雨果的《悲惨世界》,一本路遥的《平凡的世界》,仅此二者足矣。"(《平凡的世界,辉煌的人生》)

我还获得了一份来自北京师范大学图书馆外借图书排行榜(2005年1月1日—2010年5月1日)的统计资料。资料显示,排名前两位的分别是白寿彝的《中国通史》(外借1350次)和路遥的《平凡的世界》(中国文联出版公司1986年版,外借1314次)。但实际上,这一排行榜中还有中国青年出版社2000年出版的《平凡的世界》外借197次。两个版本相加,《平凡的世界》实际外借次数为1511次,已稳居第一。此外,据报道,《平凡的世界》近年来在全

---

① 陈川:《〈平凡的世界〉:70后当年的励志书》,http://www.zhlzw.com/lz/lzcg/87621.html#信息时报,2009年4月14日。
② 参见拙文《没有英雄的年代重温英雄梦》,《中国教育报》2010年7月15日。

接合：大众文化的冲击与1990年代以来的文学生产

国许多高校的"出镜率"都很高，并连续四年（2012—2015）荣登"浙江大学图书馆年度借阅排行榜"榜首。① 更有专业人士通过对国内20所"985工程"高校（包括北京大学、清华大学、北京师范大学、中国人民大学、复旦大学、武汉大学、浙江大学等）图书借阅排行榜分析，得出一项重要数据：《平凡的世界》在2015年度登榜频次最高，位居22种图书之首。作者因此得出的一个结论是："该书在2015年最受高校读者欢迎。"②

我也择要公布我自己完成的一项调查结果。在北京师范大学文学院，本人长期为本科生讲授一门"文学理论专题"课。从2008年起，我在此课中增加了一讲个案分析："路遥与他的《平凡的世界》"。2014年春季学期，在未讲这一个案之前，我曾设计一张含有14个问题的《关于路遥的调查问卷》，发放给听课的大二同学（2012级）。本次调查共发放与回收问卷117张，其中17人未作任何回答。由此可大体推算出85.5%的听课学生读过路遥。在"你读过路遥的哪些作品"这一问题之下，回答《人生》46人，《平凡的世界》83人，《早晨从中午开始》31人，《在困难的日子里》5人，《路遥文集》5人。在"你是通过什么方式读到路遥作品的"问题之下，回答"他人推荐"55人，"传媒推荐"7人，"偶然看到"27人，"其他"11人。在"你认为路遥的文学是何种类型的文学"的问题之下，回答"纯文学"35人，"通俗文学"17人，"纯文学与通俗文学的糅合"44人，未选择者4人。在"你认为路遥作品的优势在于"这一问题之下，回答"很励志"11人，"很先锋"1人，"能提供某种写作典范"8人，"能让人获得某种人生感悟"62人。此外，回答"很励志" + "能让人获得某种人生感悟"者还有10

---

① 参见张冰清《〈平凡的世界〉四获浙大图书馆年度借阅排行榜冠军》，《钱江晚报》2016年2月14日。
② 吴汉华、姚小燕、倪弘：《我国"985工程"高校图书借阅排行榜分析》，《大学图书馆学报》2016年第6期。

人。在"如果用一句话,你如何评价路遥"的问题之下,除23人未作任何评价外,正面或偏中性的说法有:

"伟大而有深度的作家""给人人生启示的作家""贴近心灵的作家""懂得生活的作家""写乡土的传统作家""当代作家的典范""朴实勤奋的写作者""敏锐而正统的作家""应该认真去读并感受的作家""朴实无华的讲故事的人,给人以生生不息的力量""小说中的现实令人感慨万千,很现实的作家""用生命写作""平凡的世界 不平凡的路遥""改革时代的记者""70年代生人的偶像""本可以享有更高的声誉和成就""当时的通俗文学,如今进入了经典""路遥知马力,日久见文心""宗教式的虔诚与爱情式的激情""很励志,有忍耐力,宗教苦修情怀,人道主义关怀""泥土里发出的思考""写实、质朴、励志,有黄土地的味道""梦到矛盾的乡土""泥土香""令人动容的朴实气质""陕西乡村的朴素以耐人寻味的方式组合在一起""朴实的农民大哥用朴实的话讲朴实的道理""乡土与人性""书写了当代农村史""给人感受很不一样""令人情绪激动""励志,贴合生活""作品令人反思自我""对人生、生活有着敏锐的感悟力和理解力,深入内心,深入生活本质,平静中给人以哲思,洞悉人心人性""描写人民生活,反映社会风貌""作品反映了20世纪知识分子的挣扎""作品气势恢宏""结构严谨,洞察力强""值得一读""可敬又可怜""苦行僧""去世太早、遗憾太多""文学的役夫""古典平淡的叙述,有思想但不易进入"。

其中也有五条不太正面或较负面的评语:"励志但毫无创新""没有了解,感觉就是一普通作家""一个聪明但倒霉的人""勤奋但不够天才,只是平凡记录了他看到的时代""有文学梦,很努力,但不深刻,也没有多美,情感表现不复杂的作家"。

2012级的本科生同学无疑都是"90后",与"60后""70后""80后"相比,他们对路遥其人其作的看法似乎要更客观更理性一些,但很显然,路遥在他们那里依然是知名度很高的作家,他们也大都在初中高中阶段(57人)与大学初级阶段(43人)完成了对路遥代表作的阅读。而在更年轻的清华学子(2015级)那里,他们在即将入学之际便收到了校长邱勇所赠的《平凡的世界》。虽然网友有"书是好书,赠书动机不纯,不如不赠"的吐槽,[①] 虽然这种"奉旨读书"并非最好的阅读状态,但正如清华大学中文系王中忱教授指出的,尽管他起初担心这些本科新生自小生活优裕,一路接受精英教育,理解"平凡"人物的人生际遇、心底波澜和喜怒歌哭或许吃力,但读过他们的随感之后,他"不仅感到原来的担心已经没有必要,还从同学们对路遥小说的解读获得了很多惊喜"。因为尽管确有同学"对路遥小说所描述的年代氛围和生活情景感到陌生,但这最终并没有成为他们走进'平凡的世界'的障碍"。[②] 这也意味着,路遥与其《平凡的世界》在走向更年轻的"95后"时畅通无阻。

如果从《平凡的世界》第三部发表(刊发于《黄河》1988年第3期)和126集的《平凡的世界》在中央人民广播电台播送结束(1988年8月2日)算起,[③] 至2018年,这部作品在世已达三十年之久。三十年来,它几易出版社,印数多少,盗版几何,又有多少读者读过,实际上是无法统计的。但就我目前掌握的资料数据来看,前十五年它在读者中口碑很高、阅读者众,后十五年它依然长销不衰,不断有年轻的读者加入其中,恐怕已是不争的事实。同时也需

[①] 参见《如何评价清华大学校长为2015级新生赠送〈平凡的世界〉?》回帖,https://www.zhihu.com/question/34151467,2015年8月31日。

[②] 史宗恺主编:《续写岁月的传奇:清华学子感悟〈平凡的世界〉》,清华大学出版社2016年版,"后记"第407页。

[③] 参见王刚编著《路遥年谱》,北京时代华文书局2016年版,第230—231页。

第四章　文学经典与大众文化

要注意的是，20世纪80—90年代，由于缺少发声渠道，路遥其人其作只是以"口头文化"的方式传播，其口耳相传之言也就随风飘散，无迹可求，读者仿佛成了"沉默的大多数"。20、21世纪之交以来，随着网络与种种新媒体的兴盛，普通读者方才获得了畅所欲言的表达空间，"读者评论"仿佛也才进入"书面文化"时代。所有这些，对于路遥其人其作的经典化进程究竟意味着什么呢？让我们暂时放下这一问题，先来看看精英集团的举动。

（二）精英集团或文学史要素：冷遇景观与善待迹象

由于邵燕君在其分析中主要提到了三本文学史论著，我们依然可从这三本著作说起。

三本著作中，杨匡汉、孟繁华主编的书已增补修订为《共和国文学60年》再度面世，但它既非严格意义上的教科书，"未曾提及路遥"的局面也几无改观，① 这里便可存而不论。陈思和与洪子诚的那两本虽也再版，但前者似未修订，后者虽有修订，但关于路遥的内容并无多少改进。所谓"似未修订"，是因为据笔者粗略比对，陈版文学史第二版只是删去了初版的"后记"，增加了一个"附录三"（《关于当代文学史教学的几点看法》），两个版本的正文页码则完全对应，一模一样。我想指出的是，这部教材能用两页多篇幅分析路遥的《人生》，再"一笔带过"《平凡的世界》，② 或许是其编写原则或编写体例使然。因为编者涉及20世纪八九十年代的文学时，虽每节大都罗列重要作家的重要作品，小说却是中短篇居多。又因为主

---

① 与《共和国文学50年》相比，《共和国文学60年》修订时增加"文学的调整"一章内容，作者在谈及20世纪80年代文艺政策的调整给文学创作带来繁荣局面时，罗列17部中篇小说和10部长篇小说，其中提到了路遥的《人生》和《平凡的世界》。参见杨匡汉主编《共和国文学60年》，人民出版社2009年版，第84—85页。

② "一笔带过"的文字是："作者始终认为，文学的现实主义创作方法在以后相当长的时间内，仍然会有蓬勃的生命力。这样的自信力在《人生》中已经得到了证明，在他的长篇遗作《平凡的世界》里体现得更加有力。"陈思和主编：《中国当代文学史教程》（第二版），复旦大学出版社2017年版，第240页。

接合：大众文化的冲击与1990年代以来的文学生产

编对"90年代的文学讨论得比较少"①，《平凡的世界》又恰恰出版于20世纪80年代末，走红于90年代，这或许就成为这部教材不仅没有分析《平凡的世界》，也没有专节讨论《白鹿原》和《废都》的原因之一。如此做法，既是陈思和所谓的"写与时代生活同步的文学史需要慎重"②，也可能是李敬泽所谓的"没把握"。后者曾经说过：当代文学的"评论家其实也是为'习惯'所支配的动物，没形成习惯、没练出来条件反射，他就不敢叫好，他也得'让子弹飞一会儿'，那不是从容，而是真的没把握"③。

与初版本相比，洪版修订版把原来一小节的"历史创伤的记忆"调整扩展成了一章内容。因为这一修订，路遥与《人生》出现了一下——"有的批评家，还把《人生》（路遥）、《鲁班的子孙》（王润滋）、《老人仓》（矫健），以及贾平凹、张炜的一些小说，也归入这一行列（笔者注：指'改革文学'）。"④ 虽然这只是惊鸿一瞥，说了也等于没说，但它毕竟打破了洪版教材正文中对路遥"只字不提"的局面。⑤ 为什么洪版文学史如此对待路遥？说白了原因倒也简单，因为洪子诚不太喜欢《平凡的世界》。在与解志熙对谈时他曾说过："我对《创业史》和《平凡的世界》，说老实话并不是太喜欢。或者说，我认为它们是当代文学里面的重要作品，但是评价不如解老师那么高。"⑥ 而此前李云雷也曾给他提出过如下问题："关于路遥的评价问题，包括您的文学史在内的多部'当代文学史'，都没有提到他和他

---

① 陈思和主编：《中国当代文学史教程》（第二版），复旦大学出版社2017年版，第439页。
② 陈思和主编：《中国当代文学史教程》（第二版），复旦大学出版社2017年版，第439页。
③ 李敬泽：《致理想读者》，中国人民大学出版社2014年版，第30页。
④ 洪子诚：《中国当代文学史》（修订版），北京大学出版社2007年版，第259页。
⑤ 实际上，如果算上附在书后的"中国当代文学年表"（由贺桂梅编写），路遥在初版本中是出现过三次的：1982年在《收获》发表《人生》，1986年在《收获》发表《平凡的世界》，1992年路遥去世。修订版中，增加了1993年的《路遥文集》出版。
⑥ 洪子诚、解志熙：《清华园里谈读书》，《文艺争鸣》2018年第7期。

第四章 文学经典与大众文化

的《平凡的世界》，或者评价不高。但路遥的小说当今却受到很多青年人与普通读者的欢迎。不知道您在写作文学史的时候，对路遥有一个什么样的判断，您如何看待这一现象？"洪子诚是这样回答的：

> 我在不同的学校演讲，总有同学提出这样的问题。除了为什么没有写路遥之外，还有为什么不写王朔，为什么没有写王小波。为什么？我也有点纳闷。记得80年代我上课的时候，曾经用很多时间分析路遥的《人生》。20世纪90年代写文学史，确实对他没有特别的关注，也翻过《平凡的世界》，感觉是《人生》的延伸，艺术上觉得也没有特别的贡献，那时我也不知道他的小说在读者中的广泛影响。这也许就是一个疏忽？当代人写当代史，缺失、偏颇、疏漏应该是一种常态。我们常常举的例子，就是唐朝人选的唐诗选本经不起时间的检验。认识到这种"过渡"的性质，可以减轻压力。如果在这个问题上要为自己辩护的话，那就是：不要说我这样的庸常之辈，即使才华横溢、咄咄逼人的别林斯基，在独具慧眼地正确论述普希金、果戈理等的价值的同时，他也有不少看走眼的地方。①

因为不太喜欢，所以不怎么阅读，这种情况在洪子诚那里并非孤例。因为当年读硕士的邵燕君曾在他生病时抱过去一套《天龙八部》，并劝道："不读金庸，您这一生会失去许多乐趣的。"但他"读了几十页也不能进入'情况'，确实读不下去，终于连第一本也没有读完。大概是像批评家吴亮说的，'口味不对而已，没有道理可讲'"②。很显然，《平凡的世界》也是这种情况。不读自己不喜欢的

---

① 李云雷、洪子诚：《关于当代文学史的答问》，https://www.douban.com/group/topic/42770387/，2013年8月13日。
② 洪子诚：《问题与方法：中国当代文学史研究讲稿》，生活·读书·新知三联书店2002年版，第241页。

接合:大众文化的冲击与1990年代以来的文学生产

作品是每一个读者的权利,洪子诚当然也拥有这种权利。但问题是,他又不是一名普通读者,而是文学史研究专家。如果说不读金庸对于中国当代文学史的写作并无大碍的话,那么,不读《平凡的世界》却会给文学史的写作带来影响。从这个意义上说,可以把邵燕君那篇文章中涉及洪版文学史的部分看作她对洪老师的委婉提醒。而他终于没有接受这一建言,无论如何都显得有些遗憾。因为根据他的最新说法,由于年龄和精力方面的原因,"我不会再去修订我编写的文学史"[①] 了。

我之所以重点谈论这两部文学史教材,是因为它们知名度高,使用面广,接受者众,而且几乎代表着中国当代文学史撰写或编写的最高水准。它们的做法是一种示范,它们对作家作品的取舍也有可能成为文学史编写的风向标,对后来者构成一定影响。这就难怪一些路遥研究者会对这两部教材的"一笔带过"或"只字未提"耿耿于怀了。

这两部教科书如此,其他文学史又怎样呢?据一篇硕士论文统计,在1986—2010年出版的76部中国现当代文学史中,对路遥其人其作有所分析者16部,仅占所有文学史的五分之一。论文详细罗列了对路遥只字未提的权威教材20部,又更详细地介绍了对路遥有所分析却比较边缘的教材约10部。[②] 虽然有所分析的教材中有的对路遥列了专章(如特·赛音巴雅尔主编《中国当代文学史》,民族出版社1999年版),有的对《平凡的世界》详细论述(如郑万鹏《中国当代文学史(1949—1999)》,华夏出版社2007年版),但由于种种原因,它们还无法形成多大影响。

这种对路遥的忽略也延续在其他性质的文学史中。例如,据笔

---

① 丁雄飞:《洪子诚谈中国当代文学史》,https://baijiahao.baidu.com/s?id=1593336853121996291&wfr=spider&for=pc,2018年2月25日。
② 参见王海军《路遥接受史论》,硕士学位论文,四川师范大学,2010年,第16—20页。

362

者统计,在张健教授总主编的《中国当代文学编年史》(山东文艺出版社2012年版)中,张清华主编的第五卷(1976.10—1984.12)贾平凹出现61次,路遥出现14次;蒋原伦主编的第六卷(1985.1—1989.12)贾平凹出现51次,路遥出现6次;张清华主编的第七卷(1990.1—1995.12)贾平凹出现31次,路遥出现3次。这里选择贾平凹与路遥对比,是因为他们在80年代差不多同时出道。而贾平凹在编年史中出现的次数远高于路遥,原因虽然也更加复杂(例如80年代中后期路遥埋头创作《平凡的世界》,很少在媒体露面也很少有其他作品面世),但显然也与各分卷主编对两位作家的重视程度和对其相关材料的挖掘程度有关。因为笔者也主编了其中两卷,对总主编的意图及讨论产生的"编纂方案"非常清楚。比如,"建国后去世的作家(一般作家除外),去世时一般应有集中的评价,但须以史料(观点摘编)形式出现",此为编写原则之一,"评价"的篇幅则视作家的重要程度而定。笔者主编的第八卷在王小波去世时有1350字的评价,[①]而路遥去世时的评价却只有740字。[②] 我个人以为,这样的字数与路遥的重要程度并不相称。

正是因为目前的文学史教材依然对路遥轻视颇多,才引发了清华大学中文系教授解志熙的如下感叹:

> 这样一部深受广大读者喜爱的作品,却由于它的艺术不够时髦而长期得不到当代中国文学评论界和研究界的重视和好评,尤其在所谓学术中心的高层学术圈子里,《平凡的世界》其实是备受冷遇的。比如,前几年由北京大学资深教授严家炎先生领衔主编的、有十多家著名高校学者参与编写的"国家级教材"《二十

[①] 参见张健主编,赵勇本卷主编《中国当代文学编年史》第八卷(1996.1—2000.12),山东文艺出版社2012年版,第151—153页。

[②] 参见张健主编,张清华本卷主编《中国当代文学编年史》第七卷(1990.1—1995.12),山东文艺出版社2012年版,第276—277页。

世纪中国文学史》,在叙述到新时期文学的时候,也只在一处顺便提了一下路遥的名字,就一笔略过了。说来惭愧,我也是该书的编写者之一,但这部分不由我写,所以我也无可奈何。①

北京大学中文系素有教授"被学生所促动",进而去关注某位当代作家的传统。比如,金庸除洪子诚不为所动外,钱理群、严家炎等人对他的关注与研究,都与年轻学子的推动和督促有关。② 严家炎教授更是指出,他在1995年开设"金庸小说研究"课,"并非为了赶时髦或要争做'始作俑者',而是出于文学史研究者的一种历史责任感"③。路遥没有被严主编重点关注,究竟是北大学生不给力因而"促动"不够,还是路遥在文学史中的地位与"介于雨果与大仲马之间"的金庸④相去甚远无甚可谈,或者是所谓的"历史责任感"只是因人而异因势利导?所有这些我们都不宜妄加猜测。我之所以提出这些问题,是觉得连解志熙这种置身于现当代文学界的专业人士都如此感叹、无能为力时,路遥在学院派那里的待遇之差也就可想而知了。

当然,也不是没有改观。早在路遥逝世十周年之际,李建军便写出重要文章,分别在"为谁写""为何写""写什么""如何写"四个层面释放路遥其人其作的价值与意义。⑤ 此前此后,陕西师范大学的李继凯,兰州大学(后调入陕西师范大学)的赵学勇,延安大

---

① 解志熙:《经典的回味——〈平凡的世界〉的几种读法》,载史宗恺主编《续写岁月的传奇:清华学子感悟〈平凡的世界〉》,清华大学出版社2016年版,第16页。

② 参见吴晓黎《90年代文化中的金庸——对金庸小说经典化与流行的考察》,载戴锦华主编《书写文化英雄——世纪之交的文化研究》,江苏人民出版社2000年版,第135—137页。

③ 严家炎:《金庸小说论稿》(增订版),北京大学出版社2007年版,"初校序言"第1页。

④ 严家炎认为:"金庸在中国文学史上的地位可以进入到类似于法国文学史中雨果和大仲马之间的位置。"邵燕君:《中国文化界的金庸热》,原载《华声月报》1995年第6期,参见http://www.chinawriter.com.cn/56/2007/0109/1288.html,2007年1月9日。

⑤ 参见李建军《文学写作诸问题——为纪念路遥逝世十周年而作》,《南方文坛》2002年第6期。

学的梁向阳（厚夫）、惠雁冰等也在撰文著书，解读路遥。他们无疑都属于学院派，但他们为路遥的鼓与呼、辩与论又往往会被学界误读为"乡党情谊"。① 在路遥研究中，也有越来越多的年轻人加入进来。据笔者在中国知网硕博士数据库中统计，2001—2017 年，以路遥为题的硕士学位论文达 88 篇，但博士学位论文是零。虽然这一数据并不十分准确，② 但大体上也能看出一种学院心态：把路遥作为博士学位论文选题，或许会被一些博士生掂量再三，感觉分量不够；或许会被其导师劝阻，觉得无甚可做。而硕士学位论文尽管研究路遥者已经不少，但由于水平、规模等问题，也由于人微言轻，他们的声音还不能对主流研究构成多大影响。

在这一改观中，有两个动向也值得一提。北京大学的陈晓明教授 2009 年出版了一本个性鲜明的教科书《中国当代文学主潮》，此书有两处论及路遥：一处简要分析《人生》（约 736 字），另一处更简要地谈论《平凡的世界》（约 420 字）。虽然这种分析与谈论还无法与对贾平凹的研究相提并论（陈书在寻根文学处谈及贾平凹约 1900 字，后面论及《废都》约 3100 字），③ 但与其他对路遥只字不提或一笔带过的教材相比，这已显得很不容易。更值得注意的是，该教材在四年后修订再版，除保留对《人生》原有的分析外，还加大了对《平凡的世界》的分析力度（共计约 1450 字）。作者在"强烈的命运意识""广阔的生活画面和现实变革的真实纪录""现实主义的生活含量和细节的生动性"下展开论述，最后指出："《平凡的

---

① 例如，陈冲就认为，李建军"实在不该在谈论陕西作家时捎带着解决如此重大的理论问题，不只是他一个，'陕西出来'的批评家在谈到陕西作家时，往往都一定程度地存在着理性被感性瞬时性遮蔽的风险"。陈冲：《路遥的2015》，《文学自由谈》2015 年第 4 期。

② 例如，就笔者所知，2004 年毕业于北京师范大学文学院的石天强博士（导师王一川教授），很可能最早完成了一篇以路遥为题的博士学位论文，并以此成书《断裂地带的精神流亡——路遥的文学实践及其文化意义》，北京大学出版社 2009 年版。

③ 参见陈晓明《中国当代文学主潮》，北京大学出版社 2009 年版，第 293—294、332—333、383、558—561 页。

世界》回到平实的生活中,去审视底层青年卑微的足迹,它是80年代中国现实主义文学的重大成就,某种意义上,达到了它的极致,也达到了它的终结。"① 陈晓明原是中国当代先锋文学的守护者与阐释者,路遥此前应该不在他的关注范围之内和话语谱系之中。他能在其教材中提及路遥,并在修订版中加大对《平凡的世界》的论述篇幅,既指出这部作品在艺术表现手法上"并无特别创新之处",也承认"叙事的展开气势恢弘,起承转合,章法有序,足见路遥的功力"②,或许说明他已在一定程度上走出了先锋文学的迷雾?同时,他对路遥青眼相加虽不宜做过度阐释,但是不是也意味着路遥作品经过民间力量的多年推动已对学院派构成了某种触动乃至影响?是不是新一代文学史研究者已经或正在放弃他们的"傲慢与偏见",准备与路遥握手言和?③

另一个动向来自中国人民大学程光炜教授与他的博士(生)团队。从2005年起,程光炜带领其博士生"重返八十年代",把这一文学史研究工作做得有声有色。正是在这一"重返"活动中,程光炜意识到当代文学学科的"历史化"、文学史研究的"陌生化""当代性""参照性"等问题,进而对"路遥现象"展开了某种反思。在他看来,"虽然路遥的文学史定位现在还是一个问题",但重返历史现场,显然已无法在他面前绕道而行。尤其是改革开放以来,由于中国社会所发生的巨大历史变迁,"奋斗、人生、劳动、尊严、生命"等概念重新进入人们的视野,并被知识界加工再造。这对路遥

---

① 陈晓明:《中国当代文学主潮》(第二版),北京大学出版社2013年版,第387页。
② 陈晓明:《中国当代文学主潮》(第二版),北京大学出版社2013年版,第386页。
③ 值得一提的是,陈晓明于2022年发表了一篇近三万字的长文来论述《平凡的世界》,认为只有把这部作品放在"漫长的20世纪"的经验中,我们才能理解它"如此深刻地揭示了中国乡村发生变革的历史意义,也才能理解孙少平们的自主性渴望和超越性的精神"。这也意味着与《中国当代文学主潮》中的相关分析相比,陈晓明对《平凡的世界》的阐释又前进了一大步。参见陈晓明《漫长的20世纪与重写乡村中国——试论〈平凡的世界〉中的个体精神》,《中国现代文学丛刊》2022年第7期。

第四章 文学经典与大众文化

其人其作意味着什么呢？他指出：

> 这些概念又在反复地繁衍生产着路遥的文学史形象，繁衍生产着他小说的意义和价值。这些关键词通过大学、书店、图书馆、电视、报纸等传媒被广为传播，深刻地教育了我们这代人，同样也在深刻教育下面的一代代青年。为什么说路遥的小说是励志型小说呢？为什么说他的小说就是21世纪中国农村青年的人生教科书呢？这都与作者、主人公性格与改革开放历史语境有紧密互动的关系相关。因此，我想提出的第一个问题是，需要反省路遥小说主人公性格的问题，由此开始对路遥小说与80年代文化作文学批评和文学史结论之外的重新观察，也就是说应该把路遥小说放在文学史的环境之外。当然，我们也不能故意拔高，人为地把路遥本人和小说再次英雄化，如果那样，就不能理性地认识路遥现象，也不能理性地认识现在青年对他的继续拥戴。①

可以把这一思考看作师生互动之后的一个结晶，因为在其弟子杨庆祥、黄平和杨晓帆的相关论文中，路遥研究已显露出新的迹象。而"把路遥小说放在文学史的环境之外""重新观察"，首先意味着对路遥的重视，其次对于路遥研究来说，也有可能开辟出一条新的路径。从这个意义上说，这一工作是值得尊敬且意义重大的。这也意味着学院派并非精诚团结铁板一块——当一些文学史研究者对路遥视而不见、对路遥研究停滞不前时，程光炜与其学术团队却在"学术中心的高层学术圈子里"挑起了这个重担。正所谓"东方不亮西方亮，黑了南方有北方"。

但我也有一些疑惑：把路遥其人其作放在文学史环境之外，是

---

① 程光炜：《文学史二十讲》，东方出版中心2016年版，第287、293页。

要进行韦勒克所谓的"外部研究",还是另有深意?如此一来,路遥与文学史又将是怎样一种关系?程光炜提倡文学史研究的"陌生化",而所谓"陌生化",其要义之一"就是你们也应该对我今天所讲的内容产生怀疑",进而"质疑和逼问讲演者":"你这样研究问题的目的到底是什么?"① 那么我的问题来了:路遥本来就不在文学史中您所谓的那个"毋庸置疑的文学经典谱系"之内,您这样研究意在何处?是要像美国人那样"开放经典"(open the canon)呢,还是预先更换一套话语系统,把本未纳入"学院经典化"进程中的路遥先"去经典化"(decanonization),干脆把他打发到文学经典的谱系之外让他另谋生路?

把问题"陌生化"到如此程度之后,其实我本人也被搞糊涂了。为了消除自己的疑惑,我不得不面对杨庆祥博士的研究成果了。

必须承认,杨庆祥发表于2007年的论文(《路遥的自我意识和写作姿态——兼及1985年前后"文学场"的历史分析》,《南方文坛》2007年第6期)既新意迭出,又锋芒毕露,显然对路遥研究界构成了一种刺激和挑战。我在第一时间读其文,便认为作者的写作动机之一"是在祛魅"②,如今重新阅读,这一看法依然没有改变。杨庆祥把路遥置于1985年前后的文学场域之中,释放《早晨从中午开始》的无意识心理,反思路遥与柳青的"现实主义"关系,剖析路遥对"现代派"与"先锋文学"的羡慕嫉妒恨,确实让人耳目一新。但在我看来,他又把一些复杂的问题简单化了。比如,说"路遥的读者绝大部分是'一次性读者',而且是流动的、业余的",首先就显得"政治不正确"(这种表述是很容易让人想到"低端人口"这个热词的),同时这个"一次性"也令人费解。我们可以反问,大量把《平凡的世界》读了多遍且因此改变了"三观"的"业余读

---

① 程光炜:《文学史二十讲》,东方出版中心2016年版,第24页。
② 参见拙作《今天我们怎样怀念路遥》,《南方都市报》2007年11月22日。

第四章 文学经典与大众文化

者"又是几次性读者？当然，这些都还算是枝节问题，更值得思考的还是作者推出的其中一个结论：

> 在很多研究者看来，路遥的"经典"地位在于他呕心沥血所完成的"现实主义"长篇著作《平凡的世界》，而也恰好是在这一点上，另外一些研究者表达了截然不同的意见，他们只是非常有限度地承认了《人生》的"文学史地位"。这里凸显出的是完全不同的文学评价标准、文学史准入原则和差距甚大的美学观念，任何执之一端的看法都可能有失偏颇。站在 1985 年代以来形成的"纯文学的"或者"纯美学"的观念来判断路遥，当然会得出路遥并不"经典"的结论，因为路遥的作品并不能给现代批评提供一个"自足"的文本。但是如果站在一种"泛现实主义"的立场上来夸大路遥的地位，也同样值得怀疑，因为一个事实是，路遥的最高成就其实止步于《人生》，他前此的一些并不出色的作品都是《人生》的准备，而后此的《平凡的世界》无论从现实主义文学的各种评判标准来看（主题、人物、思想、结构等等）都不过是《人生》的"加长版"，这些是否能够支撑路遥作为一个"经典"作家的地位，还有待时间的考证。[①]

《平凡的世界》是不是《人生》的"加长版"这里暂且不论，我更想表达的意思是，当杨庆祥借助洪子诚和陈思和的两部文学史（"文学史地位"那处有注释）、李陀的先锋文学读者观，以及 1985 年以来的"纯文学观"来质疑或者忧虑路遥的"经典"作家地位时，他或许也处在其导师所谓的"已经被别的研究所规训、所遮蔽"[②] 的过程之中了。因为他后来坦承："在整个本科阶段，路遥并没有进入我

[①] 杨庆祥：《分裂的想象》，北京大学出版社 2013 年版，第 175、178 页。
[②] 程光炜：《文学史二十讲》，东方出版中心 2016 年版，第 37 页。

的阅读视野。虽然当时也有老师在课堂上谈到路遥，但是我从心理上对他有种排斥感，认为他是一个很'土'的作家，其时我认为余华、莫言等'先锋作家'更'洋气'，更能证明我作为一个中文系学生的优越感，至今我还记得阅读'先锋作品'的那种快感：一种情绪和语言都获得极度解放的感觉。现在想来，这种阅读感觉是有些矫情的，但也很正常，其时我刚刚从生活了20年的农村中出来，进入城市开始新的学习和生活，从某种程度上完成了从'农村人'向'城市人'的身份转变。……我自身的那种'解放感'在'非社会化''去历史化'的'先锋文学'中找到了某种对应。"① 这段真情表白让我意识到的问题是，先锋文学究竟在多大程度上塑造了我们的审美趣味？它们所形成的文学成规对我们究竟构成了怎样的影响？崇尚"怎么写"的先锋文学是不是一定高于追求"写什么"的现实主义文学？我们是不是能向罗蒂学习，既欣赏纳博科夫式的"私人完美"，也欣赏奥威尔式的"社会正义"，②从而在两者之间做到"亦此亦彼"？

于是，尽管我并不认同杨庆祥在路遥研究中的部分观点，但我还是非常欣赏他后来正视路遥时所进行的"审美上的返乡之旅"的。因为我也曾年轻气盛过，也在大学阶段对土得掉渣的赵树理置之不理。我的幸运在于，路遥的《人生》不仅同步走进了我们的大学课堂，而且还成为我在那一阶段的重要读物之一。③少时逆反，老大皈依，就像当年"心浮气躁"的"毛头小伙"周昌义那样，"现在老了，知道细嚼慢咽了"④，我也在向我曾慢待的作家致敬。因为我现在业已明白，在中国近四十多年的文学发展中，并非只有先锋文学异军突起，

---

① 杨庆祥：《阅读路遥：经验和差异》，《南方文坛》2012年第5期。
② Richard Rorty, *Contingency, Irony and Solidarity*, Cambridge: Cambridge University Press, 1989, p.145；[美]理查德·罗蒂：《偶然、反讽与团结》，徐文瑞译，商务印书馆2003年版，第206页。
③ 参见拙文《遥想当年读路遥》，《博览群书》2015年第5期。
④ 周昌义：《记得当年毁路遥》，《文艺理论与批评》2007年第6期。

第四章　文学经典与大众文化

同时还有现实主义长流不息；莫言代表着其中一极，路遥无疑代表着其中的另一极。而且，这两极并非你死我活、非此即彼，而是应该和平相处，共同见证我们这段虽然艰难却还算辉煌的文学叙事。

也于是，尽管我认为程光炜及其团队的"祛魅之举"更多带有"文化研究"的意味——他们很可能已不再关注"何谓真正的经典""经典的价值和意义几何"这类传统问题，而是在解构中建构，甚至在追问"谁的经典"和"谁的经典标准"——但是，这种质疑也同样具有价值和意义。因为它既是逼问与反思，却也在不经意间中了埋伏，成了路遥其人其作"民选经典"学院化过程中的必要环节。

（三）民选经典或民间经典化：路遥其人其作的绿色通道

现在必须直面路遥经典化这个问题了，但若想把这个问题说透，我依然需要从路遥逝世十五周年前后说起。

如前所述，2007年前后，"当代文学经典化"逐渐成为一个重要议题。例如，一些批评家非常焦虑，他们或者直接列出长篇小说名单（如《活着》《九月寓言》《废都》《长恨歌》《许三观卖血记》《丰乳肥臀》《檀香刑》《人面桃花》等），宣布它们已是"伟大的作品"[1]，或者大声疾呼"当代文学"早已远远超过"现代文学"，"理直气壮地去筛选、研究和认定那些涌现在我们身边的'经典'正是一个紧迫的任务"[2]。于是，以"当代文学经典化"之名，投标立项、拿来国家重大课题者有之，呼朋唤友、反复召开学术研讨会者有之。与此同时，一些重要的批评家开始摇旗呐喊，发声响应，一些重要的评论刊物也开始集思广益，开辟"经典化"阵地。程光炜教授特别指出：

> 《当代作家评论》杂志这两年正在开启当代作家的经典化过

---

[1] 参见张清华《在历史化与当代性之间——关于当代文学研究与批评状况的思考》，《文艺研究》2009年第12期。

[2] 吴义勤：《新世纪中国当代文学研究的现状与问题》，《文艺研究》2008年第8期。

程。贾平凹、莫言、王安忆等人显然已被视为是当代文学中的经典作家。该杂志2006年第3期、第6期，2007年第3期、第5期，刊发南帆、王德威、陈思和、季红真、陈晓明、孙郁、谢有顺、王尧、张清华、李静、洪治纲、王光东、周立民等人对这一经典化事实表示认可的文章。毫无疑问，这些批评家堪称当前中国文学批评的主力阵容。它的重要性在于他们不仅来自文学界的主流社会，是名牌大学教授，而且还担负着推介、宣传和传播当代文学作家和作品的重任。某种意义上，这个经典作家名单及其认同式的权威批评，已经对文学史研究和大学课堂教学产生了显著影响。①

顺着程光炜的思路，我还可以对《当代作家评论》的经典化举动做些补充。2006年至今，该刊曾对贾平凹、莫言、王蒙、王安忆、阎连科、范小青、苏童、阿来、格非等作家做过"研究专辑"，格非与余华享受过"先锋回顾专辑"的待遇。在这些作家中，贾平凹和莫言的待遇最为隆重，"研究专辑"一开始就是以他们（2006年第3期与第6期）打头阵的。莫言获得"诺奖"之后的2013年，该刊又推出了"莫言专号"（第1期）、"贾平凹专号"（第3期）和"阎连科专号"（第5期）。2015年，前度刘郎今又来，"莫言研究专辑"（第6期）二度面世。2016年，该刊开辟"寻找当代文学经典"专栏，莫言与贾平凹一前（第5期）一后（第6期），再次成为入选的头两位作家。我还注意到，主持人在开栏语中特意借用斯蒂文·托托西之说，把"经典化"看作一个"累积"过程，并借用其"文本、读者、文学史、批评、出版、政治"等要素来固定这一过程。当然，主持人也指出，之所以使用"寻找"这样的措辞，是要"提倡用一种角度、一种方式、一种分析和一种结论来参与经典化的

---

① 程光炜：《文学史二十讲》，东方出版中心2016年版，第22页。

'累积',这样的设想不是模糊,而是要研究者在文学史写作的'民主化'过程中更加清晰地表达对'经典'作家作品的理解"[1]。

但据笔者统计,《当代作家评论》在对当代作家长达 11 年(2006—2016)的经典化遴选过程中,不仅没有为路遥做过"研究专辑",而且没有发表过一篇专论路遥其人其作的文章。[2] 只是到 2017 年(第 1 期),才以"路遥研究小辑"之名发表了两篇论文。[3] 两位作者的身份(其中一位是第一作者),其一是硕士研究生,其二是地方院校的讲师。也就是说,在先期经典的遴选中,路遥本来就与"文学史"这个要素失之交臂,"累积"起来的"文化资本"严重不足,随后又有十年左右未入打造着经典的"名刊"法眼,"累积"更是无从谈起。即便近年有"研究小辑"面世,但研究者既不是来自"文学界主流社会"的大牌批评家,也不是"名牌大学教授"。在今天这个连山西煤老板都懂得如何进行"炫耀性消费"(conspicuous consumption)、怎样获得"展示价值"(exhibition value)的年代,"经典化"浪潮的推波助澜之势、烘云托月之法更是要看名气、摆阵容、论规模、讲排场。仅凭研究生或讲师写写文章,仅在一些影响力有限的刊物上发表研究成果,路遥能够完成其经典化的"累积"吗?或者更尖锐的问题是,路遥进入经典化的过程之中了吗?

这正是我们必须面对的一个关键问题。在托托西提出的"经典累积形成理论"(a theory of cumulative canon formation)中,"读者"

---

[1] 王尧、韩春燕:《"寻找当代文学经典"专栏·主持人的话》,《当代作家评论》2016 年第 5 期。

[2] 该刊曾在 2014 年发表过烟台职业学院两位副教授的五千字短文,比较高加林与涂自强。参见刘好梅、张翠华《奋斗相同 境遇不同——高加林、涂自强比较》,《当代作家评论》2014 年第 6 期。

[3] 两篇论文是刘晓宇的《孤独的引路人与最后的守护者——以"青年问题"为中心考察路遥的"陀科夫斯基影响"》,王素、梁道礼的《"交叉地带"的乡土话语——路遥方言写作论》。该期杂志同时还做了一页"作家影集",上面有路遥照片三张和他的简介。

接合：大众文化的冲击与1990年代以来的文学生产

被他认为是"经典形成的关键因素"①。但事实上，在具有中国特色的"当代文学经典化"进程中，读者因素一向是缺席的。我们当然不应该否认撰写"研究专辑"论文的大牌批评家、编写"文学史"教材的名牌大学教授也是读者，但他们往往又是被纯文学养育过、被先锋文学洗礼过的"高级读者"（advanced readers）或"文艺读者"。作为这类读者，首先他们长于学院之中，是"东总布胡同"的"面包派"。其次，他们的审美趣味或者高雅纯正，是纯文学的"美食家"，或者剑走偏锋，是先锋文学的"学者粉"（scholar-fans）。再次，他们在经典遴选之中无疑都是有情怀、有担当且大公无私的，但是，谁又有本事走出哈兹里特所说的那个怪圈呢？——"当代作家大致可以分为两类——你的朋友或你的敌人。对前者我们总是太有好感，对后者我们总是成见太深，于是我们便无法从中获得阅读之乐，也无法给予两者公正的评价。"② 最后，他们的"经典化"之举既箭在弦上，势在必发，也显得伟大光荣正确，但如果借用布迪厄的视角打量，一切都变得不再简单。当年的美国新批评家们把现代主义诗人诗作请进来，奉为经典；把不合其口味的作品赶出去，让它们沦落为街头的大众文化，实际上动机并不纯正。因为只有如此操作，才能既确保文学的审美难度和"高大上"品位，也让阐释它们的人从中受益——教授积累了文化资本，批评家提升了符号价值。③ 中国当然不是美国，但中国的大学教授和批评家们在"比学赶帮超"中是不是也会活学活用乃至心照不宣？凡此种种，都让没有"读者要素"或只有"文艺读者"没有"普通读者"（亦即杨庆祥所谓的"业余读者"）的"当代文学经典化"显出了几分可疑。

---

① ［加］斯蒂文·托托西讲演：《文学研究的合法化》，马瑞琦译，北京大学出版社1997年版，第44页。
② ［美］哈洛·卜伦：《西方正典》（下册），高志仁译，台北：立绪文化事业有限公司1998年版，第738页。
③ 参见［美］约翰·杰洛瑞《文化资本——论文学经典的建构》，江宁康、高巍译，南京大学出版社2011年版，第4、164页。

第四章　文学经典与大众文化

正是在这一意义上,我觉得重视经典化过程中的读者因素是至关重要的;也正是在这一意义上,路遥其人其作的经典化过程才显得既与众不同,又提供了一个绝佳的范例。

可以先从路遥的读者观谈起。在中国七十年左右的当代文学史中,如果说前三十年读者意识最强(没有之一)的作家是赵树理,[①]那么后四十年中,路遥则算得上读者意识非常明确的作家之一了。早在《人生》出版之初、社会反响巨大之际,他就向责编王维玲表达过他对读者的看重:这部作品"使我愉快的是,它首先拥有了广泛的读者"。"评论家的意见当然应该重视,但对作家来说,主要是写给广大读者看的,只有大家看,这就是一种最大的安慰。"[②] 并非主要写给评论家读而是写给广大读者看,此为路遥与当年先锋作家的最大区别。而实际上,中国当代的不少作家虽然也希望他们的作品拥有读者群,但许多时候,他们的"理想读者"(ideal reader)更是大学教授、作家同行、著名评论家、文学期刊主编,甚至某个奖项的评委,他们所希望者,或许就像萨特所言:"斯丹达尔的读者是巴尔扎克,而波德莱尔的读者是巴尔贝·德·奥尔维利,至于波德莱尔本人又是爱伦·坡的读者。文学沙龙变得多少有点像头衔、身份相同的人的聚会,人们在沙龙里怀着无限的敬意低声'谈论文学'。"[③] 路遥当然不是圣人,他也希望他的作品被"理想读者"(比如周昌义)相中,但除此之外,他更在意"虚设读者"(virtual reader),更追求如何"用生活的真情实感去打动读者的心",如何让自己的作品"引起最广大读者的共鸣",这是他所理解的"真正的艺术作品的魅力"所在。[④] 于是,当

[①] 参见拙作《讲故事的人或形式的政治——本雅明视角下的赵树理》,《文学评论》2017年第5期。

[②] 王维玲:《岁月传真》,中国青年出版社2003年版,第385页。

[③] [法]萨特:《什么是文学?》,施康强译,载沈志明、艾珉主编《萨特文集·7·文论卷》,人民文学出版社2005年版,第186页。

[④] 参见路遥《答〈延河〉编辑部问》,载《早晨从中午开始》,北京十月文艺出版社2010年版,第33页。

接合:大众文化的冲击与1990年代以来的文学生产

这种读者意识成为其写作理念中的重要元素之后,它甚至参与了作者的选择,帮助他坚定了《平凡的世界》所要坚守的现实主义创作方向:

> 考察一种文学现象是否"过时",目光应该投向读者大众。一般情况下,读者仍然接受和欢迎的东西,就说明它有理由继续存在。当然,我国的读者层次比较复杂。这就更有必要以多种文学形式满足社会的需要,何况大多数读者群更容易接受这种文学样式。"现代派"作品的读者群小,这在当前的中国是事实;这种文学样式应该存在和发展,这也毋容置疑;只是我们不能因此而不负责任地弃大多数读者于不顾,只满足少数人。更重要的是,出色的现实主义作品甚至可以满足各个层面的读者,而新潮作品至少在目前的中国还做不到这一点。①

现实主义创作方法与读者大众的关系是一个很大的话题,我将在后面集中探讨。我这里想要说明的是,当路遥如此在意大多数读者的需要,并因此相中现实主义这一"常规武器"时,他也就最大限度地成了萨特的精神盟友。萨特认为:"没有为自己写作这一回事:如果有人这样做,他必将遭到最惨痛的失败。"由于"拉斯柯尔尼科夫的期待,这是我的期待,是我把我的期待赋予了他;如果没有读者的这种迫切心情,那么剩下的只是[白纸上]一堆软弱无力的符号",所以,读者便在文学活动中扮演着极为重要的角色。同时,他也大声疾呼作家介入或占领"大众媒体"(报纸、广播、电影等)的重要性,因为这是"征服潜在的读者群的确实办法"。② 于是

---

① 路遥:《早晨从中午开始——〈平凡的世界〉创作随笔》,载《早晨从中午开始》,北京十月文艺出版社2010年版,第89—90页。
② [法]萨特:《什么是文学?》,施康强译,载沈志明、艾珉主编《萨特文集·7·文论卷》,人民文学出版社2005年版,第123、126、289页。

他以身示范身体力行，既写《存在与虚无》，也写《死无葬身之地》，把他所鼓吹的"介入文学"推进到了极致。

在20世纪80年代的存在主义"萨特热"中，路遥是否熟读过《萨特研究》中的开篇之作《为什么写作?》，[1] 萨特是否对路遥构成过影响，这些在今天看来已不太重要（尽管这是一个值得开掘的论文选题），重要的地方在于，路遥的写作追求与萨特的呼吁如此契合，以至我们没办法不在两者之间产生联想。许多人都回忆，路遥是有着政治抱负的作家。既如此，路遥就不可能像其好友海波那样"守住自家坟头哭"[2]，而是要向巴尔扎克学习，让作家成为一个时代和社会的"记录员"，让小说成为一个"民族的秘史"，同时让其作品最大限度地走向广大的普通读者大众之中。唯其如此，文学才能介入现实，改变社会，影响世道人心，从而也才能把他所理解的文学功能发挥到极致，把他的政治抱负落到实处。在路遥生前，《人生》就被改编成电影、广播剧，《平凡的世界》则先被中央人民广播电台"小说连播"，后被改编为十四集电视连续剧，这既是机缘巧合，但又何尝不是作家介入"大众媒体"的成功范例？路遥在兴奋之余既感慨"它们与大众的交流是那么迅速而广大，几乎毫无障碍"[3]，同时是不是也意识到了自己与读者（听众）的息息相通和心心相印？果如此，他在生前就应该自豪与庆幸，因为虽然远隔千山万水，虽然已经斗转星移，但他实际上已几近完美地落实了萨特的文学方案。

必须结合路遥的个人遭际、政治抱负和写作理念才能说清楚这一问题，也必须联系20世纪80年代的理想主义情怀与英雄主义气质才能妥善回答这一问题，但此处我将不再展开。我想指出的仅仅

---

[1] 柳鸣九编选的《萨特研究》（中国社会科学出版社1981年版）是国内最早译介萨特文学理论和文学作品的著作，该书当年在知识界广为流传。《为什么写作?》是《什么是文学?》中的第二部分内容，重点谈论的是阅读接受中作家与读者的关系。

[2] 海波：《人生路遥》，广东人民出版社2019年版，第175页。

[3] 路遥：《我与广播电视》，载《早晨从中午开始》，北京十月文艺出版社2010年版，第70页。

接合:大众文化的冲击与1990年代以来的文学生产

在于，路遥经历了真正意义上的"作者之死"，但他的追求并未扑空，他的作品也没有速朽。恰恰相反，在90年代以来的非主流文学空间中，路遥其人其作越来越被读者拥戴与阅读，《平凡的世界》甚至成了他们的心中圣经与人生指南，影响到网络作家并被猫腻称为"我看过的最好一本YY小说"①。于是，"作者之死"与"读者之活"也就缠绕成一道独特的文学风景。为什么那么多的读者会去读《人生》或《平凡的世界》？为什么无数网友会发出"我这哪里是读小说，分明就是在读自己的人生"之类的感叹？为什么许多人通过读《平凡的世界》确立或改变了自己的人生观、价值观、世界观乃至爱情观？让我们先来看看清华大学毕业生邢成博读大一时的说法："路遥并没有讲述一个所谓'逆袭'的励志故事，却给人们的心中注满了力量。"何以如此？"我的看法是，一个故事的力量来自于四个字——感同身受。当我们读一些《霸道总裁爱上我》或者是看一些'这个鱼塘被你承包了'之类的电视剧的时候，我们多数时候是在'想象'，但阅读《平凡的世界》，喜欢它的读者大多是在'感受'。当我们痛心于孙少平、孙少安、田润叶等人的无奈时，我们实际上是发现了自己在面对时代、面对命运、面对自己时的无奈。……当孙少平不无奈的时候，这就是一个虚假的童话。"② 这里的分析虽显稚嫩，但它已逼近了那些深刻的接受美学道理：移情、共鸣、代入感、内模仿、物我同一、寻找自己。歌德让他笔下的夏绿蒂代言："我最喜欢的作家必须让我能找到我的世界，他书里写的仿佛就是我本人，使我感到那么有趣、那么亲切。"③ 正因为如此，冯小青"挑灯闲看《牡丹亭》"才读出了自己，留下了"人间亦有痴于我，岂

---

① 邵燕君：《以"爽文"写"情怀"——著名网络作家猫腻专访》，载《网络时代的文学引渡》，广西师范大学出版社2015年版，第322页。
② 邢成博：《当无奈成为生活的力量——我们为什么要读〈平凡的世界〉》，载史宗恺主编《续写岁月的传奇：清华学子感悟〈平凡的世界〉》，清华大学出版社2016年版，第223页。
③ ［德］歌德：《少年维特的烦恼》，杨武能译，人民文学出版社1981年版，第19页。

第四章 文学经典与大众文化

独伤心是小青"的名句。法国作家凯罗尔读《红与黑》更是读得"不知何者为我,何者为物",达到了物我合一的境界:

> 我在狱中读完《红与黑》之后,我真想像于连似地死去。我浸沉在痛苦的孤独中,把自己和这个主人公完全合二为一了。他使我激动不安,扰乱了我这狭小囚室中的卑微生活;我听见他的脚步声就在走廊尽头,我同他一起去沐浴。书获得了新的意义;我仿佛觉得,我读的是一篇对我本人的批判。预感折磨着我;已往的日子都是于连的日子,这样的生活再过几个星期也就全部结束了。跳出"预言家之口"以后,幻想变成了真实。作者硬把我拉进他的故事,于是故事便成了我的。司汤达几乎就是我坐牢的原因。①

因此,当许多读者读路遥读出了无奈与忧伤、温暖和感动,甚至读得或泪如雨下或汗不敢出,把自己读成了高加林,又把孙少平读成了他自己时,这绝非小儿科,也不是没出息,而是走进了文艺心理学所谓的"卡塔西斯"(katharsis)或"寓教于乐"之中,走进了社会心理学所谓的"身份认同"和"文化认同"之内,从而让文本形成了费斯克所谓的"符号生产力"与"声明生产力"(enunciative productivity)②,并且印证了罗蒂所谓的文学经典所具有的"激励价值"(inspirational value)③。这些读者被击中、被感动、被净化、被励志之后,他们深知"独乐乐不如众乐乐",于是情不自禁,奔走相告,说心得,谈体会,一传十,十传百,受众越来越多,雪球越

---

① [法] 让·凯罗尔:《阅读与人物》,载《法国作家论文学》,王忠琪等译,生活·读书·新知三联书店1984年版,第549页。

② 参见 [美] 约翰·费斯克《粉都的文化经济》,陆道夫译,陶东风主编《粉丝文化读本》,北京大学出版社2009年版,第10—11页。

③ See Richard Rorty, *Achieving Our Country: Leftist Thought in Twentieth-Century America*, Cambridge, MA.: Harvard University Press, 1998, pp. 128-129.

滚越大,及至创建了自己的民间阅读组织(如"《平凡的世界》吧"),形成了自己的"阐释共同体"(interpretive community)。一旦这股力量在暗中涌动,在网上发声,无名的读者便开始显山露水,从而也构成了文学经典化过程中的一个重要元素。

走笔至此,我必须借用并改写赵毅衡先生发明的一个概念了。赵毅衡借用符号学原理,认为经典更新原来主要是专家学者的事情,他们通过比较、分析、判断,乃至必要的批评、商榷、争论,最终确立了经典作家与经典作品。因此,"批评性经典重估,实是比较、比较、再比较,是在符号纵聚合轴上的批评性操作"。而时至今日,普罗大众成为文学场的闯入者,于是有了"群选经典"。但大众往往不按常理出牌,他们"是用投票、点击、购买、阅读观看等等形式,累积数量作挑选,这种遴选主要靠的是连接:靠媒体介绍,靠口口相传,靠轶事秘闻,'积聚人气'成为今日文化活动的常用话"。"因此,群选的经典更新,实是连接、连接、再连接,主要是横组合轴上的粘连操作"。①

我大体同意赵毅衡教授的分析,并且认为"专选经典"(赵文无此说法,我取"专家选择"之意加以概括)和"群选经典"是经典化过程中的重要分析范畴。但是,我并不同意他在全然否定的层面对"群选经典"所形成的判断。因为群选活动是复杂的,其中既有他所谓的盲目追随,"全跟或全不跟"的人群(这种情况在文学商业化时代体现得尤其明显),又有像读《平凡的世界》的人群。后者虽然并非专家学者,但他们也在比较、鉴别、分析、判断(我在第一部分内容中已提供了足够充分的例证),他们的分析固然业余,缺少专业水准,但并不意味着不值得认真对待。因此,我觉得把"群选经典"改为"民选经典",并赋予其正面价值是非常必要的。正是在这一意义上,我在一篇文章中表达了如下意思:

---

① 赵毅衡:《两种经典更新与符号双轴位移》,《文艺研究》2007年第12期。

第四章 文学经典与大众文化

长期以来，遴选和重估经典都是专家学者的事情，普通读者是无法拥有这种特权的。但久而久之，这种特权一方面打造出了一种精英主义的审美趣味，另一方面也把学院营造成了一个封闭的空间，阻断了与民间的交往与联系。这种状况最终让学院派的视野变得狭窄起来了。而在今天这样一个文学生产异常丰盛的时代，专家学者已无穷尽各类文学作品的目力，这时候，普通读者的民选经典正可以弥补学院人力、精力、目力之不足，为他们提供打开通往其他文学经典的各种通道。一旦这些通道畅通起来，来自民间的文学观、审美观、价值观就会源源不断地进入学院之中，并与学院的观念形成一种碰撞，乃至形成交往互动。互动的结果并非谁战胜谁、消灭谁的问题，而是要为双方、尤其是要为学院派提供一种重新打量文学经典的眼光和视角，从而让他们对自己的评判标准和价值尺度做出调整和修正，进而让他们在关注雅文学之外，也把目光聚焦于优秀的俗文学或介于雅俗之间的文学。比如，从民选经典的角度看，《平凡的世界》的价值可能主要在其励志色彩，而励志等等原来并不在学院遴选经典的价值尺度之中，但如果学院接纳了这部长篇小说，其实也就接受了这种民间标准，并已悄悄修改了自己衡量经典的标尺。从这个意义上看，我们大可不必把民选经典看作洪水猛兽。既要正视它所存在的问题，同时又去吸收它的有益之点，很可能才是学院派应该采取的应对方案。①

我现在要补充的是，恰恰是路遥其人其作不被专家学者待见、不被"专选经典"看好之时，普通读者才为他们喜爱的这位作家开

---

① 参见拙作《从传统到现代：文学经典的建构元素》，《创作与评论》2017年第4期。拙文行文时还未启用"民选经典"，现改之。

辟了"民选经典"的绿色通道。因此，如果说莫言等在世作家是通过精英集团与专业人士精心打造，通过重要奖项（比如诺贝尔文学奖）加以确认，从而走在经典化之途，那么，路遥这样的离世作家却主要是通过大众阵营与民间力量的阅读与推动，运行在另一条经典化道路上的。"学院经典化"既拥有"文学史"权力，也越来越财大气粗（比如，它可以通过"中国文学海外传播工程"译介学院认可的好作家好作品，让中国文学"走出去"，同时学院派人士也立刻配合，把"译介"增加为经典化过程中的一个新要素[①]），"民间经典化"自然无法与之相提并论。但后者靠真正的民心浇灌，靠真实的阅读推动，靠持久的信念维护，充分体现了启功先生所谓的"做事诚平恒"的特点。而当那么多的读者愿意反复阅读《平凡的世界》甚至把它读到七遍时，这样的作品实际上也走进了学院派所制定的经典评判标准之中。因为布鲁姆就说过："一项测试经典的古老方法屡试不爽：不能让人重读的作品算不上经典。"[②] 凡此种种都提醒我们，对"民间经典化"熟视无睹既是对"读者要素"的漠视，也可能会与伟大作家与经典作品失之交臂。而在路遥这一个案中，无论是陈晓明在其文学史著作中向其示好，解读分析，还是程光炜及其团队对路遥研究另辟蹊径，追问质疑，或许都可以看作"文学经典化"过程中"民间"已对"学院"构成微妙影响，造成一定压力。这种影响往往看不见摸不着，有时候，一个帖子、一篇文章、一次演讲，甚至一个"伸伸腿"的动作，很可能都会让专业人士的心理发生细微变化，进而引发他们重估重判，最终在"重写文学史"中做出某种"经典修正"（canon transformation）。而从某种意义上看，追问与质疑更意味"民选经典"进入专业人士的思维框架与价

[①] 参见王尧、韩春燕《"寻找当代文学经典"专栏·主持人的话》，《当代作家评论》2016年第5期。

[②] ［美］哈罗德·布鲁姆：《西方正典：伟大作家和不朽作品》，江宁康译，译林出版社2005年版，第21页。

值谱系之中，标志着学院派的敞开与接纳，是"坏事变好事"。因为按照赵毅衡的观点，"专选经典"的形成与更新恰恰是需要批评与反批评的。这就是我说程光炜等学者"中了埋伏"的原因。

当然话说回来，我之所以为"民选经典"辩护，主要还是因为它是"弱势群体"，而并不意味着"民间经典化"就完美无缺，无懈可击。正如"学院经典化"已有集权主义倾向，"民间经典化"又有民粹主义色彩。它们真正需要的是消除成见，互通有无，取长补短，共同进步，这样才有助于"文学经典化"的充实与完善，巩固与提高。而路遥，像中国当代的许多作家那样，他的经典化之旅也依然处在"现在进行时"，远未真正完成。他与他的作品究竟还能走多远，是否能走过英国批评家约翰逊所谓的衡量经典的时间期限（一个世纪），ⓘ他能否成为网友所谓的文学史中狄更斯式的人物，我们也拭目以待。

二　《平凡的世界》：在严肃文学与大众文化之间

把《平凡的世界》看成"民选经典"，并认为形成这种局面是"民间经典化"的结果，实际上只是涉及文学接受（消费）时对路遥其人其作的外部考察，并没有解决这部小说的定位问题——它究竟是一部怎样的文学作品。从雅俗二分法的角度看，如果说它是高雅之作，为什么有那么多普通读者对它情有独钟而不少专家学者对它不屑一顾？如果说它是通俗小说，又该如何把它与一般的通俗文学作品区分开来？

这一问题其实也让我深感困惑，而解决困惑的办法是打破雅俗之间的二元对立，在严肃文学与大众文化之间确认这部作品的价值与意义。于是有必要对这两个概念稍作解释。第一，在我看来，所

---

① 约翰逊在谈论莎士比亚时指出："他早已活过他的世纪——这是为了衡量文学价值通常所定的时间期限。"此后，一个世纪左右的时间，大体上就成为衡量作家作品是否经典的时间尺度。[英]约翰逊：《〈莎士比亚戏剧集〉序言》，李赋宁、潘家洵译，载杨周翰编选《莎士比亚评论汇编》（上），中国社会科学出版社1979年版，第38页。

谓严肃文学是指作者首先具有严肃的创作态度,从而也让其作品拥有了某种严肃、庄重的内容和主题。而我之所以对纯文学、高雅文学、精英文学等现成的概念弃之不用,一方面是因为这些概念在理解上容易产生歧义;另一方面,路遥及其创作的精神气质似乎也与这些概念并不搭调合拍。例如,李陀就曾认为,纯文学的概念被人接受是在20世纪80年代中后期,随着文学界用"怎么写"来冲击"写什么"并进而强调"形式即内容"的重要性,纯文学之说才开始变得深入人心。[①] 如此看来,纯文学无疑关联着当年的先锋文学实验,而路遥及其创作恰恰与这种实验背道而驰。第二,在前面的章节涉及大众文化时,我更多借助西方学者(比如法兰克福学派)的观点在批判意义上对它进行定位,但这里所谓的大众文化却更多关联着文艺大众化之后的一种文学形态。这是20世纪五六十年代留下来的文学遗产,而"三红一创,青山保林"之类的长篇小说,其实亦可归类为这种性质的大众文化。我有意舍弃俗文学、通俗小说之类的概念,是为了避免此类概念引发的固定化联想,也希望如此谈论路遥与《平凡的世界》能有更灵活的伸缩空间。

但是,要把《平凡的世界》与严肃文学和大众文化之间的关系谈清楚,我们需要从《早晨从中午开始》说起。

(一) 严肃文学的生产秘密

众所周知,路遥在完成《平凡的世界》四年之后,写出了一篇《早晨从中午开始——〈平凡的世界〉创作随笔》。路遥之所以要写这篇长篇随笔,直接原因是陕西师范大学中文系畅广元教授的约请。1991年秋,畅广元准备主编一本题为《神秘黑箱的窥视》的评论集。此书以青年评论家、作家和著名评论家三极对话、相互呈现的方式展开,路遥位列其中。于是畅广元向路遥约稿,并两次到他家催稿,这样才有了路遥花三四个月时间(1991年初冬至1992年初

[①] 参见李陀、李静《漫说"纯文学"》,《上海文学》2001年第3期。

春)的抱病写作。① 当然,路遥之所以能接受这一约请,也有一些更为特别的原因。其一,他是"怀着对往事祭奠的心情"写出这篇随笔的,同时他也郑重指出:"自己的历史同样应该总结——只有严肃地总结过去,才有可能更好地走向未来。"② 这就意味着这篇随笔是述往事,思来者,与往事干杯,为来者(未来的创作)鼓劲。那个时候的他并不知道自己只有几个月的存活时间了。其二,他是为了澄清一些事实,还原写作真相,才不得不下笔为之。他说:"促使我写这篇文章的另一个原因是,许多报刊根据道听途说的材料为我的这段经历编排了一些不真实的'故事',我不得不亲自出面说一说自己。"③ 其三,路遥这样做,甚至也不排除经济方面的考虑。种种资料表明,路遥从生到死一直处在生活的困顿之中,缺钱是他生活的常态,而写出一篇长篇随笔就能多赚取一些稿费。《早晨从中午开始》的首发刊物是当时的一本通俗类杂志《女友》,或许就能说明一些问题。而路遥之所以会让这篇心血之作"屈尊"于此刊,主要原因在于《女友》主编王维军是路遥的陕北老乡,他非常支持路遥的写作,并"答应在《女友》杂志连载他的这篇创作随笔,而且给他最高的稿费"④。而如此一来,就能解决路遥的燃眉之急。

无论是哪种原因促成了路遥的这次写作,今天看来,这篇绝笔文字的价值和意义都不容低估。在当代文学史上,我们自然也会看到许多作家的类似文字,但它们或者是附在小说之后的一篇"后记"(如莫言的《檀香刑》),或者是专门应约而写出的一篇"创作谈"(如《中篇小说选刊》中附在小说之后的文字)。这种文字往往比较

---

① 参见畅广元《我所认识的路遥》,载马一夫等主编《路遥纪念集》,人民文学出版社2007年版,第19—20页。
② 路遥:《早晨从中午开始——〈平凡的世界〉创作随笔》,载《早晨从中午开始》,北京十月文艺出版社2010年版,第163页。
③ 路遥:《早晨从中午开始——〈平凡的世界〉创作随笔》,载《早晨从中午开始》,北京十月文艺出版社2010年版,第163页。
④ 航宇:《路遥的时间:见证路遥最后的日子》,人民文学出版社2019年版,第118页。

随意,篇幅也不会很长(千余字至三五千字不等)。路遥却用了数月时间写出一篇六万字左右的大文章。从某种意义上说,这应该是开先河之作。而在我的观察中,第二个以超长篇幅写出这种文字的人是陈忠实,他的"《白鹿原》的写作自述"名为《寻找属于自己的句子》,长达十多万字。但在我看来,他是在向路遥学习。也就是说,我们可以把陈忠实的这一长篇创作谈看作"影响的焦虑"的产物,它不过是反证出《早晨从中午开始》所具有的某种示范性。

当然,更重要的意义还不在于路遥这篇随笔的规模和长度,而在于它揭示了严肃文学生产的秘密。

不妨从《平凡的世界》的创作动因谈起。今天看来,路遥写作这部长篇小说的起因并不复杂,却仍然值得分析。路遥说过,《人生》发表之后,他的生活完全乱了套,他也陷入成为"名人"的烦恼之中:无数的信件向他请教"人生"问题;许多剧团、电视台、电影制片厂要改编他的作品;亲戚朋友找上门来,不是要钱,就是让他为其子女安排工作。与此同时,文学界也出现了一种声音:《人生》已是路遥的写作高峰,他已很难超越这个高度了。而在这种喧嚣之中,路遥对自己则有一种清醒的认识,他说:"我为自己牛马般的劳动得到某种回报而感到人生的温馨。我不拒绝鲜花和红地毯。但是,真诚地说,我绝不可能在这种过分戏剧化的生活中长期满足。我渴望重新投入一种沉重。只有在无比沉重的劳动中,人才会活得更为充实。这是我的基本人生观点。"[1] 经过无数个焦虑而失眠的夜晚之后,路遥的目标终于清晰起来。他想起年轻时的一个梦想:"这一生要写一本自己感到规模最大的书,或者干一生最重要的一件事,那一定是在四十岁之前。"[2] 就这样,三部、六卷、一百万字的《平

---

[1] 路遥:《早晨从中午开始——〈平凡的世界〉创作随笔》,载《早晨从中午开始》,北京十月文艺出版社2010年版,第79页。

[2] 路遥:《早晨从中午开始——〈平凡的世界〉创作随笔》,载《早晨从中午开始》,北京十月文艺出版社2010年版,第81页。

凡的世界》的构想开始在他的心目中显山露水。

从《早晨从中午开始》中,我们在创作动因层面大体上就只能读出这些东西:因为《人生》给他带来了无数烦恼,他必须平心静气,潜心于创作,重新回到一个作家真正应该具有的正常生活之中。同时因为《人生》的"写作高度说",他也必须用新的作品证明自己,打破别人为其设置的创作魔咒。种种资料表明,路遥的性格深处有一种不服输、不被流行看法裹挟的"较劲"心理。而通过与自己"较劲",把自己的创作潜能开掘到极致,从而用事实反驳世人的偏见,或许就成为他写这部大书更为隐秘的创作动因。

但仅仅是这些,还不足以说明路遥创作这部小说更为隆重的理由,这时候,注意一下路遥与柳青的师承关系,或许更能说明一些问题。在写作层面,路遥曾把柳青看作自己的"导师"[①],而为了汲取写作滋养,他曾七读《创业史》,并把《人生》和《平凡的世界》看作"给柳青和秦兆阳两位导师交出的一份答卷"[②]。但实际上,更应该把柳青看作路遥的精神导师,柳青的生活作风、写作信念、理想追求等,也一点一滴地融入路遥的心灵深处,成为他继承过来的一笔巨大的精神财富。路遥曾经写过《病危中的柳青》,那时的柳青给路遥留下极深印象的是他那种特殊的痛苦:"诗人最大的痛苦不只是在于自己的命,而在于他不能完成的事业。"于是,柳青"只要活过来,稍微积蓄了一点力气,他就又伏在那张破旧的圆桌旁边,握起笔,铺开稿纸,面对着他那些可爱的和可憎的人物,全部神经都高度地集中起来",开始写作了。而柳青的这种精神对于路遥来说也具有了更为特殊的意义:"他雕刻《创业史》里的人物,同时也在雕

[①] 路遥:《早晨从中午开始——〈平凡的世界〉创作随笔》,载《早晨从中午开始》,北京十月文艺出版社2010年版,第102页。
[②] 路遥:《早晨从中午开始——〈平凡的世界〉创作随笔》,载《早晨从中午开始》,北京十月文艺出版社2010年版,第120页。

刻着他自己的不屈的形象——这个形象对我们来说，比他所创造的任何艺术典型都具有意义：因为在祖国将面临一个需要大量有进取心人物的时代里，他是一个具体的、活生生的楷模！"[①] 如此看来，柳青那种生命不息，写作不止的人格风范和积极进取的姿态，应该就是路遥的指路明灯，也是他能写作和完成《平凡的世界》的精神动力。

明白了路遥对柳青的敬仰之情，我们就能体会到柳青的言谈话语在路遥心目中的分量了。路遥的弟弟王天乐曾经披露过一件事情：因《人生》获奖，路遥到北京领奖期间曾给他写过一封长信。信中谈到了创作的艰辛，作家所经受的各种苦难。而当谈及巴尔扎克、柳青等作家时，路遥曾有过如下说法：

> 他说"《创业史》最后部分在《延河》杂志发表时，他曾当过柳青的责任编辑，和柳青有过非常亲切的谈话。他对柳青说，你是一个陕北人，为什么把创作放在了关中平原？柳青说，这个原因非常复杂，这辈子也许写不成陕北了，这个担子你应挑起来。对陕北要写几部大书，是前人没有写过的书。柳青说，从黄帝陵到延安，再到李自成故里和成吉思汗墓，需要一天的时间就够了，这么伟大的一块土地没有陕北自己人写出两三部陕北体裁的伟大作品，是不好给历史交待的。"路遥在信里说，他一直为这段论述而感动。[②]

假如王天乐的记录属实，那么对于路遥而言，《平凡的世界》的写作就有了更为崇高的动因：他要完成柳青的嘱托，担负起书

[①] 路遥：《病危中的柳青》，载《早晨从中午开始》，北京十月文艺出版社2010年版，第6、8、9页。
[②] 王天乐：《苦难是他永恒的伴侣》，马一夫等主编《路遥纪念集》，人民文学出版社2007年版，第331—332页。

写陕北这块广袤的土地的重任。这就意味着路遥一旦投入其中，他既不可能"玩文学"，也不可能像贾平凹那样为了"安妥我破碎了的灵魂"[①]而写作，而是带上了沉重的责任感和庄严的使命感。于是，尽管路遥的这次写作是为了实现他早年的一个文学之梦，尽管他也说过"写作首先是自己心理的一种需要"[②]，但是，在其背后又融入了更多的东西：小我之念，大我之思，陕北这块黄土地的博大丰厚，底层人奋斗的艰难坎坷，乃至史诗般的鸿篇巨制，巴尔扎克式的"书记官"的角色扮演，等等。当如此多的想法与念头蜂拥而至时，他不得不"以极其严肃的态度面对这件事了"[③]，而实际上，这也正是一切严肃文学写作的开端。

如果结合路遥的创作准备和写作过程进一步审视，那么《平凡的世界》将会呈现出严肃文学的更多风貌。

一看读书。路遥说："在《平凡的世界》进入具体的准备工作后，首先是一个大量的读书过程。有些书是重读，有些书是新读。有的细读，有的粗读。大部分是长篇小说，尤其是尽量阅读、研究、分析古今中外的长卷作品。其间我曾列了一个近百部的长篇小说阅读计划，后来完成了十之八九。"[④] 从这里的表白可以看出，阅读之于路遥，主要是为了师法前人，为了琢磨那些文学大师是如何匠心独运，把一部部长篇小说建造起来的。因此，这种阅读更多的是从结构、写法等层面对写作技巧的揣摩。但实际上，它们对《平凡的世界》的作用是多方面的，比如，梳理一下主人公孙少平所读过的书，我们就会发现俄罗斯文学或苏联文学占有较大比重。他出场不

---

① 贾平凹：《废都》，作家出版社2009年版，"后记"第467页。
② 路遥：《写作是心灵的需要——对文朋诗友的讲话》，载《早晨从中午开始》，北京十月文艺出版社2010年版，第62页。
③ 路遥：《早晨从中午开始——〈平凡的世界〉创作随笔》，载《早晨从中午开始》，北京十月文艺出版社2010年版，第81页。
④ 路遥：《早晨从中午开始——〈平凡的世界〉创作随笔》，载《早晨从中午开始》，北京十月文艺出版社2010年版，第92页。

久,就在读《钢铁是怎样炼成的》,"从此以后,他就迷恋上了小说,尤其爱读苏联书"①。上高中之前,他已读过《卓娅和舒拉的故事》,此后,因为与田晓霞的交往,阿·托尔斯泰的《苦难的历程》、列夫·托尔斯泰的《复活》、艾特玛托夫的《白轮船》、尤里·纳吉宾的《热妮娅·鲁勉采娃》等也进入了他的视野,这些小说甚至也成为路遥诗化其小说情节的重要内容。当躺在麻雀山上的孙少平念起《白轮船》中那首吉尔吉斯人的古歌时,它不仅让孙田之恋充满了诗情画意,而且更重要的是借助俄罗斯文学的丰厚底蕴,让小说具有了一种博大深沉的人文内涵。李建军指出:"为了'教育'人而写小说,为了提升人的道德境界和改善人的生活而写作,乃是俄罗斯文学的另一'基调',也是俄罗斯文学的伟大传统。俄罗斯作家中很少有那种为了'纯艺术'或'纯文学'而写作的人。他们赋予文学以信仰的性质,把写作当作一种与人的生活密切相关的道德行为。"② 这也意味着路遥让俄罗斯文学频繁进入自己的小说,既是他本人阅读生活的一种写照(他曾说过"对俄罗斯古典作品和苏联文学有一种特殊的爱好"③),也在很大程度上为这部小说输入了人生信仰、人道原则、道德力量等信息。于是,当《平凡的世界》因其深沉、厚重有使人向上、催人奋进之效时,我们不应该忘记俄罗斯文学在其中所扮演的重要角色。

路遥对柳青的借鉴也值得深思。如前所述,无论是在写作手法还是精神追求上,柳青都是对路遥产生重要影响的一位人物,而反复阅读《创业史》,也让路遥获益甚多。他对柳青的定位是"时刻把公民性和艺术家巨大的诗情溶解在一起"④,他对《创业史》的评价

---

① 路遥:《平凡的世界》(第一部),人民文学出版社2004年版,第12页。
② 李建军:《文学写作诸问题——为纪念路遥逝世十周年而作》,载李建军、邢小利编选《路遥评论集》,人民文学出版社2007年版,第285页。
③ 路遥:《答〈延河〉编辑部问》,载《早晨从中午开始》,北京十月文艺出版社2010年版,第35页。
④ 路遥:《柳青的遗产》,载《早晨从中午开始》,北京十月文艺出版社2010年版,第24页。

是"史诗式的宏大雄伟"或"具有一种史诗的品质"①。而实际上，如果说《平凡的世界》最终也具有了一种史诗般的气质，那么这无疑来自路遥对《创业史》的悉心阅读和仔细体认。而这种阅读和体认，甚至使《平凡的世界》的开头部分也打上了《创业史》的烙印。在《早晨从中午开始》中，路遥讲述过这部小说开头的艰难：当万事俱备之后，如何写第一句话和第一个自然段，就让他废了无数张稿纸，用了整整三天时间，最终写下的是这样的文字：

> 一九七五年二三月间，一个平平常常的日子，细濛濛的雨丝夹着一星半点的雪花，正纷纷淋淋地向大地飘洒着。时令已快到惊蛰，雪当然再不会存留，往往还没等落地，就已经消失得无踪无影了。黄土高原严寒而漫长的冬天看来就要过去，但那真正温暖的春天还远远地没有到来。
>
> 在这样雨雪交加的日子里，如果没有什么紧要事，人们宁愿一整天足不出户。因此，县城的大街小巷倒也比平时少了许多嘈杂。街巷背阴的地方，冬天残留的积雪和冰溜子正在雨点的敲击下蚀化，石板街上到处都漫流着肮脏的污水。风依然是寒冷的。空荡荡的街道上，有时会偶尔走过来一个乡下人，破毡帽护着脑门，胳膊上挽一筐子土豆或萝卜，有气无力地呼唤着买主。唉，城市在这样的日子里完全丧失了生气，变得没有一点可爱之处了。②

再来比照一下《创业史》的开头：

> 一九二九年，就是陕西饥饿史上有名的民国十八年。阴历

---

① 路遥：《柳青的遗产》，载《早晨从中午开始》，北京十月文艺出版社2010年版，第25、26页。
② 路遥：《平凡的世界》（第一部），人民文学出版社2004年版，第3页。

接合:大众文化的冲击与1990年代以来的文学生产

>十月间,下了第一场雪。这时,从渭北高原漫下来拖儿带女的饥民,已经充满了下堡村的街道。村里的庙宇、祠堂、碾房、磨棚,全被那些操着外乡口音的逃难者,不分男女塞满了。雪后的几天,下堡村的人,每天早晨都带着镢头和铁锹,去掩埋夜间倒毙在路上的无名尸首。
>
>庄稼人啊!在那个年头遇到灾荒,就如同百草遇到黑霜一样,哪里有一点抵抗的能力呢?①

按照路遥的说法,无数次开头均不满意的主要原因在于他一开始就想"吼雷打闪",下笔太重。而最终之所以采用了这一开头,是因为他想通了一个道理:"这么大规模的作品,哪个高手在开头就大做文章?瞧瞧大师们,他们一开始的叙述是多么平静。只有平庸之辈才在开头就堆满华丽。"② 路遥在这里并未提到柳青,但两相比较,二者的开头又何其相似乃尔——都是先写时间,后出地点,再佐以下雪的场景,然后推出不知名的人物。当描写告一段落之后,柳青以"庄稼人啊"的感叹引出一句议论,而路遥也以"唉"字打头生发出一句感慨。由此推断,路遥这里的写法虽然全面模仿了柳青,但我更倾向于这是一种下意识的学习。当路遥那些"太勇猛"的开头均告失败后,他开始回想大师们的那些经典叙述,进而要书写出一种平稳、端庄、大气的效果,这个时候,潜移默化于路遥心中的柳青笔法开始发作了。而这也正是前期读书带来的好处,它阻止了路遥剑走偏锋,而是一开始就把他导入到了一种严肃文学的叙事模态之中。

二看资料搜集。在前期准备中,路遥并非只读长篇小说,而是凡与他创作的小说有可能相关的杂书、专门著作和知识性小册子,

---

① 柳青:《创业史》,中国青年出版社2009年版,第1页。
② 路遥:《早晨从中午开始——〈平凡的世界〉创作随笔》,载《早晨从中午开始》,北京十月文艺出版社2010年版,第108页。

他都要找来翻阅或阅读，于是理论、政治、哲学、经济、历史、宗教、农业、商业、工作、科技，还有养鱼、养蜂、施肥、税务、财务、气象、历法、造林、土壤、改造、风俗、UFO（不明飞行物）等读物，就都进入了他的房间。而为了准确呈现1975—1985年中国城乡的社会生活，路遥想到了查阅这十年间的报纸，于是，震撼人心的一幕出现了：他把《人民日报》《光明日报》《陕西日报》《延安日报》《参考消息》这十年间的合订本全部找来，把房间堆成了一座座山，然后一页页翻看、记录。因"工作量巨大，中间几乎成了一种奴隶般的机械性劳动。眼角糊着眼屎，手指头被纸张磨得露出了毛细血管，搁在纸上，如同搁在刀刃上，只好改用手的后掌（那里肉厚一些）继续翻阅"[1]。

　　任何作家在写作之前都会进行资料的阅读和准备工作，但像路遥这样，用几个月的时间去翻阅十年的五种报纸，这种做法估计在当代作家中还绝无仅有。而路遥之所以如此操作，一方面源于他写这本大书的认真严谨，另一方面也应该与他决心采用的现实主义写作手法有关。这种写法在客观效果上会让小说成为通俗易懂的大众文化（我在后面会详细谈论这一问题），但它又确实向作家提出了极高的要求：必须准确、细致、全面地再现人物的一切和人物活动的场景和环境，因为它们构成了细节的真实。而在批判现实主义大师巴尔扎克看来，小说固然是"庄严的谎话"，但是"小说在细节上不是真实的话，它就毫无足取了"[2]。既然路遥信服"巴尔扎克所说的'书记官'的职能"[3]，那么，向巴尔扎克的精准与深刻学习，就应该是他的不二选择。李建军在评论路遥时曾经说过："写实性的现实

---

[1] 路遥：《早晨从中午开始——〈平凡的世界〉创作随笔》，载《早晨从中午开始》，北京十月文艺出版社2010年版，第95页。

[2] ［法］巴尔扎克：《〈人间喜剧〉前言》，陈占元译，载伍蠡甫主编《西方文论选》下卷，上海译文出版社1979年版，第173页。

[3] 路遥：《早晨从中午开始——〈平凡的世界〉创作随笔》，载《早晨从中午开始》，北京十月文艺出版社2010年版，第94页。

接合:大众文化的冲击与1990年代以来的文学生产

主义方法其实是一种难度最大的写作方法。这不仅因为现实主义写法,已经被19世纪的大师,被中国的曹雪芹、鲁迅和张爱玲们天才地、创造性地推进到了一个后来者几乎难以企及的高度,而且还因为它是一种最老实的写法,是偷不得一点懒,掺不得半点假的。它要求描写的精细、准确、生动、逼真;它要求叙述的客观、真实、入情、入理。"① 而在我看来,路遥如此操作,既是要以最老实的方式向那些新潮写法叫板较劲,也是要以自己那种偷不得懒、掺不得假的认真和严谨重新镀亮现实主义这种过时的手法。

三看深入生活。《在延安文艺座谈会上的讲话》发表之后,深入生活在某种意义上已成为面向作家的一道政治召唤,而柳青为写《创业史》扎根长安县皇甫村十四年的经历,更是成为作家深入生活的典范。然而,即便如此,依然有作家对这一口号表示质疑。例如,史铁生就说过:"我一直觉得,'深入生活'这个理论应该彻底推翻,因为它自身就不合逻辑。你说你跑一个地儿待几个月,怎么就是深入生活?我在这儿待一辈子,我倒是浅入生活?这说得不对。所谓'深入生活'实际上应该叫深入思考生活。什么叫深入生活?你到哪儿去你待多久你干什么叫深入生活?干什么叫浅入生活?没有好好想,就叫浅入生活。"② 很显然,史铁生对那种走马观花似的所谓深入生活是极不满意的,因为他觉得不符合常识,于是他把深入生活修改成了"深入思考生活"。

对于深入生活,路遥并没有形成史铁生式的疑虑,因为他说过,"关于深入生活的问题"长期以来争论不休,"这一点使我很难理解。我不知道这是一个多么艰深的理论问题值得百谈不厌。生活对于作家艺术家来说,就如同人和食物的关系一样。至于每

---

① 李建军:《文学写作诸问题——为纪念路遥逝世十周年而作》,载李建军、邢小利编选《路遥评论集》,人民文学出版社2007年版,第294页。
② 史铁生、周国平、和歌:《史铁生:扶轮问路的哲人》,《黄河文学》2010年第6期。

个作家如何占有生活,这倒大可不必整齐一律"[1]。如此看来,路遥应该是深入生活的信奉者,而柳青式的深入模式只是让他意识到一个问题:当20世纪80年代初中国农村开始实行"生产责任制"后,像柳青那样完全在皇甫村"蹲点"已远远不够。因为要"全景式反映当代生活,'蹲'在一个地方就不能达到目的,必须纵横交织地去全面体察生活"[2]。而正是在这一思考中,路遥开启了属于他自己的深入生活模式:

> 我提着一个装满书籍资料的大箱子开始在生活中奔波。一切方面的生活都感兴趣。乡村城镇、工矿企业、学校机关、集贸市场;国营、集体、个体;上至省委书记,下至普通老百姓;只要能触及的,就竭力去触及。有些生活是过去熟悉的,但为了更确切体察,再一次深入进去——我将此总结为"重新到位"。有些生活是过去不熟悉的,就加倍努力,争取短时间内熟悉。对于生活中现成的故事倒不十分感兴趣,因为故事我自己可以编——作家主要的才能之一就是编故事。而对一切常识性的、技术性的东西则不敢有丝毫马虎,一枝一叶都要考察清楚,脑子没有把握记住的,就详细笔记下来。[3]

这种深入生活的模式是值得深思的。首先,这种深入并非是为了执行某种命令的被动之举,而是路遥的主动选择,这样,他在乐此不疲地奔波中就增加了对生活的感应度和亲和度。其次,路遥以近乎科学的态度对待着生活与小说的对位关系,即凡是小说中人物

---

[1] 路遥:《早晨从中午开始——〈平凡的世界〉创作随笔》,载《早晨从中午开始》,北京十月文艺出版社2010年版,第96页。
[2] 路遥:《早晨从中午开始——〈平凡的世界〉创作随笔》,载《早晨从中午开始》,北京十月文艺出版社2010年版,第96—97页。
[3] 路遥:《早晨从中午开始——〈平凡的世界〉创作随笔》,载《早晨从中午开始》,北京十月文艺出版社2010年版,第97页。

活动的场景,他都要亲自去体察,细节真实到一种植物开花时另外的植物处于什么状态的程度。而凡是没办法体验到的生活,他则不敢轻易下笔,甚至不惜为此改动人物的活动轨迹。王天乐曾经记录道:"路遥写小说和记者一样,重大事件必须到现场感受。我和他一块揽过工、放过羊,在田野里过夜,在煤矿的井下到工作面干活。当路遥第一次下井到工作面干活出地面时,坐在井口就走不动了。他说:'凡是下过井的人,生活在太阳底下就应该知足了。'就在那天晚上,路遥提出要改动孙少平的命运。他说孙少平最远只能走到煤矿,如果进了大城市我就管不住他了,因为路遥对大城市生活不特别熟悉。"[①] 由此我们便可以知晓,当许多读者为孙少平没有走进大城市而感到遗憾时,这固然是路遥遵从着人物命运的逻辑走向在行文运笔,同时也是缘于他对生活的敬畏:他无法让其主人公在他不熟悉的生活中凌空蹈虚,倘若如此,那就既糟蹋了人物,也亵渎了生活。在这一问题上,路遥与同样信奉深入生活的赵树理可谓异曲同工。赵树理不敢让不熟悉的人与事进入自己的作品,所以便有意省略,并把这种做法概括为"有多少写多少"[②]。而实际上,路遥也是"有多少写多少"的典型代表。

最后,更值得分析的是路遥所谓的"让生活重新到位"。一般而言,熟悉的生活往往会被作家有意无意忽略过去,因为他们觉得自己心中有数,不至于在这样的生活面前捉襟见肘。但实际上,事情却并非如此简单。就如同读过一本书之后我们不能说对这本书不熟悉,然而日久天长,书中的情节、细节、氛围以及初读时的那种感觉等,则有可能被逐渐淡忘。而重新拿起这本书进入阅读过程,就既是一种温习,也是一种回想。生活也是如此,假如不能重新进入

---

① 王天乐:《苦难是他永恒的伴侣》,马一夫等主编《路遥纪念集》,人民文学出版社2007年版,第333页。
② 赵树理:《〈三里湾〉写作前后》,载《赵树理全集》第四卷,大众文艺出版社2006年版,第383页。

第四章　文学经典与大众文化

自己所曾熟悉的生活之中，原来生活中的细节、感觉就不一定能够被唤醒。在这一意义上，"重新到位"类似于托尔斯泰所谓的"二度体验"，也与陈忠实所概括的"从生活体验到生命体验"有颇多相似之处。托尔斯泰指出："在自己心里唤起曾经一度体验过的感情，在唤起这种感情之后，用动作、线条、色彩、音响和语言所表达的形象来传达出这种感情，使别人也体验到这同样的感情，这就是艺术活动。"① 但究竟如何唤起这种曾经一度体验过的感情，托尔斯泰却语焉不详，并没有提供出令人满意的答案。这样，重新进入生活之中，让生活事象引起心灵震动乃至触景生旧情，或许就成为"二度体验"的前提。而陈忠实则在柳青深入生活的示范和启迪下，形成了自己的创作体会。他认为，"生活体验"更多的是外在于主体的一种生活经验，"生命体验"则指生命内在的心理体验、情感体验和思想升华。用刘勰《文心雕龙》中的话来表达，"随物宛转"是"生活体验"，"与心徘徊"则是"生命体验"。② 路遥虽然没有像陈忠实这样总结得如此清晰，但他说过："我对深入生活的理解：第一点要广阔，第二点要体验，不仅仅是外在形态的体验，而更注重心理、情绪、感情上的体验。既要了解外部生活，又要把它和自己的感情、情绪的体验结合起来。……有些人把深入生活理解得非常狭隘，就是去了解、记录一些材料，而不注重自己的体验和感觉，这是不行的，实际上作家所表现的生活，从某种程度上来说，就是你自己体验过的生活。好多伟大作家的作品的主人公，从某种程度上来说，就是作家本人或他对生活的认识和体验，也就是这个道理。"③ 如此看来，"重新到位"就不仅是记忆的复苏、细节的呈现，而且涉及原

---

① ［俄］列夫·托尔斯泰：《列夫·托尔斯泰文集》第十四卷，陈燊、丰陈宝等译，人民文学出版社1992年版，第174页。
② 参见陈忠实《从生活体验与生命体验》，《长篇小说选刊》2013年特刊第11卷，转引自邢小利、邢之美《柳青年谱》，人民文学出版社2016年版，第174页。
③ 路遥：《答中央广播电视大学问》，载《早晨从中午开始》，北京十月文艺出版社2010年版，第209页。

接合：大众文化的冲击与1990年代以来的文学生产

本熟悉的生活能否与自己的心灵碰撞出火花，能否与自己的情感形成深刻的遇合，是否经得起自己情感体验的反思、拷问和确认。在此意义上，我们甚至可以说"重新到位"相当于接受美学的"二级阅读"，因为初级阅读只是审美欣赏式的感悟阅读，二级阅读才是反思性的阐释阅读。[①] 以此类比，初级生活有可能更多的是感官层面的拥有，只有再度进入生活之后，它们才能成为反思的对象。也许在路遥发明的"重新到位"的背后，隐含着的就是这样一个简单而深刻的道理。而如此一来，路遥也就为比较空泛的"深入生活"注入了崭新的内容。

四看劳动。在路遥的"创作谈"中，"劳动"应该是一个出现频率很高的语词。他曾以劳动为题，撰写过《不丧失普通劳动者的感觉》和《作家的劳动》两篇短文，以此谈论作家作为劳动者的重要性，思考作家与劳动的关系。他对作家的定位是："从工作特点看，作家永远是个体劳动者。"[②] 他对自己的要求是："作为一个劳动人民的儿子，不论在什么时候，都永远不应该丧失一个普通劳动者的感觉。"[③] 与此同时，他又认为文学创作与劳动是可以画等号的："写小说，这也是一种劳动，并不比农民在土地上耕作就高贵多少，它需要的仍然是劳动者的赤诚而质朴的品质和苦熬苦累的精神。"[④] 而他之所以敬重柳青、杜鹏程等前辈作家，一方面在于他们写出了好作品，另一方面则在于他们那种劳动精神。比如，他对柳青的感觉之一是："在日常生活中，他又严格地把自己看作一个普通公民，

---

① 参见［联邦德国］姚斯《走向接受美学》，载［联邦德国］H·R·姚斯、[美] R·C·霍拉勃《接受美学与接受理论》，周宁、金元浦译，辽宁人民出版社1987年版，第175—186页。

② 路遥：《作家的劳动》，载《早晨从中午开始》，北京十月文艺出版社2010年版，第172页。

③ 路遥：《不丧失普通劳动者的感觉》，载《早晨从中午开始》，北京十月文艺出版社2010年版，第17页。

④ 路遥：《不丧失普通劳动者的感觉》，载《早晨从中午开始》，北京十月文艺出版社2010年版，第17页。

尽力要求自己不丧失一个普通人的感觉。他多年像农民一样生活在农村,像一个普通基层干部那样做了许多具体工作。"[1] 他对杜鹏程的评价是:"二十多年相处的日子里,他的人民性,他的自我折磨式的伟大劳动精神,都曾强烈地影响了我。我曾默默地思考过他,默默地学习过他。现在,我也默默地感谢他。在创作气质和劳动态度方面,我和他有许多相似之处。当他晚年重病缠身的时候,我每次看见他,就不由想到了自己的未来。"[2] 杜鹏程辞世于1991年10月下旬,而那个时候,路遥的身体状况已比较糟糕。于是他在这篇怀念文章中既夸赞杜鹏程的劳动精神和劳动态度,同时也因"自我折磨式"的劳动而联想到自己的命运。这是物伤其类,也是顾影自怜,这样,悼念中也就隐含了一种特殊的悲音。

更值得注意的是,路遥把这种劳动精神和劳动态度贯穿在《平凡的世界》创作的全过程之中。当他决定写作这本大书时,他的心理活动是这样的:"我渴望重新投入一种沉重。只有在无比沉重的劳动中,人才会活得更为充实。这是我的基本人生观点。"[3] 与此同时,他又让劳动与伟大作家形成一种同构关系,以此为自己鼓劲:"最渺小的作家常关注着成绩和荣耀,最伟大的作家常沉浸于创造和劳动。劳动自身就是人生的目标。人类史和文学史表明,伟大劳动和创造精神即使产生一些生活和艺术的断章残句,也是至为宝贵的。劳动,这是作家义无反顾的唯一选择。"[4] 而当路遥经过三年左右的艰难写作,就要为《平凡的世界》画上句号时,

---

[1] 路遥:《柳青的遗产》,载《早晨从中午开始》,北京十月文艺出版社2010年版,第24页。
[2] 路遥:《杜鹏程——燃烧的烈火》,载《早晨从中午开始》,北京十月文艺出版社2010年版,第76页。
[3] 路遥:《早晨从中午开始——〈平凡的世界〉创作随笔》,载《早晨从中午开始》,北京十月文艺出版社2010年版,第79页。
[4] 路遥:《早晨从中午开始——〈平凡的世界〉创作随笔》,载《早晨从中午开始》,北京十月文艺出版社2010年版,第80—81页。

接合:大众文化的冲击与1990年代以来的文学生产

他又有了如下自白：

> 再一次想起了父亲，想起了父亲和庄稼人的劳动。从早到晚，从春到冬，从生到死，每一次将种子播入土地，一直到把每一颗粮食收回，都是一丝不苟，无怨无悔，兢兢业业，全力以赴，直至完成——用充实的劳动完成自己的生命过程。
>
> 我在稿纸上的劳动和父亲在土地上的劳动本质上是一致的。
>
> 由此，这劳动就是平凡的劳动，而不应该有什么了不起的感觉。
>
> 由此，你写平凡的世界，你也就是这平凡的世界中的一员，而不是高人一等。[1]

在这里，路遥不仅再一次重复了他先前的观点——作家写作与农民种地都是劳动，二者并无本质区别；而且也进一步打破了作家劳动崇高、神圣、高人一等的幻觉。这种"低到尘埃里"的描述究竟意味着什么？我们又该如何理解路遥的劳动观呢？

首先，毋庸置疑的是，路遥是从农民对劳动的价值立场和价值判断来看待写作这件事的。那么，在对待劳动的问题上，农民的价值观又是什么呢？简言之，就是通过自己的辛勤劳动赢得一个好收成。于是，"晴天一身土，雨天一身泥"就成为他们劳动状态的基本写照，"有一分耕耘，才有一分收获"又成为他们所遵从的价值信念。路遥信奉农村老年人说的那些大实话："力不白出，汗不白流；人可能亏人，但土地不会亏人。"[2] 这几乎就是中国北方农民所奉行的普遍真理。与此同时，对于那些游手好闲、好吃懒做之徒，农民又往往深恶痛绝，因为他们违背了乡村社会的基本伦理和主流价值观。

---

[1] 路遥：《早晨从中午开始——〈平凡的世界〉创作随笔》，载《早晨从中午开始》，北京十月文艺出版社2010年版，第161页。

[2] 海波：《人生路遥》，广东人民出版社2019年版，第173页。

第四章　文学经典与大众文化

值得一提的是，路遥把这种劳动价值观也植入《平凡的世界》之中，并让劳动光荣、不劳动可耻，劳动可以致富，劳动可以改变命运等成为这部小说的重要音符。孙少安根系土地，勤劳致富，这是路遥对劳动的礼赞；"二流子"王满银则是孙少安的反面，这个人物的所作所为也恰恰体现着路遥对不劳动所产生的负面价值的种种忧虑。而走向城市的孙少平更是路遥着力打造的一位具有理想主义色彩的劳动英雄。他曾靠当揽工汉（沉重的劳动）开拓自己的生存空间，追求自己的人生价值。而当他成为一名矿工之后，他不仅靠"月月上满班"拿到了全额工资，而且靠这种劳动成了一个"征服者"。小说中写道：当孙少平领了一大笔工资回到住处后，其他几人情绪不佳，因为他们因误工、偷懒没拿到几个钱。于是，"在这样一个时刻，劳动给人带来的充实和不劳动给人带来的空虚，无情地在这孔窑洞里互为映照"①。这时候，戏剧性的一幕出现了：舍友面向孙少平，有人愿意把箱子和蓝涤卡上衣贱卖出去，有人情愿把"蝴蝶"牌手表低价出售。而他们之所以如此操作，只是为了能让自己交得起当月的伙食费。当孙少平买下这些东西之后，他立刻就有了"一种堂皇的气势"。这时路遥写道：

只有劳动才可能使人在生活中强大。不论什么人，最终还是要崇尚那些能用双手创造生活的劳动者。对于这些人来说，孙少平给他们上了生平极为重要的一课——如何对待劳动，这是人生最基本的课题。

简直叫人难以置信！半年前初到煤矿，他和这些人的差别是多么大。如今，生活毫不客气地置换了他们的位置。

是的，孙少平用劳动"掠夺"了这些人的财富。他成了征服者。虽然这是和平而正当的征服，但这是一种比战争还要严

---

① 路遥：《平凡的世界》（第三部），人民文学出版社2004年版，第49页。

酷的征服；被征服者丧失的不仅是财产，而且还有精神的被占领。要想求得解放，唯一的出路就在于舍身投入劳动。①

这是孙少平对待劳动的态度和通过劳动所取得的胜利，却也无疑与路遥的劳动观一脉相承。甚至我们可以说，正是因为路遥对劳动的看重、欣赏和痴情，才赋予了主人公如此这般的劳动精神和劳动收获。而劳动能赢得尊重，劳动能使人强大，劳动能让人获得解放——使人不仅成为物质上的富有者，而且成为精神上的征服者，所有这些又都是农民劳动价值观的进一步升华。不清楚路遥当年是否关注过人道主义与异化问题的讨论，也不清楚路遥是否读过马克思的《1844年经济学哲学手稿》，我们现在能够大体确定的是，在路遥的心目中，根本就不存在"异化劳动"这一概念。也因此，他心目中和笔下的劳动纯洁、干净、崇高、神圣，充满了朴实自然的古典主义气息。通过这种未被污染的纯洁劳动，他让小说中的孙少平给工友们上了一课，而他本人似乎也正是通过他那种拼命三郎式的写作劳动，给中国当代的作家们上了一课。

理解了路遥的劳动观，也就理解了他所谓的"作家的劳动"的崇高、神圣与独特。自柏拉图以来，作家创作便笼罩在神灵凭附的"灵感说"或"天才说"等阴影之中，致使文学生产充满了说不清道不明的种种神秘。但路遥却消解了这种神秘，把作家的精神生产等同于农民种地式的物质劳动。路遥对作家的创造性并非懵懂无知，因为他明确说过："文学创作的艰苦性还在于它是一种创造性的劳动，任何简单的创造都要比复杂的模仿困难得多。"② 而他之所以还要把作家的创作拉下神坛，在我看来，是因为路遥依照自己的切身体会已意识到一个道理：文学创作不仅是脑力劳动，而且是高强度的体力劳动。如前所

---

① 路遥：《平凡的世界》（第三部），人民文学出版社2004年版，第51页。
② 路遥：《作家的劳动》，载《早晨从中午开始》，北京十月文艺出版社2010年版，第173页。

第四章　文学经典与大众文化

述，路遥曾花三年左右的时间广泛搜集资料，跑遍陕北大地深入生活、占有生活并让生活重新到位，这是体力劳动；而他在写作过程中的艰辛、困顿和抱病写作，又何尝没有体力劳动的因素？路遥说过，当他开始《平凡的世界》的写作后，他每天都给自己制定"生产任务"。而当凌晨完成了当天的任务时，他"常常感到两眼金星飞溅，腿半天痉挛得挪不开脚步"①。后来，完成的稿纸有了一些规模，"它说明苦难的劳动产生了某种成果。好比辛劳一年的庄稼人把第一摞谷穗垛在了土场边上，通常这时候，农人们有必要蹲在这谷穗前抽一袋旱烟，安详地看几眼这金黄的收成。有时候，我也会面对这摞稿纸静静地抽一支香烟。这会鼓舞人更具激情地将自己浸泡在劳动的汗水之中"②。小说第三部写到最后，"圆珠笔捏在手中像一根铁棍一般沉重，而身体却像要漂浮起来"。随后，右手整个痉挛，"五个手指头像鸡爪子一样张开而握不拢。笔掉在了稿纸上"。为了恢复正常写作，他不得不把开水倒进脸盆里，"然后用'鸡爪子'手抓住热毛巾在烫水里整整泡了一刻钟，这该死的手才渐渐恢复了常态"。③ 出现这种情况，固然是情绪激动所致，但长期的、马不停蹄的写作显然也消耗了他的大量体力，以至于在写作的最后冲刺时显得体力不支了。而凡此种种，都意味着路遥的写作确实是像农民那样耕地、播种、除草、收割，任何一个环节用力不足，都会影响到收成和产量。因此，路遥把作家的劳动等同于农民的劳动，既不是作秀，也并非矫情，而就是他所信奉的只有"像牛一样劳动"，才能"像土地一样奉献"④

---

① 路遥：《早晨从中午开始——〈平凡的世界〉创作随笔》，载《早晨从中午开始》，北京十月文艺出版社2010年版，第115—116页。
② 路遥：《早晨从中午开始——〈平凡的世界〉创作随笔》，载《早晨从中午开始》，北京十月文艺出版社2010年版，第118页。
③ 路遥：《早晨从中午开始——〈平凡的世界〉创作随笔》，载《早晨从中午开始》，北京十月文艺出版社2010年版，第161—162页。
④ 路遥：《作家的劳动》，载《早晨从中午开始》，北京十月文艺出版社2010年版，第174页。

的真实写照。

另一方面，在路遥看来，作家的辛苦劳动不仅意味着能写出好作品，可施教于人，而且是对自己的一种自我教育过程。路遥在1989年的一份《个人小结》中曾这样说过："文学创作从幼稚趋向于成熟，没有什么便利的捷径可走。因此我首先看重的不是艺术本身那些所谓技巧，而是用自我教育的方式强调自身对这种劳动持正确的态度。这不是'闹着玩'，而应该抱有庄严献身精神，下苦功夫。"① 此处的"自我教育"是值得重视的，因为正确对待劳动，进而以自己的全部身心投入忘我的劳动，不仅会产生一种好的"结果"，而且更在于他既享受了这一充实的生命"过程"，也通过劳动净化了自己的心灵，增加了完善自我道德的机会。这应该是写作的更高境界，无此想法的人是断然不能体会到路遥的良苦用心的。例如，山西作家韩石山对路遥的这种做法就颇为不解，他曾以调侃的口吻如此评论路遥："毕竟是农家孩子，认定的做事方式只有一个——辛苦，祖祖辈辈遵循的种庄稼的路数，汗滴八瓣子，定是好日子。""我总觉得秦晋两省作家身上的农民气重了些，把写作当成了种庄稼，一份耕耘，就一定会有一份收获。"② 在他看来，路遥的这种思路和劳作是落后的、逆历史潮流而动的、不可思议的，它们既无效仿价值，也不宜大肆张扬。但讽刺的是，靠抖机灵写作的韩石山不仅没有写出路遥那样的厚重之作，就是在做人方面也被人诟病。山西作家毕星星曾披露韩石山担任《山西文学》主编期间做假书的丑闻，或许就能说明一些问题。③ 如此看来，韩石山的这种投机取巧，很可能意味着他恰恰缺少了通过劳动进行"自我教育"的修炼课程。

---

① 厚夫：《路遥传》，人民文学出版社2015年版，第297页。
② 韩石山：《是谁谋杀了路遥》，http://blog.sina.com.cn/s/blog_a33d296e01011bdf.html，2012年5月2日。
③ 参见毕星星《关于〈山西文学〉大批印制假书的广而告之》，http://blog.sina.com.cn/s/blog_655ca6d20102dwo0.html，2012年3月10日。

第四章 文学经典与大众文化

由此我们再来看路遥的劳动观，一切就显得不再那么简单，因为它同时承担着祛魅与返魅的双重使命。在祛魅的层面上，它让一切神秘主义和唯心主义创作主张丧失了某种合法性，从而也把路遥的创作过程和生产秘密展示在唯物主义的地面上。无论他的这种做法是否具有示范意义，其独特性都是毋庸置疑的。而在返魅的层面上，路遥又通过劳动的神圣和价值，捍卫了写作的尊严。当80年代后期玩文学、玩技巧、玩先锋开始大行其道时，路遥却通过《平凡的世界》这部长篇小说和《早晨从中午开始》这份自白书，老老实实地告诉了世人创作的本来样子。明乎此，我们也就能够意识到，在20世纪八九十年代之交所风行的另一种祛魅语境中（例如，王朔极力鼓吹作家就是"码字的"，而王蒙则欣赏着王朔的"躲避崇高"并极力为其辩护），恰恰是路遥的所作所为多少给作家和写作挽回了一点面子。我们甚至可以说，正是因为路遥，作家这一称号才重新具有了某种神圣感，写作这一职业也才重新具有了某种崇高感。

以上种种表征——具有强烈责任感的创作动因，仿佛要"上天入地求之遍"的创作准备，把写作视为沉重劳动的创作过程——无不揭示着这样一个事实：对于路遥来说，写作《平凡的世界》是一种庄严的工作、神圣的使命，它甚至延续着"经国之大业，不朽之盛事"的为文传统。我曾经指出："重要的是，路遥把文学当成了一项神圣的事业，而不是像他的后来者那样把它当成了一种可以开发的产业。""因为今天健在的作家，显然已经充分享受到了文学市场化给自己带来的种种好处，文学对于他们来说也就有了一种特殊的意味。在他们眼中，文学可能就是一种赚钱的职业，也是可以在产业链上赢利的一个重要环节。路遥的生命终止于1992年，他再也不可能经历后来文学世界的分化，文人命运的变迁，所以，他那种古典式的写作行为便成为一个'仪式'。"[①] 如今我依然坚信这一判断，

[①] 参见拙文《今天我们怎样怀念路遥》，《南方都市报》2007年11月22日。

这是我把《平凡的世界》看作严肃文学的重要理由。而《早晨从中午开始》既是对其生产秘密的充分展示，同时又像镜子和旗帜，它照出了那个年代文学的种种乱象，也让一种孤傲高标的文学信念飘扬在了1992年春天的上空。而那个时候，正是文学市场化即将来临的年代。

（二）大众文化的两种征候

在严肃文学的层面上，路遥的写作行为与《平凡的世界》存在着一种同构关系，这是问题的一个方面。问题的另一方面是，就在路遥精心打造着严肃文学的样式时，他也在不经意地向其小说输入了一些大众文化的信息。为什么会出现这种情况呢？我们在《早晨从中午开始》中依然会发现许多秘密。

路遥在准备撰写这部长篇小说时，曾给自己提出一个问题："用什么方式构造这座建筑物？"经过一番慎重的思考，他选择了现实主义的创作方法。而为了把这种选择说清楚，他在《早晨从中午开始》中不惜用四小节的篇幅从容展开，由此可见其郑重其事。

那么，为什么路遥要选择现实主义呢？今天看来，这个问题并不那么简单，依然值得深入分析。当年的情况是，就在路遥准备写作这部长篇小说时，中国的文学艺术形势已经发生着巨大变化。以1985年为例，该年5月，国际青年组织委员会在中国美术馆主办"前进中的中国青年"美展，揭开了"85美术运动"的序幕。随后是"85新潮"兴起，影响波及整个文艺领域，包括文学界马原、格非、孙甘露等人的先锋小说，陈东东、王寅、欧阳江河等人的先锋诗歌；音乐界瞿小松、陈其刚、谭盾等人的先锋音乐；电影界陈凯歌、滕文骥、何平等人的探索电影。[①]而就在这一年，马原的《冈底斯的诱惑》（《上海文学》第2期）、刘索拉的《你别无选择》（《人民文学》第3期）、残雪的《山上的小屋》（《人民文学》第6期）、

---

① 参见王刚编著《路遥年谱》，北京时代华文书局2016年版，第189页。

徐星的《无主题变奏》(《人民文学》第7期)也先后面世。莫言在这一年不仅发表了《透明的红萝卜》《枯河》《球状闪电》《白狗秋千架》等一系列中短篇小说,而且即将推出其重要代表作《红高粱》(《人民文学》1986年第3期)。对于这些作品的到来,评论界出现的是一片叫好之声。例如,面对《冈底斯的诱惑》,有评论家指出:"《诱惑》提供了一个向小说复调世界展开的探索标本,也为小说观念变化的思索提供了一个探索方向。"① 关于《你别无选择》,李劼认为:"不仅是消灭了故事情节的内容,打破了时空限制的流动型叙述,即便是某些人物形象的塑造,人们也能在《你别无选择》中隐隐照见出《第二十二条军规》的影子。"② 对于《无主题变奏》,何新在指出它是写荒谬后接着评论道:"这篇作品没有故事,当然也没有戏剧性。没有情节,因此也没有高潮。作者只想表达主人公的一连串感觉,一连串散乱的意绪。"③ 不必罗列更多的例子我们就可发现,对于这些带有先锋、探索、实验色彩的小说文本,评论家一方面肯定了它们取消故事情节、弱化人物形象塑造的价值与意义,另一方面也指出了它们与西方现代主义文学的内在关联。尽管它们在很大程度上还是模仿之作,但这并没有阻挡评论界对它们的热情。

大体而言,这便是路遥启用现实主义的历史语境。而这种语境,也给路遥带来了较大困扰,造成了不小的压力。因为按其个人感受,他觉得当时出现的为数不是很多的新潮作品,"大都处于直接借鉴甚至刻意模仿西方现代派作品的水平,显然谈不到成熟,更谈不到标新立异"④。但为什么它们成气候了呢?路遥认为,是"文学评论界几

---

① 吴方:《〈冈底斯的诱惑〉与复调世界的展开》,《文艺研究》1985年第5期。
② 李劼:《是临摹也是开拓——〈你别无选择〉和〈小鲍庄〉之我见》,《当代作家评论》1986年第1期。
③ 何新:《当代文学中的荒谬感与多余者——读〈无主题变奏〉随想录》,《读书》1985年第11期。
④ 路遥:《早晨从中午开始——〈平凡的世界〉创作随笔》,载《早晨从中午开始》,北京十月文艺出版社2010年版,第87页。

乎一窝蜂地用广告的方法扬起漫天黄尘从而笼罩了整个文学界","过分夸大了当时中国此类作品的实际成绩,进而走向极端,开始贬低甚至排斥其他文学表现样式"。[1] 验之于以上我所举的几例评论,路遥的这种判断是有一定道理的。也是因为这种判断,路遥一方面有了反思"现实主义过时论"的机会,另一方面也生出了"较劲"之心。

关于现实主义是否已经过时,路遥是有清醒认识的。在他的心目中,19世纪的俄国与法国文学是现实主义的标高,而列夫·托尔斯泰、巴尔扎克、司汤达、曹雪芹等作家则是他看重的现实主义大师。以此标尺衡量20世纪中国的现实主义文学,能入路遥法眼者就并没有多少。更何况,20世纪50年代以来,由于种种原因,现实主义曾以"两结合""三突出""高大全""红光亮"的名义大行其道,而由此形成的文学则与现实主义拉开了距离。对此状况,路遥以不无反讽的语气指出:"这种虚假的'现实主义'其实应该归属'荒诞派'文学,怎么可以说这就是现实主义文学呢?"[2] 至于"文化大革命"之后出现的现实主义作品,路遥也并不满意,因为这类作品依然把人分成好人和坏人两类,无法深刻揭示出人与人之间的复杂关系。于是,在大致回溯了一番具有中国特色的现实主义文学之后,路遥形成了如下判断:"虽然现实主义一直号称是我们当代文学的主流,但和新近兴起的现代主义一样处于发展阶段,根本没有成熟到可以不再需要的地步。"[3] 这就意味着,所谓"现实主义过时论",实际上是经不起推敲的,它要么是创作界追新逐异的借口,要么就是作家投机取巧不愿下苦功夫的托词。

意识到现实主义不但没有过时,而且具有很大的开掘空间,这

---

[1] 路遥:《早晨从中午开始——〈平凡的世界〉创作随笔》,载《早晨从中午开始》,北京十月文艺出版社2010年版,第85—86、87页。

[2] 路遥:《早晨从中午开始——〈平凡的世界〉创作随笔》,载《早晨从中午开始》,北京十月文艺出版社2010年版,第89页。

[3] 路遥:《早晨从中午开始——〈平凡的世界〉创作随笔》,载《早晨从中午开始》,北京十月文艺出版社2010年版,第89页。

只是路遥选择现实主义的动因之一,另一个值得一提的因素就是较劲之心。当现代派、先锋文学来势汹汹时,路遥当时的心理大概是不服气、不认输,于是他要举起现实主义大旗,欲与先锋试比高。陈忠实曾经披露过一个细节,1985年3月,他与路遥共赴河北涿县,参加中国作协在那里召开的农村题材创作研讨会。会上会下,先锋文学与先锋派的创作理论便成为一个热议的话题。"记得是在大会安排的发言中,我听到路遥以沉稳的声调阐述他的现实主义创作主张,结束语是以一个形象比喻表述的:'我不相信全世界都成了澳大利亚羊。'"[1] 陈忠实进一步解释道,澳大利亚羊是当时刚刚引进过来的优良羊种,正在中国牧区和广大乡村大力推广。路遥以此作比,隐喻的是正在兴起的现代派和先锋文学,却把自己崇尚并实践的现实主义创作方法归类为陕北农民养育的山羊。路遥的信念和口吻甚至让陈忠实也倍感提气:"我坐在听众席上看他说话,沉稳的语调里显示着自信不疑的坚定,甚至可以感到有几分固执。我更钦佩他的勇气,敢于在现代派先锋派的热门话语氛围里亮出自己的旗帜,不信全世界只适宜养一种羊。我对他的发言中的这句比喻记忆不忘,更在于暗合着我的写作实际,我也是现实主义写作方法坚定的遵循者,确信现实主义还有新的发展天地,本地羊也应该获得生存发展的一方草地。"[2] 而当《平凡的世界》终于写完,评论家蔡葵也在《光明日报》发表了《〈平凡的世界〉的造型艺术》(1988年12月26日)一文后,路遥很激动,并在给蔡葵的信中如此写道:

> 您应该看得出来,我国文学界对这部书是冷淡的。许多评论家不惜互相重复而歌颂一些轻浮之作,但对认真努力的作家常常不屑一顾。他们一听"现实主义"几个字就连读一读小说的兴趣

---

[1] 陈忠实:《寻找属于自己的句子》,北京大学出版社2011年版,第67页。
[2] 陈忠实:《寻找属于自己的句子》,北京大学出版社2011年版,第67—68页。

都没有了。好在我没有因此而放弃我的努力。六年来，我只和这部作品对话，我哭，我笑，旁若无人。当别人用西式餐具吃中国这盘菜的时候，我并不为自己仍然拿筷子吃饭而害臊。①

无论是以澳大利亚羊隐喻，还是拿西式餐具作比，路遥无疑都指向了先锋文学，其较劲的心理显然是一脉相承的。区别只在于，如果说他在1985年说出那番话时还显得豪情万丈、底气十足的话，那么1988年的这番表达已明显带上了某种创伤体验。现在我们已知道，《平凡的世界》第一部完成后适逢《当代》年轻编辑周昌义去西安组稿，路遥当时把稿子交给他，应该是满怀着能被发表的希望的，何况他先前还在这家刊物上发表过《惊心动魄的一幕》并因此获奖。但没想到的是，周昌义也许只是读过几十页之后就草草退稿了。至于退稿的原因，周昌义说得明明白白："我感觉就是慢，就是啰唆，那故事一点悬念也没有，一点意外也没有，全都在自己的意料之中，实在很难往下看。"②换句话说，周昌义之所以认为这部小说不堪卒读，正是因为它采用了老套的现实主义手法。而当《平凡的世界》第一部终于在《花城》（1986年第6期）发表后，《花城》与《小说评论》曾专门为它在北京召开过研讨会，但除少数几位评论家表示肯定外，其他人都评价不高。白描回忆："研讨会上，绝大多数评论人士都对作品表示了失望，认为这是一部失败的长篇小说。……回到西安，路遥去了一趟长安县柳青墓。他在墓前转了很长时间，猛地跪倒在柳青墓碑前，放声大哭。有谁能理解路遥众人皆醉唯他独醒的悲怆呢？"③无论是周昌义退稿，还是评论家集体差评，对于路遥来说都应该是一次不小的打击。因为他们的所作所为不

---

① 路遥：《致蔡葵》，载《早晨从中午开始》，北京十月文艺出版社2010年版，第320页。
② 周昌义：《记得当年毁路遥》，《文艺理论与批评》2007年第6期。
③ 王刚编著：《路遥年谱》，北京时代华文书局2016年版，第210页。

第四章 文学经典与大众文化

仅关系着这部长篇的命运,也暗示了路遥所信奉的现实主义在当时并不被人待见。而路遥能够坚持把它写完,并依然不以拿筷子吃饭而害臊,显然还是在较劲。他似乎坚信,他所选择的现实主义并非明日黄花,而以此手法完成的《平凡的世界》也并非波澜不惊的速朽之作。

我之所以较为详细地描述路遥选择现实主义的心理动因,一方面是想说明他的执着与坚守,另一方面也想指出路遥在当时可能意识到却不一定想清楚的一个问题,这个问题就是大众文化。

19世纪的现实主义发展至今,已经出现了林林总总的分支,但现实主义的本来含义又是什么呢?我们来看看艾布拉姆斯写到词典中的说法:"现实主义小说的创作目的在于表现普通读者眼中的生活和社会环境,引导读者产生这样的意识,即小说中的人物可能真的存在,小说中的事情可能真的会发生。为了取得这样的效果,我们称之为现实主义的小说家可能会也可能不会在题材方面进行选择——虽然大多数人都偏爱对普通、平凡和日常的事物,而非生活中罕见的方面,加以细腻的描述——但他们必须对创作素材进行处理,使读者感到它们似乎就是日常经验中的事物。"[1] 这里的关键词应该是普通读者和日常生活。艾氏想要表达的意思是,如果说传奇小说所呈现的是人们所向往的那种生活,那么现实主义小说则要真实地展示已经发生的日常生活。而这种生活又必须能够经受住普通读者的阅读和审视,能与他们的心理结构与情感结构形成一种同构关系。当这样一种生活被现实主义的作家书写出来时,其小说就天然具有了一种日常性,也会顺便呈现出一种通俗性或大众性。这是现实主义文学在题材上显示出来的一个显著特点。

从写法上看,现实主义无疑也是一种更易于普通读者接受的通俗易懂的艺术形式。有人指出,现实主义文学"按照生活本身的逻

---

[1] [美] M. H. 艾布拉姆斯:《文学术语词典》第7版(中英对照),吴松江等译,北京大学出版社2009年版,第521—523页。

辑来组织框架结构，很少有整体的幻想、象征、变形、魔幻等框架结构，以便使它所摹仿的虚拟真实尽可能保持与生活本身的一致，不管它的艺术想象和艺术夸张怎样丰富和突出，也都必须符合生活本身的面目和逻辑，合情合理，入情入理，让读者感到可以接受"①。这种概括是准确的。确实，在严格的现实主义作品中，我们看到的往往都是线性的时间结构框架：在特定的时间和地点，书中人物开始登场亮相，然后他们开始展开自己的故事；而故事的走向也遵循着序幕、发展、高潮、结局的线性逻辑。由于这种结构框架高度接近现实生活，普通读者进入其中就不会有不适感或违和感。对比一下现代主义与现实主义文学，如果说前者讲究"怎么写"的种种技巧，是要有意制造一种阅读障碍，从而追求一种写作与阅读上的陌生化效果，那么，后者则淡化了这种技巧，让人在熟悉的时间框架、生活场景和故事讲述中抚今追昔，感同身受。这也意味着，作家一旦与传统的现实主义为伍，他就不可能像卡夫卡那样"变形"，也不可能像马尔克斯那样"魔幻"。无论他是赵树理，还是柳青，他所采用的写法都必然具有通俗性和大众性。

与此同时，我们也需要注意现实主义作家对人物塑造的看重。自从巴尔扎克把自己的创作概括为"结合几个性质相同的性格的特点揉成典型人物"②之后，塑造典型人物、刻画典型性格就成为现实主义文学创作的制胜法宝。恩格斯的相关论述不但经典，而且对中国当代的现实主义作家产生了深远的影响。他指出："每个人都是典型，但同时又是一定的单个人，正如老黑格尔所说的，是一个'这个'，而且应当是如此。"③这是对典型与个性如何形成一个有机统

---

① 刘安海、孙文宪主编：《文学理论》，华中师范大学出版社1999年版，第242页。
② ［法］巴尔扎克：《〈人间喜剧〉前言》，陈占元译，载伍蠡甫主编《西方文论选》下卷，上海译文出版社1979年版，第168页。
③ ［德］恩格斯：《致敏·考茨基》，载《马克思恩格斯选集》第四卷，人民出版社1995年版，第673页。

一的艺术整体的论述。他更让人耳熟能详的说法是:"据我看来,现实主义的意思是,除细节的真实外,还要真实地再现典型环境中的典型人物。"[1] 这是对典型人物与典型环境之关系的经典表述。检点一下中外文学史,任何样式的小说恐怕都离不开人物,但毫无疑问的是,唯有现实主义才把人物塑造到了一个不可企及的高度。在典型人物的画廊中,我们已见识了于连·索黑尔、葛朗台、安娜·卡列尼娜,以及中国的贾宝玉、王熙凤、祥林嫂、阿Q等经典形象的风采,而凡是现实主义的杰作,其书中人物也往往会给读者留下不可磨灭的印象。从某种意义上说,现实主义的高度也取决于塑造人物的力度。

那么,典型人物对于普通读者来说又意味着什么呢?应该意味着顺畅的接受。典型人物的形成离不开典型环境的营造,也离不开一个好的故事框架。因此,凡是善于塑造人物的作家,往往也是讲故事的高手,因为故事讲不好,人物的塑造也就失去了重要的依托。而普通读者既非职业编辑,也非潜在的写手,他们并不需要推敲或学习"怎么写"的写作技巧,只要能通过故事与人物,让自己沉浸其中,获得感动并受到启迪,就算达到了阅读目的。20世纪八九十年代之交,中国文学界曾出现过"三无"小说(无情节、无人物、无主题)并风靡一时,后来之所以难以为继,既是因为这种反小说的写法违背文学常识,也在于它们淡化故事情节和人物之后让读者读不下去,难以下咽。同样值得深思的是,周昌义之所以退掉《平凡的世界》,主要原因是当时正在流行现代主义,因为"当时的中国人,饥饿了多少年,眼睛都是绿的。读小说,都是如饥似渴,不仅要读情感,还要读新思想、新观念、新形式、新手法。那些所谓意识流的中篇,连标点符号都懒得打,存心不给人喘气的时间。可我

---

[1] [德]恩格斯:《致玛·哈克奈斯》,载《马克思恩格斯选集》第四卷,人民出版社1995年版,第683页。

接合:大众文化的冲击与1990年代以来的文学生产

们那时候读着就很来劲,那就是那个时代的阅读节奏,排山倒海,铺天盖地。喘口气都觉得浪费时间"。但许多年之后当他下决心阅读《平凡的世界》时,突然发现"跟当年的感觉不一样啊,不难看啊!"而他反思的结果之一是:"我个人的阅读习惯也顺应了潮流。当年毛头小伙,心浮气燥,如饥似渴。现在老了,知道细嚼慢咽了。"[①] 这至少说明,20世纪80年代那种追新逐异的文学阅读并非文学的常态,当时过境迁文学阅读正常化后,现实主义的力量便显示了出来。而《平凡的世界》的阅读史表明,无数读者之所以喜欢这部小说,与它结结实实讲述的故事和认认真真塑造的人物是分不开的。假如它是一部"三无"小说,很难想见它还能有这么大的阅读市场。

把以上所谈的现实主义的一般特征代入路遥及其《平凡的世界》中,我们又会发现怎样的秘密呢?种种资料表明,路遥选择现实主义是反复权衡比较的结果。而选择了现实主义,也就意味着不仅要发扬现实主义的精神,而且还要继承现实主义写作的基本手法、经典套路,以及塑造人物、讲述故事的主要模式。路遥在《早晨从中午开始》之外,曾经就《平凡的世界》有过如下表述:"经过反复比较、思考,我觉得还是恩格斯所概括的真实地再现典型环境中的典型性格的现实主义的创作方法,比较适合我的气质,比较能发挥我的所长。"[②] 这就意味着,路遥是在现实主义的经典写作套路中完成其小说的——塑造典型人物,刻画典型性格,再现典型环境,讲述普通人的平凡故事,书写普通读者能够感受到的日常生活经验。当路遥如此操作时,现实主义与生俱来的通俗性和大众性就已注入这部小说之中,让它具有了平民主义色彩和大众主义精神。

---

① 周昌义:《记得当年毁路遥》,《文艺理论与批评》2007年第6期。
② 此为路遥在《平凡的世界》讨论会上的发言记录,转引自曾镇南《现实主义的新创获——论〈平凡的世界〉(第一部)》,载李建军、邢小利编选《路遥评论集》,人民文学出版社2007年版,第75页。

第四章 文学经典与大众文化

同时，我们也不应该忘记路遥从柳青那里继承和发展而来的通俗性。李陀曾经提出过一个值得重视的观点，他认为"工农兵文艺"实际上就是"革命通俗文学"，赵树理、马烽、丁玲、周立波、柳青、梁斌、杨沫、浩然等作家，则是革命通俗文学的主将。而在这一创作谱系中直面路遥小说的通俗性，其"来源就是'革命通俗文学'。路遥的写作与'革命通俗文学'的理念、特征、技巧有直接的关系，甚至可以说他是在 80 年代唯一的直接继承'革命通俗文学'写作的作家"。他甚至认为："就叙事而言，《人生》《平凡的世界》对农村琐琐碎碎的日常生活写得那么细致，是直接承续了赵树理的写作传统。为什么路遥的广大读者中有数量那么庞大的农村青年读者，可以从这里得到一定解释。"[1]

没有任何资料表明路遥受过赵树理的影响，因此李陀这里的思考很可能带有某些臆想的成分，但路遥对柳青写作传统的继承却是不容置疑也是值得深思的。毫无疑问，李陀所提及的这些代表性作家既与落实《在延安文艺座谈会上的讲话》（以下简称《讲话》）精神有关，也是对毛泽东提出的"革命的现实主义和革命的浪漫主义相结合"（即所谓的"两结合"）的贯彻落实，而柳青则又是这种贯彻与落实的典型代表。这就意味着假如"革命通俗文学"之说能够成立，其通俗性既来自《讲话》中文艺要为工农兵服务的价值理念，也应该是革命现实主义的题中应有之义。路遥与《讲话》的关系是一个值得清理的问题，很值得深入分析。对于《讲话》，路遥很认真地说过："由于我们在新的生活环境中长大，在新的时代开始文学艺术工作的，因此对于我们来说，面临着一个重要的问题，就是怎样继承我们宝贵的革命传统和革命的理论遗产。对于一个革命的文艺工作者来说，也就是怎样很好地继承毛泽东同志在《讲话》中所阐

---

[1] 李陀、刘禾、蔡翔等：《路遥与 80 年代文学的展开》，载程光炜、杨庆祥编《重读路遥》，北京大学出版社 2013 年版，第 201、202 页。

接合:大众文化的冲击与1990年代以来的文学生产

明的那些基本精神。"① 如此看来,路遥对《讲话》精神的继承尽管已与柳青很不相同,但在其思想深处很可能也游荡着《讲话》和革命现实主义的幽灵。今天看来,他所谓的"永远和人民群众的心一起搏动,永远做普通劳动者中间的一员,书写他们可歌可泣可敬的历史"②,既是平民主义价值立场之下生发出的谦卑之态,显然也含有《讲话》精神所要求的某种元素。而他对《创业史》的反复阅读、悉心揣摩,他对柳青创作精神的敬仰和学习,又都意味着这样一个事实:当柳青借助《讲话》精神和革命现实主义的价值理念打造出了"革命通俗文学"的经典之作后,它也就成为一种"有意味的形式",并以此对后来者发挥着作用。路遥正是通过柳青,熟悉了这种形式,并把它内化到了自己的生命结构中和《平凡的世界》的写作实践里。因此,在路遥这里,我们在考虑传统现实主义所天然具有的大众性和通俗性时,也必须同时考虑到柳青的传统和革命现实主义所造就的另一种通俗性。只有加进这一维度,我们对《平凡的世界》的大众性和通俗性才可能形成更全面的理解。

如果说现实主义让《平凡的世界》具有了某种大众性和通俗性,那么这只是问题的一个方面,问题的另一方面则关联着路遥的读者意识。或者也可以说,由于现实主义与读者大众本身就存在着一种隐秘的关联,现实主义在催生路遥的读者意识方面也扮演了重要角色。而一旦涉及路遥式的读者意识,又不能不让人想到大众文化。

不妨从现实主义、现代主义与读者大众的关系谈起。西方现代主义兴起的原因虽然非常复杂,但其中的一个原因却值得深思:作家艺术家之所以极力打造现代主义的文学艺术,是出于对大众的恐慌,于是现代主义从它诞生的时候起,就本能携带着拒斥大众的基

---

① 路遥:《严肃地继承这份宝贵的遗产》,载《早晨从中午开始》,北京十月文艺出版社2010年版,第27—28页。
② 路遥:《严肃地继承这份宝贵的遗产》,载《早晨从中午开始》,北京十月文艺出版社2010年版,第28页。

第四章 文学经典与大众文化

因。约翰·凯里（John Carey）指出，从尼采开始，欧洲的知识分子就感到了大众和大众文化的威胁，"因此，梦想大众将灭绝和绝育，或者否认大众是真正的人，这都是20世纪早期知识分子虚构的避难方法。更激烈、更实际的避难方法则是如下的建议：阻止大众学习阅读，以使知识分子重新控制用文字方式记录的文化"[1]。然而实际的情况是，当教育改革取得巨大的成功之后，19世纪后期的欧洲已出现了庞大的阅读人群。为了满足这些普通读者的需要，大众报纸开始出现，书商们开始改弦更张，甚至连萧伯纳这样的作家也"清醒地决定为百万大众创作"[2]。当知识精英无法阻止大众阅读的热情之后，他们便只好在文学这里下功夫："使文学变得让大众难以理解，以此阻碍大众阅读文学，他们所做的也不过如此。20世纪早期，欧洲知识界就殚精竭虑地决心把大众排斥于文化领域之外，这场运动在英格兰称为现代主义。虽然欧洲其他国家对此有不同称法，其要素却基本相同。它不仅变革了文学，还变革了视觉艺术。它既抛弃了那种据说为大众所欣赏的现实主义，也抛弃了逻辑连贯性，转而提倡非理性和模糊性。"[3]凯里进而指出，像《尤利西斯》这样的小说，便是阻止大众阅读的代表性之作。小说虽塑造了大众代表利奥波德·布鲁姆，"但事实上，布鲁姆本人永远不会，也不可能读《尤利西斯》或《尤利西斯》这样的书，因为这部小说的复杂性、它的先锋派手法以及它的晦涩，都使布鲁姆之流被严厉地逐出其读者群之外。20世纪没有一本小说像它那样，仅仅为知识分子而作"[4]。凯里的分

---

[1] [英]约翰·凯里：《知识分子与大众：文学知识界的傲慢与偏见，1880—1939》，吴庆宏译，译林出版社2008年版，第17页。
[2] [英]约翰·凯里：《知识分子与大众：文学知识界的傲慢与偏见，1880—1939》，吴庆宏译，译林出版社2008年版，第7页。
[3] [英]约翰·凯里：《知识分子与大众：文学知识界的傲慢与偏见，1880—1939》，吴庆宏译，译林出版社2008年版，第19页。
[4] [英]约翰·凯里：《知识分子与大众：文学知识界的傲慢与偏见，1880—1939》，吴庆宏译，译林出版社2008年版，第23页。

接合:大众文化的冲击与1990年代以来的文学生产

析让我们意识到,姑且不论现实主义文学的内容如何,至少现实主义的形式是普通读者喜闻乐见的,而现实主义的文学作品也应该是他们阅读的重要读物之一。随着现代主义的兴起,普通读者大众却被拒之门外,因为现代主义的功能之一就是拒绝大众,它拒绝得越彻底,或许就说明它越成功。《尤利西斯》便是一个典型例证,虽然它早已成为现代主义的经典之作,但不仅普通读者读不懂这部"天书"似的作品,就连专家学者能从头到尾读完者也并不多见。

西方的这种情况并非中国1985年前后现代主义和先锋文学兴起的历史语境,但了解这种局面显然有助于我们理解中国问题。在我看来,当年的先锋派作家尽管不一定会考虑到读者因素,但他们的创作客观上造成了先锋文学与读者大众的紧张关系。而更重要的是,虽然路遥也不可能清楚现代主义与读者大众的这种历史纠葛,但是他凭其直觉,悟到了其中的高级机密。因为他说过:"考察一种文学现象是否'过时',目光应该投向读者大众。一般情况下,读者仍然接受和欢迎的东西,就说明它有理由继续存在。……出色的现实主义作品甚至可以满足各个层面的读者,而新潮作品至少在目前的中国还做不到这一点。"[①] 为什么路遥能形成如此看法?我们当然可以在"阳春白雪,和者盖寡;盛名之下,其实难副"之类的文化传统中寻找原因,但在我看来,更值得重视的是路遥意识到了现实主义与读者大众的亲和关系。

回看《平凡的世界》之外的其他作品,路遥都是在现实主义的武装之下完成其创作的,而现实主义的写法也给他带来了海量读者和巨大声誉,这在《人生》那里体现得尤其突出。如前所述,《人生》面世时,其发行量(包括杂志、单行本)是一个巨大的数字。现在看来,《人生》之所以能够走红,既是因为路遥触及了"城乡交

[①] 路遥:《早晨从中午开始——〈平凡的世界〉创作随笔》,载《早晨从中午开始》,北京十月文艺出版社2010年版,第89—90页。

第四章　文学经典与大众文化

叉地带"的社会矛盾和社会问题,也应该得益于现实主义的力量。而无论从哪方面看,《人生》的面世和如此高的阅读量对于路遥来说都是一个重大事件,它自然给路遥带来了诸多困扰,却也让他明白了一个朴素的道理:文学作品不向批评界的专家学者示好而是直接面对广大读者,不仅能够存活于世,而且具有更隆重的存在理由。因为"只要读者不遗弃你,就证明你能够存在。其实,这才是问题的关键。读者永远是真正的上帝"[1]。而在很大程度上,这个道理也是他能以现实主义手法创作《平凡的世界》的一个坚定信念。因为此小说的第一部写出后路遥就对《延河》的老编辑董墨说过:"我这部作品不是写给一些专家看的,而是写给广大的普通读者看的。作品发表后可能受到冷遇,但没有关系。红火一时的不一定能耐久,我希望它能经得起历史的审视。"[2]

不是为很小众的专家学者写作,而是为广大的普通读者大众写作,这是路遥读者观和文学接受观中的一个重要内容,也是他与当年的先锋作家的一个重要区别。如前所述,尽管中国的先锋作家还不一定有拒斥读者大众的觉悟,但是在他们的写作方案中,读者因素肯定不是放在首要位置的。或者也可以说,即便他们心中装有读者,这种读者也更多的是那些以专家、批评家面目出现的"高级读者",而并非普通的阅读大众。于是赢得专家喝彩,获得批评家热议,进而把自己的作品打造成罗兰·巴特所谓的"可写性文本",甚至为成为"作家们的作家"而努力,就成了先锋作家的基本诉求和终极目标。然而对于路遥来说,现实主义的选择一方面让其作品变成了一种"可读性文本",另一方面又加强了作品与普通读者的紧密联系。因此,当他念念不忘普通读者的存在时,这既是其底层意识

---

[1] 路遥:《早晨从中午开始——〈平凡的世界〉创作随笔》,载《早晨从中午开始》,北京十月文艺出版社2010年版,第86页。
[2] 董墨:《灿烂而短促的闪耀——痛悼路遥》,载马一夫等主编《路遥纪念集》,人民文学出版社2007年版,第299页。

和甘做"普通劳动者"的天性体现,同时也是现实主义客观要求的推动之功。

在路遥的读者意识被催生和固定的过程中,我们也不应该忘记《平凡的世界》被电台播讲这件事情。如今我们已知道,《平凡的世界》能被中央人民广播电台"长篇连播"节目播讲,更多带有一种因缘巧合的因素。因为假如不是路遥出访联邦德国前夕在北京的电车上偶遇老朋友叶咏梅(时为中央人民广播电台文艺部"长篇连播"编辑),假如叶咏梅没有得到路遥的新作并被其感动,《平凡的世界》很可能就会与"长篇连播"失之交臂。[①] 而抚今追昔,这部长篇从1988年3月27日首播开始,总共播讲126集的这一事实,也确实是当代文学传播史上的一个重要事件,很值得深入分析。我在这里仅想指出的是,因为这一播讲和收听它的无数听众,一方面让路遥加快了写作进度,另一方面也进一步强化了他的读者意识。路遥说过:"在那些无比艰难的日子里,每天欢欣的一瞬间就是在桌面那台破烂收音机上收听半小时自己的作品。对我来说,等于每天为自己注射一支强心剂。每当我稍有委顿,或者简直无法忍受体力和精神折磨的时候,那台破收音机便严厉地提醒和警告我:千百万听众正在等待着你如何做下面的文章呢!我不得不一次又一次面对那台收音机庄严地唤起自己的责任感,继续往前走。按照要求,我必须最迟在1988年6月1日前将第三部完成稿交到中央人民广播电台。"[②] 更让路遥没想到的是,当他把第三部手稿送到电台时,那里"已经堆集了近两千封热情的听众来信。我非常感谢先声夺人的广播,它使我的劳动成果及时地走到了大众之中"[③]。

---

① 参见厚夫《路遥传》,人民文学出版社2015年版,第263—266页。
② 路遥:《我与广播电视》,载《早晨从中午开始》,北京十月文艺出版社2010年版,第69页。
③ 路遥:《我与广播电视》,载《早晨从中午开始》,北京十月文艺出版社2010年版,第70页。

第四章 文学经典与大众文化

一边是无数听众在听《平凡的世界》第一部,一边是路遥正在写《平凡的世界》第三部,而这个时候的路遥既是小说的作者,又是无数听众中的一员。这样一种景象应该是文学消费与生产过程中的一个奇观,因为通过这次播讲以及播讲对路遥写作的敦促和激励,生产与消费活动就这样奇妙地纠缠在一起,成为一个以消费促生产的典型个案。更让人深思的是,尽管路遥的身份特殊,但当他也在收听这部小说时,他就近距离地感受到了听众(亦即读者大众)的存在。而由于收音机的普及性和大众传播性质,它确实也在满足着各个层面的读者需要,尤其是拉近了作者与读者、读者与读者之间的距离。我们知道,读小说是一种个体行为,因此阅读活动往往是一次孤独的长旅。但听广播却是一种同一时间的集体行动,它很容易让人形成一种集体认同。因为麦克卢汉(Marshall Mcluhan)说过:"收音机的阈下深处饱和着部落号角和悠远鼓声那种响亮的回声。它是广播这种媒介的性质本身的特征,广播有力量将心灵和社会变成合二为一的共鸣箱。"[①] 于是我们甚至可以说,正是这种部落鼓的回声和那种共鸣装置把路遥与千百万听众紧紧焊接在一起,让他们心心相印,息息相通,也让路遥在茅盾文学奖的获奖致辞中有了如此郑重的表达:

> 更重要的是,我深切地体会到,如果作品只是顺从了某种艺术风潮而博得少数人的叫好但并不被广大的读者理睬,那才是真正令人痛苦的。大多数作品只有经得住当代人的检验,也才有可能经得住历史的检验。那种藐视当代读者总体智力而宣称作品只等未来才大发光辉的清高,是很难令人信服的。因此,写作过程中与当代广大的读者群众保持心灵的息息相通,是我

[①] [加] 马歇尔·麦克卢汉:《理解媒介——论人的延伸》,何道宽译,商务印书馆2000年版,第369页。

一贯所珍视的。这样写或那样写，顾及的不是专家们会怎样看怎样说，而是全心全意地揣摩普通读者的感应。古今中外，所有作品的败笔最后都是由读者指出来的，接受什么摈弃什么也是由他们抉择的。我承认专门艺术批评的伟大力量，但我更尊重读者的审判。①

在这里，路遥一方面重复了他先前一贯的观点，另一方面也让我们意识到这样一个事实：写作中是否想普通读者之所想（所谓"揣摩普通读者的感应"），确实在很大程度上决定着作品的去处和特定读者的接受。莫言曾形成过如下疑问："我写农民，但农民读我的小说吗？"然后他又以自己出生的村庄为例指出："按说这个村庄出了个作家，而且据说很多小说里面都以村里的人作为模特儿来写的，但我的村里面没人读过我的书啊，我的父亲从来都不读我的书，我们村里的年轻人根本不会想到读一下同一个村里出来的作家莫言的小说。"② 之所以会形成如此状况，关键在于莫言是从学马尔克斯、福克纳等西方和拉美作家起步的，于是有了"迷幻现实主义"（Hallucinatory Realism）这种被诺贝尔文学奖评委定位的写法。而这种写法固然可以吸引专家学者和文艺青年，但莫言村里的普通读者却不一定感兴趣。或者也可以说，莫言虽然有"作为老百姓的写作"③ 一说，好像把自己的写作姿态放得很低，但实际上他的种种写法又明显没把老百姓的阅读感受考虑在内。他当然也获得了巨大的成功，但这种成功依然是精英文化的胜利，而并非大众文化的凯旋。

---

① 路遥：《生活的大树万古长青》，载《早晨从中午开始》，北京十月文艺出版社2010年版，第57—58页。

② 莫言：《说不尽的鲁迅——2006年12月与孙郁对话》，载《莫言对话新录》，文化艺术出版社2010年版，第218页。

③ 参见莫言《作为老百姓写作》，载《小说的气味》，春风文艺出版社2003年版，第8页。

第四章 文学经典与大众文化

从这个意义上说,《平凡的世界》就既是对"革命通俗文学"一定程度的继承,同时也是在新的历史语境中对一种新型大众文化的打造。而之所以如此为它定位,一方面是因为现实主义的通俗性和大众性,另一方面在于路遥为普通读者写作的读者意识确实让这部作品走到了广大的普通读者那里。这部小说诞生之后的阅读盛况表明,恰恰是普通读者对这部作品爱不释手,甚至成了他们的"人生圣经"。而尽管"量化"的定义并不能说明大众文化的全部问题,但毕竟,"所谓大众文化,是指那些被很多人所广泛热爱与喜好的文化"[1]也是对大众文化的定义之一。而鉴于路遥那种近乎偏执的读者意识,也鉴于这部作品长期以来与普通读者高强度的遇合与共鸣,我们甚至可以说这种大众文化已经带上了某种民粹主义色彩。

那么,又该如何理解路遥的这种追求呢?这里我想再一次以萨特的思考为参照,略作分析。萨特是"介入文学"的倡导者,而为了把介入文学落到实处,他在《什么是文学?》中曾专列"为什么写作?"和"为谁写作?"两部分内容,试图在理论层面回答相关问题。在他看来,"写作既是揭示世界又是把世界当作任务提供给读者的豪情"[2],因此,读者在萨特的心目中占有绝对重要的位置。而当他在社会主义的语境中进一步思考文学的走向,在无产阶级与资产阶级的阶级框架中思考读者群的有无多寡时,他也就生发出"我们有读者,但没有读者群"的种种焦虑,并把文学与读者群的关系强调到了极致。为了赢得读者群,他呼吁作家不要再去写那种大部头的鸿篇巨著,因为书还"谈不上'通俗化'",而是要去占领大众传播媒介,因为大众传媒上呈现的东西本身已经很通俗,"根本不需要注意'通俗化'"。于是"必须学会用形象来说话,学会用这些新的语言

---

[1] [英]约翰·斯道雷:《文化理论与大众文化导论》(第五版),常江译,北京大学出版社2010年版,第6页。
[2] [法]萨特:《什么是文学?》,施康强译,载沈志明、艾珉主编《萨特文集·7·文论卷》,人民文学出版社2005年版,第138页。

接合:大众文化的冲击与1990年代以来的文学生产

表达我们书中的思想",便成为他对作家提出的基本要求。① 而当萨特如此构想时,他所谓的读者群其实已是无产阶级(工人阶级)大众,他所谓的文学实际上也已演变成大众文化。阿多诺就意识到了这一问题,并对萨特的戏剧批而判之:"那些简单明确的情节与同样简单明确却可以提取的观念相结合,让萨特获得巨大成功,并使他适用于文化工业。"② 但问题是,萨特对此并非一无所知,因为他明确说过:"文学与电影一样正在变成工业化的艺术。我们当然是受惠者。"③ 为什么萨特明知文学会变成大众文化也在所不惜?因为他看到了大众文化的力量,也看到了大众文化对无产阶级大众的作用。也就是说,虽然法国的现代主义文学(例如超现实主义)写得很精致,文学性也很高,但它们与无产阶级大众几无关系。能够影响大众身心世界并有可能让他们投入行动的并非那些"为度假的灵魂写作"④ 的小众之作,而恰恰是大众文化之类的作品。这样一来,萨特的介入主张就在很大程度上改变了大众文化的面貌,也改变了阿多诺等人对大众文化的否定式看法。

路遥当然不是萨特,他也不具有萨特那么高的理论素养,但是在对待文学与读者的问题上,他与萨特却有惊人的相似之处。我们知道,路遥在19岁那年曾经当过延川县革命委员会副主任,虽然任期只有半年左右,尽管这是"文化大革命"那个特殊年代的产物,这一经历却唤醒了路遥的政治抱负和政治情怀。厚夫甚至推断:"当时的王卫国(路遥本名),长期身处社会底层,长期被压抑的政治抱

---

① [法]萨特:《什么是文学?》,施康强译,载沈志明、艾珉主编《萨特文集·7·文论卷》,人民文学出版社2005年版,第287、289页。
② Theodor W. Adorno, "Commitment", trans. Francis McDonagh, in Andrew Arato and Eike Gebhardt, eds., *The Essential Frankfurt School Reader*, New York: Urizen Books, 1978, p.305.
③ [法]萨特:《什么是文学?》,施康强译,载沈志明、艾珉主编《萨特文集·7·文论卷》,人民文学出版社2005年版,第270页。
④ [法]萨特:《什么是文学?》,施康强译,载沈志明、艾珉主编《萨特文集·7·文论卷》,人民文学出版社2005年版,第251页。

负与权力欲望开始得到实现。"① 后来即便回乡务农,政治依然是路遥关心的大事。他的同学回忆,每当在地头休息时,路遥就"显得十分活跃,他常常成为谈话的主角,他谈论国际新闻时事,谈论西方国家在野党与执行党之间的斗争……他那博渊的知识,使我这个比他高两级的学生不得不自愧弗如"②。这很可能意味着,尽管路遥后来没有走向从政之路,但在其心中却有藏得很深的政治关怀和政治情结,而这种关怀与情结最终也与文学婚合在一起,成为他创作的特色之一。对路遥知根知底的海波曾经这样分析过,从《惊心动魄的一幕》发表和获奖开始,路遥的创作就有了一个非常明显的特点:"站在政治家的高度选择主题,首先取得高层认可,然后向民间'倒灌'。"之所以如此操作,是因为"路遥有多方面的才能,他在政治方面的才能如果不能说比文学方面的才能高的话,至少不比它低"。由于《惊心动魄的一幕》让路遥找到了文学与政治结合的突破点,所以他后来便在这条路上奋力前行:"1981年写的《人生》配合的是正在全面展开的农村改革,而1984年开始着手准备的《平凡的世界》则试图展现农村改革的全貌。总而言之一句话,从那时候开始,他的创作已经不是'喜欢什么写什么'了,而是'需要什么写什么了'。"③ 正是因为路遥与政治有着如此复杂的关系,他也就形成了与众不同的文学主张:"他认为作家首先应该是政治家,政治上不敏锐、不正确、不坚定,写得再好也是鸡零狗碎小儿科。""他认为文学是历史的镜子,应该放在历史的大背景下构思,不但要反映现实,更要写出趋势。"④ 由此可以看出,尽管路遥曾经是政治上的失意者,但是当他后来成为作家并且可以借助文学发言时,他依

---

① 厚夫:《路遥传》,人民文学出版社2015年版,第55页。
② 刘凤梅:《铭刻在黄土地上的哀思——缅怀路遥兄弟》,载马一夫等主编《路遥纪念集》,人民文学出版社2007年版,第283页。
③ 海波:《人生路遥》,广东人民出版社2019年版,第48、49页。
④ 海波:《人生路遥》,广东人民出版社2019年版,第175页。

然在某种程度上变相实现着自己的政治抱负。尽管这种抱负已经拆散揉碎并且有机融入其作品之中,乃至羚羊挂角,无迹可求,但它确实也构成了我们理解路遥及其《平凡的世界》的一个潜在维度。

指出这一点是想说明,如果说萨特的"介入文学"观中有"介入现实"和"介入政治"的双重诉求,那么路遥虽把"介入政治"幻化于无形,却又以"反映现实"和"介入现实"的名义肩负起了实现其文学追求(显在层面)和政治抱负(隐在层面)的双重重任。而他那种"主题先行"的创作路数、宏大叙事的史诗风格、现实主义的写作手法等,仅仅在文学层面予以分析还不能曲尽其妙,更值得注意的是其隐而不露的政治关怀。由此再来看路遥对普通读者的反复强调和高度重视,也就变得不再那么简单。他虽然没有像萨特那样把那些普通读者直接定位成无产阶级大众,但由于他认同农民的劳动价值观,看重"普通劳动者",崇拜"受苦人"[1],所以,一旦转换到马克思主义的左翼语境,他所谓的普通读者简直又可以与无产阶级大众画上等号。而《平凡的世界》的阅读史表明,能够感同身受、深受鼓舞的读者,也恰恰是那些有着底层经历的农村青年或打工一族。最典型的例子莫过于那位名叫林夕的读者了。据他回忆,得知路遥去世的消息时,当晚他曾在日记中如此写道:"在当今作家中,对我影响最深,我最钟爱、最敬佩的作家,就是路遥。他的《人生》和《平凡的世界》我读了不知多少遍。可以说,我是读着他的作品踏上自立自主的人生之路,并最终走进大学课堂的。"随后他叙述了他的精神之树如何"在路遥作品的潜滋暗养下疯长",他在最困难的时刻如何想到路遥、孙少平和高加林,他的《〈人生〉教我读人生》如何获得了北京市新闻出版局和《北京晚报》联合举办的全国征文一等奖。他还记录道,20世纪最后的一个五一节,他

---

[1] 海波说:"身为作家,路遥最崇拜的人却是'受苦人'——那些踏踏实实、任劳任怨,甚至'只问耕耘,不问收获'的庄稼汉。"海波:《人生路遥》,广东人民出版社2019年版,第149页。

在深圳打工者"家"中采访，看到唯一奢侈的东西是被他们翻得又脏又破的盗版书——《平凡的世界》。打工者告诉他，他们大都是通过盗版书读到了路遥，"他们喜欢路遥的作品，它为他们艰苦的打工生活增添了一层希望的亮色和奋斗的力量。尽管他们中有些人并不知道路遥是谁，甚至连路遥和琼瑶都分不清楚"。他说那一刻他被强烈震撼："我清楚地意识到，路遥没有死，他活在千百万底层人民中间，活在喜欢他的读者中间。"① 由此我们便可意识到这样一个事实：尽管路遥是以一个作家的身份去召唤读者的阅读豪情的，但是其政治家的角色扮演也在隐隐作祟。大凡有政治情怀的作家，恐怕都不满足于文学仅仅成为人们茶余饭后的消遣，而是更希望它有作用于世道人心的力量。而尽管路遥并未充分表达过他对《平凡的世界》的阅读愿景，但他的所作所为与这部作品所形成的阅读效果，已出现了萨特所期待的那种"征服读者群"的盛况，从而也接近了马尔库塞的思考："艺术不能改变世界，但是它却可以致力于变革那些能够改变世界的男人和女人的意识与冲动。"② 于是我们也可以说，《平凡的世界》当然不可能改变世界，但凡是读过这部作品的人，其意识、冲动，乃至情感结构、思维方式、对待世界的态度等，或许都已不同程度地发生了变化。

很可能，这正是萨特式的大众文化所需要的效果。而路遥在概念和理论层面虽然对这种大众文化并不知情，但在其写作手法和读者意识的武装之下，他实际上已把《平凡的世界》打造成了一件大众文化产品。

（三）严肃文学与大众文化之间的张力

指出《平凡的世界》是介于严肃文学与大众文化之间的一部作

---

① 林夕：《被路遥改变的人生——纪念路遥逝世12周年》，载李建军编《路遥十五年祭》，新世界出版社2007年版，第249、250、252页。

② Herbert Marcuse, *The Aesthetic Dimension: Toward a Critique of Marxist Aesthetics*, Boston: Beacon Press, 1978, p. 32.

品,意味着它同时具有了两种属性:一方面,它在内容上有着严肃文学的结实、厚重,也体现了作者对现实生活的拷问,对理想主义价值信念的追寻;另一方面,它在形式上又显得通俗易懂,具有广泛的可接受性,同时它也是作者对文艺大众化思想的完美落实。这两者结合在一起,既消解了许多矛盾,又制造了一些矛盾;既消除了许多紧张关系,又产生了一种新的张力结构。那么,这种矛盾和张力又是如何体现出来的呢?

首先,可以先来看看《平凡的世界》的语言。人们常说,语言是一个作家的指纹。汪曾祺甚至说过:"写小说就是写语言。"[1] 他之所以如此对待语言,是因为他要打破"语言工具论"的认知模式,把小说语言推进到"语言本体论"的高度加以认识。而在20世纪80年代的先锋文学实验中,许多作家也常常对小说语言进行扭曲、变形,意欲制造出一种语言的陌生化效果。如果在这种语境中审视路遥的语言,我们又会发现其怎样的特点呢?

在归纳之前,不妨把路遥与中国当代文学史上语言风格鲜明的作家稍作对比。例如,一读"有个农村叫张家庄。张家庄有个张木匠。张木匠有个好老婆,外号叫个'小飞蛾'"(《登记》),我们就能意识到这是赵树理的语言,因为能让小说的语言上口,并像评书那样能说出来,既是赵树理自觉的语言追求,也是其现代评书体小说突出的语言风格。再如,读到这样的文字——"芦花才吐新穗。紫灰色的芦穗,发着银光,软软的,滑溜溜的,像一串丝线。有的地方结了蒲棒,通红的,像一枝一枝小蜡烛。青浮萍,紫浮萍。长脚蚊子,水蜘蛛。野菱角开着四瓣的小白花。惊起一只青桩(一种水鸟),擦着芦穗,扑鲁鲁鲁飞远了。"(《受戒》)——我们又会感受到汪曾祺小说语言的魅力。这种语言跳跃、轻盈,语不接而意接,

---

[1] 汪曾祺:《中国文学的语言问题》,载《汪曾祺全集》四,北京师范大学出版社1998年版,第217页。

第四章 文学经典与大众文化

传神写意又极富有画面感和美感,确实体现了汪曾祺所谓的"文学语言总得要把文言和口语糅合起来,浓淡适度,不留痕迹,才有嚼头,不'水'"①之类的美学理念。又如,读过莫言的作品,我们也会发现其语言充分被其感觉浸泡后的活色生香和陌生化效果,像"一九三九年古历八月初九,我父亲这个土匪种十四岁多一点",这是《红高粱》开篇第一个句子,其中"我父亲这个土匪种"就先声夺人,很是奇崛,打破了我们熟悉的语言阅读期待。而他那种感觉化的表达更是出现在《透明的红萝卜》等作品中,让人意识到莫言已把鲁利亚所谓的"截获内部言语"的能力运用到了极致。

即便像陕西作家陈忠实的语言,其特点也是非常明显的,因为在《白鹿原》中,我们读到了简洁、干净、利落的叙述语言。实际上,这正是陈忠实有意为之而需要的效果。因为在确定这部小说的写作规模时,他原计划写七八十万字,需要上下两部才能完成。然而考虑到读者的阅读兴趣和小说市场行情,他决定只写一部,不超过40万字。既然要大幅度压缩篇幅,又要保证小说的史诗结构和故事的完整性不受影响,那么就得在语言上大做文章。于是陈忠实意识到:"叙述语言比之描写语言,是可以成倍节省字数和篇幅的。"而为了把描写语言变成叙述语言,让语言形态的新感觉进入《白鹿原》中,他甚至专门写了两个短篇小说练手:"我确定尽量不写人物之间直接的对话,把人物间必不可少的对话,纳入情节发展过程中的行为叙述;情节和细节自不必说了,把直接的描写调换一个角度,成为以作者为主体的叙述。"②当这种演练有了成效之后,他才开始了《白鹿原》的写作,这样也才让这部小说的语言特色变得格外醒目。

与上述作家相比,我们就会发现,虽然路遥在创作《平凡的世界》时并非没有考虑到语言问题,但至少没像陈忠实那样考虑得如

---

① 汪曾祺:《谈散文》,载《汪曾祺全集》六,北京师范大学出版社1998年版,第334页。
② 陈忠实:《寻找属于自己的句子》,北京大学出版社2011年版,第92、95页。

此细致周到。而他一开始所确定的百万字的写作规模,更像是为了某种"定额"要去完成一个巨大的生产任务,却不可能让语言讲究到极致。这样从整体上看,路遥的语言就显得有些散漫,不够精致,"失去了控御文字的节制感和分寸感"①。有时候,过于抒情化的表述(例如他喜欢用"亲爱的××"称呼其人物)进入叙述语言之中,甚至有滥情之嫌。也因此,路遥的语言被人认为文学性不高,甚至有人直接指出"语言不好"。李建军曾记录过这样一件往事和路遥的回应:

> 有一次,在一个研讨会上,一位刚从大学毕业的年轻人,当着路遥的面说:"你的作品语言不好,就没有人家某某某的语言优美。人家那语言,才是文学语言。可是,在你的小说中,找不到一句人家某某某那样的语言。"路遥在最后的发言中回应说:"每一个人都有自己的语言风格。我只想用自己的语言写作,所以,如果我的作品中哪怕出现一行某某某那样的文字,我都要坚决地把它划掉。"这位朋友说,路遥当时很激动,说到"划掉"的时候,右手做了一个非常有力量的动作。②

从这件事情中可以看出,路遥对他的语言是非常自信的,他无法接受"语言不好"的指摘,甚至觉得让他使用另一个作家的语言,简直就是对他的侮辱。那么,又该如何理解路遥在语言层面的追求与考虑呢?我们先来看看路遥在《平凡的世界》誊抄阶段的自我表白:

> 第二稿在书写形式上给予严格的注意。这是最后一道工序,

---

① 李建军:《真正的文学与优秀的作家——论几种文学偏见以及路遥的经验》,载李建军、邢小利编选《路遥评论集》,人民文学出版社2007年版,第7页。
② 李建军:《真正的文学与优秀的作家——论几种文学偏见以及路遥的经验》,载李建军、邢小利编选《路遥评论集》,人民文学出版社2007年版,第7页。

第四章　文学经典与大众文化

需要重新遣词酌句,每一段落,每一句话,每一个词,每一个字,都要反复推敲,以便能找到最恰当最出色最具创造性的表现。每一个字落在新的稿纸上,就应该像钉子钉在铁板上。一笔一划地写好每一个字,慢慢写,不慌不忙地写,一边写一边闪电似的再一次论证这个词句是否就是唯一应该用的词句,个别字句如果要勾掉,那么涂抹的地方就涂抹成统一的几何图形,让自己看起来顺眼。一切方面对自己斤斤计较,吹毛求疵。典型的形式主义。但这里面包含着一种精神追求。一座建筑物的成功,不仅在总体上在大的方面应有创造性和想象力,其间的一砖一瓦都应一丝不苟,在任何一个微小的地方都力尽所能,而绝不能自欺欺人。偷过懒的地方,任你怎么掩饰,相信读者最终都会识别出来。①

如此看来,路遥对于他笔下的语言是非常认真的,而"钉子钉在铁板上"这一意象,又会让人联想到下笔千钧,一字不易。即便如此,这种做法也只能解决字、词、句的准确性和形象性等问题,却无法改变其语言风格。那么,在语言风格层面,路遥有没有一些讲究呢?对此,路遥并无任何表述,倒是海波在不经意间披露了一些秘密:

> 路遥在小说中的行文都有点"笨",像一个不善言谈的人在讲故事。很多人认为这是路遥能力有限,写不活泛。其实完全不是这样,是他故意这样做的,用他的话说,"把笔磨秃了写"。为什么要这样呢?他担心诙谐的、轻快的语言对整个小说的浑厚大气造成伤害,整成"顺口溜版的《战争与和平》"。为了保

---

① 路遥:《早晨从中午开始——〈平凡的世界〉创作随笔》,载《早晨从中午开始》,北京十月文艺出版社2010年版,第127页。

持作品的庄严大气,他不惜缩着身子用"矮步"行走。①

"把笔磨秃了写"意味着要下笔滞涩,否则便会油光水滑,使语言变得浮夸不实。"缩着身子用'矮步'行走"又意味着要让语言蹲下来、慢下来,否则它便会大步流星,提高了速度却降低了敏感度。而路遥之所以如此操作,是因为他要使其语言表达与其小说的史诗风格协调一致:当整个小说营造着一种浑厚庄严的气象时,小说的语言也必须真气灌注,充实饱满,夸而有节,饰而不诬。在这个意义上,我们不妨把路遥的语言特点归纳为朴实、浅白、端庄、自然。而这种特点,应该依然是路遥追求严肃文学的效果所结出的一枚果实。甚至我们可以说,严肃文学也让《平凡的世界》的语言变得严肃起来了,而严肃的语言又是为了配得上小说中那种严肃、虔诚、既脚踏实地又仰望星空的生活。可以想见,假如路遥笔下出现的是巴赫金所谓的狂欢广场式的话语风格,或者出现了"我就是那个叫马原的汉人,我写小说"之类的句子,那会给这部小说带来怎样的损伤。

但有趣的是,也恰恰是这种语言既让这部小说具有了大众文化的品格,也为无数普通读者提供了阅读这部小说的绿色通道。我们知道,当年的赵树理就是为了考虑农民读者的接受水平,才把语言写得通俗易懂的。因为当时的情况是大多数农民目不识丁,于是让识字的人看得懂,不识字的人听得懂,就成了赵树理使用语言时的基本考虑。路遥在语言层面显然还没有像赵树理那样想读者之所想,但是他那种朴实浅白的表达又确实为初通文墨的读者(比如前面提及的打工族)提供了阅读方便,因为朴实浅白往往也比较常规,它们是熟悉化的语言,而并非陌生化的语言。按照什克洛夫斯基的经典表述,使语言陌生化的目的是增加感觉的困难,延长感觉的时间。

---

① 海波:《人生路遥》,广东人民出版社2019年版,第169页。

这就意味着小说中一旦出现了这种陌生化的表述，读者就需要注目停留，细细咀嚼，反复品味。但常规而熟悉的语言却省略了这道程序，这样就保证了读者能马不停蹄地顺畅接受。笔者初读《平凡的世界》时就有这样的感受：因为被小说的故事情节和人物的命运走向所吸引，此书一旦捧读在手便欲罢不能，直到连续几日甚至通宵达旦把它读完，方才心安。① 而在这种阅读过程中，语言仿佛已不再存在，它的高低好坏自然也已被完全忽略。这很可能意味着，路遥的小说语言主要在于承载故事，塑造人物，而并不以凸显自己为鹄的。以什克洛夫斯基的标准加以衡量，它固然文学性不高，但也正是这种朴实浅白、熟悉常规的语言降低了阅读门槛，为普通读者打开了方便之门。如此看来，尽管《平凡的世界》追求的是严肃文学的话语风格，但是它最终又走在了文艺大众化的路子上。在这个意义上，我们甚至可以说路遥确实延续了赵树理的文学接受传统。

其次，这种张力还体现在人物塑造和情节模式上。《平凡的世界》虽然有三条故事情节线，但最重要的一条无疑在孙少平这里，孙少平显然也是男一号。为什么路遥会塑造孙少平这一人物呢？他为这一人物形象输入了怎样的精神内涵？对此雷达曾有过如下分析：

> 在作者的思想深处，其实存在着二律背反式的矛盾：一方面，在情感上，他尊敬并推崇农业文化中的宽厚、温情、淳朴，农民身上的坚忍和刻苦，把它看作精神栖息的家园；另一方面，在意识上，他对世世代代农民的生活方式、思维方式、价值观念，又持否定的态度，期待农民母体诞生新的分子，创造另一种崭新的生活方式和精神价值。这种作家主体的矛盾在路遥由来已久，《人生》就是证明，这矛盾既带来缺失也产生魅力。在《平凡的世界》中，两种倾向在作家头脑中无法调和，又无法解

---

① 参见拙作《遥想当年读路遥》，《博览群书》2015年第5期。

脱，便裂变为两个人物：孙少安和孙少平。他们都从传统的基地出发，又是同胞弟兄，不免有共同之处，但他们终究体现着两种人生选择和两种生活哲学。他们一个求实，一个幻想；一个重物质，一个重精神；一个封闭，一个开放；一个倾向传统，一个指向未来；一个深植农村，一个被"远行的梦"所召唤。就其与作家的个性、心理的相近以及烙刻着作家自身的经历印痕而言，孙少平是作家最钟爱的；就其对作品思想走向的影响而言，孙少平也是最重要的。①

这段分析很是精彩，它也在很大程度上道破了孙少平这一人物来历的秘密。实际上，从《人生》开始，让怎样的人物登场亮相，又让人物承载怎样的典型性格，对于路遥来说应该都是一件既慎重又严肃的事情。在《人生》中，高加林已是一个农村中的"新人"形象，但这个新人又是一个矛盾性的人物。或者也可以说，由于高加林承载着作者的矛盾，也由于这种矛盾无法有效解决，所以他最终只能成为一个悲剧式的平民英雄，却无法给路遥提供一个放飞其理想和信念的天空，这样才有了《平凡的世界》中的"裂变"和一分为二。而孙少安与孙少平，其人生进路和生活信条，用今天的话来说就是一个脚踏实地，一个仰望星空。由于后者更多承载着路遥的理想、愿望和价值追求，他便受到了路遥的重点关照。我们知道，孙少平一出场就在读《钢铁是怎样炼成的》这部小说，而阅读的后果是让他意识到："在他们这群山包围的双水村外面，有一个辽阔的大世界。"想到这一点他就激动起来："在那一瞬间，生活的诗情充满了他十六岁的胸膛。"② 可以说，对于"大世界"的向往（值得注意的是，路遥曾向海波借用其小说标题《走向大世界》，一度想作为

---

① 雷达：《诗与史的恢宏画卷——论〈平凡的世界〉》，载李建军、邢小利编选《路遥评论集》，人民文学出版社2007年版，第101—102页。
② 路遥：《平凡的世界》（第一部），人民文学出版社2004年版，第11页。

其《平凡的世界》的书名①），对于"生活的诗情"的追寻，这正是路遥为其主人公奠定的一个人生基调。而当孙少平高考落榜后，其念头又被外面的"大世界"牢牢抓住，"他老是感觉远方有一种东西在向他召唤。他在不间断地做着远行的梦"②。因此，在很大程度上，路遥就是为了"诗与远方"而打造着孙少平这一人物并最终让他运行在"诗与远方"的轨道上的。这种价值追寻承载着理想主义的情怀，弥漫着英雄主义的气息，甚至会让人联想到俄苏文学的某种精神气质，此为严肃文学的价值框架；但与此同时，我们又可以从中发现革命浪漫主义的流风遗韵，此为革命通俗文学的价值理念和由此催生出来的经典套路。如此一来就很可能意味着这样一个事实：在孙少平这一人物身上，同时具有了严肃文学和大众文化所需要的精神内核。

这种内核也体现在路遥为其主人公设计的爱情模式之中。在《平凡的世界》所写出的几对青年男女的爱情故事里，孙少平与田晓霞的爱情无疑是整个小说的华彩乐章，其中却隐含着一个经典模式。用现在的眼光看，孙田之恋更接近于"穷小伙与白富美"之类的爱情故事，这是当今大众文化产品（如网络小说）的惯用套路。但实际上，20世纪80年代的路遥显然不可能受到过这种套路的影响。那么，这种爱情模式又是来自哪里呢？应该与革命通俗文学有关，例如，我们可以回想一下《钢铁是怎样炼成的》这部作品。在这部小说中，保尔是穷人家的儿子，冬妮亚却是林务官的女儿。小说中说："保尔是在贫穷和饥饿中长大的，他对每一个被他认为是有钱的人，都十分仇视。"③ 本来，他对出身于富贵人家的冬妮亚也要如此对待，但冬妮亚的美丽、纯情和善良却让他顿生好感。与此同时，

---

① 参见海波《人生路遥》，广东人民出版社2019年版，第131—132页。
② 路遥：《平凡的世界》（第二部），人民文学出版社2004年版，第92页。
③ ［苏］尼·奥斯特洛夫斯基：《钢铁是怎样炼成的》，梅益译，人民文学出版社1980年版，第68页。

接合：大众文化的冲击与1990年代以来的文学生产

冬妮亚也对这个勇敢、倔强、生性好斗并充满野性的穷小子产生了浓厚的兴趣。更重要的是保尔喜欢看书，他们相识之后就是从保尔最喜欢看的传记小说《朱泽培·加里波第》展开话题的，这让冬妮亚非常激动，于是冬妮亚带保尔回家，并让他参观自己的书房，还说："我马上给您找一本有趣的书，您还要答应我，您往后常到这里来拿书好不好？"① 可以说，以书为媒，既是这一爱情故事展开的基础之一，也为那个暴烈的革命年代的爱情输入了温情脉脉的人文内涵。

由此我们再来看孙少平与田晓霞的爱情故事，那里面是不是已有意无意地使用了《钢铁是怎样炼成的》中的爱情套路？小说中写道，孙少平出身贫寒，田晓霞则是地委书记田福军的女儿。他们相识于高中求学阶段并互有好感。高中毕业后，孙、田二人依然联系密切，为了让孙少平了解国内国际大事，田晓霞甚至每过一个星期就会给他寄上一叠《参考消息》。而在孙少平的心目中，"田晓霞就是他生活中最重要的一个人。在某种意义上，这个女孩子是他的思想导师和生活引路人"②。然而，当田晓霞考上黄原师专中文系之后，孙少平却主动与她断了联系，因为一介农民与天之骄子之间已出现了巨大的反差。但成为揽工汉的孙少平终究还是与田晓霞戏剧性地相遇在一起，于是田晓霞把孙少平带到了自己的家里。而他们再度相逢的重要约定就是荐书还书的承诺，从此，田晓霞定期把图书馆的文学名著借回来，孙少平则定期去田晓霞家里取书还书。当孙少平第二次出现时，"田晓霞惊讶地看见，他穿了一身笔挺的新衣服，脸干干净净，头发整整齐齐；如果不是两只手上贴着肮脏的胶布，不要说外人，就连她都会怀疑他是不是个揽工汉呢！"③ 有趣的是，

---

① ［苏］尼·奥斯特洛夫斯基：《钢铁是怎样炼成的》，梅益译，人民文学出版社1980年版，第70—71页。
② 路遥：《平凡的世界》（第一部），人民文学出版社2004年版，第399页。
③ 路遥：《平凡的世界》（第二部），人民文学出版社2004年版，第178页。

第四章 文学经典与大众文化

当保尔第二次去家里找冬妮亚时,冬妮亚几乎没认出他来:"他今天穿了新的蓝衬衫、黑色的裤子。皮靴也揩得发亮。他的头发——冬妮亚一开头就注意到了——也剪过了,不像早先那样蓬乱。这黝黑的小火伕完全变了样儿了。"[①] 由此我们看到,在《平凡的世界》里,孙田之恋不仅继承了保尔与冬妮亚的爱情套路,而且在一些细节的处理上也出现了惊人的相似之处。

更值得注意的是,《平凡的世界》本身已隐含了这种套路的暗示。如前所述,孙少平出场不久就在读《钢铁是怎样炼成的》这部小说,当他被感动之后,一方面眼前浮现着保尔的勃勃英姿,另一方面也对冬妮亚充满了遐想:"当然,他也永远不能忘记可爱的富人的女儿冬妮娅。她真好。他曾经那样地热爱穷人的儿子保尔。少平直到最后也并不恨冬妮娅。他为冬妮娅和保尔的最后分手而热泪盈眶。他想:如果他也遇到一个冬妮娅该多么好啊!"[②] 而实际上,田晓霞之于孙少平,就是现实版的冬妮娅。他对田晓霞从敬仰到热恋,从友谊到爱情,或许就是在冥冥之中受到了冬妮娅的召唤与指引。当然,所有的这一切设计都来自路遥,也许他并非有意模仿,而是在下意识中把这个感动过中国几代人的爱情套路发扬光大了,这样才有了《平凡的世界》中最动人的爱情篇章。

指出孙田之恋沿用了一种爱情模式或爱情套路,我是想说明《平凡的世界》的情节结构中暗含着大众文化的基因,这也是人们喜欢读它的原因之一。因为这种模式或套路被人反复使用后,就成了读者既熟悉(深层结构)又陌生(重新讲述的故事)的东西,它很容易把读者导向一种他们曾经积累或已经积淀的阅读体验中,从而让他们在似曾相识中形成一种阅读快感。当今所谓的"自古深情留不住,唯有套路得人心",实际上表达的也是这个意思。

---

① [苏]尼·奥斯特洛夫斯基:《钢铁是怎样炼成的》,梅益译,人民文学出版社1980年版,第74页。

② 路遥:《平凡的世界》(第一部),人民文学出版社2004年版,第11页。

接合:大众文化的冲击与1990年代以来的文学生产

然而,这只是问题的一个方面。问题的另一方面是,在孙田之恋的爱情模式中,输入的又是严肃文学的价值理念,古典主义的人文内涵,因此它又显得厚重、深沉、令人动容又扼腕长叹。当田晓霞在黄原城偶遇孙少平并聊过一番后,她失眠了,因为孙少平的变化让他吃惊。原来她以为,孙少平也会像无数的农村青年一样成家立业,娶妻生子,过上老婆孩子热炕头的安逸生活,但让她没想到的是,"他仍然像中学时那样忧郁,衣服也和那时一样破烂。但是,和过去不同的是,他已经开始独立地生活,独立地思考,并且选择了一条艰难的奋斗之路"①。更让她兴奋的是,以前都是她在"教导"他,如今,"孙少平为她的生活环境树立了一个'对应物',或者说给她的世界形成了一个奇特的'坐标'"②。而小说中最令人触目惊心的一幕发生在田晓霞与孙少安找到工地并在简陋的"房子"里见到孙少平的那一刻:"孙少平正背对着他们,趴在麦秸秆上的一堆破烂被褥里,在一粒豆大的烛光下聚精会神地看书。那件肮脏的红线衣一直卷到肩头,暴露出了令人触目惊心的背脊——青紫黑癜,伤痕累累!"那一刻田晓霞感受到一种从来没有过的震惊。而当孙少平送走哥哥回来后,他又开始吃惊了:

> 他看见,麦秸草上的铺盖焕然一新。一块新褥子压在他的旧褥子上,上面蒙了一块淡雅的花格子床单;那块原来的破被子上摞着一床绿底白花的新被子……一切都像童话一般不可思议!
>
> 孙少平刹那间便明白了这是怎么一回事。他一下子忘情地扑倒在地铺上,把脸深深地埋进被子里,流着泪久久地吸吮着那股芬芳的香味……
>
> 很长时间,他才从被子上爬起来;同时在枕头边发现了一

---

① 路遥:《平凡的世界》(第二部),人民文学出版社2004年版,第172页。
② 路遥:《平凡的世界》(第二部),人民文学出版社2004年版,第174页。

第四章 文学经典与大众文化

张二指宽的小纸条。纸条上写着：

不要见怪，不要见外。田。①

这是令许多读者过目难忘、印象深刻的一处细节。田晓霞之所以震惊，是因为孙少平伤痕累累的背脊让繁重的体力劳动和艰难的奋斗之路一下子有了具象化的呈现。而在如此简陋和艰苦的条件下孙少平依然读书的画面，显然又是一束超越于简陋物质生活之上的精神之光，也是路遥营造的"诗与远方"意象的贯彻落实。孙少平之所以吃惊并流出眼泪，是因为他意识到他的处境唤起了田晓霞的心疼与怜爱，而新被新褥新床单和"不要见怪，不要见外"的纸条，又隐含着一种含蓄的爱情表白。于是，通过这一场景和细节，他们那种引而不发的相互爱慕也获得了一次升华的机会。实际上，纵观这一爱情叙事，孙田之恋从头至尾都洋溢着一种"生活的诗情"，闪烁着理想主义的光辉。这一方面是因为男女主人公有着超出常人的"不平凡"之处，另一方面也是因为路遥那种严肃文学的笔法。孙少平的不平凡处在于他要用劳动赢得人的尊严，并因此去实现他"走向大世界"的人生梦想。这种梦想中自然也包括找到一位类似冬妮亚的女性，收获一份属于他的爱情。孙晓霞的不平凡处在于她为了真正的爱情，敢于打破她与孙少平之间身份、学历、地位乃至阶层之间的不平等关系，把精神平等放在一个首要位置，这是她思前想后、最终做出爱情抉择的主要原因。我甚至觉得，当孙田二人走到一起时，他们的耳边已回响着简·爱与罗切斯特对白中的经典名句："但我们的精神是平等的。就如同你我走过坟墓，平等地站在上帝面前。"这是古典人文主义价值观的诗性呈现。而事实上，当田晓霞第一次为孙少平从图书馆借书时，其中就有夏绿蒂·勃朗特的《简·爱》。在田晓霞的心理活动中，也曾出现过这样的念头："是的，她

---

① 路遥：《平凡的世界》（第二部），人民文学出版社2004年版，第344、350页。

和他尽管社会地位和生活处境不同，但在人格上是平等的——这种关系只有在共同探讨的基础上才能形成。"① 艺术模仿生活，但许多时候生活也在模仿艺术。很可能，孙田之恋接通的就是《简·爱》中的爱情价值观。

路遥对爱情的写法和笔法也值得分析。陈忠实在写《白鹿原》时曾经概括出了"写性三原则"："不回避，撕开写，不做诱饵。"② 但我们在《平凡的世界》中从来没看到过"撕开写"的路遥，尤其在孙田之恋上，他甚至把性的因素减少到几近于无，却把爱的神圣推向了极致。这种写法甚至让人觉得路遥是一个倡导精神之爱的柏拉图主义者，他唯恐性与肉欲会对爱的神圣性构成某种亵渎。而孙田二人以书为媒的爱情之旅，他们躺在麻雀山上轮番念起《白轮船》中吉尔吉斯人那首古歌的场景，田晓霞最后借用苏联作家纳吉宾《热妮娅·鲁勉采娃》中的情节所做的爱情暗示和表白，也无不为他们的爱情涂上了一层纯净、圣洁、浪漫、知性的光泽。可以说，路遥一直用含蓄、节制、优雅的笔调讲述着这个爱情乌托邦的故事，也让这个故事拥有了一种高贵的或者是"小资调"的美。甚至在这场爱情结局的处理上，路遥也依然沿用了严肃文学的路数和写法。有人说："田晓霞不得不死，小说中那场莫名其妙的洪水，唯一的目的就是淹死这个麻烦的女人。"③ 此言大体不差，却表述得过于轻浮了。实际上，这应该是路遥对爱情乌托邦的一种解决方式，也是路遥心目中古典主义悲剧观的一种体现方式。也就是说，路遥做此选择，是要把人生有价值的东西毁灭给人看。在这一问题上，路遥反对的显然是通俗文学或大众文化产品所擅长使用的大团圆结局，追模的则是严肃文学不断打磨的那种爱情悲剧模式。

---

① 路遥：《平凡的世界》（第二部），人民文学出版社2004年版，第178页。
② 陈忠实：《寻找属于自己的句子》，北京大学出版社2011年版，第124页。
③ 黄平：《从"劳动者"到"劳动力"——"励志型"读法、改革文学与〈平凡的世界〉》，见程光炜、杨庆祥编《重读路遥》，北京大学出版社2013年版，第91页。

第四章　文学经典与大众文化

最后，如果在主题呈现和价值观的建构方面进行考量，我们依然可以发现严肃文学与大众文化之间所存在的那种张力。

海波曾经说过：路遥写作的特点之一是"站在政治家的高度选择主题"。又说："由于'主题先行'，所以写得特别吃力，特别累，'写一个东西脱一层皮'，严重伤害了健康，这成为他英年早逝的一个重要原因。"① 作为路遥的好友，海波这样来概括路遥肯定有其道理，但是如此一来，问题也变得复杂起来。"主题先行"是"文化大革命"时期盛行的一种创作理论和创作方法，其主张是，作家应该先确定主题，规定内容，然后按图索骥，去寻找材料，设计人物，编造故事，进行创作。而实际上，我们完全可以把"主题先行"看作政治大众文化的一种生产模式，那个年代的《金光大道》、八个样板戏等文艺作品，可以说都在很大程度上体现着"主题先行"创作理念。后来的商业大众文化，往往也习惯于"主题先行"。王朔便曾透露，准备制作《渴望》这部电视剧时，主创人员统一了思想：这部戏的主题和趣味都要充分尊重老百姓的价值观和欣赏习惯。于是这样的主题或基调被一致通过："歌颂真善美，鞭挞假恶丑，正义终将战胜邪恶，好人一生平安，坏人现世现报。"② 结果，赢来了《渴望》播放时的万人空巷。

当然，路遥从来没有承认过自己是"主题先行"，但从他的创作准备过程来看，显然又有"主题先行"的嫌疑。比如，当他决定写作这部规模很大的书时，首先确定的是这部作品三部、六卷、一百万字的框架："作品的时间跨度从一九七五年初到一九八五年初，为求全景式反映中国近十年间城乡社会生活的巨大历史性变迁。人物可能近百人左右。"③ 虽然作品框架并非小说主题，但如此规模和气

---

① 海波：《人生路遥》，广东人民出版社2019年版，第48、49页。
② 王朔：《无知者无畏》，春风文艺出版社2000年版，第9页。
③ 路遥：《早晨从中午开始——〈平凡的世界〉创作随笔》，载《早晨从中午开始》，北京十月文艺出版社2010年版，第85页。

魄,其中也必然包括着对主题的考虑。海波曾经透露,就在路遥准备其长篇小说期间,他本人也有写一部大书的构想,总题目定为《走向大世界》。路遥听说后便对海波说:"你的小说构思不成熟,成功的可能性不大,你把这个题目让我给用吧,因为这题目正切合我这部长篇小说的主旨。"① 虽然路遥最终没用"走向大世界"的原因是嫌它"太张扬,不如'平凡的世界'平稳、大气"②,但现在看来,《平凡的世界》中确实隐含着"走向大世界"这一宏大而宽泛的主题。而确立了这种框架和主题之后,路遥才有了系统读书、翻报纸找材料、占有生活和让生活重新到位的种种举措。由此可以看出,路遥写作《平凡的世界》,并非从故事和人物出发,而是在先有框架和他准备表现的那个宏大主题之后,才去找材料、编故事的。对此做法,路遥也有他自己的一套理论:

> 真正有功力的长篇小说不依赖情节取胜。惊心动魄的情节未必能写成惊心动魄的小说。作家最大的才智应是能够在日常细碎的生活中演绎出让人心灵震颤的巨大内容。而这种才智不仅要建立在对生活极其稔熟的基础上,还应建立在对这些生活深刻洞察和透彻理解的基础上。我一再说过,故事可以编,但生活不可以编;编造的故事再生动也很难动人,而生活的真情实感哪怕未成曲调也会使人心醉神迷。……如果最后读者仅仅记住一个故事情节而没有更多的收获,那作品就会流于我们通常所说的肤浅。③

路遥的这套理论当然是为了说明占有生活和真情实感的重要性,

---

① 海波:《人生路遥》,广东人民出版社2019年版,第131页。
② 海波:《人生路遥》,广东人民出版社2019年版,第132页。
③ 路遥:《早晨从中午开始——〈平凡的世界〉创作随笔》,载《早晨从中午开始》,北京十月文艺出版社2010年版,第99页。

但从他偏爱"让人心灵震颤的巨大内容"而不重视故事情节等方面的情况看,这里面应该也有"主题先行"的考虑。也就是说,在小说诸要素中,路遥可能更在意内容要素;而在内容要素中,他又更重视题材和主题,因为只有宽广的题材视野和宏大的主题风格才能支撑起这部史诗性的作品,也才能让读者不仅仅只是记住了故事情节。

指出这一点是说明,尽管路遥对"文化大革命"时期文艺作品所存在的问题看得十分清楚,但是在其心灵深处,很可能还残留着那个年代的创作观念。同时我更想说明的是,"主题先行"在给他的作品留有某种隐患的同时,如何又让它突破了这一套路的束缚,从而让其主题呈现出了一种丰富性、复杂性和庄严感。

一般而言,"主题先行"的作品,主题往往单一、集中、僵硬、呆板,但《平凡的世界》却并非如此。李建军指出:"路遥的小说的意义开掘和主题建构,既具有伟大而庄严的性质,又具有丰富性和多样性。他叙写美好的爱情,叙写纯洁的友情,叙写家庭的亲情,叙写情感与理性的矛盾、欲望和道德的冲突、现实与理想的对立以及爱与恨的交织,等等。可以说,路遥小说中的这些主题内容,都给读者留下了较深的印象。"[①] 那么,具体到《平凡的世界》,路遥究竟呈现了怎样的主题呢?宽泛而言,其中应该既有社会转型期的种种阵痛,又有改革开放初期所展示出的诸多愿景;既有让其主人公"走向大世界"的勃勃雄心,又有使其甘于"平凡"的低调与谦卑;既是对底层劳动者奋斗精神的礼赞,也是对他们严酷生存境遇的一种揭示。然而,除此之外,更值得注意的是孙少平写给孙兰香的那封信,此信也在很大程度上蕴含着主题生成的秘密。信中这样写道:

我们出身于贫困的农民家庭——永远不要鄙薄我们的出身。

[①] 李建军:《文学写作诸问题——为纪念路遥逝世十周年而作》,载李建军、邢小利编选《路遥评论集》,人民文学出版社2007年版,第287—288页。

> 它给我们带来的好处将一生受用不尽；但我们一定要从我们出身的局限中解脱出来，从意识上彻底背叛农民的狭隘性，追求更高的生活意义。
>
> 要知道，对于我们这样出身农民家庭的人来说，要做到这一点是多么不容易啊！
>
> 首先要自强自立，勇敢地面对我们不熟悉的世界。不要怕苦难！如果能深刻理解苦难，苦难就会给人带来崇高感。亲爱的妹妹，我多么希望你的一生充满欢乐。可是，如果生活需要你忍受痛苦，你一定要咬紧牙关坚持下去，有位了不起的人说过：痛苦难道是白忍受的吗？它应该使我们伟大！①

这里面包含着两个内容：其一是如何认识贫困，其二是如何理解苦难。在我看来，这两个内容也关联着小说的主题。一般而言，贫困会让人自卑，甚至会把人钉在"人穷志短"的传统偏见之中，让人抬不起头来。然而，孙少平却打破了这种偏见，并让孙兰香意识到这种贫困对于他们的价值和意义：因为贫困，他们要比富家子弟付出更多，这样他们将会经历常人无法承受的苦难。但是，假如能在苦难中学会自强自立，那么苦难对于他们就是一笔宝贵的财富。为什么苦难可以变成财富？为什么苦难会使人伟大并且可以带来崇高感？因为这里面既有孙少平本人的切身感受，同时也关联着路遥想要表达的一个主题。李建军在把路遥作品的主题之一概括为"苦难体验"后指出："路遥的小说属于典型的人生炼狱体验叙事。他是把人生的苦难体验当作小说的主题内容的作家。但他并不怨天尤人地渲染苦难，并不单纯地写苦难本身，而是通过苦难来写人的人格尊严、道德激情，面对苦难不屈的精神力量以及追求美好生活的内在热情。在苦难面前始终强调人的强健的生存意志和乐观的生存态

---

① 路遥：《平凡的世界》（第二部），人民文学出版社2004年版，第329页。

度，乃是路遥的人生炼狱体验叙事的一个特点。"① 而这样一个特点或许承接着俄苏文学的精神气质。阿·托尔斯泰曾把"在清水里泡三次，在血水里浴三次，在碱水里煮三次"写到《苦难的历程》第二部的题记里，这一箴言也形象地说明了自我改造和人生炼狱的过程。田晓霞给孙少平所借的书中就有《苦难的历程》，也许孙少平就是从这样的书中读出苦难的价值并以此作为磨砺自己的精神标高的。而这种苦难体验一旦接通了俄苏文学的血脉，不仅让《平凡的世界》显示出了主题的庄严隆重，同时也让无数身为农家子弟的读者倍感提气。我们知道，"励志"不仅已是无数读者阅读这部小说的最直接感受，而且在很大程度上成了评判这部小说的固定思路。但为什么就励志了呢？因为孙少平没有被贫困淹没，也没有被苦难吓倒，贫困和苦难反而激发出了他的凌云之志、奋斗之心。而在这种奋斗中，他的人格完善了，思想深刻了，人生境界也提升了。许多农家子弟本就出身贫寒，他们本来在卑微的生活中看不到任何希望，但其同路人孙少平却告诉他们，依靠自己勤劳、诚实的劳动不但可以改变自己，还可以赢得做人的尊严和绚烂的爱情。尽管这只是一种理想化的叙事，甚至可能是一碗心灵鸡汤，但对于普通读者来说这种东西恰恰又是至关重要的，因为它让人有了做梦的可能。

走笔至此，我们有必要思考一下网络文学作家对路遥的感觉和评价了。邵燕君透露，2015年她给鲁迅文学院网络文学作家班授课时曾做过一个调查，当她问"在座的有多少人读过《平凡的世界》"时，超过一半的人举手示意。于是她形成了一个判断："路遥是我们'新时期'以来的当代作家中，唯一一个对网络作家有广泛影响的，并且是唯一有粉丝群的作家——粉丝和读者不一样，粉丝和作者是情感共同体，他们之间有一种非常深的情感联系。"而她更喜欢引用

---

① 李建军：《文学写作诸问题——为纪念路遥逝世十周年而作》，载李建军、邢小利编选《路遥评论集》，人民文学出版社2007年版，第288页。

的则是网络作家猫腻的一个说法:"我最爱《平凡的世界》,是我读到过最伟大的 YY 小说。"① 何谓 YY(歪歪)? 它原是"意淫"的拼音首字母组合,"本意为精神层面的'淫'。在网络语境中,YY 并非特指与性有关的幻想,而是泛指一切超越现实的想望,即'白日梦'"②。而关于白日梦与《平凡的世界》之间的关系,邵燕君又有如下解释:

> 很多文学批评家即使今天也坚持认为《平凡的世界》的文学价值不如《人生》,是从批判现实主义的原则出发的。但《平凡的世界》之所以比《人生》流传更久远,更受读者喜爱,不是因为它更有现实力量,而是因为它更有抚慰力量。那套黄金信仰打造的意识形态幻觉,那些如"七仙女""田螺姑娘"一般的具有根深蒂固"男性向"特征的幻想模式,给读者(特别是男读者)带来了极大的满足和快感。这些都与网络类型的 YY 小说有相通之处。③

由此看来,当网络作家把《平凡的世界》定位成"YY 小说"时,是要说明这部作品给人打造了一种意识形态幻觉,同时也给人提供了某种做梦的可能性。而让人做梦,甚至引导人们梦想成真,恰恰是大众文化的重要特征。与此相反,严肃文学却往往要直面惨淡的人生,揭示现实世界的冷峻、残酷和野蛮、荒诞。它打碎了人们的梦,或者是让人们在梦醒之后感到无路可走。于是问题出现了:为什么《平凡的世界》营造了如此庄严隆重的主题最终却依然只是一部"YY 小说"?为什么同样是路遥的作品,《人生》却没办法让

---

① 郝庆军等:《〈平凡的世界〉:现实与历史》,《文艺理论与批评》2015 年第 5 期。
② 邵燕君主编:《破壁书:网络文化关键词》,生活·读书·新知三联书店 2018 年版,第 224 页。
③ 郝庆军等:《〈平凡的世界〉:现实与历史》,《文艺理论与批评》2015 年第 5 期。

人做梦？尽管这个问题回答起来比较麻烦，但我们依然可以从"主题先行"中找到某种答案。

由于路遥对劳动和普通劳动者有着近乎虔诚的膜拜之心，也由于路遥信奉"只有不丧失普通劳动者的感觉，我们才有可能把握社会历史进程的主流，才有可能创造出真正有价值的艺术品"①，而实际上这一信条已经成为他创作《平凡的世界》的指导思想，所以，在路遥对主题的设计中，讴歌劳动，赞美普通劳动者的吃苦耐劳和道德良善，显然已是他考虑的重要内容。那么，如何才能达到这一目的呢？简单地说，就是在作品中加大真善美的比重，减少假恶丑的份额。于是我们看到，整个《平凡的世界》，故事是在真善美的价值框架中讲述，情节是在真善美的故事内核中设置，主要人物在真善美的建构中个个流光溢彩，次生主题在真善美的烘托下得以升华。这样一来，小说就成了真善美的大本营，人物则成了真善美的化身。当然，为了制造出真善美的对立面，路遥也有意设计出一个王满银，于是这个倒霉蛋便成了假恶丑的代表。但他毕竟势单力薄，寡不敌众，并未影响到整个小说真善美的气息流动和氛围生成。更值得分析的是，因为这种意念或理念，路遥虽然对主要人物的功能各有分工又让其各司其职，但总体上依然让他们体现着真善美的某一面向。比如，孙少安主打脚踏实地，安土重迁，他便成为传统农民勤劳致富的劳动模范；孙少平则主打仰望星空，个人奋斗，他又成了农村中有志青年闯荡世界的打工英雄；田晓霞主打人格平等，爱才不嫌贫，她需要体现出知识女性的率真与痴情；田润叶主打自我牺牲，委曲求全，她需要反映出另一种知识女性在无爱婚姻中的道德完善……当这些声部汇总到一起时，它们就构成了真善美的大合唱。尽管如此处理之后，他们有可能成为类型人物而不是真正意义上的

---

① 路遥：《在茅盾文学奖颁奖仪式上的致词》，载《早晨从中午开始》，北京十月文艺出版社2010年版，第165页。

接合:大众文化的冲击与1990年代以来的文学生产

典型人物,甚至成了马尔库塞所谓的"单向度的人",路遥似乎也在所不惜。因为"有方向地牺牲"——"为了主要目标,牺牲次要需求;为了整体意图,牺牲局部快乐;为了在一点上突破,不惜将其余处统统收缩"①——正是路遥的性格特点,也很可能是他在文学创作上那股"狠劲"的一种体现。

指出这一点是要说明,真善美本来就与大众文化存在千丝万缕的联系,而路遥对真善美的看重并极力对其打造,自然也会落入大众文化的窠臼之中。因为古往今来,凡是与大众文化沾亲带故的作品,真善美往往都是其着力要表现的主题。王朔甚至很极端地说过:"最不要思想的就是大众文化了!它们只会高唱一个腔调:真善美。这不是思想,这只是社会大众一致要求的道德标准。"②而真善美之所以会与思想相抵触,是因为一旦强化了这一主题,便会降低反映现实的难度和复杂度,让作品走向平面化。这样,思想在其中也就失去了茁壮生长的空间。但话说回来,也正是作品的这种单向度和暖色调,给人提供了造梦和被抚慰的机会。本雅明指出,大众从艺术作品中"积极地寻求着某种温暖人心的东西",而这种东西在高雅艺术和先锋艺术中是无法获取的,只有电影之类的大众文化产品才能胜此任。③由此我们便可明白,为什么卡夫卡、鲁迅等人的作品无法让人做梦,因为它们超越了仅仅表现真善美的主题意图和单维结构,直逼人类心灵世界最幽深的部位。它们是让人心里作痛的,却不是用来温暖人心的。

因此,当《平凡的世界》被称为"YY小说",当读者在这部小说中读出励志色彩和满满的正能量时,这既是对它的褒扬,也应该是对它的委婉批评。在此意义上,从《人生》到《平凡的世界》,

---

① 海波:《人生路遥》,广东人民出版社2019年版,第170页。
② 王朔:《无知者无畏》,春风文艺出版社2000年版,第13页。
③ Walter Benjamin, *The Arcades Project*, trans. Howard Eiland and Devin McLaughlin, Cambridge: Belknap Press, 1999, p.395.

路遥的创作观念和价值取向确实存在着一种倒退,他从批判现实主义倒退到了温暖人心的现实主义,从直面现实矛盾倒退到了对现实矛盾的悬置或取消。而所有这一切,很可能都来自作品本身所隐含的那个大众文化的深层结构,它体现了路遥本人创作观中的二重性和矛盾性,却又打造出了适合大众文化生长的主题观、价值观和读者观,并让它们与读者大众形成了亲密接触与深度交往。

当然,路遥毕竟不是琼瑶,尽管其作品中大众文化的因素已在潜滋暗长,但严肃文学的追求以及由此生发的一系列美学效应依然构成了作品的重要支撑。这样一来,《平凡的世界》也就成了一个奇特的文本,它的价值与意义、魅力与缺陷,或许都能在严肃文学与大众文化的紧张关系或张力结构中找到某种答案。

第五章 文学之变与文学理论的应对方案

本章算是卒章显志。

在前面的一些章节中,我已分析了一些较为典型的文学现象,其意在于对中国1990年代以来大众文化的冲击予以关注,对由此带来的文学之变进行深描(Thick Description)。既然文学之变已是一个必须正视的事实,那么文学理论又该如何应对这种已经变化和正在变化的文学呢?

本章将进入文学理论的历史现场,一方面以"文学终结论"为分析个案,呈现理论场对文学场的反应;另一方面,我也将在文学研究与文化研究之间展开思考,试图在理论层面提供一种应对这种文学之变的方案。

第一节 从"文学终结论"到"文学变化论"

提及"文学终结论"(The End of Literature),就必然要提到美国学者希利斯·米勒(J. Hillis Miller, 1928—2021)。因为在20世纪90年代的中国文论语境中,我们只知道米勒是"耶鲁四人帮"之一,是美国解构主义文学批评阵营中的一员主将。但20、21世纪之交以来,因为某种程度的超前之思,他却在中国学界暴得大名,乃至引发了长达数年的"文学终结论"大讨论。需要指出的是,"文学终结论"虽然是米勒提出的重要观点,但它是"果"而非"因",因为一旦进入

第五章　文学之变与文学理论的应对方案

这一问题，我们就不得不涉及文学与大众文化的接合。当然，在米勒谈论的语境中，大众文化已经变成了数码文化，后者才是他频繁使用的主打概念。这是因为米勒的思考恰好面对的是被数码技术武装起来的大众文化的新载体——"电脑、iPad、互联网、脸书、推特、手机，以及电子文本，更不用说电影、电视，还有电子游戏"，它们"都已经很大程度上取代了印刷文化对世界的反映，对人们日常行为方式的教导，以及作为'文之悦'的源泉作用"。[1] 而米勒的"文学终结论"实际上就是对文学与大众文化之关系的理论回应。同时也需要指出，对于中国的文论界来说，米勒其实是以"身体旅行"的方式完成其"理论旅行"的，因为他本人就说过："从1988年到2012年，我在中国很多大学做了不下30场演讲。"[2] 起初，他是美国理论信息的传递者，后来随着"旅行"的频繁，"我作为'本土信息员'的角色越来越淡化，而变成促进中国文学理论研究、比较文学或者世界文学发展的一个同事"[3]。如此看来，这种高密度的中国之旅一方面让他对中国文论界的影响具有了某种即刻性和共时性；另一方面，20、21世纪之交以来的中国文学之变也进入他的视野之中，参与了他的"文学终结论"之思。凡此种种，都构成了我们谈论米勒及其思考的重要理由。而随着米勒的辞世，重新面对和清理曾经刺激过中国文论界敏感神经的"文学终结论"，似乎也就更具有了某种必要性。

一　文学终结论：发酵语境以及"终结"意涵

由于"文学终结论"是从《全球化时代文学研究还会继续存在吗?》(《文学评论》2001年第1期) 一文拉开帷幕的，因此，我们

---

[1] ［美］J. 希利斯·米勒著，王逢振、周敏主编：《J. 希利斯·米勒文集》，中国社会科学出版社2016年版，"前言"第2—3页。

[2] ［美］J. 希利斯·米勒：《萌在他乡：米勒中国演讲集》，国荣译，南京大学出版社2016年版，"引言"第1页。

[3] ［美］J. 希利斯·米勒：《萌在他乡：米勒中国演讲集》，国荣译，南京大学出版社2016年版，"引言"第7页。

接合:大众文化的冲击与1990年代以来的文学生产

也有必要从这篇引发了极大争议的文章谈起。此文开篇便引德里达《明信片》中的两段文字,我在这里也转引中译者略加修订过的版本如下:

> ……在特定的电信技术王国中(从这个意义上说,政治影响倒在其次),整个的所谓文学的时代——即使不是全部——都将不复存在。哲学、精神分析学都在劫难逃,甚至连情书也不能幸免……
>
> 在这里,我又遇见了那位上星期六跟我一起喝咖啡的美国学生,她正在寻找论文选题(比较文学专业)。我建议她选择20世纪(及其之外的)文学作品中关于电话的话题,例如,从普鲁斯特作品中的接线小姐,或者美国接线生的形象入手,然后再探讨电话这一最发达的远距离信息传送工具对一息尚存的文学的影响。我还向她谈起了微处理器和电脑终端等话题,她似乎有点儿不大高兴。她告诉我,她仍然喜欢文学(我也是,我回答说,*mais si*,*mais si*)。很好奇,她到底是怎么理解这件事情的。①

德里达的这番论述是米勒谈论文学终结论的主要依据之一,同时也正是这两段文字以及米勒的相关论述在中国文论界激起了轩然大波。实际上,米勒并非第一次触及这一话题,因为他在20世纪90年代来访中国时,相近的内容就讲过两次,其演讲稿经过翻译之后也曾公之于众。② 但为什么他的观点在当时并未引发任何反响呢? 一是因为他

---

① [美] J. 希利斯·米勒:《全球化时代文学研究还会继续存在吗?》,载《萌在他乡:米勒中国演讲集》,国荣译,南京大学出版社2016年版,第76—77页。

② 米勒两次演讲的话题分别是1994年的《因特网星系中的黑洞:美国文学研究的新动向——兼纪念威廉·李汀斯》,盛宁译,刊发于《外国文学评论》1995年第2期;1997年的《全球化对文学研究的影响》,此文有王逢振和郭英剑翻译的两个译本,分别刊发于《文学评论》1997年第4期和《当代外国文学》1998年第1期。

第五章　文学之变与文学理论的应对方案

还没有把"文学终结论"说得那么明确，二是他所谓的数码技术在中国还处在起步阶段，而电脑、因特网对于中国的许多人来说还是一件很奢侈的事情，人们还不具有与新媒介打交道的切身体会。

然而，从20、21世纪之交开始，一切都发生了变化。同时，中国也融入了全球化的进程之中，也在切切实实地经历着这种变化。米勒在谈到这种变化时指出，通信技术本来就已改变了人们日常生活的方方面面，"新的技术又以几何级数的速度加速了这些变化。大家都知道我指的是什么：先是电影，继而是收音机，再接下来是电视，接着是唱片、磁带、录像机、影碟机、电脑、传真机，现在则是电子邮件、互联网以及全球信息网。变化之大，无论如何形容都不过分。正如许多分析家所论证的，这些变化给整个地球上的人类生活带来一种主要的范式转变，从书籍时代一跃而入电子时代"[1]。而就在米勒频繁谈及这一变化之前，美国的另一位学者马克·波斯特（Mark Poster）已出版了两本书：《信息方式》（*The Mode of Information*，1990）和《第二媒介时代》（*The Second Media Age*，1995）。前者从马克思的"生产方式"中发展出"信息方式"这一概念，既在描述晚期资本主义由生产方式转向信息方式这一重要特征，同时也指出，电子媒介的语言已深刻地影响了人们感知自我和现实的方式；后者则进一步强调，互联网和虚拟现实等电子媒介的新发展很可能会改变我们的交流习惯，并对我们的身份进行重新定位。在这两本书中，"书面文本促进批判性思考"[2]"印刷文化都将个体构建为一个主体"[3] 则是其重要观点，也是波斯特面对电子文化所进行的一种回溯性反思。而在米勒之后，意大利作家艾柯（Umberto Eco）则于2003年11月1日做

---

[1] ［美］J. 希利斯·米勒：《全球化对文学研究的影响》，载《萌在他乡：米勒中国演讲集》，国荣译，南京大学出版社2016年版，第58页。
[2] ［美］马克·波斯特：《信息方式——后结构主义与社会语境》，范静哗译，商务印书馆2000年版，第115页。
[3] ［美］马克·波斯特：《第二媒介时代》，范静哗译，南京大学出版社2000年版，第84页。

客埃及亚历山大图书馆，以英文发表了题为《书的未来》的长篇演讲。在此演讲中，艾柯提出并回答了人们关心的许多问题，比如新的电子媒介会让书籍消亡吗？网络会让文学终结吗？网络会改变我们的阅读方式吗？任何人都可以用鼠标重写《战争与和平》吗？在进行了一番论证之后，艾柯满怀信心地指出，供人阅读的书是不会消亡的。"这不仅仅是为了文学，也是为了一个供我们仔细阅读的环境，不仅仅是为了接受信息，也是为了要沉思并作出反应。读电脑屏幕跟读书是不一样的。……在电脑前呆上 12 个小时，我的眼睛就会像两个网球，我觉得非得找一把扶手椅，舒舒服服地坐下来，看看报纸，或者读一首好诗。所以，我认为电脑正在传播一种新的读写形式，但它无法满足它们激发起来的所有知识需求。"①

我在这里之所以补充波斯特与艾柯的相关思考，是想指出这样一个事实：当电子媒介对人们的日常生活、文学阅读和文学研究构成极大的冲击时，并不是米勒一个人在战斗，西方学界的许多有识之士也加入了这一思考的阵营之中。通过他们的思考，我们可以看到因为"冲击"而给人文学者带来的种种不安和焦虑，也可以感受到其中不同程度地游荡着麦克卢汉"媒介即讯息"的幽灵。然而，面对冲击，他们所形成的结论却并不相同。如果说艾柯对于书的未来乃至文学的未来还显得比较乐观的话，那么，米勒却应该是一个悲观主义者，因为一旦把"文学终结论"诉诸笔端，那种"无可奈何花落去"的悲音便开始鸣响。而读过他文章的中国读者，应该也能感受到他那种舍不得文学又眼睁睁看着文学已成或将成明日黄花的暗淡心情。

那么，20、21 世纪之交前后，中国文论界的情况又是怎样的呢？虽然情况比较复杂，但我们依然可以从老一代学者（大体是"30后"）和中青年学者（大体上是"50后"）的不同选择中看到一些端倪。2000 年，华中师范大学出版社推出钱中文与童庆炳主编的

---

① ［意］艾柯：《书的未来》，康慨译，《中华读书报》2004 年 2 月 18 日、3 月 17 日。

第五章　文学之变与文学理论的应对方案

"新时期文艺学建设丛书"第一辑，共六本，[1] 可大体上代表老一代学者的研究成果和兴趣关注所在。该丛书"总序"特别强调了建立"有中国特色的文学理论"的重要性，并且指出："建成这一文学理论的标志是，在吸收中外古今文论的基础之上，我们在阐释本国文学与外国文学现象时，在理论上有自己的一套不断确立着的规范、术语与观念系统，具有我们自己的理论独创之处；在世界文论中，不是总是跟着人说，而是用我们自己的话语表述，并在世界多元化的文论格局中，有着我们文论的一定地位，使中外文论处于真正的交往、对话之中。"[2] 很显然，在建立"有中国特色的文学理论"的问题上，老一代学者的责任感是非常强烈的，其精神也值得称道，但毋庸讳言的是，他们经营的文学理论基本上还是运行在"审美""审美意识形态""新理性精神"等20世纪80年代形成的范畴和问题框架内，面对新媒体与大众文化的冲击，他们基本上还没来得及应对。虽然这个时候的童庆炳已提出"文化诗学"的主张，[3] 可看作其理论之变的一个信号，但这种变化其实又相当有限。

与此同时，经过20世纪90年代的前期铺垫后，文化研究（cultural studies）已开始在20、21世纪之交的文论界长驱直入，并成为中青年学者热衷于思考和谈论的话题之一。例如，从1999年开始，李陀主编的"当代大众文化批评丛书"（江苏人民出版社）和"大众文化研究译丛"（中央编译出版社）出版发行。2000年，罗钢、刘象愚主编翻译的《文化研究读本》问世，陶东风等

---

[1]　这六本书分别是钱中文的《新理性精神文学论》、童庆炳的《文学审美特征论》、胡经之的《文艺美学论》、张少康的《文艺学的民族传统》、孙绍振的《审美价值结构与情感逻辑》、朱立元的《理解与对话》。

[2]　钱中文、童庆炳：《"新时期文艺学建设丛书"总序》，载童庆炳《文学审美特征论》，华中师范大学出版社2000年版，第3页。

[3]　1999年，童庆炳在《江海学刊》（第5期）发表《文化诗学是可能的》，此文被他看作思考文化诗学的开端。参见童庆炳《文化诗学：理论与实践》，北京大学出版社2015年版，第1页。

455

接合:大众文化的冲击与1990年代以来的文学生产

人主编的《文化研究》杂志创刊,《天涯》杂志特设"媒体与大众文化研究专栏",李陀、陈燕谷主编的《视界》常设"文化研究"专栏,《中国社会科学》(2000年第6期)在"文化研究:西方与中国"的主题之下发表了金元浦等人的一组文章。2002年,金元浦主持的文化研究学术网站(www.cul-studies.com)创办,陶东风的专著《文化研究:西方与中国》出版。所有这些,都可看成对中国文化研究的一种推动。而就在米勒提出"文学终结论"之后一年左右的时间里,陶东风发表《大学文艺学的学科反思》(《文学评论》2001年第5期)和《日常生活的审美化与文化研究的兴起》(《浙江社会科学》2002年第1期),金元浦发表《当代文艺学的"文化的转向"》(《社会科学》2002年第3期)和《西方批评:从读者中心论到文化的转向——当代文艺学学科反思之一》(《浙江社会科学》2002年第3期),余虹发表《文学的终结与文学性蔓延——兼谈后现代文学研究的任务》(《文艺研究》2002年第6期),罗钢与孟登迎则撰写了《文化研究与反学科的知识实践》(《文艺研究》2002年第4期)。当然,更有金惠敏在2004年写出三篇为米勒辩护的长文并把它们结集成书(《媒介的后果——文学终结点上的批判理论》,人民出版社2005年版)的举动。上述文章虽然不一定都与米勒有关,但大体上都可看作对"文学终结论"的一种回应。或者也可以说,这些中青年学者很大程度上是与米勒同步遇到了相似的问题,于是有了对文学理论、文艺学学科的反思,也有了走向文化研究的种种举措。国内较早转向文化研究的戴锦华曾经指出:"对我个人说来,选择文化研究作为新的课题,并非由于西方的文化研究理论旅行到了中国,而是在于我们所经历并面对的现实迫使我们必须从事并推进这一命题。"[①] 实际上,她的

[①] 李陀等:《漫谈文化研究中的现代性问题》,《钟山》1996年第5期,载戴锦华《犹在镜中:戴锦华访谈录》,知识出版社1999年版,第253页。

第五章 文学之变与文学理论的应对方案

这番表白也在很大程度上代表了当时一些中青年学者共同的问题意识和最终选择。

于是,"文学终结论"的到来在不同的学者那里就有了不同的化学反应:对于老一代学者来说,由于"文学终结"关联着"文学研究的终结",他们又是文学理论长期的经营者和建设者,所以他们大都无法接受这一判断。李衍柱甚至指出:"中国全国每个有语言文学系科的大学里,可以说全部设有文学理论课,据有的学者粗略计算,全国从事文学理论、美学教学与研究的学者有3万余人。专门培养文学研究的博士点(包括文艺学、中国现当代文学、中国古典文学、世界文学与比较文学)就分别设在33所高等学府和中国社科院里。因此,在中国文学研究工作中,尽管还有不尽人意的地方,但总的方面并不存在文学研究时代已成为过去的问题。"[①] 然而,在中青年学者那里,米勒的说法似乎正中下怀,于是他们或者在米勒论述的基础上"接着说"(如余虹、金惠敏等),或者虽然对米勒不置一词,但"文学终结论"的到来却让他们在反思文艺学学科所存在的问题进而走向文化研究时有了更为充足的理由和底气。

但问题是,当"文学终结论"终于成为文论界研讨的一个重要话题时,我们又该如何理解米勒提出的这一命题呢?

值得注意的是,《全球化时代文学研究还会继续存在吗?》虽然是以德里达的文字进入问题的,但在此文的结尾,米勒却提到了黑格尔。他说:

> 我非常怀疑文学研究是否还会逢时,或者还会不会有繁荣的时期。这就赋予了黑格尔的箴言另外的——或者也可能是同

[①] 李衍柱:《文学理论:面对信息时代的幽灵——兼与J. 希利斯·米勒商榷》,《文学评论》2002年第1期。

样的——涵义：艺术属于过去，"总而言之，就艺术的终极目的而言，对我们来说，艺术属于，而且永远都属于过去"。这也意味着，艺术，包括文学这种艺术形式在内，也总是未来的事情，这一点，黑格尔可能没有意识到。……艺术和文学从来就是生不逢时的。就文学和文学研究而言，我们永远都耽在中间，不是太早就是太晚，没有合乎适宜的时候。①

米勒在引用黑格尔的说法后不仅加了注释，指出该说法来自黑格尔的《美学讲稿：理论文集》，而且特别说明："我非常感谢安德烈·沃明斯基（Andrzej Warminski）为我提供资料，并建议我使用解释性的译文，我所在的这个缅因州的小岛上可是没有黑格尔的。我也感谢他通过电子邮件告诉我黑格尔这些句子的含义。"②这很可能意味着，虽然米勒对黑格尔的引用是临时抱佛脚，但他毕竟接通了黑格尔提出的那个著名的"艺术终结论"。因为早在1817年，当黑格尔在海德堡开始了后来被誉为"西方历史上关于艺术本质的最全面的沉思"的美学演讲时，就提出了一个令西方思想界大吃一惊的观点：艺术已经走向终结。从理念的自我运动、转化而又回复到自身的基本观念出发，黑格尔认为，世界艺术史同样可以看作一部理念自我循环的历史。艺术沿着象征主义—古典主义—浪漫主义的轨迹运行，"到了喜剧的发展成熟阶段，我们现在也就达到了美学这门科学研究的终点。……到了这个顶峰，喜剧就马上导致一般艺术的解体"③。艺术则被宗教和哲学所取代，所以艺术永远属于过去。如此看来，米勒对黑格尔的理解应该是准确的。

---

① ［美］J. 希利斯·米勒：《全球化时代文学研究还会继续存在吗?》，载《萌在他乡：米勒中国演讲集》，国荣译，南京大学出版社2016年版，第89页。
② ［美］J. 希利斯·米勒：《全球化时代文学研究还会继续存在吗?》，载《萌在他乡：米勒中国演讲集》，国荣译，南京大学出版社2016年版，第92页。
③ ［德］黑格尔：《美学》第三卷下册，朱光潜译，商务印书馆1981年版，第335页。

第五章　文学之变与文学理论的应对方案

但是，究竟如何理解黑格尔所谓的"终结"，却出现了一些问题。在英语世界，"终结"（end）意味着"结束""尽头""死亡"。在汉语世界，"终结"的词典解释是"最后结束"①，而我们对该词的一般性联想往往也是吹灯拔蜡、寿终正寝。但实际上，如此理解黑格尔的"终结"之意，是很不准确的。柯蒂斯·卡特曾经对此专门辨析道，英语世界翻译黑格尔时，有句话是这么处理的："我们发现……作为浪漫艺术的终结，外在条件与内心生活的偶然性，以及两者的分裂，因此艺术就发生了自杀的行为。"但他指出，"Kunst selbst sich aufhebt"译作英语的"艺术发生了自杀的行为"是误译。"译者忽略了这样一个事实：'扬弃'（aufheben）这个词是黑格尔最令人困惑的术语之一。它字面上的意思是举起某物；但作为一个哲学概念它也可以作'取消''消解'，或'保留'讲，浪漫艺术中的消解更接近于现代电影的'淡出'原则。在现代电影中，'消解'就是一个镜头或场景的淡出，同时又在下一个镜头或场景中淡入，在这个过程中就跨越了两个镜头或场景。"于是他最终形成了如下结论："黑格尔的原意不是艺术的死亡，或者艺术的终结。他用辩证法原理来表明艺术对于传达某些真理的局限性，这些真理用哲学具有的理论工具能得到更好的传达。"②

而关于德语的"终结"（Ausgang），朱光潜在谈及恩格斯《费尔巴哈和德国古典哲学的终结》时也反复指出，Ausgang 有两个意思，一是"出路"或"结果"，二是"终结"或"终点"，英译本取第二义作 end，中译本亦是如此，结果以讹传讹。后来英译本翻译马克思的《1844 年经济学哲学手稿》时，曾在注文中把恩格斯标题的 Ausgang 译作 Outcome，显然更为妥当。因此，恩格斯这篇著名文章的标

---

① 中国社会科学院语言研究所词典编辑室编：《现代汉语词典》（第 6 版），商务印书馆 2012 年版，第 1688 页。

② [美] 柯蒂斯·卡特：《黑格尔和丹托论艺术的终结》，杨彬彬译，《文学评论》2008 年第 5 期。

题，其正确译法应该是"结果"或"出路"，而不是"终结"。① 朱光潜虽然在这里并未提及黑格尔，但是他的这一辨析应该同样适用于黑氏论断。也就是说，假如回到黑格尔的论述语境中，他提出的那个命题我们或许就不应该译作"艺术终结论"，而应该是"艺术出路论"了。

米勒既然回应了黑格尔的著名论断，这就意味着他所谓的"文学终结论"不宜仅仅在文学"消亡"的层面做文章，而应该暗含着黑格尔的"扬弃""淡出"或"出路"等意思。然而，在其《论文学》(On Literature, 2002)一书中，米勒又确乎用到了"文学之死"(death of literature)之类的表述。② 而在此书开篇，他则以《别了，文学?》做标题，形成了如下说法："文学的终结近在眼前。文学的时代几近尾声。是时候了。这就是说，不同的媒体在不同的时代各领风骚。文学尽管即将终结，然而却是永恒的，普遍的。它将经受住所有的历史和技术变革。文学是任何时间和地点的一切人类文化的特征。如今，所有关于'文学'的严肃反思，都必须以这两个相互矛盾论断为前提。"③ 可以说，米勒所有关于"文学终结论"的思考就是在这一"文学即将终结但文学又具有永恒性和普遍性"的矛盾框架中展开的。

那么，我们又该如何理解他的这一矛盾性表述呢？也许我们需要引入中国学者（比如童庆炳）与之对话的相关论述，才能把这一问题看得更加清楚。

二 技术决定论与情感决定论：理解文学是否终结的不同走向

在以上的梳理中，我试图对米勒的"文学终结论"进行分离：

---

① 参见［德］黑格尔《美学》第三卷下册，朱光潜译，商务印书馆1981年版，"译后记"第365—366页；朱光潜《建议成立全国性机构，解决学术名词译名统一问题》，载《朱光潜全集》第十卷，安徽教育出版社1993年版，第450—451页。

② See J. Hillis Miller, *On Literature*, London, Routledge, 2002, pp. 9, 10.

③ J. Hillis Miller, *On Literature*, London, Routledge, 2002, p. 1；［美］希利斯·米勒：《文学死了吗》，秦立彦译，广西师范大学出版社2007年版，第7页。

第五章 文学之变与文学理论的应对方案

在黑格尔论述的意义上,"文学终结论"可以表述为"文学出路论";但是,米勒并没有放弃end的本来含义,这样,"文学终结论"自然也就包含了"文学消亡论"。也就是说,尽管在《全球化时代文学研究还会继续存在吗?》一文中,"文学终结"是否等于"文学消亡"米勒还有些语焉不详,二者可以画上等号却明白无误地出现在他的其他著作文章中。米勒认为,文学逐渐消亡缘于印刷时代正在走向终结。印刷文学曾经对民族国家公民的理想、意识形态、行为方式、判断方式进行过塑造,如今文学的这些功能却由新媒体取而代之了。于是,"技术变革以及随之而来的新媒体的发展,正使现代意义上的文学逐渐死亡。我们都知道这些新媒体是什么:广播、电影、电视、录像以及互联网,很快还要有普遍的无线录像"。他甚至举证说:"如今最受尊敬、最有影响的中国作家,显然是其小说或故事被改编成各种电视剧的作家。在过去十年中,中国最主要的出版诗歌的月刊,其发行量从惊人的70万份下降到了'只有'3万份。"同时,他还指出:"有证据表明,人们花越来越多的时间看电视或在网上冲浪。也许看过最近根据奥斯丁、狄更斯、特罗洛普(Trollope)、詹姆斯小说改编的电影的人,要远远多过真正读过那些小说的人。有的情况下(虽然我不知道这种情况是否经常),人们看书是因为他们先看了电视改编。印刷的书还会在长时间内维持其文化力量,但它统治的时代显然正在结束。新媒体正在日益取代它。这不是世界末日,而只是新媒体统治的新世界的开始。"[1]

以上所引虽然不是米勒论述文学消亡的全部,却也足以让我们意识到他在这一问题上的明确看法。那么,又该如何理解他的这一论述呢?首先,他所谓的"文学消亡"显然并非一件一蹴而就的事情,而是正在进行着的一个过程。中国的作家马原曾经形成过一个

---

[1] [美]希利斯·米勒:《文学死了吗》,秦立彦译,广西师范大学出版社2007年版,第16—17页。

接合：大众文化的冲击与1990年代以来的文学生产

判断，他认为"小说已进入了漫长的死亡期"①，这一表述或许更为准确。其次，米勒所谓的文学之死是"现代意义上的"文学之死，而在西方文化的语境中，这个现代意义不过只有三百年左右的历史。虽然现代意义之于米勒是所谓的塑造民族性格、教化公民等，但在中国的文化语境中，除了这种现代意义之外，我们甚至还可以把文学之死延伸到其"古典意义"上。即文学之死既可能是启蒙叙事之死，也应该是以强化审美、追求诗意为己任的"纯文学"之死。最后，当米勒如此强调新媒体的作用时，虽然其中散发着"技术决定论"的味道（后文详述），但我们也必须意识到，技术变革确实给我们的生活带来了极大的冲击，它因此也左右、影响甚至决定了人们对文学的基本态度。而他所谈及的道理虽然并不高深，却也足够振聋发聩——新媒体的到来让原来承载文学的印刷文化成了明日黄花，于是新媒体也敲响了文学消亡的丧钟。在人们的精神生活中，文学曾经扮演过重要角色，但是它的重要性如今已被各种新媒体所消解或取代。从这个意义上说，文学已进入一个走向死亡的进程之中。如今以文学名义出现的各种事件以及由此形成的喧哗和骚动，似乎更像是文学的回光返照。

然而，也正是米勒的这一观点引起了中国老一代学者的强烈反弹。例如，米勒的文章发表后不久，钱中文便撰文论述中国当代文学理论"审美诉求"的必要性与合理性，并认为中国学者的选择是以现代性的诉求为旨归，而外国学者的着眼点则是后现代性，二者在文学理论的研究上可能发生了"第三次错位"。在此语境中，"以文化研究的那种综合性研究来取代文学理论、批评研究，是很困难的；抹去文化研究与文学理论研究的界限，效果未必会是积极的"②。李衍柱则直接与米勒商榷，他认为信息时代出现的"世界图像"虽

---

① 参见陈熙涵关于"读图时代的文学出路"研讨会的报道《今天我们还读小说吗？》，《文汇报》2006年6月28日。
② 钱中文：《全球化语境与文学理论的前景》，《文学评论》2001年第3期。

然对传统的文学存在方式与传播方式构成了严峻挑战,但它并未导致文学时代的终结。"如果离开了人,离开了人的思维和语言,离开了创作主体和接受主体,丢失了人文传统和人文精神,而去研究信息时代的文学能否存在的根由,那就难免陷入技术决定论的怪圈,从而也就不得不在信息数码图像这一时代'幽灵'面前茫然、悲观和徘徊。"[1] 童庆炳更是当面与米勒"对话",进而又把这种"对话"转换成了对信奉米勒者的严厉批评。由于童庆炳在文论界的声望较高,其反应的言辞也更为激烈,我们不妨以他的观点为例,略作分析。

童庆炳不同意米勒的观点,是因为他在追问一个更为根本的问题:文学与文学研究存在的理由究竟在哪里?是取决于媒体的变化,还是人类情感表现的需要?米勒显然更看重前者,而童庆炳却更重视后者,由此他形成了一个反驳米勒的重要观点:"文学虽然有这样或那样的改变,但文学不会消失,因为文学的存在不决定于媒体的改变,而决定于人类的情感生活是否消失。如果我们相信人类和人类情感不会消失的话,那么文学作为人类情感的表现形式也是不会消失的。"[2] 从此观点出发,他极力要论证的是,文学是人类情感的表现形式,文学的魅力是通过特有的语言文字所形成的审美场域体现出来的。但这种魅力,其他媒介却无法轻易翻译。电影电视剧既无法翻译"羁鸟恋旧林,池鱼思故渊"的归隐之情,也无法把《红楼梦》中的丰富意蕴传达得淋漓尽致。因此,"作为语言文字艺术的文学,它的思想、意味、意境、氛围、情调、声律、色泽等也是图像艺术不可及的"[3]。为了进一步论证其观点,他又拿文学图书的印

---

[1] 李衍柱:《文学理论:面对信息时代的幽灵——兼与J.希利斯·米勒商榷》,《文学评论》2002年第1期。

[2] 童庆炳:《全球化时代的文学和文学批评会消失吗?——与美国加州大学希利斯·米勒先生对话》,载《童庆炳文集·第六卷·文学创作问题六章》,北京师范大学出版社2016年版,第379页。

[3] 童庆炳:《文学和文学研究会终结吗?》,载《童庆炳文集·第六卷·文学创作问题六章》,北京师范大学出版社2016年版,第403页。

接合:大众文化的冲击与1990年代以来的文学生产

数举证,在罗列了贾平凹的《废都》、周洁茹的《小妖的网》、二月河的《雍正皇帝》、张平的《法撼汾西》、杨绛的《我们仨》等作品的畅销程度之后,他接着追问:"不是说现在是视觉和图像时代吗,为什么还有这么多人迷恋文学文本,去阅读文学语言作品呢?"① 而既然"文学人口不会消失,那么,文学和文学研究也就不会在电影、电视和网络等媒体面前终结"②。

今天看来,如果说在文学是否消亡的问题上米勒是一个"技术决定论"者,那么童庆炳显然更倾向于"情感决定论"。技术决定论有技术乐观主义与技术悲观主义两种表现,但无论是前者,还是后者,技术决定论者都认为技术具有某种自主性,技术革命也会导致社会变迁。发明"媒介即讯息"的麦克卢汉就是一位技术决定论者,他曾经说过:"一切技术都具有点金术的性质。每当社会开发出使自身延伸的技术时,社会中的其他一切功能都要改变,以适应那种技术的形式。一旦新技术深入社会,它立刻渗透到社会的一切制度之中。因此,新技术是一种革命的动因。今天,我们在电力媒介之中看到了它们的力量。我们在几千年前发明的拼音字母中也看到了这种力量。这个发明与电子媒介一样是意义深远的——它对人的影响同样有深远的意义。"③ 对技术复制(再生产)报以极大关注的本雅明也被西方学者界定为技术决定论者,因为杰姆逊就曾指出:"从本雅明的思想中我们显然可以看出一种技术决定论的影响,即机器和技术创新最终起决定作用的解释,但它比起麦克卢汉的理论无疑有更大的现象学上的丰富性。"④

---

① 童庆炳:《文学理论的边界——从当前文学图书印数谈起》,载《童庆炳文集·第六卷·文学创作问题六章》,北京师范大学出版社2016年版,第392页。
② 童庆炳:《文学和文学研究会终结吗?》,载《童庆炳文集·第六卷·文学创作问题六章》,北京师范大学出版社2016年版,第404页。
③ [加]埃里克·麦克卢汉、[加]弗兰克·秦格龙编:《麦克卢汉精粹》,何道宽译,南京大学出版社2000年版,第363—364页。
④ [美]詹明信:《晚期资本主义的文化逻辑》,陈清侨等译,生活·读书·新知三联书店1997年版,第315页。

第五章 文学之变与文学理论的应对方案

而当米勒反复念叨数码文化、新媒体与文学的关系,并且认为前者是让后者寿终正寝的决定性因素时,他就不仅是技术决定论者,而且成了一个技术悲观主义者。他虽然一直在他提出的矛盾框架中思考问题,但很显然,他的思想天平却一直在向"文学终结"的一极倾斜。

相比之下,作为情感决定论者的童庆炳则要显得乐观许多。他把人类情感是否消失作为衡量文学是否消亡的判断依据,估计这样一种人本主义的思路会让米勒无话可说。而实际情况也正是如此:"米勒先生就坐在我的面前静静地听了我的发言,在他的答辩中并没有跟我辩论,他认为我的看法也许是有道理的。"[1] 那么,这个道理究竟何在?应该在于童庆炳抛弃了技术决定论的问题框架,而把文学带入了一个以人为主体、以作家的文学生产和读者的文学消费为自主原则的宏阔视野中,并以"审美场域"这一万能法宝对米勒的观点构成了一种反击。童庆炳后来指出:"我的文章遭到一些为米勒先生的'文学终结'论所倾倒的学者的嘲讽,说我提出的观点根本不在米勒先生的层次上,言外之意是我的层次低,米勒先生的层次高。"[2] 在我看来,这里倒是无所谓层次高低之别,而是童庆炳另辟反驳蹊径,让"文学终结论"呈现出一种扑空之举。同时,他的相关论述也暗合了米勒所谓的矛盾的另一极:文学是永恒而普遍的。如此看来,他与米勒的对话虽然存在着某种错位,却也并非像有的论者所说的那样,"此次'争鸣'与其说是'争鸣',倒毋宁说是在两条平行线上互不交锋的'共鸣'"[3],因为他们的观点其实分别代表了米勒所谓的矛盾框架的两极。

---

[1] 童庆炳:《文学和文学研究会终结吗?》,载《童庆炳文集·第六卷·文学创作问题六章》,北京师范大学出版社2016年版,第397页。

[2] 童庆炳:《文学和文学研究会终结吗?》,载《童庆炳文集·第六卷·文学创作问题六章》,北京师范大学出版社2016年版,第398页。

[3] 金惠敏:《媒介的后果——文学终结点上的批判理论》,人民出版社2005年版,第3页。

接合:大众文化的冲击与1990年代以来的文学生产

但这并不意味着童庆炳的反驳无懈可击。一方面,人类情感的不会消失并不能必然推导出文学不会走向终结。道理很简单,文学虽然曾经是承载人类情感活动的主打形式,但如今它或许已经易位,因为尽管电影电视剧、流行音乐等在体现人类情感方面不如文学生动细腻,但你不能说它们没有承载情感,也不能说它们的情感冲击力不如文学大。一个现成的例子是,余华的《第七天》和贾樟柯的《天注定》同样在表现中国式荒诞,同样取自现实生活中的新闻素材,但后者形成了极强的情感冲击力和震惊效果,前者则收获了种种酷评,被认为是社会新闻和网络段子并不成功的文学挪用。很显然,在情感的表现力上,小说已输给电影。米勒也曾举例说,一方面他重读亨利·詹姆斯的《尴尬年代》时会泪流满面;另一方面,他妻子看普契尼的歌剧《蝴蝶夫人》看到结尾处主人公自杀时也会非常难过,甚至不敢再看,而是跑到楼座的一个角落里躲了起来,以致服务人员以为她要跳楼自杀。而他讲这两个故事的目的在于,"一个是说文学可以感动人,另外一个是说音乐或电影等一些重视感官效果的东西也可以感动人"①。如此看来,童庆炳以情感进入问题,实际上却显得立论不稳,还无法让人完全信服。

另一方面,"文学人口"这一表述也值得分析。在宽泛的意义上,文学人口在当下中国应该依然数字巨大,但这种数字往往又经不起严格推敲。我们经常谈及20世纪80年代的文学盛况,那个年代的文学人口是大体真实的,读者也还没有经历分化的过程。也就是说,那个时候所有的人可能都在读《复活》或《永别了,武器》之类的文学名著,读发表在《收获》等大型文学期刊上的小说(比如路遥的《人生》),他们都是纯文学或严肃文学的读者,他们也都处在童庆炳所谓的"审美场域"之中,并在"美是自由

---

① [美]希利斯·米勒:《"我对文学的未来是有安全感的"——希利斯·米勒访谈录》,周玉宁采访,刘蓓译,《文艺报》2004年6月24日。

第五章　文学之变与文学理论的应对方案

的象征"（高尔泰）或"审美是人生的节日"（童庆炳）等命题的指引之下，含英咀华，充分享受着那种来之不易的审美盛宴。然而，90年代特别是20、21世纪之交以来，随着消费文化的兴起，审美型读者开始流失，消费型读者走向前台。这类读者起初可能是琼瑶、金庸的粉丝，后来又转移到网络文学之中，成为各路网络大神的拥趸。因此，今天的文学读者早已分流，文学人口也变得形迹可疑，这就意味着即便我们要谈论"文学人口"，也必须对"挑灯夜读《牡丹亭》"的读者和一边拽着公交车把手一边在手机上刷网络小说的读者加以区分。前一种读者应该是童庆炳心目中的"理想读者"，而后一种读者则已冲破审美牢笼，成了寻找"爽感"的消遣者。他们虽然还荣列于"文学人口"之中，但实际上已成了消费大众文化产品的成员。

如此看来，童庆炳与米勒的对话只是放大了问题，却并没有有效地解决问题。也许，仅仅纠缠于文学是否终结，最终的结果很可能会变成"抬杠"。于是，我准备从"文学终结论"转换到"文学变化论"，看能否找到某种答案。

三　文学变化论：生产、消费与研究

虽然童庆炳与米勒的对话存在着某种错位，但他们都认为文学在今天已发生了变化。童庆炳说："文学是永远在变化发展的，一个时代有一个时代的文学，没有固定不变的文学。"[①] 而在我看来，"文学变化论"也隐含在米勒的"文学终结论"之中，许多时候它都深藏不露，但偶尔也会被他一语点破。比如，在回答周玉宁提出的传统意义上的文学理论是否已经走向死亡这一问题时，米勒就曾说过："我认为它不是走向死亡，它只是处在一种变化当中，所以是

[①] 童庆炳：《全球化时代的文学和文学批评会消失吗？——与美国加州大学希利斯·米勒先生对话》，载《童庆炳文集·第六卷·文学创作问题六章》，北京师范大学出版社2016年版，第379页。

467

接合:大众文化的冲击与1990年代以来的文学生产

走向一个新的方向,一种新的形态。"① 这里虽然谈论的是文学理论,但显然也包含了文学,因为文学之变是文学理论之变的前提。

实际上,假如转换到"文学变化论"的层面,确实更方便我们理解米勒所论的深意。那么,米勒所谓的文学变化主要体现在哪里呢？归纳一下,大体有三：生产方式的变化、接受（或消费）方式的变化、研究方式的变化。

先看生产方式的变化。米勒认为,随着数码技术的普及和新媒介的使用,文学作品的生产过程也发生了根本性的改变。因为"文学的潜在基础,即它的物质基础,已经发生了革命性的变革。作家再也不需要一遍一遍地用铅笔或者钢笔在纸上打草稿,然后,再千辛万苦地把最后的定稿用打字机敲出来。在早期印刷时代,这些版面都是一个字母一个字母排出来的。后来才有了莱诺铸排机,然后,再一次次校稿,一次次重排。在电脑上创作就完全不需要这些工序了。可是,在电脑上改稿子的方便,也意味着一部新作品永远不可能真正地完成,因为总是可以再修改,就如我此刻还在修改这篇论文一样。而且,作为草稿的电子文本大部分都永远消失了。这也使得一个行业逐渐淡出了人们的视线：对一部作品的早期草稿的研究"②。

尽管米勒的这一看法在今天看来已是常识,但由他指出来依然值得深思。我在前面的章节中已经提及,像任何一种生产一样,作家的文学生产也离不开生产工具。在印刷文化时代,作家的生产工具也就是传统意义上的纸和笔,于是"爬格子"或"笔耕墨种"就成为他们辛苦劳作的形象写照。作家路遥在写作百万字的长篇巨著《平凡的世界》时就是依靠这种传统的生产工具完成的。他们像农民

---

① [美]希利斯·米勒：《"我对文学的未来是有安全感的"——希利斯·米勒访谈录》,周玉宁采访,刘蓓译,《文艺报》2004年6月24日。
② [美]J.希利斯·米勒：《文学之前世今生》,载《萌在他乡：米勒中国演讲集》,国荣译,南京大学出版社2016年版,第328—329页。

种地一样，靠的是人力和原始的畜力，这自然也就影响到了生产的进度和文学的产量。然而，从20世纪90年代开始，中国作家开始了全面"换笔"的进程。当他们开始电脑写作和电子书写之后，有作家声称，"我从一个低产作家变成了中产作家"①；有作家坦言，写小说变成了一件快乐的事情，因为就"像恋爱一样老想着开机，老想着写作，哪怕仍是'乱弹'，我也是弹出自己的生命韵律"②。还有作家指出："电脑写作的最大的好处，我个人的感觉是，它使既庄重也繁重的写作，变得轻松起来，甚至带上了游戏色彩。"③ 作家们的这些感受让我们意识到，电子书写不仅让文学生产进入了海姆（Michael Heim）所谓的"无障碍写作"（writing without barriers）或"全速写作"（sprint writing）的时代，④ 而且很可能也在一定程度上改变了文学的叙事风格。米勒并未谈及在中国风生水起的网络文学，但实际上网络写手已经成为"全速写作"的典型代表。在他们的写作词典中，是没有"反复修改"这样的概念的，因为"日更"数千字乃至上万字已经成为他们的写作常态。也许，网络文学生产更能说明米勒所谓的文学生产方式的变迁。

再看接受方式的变化。在米勒谈论的语境中，文学的接受方式至少包含着两层意思。其一是由于文学的存在方式发生变化（从原来存在于纸媒到现在存在于电子媒介，包括电影、电视、电脑和互联网），人们的接受方式也发生了相应的改变。其二是因为视觉媒介的诱惑，文学实际上已淡出人们视野，文学的接受已让位于视听文化的接受。

众所周知，在视觉文化时代，原来的文学阅读受众已转移阵地，

---

① 贾宏图：《我们家和电脑》，《文艺报》1996年7月5日。
② 赵金禾：《关于电脑——说不尽的话》，《文艺报》1998年10月20日。
③ 韩石山：《分明是台印钞机》，《文艺报》1996年7月5日。
④ Michael Heim, *Electric Language: A Philosophical Study of Word Processing*, New Haven & London: Yale University Press, 1987, p. 208.

接合:大众文化的冲击与 1990 年代以来的文学生产

变成了影像文化的忠实观众。这就意味着原来以印刷媒介呈现的文学只有转换成电影电视剧时,它们才能最大限度地进入公众的视野。米勒认为中国最有影响的作家往往是其小说被改编成各种电视剧的作家,这一判断大体是准确的,因为更多的受众就是通过影视剧知道了某部小说和某个作家。而他们的文学接受往往也止于影视剧。虽然影视剧的热播常常也会带动文学原著的阅读,但这种阅读已不可能纯粹,它在很大程度上已先入为主地留下了影视剧的痕迹。例如,在《平凡的世界》这部小说中,孙少平是作者塑造出来的主要人物,孙少安则处于次要位置。但在电视剧中,孙少安却成了男一号,由他生发的故事线也成为编导极力渲染的主要内容。看过电视剧的观众再来阅读这部小说,其"前理解"会不会微妙地改变他们与小说的交往?

这种情况其实还不是米勒思考的重点,他更热衷于谈论的是小说被下载到电脑之后给人带来的阅读变化。米勒说过:"你不能在国际互联网上创作或者发送情书和文学作品。当你试图这样做的时候,它们会变成另外的东西。我从网上下载的亨利·詹姆斯的小说《金碗》早已经变得面目全非。"[1] 这个说法曾经引起中国学者的争议和误解,比如童庆炳就针锋相对地指出:"我曾经不止一次在网上下载过小说,我觉得同在网下看到的完全一样,可以说原汁原味,看不出什么地方变得'面目全非'。"[2] 但实际上,米勒在这里表达出来的意思要更加丰富,而并非童庆炳先生理解的那么简单。首先,下载不等于阅读。因为米勒说过:"虽然许多文学作品都被搬到了网上,任何人都可以随时下载到自己的私人电脑上,但是,我相信,

---

[1] [美] J. 希利斯·米勒:《全球化时代文学研究还会继续存在吗?》,载《萌在他乡:米勒中国演讲集》,国荣译,南京大学出版社 2016 年版,第 84 页。

[2] 童庆炳:《全球化时代的文学和文学批评会消失吗?——与美国加州大学希利斯·米勒先生对话》,载《童庆炳文集·第六卷·文学创作问题六章》,北京师范大学出版社 2016 年版,第 381 页。

第五章　文学之变与文学理论的应对方案

相对来说，很少有人利用这种令人赞叹的新资源。我们可以确信，乔恩·卡茨所描述的'数字化了的年轻人'，除了极少数之外，很少有人会使用互联网去进入莎士比亚的世界。"[1] 为什么不读？简单地说就是无暇阅读，因为他们的阅读时间已被其他与视觉文化打交道的时间挤占殆尽。海尔斯的一项调查结果显示，媒介一代的青少年虽然每天接触媒介的时间多达6.5—8.5小时，但阅读时间却少得可怜，因为"其中，电视和DVD占3.51小时；MP3、CD和广播占1.44小时；互动型媒介，如网络冲浪，占1.02小时；电子游戏占0.49小时；阅读垫底，只占0.43小时"[2]。其次，即便阅读，也需要形成与之相对应的身体习惯和阅读习惯，而对于那些已被印刷文化塑造过的人来说，这种习惯的形成并非易事。米勒曾以自己为例指出："操作电脑与手拿着书一页页地翻看，是迥异的身体活动。我曾认真试过在屏幕上阅读文学作品，比如亨利·詹姆斯的《圣泉》（*The Sacred Fount*）。有一刻，我手头恰好没有那部作品的印刷本，但在网上发现了一个。我发现，那样很难读下去。这无疑说明我这个人的身体习惯，已经被印刷书籍的时代永远规定了。"[3] 米勒这里提及的身体习惯当然重要，但更重要的或许还在于阅读与印刷文本建立起的那种特殊关系，以及因此而形成的那种美学氛围。因为"印刷品有它的阅读空间和自然面貌，纸的质地、墨水的颜色、整个报刊的形状都有特殊的意义，为文字增添语调和气氛"[4]。而面对电脑屏幕上的文学，我们看到的则是白花花的文字，它们已丧失了印

---

[1] [美] J. 希利斯·米勒：《全球化对文学研究的影响》，载《萌在他乡：米勒中国演讲集》，国荣译，南京大学出版社2016年版，第63页。
[2] [美] 凯瑟琳·海尔斯：《过度注意力与深度注意力：认知模式的代沟》，《文化研究》第19辑，社会科学文献出版社2014年版，第6页。
[3] [美] 希利斯·米勒：《文学死了吗》，秦立彦译，广西师范大学出版社2007年版，第20—21页。
[4] [加] 阿尔贝托·曼古埃尔：《夜晚的书斋》，杨传纬译，上海人民出版社2008年版，第68页。

刷文本中那种特殊的美感和情趣。当然,数字媒介培养起来的一代新人已不在意这些东西,他们也形成了与之成龙配套的阅读习惯,那就是用快速浏览代替沉潜把玩。但这种旨在获取信息的阅读与真正意义上的文学接受已相去甚远了。

米勒所谓的第二层意思体现在他下面的这段文字之中:

> 最近,不同媒体之间的界限也在日渐消逝。视觉形象、听觉片断(比如音乐)以及文字系统都不声不响地受到了0和1这一序列组合的数码化改变。就像电视和电影一样,连接或配有音箱的电脑监视器也不可避免地融合了引人注目的视觉和听觉形象,还兼有文字解读的能力。新的电信时代无可挽回地变成了多媒体的盛宴。男人、女人或者孩子那种"一书在手,浑然忘忧"的静静的、一个人的读书行为,让位给了"环视"和"环绕音响"这些现代化视听设备。而后者用一大堆既不是现在也不是非现在、既不是具体化的也不是抽象化的、既不在这儿也不在那儿、既不死又不活的东西冲击着眼膜和耳鼓。①

米勒这里谈到的依然是视觉文化,但借助于"媒介融合"的数码技术,这种视觉文化一方面已获得了全新的呈现,另一方面又全方位地进驻并绑架了人们的日常生活。当所有的一切都能通过电脑和智能手机呈现为视听形象时,人们当然不可能再去读书读小说,而是变成了读屏幕上那些活色生香的东西。米勒就说过:"如果能够轻轻松松地欣赏BBC精心制作的电视节目,你又何必费心巴力地去阅读那些难懂的原著小说呢?比如亨利·詹姆斯的《金碗》。"② 为

---

① [美] J. 希利斯·米勒:《全球化时代文学研究还会继续存在吗?》,载《萌在他乡:米勒中国演讲集》,国荣译,南京大学出版社2016年版,第86—87页。
② [美] J. 希利斯·米勒:《文学之前世今生》,载《萌在他乡:米勒中国演讲集》,国荣译,南京大学出版社2016年版,第328页。

第五章　文学之变与文学理论的应对方案

什么会出现这种情况？因为真正意义上的小说阅读往往需要特殊的心境和环境。小说家亨利·格林（Henry Green）说过："小说不是用来大声朗读，而是夜间独自享受的。"[①] 中国作家程乃珊则认为，如果说读小说还能被视为人生一乐，那么，"我希望那是一本故事好、印刷精美的书，然后将自己埋在舒舒服服的大沙发中，手边再有一杯调配合味的鸡尾酒之类饮料。具备这一切才能完成那个乐字"[②]。但问题是，现在的人们已不可能拥有这样的"享受"了。因为在社会加速发展的进程中，人们已很难拥有读小说所需要的闲情逸致，而这时候，新型的视听媒介又正好介入进来，填补了人们碎片化的时间空缺，于是刷剧看视频就成为人们的日常消闲内容。结果，在视觉文化的强大攻势下，文学阅读已全面告退。米勒指出："尽管世界各地还有很多人在阅读文学作品，地方不同，程度也不同，但是，对包括高知人群在内的很多人来说，文学确实越来越不重要了。它的双重角色——使人们得享想象世界的快乐以及了解现实世界并学会如何应对——正在日渐被新的科技产品所取代：电影、录像游戏、电视节目、流行音乐、Facebook，等等。"[③] 可以说，米勒在其演讲中反复向人们宣告的就是这样一个事实：文学已经淡出了人们的生活，因为它的重要性已在丧失，或者说，它的重要性已被视听新媒介轻松取代。

既然文学生产与文学接受在数码时代发生了如此巨大的变化，那么这种变化对于文学研究又意味着什么呢？实际上，这也正是米勒思考的重心所在。在为《萌在他乡：米勒中国演讲集》撰写的"引言"中他特别指出："在我这些年的演讲中，有一个特别关注的话题，那就是

[①] 转引自［加］阿尔贝托·曼古埃尔《夜晚的书斋》，杨传纬译，上海人民出版社2008年版，第55页。
[②] 程乃珊：《小说——流行歌手》，《小说界》1992年第3期。
[③] ［美］J.希利斯·米勒：《文学之前世今生》，载《萌在他乡：米勒中国演讲集》，国荣译，南京大学出版社2016年版，第327页。

接合:大众文化的冲击与1990年代以来的文学生产

印刷文化到数码文化的变迁以及这些变迁对人文教学和研究——尤其是文学研究——的影响。"① 而在米勒的思考框架中,这种影响一言以蔽之,便是文学研究正在走向衰落,而文化研究却方兴未艾。

文学研究走向衰落应该是大势所趋,这也是米勒反复表达的一个观点:"文学研究的时代已经过去,但是,它会继续存在,就像它一如既往的那样,作为理性盛宴上一个使人难堪,或者令人警醒的游荡的魂灵。"② 为什么文学研究风光不再?道理其实非常简单,因为印刷文化时代正在走向终结,文学赖以存在的物质基础已面临巨大挑战。同时,由于文学的重要性在人们的生活中已日益减弱,不读文学作品已经成为人们的一种常态,所以,文学研究便也处在一种"皮之不存,毛将焉附"的尴尬状态之中,其存在的理由已大打折扣。

那么,文学研究的衰落之日是不是文化研究的兴盛之时?在米勒看来,这两者之间是存在着紧密关联的。因为他曾经说过:"今天,通俗文化和各种媒体——电视、录像、电影——对我们的思想和行为的影响已经远远超过了书籍,谁又会反对对它们的认真研究呢?文化研究的一项基本工作就是描述和进行资料归档。"③ 应该说,米勒的思路与伯明翰学派的主张有相似之处。20世纪50年代,当美国的大众文化大面积地侵入英国之后,利维斯(F. R. Leavis)等人的应对方案是守护文学经典,回到"伟大的传统",通过教育体制加强文学鉴赏,进而培养读者的道德意识。而威廉斯、霍加特等人的做法却是积极面对,认真思考,进而投身到大众文化研究之中率先垂范,于是英国的文化研究应运而生。美国的文化研究虽然晚于英国二十年左右,但其兴起的语境却与英国异曲同工。当然,

---

① [美] J. 希利斯·米勒:《萌在他乡:米勒中国演讲集》,国荣译,南京大学出版社2016年版,"引言"第3页。
② [美] J. 希利斯·米勒:《全球化时代文学研究还会继续存在吗?》,载《萌在他乡:米勒中国演讲集》,国荣译,南京大学出版社2016年版,第90页。
③ [美] J. 希利斯·米勒:《因特网星系上的黑洞》,载《萌在他乡:米勒中国演讲集》,国荣译,南京大学出版社2016年版,第46—47页。

第五章　文学之变与文学理论的应对方案

美国也有利维斯主义者，比如布鲁姆就把包括文化研究在内的所有文化理论痛斥为"憎恨学派"。而与布鲁姆相比，米勒显然要更为开明。或者也可以说，因为他意识到文学研究的日薄西山和文化研究的蒸蒸日上毕竟是一件"青山遮不住，毕竟东流去"的事情，所以，尽管他也对文学研究恋恋不舍，但他依然冷静地陈述了一个客观事实。

在追溯文化研究的起因时，更值得注意的是米勒指出的另一个事实："如今那些进行文化研究的年轻学者是在电视、电影、流行音乐和当前的互联网中泡大的第一批人。他们没有把太多的时间留给文学，文学在他们的生活中无足轻重。这样的趋势可能还会继续发展下去，而且我想也不可逆转。用不着奇怪，这样的一种人应该期望研究那些与他们直接相关的、那些影响了他们世界观的东西，那就是电视、电影等等，以及所有那些他们阅读的关于'理论'的书籍。"① 这个事实常常被人忽略，在我看来却更值得认真对待。仔细想想，学术研究表面上看显得冰冷，其背后却隐含着研究者的某种情结和情绪记忆。文学研究以往之所以兴盛，除了文学本身的繁荣，很大程度上也取决于研究者与文学所建立起来的那种亲密关系。比如，布鲁姆之所以对文学经典情有独钟并致力于发掘其审美价值，原因在于他"自幼便对文学有着不寻常的记忆，但这纯粹是语言的记忆，没有一点视觉成分"②。夏志清之所以青睐文学研究，是因为"很少有电影我看过三遍，而好的诗篇的确是百读不厌的"。于是他进而指出："我们四五十岁研究文学的人，一大半对电影也极感兴趣，但我们对电影不管怎样入迷，不把它当正经学问去讨论、研究。现在美国青年就不同了，他们把电视当作消遣，把电影或者摇滚音

---

① ［美］J.希利斯·米勒：《土著与数码冲浪者——米勒中国演讲集》，易晓明编，吉林人民出版社2004年版，第183页。
② ［美］哈罗德·布鲁姆：《西方正典：伟大作家和不朽作品》，江宁康译，译林出版社2005年版，第28页。

接合:大众文化的冲击与1990年代以来的文学生产

乐当作正经研究,尤其是所谓文艺青年,他们都拿我们当年研究文学的精神去研究电影了。"[1] 如此看来,文学研究的基础和动力是研究者自幼形成的文学经典记忆。然而,这个基础或动力现已改弦更张,它们不再是莎士比亚、《战争与和平》或《红楼梦》,而是变成了迈克尔·杰克逊、《杀死比尔》或《哈利波特》。也就是说,由于新一代学者是伴随着电影、电视和互联网长大成人的,等他们有能力从事研究之后,他们也必然会向那些曾经影响过他们的视听文化鸣谢致敬,这与布鲁姆要向影响过他的文学经典致敬,道理是一样的。而回到米勒的论述之中我们又会发现,尽管他从研究主体的层面为文化研究的存在找到了一个更为过硬的理由,但对于他本人而言,文学和文学研究却依然是至关重要的,因为他也是被印刷文化养育过的,文学于他也是一种温馨的记忆。《米勒中国演讲集》中收录的最后一次演讲题为《文学之前世今生》(2012),其中米勒便讲述了为什么他"热爱文学","为什么研究文学是一个好事情,以及文学在当下为什么依然重要"。[2]

于是,在大众文化、视觉文化(或数码文化)与文学的关系问题上,米勒的姿态便也值得我们深思。当他抛出"文学终结论"时,应该说这只是他形成的一个事实判断,而并非有些中国学者所理解的价值判断。因为他只是想告诉人们一个基本事实:在数码文化的挤压下,文学不仅已风光不再,而且也在走向日暮途穷。当然,现代意义上的"文学之死"并不等于文学在今天已不复存在,而是意味着文学的作用与功能、价值与意义已转辙改道,甚至文学本身也出现了种种变异。而文化研究的兴盛只是说明了大众文化、数码文化在今天的强势地位,也并不意味着文学研究就完全失去了意义。因此,就像本雅明一样,米勒很可能也是一位二元论者:一方面他

---

[1] 夏志清:《文学的前途》,生活·读书·新知三联书店2002年版,第44、42—43页。
[2] [美] J. 希利斯·米勒:《文学之前世今生》,载《萌在他乡:米勒中国演讲集》,国荣译,南京大学出版社2016年版,第325、335页。

钟情于文学研究，喜欢修辞性阅读；另一方面，他对文化研究也并不像布鲁姆那样"憎恨"，而是充满了"了解之同情"。对于中国学界来说，他的这种姿态既耐人寻味，同时也能给我们带来诸多启发。因为文学研究与文化研究的关系曾经被中国的一些学者视为你死我活、水火不容，但实际上问题并没有那么严重。也许更为有效的做法就是像米勒那样，既坚守文学研究的底线，同时也对文化研究持宽容和接纳之态。而只有让这两者并行不悖或者是让它们互通有无，才有助于现实问题的真正解决。

第二节　在文学研究与文化研究之间

进一步思考文学生产与大众文化的接合，我们必然会遭遇一个问题：文学理论该怎样应对这种挑战。实际上，进入21世纪之后，随着"文学终结论"的到来，文艺学边界、日常生活审美化、文化研究、没有文学的文学理论、强制阐释论等问题曾引起文学理论界的热烈讨论。在我看来，所有这些讨论都不同程度地、直接或间接地触及文学与大众文化的接合问题，其中自然也隐含着文学理论何去何从的选择与焦虑。在这种选择中，一些学者坚守文学本位，于是坚持文学理论的文学研究路径，或者是对文学研究修修补补，就成为其应对方案；还有一些学者则基本上对文学研究弃之不顾，毅然决然地走向了文化研究。这两种方案的选择自然都有其充足理由，但我依然想在文学研究与文化研究之间寻找一条通道，以期能应对这一复杂局面。而要想说清楚这个问题，大概得从文学研究与文化研究的双重困境谈起。

一　不及物的文学理论

文学研究是一个宽泛的概念，在今天这样一个专业分工明确的学科世界里，"中国文学""外国文学"一级学科之下的所有二级学科应该都属于文学研究。但在笔者谈论的语境中,文学研究则主要关联着文艺学(文学理论)这门学科。因为如前所述,文学是否终结,文学研究还能否继续存在,主要还是文学理论界人士热衷于讨论的一个话题,其他学科似乎并不存在这种焦虑。

中国的文艺学学科是从20世纪50年代开始形成的,这门学科从它诞生的那天起就承载着一种特殊的功能:为"国家文学"的存在寻找美学依据,并从文学理论的角度参与国家意识形态的建设。这一点本不需要过多解释,但我依然想通过一个研究成果稍作说明。谢泳在考察了大量原始材料之后指出,1949年之后文学教育的重心发生了从"文学史"到"文艺学"的转移,主要表现在,1951—1952年,以《文艺报》为主要阵地,在全国范围内开始了一场关于建立新的"文艺学"的讨论。而讨论的成果是,文艺学成为大学中文系的一门新课程。有了这门课程,也就有了相应的师资队伍、研究力量、教材建设等一系列配套措施。于是,文艺学学科开始形成,文学教育的重心也开始转移。文艺学受到重视,是因为它在新意识形态的建构中具有举足轻重的作用;文学史遭到轻视,是因为"尊重事实的'文学史'传统本身具有怀疑的能力,对于新意识形态的建立有抵抗性"[①]。

这种局面很容易让人想起华勒斯坦等人的论述。华勒斯坦指出,学科制度化的方法有三,一是大学以这些学科名称设立学系(或至少设立教授职位),二是成立国家学者机构(后来更成立国际学者机构),三是图书馆亦开始以这些学科作为书籍分类的系统。[②] 这就意味着从50年代开始,中国的文艺学已开始了学科制度化的进程。而根据沙姆韦等人的解释,西文所谓的学科(discipline),其实兼有"学科"与"规训"的双重性格,因此,"学科是历史的产物,并以

[①] 谢泳:《从"文学史"到"文艺学"——1949年后文学教育重心的转移及影响》,《文艺研究》2007年第9期。
[②] [美]华勒斯坦:《超越年鉴学派?》,载[美]华勒斯坦等《学科·知识·权力》,刘健芝等编译,生活·读书·新知三联书店1999年版,第213—214页。

第五章　文学之变与文学理论的应对方案

一定的措辞建构起来"①。"学科划分准则内含着对掌权势者有利的理论前提和意识形态，包括欧洲中心主义、父权主义、科学主义和国家中心主义等，它们一一被建构出来的期间，国家政权的力量一直扮演着极其重要的角色。国家一方面促成大学的复兴，使大学成为生产知识的主要场域，又引导大学的学科知识往实用的政策导向研究。"② 这里讨论的虽然是社会科学，但是用来思考包括文学理论在内的人文科学也是适用的。这又意味着中国当代文艺学学科的建立是与一种规训制度联系在一起的，这种制度一下子延续了三十年。

三十年之后，中国的文学理论界开始了一场变革。现在看来，20世纪80年代的"主体论""向内转"等，既是摆脱了政治意识形态干扰和控制（其中也包含着打破学科规训制度）之后的理论再生，也是走向学术自主和学科自治的一种努力。这场变革带来的收益多多，但我以为首先还是观念领域的革命。格拉夫在谈到当年新批评的功绩时曾举例指出："约翰·克罗·兰塞姆于1938年评述道：理论'是文学批评的决定性因素。当文学批评处于不自觉的无意识状态时，其决定作用尤其强烈。批评家心态中的那种号称的无理论的状态是虚幻的。'因而，最有影响的一本新批评著作标题作《文学理论》，或此书作者勒内·韦勒克和奥斯汀·沃伦二人在书中论证说：'文学理论作为一种方法的原则，乃是今天文学学问最需之物'，也就绝非偶然现象了。"③ 对于文学理论的类似认识其实也出现在80年代的中国文艺学界。可以说，正是有了80年代的那场变革，人们才开始有了在文学本体论层面为文学理论定位的可能性。

另一个值得注意的情况是，80年代的文学理论往往迅速转化成

---

① ［美］沙姆韦、梅瑟－达维多：《学科规训制度导论》，载［美］华勒斯坦等《学科·知识·权力》，刘健芝等编译，生活·读书·新知三联书店1999年版，第13、34页。
② 刘健芝等：《专题导论：从学科改革到知识的政治》，载［美］华勒斯坦等《学科·知识·权力》，刘健芝等编译，生活·读书·新知三联书店1999年版，第3页。
③ ［美］杰拉尔德·格拉夫：《理论在文学教学中的未来》，载［美］拉尔夫·科恩主编《文学理论的未来》，程锡麟等译，中国社会科学出版社1993年版，第332页。

479

接合:大众文化的冲击与1990年代以来的文学生产

文学批评,从而与当时的文学形成了一种良性的互动关系。朱国华在描述这种现象时指出:"从某种意义上来说,80年代似乎是近四十年来文艺理论的黄金时代:文学创作的先锋实验、文学批评对先锋实验的认可,文学理论对文学批评的合法化论证,彼此之间,构成了一个共同超越传统、标新立异的文学话语的良性循环系统。可以用阿多诺的话来说:文学实践、文学批评与文学理论构成了相互摹仿的关系,也可以说,构成了相互渗透的关系。"而按照他的观点,80年代的文学理论也负载了多种功能:"第一,侧重于对文学作品的写作指导,它关涉的是实践;第二,侧重于对文学作品的价值评判、把脉,它关涉的是赋值;第三,侧重于对与文学相关的现象或事实的阐释,它关涉的是认识。"[①] 这种描述是准确的。比如,像"文艺探索书系"(上海文艺出版社)中的《性格组合论》(刘再复,1986)和《艺术创造工程》(余秋雨,1987)等,就关涉"认识";童庆炳在80年代后期形成的讲稿《维纳斯的腰带——创作美学》(出版于2001年)则关涉"实践"。这些著作当然都是文学理论著作,它们也严格遵循着传统文学理论的致思路径:关注文学、研究文学进而以理论之眼打量文学,直到把文学纳入理论的问题框架之内。

然而,进入20世纪90年代之后,文艺学学科的内部形势却发生了微妙的变化。一方面,90年代以来是一个大学体制渐趋成形,各种学科被进一步规范的时期,同时也是一系列问题接踵而至的时期。于是,有识之士既有"'跑点'跑掉了大学之魂"的呼吁,[②] 也有"学校不是养鸡场"的判断,[③] 更有对"学术行政化""教育产业化""学院公司化"的批判。[④] 在这种现实语境里,文艺学学科自然

---

① 朱国华:《渐行渐远?——论文学理论与文学实践的离合》,《浙江社会科学》2020年第12期。

② 参见董健《"跑点"跑掉了大学之魂》,《粤海风》2006年第1期。

③ 参见李零《学校不是养鸡场》,载《花间一壶酒》,同心出版社2005年版,第182—195页。

④ 参见陈丹青《退步集》,广西师范大学出版社2005年版,第110—115、421页。

第五章 文学之变与文学理论的应对方案

也陷入体制化和专业化的困境之中，原来注重实践的文学理论变为知识传授的一门学问，原来鲜活的文学批评变成了僵硬的学院批评。而关于学院批评的体制化，南帆曾做过专门分析。在他看来，教授、博士、课题、研究基金等既是学院体制的产物，同时也包含了收入和社会待遇。而经过严谨的分类和切割，文学成为一个独立的学科，由学院的文学系负责研究。这时候，文学研究与文学批评便显示出微妙却重要的差别：后者常常沉溺于文学的魅力，常常以文学作品为核心；前者更乐于考察文学周围的知识。于是，"考据"成为目前更投合学院体制的研究手段。之所以如此，是因为学院体制要求"硬"知识、科学论断和学术规范，而游谈无根被视为肤浅的标志，注释的数量代表了扎实的程度。结果，一系列成文不成文的规定形成了文学系的某些价值观念。而学院批评的体制化最终造成的是如下局面："批评抛下了文学享清福去了"，"一大批批评家改弦更张，中规中矩地当教授去了"。[①]

另一方面，囿于80年代末政治风波的总体影响，文艺学学科之内的研究也开始了收心内视的岁月。于是，理论界的学人大量集结在语言学、叙事学、文艺心理学、古代文论的现代转换等技术层面，形成问题意识，做成高头讲章。这种研究对于文学理论的学科建设来说自然是十分重要的，却也以"为学术而学术"之名打上了浓郁的犬儒主义印记。文学理论因而变成了一种在圈子内秘密旅行的话语游戏。文学理论走到这一步，它首先是无法与文学形成有效互动，其次是其活力、创造力、社会影响力等指数已严重下降。

于是，文学理论终于成为一种不及物的理论。进一步概括，这种不及物主要体现在两个方面。

其一，文学理论游离于文学本身，抛开文学自说自话。

中国传统的文学理论不存在这一问题，因为种种"诗话""词

[①] 南帆：《批评抛下文学享清福去了》，《中华读书报》2003年3月12日。

接合:大众文化的冲击与1990年代以来的文学生产

话"都是紧扣诗词歌赋的发言。如前所述,80年代的文学理论也不存在这一问题,因为在特定的历史语境中,文学、批评、理论、思想解放等构成了一种特殊的"蜜月"关系,它们需要取长补短,携手并进。然而随着学科体制化时代的到来,也随着西方理论对中国文论影响的逐渐深入,文学理论开始了自言自语的进程。因为20世纪的西方文论就是这么发展过来的——始而成为一门独立的学科,终而成为一门自足的学问,理论本身获得了繁衍、生殖、革新的能力。也就是说,当理论获得这种能力后,它就可以单性繁殖了——不再需要文学作为自己的研究对象,也不再需要文学作为自己的论证依据。

经过90年代的前期铺垫之后,文学理论的不及物性在21世纪之初已初见成效。一些敏感的理论工作者已意识到这一问题并有了初步思考。南帆的表述是:"从新批评、结构主义、精神分析学到后殖民主义,这些理论已经在西方的学院得到认可证书。尽管对于弗洛伊德心存疑虑,或者弄不清结构主义的基本涵义,但是,学院愿意对这些不无古怪的学说网开一面。一些新锐理论家开始在能指嬉戏、欲望的写作或者东方主义这些术语之下重新集结,并且自命为'学院派批评家'。……必须承认,学院派批评家多半是围绕一些理论设计的话题从事研究。"[1] 曹文轩则把文学批评的资源形象地区分为"娘家理论"和"婆家理论",前者原本就是专门用来研究文学的,它们因为言说文学而产生,如中国的古代文论。后者则意味着,"这些理论本不是专门为文学而建立的,建立了这些理论的理论家们当初也没有想到过他的理论日后会与文学有什么瓜葛,是文学批评家们将文学嫁了过去或是让它们倒插门,终于结成金玉良缘,并从此如胶似漆"[2]。——需要挑明的是,张江后来所谓的"强制阐释

---

[1] 南帆:《批评抛下文学享清福去了》,《中华读书报》2003年3月12日。
[2] 曹文轩:《2004年最佳小说选·序》(上、下册),曹文轩、邵燕君主编,北京大学出版社2004年版,第2页。

第五章 文学之变与文学理论的应对方案

论"对许多理论表示不满,其不满的矛头其实就是指向了这些"婆家理论"。这种局面本来更需要检讨或反思,但从21世纪之初开始,就有人把这种现象概括为"没有文学的文学理论",并认为"文学理论离开文学,就是驶出小桥流水、向生活的大海破浪远航"①。而这样的文学理论在21世纪运行二十年后不仅没有丝毫改观,而且呈愈演愈烈之势。于是朱国华的判断是,"中国当代文学理论的生产,大部分与当代文学实践没有什么互动关系",纯属"自产自销、自我循环",同时,"某种新型的、界限模糊的'理论'本身,取代了我们此前耳熟能详的文学理论"。他甚至现身说法地指出:"作为研究生导师,作为文艺理论专业杂志《文艺理论研究》的资深编辑,我经常困惑于提交到我手上的论文是否与文学有关系。"②——如此看来,文学理论游离于文学本身,抛开文学自说自话已是铁定事实,这也成为我欲在文学研究与文化研究之间寻找出路的动力之一。

其二,面对文学分化的格局,文学理论已逐渐失去应对能力。

我在前面的一些章节中反复提及的一个事实是,从20世纪90年代开始,随着市场经济机制的启动,中国的当代文学也出现了越来越明显的分化。大体而言,这种分化可以表述为如下两种形式:作为艺术的文学和作为大众文化的文学。前者也可以叫作"真正的文学"、"纯粹的文学"(纯文学)、"美的文学"(美文)。这种文学来自作家表达自己生命体验的冲动与需要,并更多地与作家本人的"缺失性体验"紧密相连。因而,在这种文学中,原创性或独创性是其主要特征;思考人类的终极问题、表达人类丰富而复杂的情感是其主要创作宗旨和写作归宿。后者也可以叫作"通俗文学",它主要是被市场催生、被现代大众媒介呼唤、迎合读者需要、按照某种配

---

① 金惠敏:《媒介的后果——文学终结点上的批判理论》,人民出版社2005年版,第164页。
② 朱国华:《渐行渐远?——论文学理论与文学实践的离合》,《浙江社会科学》2020年第12期。

接合:大众文化的冲击与1990年代以来的文学生产

方生产出来的文学。这种文学缺少灵魂的拷问和人性的深度开掘;模仿性有余,创造性不足;是商品而不是严格意义上的艺术品;供人消费而不是让人获得精神的满足和审美境界的提升。好的通俗文学自然也劝人向善、催人奋进,但糟糕的通俗文学则会成为欲望的诱饵、邪恶的助产婆和欺骗的工具。托尔斯泰指出:"真正的艺术产生的原因是想表达日积月累的感情的内心要求,正像对母亲来说,怀胎的原因是爱情一样。伪造的艺术产生的原因是利欲,正像卖淫一样。"① 托翁的这番对比可以帮助我们正确地区分这两种文学。

当然,如果再把这一问题复杂化,那么一分为二的文学如今又开始了合二为一的进程。在西方世界,随着后现代主义的来临,雅俗的距离正在消失,艺术与商品的界限也不复存在。这几乎已成学界共识。例如,曾经写出过《越过边界——填平鸿沟:后现代主义》一文的菲德勒就不无愤激地指出:今天的作家在写小说时,要么是写给学院(供教授和学生分析阐释),要么是写给好莱坞(被包装,做成文化产业,然后赢得票房)。正是在这一意义上,"小说真正是死了——就它作为一种最终形式,本身即是目的,无须转译为另一种媒介或另一种语境而言,它是死了"②。实际上,他是在雅俗互渗的层面,从另一个不同于米勒的角度论证了文学的终结。中国当然不是美国,但种种迹象表明,在我们这里,纯文学与通俗文学的疆界也早已废除。于是商品艺术化,艺术商品化,日常生活审美化,审美日常生活化,文学大众文化化,大众文化文学化,等等,已是大势所趋。

如果以上描述大体准确,那么我们就必须面对如下问题:即便还有面向文学的"娘家理论",它所面对的也常常是第一种文学,而并非第二种文学,更不要说去面对雅俗合一的文学了。第一种文学

---

① [俄]列夫·托尔斯泰:《列夫·托尔斯泰文集》第十四卷,陈燊、丰陈宝等译,人民文学出版社1992年版,第306页。
② [美]莱斯利·菲德勒:《文学是什么? 高雅文化与大众社会》,译林出版社2011年版,第74页。

经过历史的淘洗若能留存下来，其实就是文学经典。于是我们看到，中外正宗的文学理论无论是内部分析还是外部批评，其实都是在面对文学经典发言。这样的研究当然是必要的，也有助于人们在美学维度确认文学的价值。但是很可惜，这种研究在面对第二种文学或雅俗合一的文学时，要么变得无所适从，要么仅仅流于单纯的道德批评和空疏的价值判断，从而显示出理论的某种贫困。

理论与文学脱钩断奶之后，所谓的文学理论自然已不可能再眷顾文学；面对文学分化的事实，残存的"文学"理论又失去了应对的能力。或者说它只能应对半壁江山，却在越来越汹涌的大众文化面前束手无策。很可能这就是当下文学理论的现状。

三 没有文学的文化研究

让我们把目光转向文化研究。

像英国的文化研究是诞生于文学研究一样，中国的文化研究也是在文艺学学科内部发生了一场"哗变"之后才逐渐发展壮大的。经过20世纪90年代的前期引介之后，文化研究在20、21世纪之交突然成为文学理论界的一个重大事情。而在谈到文化研究在中国出场的原因时，童庆炳曾提出了如下问题："文化研究"早已在西方学术界轰轰烈烈，按说中国的学人应该早一点"拿来"，"可为什么文化研究不是在中国新时期开始的时候受到注意，而是在改革开放十余年后才被作为一种学术资源而有意地借用呢？根源还是在中国社会现实的发展中"。[1] 而这一根源在较早从事文化研究的陶东风那里已经有了清晰的答案："90年代中国社会面临与80年代不同的诸多问题，比如下岗工人问题、国企改革问题、社会治安问题、贪污腐败问题、社会公正问题、全球化时代的国际关系问题等。其结果之一是包括文学在内的人文科学与社会科学工作者，以及一般大众的

---

[1] 童庆炳：《植根于现实土壤的"文化诗学"》，《文学评论》2001年第6期。

社会政治热情、社会参与热情重新高涨。如果80年代末文学批评热衷于内在批评、语言批评、形式批评与当时的知识分子政治热情的相对冷漠有某种勾连，那么，90年代文化研究的兴起无疑是知识分子参与欲望重新强化的结果。"①

这种分析应该说是符合实际情况的。改革开放以来，知识分子参与社会的热情空前高涨。然而，随着80年代的终结，他们也进入了一个情绪低迷期。于是退守书斋、潜心学问一度成为他们的最佳选择，一些学者也为这种选择进行过辩护，比如，陈平原指出："我也承认，在20世纪中国，谈论'为学术而学术'近乎奢侈，可'难得'并非不可能不可取。我赞成有一批学者'不问政治'，埋头从事自己感兴趣的专业研究，其学术成果才可能支撑起整个相对贫弱的思想文化界。学者以治学为第一天职，可以介入，也可以不介入现实政治论争。应该提倡这么一种观念：允许并尊重那些钻进象牙塔里的纯粹书生的选择。"② 但是实际上，这种选择并没有持续很长时间，因为面对新的现实境遇，知识分子固然可以规避狭义的政治，却无法回避扑面而来的"生活政治"③。既然政治已全面进驻人们的日常生活，为什么知识分子不在学术层面予以回应呢？因此，正如"人文精神"的倡导被一些学者看作知识分子的"思想自救"一样，④ 选择文化研究实际上也可看作他们的一种"学术自救"。而文

---

① 陶东风：《文化研究：西方与中国》，北京师范大学出版社2002年版，第3页。
② 陈平原：《学者的人间情怀》，《读书》1993年第5期。
③ 吉登斯（Anthony Giddens）曾把政治区分为"解放政治"（emancipatory politics）和"生活政治"（life politics）。前者可定义为"一种力图将个体和群体从对其生活机遇有不良影响的束缚中解放出来的一种观点"，后者即"生活政治关涉的是来自于后传统背景下，在自我实现过程中所引发的政治问题，在那里全球化的影响深深地侵入到自我的反思性投射中，反过来自我实现的过程又会影响到全球化的策略"。大体而言，笔者以为20世纪80年代的中国主要是沉浸在解放政治的宏大叙事中；而90年代以来，解放政治开始退位，生活政治开始兴起。参见［英］安东尼·吉登斯《现代性与自我认同》，赵旭东、方文译，生活·读书·新知三联书店1998年版，第247—248、252页。
④ 参见王晓明编《人文精神寻思录》，文汇出版社1996年版，第273页。

第五章 文学之变与文学理论的应对方案

化研究的品性、思路和实践效果确实也暗合了中国知识分子的心理。可以说,在中国的知识分子和西方的文化研究之间首先存在着一种异质同构的关系。

如果说现实层面的原因是文化研究出场的必要条件,那么学科原因则应该是其充分条件。一些学者在思考文化研究兴起的原因时,不约而同地把它与文艺学学科联系到一起,并形成了如下观点。罗钢、孟登迎认为,多年的发展与调整已使"文艺学的教学和研究日益变成了知识分类和学科规划的体制化生产,成为一小部分学人专有的话语游戏之所,这无疑会压制文艺学应有的创造性和社会实践品格"。因此,"文艺学要借鉴文化研究反学科的实践经验,重构自己的研究范式,重新焕发对社会的影响力","寻找在学术体制之外与社会政治运动建立动态联系的可能性"。[①] 陶东风指出:"90年代兴起的文化研究/文化批评……预示着文艺学转型的征兆。秉承英国文化研究的传统,中国当代的文化研究/批评已经极大地超出了体制化、学院化的文艺学藩篱,拓展了文艺学的研究范围与方法,从经典文学艺术走向日常生活的文化(如酒吧、广告、时装表演、城市广场等)。这种研究进入到了文化分析、社会历史分析、话语分析、政治经济学分析的综合运用层次,其研究的主旨已经不是简单地揭示对象的审美特征或艺术特征,而在于解读文化生产、文化消费与政治经济之间的复杂互动。"[②] 金元浦是文艺学"越界""扩容"说的提出者和倡导者,他认为,"今天社会的审美活动已经大大不同于过去时代的文学艺术的界限和范围","因此,当代文艺学研究不必固守原有的精英主义苑囿,而

[①] 罗钢、孟登迎:《文化研究与反学科的知识实践》,《文艺研究》2002年第4期。
[②] 陶东风:《日常生活的审美化与文艺社会学的重建》,《文艺研究》2004年第1期。作者的这一观点也出现在《大学文艺学的学科反思》(《文学评论》2001年第5期)和《日常生活的审美化与文化研究的兴起——兼论文艺学的学科反思》(《浙江社会科学》2002年第1期)等论文中。

应当关注日常生活中的新的审美现象,这是文艺学文化转向的题中应有之义"。①

有必要指出,中国兴起的文化研究实际上是从事文学研究的学者(其中许多人隶属于文艺学学科)积极倡导的产物,专业背景决定了他们在进行文化研究时往往会与自己的学科联系到一起,并因此反思本学科所存在的缺陷,这样,"文艺学"便与"文化研究"发生了意味深长的关系。客观地说,因意识到文艺学的自身缺陷而走向文化研究或因文化研究而进一步看清了文艺学自身的缺陷,其思路是具有很大程度的合理性的。因为如前所述,文艺学学科在解放了自己的同时又走进了高度体制化的牢笼,从而变得日益狭隘和自闭。面对鲜活的现实,尤其是面对新型的大众文化和泛文学文本,它已经失去了必要的应对能力和阐释能力。从这个意义上说,让文艺学走向文化研究或让文化研究走进文艺学实际上是一种"学科自救"。

既是"学术自救",又是"学科自救",无论从哪方面看,文化研究的到来都显得意义重大。但话说回来,这并不意味着文化研究不存在问题。而这种问题也在童庆炳与陶东风等人的争论中被进一步聚焦。因此,接下来我将简要触及这场争论,以便把其中的问题明朗化和清晰化。

在20、21世纪之交以来倡导文化研究的中青年学者中,陶东风应该是最起劲者之一。这一时期,他曾撰写过《大学文艺学学科的反思》(《文学评论》2001年第5期)、《流行文化呼唤新的研究范式——兼谈艺术的自主性问题》(《文艺研究》2001年第5期)、《日常生活的审美化与文化研究的兴起——兼论文艺学的学科反思》(《浙江社会科学》2002年第1期)、《跨学科文化研究对于文学理论的挑战》(《社会科学战线》2002年第3期)等论文,也在2001年的《中华读书报》上发表过数篇解读广告的短文。在这些文章中,

---

① 金元浦:《当代文学艺术边界的移动》,《河北学刊》2004年第4期。

第五章 文学之变与文学理论的应对方案

陶东风的核心观点是反思文艺学学科存在的问题，确认文化研究的合理合法性。于是他不断呼吁，由于"日常生活的审美化以及审美活动日常生活化深刻地导致了文学艺术以及整个文化领域的生产、传播、消费方式的变化，乃至改变了有关'文学''艺术'的定义"，因此文艺学应该"正视审美泛化的事实，紧密关注日常生活中新出现的文化/艺术活动方式，及时地调整、拓宽自己的研究对象和研究方法"，其具体的做法就是搞"文化研究"。① 值得注意的是，在反思文艺学学科时，童庆炳主编的《文学理论教程》（高等教育出版社1998年版）也赫然在列，其核心观点"审美意识形态"则成为本质主义（"一种僵化、封闭、独断的思想方式与知识生产模式"）的典型例证之一，受到了陶东风的批评。②

童庆炳对陶东风明里暗里的批评是从2004年拉开帷幕的。这一时期的余虹教授发表了《文学的终结与文学性蔓延——兼谈后现代文学研究的任务》一文，文中虽未提米勒一字，却显然是受他启发之后的"接着说"。此文从一些严肃的学者"逃离文学"谈起，进而指出"文学终结"已是后现代条件下文学的基本状态。"文学终结"之后，"文学性"却在四处蔓延，如今它已进入思想学术、消费社会、媒体信息、公共表演等领域之中，完成了对它们的主宰或统治。基于这种局面，余虹在结论中指出："当前文学研究的危机乃'研究对象'的危机。后现代转折从根本上改变了总体文学的状况，它将'文学'置于边缘又将'文学性'置于中心，面对这一巨变，传统的文学研究如果不调整和重建自己的研究对象，必将茫然无措，坐以待毙。"既如此，重建文学研究的对象就要完成两个重心的转向：其一，"从'文学'研究转向'文学性'研究"；其二，"从脱离后现代处境的文学研究转向后现代处境中的文学研

---

① 陶东风：《日常生活的审美化与文化研究的兴起——兼论文艺学的学科反思》，《浙江社会科学》2002年第1期。

② 参见陶东风《大学文艺学学科的反思》，《文学评论》2001年第5期。

究，尤其是对边缘化的文学之不可替代性的研究"。①

对于余虹的观点，童庆炳自然是很不以为意的，而这种不满最终又凝结成了如下文字：

> 这些新锐教授的一个说法是，"日常生活的审美化深刻地挑战了文学自律的观念，以至改变了有关'文学'、'艺术'的定义"，言外之意是我们过去所理解的经典的"文学"、"艺术"已经不是我们时代的"文学"、"艺术"，倒是那些城市规划、购物中心、街心花园、超级市场、流行歌曲、广告、时装、环境设计、居室装修、健身房、咖啡厅才更是今天的"文学"、"艺术"，他们这种理论岂不有点怪诞吗？他们为什么会说出这种怪诞的话来呢？如果我没有理解错的话，他们似乎认为今天的文学已经"终结"或将要"终结"，其中的一位教授以《文学的终结和文学性的蔓延》为题发表文章，透露出这个"消息"：今天文学已经"终结"（他们有时又说是"文学边缘化"，边缘化与终结是一回事吗？），所剩的只是"文学性"了，那么这种"文学性"在哪里"蔓延"呢？在日常生活的审美化中蔓延，在城市规划、购物中心、街心花园、超级市场、流行歌曲、广告、时装、环境设计、居室装修、健身房、咖啡厅蔓延。如果文艺学还要"苟延残喘"的话，那就去研究城市规划、购物中心、街心花园、超级市场、流行歌曲、广告、时装、环境设计、居室装修、健身房、咖啡厅吧！这就是他们的逻辑。问题是，这种逻辑符合当下的现实吗？②

这段文字至少透露出三个信息。第一，"文学终结论"与"日常

---

① 余虹：《文学的终结与文学性蔓延——兼谈后现代文学研究的任务》，《文艺研究》2002年第6期。
② 童庆炳：《文艺学边界应当如何移动》，《河北学刊》2004年第4期。

第五章 文学之变与文学理论的应对方案

生活审美化"存在着一种因果关系。这就意味着童庆炳对日常生活审美化和文化研究"开火"，很大程度上是批判"文学终结论"的延续。第二，这段文字前引陶东风的说法（未点名也未给出出处①），后面则明确提到余虹的文章，并把陶、余等人命名为"新锐教授"，显然是因为在他看来，他们已结成一个"话语共同体"。也就是说，在从"文学终结论"到"日常生活审美化""文化研究"的话语转换中，他们共享着一些理论观点和话语资源。第三，文化研究之所以让童庆炳不满，是因为在他看来，文艺学如此扩容后，其研究对象与文学已几无关系，如此一来，文艺学学科的质的规定性将被取消，文艺学将不再是文艺学，而变成了别的学科。这在他的另一篇文章中说得更为明确："文化研究并不总是以文学为研究对象，甚至完全不以文学为研究对象。可以说在更多的情况下，文化研究或文化批评往往是一种社会学的、政治学的批评，其对象与文学无关，纯粹在那里讲解阶级斗争、性别冲突和种族矛盾；其方法又往往是'反诗意'（这是文化研究论者自己的话）的。"② 这样，倡导诗意批评的童庆炳也就与主张反诗意批评的陶东风等学者产生了严重分歧。

假如从文化研究的立场考虑问题，童庆炳的批评很可能显得理据不足，因为一旦秉持文化研究的理念，便必然会带来研究对象、研究方法、研究目的的全方位转移。在此语境中，将艺术（乃至非艺术、反艺术）"政治化"是其浩大工程，③ 让"反诗意"脱颖而出也该是其题中应有之义。而关于研究对象，伊格尔顿的概括更是贴切而生动：

---

① 所引文字出自陶东风《日常生活的审美化与文艺社会学的重建》，《文艺研究》2004 年第 1 期。
② 童庆炳：《文艺学边界三题》，《文学评论》2004 年第 6 期。
③ 参见［美］J. 希利斯·米勒著，王逢振、周敏主编《J. 希利斯·米勒文集》，中国社会科学出版社 2016 年版，第 105 页。

接合:大众文化的冲击与1990年代以来的文学生产

> 文化理论另一项具有历史意义的收获是确立了大众文化值得研究。……不久前,在某些传统派的大学里,你还不能研究那些依然健在的作家,这简直就是教唆你在一个浓雾弥漫之夜将利刃刺入他们的两肋之间。如果你所选定的小说家身强体健,还只有34岁,这将是对你耐心的非凡考验。你当然不能研究你周边每天都看得见的东西。根据定义,那不值得研究。被认为适合人文学科研究的大部分东西并不是像指甲屑或杰克·尼科尔森那样清晰可见,而是像司汤达、主权概念或莱布尼兹单子论的婀娜雅致那样看不见摸不着。今天,大家普遍公认,日常生活如同瓦格纳一般错综复杂、高深莫测、晦涩难懂,并且偶尔也会单调乏味,因而显然值得探究。从前看什么值得研究,通常是看它如何没用、单调和深奥难懂。如今在一些圈子里,研究之物不过是你和朋友晚上所做的事情。学子们过去写文章论及福楼拜时毕恭毕敬,悬置批评,但是一切都已改观。现在他们写论文谈及《老友记》(*Friends*)时也是批评悬置,充满敬意。①

在这里,伊氏其实以戏谑调侃的方式,明确了文化研究与传统文学研究的区别——后者往往是经典式研究:被研究的作家必须已经作古,被研究的作品也必须高端大气上档次,让人敬畏。否则,研究就不合常规,被研究对象也会以缺少研究价值的名义被放逐于研究者的视野之外——有必要指出,这种观念其实根深蒂固,一直延续至今。因为艾柯就曾说过:"如今大多数论文都在研究当代问题。我收到过无数研究我的作品的博士论文!真是疯狂!一篇博士论文怎么能以一个还活着的家伙为题目呢?"② 然而,进入当下的日

---

① [英]特里·伊格尔顿:《理论之后》,商正译,商务印书馆2009年版,第6页。根据原文有改动。Terry Eagleton, *After Theory*, New York: Basic Books, 2003, pp.4–5.
② [法]卡里埃尔、[意]艾柯著,[法]让-菲利浦·德·托纳克编:《别想摆脱书:艾柯、卡里埃尔对话录》,吴雅凌译,广西师范大学出版社2010年版,第45页。

常生活之中，关注正在发生的文化现象，日有所见，夜有所思，再过个十天半月就写成了论文，这正是前者亦即文化研究的路数。也就是说，文化研究是非经典式研究，是并不必然以文学为旨归的研究。借助"跨学科"的名义，它简直可以信马由缰。

但是，如果我们反过来考虑问题，童庆炳的指责和批评也不能说没有道理。到目前为止，尽管"文化研究系"（如上海大学）、"文化研究院"（如首都师范大学）等专门机构早已出现，但绝大部分从事文化研究的学人都是寄生于"文艺学"专业这个二级学科之下的。一些文艺学专业虽然招收文化研究方向的博士生（如首都师范大学、南开大学等），他们也在这个方向下完成了关于文化研究的博士学位论文，但他们依然是通过文艺学专业而获得文学博士学位的。文艺学能否容得下本来就具有"反体制"色彩和"跨学科"精神的文化研究，本来需要认真讨论。而即便是那些比较独立的文化研究机构，有的已成了为政府部门出谋划策或献计献策的组织；有的虽然想筚路蓝缕，成就一番事业，但在中国当下的总体语境中又显得步履维艰。例如，最早在大学中成立文化研究系的王晓明就曾忧虑："你想借体制之力，但体制有它的要求。随着文化研究逐渐进入大学，开课建系，它会不会也和譬如30年前的'比较文学'一样，逐渐丧失批判和社会实践的活力，成为一个'僵硬'的学科？"[①] 而在他接下来的描述中，我们也确实看到了在夹缝中求生存的文化研究已经遭遇到种种麻烦。

在这一语境中思考童庆炳的批评，问题就变得明朗起来。抛开单独建院建系的文化研究不论，单说隶属于文艺学学科中的文化研究，那么童庆炳所谓的"文化研究并不总是以文学为研究对象，甚至完全不以文学为研究对象"之判断应该是基本准确的。近十多年

[①] 王晓明：《文化研究的三道难题——以上海大学文化研究系为例》，《上海大学学报》（社会科学版）2010年第1期。

来，笔者曾审阅过无数篇在文艺学专业名下做文化研究的博士学位论文，以文学为研究对象者确实少之又少。2018年，笔者曾赴上海大学参加第12届国际文化研究双年会议（The 12th International ACS Crossroads in Cultural Studies Conference），大会划分为无数个讨论小组（panel），其议题五花八门，却大都与文学无关，只把我自己设置的那个"当代中国的大众文化与文学生产"议题衬托得冬烘而落魄。如前所述，文化研究并不必然以研究文学为己任，这意味着童庆炳所指的具有诗情画意的文学不可能出现在文化研究者的关注范围之内，这可以理解，但为什么文化研究在开疆拓土的过程中往往也越过了作为大众文化的文学，直接进入了与文学无关或关系不大的其他层面呢？

可能的原因或许与"文学终结论""图像转向"或"视觉文化转向"的影响有关。也就是说，在米勒预言的语境中，文学已是夕阳产业，文学研究自然也日暮途穷，一些学者华丽转身后自然不可能再去关注文学。而另一些文化研究的后起之秀又像米勒所说的那样，他们是"在电视、电影、流行音乐和当前的互联网中泡大的"，"他们没有把太多的时间留给文学，文学在他们的生活中无足轻重"。[①] 在这股合力之下，他们就会自然而然地转向与视觉文化、数码文化相关的种种研究之中，而把印刷文化语境下的文学预先加以排除。因此，如果说"没有文学的文学理论"还是一种悖论，那么，"没有文学的文化研究"则显得顺理成章，并不有悖情理。

但这并不意味着童庆炳的问题已被删除，因为一方面，尽管视觉文化、数码文化的发展如火如荼，但作为大众文化的文学生产却也依然发达兴旺；另一方面，在文学性的蔓延之中，许多文化产品要么脱胎于文学，要么也打上了准文学和泛文学的印记。文化研究

[①] ［美］J. 希利斯·米勒：《土著与数码冲浪者——米勒中国演讲集》，易晓明编，吉林人民出版社2004年版，第183页。

者不去关注这一领域,既会使其文化研究变得残缺不全,也会影响到他们对当代中国文化的整体判断。

如此看来,不及物的文学理论在自说自话,自产自销;没有文学的文化研究又巧借新媒体东风,在视觉文化、数码文化的航道上高歌猛进。二者都远离了文学,不仅远离了传统意义上的文学,也远离了新媒体催生的文学。在这种尴尬的局面中,还想在文艺学学科厮混并且还对文学理论抱有希望的人该怎样做出自己的选择呢?我的答案很简单,那就是在文学研究和文化研究之间做文章,进而寻找文学理论的拓展空间。

三 走向一种"间性"研究

在以上的分析中,虽然我主要指出的是文学研究(文学理论)和文化研究存在的问题,但这并不影响我们对二者的双重借用。于是有必要再一次面对文学理论和文化研究。

西方的文学理论发展至20世纪40年代的"新批评",可以说已经相当成熟,于是有了韦勒克与沃伦合著的《文学理论》,也有了他们对文学的"内部研究"和"外部研究"的探究。那个时候还是文学的黄金时代,他们既不知道文学本身将要发生变化,也不知道文学理论也会发生变化,甚至变化到理论弃文学于不顾,"理论简直就是一大堆名字(而且大多是些外国名字)"[①] 的地步。但是四十多年之后,拉尔夫·科恩(Ralph Cohen)在主编《文学理论的未来》(*The Future of Literary Theory*,1989)一书时意识到了这种变化,于是他在序言中指出:"人们正处于文学理论实践的急剧变化的过程中,人们需要了解为什么形式主义、文学史、文学语言、读者、作者以及文学标准公认的观点开始受到了质疑、得到了修正或被取而

---

① 〔美〕乔纳森·卡勒:《当代学术入门:文学理论》,李平译,辽宁教育出版社1998年版,第1页。

接合：大众文化的冲击与1990年代以来的文学生产

代之。因为，人们需要检验理论写作为什么得到修正以及如何在经历着修正。因为，人们要认识到原有理论中哪些部分仍在持续、哪些业已废弃，就需要检验文学转变的过程本身。"① 然而，仅仅十年左右的时间，米勒的"文学终结论"就把这种变化带入了另一种视野之中，原来的问题或者已然失效，或者已被新的问题迅速遮蔽。

中国文学理论界诞生于20、21世纪之交的问题意识和相关争论也并非无果而终，因为一些学者也在尝试转变观念，迎接挑战，并已形成了新型的文学理论。例如，此前我们提及的童庆炳教授就在倡导走向"文化诗学"。在他看来，新时期文学理论三十年，先是"向内转"（"内部研究"兴起），后又"向外转"（"外部研究"勃兴），而文化诗学则是对"内部研究"和"外部研究"的双重超越，也是对"'审美诗学'与'文化研究'的双重整合"②。这样一种设计表面上看来几近完美，但是当他把文化诗学的主张概括为"一个中心""两个基本点"和"一种呼吁"后，其"审美中心论"依然因为更多关注经典文学和具有诗情画意的文学而走向了文化保守主义，而所谓的"关怀现实"与"介入现实"也很难落到实处。③ 因此，尽管童庆炳似乎对文化研究网开一面，但实际上文化诗学对它的接纳是极其有限的。当然，我也承认，作为注重文学理论"累积性"建设④的文艺理论家，童庆炳也提供了一种值得学界重视的思路和方案，比如，像他所谓的"两个基本点"——"分析文学作品时

---

① ［美］拉尔夫·科恩主编：《文学理论的未来》，程锡麟等译，中国社会科学出版社1993年版，"序言"第1页。

② 童庆炳：《文化诗学：理论与实践》，北京大学出版社2015年版，第75页。

③ 关于这一问题，笔者已有详细分析。参见拙文《从"审美中心论"到"审美/非审美"矛盾论——童庆炳文化诗学话语的反思与拓展》，《北京师范大学学报》（社会科学版）2017年第6期。

④ 童庆炳曾经说过："文学理论的建设应该是累积性的。"童庆炳、马新国：《文化与诗学丛书·总序》，载童庆炳《中国古代文论的现代意义》，北京师范大学出版社2001年版，第4页。

要进入历史语境""要有细致的文本分析"①——就可以看作文学理论和文学批评的"真理内容",是值得我们继承并发扬光大的。

中国的文化研究从一开始就与一些质疑相伴相随,"没有文学的文化研究"只是其质疑之一,是老一代学者出于守护学科之需对其进行的次要质疑;更需要质疑的是,文化研究的介入性究竟体现在哪里,其批判性又在何种意义上成为可能并发挥着作用。众所周知,伯明翰学派所谓的文化研究是与介入政治运动、进行社会斗争和从事社会批判紧密相关的。于是在"文化研究之父"霍尔那里,曾经被威廉斯看作"生活方式"的文化被他改写为"斗争方式",而大众文化又被他看作斗争的场域之一,"是这场斗争输赢的利害所在"②。"当代文化研究中心"第三届主任约翰逊(Richard Johnson)则继承了这一观点,认为文化涉及权力,也涉及阶级关系、阶级构形、种族建构、年龄压迫,因此,文化是社会差异和社会斗争的场所。它们构成了文化研究赖以存在的前提。③ 由此出发,文化研究的伦理取向与价值立场是坚决站在被压迫的边缘群体一边,它"为被剥夺者辩护,代表那些屈从的、沉默的、被支配的、受压迫的和遭到歧视的个人与群体的声音。它的言说不只为了'这里'的人们,而是为了'那里'的人们,即为那些在统治性话语中没有声音的人们和在统治性政治与经济等级中没有地位的人们说话"④。如此看来,不把文化研究当作在书斋中沉思默想的纯粹学问,而是让文化研究者以"有机知识分子"的角色扮演出场,把介入、斗争

---

① 童庆炳:《文化诗学:理论与实践》,北京大学出版社2015年版,第267页。

② Stuart Hall, "Notes on Deconstructing 'the Popular'", in Raphael Samuel, ed., *People's History and Socialist Theory*, London: Routledge & Kegan Paul, 1981, p.239.

③ Richard Johnson, "What is Cultural Studies Anyway?", in John Storey, ed., *What is Cultural Studies?: A Reader*, London and New York: A member of the Hodder Headline Group, 1996, p.76.

④ Jennifer D. Slary and Laurie A. Whitt, "Ethics and Cultural Studies", in Lawrence Grossberg, Cary Nelson, and Paula A. Treichler, eds., *Cultural Studies*, New York and London: Routledge, 1992, p.573.

和批判落到实处,以此推动社会进步,这才是伯明翰学派所倡导的文化研究的真正传统。

然而,当文化研究蔓延至澳大利亚与北美,进而被"大学机器"搅拌成一种"学院政治"之后,它的介入性、斗争性与批判性已大为减弱,甚至最终成了一种纯粹的知识活动、书本作业和课堂游戏。[1] 由于文化研究的批判精神每况愈下,西方的一些有识之士才想起了法兰克福学派。于是凯尔纳反复指出,法兰克福学派的批判理论是文化研究的元理论(metatheory)之一,其大众文化理论与大众传播研究实际上是文化研究的早期模式。同时,法兰克福学派和伯明翰学派并非势不两立、水火不容,而是拥有共同的观点,又都有其不足之处。于是,让它们在新的文化语境中加强对话,从而相互为对方提供一种有效的视角便成为刻不容缓之举。[2] 与这种比较温和的观点相比,采曼(Imre Szeman)则要显得更为激进。在他看来,要想使文化研究走出日趋低迷的困境,重新审视和正视法兰克福学派的遗产就显得非常必要,因为只有法兰克福学派才能"将文化研究从目前的批判昏睡(critical lethargy)中摇醒"[3]。很显然,批判精神的下滑、失落乃至终于无影无踪、无声无息,已成西方学界的共识。而用法兰克福学派的"批判理论"重新武装文化研究,也成为他们迫不得已的一种选择。

回到中国,在文化研究西风东渐之初,法兰克福学派的批判理

---

[1] 参见汪民安《文化研究与大学机器》,载金元浦主编《文化研究:理论与实践》,河南大学出版社2004年版,第150页。

[2] Douglas Kellner, *Media Culture: Cultural Studies, Identity and Politics between the Modern and the Postmodern*, pp. 27 - 30. See also Douglas Kellner, "The Frankfurt School and British Cultural Studies: The Missed Articulation", in Jeffrey T. Nealon and Caren Irr, eds., *Rethinking the Frankfurt School: Alternative Legacies of Cultural Critique*, Albany: State University of New York Press, 2002, pp. 31 - 58.

[3] Imre Szeman, "The Limits of Culture: The Frankfurt School and/for Cultural Studies", in Jeffrey T. Nealon and Caren Irr, eds., *Rethinking the Frankfurt School: Alternative Legacies of Cultural Critique*, Albany: State University of New York Press, 2002, p. 66.

第五章　文学之变与文学理论的应对方案

论就曾被文化研究的倡导者以"错位"之名予以排除,①这意味着批判理论基本上不在文化研究者的视野之内,与此同时,伯明翰学派的文化研究也只是在接受了一些皮毛之后匆忙被派上用场,这又意味着文化研究的精髓并未有效移植到中国。而在"大力发展文化产业"的时代语境中,一些文化研究者要么被迅速收编,成为主流意识形态的合作伙伴;要么虽有万丈雄心,却在文化研究的实践过程中遇到了种种意想不到的麻烦。王晓明曾经说过这种阻力和困难,他想让文化研究面向乡村社会和文化,走向田野调查,但是遇到了种种麻烦。于是,"文化研究教学如何有效参与社会的良性变革,现在对我们还是一道很大的难题,我们试了一些办法,效果却还难说"。②文化研究是否早已进入了倪文尖所预言的"陷阱"当中,变成了一种时尚的学术话语,成为一套掌握了"权力""区隔""镜像""霸权""身份认同"等关键词之后便可以运用自如的操作程序,以至于"大三本科生就能够大面积地生产颇为'像样'的文化研究产品"③了?

鉴于文学理论和文化研究在当下中国的双重困境,也鉴于它们双双具有的优势和本应该开发出的巨大潜力,我以为把文学理论的增长点聚焦于文学研究与文化研究之间不仅是必要的,也是可行的。这也意味着文学理论需要走向"间性"研究。

---

① 错位说的提出者是陶东风教授,在世纪之交发表的一系列文章中,他认为法兰克福学派的批判理论与中国的大众文化之间存在着一种错位。前者更适合于分析与批判"文化大革命"时期的社会和群众文化,却很难成为当下中国知识界批判大众文化的话语资源。参见陶东风《批判理论与中国大众文化》,载刘军宁等编《经济民主与经济自由》,生活·读书·新知三联书店1997年版;陶东风《批判理论与中国大众文化批评——兼论批判理论的本土化问题》,《东方文化》2000年第5期;陶东风《批判理论的语境化与中国大众文化批评》,《中国社会科学》2000年第6期。

② 王晓明:《文化研究的三道难题——以上海大学文化研究系为例》,《上海大学学报》(社会科学版)2010年第1期。

③ 参见倪文尖《希望与陷阱:由几篇习作谈"文化研究"》,载李陀、陈燕谷主编《视界》第7辑,河北教育出版社2002年版,第114页。

接合:大众文化的冲击与1990年代以来的文学生产

　　进入21世纪之后,在伽达默尔、巴赫金等人的理论启发下,间性思维和间性理论曾经成了一些学者热衷于谈论的话题。在他们看来,间性思维就是"在对立的两极中间'居间'思维,在辩证的比较的间性地带建立同一性关联。间性思维的核心精神,就是对话精神"①。间性的特点就是"共在"②。而从"极性"言说到"间性"探索,则是20世纪西方文论的一种理论品格。③ 较早倡导"间性"的金元浦更是指出:"建设并进入合理的对话交往语境,关注和寻找'间'性,重建文学—文化的公共场域,就成为比较文学—文化内在逻辑发展的必然。所以,文学的'间'性:文本间性(intertextuality)、主体间性(intersubjektivity,包括文学理论交流中的理论共同体、批评共同体及阅读共同体间性——群体间性)、文学与不同学科间的学科间性(interdisciplanariaty)、后殖民时代的文学的民族间性(internationality)、各种不同文化之间的文化间性(interculturality)就成为比较文论或比较诗学必须研究的对象。在我看来,寻找间性正是比较文学与比较文化研究的根本指向。"④ 我所谓的"间性"研究,自然也从上述论述中受到了启发,更为重要的动因却来自不断演变着的文学文化现实。如果我们承认"文学终结论"有一些道理,那么这种"终结"并非"猝死",而是会经历一个漫长的过程(谁也无法预测这个过程会延续多长时间)。在这个将死不死、似死非死或者死而不僵、回光返照的过程中,文学一方面会以传统的古典形式继续存在,另一方面也会寄身于种种新媒体,从而与新媒体形成诸多复杂暧昧的关系,由此催生出许多文学的新品种,如电影小说或影视小说、电视散文、摄影文学、网络文学、微时代的微文学,

---

① 鹿国治:《间性思维与比较文学——谈比较文学研究主体的思维基础》,《山东师范大学学报》(人文社会科学版)2002年第4期。
② 郑德聘:《间性理论与文化间性》,《广东广播电视大学学报》2008年第4期。
③ 参见延永刚《从"极性"到"间性"——20世纪西方文论的理论品格解析》,《山西师大学报》(社会科学版)2014年第3期。
④ 金元浦:《"间性"的凸现》,中国大百科全书出版社2002年版,第7—8页。

乃至通过人工智能技术诞生的 AI 文学，等等。与此同时，随着文学性的蔓延，许多文化产品也打上了文学的戳记。与传统文学相比，这些文学或文化新品种只能被称为"亚文学"或"泛文学"，它们的文学性和审美价值或许乏善可陈，但正如"城乡接合部"混乱、无序、芜杂同时也生机勃勃一样，正如路遥聚焦于"城乡交叉地带"写出了《平凡的世界》一样，文学与新媒体的"接合部"同样充满着种种独异性（singularity）、疑难性与生发出问题意识的可能性。而在这样一种文学文化现实面前，单纯做文学研究或文化研究显然已无法胜任其本职工作，而是需要在文学研究中增加文化研究的维度，同时也在文化研究中增加文学研究的维度，从而让两种研究交往对话，互通有无，形成一种你中有我、我中有你的局面。当然，有了这种交往和对话之后，文学研究和文化研究可能都会改变一些自己的颜色，但也唯其如此，双方才能各自克服自身的缺陷，走向一种新的融合。假如双方依然各自为政，甚至视对方为敌手，则不但不利于研究的深入持久，而且还有可能在"内卷"中耗尽自己的能量而使研究真正走向"终结"。

正是在这一意义上，对文学理论做出调整就成为势在必行之举。那么，如何落实"间性"研究的方案呢？具体而言，"在文学研究与文化研究之间"不妨聚焦在如下三个方面。

（一）在印刷文化与视觉文化之间

如今常常被人忽略的一个问题是，现代意义上的文学其实是印刷文化的产物，而由此形成的文学研究也大都依托于印刷文化语境。即便像"诗中有画，画中有诗"之类的命题，也是"前印刷文化"语境中的思考之物。它能够解释古典文学中的诗歌意象，却无法解释当今视觉文化时代的文学现象。

视觉文化时代，文学的存在方式一方面依然是印刷媒介，但另一方面，电子媒介与数字媒介也成为文学的寄身之所。媒介的载体发生了变化，文学的性质就会发生变化，文学研究的问题意识、分析框架、理论资源等也必须随之改变。比如，在比较纯粹的印刷文化时代，文学往往会以严肃、庄重的面孔出现，深度模式还是文学追求的目标。远的不说，路遥为了营造庄严大气的写作效果而"把笔磨秃了写"的文学追求，其实就是印刷文化语境的产物。但是在视觉文化时代，是否"好看"并吸引眼球则成了文学的制胜法宝。网络文学往往以戏仿、戏说、反讽、搞笑等作为其修辞策略，想要达到的就是"好看"的效果。这其实是新媒介带来的一种视觉思维。而这种思维也早已波及作家的写作观念与文学期刊的办刊理念，让他（它）们做出了迅速的调整。例如，刘震云曾经说过："至于那种强调'故事性'的看法更是十分落后。如果要读故事的话，看看电视、电影就足够了。现代传媒的发达对文学来说是一件好事，它使文学变得更为纯粹。那种讲故事的东西只是白天喧闹的交往，而文学则更应成为夜晚在心灵深处与好朋友们的交流。"这番话说在1999年，是他为自己的《故乡面和花朵》进行辩护的说辞。因为此小说可读性差，记者在阅读时甚至一度打起了瞌睡。[①] 但是几年之后，当刘震云推出《手机》《我叫刘跃进》《一句顶一万句》时，他已在追求小说的"好看性"，而故事性、可读性、无巧不成书也成为这几部小说的共同特点。又如，《北京文学》在1998年推出了"好看小说"的概念并设计相关栏目。2003年，《北京文学》又创办选刊版《北京文学·中篇小说月报》，其办刊宗旨则是"好看、权威、典藏"，"好看"被放到了首要位置。[②] 既然无论是网络文学还是传统文学，"好看"甚至已内化为某种艺术法则，文学理论便需要面对这个问题。

而类似这样的问题还有许多。像图文关系问题，人机合一问题，作家的语词钝化问题，读者的浅阅读问题，由于轻而导致的文学失重问题，由于快（社会加速）而带来的阅读失衡问题，由

---

① 参见沈浩波《刘震云访谈》，《东方艺术》1999年第2期。
② 参见《畅销未必好看 小说出版警惕泡沫化》，http://www.chinawriter.com.cn/2004/2004-11-02/13887.html，2004年11月2日。

于集体生产而形成的孤独的个人写作不复存在的问题,等等。这些问题仅仅借助印刷文化背景下的文学理论并不能获得有效的解决,而动用视觉文化和数码文化的研究视角、理论与方法或许才能看到问题的真相。正是在这一意义上,文学理论才需要在印刷文化与视觉文化的交汇处用力使劲。例如,赵宪章教授主编的8卷本《中国文学图像关系史》就是对"语—图关系"的一次深耕细作,他的超前意识则来自他对文学理论之变的认识:文学理论在19世纪集中关注"文学与社会",20世纪集中对付"文学与语言",而进入21世纪,"'文学与图像'或将成为21世纪文学理论的基本母题"。[①] 而在我看来,这种研究其实就是对印刷文化与视觉文化之关系的一种回应。

(二) 在精英文学与大众文学之间

也可以把这种研究视角表述为在高雅文学与通俗文化之间,在审美文化与消费文化之间,在先锋与媚俗之间,等等。之所以要做出这种调整,是因为以往的文学理论大都是在精英文学、先锋文学、雅文学、美文学、纯文学基础之上的概括和总结。这种文学理论关注的是作品的思想价值与艺术价值,分析的是文本的叙事模式、修辞方式和语言特色。鲁迅说:"文艺是国民精神所发的火光,同时也是引导国民精神的前途的灯火。"[②] 托尔斯泰说:"真正的艺术不需要装饰,好比一位被丈夫钟爱的妻子不需要打扮一样。伪造的艺术好比是一个妓女,她必须经常浓妆艳抹。"[③] 昆德拉说:"小说的精神是复杂性。"[④]

[①] 赵宪章:《"文学图像论"之可能(代序)》,载赵宪章主编《中国文学图像关系史·先秦卷》,江苏凤凰教育出版社2020年版,第3页。
[②] 鲁迅:《论睁了眼看》,载《鲁迅全集》第一卷,人民文学出版社2005年版,第254页。
[③] [俄]列夫·托尔斯泰:《列夫·托尔斯泰文集》第十四卷,陈燊、丰陈宝等译,人民文学出版社1992年版,第306页。
[④] [捷]米兰·昆德拉:《小说的艺术》,董强译,上海译文出版社2004年版,第24页。

接合:大众文化的冲击与 1990 年代以来的文学生产

汪曾祺说:"写小说就是写语言。"① 阿多诺说:"艺术只有具备抵抗社会的力量时才会得以生存。除非艺术将自己物化,它才会变成一种商品。"② 韦勒克说:文学的有用性体现在文学作品可以给人带来一种"高级的快感","可以把那种给人快感的严肃性称为审美严肃性"。③ 这些论说虽角度不同、侧重点不一,但因此形成的文学理论其实都是对精英文学或高雅文学的要求、认识、阐释与呵护。

然而,在视觉文化时代,精英与大众、高雅与通俗、审美与消费、先锋与媚俗之间的分野已基本被抹平,由此带来的是精英文学与大众文学的混沌不分。于是,文学当然还可以是灯火,但更可能是引导国民娱乐精神的灯火;文学当然也可以不需要装饰,但这样做的后果很可能是无疾而终;文学已与社会握手言和,但它们也生存得如鱼得水,因为它们已然物化而变成了商品;文学还在给人提供快感,但这种快感已远离古典式审美,而是变成了一种"养眼"却不一定"养心"的所谓"爽感"。与此同时,小说已在追求简单,它把"写语言"简化成了"写对话"。面对这样一种文学,我们不得不借助通俗文学、大众文化和消费文化的理论面对之、分析之。如果动用的还是精英文学基础上生长出来的文学理论,很可能会形成某种错位。

例如,余华的《兄弟》之所以"好看",不仅意味着作者已参透了视觉文化时代的高级机密(《兄弟》一开篇即写李光头在公共厕所看女人屁股,这里不但有对公共厕所的详细描绘,也有对所看到的五个屁股之形状的仔细交代。实际上这种写法正是视觉思维的产物:作者通过逼真的场景展示,制造出一种视觉奇观,而最终则

---

① 汪曾祺:《中国文学的语言问题》,载《汪曾祺全集》四,北京师范大学出版社 1998 年版,第 217 页。
② Theodor W. Adorno, *Aesthetic Theory*, trans., Robert Hullot-Kentor, London: The Athlone Press, 1997, p.226.
③ [美]雷·韦勒克、奥·沃伦:《文学理论》,刘象愚等译,生活·读书·新知三联书店 1984 年版,第 21 页。

第五章　文学之变与文学理论的应对方案

把丰富的文学叙事变成了一种平面的欲望化叙事），而且意味着曾经先锋的余华与转向刻奇的余华之间并不存在本质上的利害冲突，而更应该是一种流畅的换位与熟练的对接。因为卡林内斯库（Matei Calinescu）早已说过，先锋派（Avant-Garde）与刻奇艺术（Kitsch）并非彼此对立，水火不容，而是眉来眼去，秋波频送。① 而这样一来，《兄弟》也就打通了精英文学与大众文化的疆界。但是，对于这样一部充满着视觉文化时代诸多文学征候的作品，一些学者却用巴赫金的狂欢化理论做出了非常隆重的解读，并认为这是一部有望进入学院、进入文学史的好作品。② 在我看来，这种分析使用的便是精英文学理论的阐释框架，而并没有意识到《兄弟》已是审美文化与消费文化的杂交之物。于是，这种文学理论的阐释力度越大，其错位的幅度也就会变得越大，从而引起价值评判的混乱。

（三）在美学分析与意识形态批判之间

既然以往的文学理论建立在对精英文学研究的基础之上，那么面对文学作品，文学理论和批评所做的主要工作就是美学分析：依据自己阅读鉴赏过程中获得的审美经验，再依据相关的文学理论知识和文学批评标准，对作品进行解读、阐释、分析、评判，进而做出审美价值的定位和审美意义的确认。尤斯（G. E. Yoos）指出："文艺批评、合理的艺术判断产生于对一特定的艺术品的欣赏之后。批评所评价的是对欣赏的经验的回忆。"③ 汤普金斯（Jane P. Tompkins）在梳理了多种文学批评流派后认为："批评家的任务首先是阐释，然后才是评判。""当代批评家面对文本的姿态就是注释家的姿态，正如柏拉图假设的那样，文本不再是可以立即澄清自己的意图，因此，

---

① 参见［美］马泰·卡林内斯库《现代性的五副面孔：现代主义、先锋派、颓废、媚俗艺术、后现代主义》，顾爱斌、李瑞华译，商务印书馆2002年版，第274—275页。
② 参见陈思和《我对〈兄弟〉的解读》，《文艺争鸣》2007年第2期。
③ ［美］G. E. 尤斯：《自立标准的艺术品》，载［美］M·李普曼编《当代美学》，邓鹏译，光明日报出版社1986年版，第485页。

批评家的任务多少就总是与阐释联系在一起。这种对文本的姿态为一切当代文艺批评流派所共有。"① 以上两种说法的关键词,一是欣赏,二是阐释,它们确实在很大程度上代表着以往文学理论与批评的通常做法。

但这种做法首先来自如下假定:许多文学作品像托尔斯泰的《复活》或曹雪芹的《红楼梦》一样,其生成非外力所为,而是作者生命体验的结果;作品面世后又在较长的时间段里得到了读者的认可与批评家的检阅,它们的思想品位与艺术价值已达到了相当高的水准。于是面对这样的作品,后来者除了欣赏便只剩下阐释的工作了。但问题是,当下的许多作家既不是托尔斯泰,也不是曹雪芹,他们受"意象形态"召唤,被视觉文化引领,他们的作品也就有了太多的非文学因素和非审美因素,他们已失去了写出《复活》与《红楼梦》的现实土壤。当越来越多的文学作品渗透着视觉文化逻辑,散发着商业文化气息时,对它们进行美学分析或许已显得奢侈或多余。这时候,批评家唯一可以做的工作很可能就是意识形态批判。甚至我们可以借用马克思的经典说法形成如下表达:这种文学"**虽然低于历史水平,低于任何批判**,但依然是批判的对象"②。

追溯一下,意识形态批判其实是马克思主义文学批评的传统之一。西方马克思主义者当中的许多人都把这种批判理论与方法发展到了一个崭新的高度,运用到了炉火纯青的程度。例如,阿多诺就曾把他阐释的"内在批评"看作一种意识形态批判。③ 而从作品的形式入手并对形式进行内在分析,由此揭示意识形态与社会现实之

---

① [美]简·汤普金斯:《读者在历史上:文学反应的演变》,刘峰译,载中国艺术研究院马克思主义文艺理论研究所外国文艺理论研究资料丛书编委会编《读者反应批评》,文化艺术出版社1989年版,第261页。
② 马克思:《〈黑格尔法哲学批判〉导言》,载《马克思恩格斯选集》第一卷,人民出版社1995年版,第4页。
③ See Theodor W. Adorno, "The Essay as Form", in *Notes to Literature*, Vol. One, trans. Shierry Weber Nicholsen, New York: Columbia University Press, 1991, p.18.

第五章　文学之变与文学理论的应对方案

间的矛盾性、复杂性和含混性,进而破解社会为各类机关暗道设置的种种密码,挑明意识形态掩盖下的事实真相,由表而入里,因内而观外,这正是阿多诺所谓的内在批评或意识形态批判的致思路径和操作方案。[①] 而在杰姆逊看来,意识形态批判之所以大有可为,正是在于现象与本质之间存在着距离,而造成这种距离的正好是意识形态本身。[②] 由此来思考当下中国文学的现状,我们便会发现在政治意识形态或隐或显的掌控之外,文学同时还被商业意识形态、消费意识形态乃至视觉意识形态、大众文化的意识形态等支配着、收编着。文学本来是审美意识形态的产物,但由于今天的文学已被其他越来越多的意识形态进驻着、占领着、相互纠缠着、进退失据着,审美意识形态也就被裹挟、被绑架乃至被出走或被自杀,而几无藏身之处或活动空间。如此一来,文学的价值观、文学作品的呈现方式、文学生产的流程、文学的消费方式等也就比以往更显得迷乱和诡异,由此造成了现象与本质之间更远的距离。在这种情况下,加大意识形态批判的力度很可能才是理论正道。

如果说美学分析是阐释,意识形态批判就是揭露;如果说美学分析是对文学文化的附魅(enchantment),意识形态批判就是对文学文化的祛魅(disenchantment)。从阐释到揭露,从附魅到祛魅,既可看作文学理论面对当下文学的研究姿态调整,也可看作文学理论的批评范式转换。而只有做出如此调整和转换,我们的文学理论或许才能有所作为。

总之,让文学理论走向"间性"研究,就是让它在不脱离传统文学的前提下同时向所谓的"大文学"或新型的文学文化充分敞开,进而让它具有介入现实的动力和阐释世界的能力,而不是让它成为

[①] 参见拙文《作为方法的文学批评——阿多诺"内在批评"试解读》,《中国文学批评》2021年第1期。
[②] 参见程巍《中产阶级的孩子们——60年代与文化领导权》,生活·读书·新知三联书店2006年版,第244页。

接合:大众文化的冲击与1990年代以来的文学生产

一堆呆板、僵硬、只能在课堂教学中传授的知识话语。在这个意义上,我觉得阿多诺与米勒的说法值得我们深思。前者指出:"理论如果不与任何可能的实践发生关系——尽管这种关系是如此生疏、如此间接、如此隐蔽,但它必须存在——,理论不是成为空洞无物、沾沾自喜、无关紧要的游戏,就是变得更加低劣,成为单纯教化(blosse Bildung)的一种因素,这就是说,理论就会因此变成一种僵死的知识材料,对我们活生生的精神和活生生的人都将一无是处。"[1]后者认为:"文学理论除非被'运用',否则,它的作用就很小,或者几乎没有。理论必须是积极的、多产的,而且是易于付诸实践的(Theory must be active, productive, performative)。"[2] 只是如此一来,也给我们的理论工作者提出了很高的要求:我们是否具有让文学研究"走出去",再把文化研究"请进来"的视野和胸怀?我们是否拥有"理论"一词本来含义所要求的那种"看待事物"和"阐明特定现象的眼光"?[3] 我们能否像马克思所说的那样,既把理论当作"批判的武器",同时还要"抓住事物的根本"而让理论变得"彻底"?[4] 阿多诺是自由穿行于"艺术与大众文化"之间的理论家,同时也是把理论做得彻底、把"内在批评"运用得虎虎生风的批评家,他在《论文学批评的危机》中曾经说过:

---

[1] [德] T. W. 阿多诺:《道德哲学的问题》,谢地坤、王彤译,人民出版社2007年版,第7页。

[2] [美] J. 希利斯·米勒:《理论在美国文学研究和发展中的作用》,载《萌在他乡:米勒中国演讲集》,国荣译,南京大学出版社2016年版,第25页。

[3] 凯尔纳指出:"'理论'是一种看待事物的方式;它们是用以阐明特定现象的眼光,但是其中也有某些限制了其注意力的盲点和局限。'理论'一词是从希腊词根 theoria 派生出来的;theoria 注重的就是看,因而,理论的一个功能就是帮助个人去看和阐明现象、事件。所以,理论也就是看的方式,提供的是知性与阐释模式,把注意力集中在特定现象、关联或整个社会体系上。"[美] 道格拉斯·凯尔纳:《媒体文化——介于现代与后现代之间的文化研究、认同性与政治》,丁宁译,商务印书馆2004年版,第42页。

[4] 马克思:《〈黑格尔法哲学批判〉导言》,载《马克思恩格斯选集》第一卷,人民出版社1995年版,第4、9页。

第五章　文学之变与文学理论的应对方案

　　这个文化中的历史力量或许会出现在物质材料中，却很难构成艺术材料的基础。文学批评家的任务似已转移到更广更深的反思之中，因为文学作为一个整体，已不再能拥有它在三十年前的那种尊严了。那些还想公正对待其任务的批评家应该超越这种任务，并把已动摇其作品根基的剧变记录在他的种种想法之中。但是他成功地干成这件事情的唯一条件是，他同时让自己在完全自由与负责任的情况下，沉浸在向他走来的对象之中，不考虑任何公众接受与权力聚阵结构（Machtkonstellationen），并同时把最精确的艺术—技术专门知识运用起来；而且他能严肃对待那种形式扭曲的、哪怕是最可怜的艺术作品之中固有的绝对性要求，以至于仿佛作品便是它所要求的那样。[1]

今天看来，这段论述依然没有失效。因此，我觉得可以把它拿过来，以此作为我们的思想参照和某种意义上的行动指南，也以此作为本章以及整本书的结束语。

---

[1] Theodor W. Adorno, "On the Crisis of Literary Criticism", in *Notes to Literature*, Volume Two, trans. Shierry Weber Nicholsen, New York: Columbia University Press, 1991, p. 308.

主要参考文献

一 经典著作

马克思:《资本论》第一卷,人民出版社1975年版。

马克思、恩格斯:《马克思恩格斯选集》第一卷,人民出版社1995年版。

马克思、恩格斯:《马克思恩格斯选集》第四卷,人民出版社1995年版。

马克思、恩格斯:《马克思恩格斯全集》第二十六卷,人民出版社1972年版。

马克思、恩格斯:《马克思恩格斯全集》第三十六卷,人民出版社1975年版。

马克思、恩格斯:《马克思恩格斯文集》第十卷,人民出版社2009年版。

毛泽东:《毛泽东选集》第二卷,人民出版社1991年版。

毛泽东:《毛泽东选集》第三卷,人民出版社1991年版。

二 中文著作

白烨主编:《中国文情报告(2007—2008)》,社会科学文献出版社2008年版。

白烨主编:《中国文情报告(2008—2009)》,社会科学文献出版社2009年版。

北村：《武则天》，张润世绘图，东方出版社2003年版。

北岛、李陀主编：《七十年代》，生活·读书·新知三联书店2009年版。

陈丹青：《退步集》，广西师范大学出版社2005年版。

陈思和主编：《中国当代文学史教程》（第二版），复旦大学出版社2017年版。

陈晓明：《中国当代文学主潮》，北京大学出版社2009年版。

陈晓明：《中国当代文学主潮》（第二版），北京大学出版社2013年版。

陈学明等编：《痛苦中的安乐——马尔库塞、弗洛姆论消费主义》，云南人民出版社1998年版。

陈忠实：《寻找属于自己的句子》，北京大学出版社2011年版。

程光炜：《文学史二十讲》，东方出版中心2016年版。

程光炜、杨庆祥编：《重读路遥》，北京大学出版社2013年版。

程巍：《中产阶级的孩子们——60年代与文化领导权》，生活·读书·新知三联书店2006年版。

储卉娟：《说书人与梦工厂——技术、法律与网络文学生产》，社会科学文献出版社2019年版。

戴光中：《赵树理传》，北京十月文艺出版社1993年版。

戴锦华：《犹在镜中：戴锦华访谈录》，知识出版社1999年版。

戴锦华：《雾中风景：中国电影文化1978—1998》，北京大学出版社2000年版。

戴锦华主编：《书写文化英雄——世纪之交的文化研究》，江苏人民出版社2000年版。

当年明月：《明朝那些事儿》第一部，中国友谊出版公司2006年版。

当年明月：《明朝那些事儿》第二部，中国友谊出版公司2007年版。

当年明月：《明朝那些事儿》第三部，中国友谊出版公司2007年版。

当年明月：《明朝那些事儿》第四部，中国友谊出版公司2007年版。

当年明月：《明朝那些事儿》第五部，中国友谊出版公司2008年版。

当年明月：《明朝那些事儿》第六部，中国海关出版社2008年版。

当年明月：《明朝那些事儿》第七部，中国海关出版社2009年版。

多维编：《〈废都〉滋味》，河南人民出版社1993年版。

冯小刚：《我把青春献给你》，长江文艺出版社2003年版。

冯小刚：《不省心》，长江文艺出版社2013年版。

冯小刚、王朔等：《编辑部的故事·精彩对白欣赏》，中国广播电视出版社1992年版。

海波：《我所认识的路遥》，长江文艺出版社2014年版。

海波：《人生路遥》，广东人民出版社2019年版。

韩少功：《夜行者梦语——韩少功随笔》，知识出版社1994年版。

韩少功：《暗示》，人民文学出版社2002年版。

航宇：《路遥的时间：见证路遥最后的日子》，人民文学出版社2019年版。

洪子诚：《问题与方法：中国当代文学史研究讲稿》，生活·读书·新知三联书店2002年版。

洪子诚：《中国当代文学史》（修订版），北京大学出版社2007年版。

厚夫：《路遥传》，人民文学出版社2015年版。

黄禄善：《美国通俗小说史》，译林出版社2003年版。

[美]黄仁宇：《万历十五年》，中华书局1982年版。

贾平凹：《废都》，作家出版社2009年版。

姜戎：《狼图腾》，长江文艺出版社2004年版。

金惠敏：《媒介的后果——文学终结点上的批判理论》，人民出版社2005年版。

金元浦：《"间性"的凸现》，中国大百科全书出版社2002年版。

金元浦主编：《文化研究：理论与实践》，河南大学出版社2004年版。

李长之：《司马迁之人格与风格》，生活·读书·新知三联书店1984年版。

李凤亮、李艳编著：《对话的灵光——米兰·昆德拉研究资料辑要（1986—1996）》，中国友谊出版公司1999年版。

李零：《花间一壶酒》，同心出版社2005年版。

李建军：《文学的态度》，作家出版社2011年版。

李建军编：《路遥十五年祭》，新世界出版社2007年版。

李建军、邢小利编选：《路遥评论集》，人民文学出版社2007年版。

李敬泽：《致理想读者》，中国人民大学出版社2014年版。

李小江：《后寓言：〈狼图腾〉深度诠释》，长江文艺出版社2010年版。

林白：《玻璃虫——我的电影生涯：一部虚构的回忆录》，作家出版社2000年版。

刘安海、孙文宪主编：《文学理论》，华中师范大学出版社1999年版。

刘军宁等编：《经济民主与经济自由》，生活·读书·新知三联书店1997年版。

柳鸣九编选：《萨特研究》，中国社会科学出版社1981年版。

鲁迅：《鲁迅全集》第一卷、第二卷、第四卷、第九卷，人民文学出版社2005年版。

陆扬、王毅：《文化研究导论》，复旦大学出版社2006年版。

路遥：《平凡的世界》，人民文学出版社2004年版。

路遥：《早晨从中午开始》，北京十月文艺出版社2010年版。

罗干主编：《重大战略决策——加快发展第三产业》，中国政法大学出版社1992年版。

罗钢、刘象愚主编：《文化研究读本》，中国社会科学出版社2000年版。

罗钢选编：《后现代主义文学作品选》，高等教育出版社2002年版。

马大康：《文学活动论》，浙江大学出版社2012年版。

马一夫、厚夫、宋学成主编：《路遥纪念集》，人民文学出版社2007年版。

莫言：《檀香刑》，作家出版社2001年版。

莫言：《小说的气味》，春风文艺出版社2003年版。

莫言：《莫言对话新录》，文化艺术出版社2010年版。

莫言：《怀抱鲜花的女人》，上海文艺出版社2012年版。

莫言：《红高粱家族》，上海文艺出版社2012年版。

欧阳文风：《网络文学大事件100》，中央编译出版社2014年版。

欧阳友权主编：《网络文学发展史——汉语网络文学调查纪实》，中国广播电视出版社2008年版。

邵燕君：《倾斜的文学场——当代文学的生产机制的市场化转型》，江苏人民出版社2003年版。

邵燕君：《网络时代的文学引渡》，广西师范大学出版社2015年版。

邵燕君：《新世纪第一个十年小说研究》，北京大学出版社2016年版。

邵燕君主编：《破壁书：网络文化关键词》，生活·读书·新知三联书店2018年版。

邵燕君、肖映萱主编：《创始者说：网络文学网站创始人访谈录》，北京大学出版社2020年版。

申载春：《影视与小说》，大众文艺出版社2007年版。

史宗恺主编：《续写岁月的传奇：清华学子感悟〈平凡的世界〉》，清华大学出版社2016年版。

苏晓芳：《新世纪小说的大众文化取向》，中国社会科学出版社2009年版。

孙绍先主编：《文学艺术与媒介关系研究》，中国社会科学出版社2006年版。

陶东风：《文化研究：西方与中国》，北京师范大学出版社2002年版。

陶东风主编：《粉丝文化读本》，北京大学出版社2009年版。

滕守尧：《审美心理描述》，中国社会科学出版社1985年版。

铁凝：《大浴女》，春风文艺出版社2000年版。

童庆炳：《文学审美特征论》，华中师范大学出版社2000年版。

童庆炳：《中国古代文论的现代意义》，北京师范大学出版社2001年版。

童庆炳：《维纳斯的腰带——创作美学》，上海文艺出版社2001年版。

童庆炳：《风雨相随：在文学山川间跋涉》，北京师范大学出版社2013

年版。

童庆炳：《文化诗学：理论与实践》，北京大学出版社2015年版。

童庆炳：《童庆炳文集·第六卷·文学创作问题六章》，北京师范大学出版社2016年版。

童庆炳、陶东风主编：《文学经典的建构、解构和重构》，北京大学出版社2007年版。

王刚编著：《路遥年谱》，北京时代华文书局2016年版。

王蒙：《我是王蒙：王蒙自白》，团结出版社1996年版。

王朔：《无知者无畏》，春风文艺出版社2000年版。

王朔等：《我是王朔》，国际文化出版公司1992年版。

王朔、老侠：《美人赠我蒙汗药》，长江文艺出版社2000年版。

王维玲：《岁月传真》，中国青年出版社2003年版。

王先霈主编：《新世纪以来文学创作若干情况的调查报告》，春风文艺出版社2006年版。

王小峰：《只有大众，没有文化：反抗一个平庸时代》，广西师范大学出版社2015年版。

王晓明编：《人文精神寻思录》，文汇出版社1996年版。

王岳川、尚水编：《后现代主义文化与美学》，北京大学出版社1992年版。

汪曾祺：《汪曾祺全集》四、六，北京师范大学出版社1998年版。

汪曾祺：《汪曾祺全集·谈艺卷》9，人民文学出版社2021年版。

吴晗：《朱元璋传》，百花文艺出版社2000年版。

伍蠡甫主编：《西方文论选》，上海译文出版社1979年版。

伍蠡甫主编：《现代西方文论选》，上海译文出版社1983年版。

夏志清：《文学的前途》，生活·读书·新知三联书店2002年版。

邢小利：《陈忠实传》，陕西人民出版社2015年版。

严歌苓：《芳华》，人民文学出版社2017年版。

严家炎：《金庸小说论稿》（增订版），北京大学出版社2007年版。

杨匡汉主编：《共和国文学60年》，人民出版社2009年版。

杨玲：《转型时代的娱乐狂欢——超女粉丝与大众文化消费》，中国社会科学出版社2012年版。

杨玲：《新世纪文学研究的重构——以郭敬明和耽美为起点的探索》，厦门大学出版社2019年版。

杨庆祥：《分裂的想象》，北京大学出版社2013年版。

陆梅林、程代熙编选：《异化问题》，文化艺术出版社1986年版。

余华：《我们生活在巨大的差距里》，北京十月文艺出版社2015年版。

查建英主编：《八十年代：访谈录》，生活·读书·新知三联书店2006年版。

张健主编，张清华本卷主编：《中国当代文学编年史》第七卷（1990.1—1995.12），山东文艺出版社2012年版。

张健主编，赵勇本卷主编：《中国当代文学编年史》第八卷（1996.1—2000.12），山东文艺出版社2012年版。

张柠：《文化的病症——中国当代经验研究》，上海文艺出版社2004年版。

张贤亮：《张贤亮选集》（一），百花文艺出版社1985年版。

张颐武：《从现代性到后现代性》，广西教育出版社1997年版。

张志忠：《1993：世纪末的喧哗》，山东教育出版社1998年版。

赵树理：《赵树理文集》4，北岳文艺出版社1990年版。

赵树理：《赵树理全集》第四卷，大众文艺出版社2006年版。

赵宪章主编：《中国文学图像关系史·先秦卷》，江苏凤凰教育出版社2020年版。

赵一凡等主编：《西方文论关键词》，外语教学与研究出版社2006年版。

赵勇：《透视大众文化》，中国文史出版社2004年版。

赵勇：《大众媒介与文化变迁——中国当代媒介文化的散点透视》，北京大学出版社2010年版。

赵勇：《整合与颠覆：大众文化的辩证法——法兰克福学派的大众文

化理论》，北京大学出版社 2005 年版。

赵勇：《赵树理的幽灵：在公共性、文学性与在地性之间》，中国人民大学出版社 2018 年版。

赵勇主编：《大众文化理论新编》（第 2 版），北京师范大学出版社 2016 年版。

周宪：《视觉文化的转向》，北京大学出版社 2008 年版。

中国社会科学院外国文学研究所外国文学研究资料丛刊编辑委员会编：《莎士比亚评论汇编》，中国社会科学出版社 1979 年版。

中国艺术研究院马克思主义文艺理论研究所外国文艺理论研究资料丛书编委会编：《读者反应批评》，文化艺术出版社 1989 年版。

中国作家协会创作研究部选编：《网络文学评价体系虚实谈——全国网络文学理论研讨会论文集》，作家出版社 2014 年版。

朱大可：《流氓的盛宴：当代中国的流氓叙事》，新星出版社 2006 年版。

朱光潜：《朱光潜全集》第十卷，安徽教育出版社 1993 年版。

三　中文译著

［德］阿多诺：《美学理论》，王柯平译，四川人民出版社 1998 年版。

［德］T. W. 阿多诺：《道德哲学的问题》，谢地坤、王彤译，人民出版社 2007 年版。

［德］汉娜·阿伦特编：《启迪：本雅明文选》，张旭东、王斑译，生活·读书·新知三联书店 2008 年版。

［美］M. H. 艾布拉姆斯：《文学术语词典》第 7 版（中英对照），吴松江等编译，北京大学出版社 2009 年版。

［斯］阿莱斯·艾尔雅维茨：《图像时代》，胡菊兰、张云鹏译，吉林人民出版社 2003 年版。

［苏］尼·奥斯特洛夫斯基：《钢铁是怎样炼成的》，梅益译，人民文学出版社 1980 年版。

［法］罗兰·巴尔特：《明室：摄影札记》，赵克非译，中国人民大

学出版社 2011 年版。

[加] 卜正民、[法] 巩涛、[加] 格力高利·布鲁:《杀千刀——中西视野下的凌迟处死》,张光润等译,商务印书馆 2013 年版。

[英] 齐格蒙特·鲍曼:《流动的现代性》,欧阳景根译,上海三联书店 2002 年版。

[美] 丹尼尔·贝尔:《资本主义文化矛盾》,赵一凡等译,生活·读书·新知三联书店 1989 年版。

[德] 瓦尔特·本雅明:《作为生产者的作者》,王炳钧等译,河南大学出版社 2014 年版。

[德] 瓦尔特·本雅明:《写作与救赎——本雅明文选》,李茂增、苏仲乐译,东方出版社中心 2009 年版。

[法] 让·波德里亚:《消费社会》,刘成富、全志钢译,南京大学出版社 2000 年版。

[美] 大卫·波德维尔:《好莱坞的叙事方法》,白可译,南京大学出版社 2009 年版。

[美] 马克·波斯特:《第二媒介时代》,范静哗译,南京大学出版社 2000 年版。

[美] 马克·波斯特:《信息方式——后结构主义与社会语境》,范静哗译,商务印书馆 2000 年版。

[美] 斯维特兰娜·博伊姆:《怀旧的未来》,杨德友译,译林出版社 2010 年版。

[美] 尼尔·波兹曼:《娱乐至死》,章艳译,广西师范大学出版社 2004 年版。

[美] 尼尔·波兹曼:《童年的消逝》,吴燕莛译,广西师范大学出版社 2004 年版。

[法] 皮埃尔·布尔迪厄:《关于电视》,许钧译,辽宁教育出版社 2000 年版。

[美] 哈罗德·布鲁姆:《西方正典:伟大作家和不朽作品》,江宁

康译，译林出版社 2005 年版。

［美］乔治·布鲁斯东：《从小说到电影》，高骏千译，中国电影出版社 1982 年版。

［美］哈洛·卜伦：《西方正典》，高志仁译，台北：立绪文化事业有限公司 1998 年版。

《法国作家论文学》，王忠琪等译，生活·读书·新知三联书店 1984 年版。

［美］莱斯利·菲德勒：《文学是什么？高雅文化与大众社会》，陆扬译，译林出版社 2011 年版。

［美］悉德·菲尔德：《电影剧作问题攻略》，钟大丰、鲍玉珩译，世界图书出版公司北京公司 2012 年版。

［英］迈克·费瑟斯通：《消费文化与后现代主义》，刘精明译，译林出版社 2000 年版。

［英］罗杰·福勒编：《现代西方文学批评术语辞典》，周永明等译，春风文艺出版社 1988 年版。

［英］E. M. 福斯特：《小说面面观》（英汉对照），朱乃长译，中国对外翻译出版公司 2002 年版。

［德］歌德：《少年维特的烦恼》，杨武能译，人民文学出版社 1981 年版。

［英］大卫·赫斯蒙德夫：《文化产业》，张菲娜译，中国人民大学出版社 2007 年版。

［德］黑格尔：《美学》，朱光潜译，商务印书馆 1981 年版。

［美］华勒斯坦等：《学科·知识·权力》，刘健芝等编译，生活·读书·新知三联书店 1999 年版。

黄卓越、［英］戴维·莫利主编：《斯图亚特·霍尔文集》，中国社会科学出版社 2022 年版。

［美］C. S. 霍尔：《弗洛伊德心理学入门》，陈维正译，商务印书馆 1985 年版。

［英］安东尼·吉登斯:《现代性与自我认同》,赵旭东、方文译,生活·读书·新知三联书店1998年版。

［美］约翰·杰洛瑞:《文化资本——论文学经典的建构》,江宁康、高巍译,南京大学出版社2011年版。

［美］杰姆逊:《后现代主义与文化理论——弗·杰姆逊教授讲演录》,唐小兵译,陕西师范大学出版社1987年版。

［意］卡尔维诺:《卡尔维诺文集:通向蜘蛛巢的小路等》,吕同六等译,译林出版社2001年版。

［意］伊塔洛·卡尔维诺:《新千年文学备忘录》,黄灿然译,译林出版社2009年版。

［美］道格拉斯·凯尔纳:《媒体奇观——当代美国社会文化透视》,史安斌译,清华大学出版社2003年版。

［美］道格拉斯·凯尔纳:《媒体文化——介于现代与后现代之间的文化研究、认同性与政治》,丁宁译,商务印书馆2004年版。

［美］乔纳森·卡勒:《当代学术入门:文学理论》,李平译,辽宁教育出版社1998年版。

［法］卡里埃尔、［意］艾柯著,［法］让-菲利浦·德·托纳克编:《别想摆脱书:艾柯、卡里埃尔对话录》,吴雅凌译,广西师范大学出版社2010年版。

［英］约翰·凯里:《知识分子与大众:文学知识界的傲慢与偏见,1880—1939》,吴庆宏译,译林出版社2008年版。

［美］马泰·卡林内斯库:《现代性的五副面孔:现代主义、先锋派、颓废、媚俗艺术、后现代主义》,顾爱斌、李瑞华译,商务印书馆2002年版。

［美］拉尔夫·科恩主编:《文学理论的未来》,程锡麟等译,中国社会科学出版社1993年版。

［捷］米兰·昆德拉:《小说的艺术》,孟湄译,生活·读书·新知三联书店1992年版。

［捷］米兰·昆德拉：《小说的艺术》，董强译，上海译文出版社 2004年版。

［德］李博：《汉语中的马克思主义术语的起源与作用》，赵倩等译，中国社会科学出版社 2003 年版。

［美］M. 李普曼编：《当代美学》，邓鹏译，光明日报出版社 1986年版。

［法］贝尔纳·亨利·列维：《萨特的世纪——哲学研究》，闫素伟译，商务印书馆 2005 年版。

［美］理查德·罗蒂：《偶然、反讽与团结》，徐文瑞译，商务印书馆 2003 年版。

［德］哈尔特穆特·罗萨：《加速：现代社会中时间结构的改变》，董璐译，北京大学出版社 2015 年版。

［英］戴维·洛奇：《小说的艺术》，王峻岩等译，作家出版社 1998年版。

［美］利奥·洛文塔尔：《文学、通俗文化和社会》，甘锋译，中国人民大学出版社 2012 年版。

［美］华莱士·马丁：《当代叙事学》，伍晓明译，北京大学出版社 1990 年版。

［法］马赛尔·马尔丹：《电影语言》，何振淦译，中国电影出版社 1980 年版。

［美］罗伯特·麦基：《故事：材质·结构·风格和银幕剧作的原理》，周铁东译，天津人民出版社 2016 年版。

［加］马歇尔·麦克卢汉：《理解媒介——论人的延伸》，何道宽译，商务印书馆 2000 年版。

［加］埃里克·麦克卢汉、弗兰克·秦格龙编：《麦克卢汉精粹》，何道宽译，南京大学出版社 2000 年版。

［加］阿尔贝托·曼古埃尔：《夜晚的书斋》，杨传纬译，上海人民出版社 2008 年版。

［美］爱德华·茂莱：《电影化的想象——作家和电影》，邵牧君译，中国电影出版社1989年版。

［美］约书亚·梅罗维茨：《消失的地域：电子媒介对社会行为的影响》，肖志军译，清华大学出版社2002年版。

［美］尼古拉斯·米尔佐夫：《视觉文化导论》，倪伟译，江苏人民出版社2006年版。

［美］希利斯·米勒：《文学死了吗》，秦立彦译，广西师范大学出版社2007年版。

［美］J.希利斯·米勒：《土著与数码冲浪者——米勒中国演讲集》，易晓明编，吉林人民出版社2004年版。

［美］J.希利斯·米勒：《萌在他乡：米勒中国演讲集》，国荣译，南京大学出版社2016年版。

［美］J.希利斯·米勒著，王逢振、周敏主编：《J.希利斯·米勒文集》，中国社会科学出版社2016年版。

［美］W.J.T.米歇尔：《图像理论》，陈永国、胡文征译，北京大学出版社2006年版。

［美］纳博科夫：《文学讲稿》，申慧辉等译，生活·读书·新知三联书店1991年版。

［美］杰拉德·普拉斯：《叙述学词典》（修订版），乔国强、李孝弟译，上海译文出版社2011年版。

［美］丹尼尔·杰·切特罗姆：《传播媒介与美国人的思想——从莫尔斯到麦克卢汉》，曹静生、黄艾禾译，中国广播电视出版社1991年版。

［日］日下公人：《新文化产业论》，范作申译，东方出版社1989年版。

［法］萨特著，沈志明、艾珉主编：《萨特文集·7·文论卷》，人民文学出版社2005年版。

［日］桑原武夫：《文学序说》，孙歌译，生活·读书·新知三联书店1991年版。

[英]约翰·斯道雷：《文化理论与大众文化导论》（第五版），常江译，北京大学出版社2010年版。

[俄]列夫·托尔斯泰：《列夫·托尔斯泰文集》第十四卷，陈燊、丰陈宝等译，人民文学出版社1992年版。

[俄]陀思妥耶夫斯基：《陀思妥耶夫斯基论艺术》，冯增义、徐振亚译，漓江出版社1988年版。

[加]斯蒂文·托托西讲演：《文学研究的合法化》，马瑞琦译，北京大学出版社1997年版。

[美]伊恩·P·瓦特：《小说的兴起——笛福、理查逊、菲尔丁研究》，高原、董红钧译，生活·读书·新知三联书店1992年版。

[德]韦伯：《学术与政治》，钱永祥等译，广西师范大学出版社2004年版。

[美]雷·韦勒克、奥·沃伦：《文学理论》，刘象愚等译，生活·读书·新知三联书店1984年版。

[英]雷蒙·威廉斯：《关键词：文化与社会的词汇》，刘建基译，生活·读书·新知三联书店2005年版。

[美]理查德·沃尔特：《电影电视写作——艺术、技巧和商业》，汤恒译，河海大学出版社1991年版。

[古希腊]亚理斯多德：《诗学》，罗念生译，人民文学出版社1962年版。

[联邦德国]H·R·姚斯、[美]R·C·霍拉勃：《接受美学与接受理论》，周宁、金元浦译，辽宁人民出版社1987年版。

[英]特里·伊格尔顿：《马克思主义与文学批评》，文宝译，人民文学出版社1980年版。

[英]特里·伊格尔顿：《理论之后》，商正译，商务印书馆2009年版。

[美]托马斯·英奇编：《美国通俗文化简史》，任越等译，漓江出版社1988年版。

[美]史蒂文·约翰逊：《坏事变好事——大众文化让我们变得更聪

明》,苑爱玲译,中信出版社2006年版。

[美]亨利·詹金斯:《文本盗猎者:电视粉丝与参与式文化》,郑熙青译,北京大学出版社2016年版。

[美]詹明信:《晚期资本主义的文化逻辑》,陈清侨等译,生活·读书·新知三联书店1997年版。

[美]弗雷德里克·詹姆逊:《快感:文化与政治》,王逢振等译,中国社会科学出版社1998年版。

四 外文文献

Adorno, Theodor W., *Prisms*, trans. Samuel and Shierry Weber, Cambridge, MA.: The MIT Press, 1981.

Adorno, Theodor W., *Notes to Literature*, trans. Shierry Weber Nicholsen, New York: Columbia University Press, 1992.

Adorno, Theodor W., *Aesthetic Theory*, trans. C. Lenhardt, London: Routledge & Kegan Paul, 1984.

Adorno, Theodor W., *Aesthetic Theory*, trans. Robert Hullot-Kentor, London: The Athlone Press, 1997.

Adorno, Theodor W., *The Culture Industry: Selected Essays on Mass Culture*, London: Routledge, 1991.

Arato, Andrew, and Eike Gebhardt, eds., *The Essential Frankfurt School Reader*, New York: Urizen Books, 1978.

Benjamin, Walter, *Illuminations*, trans. Harry Zohn, Fontana Press, 1992.

Benjamin, Walter, *The Arcades Project*, trans. Howard Eiland and Devin McLaughlin, Cambridge: Belknap Press, 1999.

Buck-Morss, Susan, *The Dialectics of Seeing: Walter Benjamin and the Arcades Project*, Cambridge, MA.: The MIT Press, 1989.

Eagleton, Terry, *The Ideology of the Aesthetic*, Oxford: Blackwell Publishing Ltd., 1990.

主要参考文献

Eagleton, Terry, *After Theory*, New York: Basic Books, 2003.

Grossberg, Lawrence, Cary Nelson and Paula A. Treichler, eds., *Cultural Studies*, New York and London: Routledge, 1992.

Grossberg, Lawrence, *We Gotta Get Out of This Place: Popular Conservatism and Postmodern Culture*, New York & London: Routldge, 1992.

Hall, Stuart, *Critical Dialogues in Cultural Studies*, eds. David Morley and Kuan-Hsing Chen, London and New York: Routldge, 1996.

Hall, Stuart, *Cultural Studies 1983: A Theoretical History*, eds. Jennifer Daryl Slack and Lawrence Grossberg, Durham and London: Duke University Press, 2016.

Heim, Michael, *Electric Language: A Philosophical Study of Word Processing*, New Haven & London: Yale University Press, 1987.

Kellner, Douglas, *Media Culture: Cultural Studies, Identity and Politics between the Modern and the Postmodern*, London and New York: Routledge, 1995.

Lowenthal, Leo, *Literature, Popular Culture, and Society*, Englewood Cliffs, N. J.: Prentice-Hall, Inc., 1961.

Marcuse, Herbert, *The Aesthetic Dimension: Toward a Critique of Marxist Aesthetics*, Boston: Beacon Press, 1978.

Miller, J. Hillis, *On Literature*, London, Routledge, 2002.

Müller-Doohm, Stefan, *Adorno: A Biography*, trans. Rodney Livingstone, Cambridge: Polity Press, 2005.

Naremore, James, and Patrick Brantlinger, eds., *Modernity and Mass Culture*, Bloomington: Indiana University Press, 1991.

Nealon, Jeffrey T., and Caren Irr, eds., *Rethinking the Frankfurt School: Alternative Legacies of Cultural Critique*, Albany: State University of New York Press, 2002.

Rorty, Richard, *Contingency, Irony and Solidarity*, Cambridge: Cambridge University Press, 1989.

Rorty, Richard, *Achieving Our Country: Leftist Thought in Twentieth-Century America*, Cambridge, MA.: Harvard University Press, 1998.

Rosenberg, Bernard, and David Manning White, eds., *Mass Culture: The Popular Arts in America*, New York: Free Press, 1957.

Said, Edward W., *Representations of the Intellectual: The 1993 Reith Lectures*, New York: Vintage Books, 1994.

Samuel, Raphael, ed., *People's History and Socialist Theory*, London: Routledge & Kegan Paul, 1981.

Storey, John, ed., *What is Cultural Studies?: A Reader*, London and New York: A member of the Hodder Headline Group, 1996.

Turner, Graeme, *British Cultural Studies: An Introduction*, London, Sydney and Wellington: Unwin Hyman, 1990.

后　　记

这本书算是国家社科基金一般项目"大众文化与文学生产的关系研究（1990年代以来）"（15BZW008）的结项成果。不过，若想把这个成果的来龙去脉说清楚，也还需要多费一些口舌。

20世纪90年代，我一直在山西的一个小城里待着，却也同步感受到了市场经济的冲击和大众文化的厉害。1999年，我来北京读博，开始写作《透视大众文化》一书，似乎便是在回应那种震惊体验。而此间写出的《意象形态与90年代中国文学》一文，则应该是我对大众文化与文学生产的一个最早思考。后来，因为写博士学位论文，我又开始在法兰克福学派的大众文化理论处用劲，90年代以来的中国文学与文化现象则不得不被我暂时放到一边了。

2007年，在童庆炳老师的鼓励与支持下，我申请了教育部人文社会科学重点研究基地的一个项目："大众文化的冲击与新世纪中国文学的嬗变"（07JJD751074）。因为这个项目，我对大众文化与中国当代文学的思考又有了契机和动力。但此项目是我约请几位朋友一起做的，我只是负责其中的一部分内容。这样一来，我的思考就不可能铺开，只能算是浅尝辄止。而这个项目最终也只是顺利结项了，由于种种原因，结项成果却并没有出版成书。

转眼到了2015年，那时我手头已无项目。而按照学校的最新规定，导师没项目，就无法为博士生提供配套经费，自然也就失去了招收博士生的资格。此前，我曾打擦边球，向有项目的老师借钱招过两届学生。后来，又觉得老是觍着脸借钱不像话，便干脆停招了一年。如此这般之后，我倒是省心了，却也堵死了想跟我念书深造者的通道。于是，童老师批评我，一些朋友也劝说我。在他们的帮教下，我才鼓起勇气，决定独自申报一个国家社科基金项目。报什么题目呢？这时候，我在以前曾经琢磨过却终于也没琢磨出个所以然的"大众文化与文学生产"开始显山露水了。经过一番论证之后，我报上了这一选题。幸运的是，该选题最终获批，我又可以招学生了。

但现在想来，我既缺少做课题的经验，做课题也不是我的强项。这个课题到手后，我虽然也不时发表一些"阶段性成果"，却并没有对它进行整体规划，而是移情别恋，规划开了别的东西。比如，2016年，我出版了《法兰克福学派内外：知识分子与大众文化》一书；两年之后，我又弄出一本《赵树理的幽灵：在公共性、文学性与在地性之间》。记得2018年秋，当我意识到这个课题已到结项之日却还没有被从容展开时，我开始焦虑了。而这种焦虑也终于演变成睡眠障碍焦虑症，进入了我的日常生活，让我的身体付出了代价。因此，后来这个课题结项通过，我已体会不到兴奋或激动，只是觉得了了一件事情，去了一块心病。

同时，我也想说明的是，因为这本书是这一课题的产物，它也就必然携带着做课题时的种种规矩和限制。这个课题结项后，我虽然也对它反复修改了一番，但依然有些地方不尽如人意，而我似乎已黔驴技穷。

修改时也删掉了一些内容。比如，原来第四章中有一节谈"红色经典再生产"，三万字左右。但考虑到我的谈法或许已擦枪走火，会成为这本书的不安定因素，所以临到最后，我还是把它悉数删除了。这本书既然关联着生产，那么，安全生产也应该被放在一个合适的位置。

书中的大部分章节曾先期以论文形式发表在《文学评论》《文艺研究》《文艺理论研究》《文艺争鸣》《南方文坛》《小说评论》《江

后　记

西社会科学》《贵州社会科学》《四川大学学报》《文学与文化》《湛江师范学院学报》《北京文艺评论》等刊物上，谨向这些刊物的责编和主编致谢！尤其值得一提的是，《文艺争鸣》曾先后在 2010 年和 2022—2023 年连载过我的长文，让我感动并深受鼓舞。在此，我要向孟春蕊、张涛、李明彦三位编辑和现任主编王双龙先生致以最诚挚的谢意！当然，所有发表过的文章在进入此书时，已做了不同程度的修改，有的修改幅度之大，甚至相当于重写了一遍，这也是要特别加以说明的。

同时，我也要感谢这个课题结项时五位匿名评审专家对成果的充分肯定和对修改的中肯建议，还要感谢在我遇到困难时刘剑博士的慷慨相助。课题最后送审时，博士生高竞闻同学曾帮我填表、完善文本格式等，在此也一并谢过。

更要感谢中国社会科学出版社的领导和王小溪博士。小溪得知我有此书稿即将脱手，便极力邀我在她供职的单位出书，而她的提议也得到了社领导的大力支持。小溪与出版社的热情感动了我，我便决定与其合作，以便让大社风采为拙书增色。但与此同时，他们的热情也给我带来了不小的压力。我虽然也潜心打磨了一番书稿，但它出炉后是不是能为专家学者和读者朋友所认可，进而不辜负出版社的期望，却依然让我心怀忐忑。

那么，就让我怀着忐忑之心，期待这本书的早日面世吧。

赵　勇
2021 年 12 月 5 日写
2024 年 1 月 30 日补